JE VOULAIS
L'UNITÉ DE L'ALLEMAGNE

HELMUT KOHL

JE VOULAIS L'UNITÉ DE L'ALLEMAGNE

Présenté par
KAI DIEKMANN et RALF-GEORG REUTH

Traduit de l'allemand
par ISABELLE HAUSSER

Éditions de Fallois
PARIS

TITRE ORIGINAL :

ICH WOLLTE DEUTSCHLANDS EINHEIT

22, rue La Boétie, 75008 Paris

ISBN 2-87706-305-4

AVERTISSEMENT

Afin de faciliter la lecture de cet ouvrage en français, il a été apporté quelques modifications au texte allemand. La version française a été en premier lieu complétée par des notes. Celles-ci ont toutes été rédigées par la traductrice. Par ailleurs, des coupures ont été faites dans les passages qui développaient trop exclusivement des aspects de politique intérieure de la RFA. On trouvera en outre à la fin du livre une liste des principaux collaborateurs du Chancelier Kohl mentionnés dans le texte. Il a enfin paru utile d'expliciter dès le départ quelques sigles allemands, qui reviennent fréquemment et qui pourraient poser problème au lecteur peu familiarisé avec la vie publique allemande.

CDU (*Christlich-Demokratische Union*) : Union chrétienne démocrate ; parti du Chancelier.

CSU (*Christlich-Soziale Union*) : Union chrétienne sociale ; branche bavaroise de la démocratie-chrétienne.

FDP (*Freie Demokratische Partei*) : Parti libéral démocrate ; membre de la coalition.

SED (*Sozialistiche Einheitspartei Deutschland*) : nom du parti communiste est-allemand.

SPD (*Sozialdemokratische Partei Deutschland*) : Parti social-démocrate d'Allemagne.

ARD (*Arbeitsgemeinschaft der Rundfunkanstalten Deutschland*) : sigle de la première chaîne de télévision publique.

ZDF (*Zweites Deutsches Fernsehen*) : sigle de la deuxième chaîne de télévision publique.

PRÉFACE

L'unité allemande, qui a accompagné l'effondrement de l'Empire soviétique, constitue l'une des grandes césures internationales de ce siècle. Elle marque la fin du conflit Est-Ouest et, partant, de l'histoire de l'Europe d'après-guerre.

Après avoir quitté les affaires politiques, les chefs d'État et de gouvernement de cette époque, du président américain George Bush au secrétaire général du PCUS, Mikhaïl Gorbatchev, du Premier ministre britannique, Margaret Thatcher, au président de la République française, François Mitterrand, ont donné leur propre vision des événements et de leur enchaînement.

Le chancelier d'Allemagne, Helmut Kohl, ne l'a pas fait. En tant que chef de gouvernement en fonction — il est du reste le seul de ceux qui, dans les années 1989-90, furent directement et politiquement responsables des événements qui seront décrits ici, à être encore en fonction —, il s'impose une certaine réserve. Il a du reste déjà plusieurs fois déclaré qu'il ne publierait pas de mémoires ultérieurement.

Pour compréhensible que soit cette position, elle n'en est pas moins regrettable. En effet la question de savoir comment s'est faite l'unité allemande est plus que jamais controversée en République fédérale. Sept ans après la chute du Mur de Berlin, légendes et préjugés affectent le regard que l'on porte sur les événements d'alors. Cela tient sans doute, d'une part, au fait qu'avant même l'unification, il n'y avait plus de consensus à l'Ouest sur la politique allemande, et, d'autre part, au fait que l'on n'a pas encore achevé « l'unité intérieure » de la nation.

Il nous paraissait d'autant plus important de savoir comment le Chancelier voyait les événements d'alors. Helmut Kohl nous l'a permis. Au cours d'une série d'entretiens de plusieurs heures, il nous a raconté comment il avait organisé l'accession à l'unité, quels obstacles il lui avait fallu surmonter et quelles étaient les pensées et les sentiments qui l'agitaient aux moments décisifs. Il en ressortait clairement qu'il savait très bien que cette période était la plus importante de toute son action politique.

Le Chancelier nous a également autorisés à prendre connaissance de documents encore inédits, qui appuient et complètent ses propos. À cela s'ajoutent des éléments que nous avons pu retrouver grâce à nos propres recherches dans différents dossiers.

C'est sur la base de ces informations orales et écrites que nous avons décrit ce qu'a été la contribution de Helmut Kohl à la réunification de l'Allemagne. Ce livre ne prétend pas retracer l'accession à l'unité allemande dans tous ses détails et avec la distance d'un observateur impartial. Il se place au contraire délibérément du point de vue de l'un des principaux acteurs, si ce n'est le principal acteur des événements de 1989-90. Nous espérons avoir ainsi élargi le regard souvent superficiel que l'on porte sur cette étape si importante de l'histoire de l'Allemagne et de l'Europe.

Kai DIEKMANN et Ralf-Georg REUTH
Hambourg/Berlin, août 1996

CHAPITRE 1

UN LONG CHEMIN

La réunification allemande le 3 octobre 1990 fut-elle le fait du hasard, de la nécessité, ou ni l'un ni l'autre ? Celui qui adhère à une conception fataliste de l'Histoire n'y verra qu'un caprice du destin. Dans cette optique, les projets, les décisions ou les affaires des hommes n'y jouent aucun rôle. Helmut Kohl en revanche partage la conviction du philosophe Karl-Raimund Popper, pour lequel il a de l'admiration, qui, dans son grand ouvrage, *La Société ouverte et ses ennemis*, a démontré que l'homme n'est pas un simple pion au sein de processus historiques anonymes, mais a sa part de responsabilité dans le cours de l'Histoire. Selon le Chancelier, l'accession à l'unité allemande a en maintes occasions confirmé cette façon de voir et nettement contredit les tenants d'une conception fataliste et pessimiste de l'Histoire.

« Pour moi, c'était la réalisation d'un rêve, affirme Kohl, lorsque, dans la nuit du 2 au 3 octobre, le drapeau noir, rouge et or fut hissé devant le Reichstag tandis que résonnait l'hymne allemand. Après avoir été cruellement divisée pendant des décennies, notre patrie allemande avait recouvré son unité dans la liberté, sans que soient versés ni sang ni larmes. C'était un événement sans précédent dans l'Histoire moderne. J'étais heureux d'être alors avec ma femme sur l'escalier au-dessous du portail principal du Reichstag et de célébrer joyeusement cet instant avec cinq cent mille personnes.

« Pendant les mois qui ont précédé ce 3 octobre 1990, nous avons vécu l'effondrement dramatique du système communiste.

À ce moment-là, ce processus n'était pas encore achevé. L'Union soviétique existait encore et la vieille Saint-Pétersbourg s'appelait toujours Leningrad. Mais nous avions toutes les raisons d'espérer que la politique de réformes produirait des résultats et notamment qu'elle améliorerait les conditions de vie dans la moitié orientale de notre continent. Pour la première fois depuis de nombreuses décennies s'offrait la possibilité de bâtir toute la " maison Europe " de manière qu'elle puisse résister aux aléas de l'avenir.

« J'éprouvais aussi un profond sentiment de gratitude. Beaucoup de gens avaient contribué à l'unité allemande. Qui n'aurait songé à cette occasion à des personnalités telles que George Bush et Mikhaïl Gorbatchev ?

« Dans la nuit, devant le bâtiment du Reichstag, je songeais également aux rédacteurs de la Loi fondamentale qui avaient laissé à l'ensemble du peuple allemand le soin de parachever l'unité de l'Allemagne en disposant librement de lui-même. Et nous avions encore trouvé la force de remplir cette exigence constitutionnelle lorsque l'évolution de la politique internationale nous en avait offert l'occasion. Cela me remplissait d'une profonde satisfaction. »

Helmut Kohl résume en ces termes les pensées qui l'agitaient alors. Il cite ensuite le nom de Konrad Adenauer, le premier chancelier de la République fédérale d'Allemagne qui, dans les années cinquante, malgré une forte opposition, s'assura d'abord le soutien des Occidentaux en faveur de la réunification, laissa ouverte juridiquement et politiquement la question allemande et chercha avec patience et ténacité à dépasser le conflit entre l'Est et l'Ouest.

Les événements des années 1989-90 ont donné raison à Konrad Adenauer de manière impressionnante, dit le Chancelier en se référant aux mémoires de l'illustre vieux monsieur qui a écrit : « Tôt ou tard, les Soviétiques admettraient qu'il leur faudrait s'entendre avec l'Ouest, qu'ils ne pourraient jamais l'abattre. C'était dans un tel rapprochement pacifique que résidait mon espoir et que je voyais notre chance. Mais elle ne nous serait octroyée que si, lorsque l'Ouest et l'Est parviendraient à une telle entente globale, nous nous étions déjà révélés comme un partenaire loyal de l'Occident. Ce n'est qu'à cette condition que l'Occident, dans le cadre d'un accord, ferait siens nos propres intérêts. »

La réunification de l'Allemagne fut aussi pour Kohl l'occasion d'un retour en arrière sur les longues années de la division. Si elles l'ont marqué peut-être davantage que beaucoup d'autres à l'Ouest, s'il a toujours attaché une grande valeur à l'unité de la nation, c'est sans doute dans ses origines et dans son itinéraire qu'il faut en chercher l'explication. Il est né dans le Palatinat et les Palatins sont un peuple particulier. Ce sont des gens du terroir, profondément enracinés dans leur terre natale et dans son histoire, celle des Romains qui introduisirent la viticulture, celle de la cathédrale de Spire dans laquelle reposent pour l'éternité les empereurs allemands, celle des diètes de Spire et de Worms. À cela Kohl ajoute : « La fête de Hambach [1] de mai 1832 marque toujours le point de départ du mouvement des Démocrates allemands. Peu d'Allemands savent aujourd'hui que c'est à Hambach que notre drapeau noir, rouge et or fut pour la première fois brandi comme symbole de la démocratie. »

Le Chancelier signale également une autre particularité des Palatins : « Bien que les gens qui vivent au Palatinat sur la rive gauche du Rhin [2] soient axés sur l'Europe, ce sont aussi des patriotes allemands ; au cours de ce siècle, ils ont même certainement été par moments un peu plus patriotes que les habitants du reste de l'Allemagne. Il faut à nouveau en chercher l'explication dans l'histoire de ma terre natale qui, région frontalière de la France, a eu à souffrir de la furie de la guerre durant des siècles, et ce pratiquement à chaque génération. Après la Première Guerre mondiale, la rive gauche du Palatinat a dû résister aux tentatives obstinées de la France pour la séparer de

---

1. Le premier rassemblement démocratique et républicain allemand eut lieu en mai 1832 au château de Hambach (aujourd'hui en Rhénanie-Palatinat). Vingt à trente mille personnes, rassemblées sous les couleurs noir, rouge et or, réclamèrent alors l'unité de l'Allemagne et la liberté.

2. Ludwigshafen, la ville natale du Chancelier Kohl, se trouve sur la rive gauche du Rhin.

l'Allemagne. Après la Seconde Guerre mondiale, il n'en est pas allé autrement. La force d'occupation a alors tout fait pour annexer à la France la rive gauche du Rhin jusqu'à Coblence. »

En conséquence, Paris soutenait le mouvement séparatiste qui était une réalité politique dans le Palatinat. Kohl se souvient d'une manifestation politique dans la grande salle de Landau à laquelle participaient plus de quatre mille personnes : « Sous le regard méfiant de l'observateur de la force française d'occupation, un colonel, qui était assis en haut de la tribune, on tint en bas dans la salle des discours passionnés. Lorsque finalement, au comble de l'excitation et le visage cramoisi, celui qui dirigeait la réunion lança à ses " chers compatriotes " : " Et à présent pour la première fois chantons à nouveau notre hymne national allemand ", le colonel protesta aussi bruyamment qu'inutilement : les quatre mille participants avaient déjà entonné l'hymne national allemand à pleine voix. L'atmosphère était indescriptible, beaucoup de gens pleuraient et personne ne doutait plus que la rive gauche du Palatinat resterait allemande.

« Nous, les écoliers de la Ludwigshafen d'après-guerre, dévastée par les bombes, poursuit le Chancelier, attachions une très grande valeur au fait de rester en Allemagne, mais aussi au sentiment d'appartenance nationale de tous les Allemands. Au reste nous voulions tirer les conséquences pratiques de l'amère expérience de la guerre et de la violence. C'est-à-dire que nous, qui étions des jeunes gens, entendions tout mettre en œuvre pour que les horreurs du passé ne se reproduisent plus jamais ni dans le Palatinat, ni en Allemagne, ni en Europe. Nous aspirions à la réconciliation avec la France, nous rêvions d'une Europe dans laquelle les peuples vivraient désormais pacifiquement ensemble. Et nous étions convaincus que l'avenir ne passait pas par l'État-nation du XIXe siècle mais que nous devions entreprendre l'unification de l'Europe. » Kohl explique que ces idées étaient celles des chrétiens-sociaux que lui avait enseignées le doyen Johannes Finck[1].

1. Johannes Finck fut un adversaire du national-socialisme et l'un des fondateurs de la CDU au Palatinat. Il avait créé à Ludwigshafen un cercle de discussions auquel appartint le jeune Kohl.

En repensant aux débuts de son activité politique dans le Palatinat, Kohl évoque également Jakob Kaiser[1], l'un des fondateurs de la CDU. Il a toujours éprouvé de l'estime pour le courage et la fidélité à ses principes avec lesquels celui-ci s'est battu à Berlin contre l'arbitraire et la dictature des Soviétiques. Kaiser, qui lui a laissé une impression marquante, entretenait de bonnes relations avec la CDU naissante du Palatinat et l'a soutenue en paroles et en action dans son combat contre la politique de démembrement menée par la France. La rive gauche du Palatinat resta allemande et devint ainsi une partie de la République fédérale constituée en 1949. Kohl décrit ses sentiments d'alors : « L'entrée en vigueur de la Loi fondamentale m'enthousiasma. Comme beaucoup de gens de ma génération, qui étaient assez grands pour avoir vraiment vécu la Seconde Guerre mondiale, j'ai senti qu'elle serait notre République. Malgré tout notre enthousiasme, il nous fallait cependant prendre acte que ceux qui vivaient dans la zone d'occupation soviétique ou dans le secteur oriental de Berlin restaient privés du système libéral de la Loi fondamentale. Je n'ai jamais douté qu'ils auraient alors approuvé cette constitution s'ils en avaient seulement eu la possibilité. »

Il est établi par le Préambule de la Loi fondamentale que le peuple allemand, « animé de la volonté de défendre son unité nationale et politique et de contribuer à la paix mondiale en tant que membre à part entière d'une Europe unie » ne s'est doté de ce nouveau système que « pour une période transitoire ». Les rédacteurs de la constitution soulignèrent expressément que, ce faisant, on avait également agi au nom des Allemands qui n'avaient pas eu le droit d'y contribuer. Le Préambule s'achève sur ces mots : « Le peuple allemand dans son ensemble, disposant librement de lui-même, reste convié à parachever l'unité et la liberté de l'Allemagne. »

« Comme la plupart des Allemands, remarque Helmut Kohl,

---

1. Jakob Kaiser (1888-1961), l'un des dirigeants du syndicalisme chrétien. Il fit partie du complot du 20 juillet 1944 contre Hitler. Il fut l'un des deux fondateurs de la CDU de Berlin et devint à la fin de sa vie président d'honneur de la CDU.

il ne me paraissait pas déraisonnable, à l'époque, d'espérer que même la zone occupée par les Soviétiques rentrerait bientôt dans le giron de l'Allemagne démocratique. Notre déception fut d'autant plus amère au moment des événements d'octobre 1949, lorsque le Kremlin et ses collaborateurs allemands constituèrent un second État sur le sol allemand. »

Konrad Adenauer accusa alors les Soviétiques d'avoir enfreint la disposition des accords de Potsdam qui prévoyait de considérer l'Allemagne pendant la période d'occupation comme une unité économique et politique. Il réaffirmait que, jusqu'à la réalisation de l'unité allemande, le gouvernement fédéral était le seul organe politique légitime du peuple allemand et qu'en conséquence, il devait également veiller sur les intérêts des dix-huit millions (à l'époque, ils étaient encore aussi nombreux [1]) de personnes habitant entre l'Elbe et l'Oder.

Selon Kohl, tous les gouvernements dirigés par la CDU ont, en dépit de toutes les critiques, résolument poursuivi cette politique jusqu'en 1969. Ils n'y renoncèrent même pas lorsqu'en mars 1952 [2] Staline proposa aux puissances occidentales de réunifier l'Allemagne. Le dictateur soviétique exigeait en échange, comme on le sait, que l'Allemagne s'engage à n'appartenir à aucune coalition ou alliance militaire. L'Allemagne unifiée aurait donc été neutre.

Dans sa réponse, parallèle à celle des puissances occidentales, Adenauer posait comme condition préalable l'organisation d'élections libres dans toute l'Allemagne. Helmut Kohl est convaincu que c'était la seule bonne méthode : « Konrad Adenauer supposait en effet à juste titre que la neutralisation de l'Allemagne proposée aurait profité à l'expansionnisme déguisé des Soviétiques. Il craignait que la neutralisation ne

---

1. En 1983, la population de la RDA n'était plus que de 16,7 millions d'individus.

2. Il s'agit de la note du 10 mars 1952 dans laquelle, pour éviter un réarmement ouest-allemand dans le cadre de la CED, Staline proposait aux puissances occidentales des négociations pour préparer un traité de paix avec l'Allemagne qui aurait abouti à une réunification de l'Allemagne en échange de sa neutralité.

provoque au centre de l'Europe un vide du pouvoir que la “Russie soviétique”, ainsi qu'il la nommait, finirait par combler. Une telle hypothèse était concevable : l'offre du Kremlin se produisit en effet quelques semaines seulement avant la signature du traité sur l'Allemagne[1] dans lequel les alliés occidentaux — les États-Unis, la Grande-Bretagne et la France — prenaient l'engagement de restaurer par des moyens pacifiques une Allemagne unifiée, libérale et démocratique, intégrée dans la communauté européenne. »

À cette époque, Helmut Kohl était encore étudiant et comptait au nombre de ceux qui partageaient les vues raisonnables d'Adenauer. « Pour nous, il résultait également de cette position qu'il n'y avait pas d'alternative politique sérieuse à l'intégration de la République fédérale à l'Ouest, conclusion qui se trouva totalement confirmée une année plus tard lorsque, le 17 juin 1953, les tanks russes réprimèrent violemment l'insurrection ouvrière dans la zone d'occupation soviétique. »

Ces événements révélèrent au monde le fossé qui existait entre les Allemands de RDA et leur gouvernement inféodé à Moscou. La prétention de la République fédérale à assurer la représentation exclusive des Allemands se trouva ainsi durablement justifiée. Même la proclamation officielle en mars 1954 par Berlin-Est de la souveraineté de la RDA n'y changea rien. Le jour de la proclamation de la souveraineté de la République fédérale, le 5 mai 1955, Adenauer s'adressa aux habitants de la RDA : « Vous nous appartenez, nous vous appartenons ! La joie d'avoir recouvré notre liberté ne sera pas entière tant que vous en serez privés : vous pourrez toujours compter sur nous, car le monde libre et nous-mêmes n'aurons de cesse que vous puis-

1. Il s'agit du *Deutschlandvertrag* ou *Generalvertrag* (Traité sur l'Allemagne ou Traité général) signé le 26 mai 1952, qui mettait fin au régime d'occupation tout en laissant d'importantes prérogatives aux Alliés, notamment celle de faire stationner des troupes en RFA de plein droit, reconnaissait la souveraineté de la République fédérale dans les affaires internationales et renvoyait le règlement définitif de la question des frontières à la signature d'un traité de paix, auquel l'Union soviétique serait partie, avec un gouvernement de l'Allemagne unie.

siez vous aussi bénéficier des droits de l'homme et que nous vivions ensemble, pacifiquement réunis dans un seul État. »

Selon Kohl, Adenauer savait qu'il s'agissait d'un objectif à longue échéance. Beaucoup de gens au sein de l'opposition en République fédérale nourrissaient en revanche l'illusion qu'en faisant preuve d'un peu de bonne volonté à l'égard de l'Est, l'unité de l'Allemagne serait rapidement réalisée. Cette attente se trouvait en totale contradiction avec la réalité de la politique internationale d'alors : « Ceux qui entretenaient de tels espoirs négligeaient le fait que la division de l'Allemagne était la conséquence de la guerre froide. On ne pourrait par conséquent surmonter cette division qu'une fois terminée la confrontation entre l'Ouest et l'Est. Qui connaissait l'Histoire et croyait à l'aspiration des hommes à la liberté, ne pouvait penser que cette configuration politique durerait éternellement.

« Les flûtes du pacifisme et de la réunification dont jouaient Moscou et Berlin-Est ne rendaient pas un son très convaincant. Il y avait trop de discordance entre les paroles et les actes. C'était particulièrement net à Berlin, dont les Soviétiques cherchaient constamment à faire passer la partie libre sous leur contrôle. Nous avons d'abord connu en 1948-49 la tentative de Staline d'affamer les Berlinois de l'Ouest par le blocus [1] auquel les alliés occidentaux firent échec par un pont aérien. Dix ans plus tard, ce fut Khrouchtchev qui voulut chasser les alliés occidentaux de Berlin en leur lançant un ultimatum [2]. La réponse des puissances occidentales à la tentative de chantage soviétique fut une politique de force destinée à garantir du moins la liberté de Berlin-Ouest et celle de la République fédérale. Le principe " la liberté avant l'unité " recouvrait cependant la douloureuse décision d'accepter comme inéluctable l'existence de deux États pendant une période transitoire. »

1. Du 26 juin 1948 au 12 mai 1949.

2. Ultimatum du 27 novembre 1958 dans lequel Khrouchtchev exigeait entre autres la démilitarisation de Berlin et sa transformation en « ville libre » qui l'aurait immanquablement fait passer sous le contrôle des communistes.

Cela se produisit précisément au moment où la RDA d'Ulbricht se trouvait confrontée à une faillite politique et morale : rien que dans la première moitié de 1961, cent mille personnes quittèrent l'Allemagne de l'Est pour l'Ouest, soit plus de 2,7 millions d'individus depuis 1945. On sait ce qui s'ensuivit : Berlin fut coupé en deux par un mur. L'Occident ne put qu'assister, impuissant, à sa construction. Les sphères d'influence des deux superpuissances en Allemagne furent fixées de cette manière. La politique d'Adenauer venait de subir un grave revers. En acceptant le résultat de la politique de force de Moscou, l'Ouest avait en pratique reconnu l'existence du second État allemand. La prétention de la République fédérale d'assurer la représentation exclusive des Allemands avait ainsi perdu l'un de ses fondements essentiels.

« Et pourtant il était bon que Konrad Adenauer, et avec lui la CDU et la CSU, aient maintenu imperturbablement ouverte la question allemande. Nous croyions à la supériorité spirituelle et morale, économique et technique de l'Ouest, à sa volonté de s'affirmer et surtout à la persistance de l'aspiration du peuple allemand à son unité politique au sein d'une Europe libre et pacifique », dit Kohl en se référant à l'illustre vieux monsieur. Konrad Adenauer a toujours été convaincu qu'en dépit de toutes les prédictions alarmistes, l'Union soviétique reconnaîtrait un jour qu'elle n'avait pas intérêt à la division de l'Allemagne et de l'Europe. Il a dit alors en substance : « Il nous faudra prendre garde si ce moment arrive. S'il s'approche ou paraît proche et offre une occasion favorable, nous ne devrons pas le laisser passer. »

À l'époque où Ludwig Erhard était chancelier[1], il devint définitivement clair que l'accession à l'unité allemande serait une longue épreuve. De petits pas tels que les accords sur la délivrance de laissez-passer, les rapprochements familiaux et d'autres mesures humanitaires, devaient contribuer à alléger le poids de la division. La grande coalition de Kurt-Georg Kiesin-

1. De 1963 à 1966.

ger[1] maintint la ligne que Ludwig Erhard avait donnée à la politique allemande[2]. Mais la prétention d'assurer la représentation exclusive des Allemands correspondait de moins en moins à la réalité. À la fin des années soixante, de nombreux États nouèrent des relations diplomatiques avec la RDA. Il devenait désormais impossible d'envisager de l'isoler diplomatiquement.

Avec Willy Brandt et Walter Scheel[3], la politique allemande fut axée sur une ligne nouvelle fondée sur la formule d'Egon Bahr : « le changement par le rapprochement », dont le résultat fut la conclusion des Traités de l'Est[4] et par la suite du Traité fondamental entre les deux Allemagne[5]. La marge de négociation était cependant étroite car on ne pouvait porter atteinte ni à la responsabilité des Quatre Puissances à l'égard de l'Allemagne dans son ensemble, ni au commandement de réunification fixé par le Préambule de la Loi fondamentale.

Pendant l'été 1970 fut conclu le traité de Moscou et à l'automne celui de Varsovie. Helmut Kohl était devenu ministre-président du Land de Rhénanie-Palatinat en 1969 et put donc intervenir dans le débat sur la ratification au Bundesrat. Il s'en souvient : « Nous, les partis de l'Union[6], étions alors totale-

1. De 1966 à 1969.

2. Par « politique allemande » (en allemand *Deutschlandpolitik*), il faut entendre les relations inter-allemandes vues notamment dans la perspective de la réunification.

3. Willy Brandt fut chancelier de 1969 à 1974. Walter Scheel, chef du FDP, qui avait formé une coalition avec le SPD, devint ministre des Affaires étrangères. Egon Bahr, dont il est question un peu plus loin, avait été chargé au SPD de l'élaboration d'une nouvelle *Ostpolitik*.

4. Il s'agit des traités Bonn-Moscou, signé le 12 août 1970, Bonn-Varsovie du 7 décembre 1970, Bonn-Prague du 11 décembre 1973 et des traités de décembre 1973 établissant des relations diplomatiques entre Bonn et la Hongrie d'une part et entre Bonn et la Bulgarie de l'autre.

5. Le Traité fondamental (*Grundlagenvertrag*) établissant les bases des relations entre la République fédérale et la RDA fut signé le 21 décembre 1972.

6. Les formules « les partis de l'Union » ou « l'Union » recouvrent l'ensemble formé par la CDU/CSU.

ment convaincus qu'on devait trouver un arrangement, un modus vivendi, pour laisser ouverte la question allemande aussi longtemps qu'il n'y avait pas d'espoir que soit conclu un traité de paix concernant l'Allemagne dans son ensemble. Nous pouvions approuver purement et simplement la conception qu'avait Brandt de l'*Ostpolitik*, qui se trouvait déjà dans celles d'Erhard et de Kiesinger. Nous élevâmes cependant de violentes critiques contre l'ambiguïté des traités. Les maîtres communistes à Moscou et à Varsovie les interprétaient comme impliquant une reconnaissance définitive du statu quo, alors que l'Ouest continuait à ne considérer la division de l'Allemagne et de l'Europe que comme provisoire. C'est grâce à l'opposition d'alors — avant tout au groupe CDU/CSU au Bundestag présidé par Rainer Barzel — à ses questions pressantes et à son insistance obstinée que l'on doit le fait qu'une fin de non-recevoir ait été opposée à l'interprétation donnée par les pays de l'Est. Ce qui fut fait d'abord dans la " lettre sur l'unité allemande "[1] et ultérieurement par la résolution générale du Bundestag allemand du 17 mai 1972[2]. »

La « lettre sur l'unité allemande » établissait fermement que les Traités de l'Est n'étaient pas en contradiction avec l'objectif politique de la République fédérale d'Allemagne, « d'œuvrer pour établir un état de paix en Europe au sein duquel le peuple allemand recouvrera son unité par une libre autodétermination ».

Parallèlement aux Traités de l'Est, que l'Union refusa de voter au Bundesrat, eut lieu la rencontre de Willy Brandt avec le premier ministre de la RDA, Willi Stoph[3]. Cette première

1. La « lettre sur l'unité allemande » fut remise par le gouvernement fédéral aux Soviétiques le 12 août 1970, jour de la signature du traité de Moscou. Bien qu'acceptée par les Soviétiques, elle ne contenait aucune obligation légale, mais réaffirmait que la réunification était toujours l'objectif politique du gouvernement fédéral.

2. Résolution que fit voter Brandt au Bundestag en même temps que la ratification des Traités de l'Est. La CDU/CSU s'abstint au moment du vote.

3. Rencontre d'Erfurt le 19 mars 1970.

rencontre fut suivie d'interminables négociations à la fin desquelles fut conclu l'accord de transit par voies de terre et d'eau depuis et vers Berlin[1]. En 1973, le Traité fondamental entre la République fédérale d'Allemagne et la RDA entra en vigueur. Après des débats internes agités, le groupe de la CDU/CSU au Bundestag avait décidé à la quasi-unanimité de voter « non ». « Mes collègues, explique Kohl, redoutaient que le Traité fondamental ne consolide la division de l'Allemagne. Cette crainte amena le gouvernement du Land de Bavière à contester la validité de ce traité devant le Tribunal fédéral constitutionnel. Il obtint de Karlsruhe un jugement[2] qui déclarait nettement qu'aucun organe constitutionnel de la République fédérale n'avait le pouvoir de renoncer à l'obligation de restaurer l'unité politique de l'Allemagne. »

Parmi ses différents éléments, la décision de Karlsruhe confirmait notamment l'existence d'une citoyenneté unique. Elle soulignait aussi le caractère particulier de la frontière interallemande. Selon le Chancelier, ce fut surtout la question de la citoyenneté qui s'avéra par la suite un élément essentiel de l'accession à l'unité allemande. La direction du SED ne le savait que trop bien et se battit sur ce point avec énergie dans l'espoir d'amener la République fédérale à changer de position.

En juin 1973, Helmut Kohl fut élu à la présidence de la CDU. Il se rappelle qu'à compter de ce jour, il intervint encore plus fortement qu'il ne l'avait fait jusque-là dans les débats sur la politique allemande. Les partis politiques de la République fédérale continuaient à discuter de la question de savoir jusqu'où on pouvait aller dans les concessions à l'égard des dirigeants de la RDA dans un but humanitaire sans trahir l'objectif de l'unité allemande. La CDU et la CSU avaient toutes les raisons de douter de plus en plus de la fidélité du SPD aux principes de la politique allemande. D'éminents représentants du SPD avaient ainsi accusé les partis de l'Union

1. Signé le 17 décembre 1971.

2. Décision du 31 juillet 1973 (qui cependant confirmait la constitutionnalité du Traité fondamental).

de mettre en péril la politique de détente, voire la paix, par leur « blablabla sur la réunification ».

« Lorsqu'en 1976 je devins chef de l'opposition au Bundestag, on me catalogua aussitôt comme un adversaire de la détente. En réalité, l'objectif de la politique menée par la démocratie-chrétienne a toujours été de favoriser une véritable détente. Mais la politique de détente ne devait pas conduire au reniement des principes fondamentaux. Il apparaissait alors que l'arrangement entre l'Ouest et l'Est sur l'Allemagne commencerait par la politique intérieure et la politique sociale. La question de savoir qui, à la fin des fins, accomplirait la réunification, des forces de la liberté ou de celles de la servitude, demeurait cruciale.

« Alors que l'ère de Brandt tirait à sa fin, poursuit Helmut Kohl, il devint de plus en plus évident que les espoirs considérables suscités par la nouvelle *Ostpolitik* n'étaient pas comblés. Sur le plan politique, la coopération croissante qu'on espérait voir passer d'une coexistence encadrée à une véritable entente ne fut pas réalisée. On ne pouvait cependant sous-estimer ni les améliorations obtenues en matière de rapprochement familial, ni l'augmentation du nombre de visiteurs et de voyageurs entre les deux Allemagne. En dehors des retraités qui, pour plus d'un million d'entre eux, se rendaient chaque année en visite en République fédérale depuis la seconde moitié des années soixante, on comptait à présent quelque 10 000 visiteurs qui n'avaient pas encore atteint l'âge de la retraite. Parallèlement, le nombre des Allemands de l'Ouest qui se rendaient à Berlin-Est ou en RDA dépassait le million. Ce faisant, tous démentaient les mensonges de Honecker qui, dès le début des années soixante-dix, s'était moqué du “blablabla sur la prétendue unité” et s'apprêtait alors, en modifiant la constitution, à redéfinir la RDA, jusque-là État socialiste de la nation allemande, comme État socialiste des ouvriers et des paysans [1].

1. Constitution de 1974.

« Ce qui m'inquiétait, c'est que, dans de nombreux cercles politiques de la République fédérale, on s'éloignait toujours plus de l'idée que l'unité de la nation persistait en dépit de la division politique. On ne se rendait tout simplement pas compte que la conscience nationale n'est pas une valeur ordinaire que l'on peut, au gré de son humeur, accepter ou rejeter. Aussi longtemps que, face aux autres nations, les Allemands se concevaient comme Allemands, leur nation était une réalité. Les hommes qui vivaient dans deux États séparés appartenaient incontestablement au peuple allemand même si, en tant qu'Allemands, ils vivaient dans des formes de société différentes. Ils étaient toujours de nationalité allemande même si la division avait réduit les points communs qui donnent son unité à un peuple. Il s'agissait d'arrêter ce processus d'érosion et de renforcer en revanche le sentiment d'appartenance nationale commune des Allemands. Il fallait pour cela, selon notre conception et selon celle de la Loi fondamentale, rester fidèles à l'objectif de l'unité politique, à la restauration de l'identité de la nation et de l'État. »

Malheureusement, une grande partie des élites ouest-allemandes ne cessaient de s'éloigner de cet objectif. Helmut Kohl eut à en faire l'expérience personnelle à cette époque chaque fois qu'il aborda le thème de la « nation ». Il fut alors traité de passéiste invétéré parce qu'il s'en tenait à des convictions qui avaient été communément admises dans les années cinquante et soixante. Ce qu'il disait alors, dans les années soixante-dix, sur l'unité allemande paraît aujourd'hui une évidence, mais ne l'était plus à l'époque depuis longtemps. Même des concepts tels que « la question allemande » et « la réunification » avaient alors progressivement disparu du vocabulaire politique. Celui qui s'en servait quand même était l'objet de railleries, et ce d'autant plus qu'il n'appartenait pas à l'ancienne génération. À la fin des années soixante-dix, le ministre soviétique des Affaires étrangères, Andreï Gromyko, lui avait un jour demandé à Bonn avec condescendance : « Vous êtes pourtant encore jeune, comment pouvez-vous croire encore à l'unité ? Pourquoi n'acceptez-vous pas que l'Histoire ait dit son dernier mot sur la question allemande ? »

Le Chancelier voit plusieurs explications à cette évolution : « D'une part, nos contemporains sont de plus en plus nombreux à avoir perdu le sens de la durée. Au lieu de raisonner en termes de période historique, ils se contentent de plus en plus d'une vision politico-sociologique exclusivement axée sur l'actualité. D'autre part, une génération avait grandi sans connaître autre chose que la division de l'Allemagne. En outre beaucoup de gens ne savaient plus distinguer entre la liberté et la servitude, entre la démocratie et la dictature. C'était certainement aussi la conséquence d'une prospérité encore inédite, qu'un nombre croissant d'individus considéraient comme allant de soi. Nombreux étaient ceux qui voyaient de plus en plus l'avenir dans le socialisme et plus du tout dans une existence bourgeoise. Cette façon de voir modifiait naturellement aussi l'image de la RDA et celle du monde communiste en général.

« Cela avait pour conséquence que, même dans un domaine aussi essentiel pour la démocratie que l'engagement en faveur de la liberté et des droits de l'homme dans la partie de l'Europe dominée par les Soviétiques, les partis n'étaient pas d'accord entre eux. Je me rappelle à ce sujet la discussion pour savoir jusqu'à quel point on pouvait parler et avoir des contacts avec le mouvement de défense des droits civiques " la Charte 77 " en Tchécoslovaquie. Je me souviens du débat ultérieur à propos des relations avec le syndicat polonais indépendant Solidarnosc ou à propos de la réaction de l'Occident à l'entrée des Soviétiques en Afghanistan. »

Le sentiment de moindre solidarité avec les valeurs communes occidentales et l'assimilation croissante des États-Unis à l'Union soviétique apparurent de manière particulièrement nette à Kohl au moment du débat sur la double décision de l'OTAN au début des années quatre-vingt. Elle prévoyait de déployer en Europe des missiles Pershing modernes si l'on n'avait pas réussi, d'ici 1983, à négocier avec Moscou un accord sur le retrait complet des missiles à moyenne portée basés au sol. « Avec ses missiles SS 20, remarque le Chancelier, l'Union soviétique avait mis en place un terrible potentiel de menace nucléaire dirigée contre l'Europe de l'Ouest dont, dès la fin des années soixante-dix, Helmut Schmidt avait à juste titre fortement souligné le danger. En République fédérale, sous le couvert du mouvement pacifiste, cent mille personnes se regroupèrent pour protester, non pas contre les SS 20, mais contre la réponse de l'OTAN à cette menace. Constituant des alliances opérationnelles, ils manifestèrent contre la politique des "fauteurs de guerre", visant par là l'administration américaine et ses partenaires de l'OTAN. »

En revanche, il n'y eut pas de protestations contre l'entrée des Soviétiques en Afghanistan, contre les concentrations de troupes du Pacte de Varsovie autour de la Pologne ou contre la direction du SED à Berlin-Est qui n'avait pas cessé d'équiper les postes de contrôle à la frontière inter-allemande de barbelés et de dispositifs de tir automatique. Lorsque Honecker parlait de « liberté », nombreux étaient ceux qui se laissaient impressionner au point de ne plus arriver à percevoir la discordance entre ses paroles et ses actes. Sur ce point, le Chancelier se rappelle la rencontre de Honecker et de Helmut Schmidt au bord du Werbellinsee en décembre 1981. À l'époque, le secrétaire général du SED avait parlé de détente et de maintien de la paix, tandis qu'au même moment en Pologne Jaruzelski proclamait la loi martiale.

Honecker prit prétexte de la double décision pour chercher ouvertement la confrontation. La direction du SED reprocha au gouvernement fédéral Schmidt/Genscher[1] de se faire l'apôtre de la course aux armements en acceptant la double décision. Simultanément, le secrétaire général du SED essaya d'imposer au gouvernement fédéral de l'époque des concessions qui auraient définitivement établi l'existence de deux États allemands. Dans ses revendications de Gera[2], il exigeait la reconnaissance de la citoyenneté est-allemande, des modifications de frontière sur l'Elbe, la transformation des missions

1. Après la démission de Brandt, le 6 mai 1974, Helmut Schmidt devint chancelier et Hans-Dietrich Genscher (FDP) ministre des Affaires étrangères.

2. Discours prononcé en novembre 1980 par Honecker dans la ville de Gera en Thuringe.

permanentes prévues par le Traité fondamental de 1972 en ambassades ordinaires et la fermeture de la centrale de Salzgitter, chargée de noter les exactions commises par la RDA.

Après l'édification du Mur de Berlin en 1961, les ministres et les sénateurs chargés de la justice en République fédérale avaient unanimement décidé de créer le centre d'observation de Salzgitter. Ses employés avaient pour mission de consigner les violences et les atteintes aux droits de l'homme commises par le régime SED afin d'engager ultérieurement des poursuites contre leurs auteurs. Au cours de l'année, on enregistra plus de 40 000 délits allant jusqu'aux coups de feu mortels tirés contre ceux qui tentaient de franchir le Mur ou les barbelés. Il est avéré que l'existence de ce bureau a incité un grand nombre de garde-frontières à tirer délibérément à côté de leur cible et a empêché que de nombreux prisonniers politiques soient torturés. Ainsi « Salzgitter » constituait une dernière lueur d'espoir pour beaucoup de gens en RDA.

La polémique sur l'extension du potentiel militaire qui n'était désormais plus acceptée par la grande majorité du SPD, de même que l'aggravation de la crise économique au début des années quatre-vingt, avaient divisé les partenaires de la coalition et mis fin à l'automne 1982 à l'ère socialo-libérale. « La République fédérale connaissait alors une crise grave », constate le Chancelier qui poursuit : « Ce n'était pas seulement une crise économique et de politique extérieure, mais aussi une crise spirituelle et morale, et elle était la conséquence d'une incertitude face à l'Histoire, à nombre de valeurs éthiques fondamentales et de vertus sociales, à l'État et au droit et, en fin de compte, une incertitude devant l'image nationale que l'Allemagne de l'Ouest avait d'elle-même.

« Dès mon entrée en fonction comme chancelier, outre les décisions urgentes de relance de l'économie, il y eut deux orientations sans lesquelles l'histoire des années 1989-90 aurait certainement été différente. La première consistait à approuver clairement la mise en œuvre de la double décision de l'OTAN. Peu de gens se souviennent aujourd'hui qu'à l'époque le SPD ne voulait rien savoir de cette décision. Sur cette question cruciale pour la politique étrangère et de sécurité de l'Allemagne, il n'avait pas soutenu son chancelier. Helmut Schmidt a le mérite d'avoir suscité cette décision à l'OTAN au nom du gouvernement fédéral ; mais il n'était pas en mesure de la faire approuver par la majorité de son propre parti.

« La mise en œuvre de la double décision de l'OTAN, c'est-à-dire du stationnement des missiles Pershing et des missiles de croisière américains sur le sol de la République fédérale, posait en définitive la question de savoir si nous étions encore un partenaire fiable. Je maintiens que si nous n'avions pas entrepris ce stationnement en 1983, les relations de la République fédérale, notamment avec les États-Unis, auraient été gravement affectées ; l'OTAN aurait connu une crise profonde, peut-être même se serait-elle disloquée.

« Je sais par mes entretiens avec Mikhaïl Gorbatchev que l'Union soviétique attachait une grande importance à ce sujet. Il a alors reconnu que c'était une entreprise désespérée que de vouloir accentuer la course aux armements, diviser l'Alliance occidentale et désolidariser l'Allemagne des puissances de l'Ouest. Ce sont ces idées qui ont conduit à la perestroïka et à la glasnost.

« La seconde orientation consistait à approfondir le processus d'unification européenne. Le mot le plus utilisé pour décrire l'état de l'Europe dans les années 1982-83 était celui d'" eurosclérose ", associant le concept d'Europe à celui d'une grave maladie. Lorsque, après mon élection comme chancelier, les chefs d'État et de gouvernement se réunirent à Copenhague en décembre 1982 pour le sommet européen, je dus constater que les perspectives étaient désastreuses. Le gouvernement fédéral et nos amis français, avec à leur tête François Mitterrand, entreprirent alors de lui donner un nouvel élan. Il fut convenu d'intensifier les relations germano-françaises et nous nous fixâmes pour but de créer le marché unique avant la fin 1992. C'était l'une des conditions essentielles pour montrer notre loyauté à nos voisins et à nos partenaires occidentaux. Il ne fait pas de doute pour moi que, si la République fédérale n'avait pas consolidé la confiance de ses partenaires européens et américains en sa loyauté, ce qui s'est passé dans les années 1989-90 n'aurait pas été possible. »

Par comparaison avec celle menée par ses prédécesseurs, la politique allemande du gouvernement fédéral que dirigeait Helmut Kohl comportait autant d'éléments de continuité que de facteurs de changement. Le Chancelier souligne qu'il était favorable à la continuité pour autant qu'il s'agissait d'améliorations humanitaires et rappelle qu'avec le soutien total des partis démocratiques au Bundestag, Willy Brandt comme Helmut Schmidt ont poursuivi dans le domaine de l'aide humanitaire une grande partie de ce qui avait été entrepris par les gouvernements d'Adenauer, d'Erhard et de Kiesinger. Y participaient le rachat des prisonniers, l'extension des autorisations de visite et bien d'autres choses encore.

Le changement consista surtout à souligner les positions fondamentales de la politique allemande, que l'Union avait défendues pendant les treize années passées dans l'opposition. « En faisait partie en premier lieu le commandement de réunification inscrit dans la Loi fondamentale. Pour donner l'exemple, j'ai, peu après mon entrée en fonction, remplacé l'intitulé du "rapport sur l'état de la nation" par celui de "rapport sur l'état de la nation dans l'Allemagne divisée". Parmi les positions fondamentales de la CDU se trouvait aussi le refus catégorique des exigences posées par Honecker à Gera. Les plus importantes d'entre elles sur le plan psychologique étaient la question de la citoyenneté et la demande de suppression du bureau d'enregistrement de Salzgitter. »

Sur ces deux questions, Honecker avait trouvé dans le SPD et dans les Verts des alliés plutôt ouverts. La demande de suppression de la centrale d'enregistrement de Salzgitter fut soutenue sans la moindre gêne au Bundestag par de nombreux députés de l'opposition au motif qu'il s'agissait d'un vestige de la guerre froide. Kohl ne cessa de rejeter cette demande en rappelant qu'à la frontière inter-allemande, il y avait toujours des gens qui étaient abattus et se vidaient de leur sang alors qu'ils essayaient de fuir une Allemagne pour l'autre. Il n'arrivait pas à comprendre que les Länder dirigés par le SPD aient définitivement cessé de contribuer au financement de ce bureau d'enregistrement de manière à rendre son travail pratiquement impossible ; ce fut l'un des chapitres les plus honteux de l'histoire de l'ancienne République fédérale. Ce n'est que grâce aux versements effectués par les Länder dirigés par l'Union et à la mobilisation exemplaire des collaborateurs de ce bureau d'enregistrement qu'on réussit à contrecarrer les plans du SPD.

Au moment de l'entrée en fonction de Kohl, on émettait de sombres pronostics sur l'avenir des relations entre les deux Allemagne. On parlait de la fin définitive de la détente, voire de l'arrivée d'une nouvelle période de refroidissement.

Depuis longtemps, remarque le Chancelier, il n'était plus seulement question du problème de la paix dans le cadre des rapports entre le SPD et le SED, mais également de la manière dont ce dernier pouvait aider le SPD pendant les campagnes électorales. En échange, on envisageait dans les rangs du SPD de renoncer à la citoyenneté allemande unique ou de démanteler définitivement Salzgitter.

« Outre la mise en avant de nos positions fondamentales, indique Kohl, il s'agissait surtout pour moi de préserver et de renforcer le sentiment d'appartenance nationale des Allemands. Les décennies de division avaient conduit à un détachement réciproque. Bien sûr, la propagande de la RDA n'était pas restée sans effet. C'est ainsi qu'une partie des médias occidentaux avaient peu à peu revalorisé moralement et politiquement le régime SED. Là où s'estompaient les différences entre les formes de société, la conscience de la responsabilité et de la solidarité envers nos compatriotes de la RDA risquait également de s'amenuiser en République fédérale.

« Compte tenu de la détérioration dramatique de la situation économique que reconnaissaient alors explicitement pour la première fois les émissaires de la RDA que nous rencontrions, nous nous demandâmes s'il n'y aurait pas moyen d'augmenter le nombre des autorisations de visites par le biais d'aides financières. Franz-Josef Strauss [1] et moi étions convaincus que nous devions tout mettre en œuvre pour permettre à davantage de nos compatriotes de RDA d'aller en visite à l'Ouest. Nous

1. Franz-Josef Strauss (1915-1988), cofondateur de la CSU. Il en était le président depuis 1961, mais n'était pas entré dans le gouvernement Kohl.

espérions immuniser ainsi les habitants de la RDA contre la propagande hostile du SED. En 1983, Franz-Josef Strauss négocia ainsi un crédit d'un milliard pour la RDA et le gouvernement fédéral donna sa garantie. Notre calcul s'avéra juste : jusqu'au début des années quatre-vingt, en dehors des retraités, ne venaient chaque année que quelque dix mille visiteurs ; vers 1986, plus de cinq cent mille visiteurs en dessous de l'âge de la retraite vinrent de l'autre partie de l'Allemagne. Ce chiffre était en augmentation croissante. »

En 1987, il y eut cinq millions de visiteurs dont un million de jeunes gens. Cela signifiait que des millions d'Allemands de RDA découvraient la République fédérale en s'en faisant une opinion personnelle à travers leurs propres expériences. Les relations nouées entre les gens à l'occasion de ces visites et maintenues ensuite renforçaient l'idée que les Allemands de l'Est et de l'Ouest ne formaient qu'une seule nation. Environ deux tiers des Allemands de l'Est et un tiers des Allemands de l'Ouest entretenaient de tels contacts.

Pour pouvoir ouvrir davantage encore la porte entre les deux Allemagne, Kohl se résigna également à la visite de Honecker en République fédérale : « Ce fut sans doute, avant 1989, la décision la plus importante pour les relations inter-allemandes que j'eus à prendre personnellement. Elle me parut extraordinairement difficile parce que tout en moi s'y refusait. Mais nous la considérions cependant alors comme nécessaire. Qui a vu les images où Honecker et moi passons en revue la garde d'honneur des bataillons de la garde, qui a vu comment je me sentais tandis qu'on jouait l'hymne de la RDA devant la Chancellerie, peut parfaitement imaginer les pensées qui me traversaient la tête ce jour-là. »

Le Chancelier dit qu'il accepta tout cela, le cœur lourd, parce que cette visite offrait aussi une grande occasion à la République fédérale. En effet, lors de la préparation de cette visite, l'un des points en discussion les plus importants fut celui de savoir si Honecker et la direction du SED seraient prêts à laisser retransmettre les toasts en direct par la télévision dans les deux parties de l'Allemagne. La discussion de ce point provoqua une tension extraordinaire car les négociateurs de

Honecker voulaient absolument l'empêcher, mais pas au point de renoncer à la visite. Les représentants du gouvernement fédéral leur firent cependant clairement comprendre que, dans ce cas, il n'y aurait pas de visite de Honecker, ce pourquoi la RDA dut finalement se montrer plus conciliante. C'est ainsi que, ce soir de septembre 1987, Kohl eut la possibilité de s'adresser directement à ses dix-sept millions de compatriotes de la RDA.

Dans son discours, Helmut Kohl dit que la conscience de l'unité de la nation était aussi vive qu'autrefois et que le désir de la préserver était resté intact. Cette unité trouvait son expression dans une langue commune, dans un héritage culturel commun et dans une longue histoire qui se poursuivait encore. La visite de Honecker ne pourrait rien changer aux conceptions différentes qu'avaient les deux États sur des questions fondamentales et notamment sur la question nationale. Le gouvernement fédéral croyait qu'on ne pouvait pas disposer à sa guise du Préambule de la Loi fondamentale. Il voulait l'unité de l'Europe et conviait le peuple allemand dans son ensemble, en disposant librement de lui-même, à parachever l'unité et la liberté de l'Allemagne. Il maintenait cette exigence constitutionnelle et ne doutait pas qu'elle corresponde au vœu, au désir, oui, aux aspirations des Allemands.

Peu après, les partis d'opposition à Bonn profitèrent de la visite de Honecker pour exposer leurs positions sur la politique allemande. Le député SPD Jürgen Schmüde parla du contenu symbolique de la visite d'État et déclara que la politique allemande de Konrad Adenauer avait définitivement échoué. Kohl se rappelle encore très bien que Hans-Jochen Vogel, qui était alors président du SPD et de son groupe parlementaire, s'adressa au gouvernement fédéral avec tout un catalogue de revendications. Sur cette liste figurait l'établissement de « relations normales » entre le Bundestag et la Chambre du peuple, de même que le démantèlement du bureau d'enregistrement de Salzgitter.

Trop d'hommes politiques d'Allemagne de l'Ouest ne considéraient plus la question allemande comme ouverte. « L'esprit de l'époque avait agi trop puissamment, la résignation de même que — il faut bien l'appeler ainsi — la trahison avaient laissé trop de traces », remarque le Chancelier en illustrant ses propos d'une image venue de son Palatinat natal : « Lorsque, aujourd'hui, je regarde la République fédérale de la fin des années quatre-vingt, je ne peux pas m'empêcher de penser aux vieux barrages sur le Rhin qu'on a construits chez moi au siècle dernier. Il fallait constamment les réparer pour qu'ils ne cèdent pas à la crue suivante. De même les bases de la République fédérale étaient-elles sans cesse menacées par l'érosion. Cependant nous avons réussi à les consolider. Je m'en réjouis, car sinon comment aurions-nous pu faire face au défi qui s'est présenté à nous dans la seconde moitié de l'année 1989, puis en 1990 ? »

CHAPITRE 2

LA PERESTROÏKA ET LA QUESTION ALLEMANDE

C'était le début de l'été 1989. Le monde politique bonnois attendait avec beaucoup d'espoir la visite en République fédérale du secrétaire général du PCUS, Mikhaïl Gorbatchev. Les progrès considérables survenus dans les relations Est-Ouest avaient fait bouger un monde jusque-là rigoureusement bipolaire. Avec la glasnost et la perestroïka, un immense processus de transformation avait été engagé en Union soviétique. Des réformes de fond étaient désormais devenues possibles également dans les autres pays du « socialisme réel ». En Pologne, eurent lieu les premières élections démocratiques depuis plus de quarante ans ; elles conduisirent à la formation d'un gouvernement dirigé par l'intellectuel de Solidarnosc, Tadeusz Mazowiecki. Dans un accord révolutionnaire conclu entre le parti au pouvoir, l'opposition et des groupes représentant la société, les Hongrois se déclarèrent favorables à la souveraineté du peuple et à des élections libres. Dans le même temps, Budapest tira avec dignité un trait sur un chapitre honteux du stalinisme : la réhabilitation et les obsèques solennelles d'Imre Nagy permirent de rendre enfin justice au chef courageux de l'insurrection de 1956 et de s'engager dans la voie de la réconciliation à l'intérieur et à l'extérieur.

Mais les pays du Pacte de Varsovie ne tinrent pas tous compte de l'évolution de l'Union soviétique. En Roumanie, en Tchécoslovaquie et en RDA, les dirigeants du parti se refusaient obstinément à toute réforme. En RDA, cette attitude se manifesta par l'interdiction de la revue soviétique *Spoutnik*[1], qui publiait des contributions d'inspiration réformatrice, ainsi que par le retrait de l'affiche des films soviétiques critiquant le système. Les positions de la direction du SED sur la démocratisation expliquent sa réaction aux événements de juin à Pékin : elle soutint vigoureusement la répression sanglante de la manifestation sur la place Tien an Men.

« J'observais l'évolution au sein du Pacte de Varsovie avec espoir, mais également avec un certain scepticisme, se rappelle Helmut Kohl. J'avais toujours été d'avis que nous nous laissions guider par les faits et la réalité, et non par de quelconques illusions. Il était cependant manifeste qu'en Hongrie, en Pologne et en Union soviétique, des processus étaient engagés qui — pour autant que les dirigeants de ces pays pourraient se maintenir au pouvoir — seraient irréversibles. Soixante-dix ans après Lénine, l'idéologie communiste était moribonde. Chez nous, en Occident, il y avait sur ce point deux écoles de pensée. La première préconisait d'observer les acteurs en scène depuis les loges des spectateurs selon la devise : " Nous verrons bien ce qui en sortira en fin de compte et nous nous déciderons à ce moment-là." L'autre thèse, à laquelle je me rattachais, voyait les choses ainsi : " Si les décisions nécessaires ne peuvent pas être prises chez nous, elles devront l'être dans les États concernés. Mais nous avons sans doute les moyens de favoriser un tel processus." Cette conviction était partagée par Washington et par la plupart des capitales européennes. Pour pousser les États du Pacte de Varsovie à s'ouvrir, nous étions convenus d'une action concertée. Ainsi le président des États-Unis, George Bush, avait-il annoncé qu'il se rendrait en visite en Hongrie et en Pologne les premiers jours de juillet ; de même le président de la République française, François Mitterrand, comptait se rendre à Varsovie en juin.

« Nous, Allemands, avions en outre un intérêt capital. Il

1. Le numéro de novembre 1988 de *Spoutnik* ne fut pas mis en vente en RDA (sa diffusion y était normalement de l'ordre de 180 000 exemplaires).

s'agissait bien sûr de l'évolution de la RDA. Au printemps 1989, j'étais de plus en plus certain que la politique de réformes engagée par Gorbatchev ne s'arrêterait pas aux portes de la RDA. En définitive, le pouvoir du SED reposait sur le soutien de Moscou, et les tensions croissantes entre les deux équipes dirigeantes ne laissaient rien présager de bon pour Honecker. Je m'étais rendu compte que la RDA se trouvait elle aussi à la veille de grands changement lors du voyage que j'y avais fait en mars 1988. »

Dans l'ensemble, au cours de son voyage en RDA, Helmut Kohl trouva les gens plus détendus que lors de sa précédente visite : « Ils nous abordaient sans crainte et manifestaient tout à fait ouvertement leur sympathie. On pouvait vraiment sentir que le pays était en pleine effervescence et que ce n'était pas du tout comme beaucoup de gens à l'Ouest voulaient nous le faire croire. » Ses observations se confirmèrent peu après. À Berlin-Est, plusieurs milliers de jeunes gens menacèrent de se soulever lorsqu'eut lieu un concert de rock de ce côté-ci du Mur, devant le Reichstag, et que la police populaire et la Stasi les empêchèrent d'approcher du Mur et donc de la musique [1]. De même les événements autour de l'église de Sion [2] de Berlin-Est où, pour la première fois, se forma une sorte d'opposition, ou encore les incidents lors de la manifestation en hommage à Karl Liebknecht et à Rosa Luxemburg [3], où des jeunes gens (de même que l'année précédente) réclamèrent pacifiquement la « liberté de penser autrement », avaient fait clairement comprendre à Kohl que les jours de l'équipe Honecker étaient comptés.

Bien que le SED assurât qu'il était indépendant du pouvoir central soviétique, la clé de la réunification se trouvait toujours au Kremlin. « J'avais rencontré Mikhaïl Gorbatchev pour la première fois lors de ma visite à Moscou en octobre 1988,

1. 7 juin 1987.

2. Des manifestants étaient rassemblés en 1989 dans l'église de Sion comme ils le faisaient régulièrement, mais cette fois la police entra dans l'église où l'un des prêtres s'interposa.

3. 17 janvier 1988.

indique Kohl. Nous avions alors également parlé de la question allemande. À mes remarques en faveur de l'unité, Gorbatchev avait répliqué que l'existence de deux États allemands était une réalité issue de la Seconde Guerre mondiale. Il comprenait bien les sentiments du peuple allemand, mais on ne pouvait pas réécrire l'Histoire. Cependant le Secrétaire général s'était prononcé pour l'amélioration de la coopération entre la République fédérale et la RDA dans le cadre du développement des relations Est-Ouest. »

Ce fut par une très belle journée que, le 12 juin 1989, l'Iliouchine 62 bleu et blanc qui transportait le secrétaire général soviétique et sa femme Raïssa, se posa à l'aéroport de Cologne-Bonn à 11 heures 15. Gorbatchev était accompagné d'une délégation de soixante-sept personnes, qui avaient même amené avec elles leurs lourdes limousines Zil. Pour sa visite d'État, Gorbatchev eut droit à une salve d'honneur de vingt et un coups. Le ministre des Affaires étrangères, Hans-Dietrich Genscher, était venu l'accueillir à l'aéroport.

Après un déjeuner chez le président de la République fédérale, Richard von Weizsäcker, Gorbatchev et le Chancelier eurent un premier entretien en tête à tête. « Nous devions d'abord faire une sorte d'inventaire de l'ordre du jour, se rappelle Kohl. Qu'avions-nous réalisé depuis ma visite à Moscou pour ouvrir un nouveau chapitre des relations entre l'Union soviétique et la République fédérale ? À Moscou, nous étions convenus d'élaborer, lorsque Gorbatchev viendrait à Bonn me rendre ma visite, un document commun d'orientations pour l'avenir de nature à marquer nettement une nouvelle étape dans l'histoire de nos deux États. On y avait travaillé pendant des mois et, maintenant, il était prêt à être signé. » Mais Gorbatchev espérait surtout de l'aide de la République fédérale pour venir à bout des énormes difficultés économiques que connaissait son pays. « En fait, dit Helmut Kohl, nous pouvions ainsi, nous Allemands, jouer un rôle important. D'une part nous sommes un puissant partenaire économique, de l'autre notre parole a du poids en Europe et en Amérique. Les espérances étaient grandes, c'est pourquoi nous n'avions pas de raison de mettre la question allemande entre parenthèses. »

Le premier des trois entretiens confidentiels qu'eurent Gorbatchev et Kohl à la Chancellerie à Bonn dura près de deux heures. « Gorbatchev était en bien meilleure forme, se rappelle le Chancelier, que lors de ma visite à Moscou en octobre de l'année précédente. Il me sembla surtout beaucoup plus optimiste sur sa situation personnelle. » La discussion porta d'abord sur la situation internationale. Au centre de celle-ci se trouvaient les relations Est-Ouest et les problèmes complexes du désarmement qui y étaient liés : « Gorbatchev soutint que, sur le continent européen, les relations entre l'Union soviétique et la République fédérale jouaient très manifestement un rôle déterminant dans l'avenir de l'Europe. Il préférait parler très ouvertement et sans fioritures, en faisant toute confiance à son interlocuteur. Ses manières me plurent, car moi-même je n'ai pas beaucoup de goût pour les formules diplomatiques. Parmi les questions dont nous discutâmes ensuite librement, figurait bien sûr aussi celle de la politique de réformes menée dans les États du Pacte de Varsovie. Je lui dis qu'en République fédérale on suivait avec intérêt l'évolution de la Hongrie. "Nous pensons que la Hongrie doit décider elle-même de ce qui est bien pour elle. Personne ne doit s'ingérer dans ses affaires. Nous soutenons néanmoins sa politique de réformes." Gorbatchev semblait du même avis.

« Je dis alors sans détours quelques mots sur la RDA : ce n'était un secret pour personne que le chef d'État de la RDA, Erich Honecker, n'était pas en mesure de mener des transformations et des réformes quelles qu'elles fussent et déstabilisait ainsi lui-même la situation de son pays. Gorbatchev ne réagit pas. Manifestement, il ne voulait pas critiquer Honecker devant moi. Mais ce qu'il dit ensuite témoignait cependant d'une remarquable distance par rapport à l'équipe dirigeante de Berlin-Est : le principe selon lequel chacun est responsable de lui-même s'appliquait également à la RDA. Moscou n'avait pas l'intention de donner d'autres leçons. Du reste on ne le lui demandait pas. Son pays était favorable aux changements positifs dans tous les domaines, à la rénovation politique, à la transformation de l'économie, de même qu'à l'indépendance des États socialistes.

« Je répondis à Gorbatchev qu'aujourd'hui, il était plus facile de discuter avec Moscou qu'avec Berlin-Est. Nous espérions que la perestroïka réussirait car elle ouvrait de formidables chances à l'ensemble de l'humanité : " Nous nous trouvons au seuil de la dernière décennie d'un siècle qui a vu infiniment de souffrances. Mes deux fils ont fait leur service dans l'armée fédérale. Ils sont officiers de réserve, et je n'aimerais pas qu'eux-mêmes ou les fils d'autres parents soient entraînés un jour dans une guerre." »

Au cours des deux rencontres suivantes, les 13 et 14 juin — Gorbatchev et le Chancelier parlèrent de « journées de travail » —, la question de l'aide que la République fédérale pouvait apporter à l'économie soviétique, qui se trouvait dans un triste état, occupa beaucoup de place. À côté des projets à longue échéance, que devaient préparer des groupes de travail conjoints, les deux hommes discutèrent également de l'éventualité d'une aide d'urgence. Selon Kohl, Gorbatchev aborda tout à fait ouvertement les graves problèmes d'approvisionnement qui affectaient surtout les grandes villes, comme Moscou et Leningrad, et lui demanda si le gouvernement fédéral pourrait, en cas de nécessité, apporter une aide à court terme. « Je répondis sans réserve par l'affirmative ; nous nous en sommes acquittés dès le début de 1990, à un moment d'une extrême importance pour le processus d'unification de l'Allemagne. »

Mais Kohl discuta également d'autres sujets avec Gorbatchev. Parmi eux, la recherche des prisonniers de guerre portés disparus, de même que l'ouverture de la partie nord-est de l'ancienne Prusse orientale aux touristes venus de République fédérale, ou encore le rétablissement de l'autonomie des Allemands de Russie. Gorbatchev assura qu'il était très ouvert sur toutes ces questions. « Autant il s'était montré bien disposé sur ces points, autant il répondit évasivement lorsque, au cours de la troisième journée de travail, je mis une fois encore la conversation sur " notre ami commun ", se rappelle Kohl. Je dis franchement à Gorbatchev que je n'avais pas la moindre indulgence pour la position de Honecker. Peu de temps auparavant, sa femme Margot avait rendu publique une déclaration dans laquelle elle appelait la jeunesse de RDA à défendre " les acquis du socialisme », au besoin par les armes, contre les ennemis extérieurs. Il était évident que par « ennemis extérieurs », elle entendait les pays socialistes qui mettaient en œuvre des réformes et suivaient leur propre voie. Elle visait sans doute en premier lieu la Pologne et la Hongrie. C'était une déclaration terrifiante. Cette fois encore, Gorbatchev s'abstint de tout commentaire et me demanda comment se portaient les relations entre la République fédérale et la Pologne. »

Le soir du troisième jour, un mercredi, les deux hommes d'État eurent, dans le parc de la Chancellerie, à l'écart de tout protocole, l'entretien qui, de l'avis de Kohl, devait être déterminant pour la cause de l'Allemagne : « Nous avions dîné avec nos épouses au bungalow. Comme toujours, Gorbatchev se montra un interlocuteur ouvert, éloquent, plein de charme et d'ironie envers lui-même. Il était minuit passé lorsque le Secrétaire général et moi-même décidâmes d'aller faire encore un petit tour dans le parc. Seul l'interprète nous accompagnait lorsque nous descendîmes en direction du Rhin. Une fois en bas, nous nous assîmes sur le mur depuis lequel on a une jolie vue sur le fleuve et les Siebengebirge[1] en face. Au bas du petit mur, flânaient des promeneurs qui étaient tout surpris de voir Mikhaïl Gorbatchev au-dessus d'eux. Avec son ouverture d'esprit habituelle, il entama aussitôt une conversation avec les jeunes gens et se mit à plaisanter avec eux. Ils le couvrirent de compliments, ce qui lui fit très plaisir.

« C'étaient des conditions idéales pour une conversation très ouverte et amicale. Nous pensions qu'il nous fallait asseoir les relations germano-soviétiques sur des bases nouvelles si la situation en Europe devait s'améliorer. De là prit corps l'idée de conclure un traité dans lequel, sans tirer un trait sur le passé, les Allemands et l'Union soviétique définiraient de nouvelles perspectives pour l'avenir. Un tel traité — nous le nommions le « grand traité » — serait certainement bien accueilli par les habitants des deux pays. J'ajoutai toutefois :

1. Les Siebengebirge sont un groupe de hauteurs volcaniques très boisées sur la rive droite du Rhin en face de Bonn.

“ Mais il ne sortira rien de bon de ce traité tant qu’il y aura la division de l’Allemagne entre nous. C’est un lourd fardeau qui pèse sur les relations entre nos deux peuples.” Il le contesta en reprenant complètement la position soviétique : la division est la conséquence logique du cours de l’Histoire, dit-il.

« Je montrai le fleuve et dis : “ Regardez ce fleuve qui coule devant nous. Il symbolise l’Histoire ; elle n’est pas quelque chose de statique. Vous pouvez barrer ce fleuve, c’est techniquement possible. Mais alors il sortira de son lit et se fraiera d’une autre manière un chemin vers la mer. Il en va également ainsi de l’unité allemande. Vous pouvez essayer d’empêcher sa réalisation. Nous ne serons peut-être plus en vie pour la voir. Mais aussi sûr que le Rhin coule vers la mer, l’unité allemande se fera, ainsi que l’unité européenne.” La question est seulement de savoir : “ La faisons-nous au cours de notre génération ou attendons-nous encore, en acceptant tous les problèmes qui y sont liés ? ” Et je réaffirmai une fois encore que les Allemands ne se résignaient pas à la division. Mikhaïl Gorbatchev écouta mes réflexions et, cette fois-ci, n’y répliqua pas. »

Kohl pense que c’est à partir de ce moment que Gorbatchev a commencé à réviser sa manière de penser, notamment parce qu’ils étaient devenus plus intimes et s’étaient sentis en confiance l’un avec l’autre. Ils avaient discuté de manière très personnelle de leurs origines et de leurs itinéraires. Gorbatchev était né en 1932, et était donc de deux ans plus jeune que Kohl. Tous deux appartenaient à une génération qui avait vraiment vécu les horreurs de la Seconde Guerre mondiale.

« Gorbatchev me raconta que son père était conducteur de moissonneuse-batteuse dans le kolkhoze d’un petit village des environs de Stavropol. Dès le déclenchement des hostilités, il fut incorporé dans l’Armée rouge et participa pendant quatre ans à la “ grande guerre patriotique ”, fut finalement gravement blessé dans l’exercice de ses fonctions de démineur et mourut des suites de sa blessure quelques années seulement après la fin de la guerre. Gorbatchev lui-même avait dans son enfance assisté à l’entrée de la Wehrmacht dans son village natal, souffert pendant l’occupation allemande et traversé des moments difficiles. »

Gorbatchev raconta aussi que son propre grand-père avait été en camp de concentration sous Staline. C'est dans ce contexte personnel qu'il faut replacer son intention de divulguer les crimes commis du temps de Staline. En l'espace d'un an environ, un rapport en ce sens et des dossiers furent publiés. C'étaient là de terribles vérités qu'on ne pouvait pas occulter.

« Moi aussi je parlai à Gorbatchev de ma maison familiale, de ma mère qui était très croyante, de mon frère et de ma sœur et de mon père, un fonctionnaire des Finances qui était hostile au national-socialisme. Bien qu'il ait certainement compromis ainsi son avancement professionnel, après l'arrivée au pouvoir de Hitler, il quitta le *Stahlhelm*[1], l'association nationale allemande des soldats du front au sein de laquelle il s'était jusque-là senti très à l'aise même si, en tant qu'électeur, il votait au centre. Après la Première Guerre mondiale, mon père était rentré du front avec le grade de lieutenant. En octobre 1938 — à l'époque des accords de Munich —, il revint un jour à la maison avec une bicyclette pour chacun de nous, cinq bicyclettes avec des pneus de rechange. L'explication de cet achat exceptionnel : “Il y aura bientôt la guerre.”

« Un an plus tard, la guerre arriva et, petit garçon, je me trouvai avec ma mère sur le vieux pont de Ludwigshafen qui enjambe le Rhin pour voir arriver les premiers réfugiés de la Seconde Guerre mondiale. C'étaient des paysans de la région frontalière entre la France et l'Allemagne qu'on évacuait avec leurs biens misérables, de la ligne Siegfried vers la rive droite du Rhin. Ma mère et les autres femmes qui se tenaient avec leurs enfants sur le bord du chemin, pleuraient. C'est sans doute à ces larmes que je dois d'avoir gardé en mémoire un événement qui dépassait l'enfant que j'étais.

« Mon père fut mobilisé et nous vécûmes bientôt les pénibles

1. Littéralement « casque d'acier », association fondée en 1918 regroupant des anciens combattants de la Première Guerre mondiale. Elle se rapprocha des partis de droite hostiles à la République de Weimar. En 1933, ses membres de moins de trente-cinq ans furent incorporés dans les SA. Transformée en 1934 en association nazie, elle fut finalement dissoute en 1935.

attaques aériennes sur Ludwigshafen, qui était bombardé à cause de l'importance que représentait son industrie chimique pour la guerre. Nous avons passé d'innombrables nuits dans les abris antiaériens et, lorsque tout était fini, nous nous demandions chaque fois avec angoisse si notre maison était encore debout. Nous eûmes de la chance, elle ne fut jamais détruite.

« À l'école où je m'étais engagé dans le groupe des enfants-pompiers, on entendait à présent de plus en plus souvent dire que des frères et des pères étaient morts au front. À l'automne 1944, nous apprîmes la terrible nouvelle de la mort de mon frère aîné Walter. Il avait été blessé peu avant le débarquement des Alliés en Normandie et était revenu une dernière fois à la maison. Walter dut retourner au front. Il y mourut quelques semaines plus tard.

« Moi-même, à la fin de 1944, je fus évacué à la campagne avec les autres enfants. Pour le dernier anniversaire de Hitler — le 20 avril 1945 —, le chef de la jeunesse du Reich, Arthur Axmann [1], fit jurer, aux adolescents de quinze ans que nous étions, fidélité au "führer" dans le stade de Berchtesgaden. Lorsque tout fut fini, je me mis en route avec quelques garçons de chez moi pour rentrer à Ludwigshafen. Après une odyssée riche en aventures, faite de semaines de marche, de faim et de nombreuses nuits à la belle étoile, à la fin de l'été 1945, j'arrivai finalement à Ludwigshafen où je retrouvai mes parents.

« On voyait que Gorbatchev était profondément ému lui aussi. Pour nous deux, la paix n'était pas qu'un simple mot, mais un véritable besoin vital. Lorsque le couple Gorbatchev quitta finalement le bungalow, nous nous embrassâmes. Cette soirée fut pour moi une expérience capitale. Je crois qu'elle le fut aussi pour Gorbatchev. »

La grande cordialité avec laquelle les Allemands l'accueillirent contribua certainement à changer les idées de Gorbatchev sur l'Allemagne. Des scènes inoubliables se déroulèrent sur la place de la mairie de Bonn. Il y fut accueilli par un flot de

1. Il avait succédé en 1940 à Baldur von Schirach à la tête des Hitlerjugend où il resta jusqu'à la fin de la guerre.

manifestations de sympathie et d'amitié. Il n'en alla pas autrement lorsqu'il visita le groupe Hoesch à Dortmund, lorsqu'il se rendit chez Mercedes à Sindelfingen ou lorsqu'il discuta à Cologne avec des hommes politiques et des entrepreneurs. Une véritable « Gorbymanie » s'était emparée de la République fédérale. « Gorbatchev lui-même me dit, se rappelle Kohl, qu'il avait beau savoir que les habitants de la République fédérale avaient une vision positive des changements intervenus en Union soviétique, c'était une tout autre chose de le voir et de le sentir par soi-même. Sur la place du marché de Bonn, il s'était senti comme sur la Place rouge à Moscou ! Les Bonnois, poursuit le Chancelier malicieusement, comprendront ce compliment comme il faut. »

Manifestement impressionné, Gorbatchev déclara à la fin de sa visite que la guerre froide entre l'Union soviétique et la République fédérale d'Allemagne était terminée et parla de la nouvelle qualité des relations bilatérales. Pendant sa visite, onze accords furent signés, dont un traité sur la protection et l'encouragement des investissements, de même qu'un autre sur la mise en œuvre d'une coopération approfondie sur la formation initiale et continue de spécialistes et de cadres. Mais le document le plus important était la déclaration commune qu'on avait préparée.

Parmi les éléments constituants d'une Europe pacifique et ouverte à la coopération cités par cette déclaration, figurait le respect absolu de l'intégrité et de la sécurité de chaque État. La reconnaissance du droit de chaque État à choisir librement son système politique et social était d'une importance considérable pour la partie allemande. « Sur le plan international, cette déclaration fit sensation, remarque Helmut Kohl. Pour la première fois, nous avions obtenu d'un partenaire d'un pays communiste qu'il reconnaisse que les désirs des hommes l'emportent sur la lutte des classes et la confrontation. »

La visite de Gorbatchev en République fédérale s'acheva le 15 juin. Le même jour, le Chancelier téléphona au président des États-Unis pour l'informer de ses entretiens avec le secrétaire général soviétique : « Je dis à George Bush que j'étais très satisfait de la manière dont s'était déroulée la visite de Gorbatchev. Celui-ci parlait très ouvertement de ses difficultés. Il savait très bien que des années difficiles l'attendaient, mais il était tout à fait décidé à tenir le cap qu'il s'était fixé. Il avait admis que, si l'Union soviétique était une grande puissance sur le plan militaire, elle n'était qu'une puissance moyenne dans le domaine économique.

« En ce qui concernait l'évolution au sein du Pacte de Varsovie, Gorbatchev avait clairement marqué qu'il se sentait proche du président polonais Jaruzelski. Il espérait que la situation en Pologne évoluerait de manière positive. Il en allait de même pour la Hongrie. Sa distance à l'égard de Berlin-Est et de Bucarest était considérable. Gorbatchev avait aussi exprimé sa consternation devant la répression du mouvement démocratique en Chine.

« J'abordai ensuite les relations américano-soviétiques. La méfiance de principe à l'égard des États-Unis était toujours indéniable, dis-je à George Bush. Malgré cela, j'avais le sentiment que Gorbatchev tenait beaucoup à avoir de bons contacts avec le président des États-Unis. Il espérait que ce serait plus facile avec lui qu'avec Ronald Reagan. Il était très fortement encouragé dans cette voie par sa femme Raïssa, qui avait dit des choses très gentilles sur Barbara Bush. Je conseillai donc à George Bush de faire un pas en direction de Gorbatchev et lui suggérai de donner de lui-même de temps à autre des nouvelles directes à celui-ci. Cela témoignerait d'une plus grande confiance entre les États-Unis et l'Union soviétique. Pour Gorbatchev, les rapports de confiance personnelle étaient très importants : la " chimie " devait agir.

« J'avais moi-même dit catégoriquement à Gorbatchev qu'il n'y avait aucune chance de semer la division entre les États-Unis et la République fédérale ou de séparer les Européens des États-Unis. Gorbatchev avait réagi violemment à cette remarque ; il n'était absolument pas dans ses intentions de détacher l'Allemagne de l'Occident. Le neutralisme conduirait à la déstabilisation. Ce serait également dangereux pour l'Union soviétique. Le message de Gorbatchev aux Allemands était que la guerre froide était finie, qu'une nouvelle génération était là et qu'en dépit de toutes les différences entre les systèmes, on devait à présent miser sur la coopération. J'avais approuvé Gorbatchev sur ce point, mais souligné en même temps que demeuraient des divergences de vues sur des questions essentielles, notamment sur la division de l'Allemagne et le statut de Berlin. Gorbatchev savait où je me situais, moi, Helmut Kohl, et qu'il était sage de respecter cette position.

« Je fis une déclaration gouvernementale dans laquelle j'expliquai, indique Kohl, l'importance de cette visite et citai à ce propos la remarquable phrase de Gorbatchev : "Nous tirons un trait sur la période de l'après-guerre." Je rappelai mon toast au dîner de gala pour Gorbatchev dans lequel, en reprenant les termes du Préambule de la Loi fondamentale, j'avais réaffirmé la volonté politique du gouvernement fédéral de parachever l'unité et la liberté de l'Allemagne par une libre autodétermination et de contribuer à la paix dans le monde en tant que membre à part entière d'une Europe unie. La libre autodétermination était aujourd'hui plus d'actualité que jamais. Tout véritable droit de vote accordé aux peuples d'Europe, tout accroissement de la liberté et des droits de l'homme, toute mesure destinée à dépasser les frontières qui divisaient l'Europe et le monde constituaient autant d'étapes sur la voie de la libre disposition du peuple allemand dans son ensemble.

« Je me suis demandé à l'époque, remarque Helmut Kohl, ce que pouvait bien ressentir un jeune homme ou une jeune femme vivant dans la partie orientale de notre patrie en entendant cette déclaration gouvernementale à la radio ou à la télévision. Ils ont dû se rendre compte à ce moment-là que nous ne les avions pas abandonnés, mais que nous persistions à travailler pour leur assurer un avenir de liberté. La visite de Gorbatchev en République fédérale fut aussi un signal d'espoir pour nos compatriotes de RDA. »

CHAPITRE 3

L'ÉTAT EST-ALLEMAND SUR LA DÉFENSIVE

Pour le secrétaire général du SED, Erich Honecker, et son bureau politique, la visite de Gorbatchev en République fédérale et, plus encore, la déclaration germano-soviétique étaient un affront. Ils considéraient — ainsi que l'Histoire le montra pleinement — que la raison d'être de la RDA était avant tout de constituer une « alternative socialiste à la RFA capitaliste ». À présent Gorbatchev avait encore réduit cette opposition — et ce précisément en République fédérale —, isolé visiblement la direction du SED hostile aux réformes et fait ainsi monter la pression à son égard. En d'autres termes : pour Berlin-Est, la question des réformes se transformait peu à peu en une menace mortelle.

« Lorsque j'y repense, dit Helmut Kohl, et que je me mets à la place de Honecker, je pense qu'il a dû croire au printemps 1989 qu'il disposait encore de bonnes cartes, d'autant qu'à ce moment-là il était déjà un peu coupé de la réalité. Cela m'avait frappé dès sa visite à Bonn en septembre 1987. Au cours d'un entretien avec le secrétaire général du SED et son responsable de l'économie, Günter Mittag, j'interrogeai Honecker sur sa succession. Il n'était plus tout jeune et il était donc légitime de poser cette question. À mon grand étonnement, Honecker aussi bien que Mittag réagirent par une extraordinaire hilarité. Honecker a sans doute pensé : “Il n'est peut-être pas si antipathique cet Helmut Kohl, mais il est plutôt inconscient.”

« “Peut-être pas si antipathique”, parce que, malgré des différences politiques très fortes, nous avions d'une certaine manière des relations humaines, bien que curieuses. Nous nous étions rencontrés pour la première fois en 1984 à Moscou, en marge des cérémonies pour les funérailles du secrétaire général soviétique, Iouri Andropov. Ce fut vraiment une rencontre très extraordinaire. Honecker me rendit visite à la datcha des hôtes dans laquelle j'étais logé. Pour y entrer, il traversa une haie de photographes et de journalistes de la télévision. Quand il me vit, il se sentit manifestement intimidé, voire gêné, car j'incarnais alors — c'était l'époque du stationnement des missiles américains à moyenne portée — le méchant par excellence aux yeux des communistes. Je montrai le buffet copieux et lui demandai : " Monsieur le Secrétaire général, avez-vous déjà mangé ? " Il répondit : " Oui, oui ", ce à quoi je répliquai : " Prenez donc encore quelque chose avec moi. De toutes façons, c'est vous en RDA qui devrez payer." Il me regarda avec étonnement. Puis il s'assit à côté de moi et se servit. Peu après, je proposai à Honecker, en faisant allusion au fait que nous étions originaires pratiquement du même endroit, de parler en palatin car " ici, au service des écoutes, ils n'ont pas d'interprètes de cette langue ". Il me regarda de nouveau d'un air presque ahuri, mais se mit ensuite à rire de bon cœur.

« Nous n'eûmes aucun mal à parler palatin car il venait de Becksbach en Sarre, qui ne se trouve pas à plus de quatre-vingts kilomètres de Ludwigshafen. Pendant une heure et demie, nous bavardâmes des événements et des figures de chez nous. Honecker me parla de sa maison et de l'époque où il était secrétaire de la jeunesse communiste en Sarre. Nous râtissâmes toute la région et découvrîmes ainsi que nous avions beaucoup de connaissances communes, surtout dans le clergé catholique.

« Nous en vînmes également à parler de Willi Graf. Cet étudiant en médecine avait appartenu au cercle des Scholl [1] et

1. Hans et Sophie Scholl, étudiants, l'un en médecine, l'autre en biologie, créèrent à l'université de Munich la « Rose blanche » (*weisse Rose*). Tous deux furent arrêtés tandis qu'ils distribuaient des tracts hostiles à Hitler et exécutés.

avait été exécuté par les nationaux-socialistes. Les parents de Graf s'occupaient de la Kolping-Haus [1] à Sarrebruck, où même le jeune communiste Honecker venait de temps en temps. Sur mon intervention, Honecker fit plus tard en sorte que la sœur du jeune homme exécuté obtienne des archives de Berlin-Est son dossier au tribunal populaire, jusque-là resté inaccessible.

« Notre conversation devint de plus en plus détendue. Pour Honecker, c'était naturellement le monde de sa terre natale qui renaissait sous la voix du chancelier d'Allemagne, là, à Moscou, loin de toute question politique. Il dut aussi raconter notre entretien à ses amis politiques, car, lorsque, à quelque temps de là, le président de la Chambre du peuple, Horst Sindermann, vint à Bonn, il me dit tout à coup : "Vous êtes exactement comme l'a dit le secrétaire général." Je lui demandai ce que Honecker avait bien pu dire. Et alors Sindermann me raconta l'histoire de la datcha.

« D'un autre côté, Honecker a dû également penser que j'étais "plutôt inconscient", pour dire les choses poliment. Cela s'appliquait aux années suivantes, à l'été 1989 sans doute même tout particulièrement, car compte tenu des rapports et des informations qu'on lui transmettait — notamment ceux qui résultaient des activités d'espionnage de la Stasi, dont nous avons eu connaissance depuis —, il devait penser que j'étais assis, sans l'avoir remarqué, sur une chaise dont les pieds étaient sciés. »

Le Chancelier porte le jugement suivant sur les conséquences qu'aurait eues la chute du gouvernement fédéral qu'il dirigeait, chute que Honecker tenait pour probable à l'été 1989 [2] : « Seule l'opposition en aurait bénéficié. Ce qu'on qualifiait un peu partout de "rhétorique creuse de l'unification" aurait alors pris fin — ce qu'espéraient non seulement le SED,

1. C'est-à-dire se rattachant à la *Kolpingwerk*, association fondée par le théologien catholique allemand Adolf Kolping, pour pourvoir à l'éducation religieuse, sociale et professionnelle de ses membres.

2. En 1989, la CDU perdit la mairie de Berlin et perdit des voix à toutes les élections qui eurent alors lieu. Voir aussi le chapitre suivant.

mais aussi le SPD et les Verts. Cela aurait ouvert la voie à une politique allemande "réaliste" de Bonn. » Par « réaliste », il fallait entendre la reconnaissance de la citoyenneté est-allemande, ainsi que la renonciation de fait au « commandement » de réunification inscrit dans la Loi fondamentale.

Dans ce contexte apparemment favorable à Honecker, la situation prit alors un tour critique pour lui. Le mécontentement dû aux difficultés économiques croissantes et surtout à l'absence de réformes conduisit la population de RDA à manifester ouvertement sa mauvaise humeur, malgré la présence d'un appareil répressif constamment renforcé.

« Le problème de Honecker, dit le Chancelier, venait de l'évolution de fond que connaissait l'ensemble du Pacte de Varsovie. On ne doit pas se la représenter du point de vue d'un séminaire de philosophie de l'Histoire, mais par rapport aux considérations pratiques des individus. Que voyaient donc alors nos compatriotes de RDA chaque jour à la télévision de l'Ouest ? Un jour, ils voyaient cent mille personnes manifester dans les pays Baltes contre l'annexion de leur pays décidée cinquante ans plus tôt entre Hitler et Staline. Un autre jour, ils pouvaient suivre une manifestation des réformateurs sur la Place rouge. Ils entendaient des extraits des débats au Soviet suprême où l'on discutait des droits des minorités, après qu'on eut assez longtemps répété qu'il n'y avait plus qu'un homme soviétique. Ils regardaient du côté de la Pologne et là, ils voyaient un Premier ministre polonais qui était il y a peu poursuivi par cette même police qui aujourd'hui lui servait d'escorte. Beaucoup d'habitants de RDA avaient l'occasion pendant les vacances de voir de leurs propres yeux ce qui se passait en Hongrie. Là-bas, ils voyaient comment les gens quittaient Budapest le matin pour aller faire leurs courses à Vienne avant de rentrer chez eux le soir. C'était la chose la plus naturelle au monde qu'à cet instant à Dresde, à Leipzig, à Dessau et à Potsdam on se pose la question : "Que se passe-t-il donc chez nous en RDA ? Le moment n'est-il pas venu de dire : Allons-nous-en ?" »

En fait, depuis le début de 1989, le nombre des gens qui voulaient partir de RDA avait augmenté brutalement. Cela pesait bien sûr aussi sur les relations entre les deux États allemands. Pour le gouvernement fédéral, il fallait poursuivre prudemment la politique pragmatique des petits pas destinée à obtenir des améliorations sur le plan humanitaire, tout en préservant les positions fondamentales de sa politique allemande. Le 4 juillet 1989, le nouveau secrétaire général de la Chancellerie, Rudolf Seiters, qui était responsable au sein du gouvernement fédéral de la mise en œuvre de la politique allemande, se rendit auprès de Honecker à Berlin-Est pour une visite de prise de contacts. « Rudi Seiters, remarque Kohl, s'était adapté en très peu de temps à ses tâches difficiles de secrétaire général de la Chancellerie fédérale. Je l'estime tout particulièrement à cause de sa loyauté absolue, de la sûreté de son intuition et du tact avec lequel il maîtrise nombre de situations compliquées. »

À Berlin-Est, Seiters annonça que nous souhaitions améliorer encore les relations entre les deux États allemands et discuta d'une série de questions pratiques. Il attira également l'attention de ses interlocuteurs sur le fait que les conséquences des engagements de la CSCE en matière de droits de l'homme résultant de l'Acte final d'Helsinki s'imposaient à tous les États signataires et donc également à la RDA.

De son côté, le secrétaire général du SED fit valoir que l'intangibilité des frontières comme le respect de l'intégrité territoriale et la souveraineté de tous les États en Europe étaient des conditions essentielles à la paix. Seiters assura que le gouvernement fédéral avait pris l'engagement de ne pas remettre en cause les frontières. Mais il n'avait jamais cessé non plus de souligner que cette question n'avait toujours pas été réglée par un traité de paix.

Honecker fit une déclaration surprenante à propos de l'ordre d'ouvrir le feu à la frontière inter-allemande : il ne serait désormais plus fait usage des armes qu'en cas de « légitime défense, attaque et désertion ». Jusque-là, les dirigeants de la RDA n'avaient admis qu'indirectement l'existence d'un tel ordre, par exemple lorsque, au nouvel an 1987, Honecker prétendit avoir limité le recours aux armes au cas où les garde-frontières courraient un danger personnel. En fait, la centrale de Salzgitter enregistra au moins vingt-neuf cas d'usage des armes à la frontière pour la seule année 1988. Quelques mois plus tôt, en février 1989, le jeune Chris Gueffroy[1] avait été abattu par les garde-frontières de la RDA alors qu'il tentait de quitter Berlin-Est pour passer à l'Ouest.

À peine Seiters était-il rentré de Berlin-Est que les événements se précipitèrent. Dans le communiqué final de Bucarest[2], le Pacte de Varsovie revint sur la doctrine Brejnev par laquelle l'Union soviétique s'était arrogé un droit d'intervention dans les pays-frères communistes, en cas de « menace contre le socialisme » — comme par exemple en 1968, au moment de la répression du mouvement de réformes politiques en Tchécoslovaquie, connu sous le nom de Printemps de Prague. Il était dit à présent que toute immixtion dans les affaires intérieures, toute tentative pour limiter la souveraineté des États étaient inacceptables. La ressemblance de ce texte avec la déclaration commune germano-soviétique du mois de juin de cette année-là était manifeste. Honecker était si furieux qu'il quitta le sommet du Pacte de Varsovie dès le lendemain. Il fut indiqué officiellement par la suite qu'il souffrait d'une colique hépatique et était parti en vacances.

Mais les relations entre les deux Allemagne se compliquèrent également. À Berlin-Est, depuis la mi-juillet, des Allemands qui s'étaient vu refuser le droit de quitter le territoire avaient trouvé refuge à la représentation permanente de Bonn. La même chose se produisit à l'ambassade de Bonn à Budapest. Le ministre des Affaires étrangères de la RDA reprocha à la République fédérale sa « grossière ingérence dans les affaires souveraines de la RDA ». On contesta aux ambassades de la République fédérale le droit de s'occuper des fugitifs de RDA. Le recours à un prétendu devoir de protection relevait d'« une prétention typique de la Grande Allemagne ». Helmut Kohl remarque : « Nous protestâmes par une contre-déclaration. Elle indiquait que les Allemands de RDA qui se trouvaient dans les

---

1. Il fut aussi le dernier à être abattu devant le Mur.

2. La réunion du Pacte de Varsovie eut lieu les 7 et 8 juillet 1989.

représentations permanentes et les ambassades de la République fédérale ne pouvaient pas être dans l'illégalité. L'accès à ces missions était ouvert en principe à tous les Allemands, ce qui correspondait également aux résolutions de la conférence de la CSCE de Madrid. »

Le 8 août, la République fédérale ferma jusqu'à nouvel ordre au public sa représentation permanente à Berlin-Est. Bonn indiqua y avoir été contraint parce que, comme entre-temps cent trente personnes y avaient cherché refuge, il n'était plus possible d'assurer le séjour d'un nombre supplémentaire d'Allemands dans des conditions conformes à la dignité humaine. Cette fermeture temporaire ne signifiait cependant pas que le gouvernement fédéral revenait sur sa politique, qui restait de trouver une solution humanitaire au problème posé par les citoyens de RDA qui souhaitaient en partir.

Compte tenu de ces événements dramatiques et en accord avec le Chancelier, Seiters, le secrétaire général de la Chancellerie, interrompit ses vacances au Tyrol. Depuis le 21 juillet, Kohl se trouvait à Saint-Gilgen, sa résidence de vacances en Autriche sur le Wolfgangsee. Il essayait de se détendre un peu après une année épuisante : « Le seul rendez-vous ferme était mon coup de téléphone quotidien à Eduard Ackermann à la Chancellerie. Vers 9 heures du matin, mon conseiller diplomatique, Horst Teltschik, et, le cas échéant, Rudi Seiters, le rejoignaient dans son bureau et branchaient le haut-parleur du téléphone. Je répartissais aussi à ce moment-là les tâches les plus importantes de la journée. Je passais les autres appels téléphoniques, comme toujours, tard dans la soirée. Comme d'habitude, mon directeur de cabinet, Walter Neuer, m'avait accompagné à Saint-Gilgen et avait pris ses quartiers à l'hôtel Kendler en y transportant son bureau équipé d'un télex capable de recevoir et d'envoyer des messages chiffrés. »

Bien qu'étant en contact permanent avec la Chancellerie à Bonn et tenu constamment informé des événements dramatiques, Kohl modéra d'abord le ton de ses déclarations publiques : « Nous ne voulions pas inquiéter davantage encore les dirigeants de la RDA. Nous n'avions pas intérêt à une aggravation de la situation. À l'Est cependant, certains n'attendaient qu'un mot un peu vif de Bonn pour en revenir aux méthodes agressives de la guerre froide. En conséquence, c'est en lui donnant également un ton mesuré que je rédigeai un message personnel à Honecker, qui fut remis le 11 août au vice-ministre des Affaires étrangères de RDA, Kurt Nier, par un haut fonctionnaire de la Chancellerie. Je soulignai cependant une fois de plus, et ce sans la moindre équivoque, que la République fédérale ne reviendrait pas sur sa pratique consistant à se sentir responsable de tous les Allemands et donc également de ceux qui avaient cherché refuge dans nos représentations diplomatiques. »

La lettre du Chancelier se poursuivait ainsi : « Notre souhait est cependant que chacun puisse mener une vie digne de ce nom dans sa propre patrie. J'ai l'impression qu'en ce moment, ce ne sont pas seulement quelques individus, mais un grand nombre d'entre eux, et notamment beaucoup de jeunes gens, qui ne croient plus cela possible compte tenu des circonstances actuelles. Seuls les dirigeants de la République démocratique allemande peuvent modifier cet état de fait... Il n'est pas exclu qu'à la longue les charges qui pèsent sur nos relations aient des conséquences négatives dans tous les domaines. »

Dans sa réponse du 17 août, le secrétaire général du SED désignait le vice-ministre des Affaires étrangères, Werner Krolikowski, comme l'interlocuteur du secrétaire général de la Chancellerie, Seiters. Ils se retrouvèrent dès le lendemain à Berlin-Est, mais leur rencontre resta sans effet et contribua plutôt à durcir la situation. Visiblement Berlin-Est cherchait à obtenir un entretien au plus haut niveau.

« Je devais donc, dit le Chancelier, me rendre en RDA. Je me déclarai d'accord sur le principe, au cas où la situation à la représentation permanente à Berlin-Est et à l'ambassade à Budapest s'aggraverait au point de rendre un contact direct indispensable. Mais j'excluais une visite officielle dans la situation actuelle. J'en étais convaincu : le temps travaillait contre Honecker. Comme le disait Talleyrand à Napoléon : " Sire, on ne peut pas être assis sur des baïonnettes ! " »

CHAPITRE 4

L'EXODE PAR LA HONGRIE

En Hongrie, l'évolution de la situation qui devait finalement conduire à l'unité allemande connut une impulsion décisive : après qu'on eut commencé dès le 2 mai 1989 à supprimer les dispositifs de sécurité à la frontière, le 28 juin, accomplissant un geste symbolique, le ministre des Affaires étrangères hongrois, Gyula Horn, et son homologue autrichien, Aloïs Mock, coupèrent les barbelés sous le regard de l'opinion publique internationale. Pour ceux qui en RDA s'étaient vu refuser l'autorisation de partir vers l'Ouest ou qui n'osaient pas la demander, ces événements marquèrent le signal du départ, surtout parce qu'il était à craindre que l'ère Gorbatchev ne dure pas longtemps. Conséquence : le nombre des demandes de voyages de vacances en Hongrie présentées en RDA fut incomparablement plus élevé qu'au cours des années précédentes. Kohl se met à la place des Allemands de RDA : « Nombre de familles reprirent alors la discussion qu'elles avaient déjà eue peu avant la construction du Mur. De nombreuses conversations m'ont appris ce que beaucoup de couples se disaient depuis 1961 : “ Si tu n'avais pas hésité à cette époque, nous serions partis.” Et cela s'était vraiment passé comme cela. Beaucoup avaient dit : “ Attendons un peu, nous avons encore le temps.” Et puis le Mur fut construit et ils ne purent plus partir. Les enfants d'alors étaient devenus les parents d'aujourd'hui qui, installés sur les terrains de camping hongrois, se trouvaient confrontés au même problème que leurs parents autrefois. Il nous fallait donc supposer que nombre d'entre eux voulaient passer à l'Ouest. »

En fait, la grande fuite commença en juillet. Ce furent d'abord vingt à trente Allemands de l'Est par semaine qui, après avoir passé la frontière, se présentèrent aux services autrichiens. Cependant, au début, beaucoup d'entre eux étaient encore arrêtés du côté hongrois, ce qui était mentionné dans leurs passeports de la RDA[1], ou, conformément aux conventions bilatérales, étaient refoulés en RDA, où ils étaient exposés à des représailles ; Budapest renonça cependant à cette pratique après l'intervention de Bonn[2]. Pris entre, d'un côté, l'obligation de respecter les traités passés avec la RDA et, de l'autre, le désir de tenir compte des dispositions de la convention des Nations Unies sur les réfugiés, la police des frontières hongroise apposa désormais sur les passeports de la RDA des papillons détachables, que leurs propriétaires pouvaient enlever sans difficulté.

En août, la situation s'aggrava en Hongrie : dix jours après avoir fermé sa représentation permanente à Berlin-Est, Bonn dut également fermer son ambassade à Budapest qui était surpeuplée : plus de cent quatre-vingts candidats au départ y avaient entre-temps cherché refuge. La capacité d'accueil de l'ambassade était totalement dépassée. Au total, plus de deux cent mille Allemands de RDA se trouvaient à présent en Hongrie, dont beaucoup campaient dans des campings proches de la frontière et n'attendaient que la première occasion pour gagner la liberté. Le 19 août, cette occasion se présenta : l'Union paneuropéenne[3] — une organisation internationale dont le siège se trouvait à Bâle — avait lancé, avec l'Association hongroise des libres démocrates, des invitations à un « pique-nique paneuropéen » dans la ville frontière de

---

1. Un passeport est-allemand ne suffisait pas pour quitter la Hongrie ou tout autre pays de l'Est. Il fallait un visa de sortie. La tentative de fuite des Allemands de l'Est arrêtés à la frontière par les Hongrois parce qu'ils ne disposaient pas de ce document était mentionnée dans leur passeport et ils étaient renvoyés en RDA.

2. Le 9 août 1989, les Hongrois annoncèrent qu'ils renonçaient à viser les passeports.

3. Issue du mouvement paneuropéen fondé par Coudenhove-Kalergi.

Sopron. Pendant la fête, un passage devait être ouvert à la frontière pour une brève période. Cette information se répandit comme une traînée de poudre parmi les Allemands de RDA en Hongrie. Des centaines d'entre eux tentèrent leur chance. La *Bild* du lendemain rendit compte des événements de la manière suivante : « Ils poussèrent la porte de bois, se donnèrent le bras en chantant "We shall overcome" [1] et se précipitèrent vers la liberté ! Environ sept cents citoyens de RDA traversèrent ce samedi la frontière hongroise en courant tout simplement vers l'Autriche. C'était l'évasion de masse de l'Est vers l'Ouest la plus spectaculaire qui ait jamais été. Après cette percée, beaucoup de gens se mirent à pleurer, tombèrent dans les bras les uns des autres, quelques-uns s'agenouillèrent et embrassèrent le sol. » Le Premier ministre hongrois Miklós Németh avait permis cette fuite en supprimant les postes-frontières sur une longueur de plusieurs kilomètres autour de Sopron.

La fuite massive de Sopron montra la voie non seulement aux candidats au départ qui se trouvaient déjà en Hongrie, mais aussi à ceux qui hésitaient encore en RDA. Bien que les vacances d'été fussent presque terminées, dix mille personnes de plus se mirent en route vers le sud. À Budapest et surtout dans les villes frontières, il y avait des files entières de Trabant et de Wartburg. La branche hongroise de l'Ordre de Malte et la Croix-Rouge installèrent d'immenses camps avec le soutien des services administratifs. En République fédérale, on ouvrit des comptes pour recevoir les dons destinés à l'aide d'urgence à la Hongrie.

Aujourd'hui encore, Helmut Kohl est furieux quand il pense aux obstacles qu'il fallut lever pour mettre en place les mesures de secours : « J'ai toujours été un ardent partisan de l'aide au tiers-monde, mais j'ai alors trouvé très consternant, pour ne pas dire honteux, qu'il soit bien plus difficile d'obtenir le soutien des grands groupes sociaux — y compris celui des Églises — alors qu'il s'agissait de compatriotes allemands. Et

1. « Nous l'emporterons. »

ce, bien que la situation ne nous ait jamais été aussi favorable. Alors que la question de l'Allemagne commençait à revenir ces semaines-là au centre de l'Histoire, nous n'allions quand même pas refuser notre soutien aux réfugiés ! »

Dès le 13 août, Jürgen Sudhoff, secrétaire d'État [1] au ministère des Affaires étrangères, se rendit à Budapest pour y mener de premiers pourparlers sur le problème des réfugiés ; il y rencontra le ministre hongrois des Affaires étrangères, Horn, qui lui peignit la situation de son pays sous de sombres couleurs. Si les dirigeants de la RDA avaient évité de condamner publiquement la Hongrie, en coulisse Berlin-Est, de même que Bucarest et Prague, faisaient monter la pression vis-à-vis des réformateurs hongrois.

Jour après jour, le ton de Berlin-Est montait également à l'égard de la République fédérale. L'organe central du SED, *Neues Deutschland*, alla jusqu'à prétendre que les services secrets de l'Ouest endormaient les citoyens de RDA avec des narcotiques pour les enlever. La vérité était tout autre : des groupes d'intervention complets appartenant aux services de la sécurité d'État [2] étaient envoyés en Hongrie et sévissaient dans les camps où les gens attendaient de pouvoir passer à l'Ouest.

Le 22 août, le Chancelier, qui était rentré la veille de vacances, répéta publiquement qu'il était prêt à rencontrer Honecker si l'on pouvait trouver ainsi le moyen d'améliorer la situation des Allemands de RDA. Le communiqué disait : « Ces dernières semaines, nous sommes tous bouleversés par les informations et les images venues de Budapest et de Berlin-Est, qui nous montrent comment des hommes, des femmes et des enfants — nos compatriotes allemands — cherchent le chemin de la liberté. Le destin de ces gens ne peut laisser personne indifférent dans notre pays. »

---

1. Le terme de secrétaire d'État ne recouvre pas en Allemagne exactement la même notion qu'en France, dans la mesure où les secrétaires d'État y sont les fonctionnaires les plus élevés des ministères et les représentants permanents du ministre (un peu comme un secrétaire général en France mais avec une dimension politique supplémentaire qui le rapproche également du directeur de cabinet français).

2. La Stasi (formé sur *Staatssicherheitsdienst*).

Simultanément, Kohl demandait à la RDA de tirer les conséquences de la situation. Il déclara : « Les dirigeants de la RDA portent l'entière responsabilité de la situation actuelle. Nous ne les en tiendrons pas quittes. Il faut que tout le monde sache — y compris les réfugiés — que ce n'est pas le gouvernement fédéral qui prend la décision de les autoriser à partir, mais uniquement la RDA. » Le gouvernement fédéral avait toujours clairement indiqué que personne n'avait intérêt à ce que la situation en RDA évolue de manière critique, compte tenu des risques que cela pouvait comporter pour l'Europe tout entière. Mais on devait demander aux dirigeants de la RDA comment ils comptaient faire face à une telle évolution.

On savait par les témoignages de ceux qui étaient passés à l'Ouest ces jours-là, que c'étaient surtout la paralysie du système et l'absence de tout espoir de changement qui déterminaient les gens à quitter la RDA. « Celui qui ne se voit pas d'avenir — comme c'est le cas d'un nombre croissant de gens en RDA — ne verra plus d'issue que dans l'évasion par n'importe quel moyen. »

Les dirigeants de la RDA ne pouvaient pas s'étonner que cette façon de voir ait progressé et progresse encore, dans la mesure où autour d'eux, en Europe centrale et orientale, s'imposaient des changements considérables allant dans le sens de la démocratisation, de l'ouverture et des réformes qui apportaient aux hommes de nouvelles libertés. La RDA ne pouvait pas se refuser à cette évolution. Il ne suffisait plus aujourd'hui de s'attaquer aux symptômes. Il fallait que la direction du SED reconnaisse à son tour les signes du temps. On ne pouvait pas construire la future « maison européenne » sur la répression, il fallait au contraire l'élever sur les fondements de la liberté et des droits civiques.

La déclaration de Kohl s'achevait sur une nouvelle profession de foi en faveur de l'unité de la nation : « Les événements de ces dernières semaines ont clairement montré que — contrairement à ce qu'on dit ici et là, y compris chez nous — la question allemande figure toujours à l'ordre du jour de la politique internationale. Le désir des Allemands de réaliser leur unité dans la liberté demeure inchangé. Ils n'ont pas été les seuls à réclamer qu'on résolve la question allemande. Nous faisons surtout confiance pour cela aux trois puissances occidentales qui exercent une responsabilité particulière. Mais les rapports entre les deux États allemands constituent également un élément essentiel de la stabilité en Europe, qui concerne tous les États européens. Dans la déclaration commune que le Secrétaire général Gorbatchev et moi-même avons signée le 13 juin à Bonn, nous disions que la « tâche prioritaire » de notre politique est de « contribuer au dépassement de la division de l'Europe ». La situation actuelle montre l'urgence de cette tâche. »

« Lorsque cette déclaration fut diffusée, remarque le Chancelier, j'avais déjà toutes les raisons d'être optimiste sur la question des réfugiés. Peu de temps auparavant, alors que j'étais encore à Saint-Gilgen, le Premier ministre hongrois, Miklós Németh, m'avait téléphoné. À mon grand soulagement, il m'avait indiqué qu'il s'efforçait de ne refouler en RDA aucun Allemand contre sa volonté. Cela laissait espérer que nos compatriotes pourraient bientôt partir vers la liberté, encore qu'un doute subsistât car la Hongrie appartenait toujours au Pacte de Varsovie. »

L'après-midi du 22 août, Kohl s'envola pour Berlin où il devait ouvrir un symposium au Reichstag. Des historiens de toute l'Europe participaient aux cérémonies organisées à l'occasion du cinquantième anniversaire du début de la guerre. « Alors que, le lendemain matin, nous décollions de Tempelhof pour Bonn à bord d'un appareil de l'armée de l'air américaine, nous faillîmes avoir un accident », se rappelle le Chancelier. Une corneille s'était prise dans un réacteur. Le biréacteur C 21, qui transportait Helmut Kohl, Juliane Weber, son chef de cabinet, et son directeur adjoint de cabinet, Stephan Eisel, s'était déjà élevé d'environ deux à trois cents mètres depuis le décollage, lorsque tout à coup retentit une détonation, une sorte d'explosion. Dans le réacteur droit, il y avait un trou de la taille d'un poing — un impact d'oiseau. Par chance et grâce à sa compétence, le pilote américain réussit à garder le contrôle de l'appareil et à faire un atterrissage d'urgence à Tempelhof. Le Chancelier rentra de Tegel à Bonn à bord d'un avion de ligne.

Pour le gouvernement fédéral, le problème des réfugiés commença à trouver une solution lorsque l'ambassadeur de Hongrie à Bonn, István Horváth — homme très ouvert à la cause des Allemands —, prit contact avec Teltschik, le conseiller diplomatique de Kohl, et indiqua que le Premier ministre Németh souhaitait rencontrer le Chancelier aussi vite que possible et ce dans la plus grande discrétion. On se mit immédiatement d'accord sur le vendredi suivant, 25 août. On convint que le lieu de cette rencontre secrète serait le château de Gymnich près de Bonn.

La veille de cette rencontre, la situation à la frontière austro-hongroise s'aggrava. Apparemment sur l'ordre d'officiers, les garde-frontières hongrois avaient pris en chasse des réfugiés de RDA. Ils tirèrent à la mitraillette au-dessus de la tête des fuyards et les battirent à coups de matraque en caoutchouc. Il y eut même des enfants parmi les blessés. Toutefois, il y eut aussi une bonne nouvelle : cent dix-sept réfugiés purent être évacués de l'ambassade d'Allemagne à Budapest.

Aujourd'hui encore transparaît l'état de tension intérieure dans lequel Kohl se trouvait le jour de sa rencontre avec Németh, le 25 août. « En dehors de Hans-Dietrich Genscher, qui relevait à peine de son infarctus, remarque le Chancelier, je n'avais mis au courant de la rencontre avec les dirigeants hongrois à Gymnich que Horst Teltschik, Eduard Ackermann, Rudi Seiters ainsi que Juliane Weber. Tôt dans la matinée de ce vendredi, j'avais une fois encore prié ce petit groupe de conserver le silence le plus absolu. Tout devait être fait pour ne pas envenimer davantage encore les relations extrêmement tendues entre Budapest et Berlin-Est. »

Le vendredi matin, le Premier ministre Németh, le ministre des Affaires étrangères Horn et l'ambassadeur Horváth atterrirent sur la partie militaire de l'aéroport de Cologne-Bonn à bord d'un appareil du gouvernement hongrois. De là, ils poursuivirent leur voyage dans un hélicoptère des garde-frontières de la République fédérale en direction de Gymnich, où ils furent accueillis devant le château par Kohl et Genscher. « Németh ouvrit l'entretien, raconte le Chancelier, sans déguiser la situation dans laquelle se trouvait la Hongrie. Son pays, qui appartenait toujours au Pacte de Varsovie, violait les traités en vigueur en laissant les "citoyens de RDA" quitter son territoire sans documents valides, dit-il en rappelant qu'aux termes des conventions conclues entre les deux États, il était interdit de laisser les citoyens de l'autre pays passer à l'Ouest s'ils ne disposaient pas d'autorisations de sortie du territoire en bonne et due forme. Personne ne savait, poursuivit Németh, comment allait réagir Honecker qui s'était rapproché du dictateur roumain Ceausescu. Il se demandait même parfois dans quelle mesure il fallait prendre au sérieux les informations selon lesquelles ils projetaient une action commune contre la Hongrie.

« L'inquiétude de Németh s'expliquait par l'opinion qu'il avait de ces deux hommes politiques. Il raconta qu'il avait eu, peu de temps auparavant, un entretien avec Honecker qui s'était révélé une fois de plus un adversaire obstiné des réformes. À cette occasion, Németh lui avait expliqué la politique de réformes de son pays. Honecker avait écouté, mais il lui avait ensuite remis trois livres à lire absolument. Il s'agissait de ses discours, de documents sur le dernier congrès du SED et du programme du SED, lectures oh combien palpitantes ! Je répondis à Németh que j'avais sur Honecker le même sentiment que lui. Il voulait rester en fonction quoi qu'il arrive — or toute réforme lui coûterait son poste.

« Németh raconta que Ceausescu lui avait fait l'impression d'un malade mental lors de la réunion des États du Pacte de Varsovie en juillet de cette année. Pendant ses monologues interminables, il poussait parfois des cris si perçants qu'il en perdait la voix. Il avait accusé les Hongrois d'avoir acheté toute la presse internationale pour propager des mensonges sur la Roumanie. Sur l'évolution de la Tchécoslovaquie et de la Bulgarie, Németh se montra convaincu que ce n'était plus qu'une question de temps avant que, là aussi, s'engage une discussion sur les réformes. Les Bulgares avaient cependant de si graves problèmes économiques que le bureau politique avait à plusieurs reprises demandé le rattachement du pays à l'Union soviétique.

« Nos interlocuteurs hongrois, qui parlaient très ouvertement des réformes indispensables dans leur pays, nous indiquèrent également que, pendant le sommet du Pacte de Varsovie, ils avaient réclamé que figure dans la nouvelle version du document relatif aux relations mutuelles le droit pour chaque État membre de déterminer sa propre évolution. Cette proposition ne fut acceptée par certains États membres qu'après que Gorbatchev fut intervenu avec insistance en sa faveur. Mais Gorbatchev lui-même, qui accueillait avec bienveillance les réformes hongroises, était critiqué au sein de la nomenklatura soviétique et personne ne savait comment Moscou réagirait en fin de compte à l'ouverture de la frontière aux Allemands de RDA. Il y avait tout de même deux cent mille soldats soviétiques stationnés en Hongrie.

« Miklós Németh en revint alors au problème des réfugiés. Il indiqua que, selon ses informations, il y avait, tant en Bulgarie qu'en Roumanie et en Tchécoslovaquie, un grand nombre de touristes allemands à l'affût de la suite des événements. Ils attendaient la prochaine mesure du gouvernement hongrois pour décider s'ils rentraient en RDA ou si, au contraire, ils passaient à l'Ouest via la Hongrie.

« Puis Németh nous annonça enfin la nouvelle salvatrice : "Il n'est pas question d'expulser les réfugiés vers la RDA. Nous ouvrons la frontière. Si aucune force militaire ou politique extérieure ne nous contraint à agir autrement, nous laisserons la frontière ouverte aux citoyens de RDA." Il était envisagé, selon Németh, de laisser sortir tous les Allemands d'ici la mi-septembre.

« Les larmes me montèrent aux yeux lorsque Németh eut dit cela, poursuit Kohl. Je fus plus que jamais conscient à ce moment-là qu'il avait été très important et judicieux que, durant ces longues années, nous nous soyons accrochés à l'idée d'une citoyenneté allemande unique et que nous n'ayons pas tenu compte des revendications de l'opposition et d'une partie des médias, qui s'étaient depuis longtemps accommodés de la division de notre pays. L'idée que tous ces Allemands qui, en Hongrie ou ailleurs, souhaitaient s'en aller vers la liberté, soient obligés de présenter une demande d'asile politique en tant qu'étrangers, était aussi absurde qu'insupportable. »

Kohl demanda plusieurs fois à Németh si la Hongrie attendait une contrepartie et, chaque fois, celui-ci refusa en disant : « La Hongrie ne vend pas les êtres humains. » Toutefois le gouvernement fédéral accorda à ce pays un crédit de cinq cents millions de deutschemarks qui avait été négocié depuis déjà un certain temps. Par ailleurs, Bonn accepta que soit supprimée l'obligation de visa entre les deux pays et assura Budapest du soutien de l'Allemagne lorsque la Hongrie souhaiterait entrer dans la Communauté européenne. « Je trouvais naturel, dit Kohl, d'aider ceux qui nous aidaient. La Hongrie aurait pu se comporter tout autrement. Ce n'était pas une décision facile pour le gouvernement de Budapest de dire tout simplement : malgré les accords qui nous lient au gouvernement de la RDA, nous laissons partir les Allemands. »

À peine le Premier ministre hongrois et son ministre des Affaires étrangères avaient-ils quitté le château de Gymnich que tomba l'information, donnée par une agence de presse hongroise, que Németh et Horn avaient rencontré le Chancelier d'Allemagne. « Je l'appris d'Eduard Ackermann, indique Kohl. Il se plaignit amèrement que ses collaborateurs et lui aient été condamnés au silence et s'y soient tenus, tandis que de leur côté les Hongrois répandaient la nouvelle. Je calmai Ackermann en lui faisant valoir que, grâce au ciel, rien n'avait filtré du contenu des accords. »

Lorsqu'il téléphona à Gorbatchev, le Chancelier obtint peu après des précisions sur l'importante question de savoir comment les dirigeants de Moscou allaient réagir aux intentions de la Hongrie : « Je lui racontai ce que Miklós Németh, Gyula Horn et moi nous étions dit et je lui demandai s'il était d'accord. Gorbatchev commença par se taire. Puis il répondit : "Les Hongrois sont de braves gens", ni plus ni moins. Il fut alors clair pour moi que le Premier ministre hongrois et son ministre des Affaires étrangères n'agissaient pas de leur propre initiative, mais qu'ils étaient sûrs de la "bénédiction" de Moscou. Pour le régime SED, c'était à coup sûr le début de la fin. »

Tandis que dans le triangle Moscou-Budapest-Bonn on préparait en secret des décisions d'importance historique, les informations de politique intérieure des médias étaient essentiellement axées sur la fin, qu'on disait imminente, de la présidence de Kohl à la tête de la CDU. Alors que s'approchait le congrès du parti fixé au 10 septembre, les éditoriaux s'interrogeaient : « Les détracteurs de Kohl, Ernst Albrecht, Rita Süssmuth, Lothar Späth et Kurt Biedenkopf [1], visent-ils à remplacer le Chancelier ? » ou encore « Heiner Geissler est-il plus fort que Kohl ? »

« En fait le torchon brûlait entre moi et Heiner Geissler en sa qualité de secrétaire général, remarque Kohl. À la fin du mois d'août — c'était mon premier jour de travail après mon retour de vacances —, j'avais eu une sévère altercation avec Heiner Geissler, auquel j'avais écrit une lettre à peine un an plus tôt, dans laquelle je le priais de m'être plus loyal, faute de quoi je devrais me séparer de lui. Il ne l'avait manifestement pas prise au sérieux. Il se présenta ce matin-là à la Chancellerie et étala devant moi les dossiers de préparation du congrès du parti. Je lui demandai : " Que veux-tu faire avec ces dossiers ? " Geissler me répondit : " Il faut que nous discutions du congrès du parti." Je répliquai calmement : " Il n'y a rien à discuter. Je ne compte pas te proposer au poste de secrétaire général. Je t'en ai fait part en temps utile." Geissler était assis là, complètement pétrifié, et dit : " Tu ne peux pas faire ça." Je lui répondis : " Nous verrons bien." Il rassembla les dossiers qu'il avait apportés et s'en alla. »

Une semaine plus tard, Kohl expliqua devant le comité directeur du parti les raisons qui l'amenaient à se séparer du secrétaire général de la CDU, Geissler : selon les statuts, le président du parti avait le droit de proposer le secrétaire général de son choix. Se décider en faveur d'un nouveau candidat — Volker Rühe [2] — n'impliquait aucune remise en cause des orientations

---

1. Ernst Albrecht était ministre-président de Basse-Saxe depuis 1976. Rita Süssmuth était présidente du Bundestag depuis 1988. Lothar Späth était ministre-président du Bade-Wurtemberg depuis 1978. Kurt Biedenkopf était président de la CDU de Rhénanie du Nord-Westphalie.

2. Volker Rühe était vice-président du groupe parlementaire depuis 1982.

politiques. Au comité directeur, le président de la CDU reçut le soutien de l'ancien président de la République fédérale, Karl Carstens. Le président du groupe parlementaire de la CDU/CSU, Alfred Dregger, se rangea également à ses côtés.

Helmut Kohl, doté d'ordinaire d'une robuste nature, eut par ailleurs à cette époque-là des ennuis de santé : « Je me mis à souffrir de la prostate précisément la semaine d'avant le congrès du parti à Brême, alors que j'attendais qu'on fixe la date de l'ouverture de la frontière austro-hongroise. Dès la soirée du mardi 5 septembre, au cours d'une discussion au sein de la coalition, je ressentis de si fortes douleurs que je dus à plusieurs reprises quitter la réunion. Les douleurs devinrent insupportables dans la nuit du jeudi au vendredi. Ne sachant plus que faire, je me traînai de ma chambre vers le poste de garde à travers le jardin, d'où les garde-frontières m'emmenèrent à l'hôpital Johanniter de Bonn dans une voiture-radio de la police. La question fut d'abord de savoir s'il serait possible de se passer d'opération.

« Je me souvins que l'un des meilleurs urologues d'Europe — le professeur Rudolf Hohenfellner — exerçait à la clinique universitaire de Mayence. Je le consultai et me fis examiner. Il me déclara tranquillement : "Il faut opérer, restez là, nous ferons ça demain matin." Pour moi c'était une catastrophe. Compte tenu de la situation d'alors, personne n'aurait cru que j'étais réellement malade. Il y avait ce conflit ouvert entre Heiner Geissler et moi, et beaucoup de gens penseraient que je voulais éviter un affrontement avec lui et ses partisans durant le congrès du parti, tout proche à présent. C'est pourquoi je dis : "Professeur, il faut en tout cas que j'aille à Brême." Nous convînmes d'une intervention provisoire de manière à pouvoir différer l'opération de quelques jours. Le professeur Walter Möbius de Bonn, pour qui j'ai également la plus grande estime, m'accompagna à Brême, resta assis là, dans les coulisses et sait depuis, ainsi qu'il le dit lui-même, ce qu'est vraiment le stress. Juliane Weber dut, à d'innombrables reprises pendant le congrès du parti, renseigner ceux qui demandaient qui était le monsieur qui se trouvait dans l'entourage du Chancelier. "Un nouveau collaborateur", leur répondait-elle. »

Quelques heures avant son départ pour le congrès fédéral de la CDU — le dimanche 10 septembre à l'heure du déjeuner —, le Chancelier apprit enfin par l'ambassadeur de Hongrie Horváth, après des jours d'attente anxieuse au cours desquels toutes sortes de fausses informations et de rumeurs avaient suscité beaucoup d'inquiétude, que ce serait pour minuit de ce jour. C'était au porte-parole pour les questions de politique extérieure du groupe SPD au Bundestag, Karsten Voight — comme il devait l'apprendre plus tard —, que Helmut Kohl devait la coïncidence inattendue entre cet événement et le congrès du parti à Brême, qui tombait particulièrement à point pour renforcer sa défense contre les attaques du groupe constitué autour de Geissler et de Süssmuth.

Le dirigeant social-démocrate était allé à Budapest début septembre pour y avoir des entretiens. À cette occasion, il avait été informé par le secrétaire d'État de Horn, Kovacs, sous le sceau du plus grand secret, que le gouvernement hongrois laisserait partir les Allemands de RDA le 6 septembre. Voight en informa les reporters ouest-allemands pendant qu'il était encore à Budapest, de sorte que l'affaire fut rendue publique. À la suite de quoi, les Hongrois décidèrent de repousser la date à la nuit du 10 au 11 septembre.

À ce propos, un article du journal *Die Welt* provoqua le mécontentement des Hongrois. Il y était indiqué que la date donnée par Voight n'avait pas pu être tenue parce que Bonn et Budapest ne s'étaient pas encore mis d'accord sur le prix. Cela froissa les Hongrois. Ils supposèrent que le ministère des Affaires étrangères était derrière cette affaire. Entre-temps, la pression qu'exerçait la RDA s'était encore accrue et la décision d'ouvrir les frontières était devenue encore moins facile pour Németh. Début septembre, le ministre des Affaires étrangères de RDA, Oskar Fischer, avait ouvertement menacé son collègue hongrois Horn lorsque celui-ci s'était rendu à Berlin-Est. Ainsi qu'on le sait par les documents dont on dispose aujourd'hui, Fischer annonça à Honecker, que la maladie avait contraint à s'aliter, que la Hongrie préparait « des mesures destinées à permettre le départ des citoyens de RDA, qui sont toutes contraires aux intérêts de la RDA. Ces dispositions ont manifestement déjà été prises en accord avec la RFA et avec l'Autriche par l'intermédiaire de la RFA ».

Il était convenu avec Budapest que, le soir où les Allemands de RDA pourraient partir, les ministres des Affaires étrangères, Horn et Genscher, donneraient cette information à la télévision. « Une fois la date indiquée, je priai la partie hongroise, dit Kohl, de nous laisser rendre l'événement public dès 20 heures ; à ce moment commençait la traditionnelle soirée de presse à la salle des congrès de Brême où je pourrais en parler. Ma demande fut agréée. »

Malgré la douleur, il éprouvait une grande satisfaction à s'adresser, ce mémorable 10 septembre, à l'assemblée des journalistes, qui étaient venus au congrès du parti en en attendant tout autre chose, pour leur annoncer la nouvelle de l'ouverture de la frontière hongroise : « Il y a quelques minutes, le ministre hongrois des Affaires étrangères a fait connaître la décision de son gouvernement aux termes de laquelle cette nuit, à partir de minuit, les Allemands de RDA pourront partir depuis la Hongrie vers le pays de leur choix. Nous ne savons pas plus que l'administration hongroise combien de nos compatriotes de RDA qui se trouvent actuellement en Hongrie profiteront de la chance qui leur est donnée de quitter ce pays. »

Suivaient des mots de remerciement au gouvernement hongrois et à son administration : « En raison notamment des entretiens que nous avons eus au cours des dernières semaines, nous sommes tout à fait conscients — et moi-même également — de l'importance de la décision que le gouvernement hongrois a prise. C'est une décision d'humanité, c'est une décision de solidarité européenne. Et je leur suis extrêmement reconnaissant de cette décision. Qui regarde les visages des gens concernés par cette mesure, qui a vu quelle tension, proche du désespoir, régnait ces derniers jours et ces dernières semaines, peut mesurer ce que signifie l'entrée en vigueur de cette décision aujourd'hui à partir de minuit. »

Le Chancelier poursuit ensuite : « Je saisis l'occasion de remercier très cordialement tous les Hongrois, mais aussi tous les Autrichiens : mes paroles s'adressaient également au gouvernement autrichien et aux nombreux citoyens et citoyennes du

Burgenland[1]. Je les remerciais de s'être particulièrement bien occupés des Allemands de RDA qui étaient encore en Hongrie ou qui, venant de Hongrie, avaient ces dernières semaines traversé la frontière pour passer en Autriche. »

Kohl annonça que le gouvernement fédéral mettrait tout en œuvre pour accueillir chaleureusement les compatriotes de RDA qui arrivaient à présent en République fédérale et pour leur permettre de prendre un bon départ dans leur nouvelle vie. Il demandait aussi à toutes ses concitoyennes et à tous ses concitoyens de République fédérale d'aider les Allemands de RDA, dans la mesure de leurs moyens, à trouver un premier hébergement, un logement et surtout un emploi.

Sans se laisser impressionner par les tentatives de pression de Berlin-Est, les Hongrois tinrent leur promesse cette nuit-là et ouvrirent la frontière. Plus de six mille personnes la passèrent dans les heures suivantes et prirent la direction de la liberté ; plus de cent mille autres devaient les suivre. « Personne ne sait à l'avance comment tournera l'Histoire, remarque Kohl rétrospectivement. Personne ne pouvait dire alors où allait finalement conduire ce renouveau en Europe centrale et orientale. Mais tout le monde sentait bien que c'était un moment historique. Ce mot "historique" a été souvent utilisé depuis, mais il était ici vraiment approprié. Le rideau de fer qui divisait l'Europe depuis près de quatre décennies s'était, du moins en partie — et quelle partie —, levé. L'Allemagne avait avancé d'un pas réellement décisif sur le chemin de l'unité dans la paix et la liberté. »

1. L'un des États d'Autriche, situé à la frontière avec la Hongrie.

CHAPITRE 5

NOUS SOMMES LE PEUPLE

Les sept cent trente-huit délégués au congrès fédéral de la CDU à la salle des congrès de Brême étaient encore complètement sous le coup des événements qui allaient changer le monde. Après avoir présenté le traditionnel rapport du président, Kohl fit face à la discussion. Il fut sévèrement critiqué par quelques délégués. Finalement, il reprit le micro et prononça un discours passionné et offensif, dans lequel il repoussa toutes les attaques. Enthousiastes, les délégués se levèrent pour l'applaudir. La motion tendant à lui enlever la présidence du parti avait perdu tout fondement. Lothar Späth, à qui l'on en voulait manifestement de ne pas avoir défié Kohl à visage découvert, ne fut pas réélu au praesidium du parti. Kohl fut confirmé de manière impressionnante dans ses fonctions et Volker Rühe s'imposa comme successeur de Geissler et devint secrétaire général.

« Après le congrès du parti, raconte Kohl, je me rendis à Mayence pour me faire opérer à la clinique universitaire. L'intervention se déroula sans complications. » Sur son lit d'hôpital, il reçut un télégramme de George Bush. Le président des États-Unis écrivait : « Cher Helmut, tu es dans mes pensées et dans mes prières. Porte-toi mieux. George. » Au total, pendant son séjour à la clinique, Kohl reçut près de deux mille cartes postales et lettres de prompt rétablissement.

« Après une bonne semaine, on me laissa sortir de l'hôpital, mais il me fallait encore me ménager. Les nouvelles que je reçus pendant ma convalescence à Ludwigshafen me donnèrent autant de joie que de soucis. J'étais plein de joie, dit le Chancelier, en voyant avec quelle chaleur nos compatriotes de l'Est étaient accueillis en République fédérale. Il y eut des scènes bouleversantes que, comme presque tous les citoyens de la République fédérale pendant ces jours-là, je suivis à la télévision : des jeunes gens, qui avaient tout abandonné et s'étaient précipités sur le chemin de la liberté ; les secours spontanés émanant d'associations, d'entreprises et d'individus — tout cela créa tout à coup un sentiment collectif auquel beaucoup d'entre nous ne croyaient déjà plus. Le sentiment d'appartenance nationale des Allemands était une réalité vivante. J'ai toujours été convaincu que, si un peuple reste fidèle à lui-même, il aura sa place dans l'Histoire. Si les Allemands disaient : " Nous formons un tout " — et ce aussi longtemps que pouvait durer cette mauvaise passe de l'Histoire — ils parachèveraient finalement, en disposant librement d'eux-mêmes, l'unité de l'Allemagne ainsi que nous en chargeait le Préambule de la Loi fondamentale. »

Les médias ouest-allemands eux aussi manifestaient désormais de plus en plus d'intérêt et de sympathie pour les Allemands de RDA qui arrivaient en République fédérale par la Hongrie. « Avait disparu des reportages, souligne Kohl, un préjugé très répandu et insupportable, selon lequel ce seraient uniquement ceux qui avaient raté leur vie qui quittaient la RDA et venaient chez nous en République fédérale. » Mais il ne manquait pas non plus de voix à cette époque pour minimiser ces développements dramatiques et donner des conseils pressants au gouvernement fédéral et aux partis de l'Union.

C'étaient les réactions venues de l'Est qui inquiétaient le Chancelier. « Radio-Moscou » tempêtait : si les autorités de la République fédérale d'Allemagne accordaient aussitôt des passeports de la République fédérale aux citoyens de RDA, c'est qu'elles remettaient en cause les réalités issues de la guerre. Cela n'avait aucun sens de parler de « l'unification de la RFA et de la RDA » ou de l'espérer secrètement. L'influent adversaire de Gorbatchev, Egor

Ligatchev [1], parla d'une « action de provocation contre la souveraineté de la RDA ». « Je comprenais mieux, grâce à ces formules et à d'autres, que Gorbachev avançait sur une bien mince couche de glace. »

Tandis que les médias de RDA manipulés par le SED reprenaient les propos venimeux de Moscou, les dirigeants impuissants du SED réagirent de manière quasi hystérique à l'ouverture de la frontière hongroise. Erich Mielke, le ministre de la Sécurité d'État, se serait même prononcé en faveur d'une intervention militaire commune de Berlin-Est, Prague et Bucarest contre la Hongrie dissidente. La Stasi dut cependant s'en tenir aux projets de mesures et aux actions par lesquelles on espérait vainement endiguer le flot des « fugitifs de la République ».

Le 12 septembre — jour où Kohl fut réélu président de la CDU au congrès de Brême —, la RDA remit une note de protestation au ministère hongrois des Affaires étrangères. Berlin-Est se plaignait en des termes très durs de la décision de Budapest et exigeait la fermeture immédiate de la frontière. Les Hongrois repoussèrent catégoriquement et publiquement cette exigence. Le Premier ministre Németh déclara que c'était au nom de l'humanité que son pays avait permis aux réfugiés de RDA de passer la frontière. Si l'on voulait réellement édifier la « maison européenne », on ne pouvait pas refermer les frontières. Il était en effet impensable qu'il y eût dans cette maison des pièces séparées les unes des autres par des barbelés.

Le drame des réfugiés prenait des formes de plus en plus radicales. Une centaine d'Allemands se trouvaient toujours dans l'ambassade de Bonn à Prague et, à présent, certains occupaient également notre représentation diplomatique à Varsovie. Leur chiffre croissait de jour en jour. Si, le 12 septembre, environ deux cents d'entre eux quittèrent

1. Egor Kouzmitch Ligatchev était membre du bureau politique du PCUS depuis 1985 et, hostile à la perestroïka, était le principal adversaire de Gorbatchev au sein du parti. Il était également farouchement opposé à la réunification allemande.

l'ambassade de la République fédérale à Prague et prirent le chemin du retour, conformément à l'engagement du négociateur de la RDA, l'avocat Wolfgang Vogel [1], le problème n'était pas pour autant réglé. Bien au contraire : à la fin septembre, le nombre des réfugiés dans les ambassades de la République fédérale s'élevait à plus de trois mille à Prague et à plus de six cents à Varsovie. Les conditions d'hygiène dans chacune des ces deux ambassades étaient catastrophiques. On ne pouvait pas escompter de solution rapide, car les négociations menées par la voie diplomatique ne progressaient pas. Berlin-Est campait sur ses positions et il ne fallait pas non plus espérer le moindre soutien des dirigeants communistes de Prague car ils communiaient avec l'équipe de Honecker dans son rejet de la politique de réformes engagée par Gorbatchev.

Kohl n'avait aucune illusion sur ce point. « Les images des forces de sécurité s'en prenant brutalement aux personnes réfugiées dans nos ambassades, que je voyais à la télévision chez moi à Ludwigshafen, ne me laissaient pas le moindre doute. Cette situation me rappelait ma visite à Prague à la fin janvier 1988. J'avais mis comme condition à ma venue une visite au cardinal-primat de Prague, Frantisek Tomasek. À peine étais-je descendu d'avion, que le Premier ministre tchécoslovaque Strougal m'informa que ma visite au cardinal Tomasek n'aurait pas lieu. Il n'était pas en ville. Je répliquai que je ne le croyais pas et menaçai de repartir dans les deux heures suivantes si on essayait d'empêcher cette rencontre. Le Premier ministre Strougal finit par céder. »

Kohl se présenta finalement chez le cardinal-primat avec une forte escorte : « J'y avais tenu afin de lui témoigner ainsi de mon respect particulier. À tout juste cent vingt mètres du Hradschin, siège du président de l'État, vivait cet homme qui

1. L'avocat est-allemand Wolfgang Vogel s'était spécialisé dans les transactions touchant la libération de prisonniers politiques est-allemands, qui étaient remis à l'Allemagne de l'Ouest moyennant finances. Il avait même le titre de plénipotentiaire de la RDA chargé des questions humanitaires. En septembre 1989, le SED l'envoya à Prague où il promit aux réfugiés est-allemands qu'ils ne feraient l'objet d'aucune poursuite s'ils retournaient chez eux.

avait été déporté en camp de concentration par les Allemands et avait été ensuite emprisonné des années durant par les staliniens. Le gouvernement communiste, qui était encore en fonction à cette époque-là, avait également fait de lui une non-personne. Il souhaitait tout simplement faire comme s'il n'existait pas. Je m'en souviens encore comme si c'était hier : le vieil homme se tenait sous le portail dans sa robe de cardinal et pleurait. Je fus l'un des rares hommes politiques du monde occidental à ne pas l'ignorer. Le cardinal avait alors près de quatre-vingt-dix ans. J'ai passé une heure inoubliable avec lui.

« Plus tard, après la chute du régime communiste, j'ai rendu une autre visite privée au cardinal Tomasek. Je suis également allé à ses funérailles en 1992. Des hommes politiques de toute l'Europe étaient venus à la messe de requiem. Des centaines de gens d'Église et de prêtres du pays étaient venus dire adieu à leur cardinal. Beaucoup d'entre eux me remercièrent même pendant l'office. Ils se souvenaient tous parfaitement de ma première visite à Tomasek. »

Au sein du Pacte de Varsovie, les dirigeants tchécoslovaques faisaient partie des opposants aux réformes. Le Chancelier pense que, si le problème des personnes réfugiées dans les ambassades put être malgré tout résolu, le régime de Prague n'y fut pour rien : « Ce furent bien plus les réformateurs de Moscou qui agirent en coulisses. » Pendant ces jours dramatiques, Kohl téléphona à Gorbatchev et constata que celui-ci voyait avec bienveillance les efforts déployés en faveur des Allemands réfugiés dans les ambassades. Le Chancelier souligne que c'était aussi le cas du ministre soviétique des Affaires étrangères, Édouard Chevardnadze. En marge de l'Assemblée générale des Nations Unies à New York, Genscher, le ministre des Affaires étrangères, obtint de son collègue soviétique la promesse que le Kremlin prendrait contact avec les dirigeants de la RDA et ferait en sorte d'améliorer la situation des réfugiés.

« Peu après, un vendredi soir, se rappelle Helmut Kohl, Rudolf Seiters m'appela chez moi pour m'informer que le représentant permanent de la RDA à Bonn avait téléphoné à la Chancellerie et demandé qu'on lui accorde d'urgence un entretien le samedi matin. Je dis à Rudi Seiters qu'il devait convier Hans-Dietrich

Genscher à cet entretien et rester en contact téléphonique avec moi. À l'origine, la RDA s'attendait sans doute que, sous la contrainte des événements, nous ferions pression sur les gens pour qu'ils quittent les ambassades. Depuis le début, nous avions pourtant clairement indiqué qu'il n'en était pas question, que nous ne jetterions personne à la rue et que nous étions prêts à une épreuve de force si la RDA ne changeait pas d'attitude. Nous ne nous étions pas écartés d'un millimètre de cette position ; les dirigeants de RDA durent s'en rendre compte. Les images des conditions dégradantes qui régnaient dans notre ambassade à Prague avaient déjà fait le tour du monde et fait également impression sur d'autres gouvernements d'Europe de l'Est. Berlin-Est voulait sans doute sauver les apparences juste avant les cérémonies prévues pour la célébration du quarantième anniversaire de l'existence de la RDA. Le représentant permanent de RDA nous proposa finalement d'autoriser les personnes réfugiées dans notre ambassade à Prague à se rendre en République fédérale en passant par le territoire de la RDA. À l'évidence, cette décision avait été prise par Honecker lui-même. Il ne voulait pas d'une " solution hongroise ", mais autoriser lui-même ces départs pour garder la maîtrise de ces procédures et donc faire passer les trains de réfugiés par le territoire de la RDA. »

Le Chancelier accepta cette proposition avec soulagement : « J'étais alors très tenté d'aller à Prague, mais mes médecins me le déconseillèrent formellement. Puisque les réfugiés devaient passer par le territoire de la RDA, il était essentiel que les gens ne pensent pas que cette route pouvait présenter un risque. On décida donc que Hans-Dietrich Genscher et Rudi Seiters s'envoleraient pour Prague l'après-midi même de ce 30 septembre. » Kohl fut probablement agacé par le fait que Genscher n'ait tout d'abord pas voulu emmener Seiters à Prague — sans doute, comme on le supposa à la Chancellerie, pour être seul à bénéficier des éloges des médias. Sa mauvaise humeur s'accrut encore lorsque, quelques minutes seulement après le départ de l'appareil de l'armée de l'air qui transportait Genscher et Seiters, une dépêche urgente des agences de presse tomba sur les téléscripteurs annonçant que le ministre des Affaires étrangères était en route pour Prague. Bien qu'il eût été expressément convenu de garder le silence, le ministère des Affaires étrangères avait donné cette information à la presse.

Kohl suivit à la télévision les scènes indescriptibles qui se déroulèrent à Prague ce soir-là, lorsque Genscher et Seiters, peu avant 19 heures, apprirent à des milliers de gens, depuis le balcon du « palais Lobkowitz », la merveilleuse nouvelle de leur liberté. Il se rappelle : « Rudi Seiters me tenait informé heure par heure : comment il était entré dans l'ambassade, comment les gens étaient étendus sur les marches des escaliers et comment les parents lui tendaient leurs enfants. D'après ce que me disait Seiters au téléphone, l'attitude des réfugiés témoignait d'une incroyable confiance à l'égard des représentants du gouvernement fédéral librement élu. Pourtant les gens ne savaient même pas s'ils étaient venus les trouver avec une bonne, une mauvaise, voire pas de nouvelle du tout. » À la même heure, le secrétaire d'État Sudhoff annonçait aux réfugiés de l'ambassade à Varsovie que leur départ — via le territoire de la RDA — était lui aussi assuré. Dès le lendemain matin, le premier des six convois spéciaux quittait Prague en direction de Hof[1].

À la Chancellerie, le directeur de cabinet de Seiters, Manfred Speck, installa immédiatement, en étroite collaboration avec le directeur adjoint de cabinet de Genscher, Bernd Mützelburg, une cellule de crise pour piloter, avec les ministères de l'Intérieur et des Transports, la mise en œuvre technique et opérationnelle des convois spéciaux. Speck passa des nuits entières dans son bureau où il dormait sur un lit de camp.

À peine le dernier train était-il parti de Prague, qu'à nouveau des réfugiés affluaient dans la capitale tchécoslovaque ; tard dans la soirée de ce même jour, les premières mères accompagnées de jeunes enfants furent admises dans l'ambassade. Ils furent bientôt de nouveau quelques milliers. Afin d'obtenir pour eux aussi des autorisations de sortie du territoire, Seiters convoqua à la Chancellerie le représentant permanent de RDA à Bonn. Celui-ci reprocha au gouvernement fédéral de ne

1. Ville de Bavière. Proche de la frontière tchécoslovaque, elle n'était pas non plus très éloignée de la frontière avec la RDA.

pas s'en tenir aux accords conclus. Seiters protesta et refusa avec indignation les exigences de Berlin-Est, qui souhaitait que l'on jette à la rue les réfugiés de l'ambassade. La République fédérale n'édifiait pas de murs autour de ses ambassades de même qu'elle n'en chassait personne.

« Je ne restai pas plus longtemps chez moi, se rappelle le Chancelier. Sans tenir compte de l'avis de mes médecins, le 3 octobre, j'interrompis ma convalescence et me dépêchai de quitter Ludwigshafen pour rejoindre Bonn. La situation s'était détériorée. Comme m'en informa Rudi Seiters, notre ambassade à Prague avait été fermée à 4 heures du matin à la demande pressante de la Croix-Rouge allemande, en raison surtout de conditions d'hygiène catastrophiques. »

À ce moment, environ quatre mille sept cents personnes se trouvaient dans l'ambassade. Au matin du 3 octobre, quelque trois cents réfugiés s'étaient rassemblés devant l'ambassade : vers midi, ils étaient déjà plus de mille. La milice tchécoslovaque avait barricadé le bâtiment, mais il fut tout simplement pris d'assaut par les réfugiés de RDA au désespoir. Des scènes brutales se produisirent : les policiers battirent les gens à coups de matraque, des enfants furent piétinés. « Au cours de réunions de crise qui se succédaient sans interruption, indique Kohl, nous cherchions une solution. Comme Berlin-Est se montrait inflexible et que la situation s'aggravait encore, je demandai à parler à Honecker au téléphone. Mais Rudi Seiters se heurta à un refus cassant : son emploi du temps rendait le secrétaire général indisponible jusqu'au 7 octobre. » Les cérémonies pour le quarantième anniversaire de l'État est-allemand devaient avoir lieu ce jour-là à Berlin-Est.

N'ayant pas pu joindre Honecker, le Chancelier appela le Premier ministre tchécoslovaque, Adamec, en fin d'après-midi : « Je lui dis que ce qui se passait m'inquiétait beaucoup. L'évolution de la situation des Allemands de RDA me donnait de grands soucis. J'espérais qu'on pourrait trouver dans les prochaines heures une solution satisfaisante. Je souhaitais que cette question soit réglée dans des conditions acceptables du point de vue humanitaire et que la Tchécoslovaquie y apporte sa contribution. »

Adamec informa le Chancelier qu'à 16 heures, six mille Allemands de RDA se trouveraient dans l'ambassade de la République fédérale et deux mille autres dans ses parages. Par ailleurs, il y avait trois à quatre mille Allemands de l'Est en route pour Prague. Il avait été convenu avec la RDA de fermer les frontières ce 3 octobre à 17 heures et d'offrir à tous les citoyens de RDA qui se trouveraient alors en Tchécoslovaquie la possibilité de partir le soir même ou dans la nuit en République fédérale en passant par la RDA. « Quand je lui demandai à quelle date il publierait cette information, Adamec répondit qu'il était prévu de le faire dans la soirée. » Kohl avait alors, en présence de Hans-Dietrich Genscher, immédiatement chargé Seiters de tenir une conférence de presse et d'annoncer le départ de Prague des nouveaux réfugiés.

L'ouverture de la frontière en Hongrie de même que les événements à Prague et à Varsovie ébranlèrent le régime SED dans ses fondements. Sans la perestroïka, ce qui se passait alors en RDA n'aurait pas été possible. « Des gens tout à fait ordinaires, se rappelle Kohl, se mirent à descendre dans la rue et à manifester ouvertement contre la situation en RDA. Ils avaient repris courage et n'avaient plus peur des mesures de répression du régime SED. Ils avaient pris conscience que la réalité en RDA n'était nullement immuable et qu'il y avait moyen de la modifier. De plus en plus de gens osaient à présent suivre l'exemple du mouvement de défense des droits civiques et prendre pour modèle des femmes et des hommes tels que Bärbel Bohley et Freya Klier, Rainer Eppelmann et Christian Führer ou Wolgang et Lotte Templin [1].

1. Bärbel Bohley, peintre, engagée dans un groupe du mouvement de la paix, fut emprisonnée à deux reprises. En 1989, elle participa à la fondation du « Nouveau Forum ».

Freya Klier, actrice, appartenait à la dissidence. Elle fut exilée en 1988 par les autorités de RDA.

Rainer Eppelmann, théologien. Il adhéra lui aussi au mouvement de la paix et fut victime de représailles. À l'été 1989, il participa à la fondation du « Renouveau démocratique ».

Les Templin sont les cofondateurs du mouvement « Initiative pour la paix et les droits de l'homme ».

« Pour moi, l'histoire de l'opposition à la dictature SED appartient aux plus beaux chapitres de l'histoire de l'Allemagne. Tous les Allemands peuvent et doivent en être fiers. Ils méritent notre estime ces femmes et ces hommes courageux qui, à cause de leur engagement en faveur du respect des droits de l'homme et du citoyen, furent espionnés et persécutés, emprisonnés et déchus de leur nationalité par les dirigeants du SED. J'ai le plus grand respect pour tous ceux qui ne se sont pas soumis à la dictature communiste et ont ainsi également contribué à la révolution pacifique de l'automne 1989.

« Ce que le mouvement est-allemand de défense des droits civiques nous a légué — et cela touche un peu chacun d'entre nous ! — c'est l'idée que la démocratie a autant besoin d'une société civile vivante que d'air pour respirer. C'est pourquoi je suis totalement partisan de rendre davantage hommage au mérite des défenseurs des droits civiques. On parle de moins en moins de l'inhumanité de l'ancien régime, qu'on minimise beaucoup, voire qu'on embellit. Un certain nombre de ceux qui ont succédé intellectuellement, politiquement et matériellement au SED demandent aujourd'hui à nouveau la parole avec un aplomb difficilement supportable. Il nous faut leur résister très énergiquement, sinon nous perdrons le sens de cette valeur pour laquelle de nombreuses personnes ont manifesté dans les rues et sur les places de RDA à l'automne 1989. »

Le soutien qu'obtenaient désormais ceux qui s'étaient déjà activement opposés au régime SED se manifestait à présent par la création et le développement de nouvelles associations. Presque chaque jour se formaient de nouveaux groupes d'opposition qui se réclamaient tous du secrétaire général soviétique. En faisait partie le « Nouveau Forum », qui appelait toutes les citoyennes et tous les citoyens de RDA à participer à la transformation de la société. Les groupes « Démocratie maintenant » ou « Renouveau démocratique », qui fut créé un peu plus tard, début octobre, mais aussi le SDP, le parti social-démocrate, fondé à Schwante en Brandebourg, poursuivaient le même but.

Cependant, même au sein des partis du Bloc [1], on commençait à prendre ses distances. Le président du LDPD [2], Manfred Gerlach, qui avait été jusque-là un fidèle partisan de Honecker, exigea des réformes à la Gorbatchev. À la CDU-Est, où l'ère de Gerald Götting, fonctionnaire très décoré et ancien président de la Chambre du peuple, touchait à sa fin, la même demande fut formulée dans la « lettre de Weimar ». « Beaucoup de ceux qui, en RDA, participaient au changement souhaitaient certainement un socialisme à visage humain, de nature non totalitaire. » C'est ainsi que le Chancelier juge aujourd'hui la situation de cette époque. « À côté se trouvaient aussi des clans qui entendaient maintenir le changement sous le contrôle des communistes réformateurs. »

Après la prière pour la paix à l'église Saint-Nicolas de Leipzig [3], le 25 septembre, plus de cinq mille personnes se rassemblèrent pour une manifestation de protestation dans cette ville célèbre pour ses foires. La RDA n'en avait pas connu d'aussi grande depuis des décennies. Elle se déroula pacifiquement, ce que la Chancellerie ne fut pas la seule à accueillir avec soulagement. Les dirigeants restèrent sur la réserve. Mais la situation au sud de la RDA, que traversaient les convois spéciaux transportant les réfugiés de l'ambassade à Prague, était inquiétante. Le 4 octobre, des milliers de gens se rassemblèrent à la gare de Dresde. Des scènes dramatiques s'y déroulèrent. Certains essayèrent même de sauter dans les trains qui traversaient la gare. La direction SED de la région de Dresde,

1. Il s'agit des partis qui, avec le SED, formaient le « bloc démocratique » et auquel appartenait la CDU-Est, souvent désignée dans ce livre sous l'appellation « parti du bloc ».

2. Parti libéral-démocrate d'Allemagne. Manfred Gerlach était depuis 1960 vice-président du Conseil d'État, organe créé en 1960, élu par la Chambre du peuple, et dont le président était de fait le chef de l'État.

3. Depuis 1983, l'église Saint-Nicolas de Leipzig organisait tous les lundis un service religieux avec une prière pour la paix. Le lundi 4 septembre, à l'issue de cet office, eut lieu une manifestation réclamant non seulement le droit d'émigrer mais aussi la liberté. L'habitude se prit alors de manifester tous les lundis après l'office.

dont le président était Hans Modrow, fit disperser la manifestation dans la soirée avec une dureté impitoyable. La police populaire eut recours aux canons à eau et aux matraques. Il y eut des arrestations massives. Les blessés erraient par les rues.

On avait vraiment l'impression que les dirigeants du SED se retranchaient de plus en plus derrière Honecker, lequel était malade. Toujours incapables de répondre comme il fallait aux défis de manière adéquate, ils accusèrent aussitôt de « complicité avec l'ennemi de classe » tous ceux qui émettaient des critiques. À ce propos, de violentes attaques furent à nouveau lancées contre le gouvernement fédéral, dont la « politique revanchiste » était tenue pour responsable des problèmes actuels de la RDA.

« En vérité, indique le Chancelier, nos efforts visaient à dédramatiser ce qui se passait en RDA. Il ne s'agissait naturellement pas de renoncer aux principes de notre politique allemande. En définitive, les dirigeants du SED étaient eux-mêmes en mesure de détendre la situation en mettant en œuvre les réformes qui avaient trop tardé et que nous réclamions sans cesse. Les gens étaient découragés et voulaient participer aux décisions politiques. Ils voulaient pouvoir voyager librement et s'exprimer librement. Ils ne voulaient plus se voir confisquer les fruits de leur travail. »

Pendant ces journées d'octobre, le régime SED se refusa tout d'abord à adopter une attitude plus conciliante. Berlin-Est ajusta encore plus fermement le couvercle sur la chaudière déjà sous haute pression. Les déplacements entre la RDA et la Tchécoslovaquie, qui n'étaient pas soumis à l'obligation de passeports et de visas, furent suspendus afin de mettre un terme au flot persistant de fugitifs. Pour cette raison, plusieurs d'entre eux se noyèrent dans le Danube en essayant de rejoindre la Hongrie à la nage.

La situation ne cessait de se détériorer lorsque Gorbatchev arriva à Berlin-Est pour la célébration du quarantième anniversaire de la fondation de l'État est-allemand. La plupart des Allemands de RDA avaient mis leur espoirs en lui et en sa perestroïka. Une fois parmi eux, il se répandit en allusions à

Honecker, par exemple en prononçant devant la Neue Wache[1] sur Unter den Linden cette phrase lourde de sens : « Celui qui réagit trop tard est puni par la vie. » De telles paroles, venant du premier personnage d'Union soviétique, encouragèrent les gens à manifester de plus en plus ouvertement leur profond mécontentement.

Le 7 octobre au soir, Berlin-Est connut une manifestation impressionnante. Mais les gens descendirent dans la rue par milliers également dans le reste du pays : à Dresde, Chemnitz, Halle, Erfurt, Potsdam ou Leipzig. Jour après jour, leur nombre augmentait. Malgré toute la joie suscitée par ce désir de liberté qui se manifestait ici de manière saisissante, la Chancellerie redoutait de plus en plus une intervention armée des organes de sécurité qui aurait inévitablement conduit à un bain de sang. L'intransigeance de Honecker semblait justifier cette crainte : en marge d'une rencontre avec le vice-premier ministre de Chine, Yao Yilin, il réaffirma le rôle dirigeant du SED et annonça la poursuite de la ligne politique actuelle.

« Nous, qui habitions la partie libre de l'Allemagne, remarque Kohl, ne pouvions pas rester muets devant ce qui se passait. Le 9 octobre, en ma qualité de président de la CDU, je fis diffuser une déclaration dans laquelle je qualifiais les célébrations ordonnées pour le quarantième anniversaire de la RDA de " journées de consternation nationale ".

« J'exprimai ma sympathie et ma solidarité, se rappelle Kohl, aux habitants de RDA qui souhaitaient disposer des droits civiques qui leur étaient naturellement dus, et qui étaient descendus dans la rue pour demander plus de liberté et un plus grand respect des droits de l'homme. Je leur donnai l'assurance que le gouvernement fédéral soutiendrait toutes les forces réformatrices qui militaient pour le respect de la dignité humaine et la mise en œuvre des droits de l'homme et qui

1. La *Neue Wache* (Nouvelle Garde) fut construite sur Unter den Linden au début du XIXe. Le bâtiment était destiné à abriter le corps de la garde. Il servit de monument aux morts de la Première Guerre mondiale, avant d'être consacré en 1960, par le gouvernement est-allemand, aux victimes du fascisme et du militarisme.

voulaient déterminer elles-mêmes leur avenir. Nous savons aujourd'hui encore plus précisément qu'alors, grâce à une étude de l'institut de Gauck[1], jusqu'où les dirigeants de la RDA étaient prêts à aller vis- à-vis de leur propre peuple. Dans le courant de l'automne 1989, peu avant la chute du Mur, des projets de camps d'isolement et d'internement furent élaborés ; la liste des opposants à arrêter fut de nouveau dressée. Ces plans concernaient les adversaires déclarés du régime, mais aussi des dizaines de milliers de compatriotes, dont les dirigeants se méfiaient pour d'autres raisons. »

Une nouvelle fois, dans sa déclaration du 9 octobre, Kohl exhorta les dirigeants de la RDA à engager enfin des réformes politiques et économiques et à se préoccuper des besoins et des inquiétudes de leurs ressortissants. « On ne peut garantir la paix intérieure et la stabilité par la violence et la mise sous tutelle des hommes. La paix extérieure et les relations de bon voisinage obtenues par le dialogue et la coopération ne peuvent pas progresser si les dirigeants de la RDA continuent à se tenir à l'écart des transformations internationales et des réformes engagées à l'Est et à l'Ouest et à s'auto-isoler. La RDA est entièrement responsable de cette politique de dissension à l'intérieur et à l'extérieur. » Kohl annonça que, si les dirigeants de la RDA étaient prêts à entreprendre des réformes politiques, sociales et économiques de fond, le gouvernement fédéral serait disposé à soutenir fermement et complètement les efforts qu'ils feraient en ce sens.

La déclaration de Kohl s'achevait par ces mots : « La CDU d'Allemagne voit ses objectifs en matière de politique allemande pleinement confirmés par les événements. Contrairement au SPD, elle n'a pas besoin de réviser sa politique. Sur la base des Traités de l'Est, elle reste fidèle à son objectif politique qui est " d'œuvrer pour établir un état de paix en Europe au sein duquel le peuple allemand recouvrera son unité en dispo-

1. Cet institut fut créé après la réunification pour gérer l'accès aux dossiers de la Stasi. Gauck en fut le premier directeur.

sant librement de lui-même". C'est ce qui figure dans la "lettre sur l'unité allemande" annexée au Traité de Moscou de 1970. »

Helmut Kohl se rappelle que, ces jours-là, il dut parfois se frotter les yeux en lisant les noms de ceux qui, dans les médias ouest-allemands, découvraient soudain que tout n'allait pas pour le mieux en RDA.

La gauche réagit également avec une extrême susceptibilité lorsqu'elle se trouva confrontée à ses erreurs de jugement précédentes. Si Kohl trouvait cela compréhensible, il n'était pas prêt pour autant à le passer sous silence. « On ne pouvait pas cacher, et on n'avait pas le droit de le faire, que notre politique avait été la bonne tandis que le camp adverse voulait tout compromettre. Il était sans doute permis de rappeler au SPD — au ministre-président de Sarre, Oskar Lafontaine, et à d'autres — les déclarations qu'il avait faites dans un passé encore récent. Tout à coup, il n'était plus question de la modification du Préambule de la Loi fondamentale ou de la reconnaissance d'une citoyenneté de la RDA qu'avait réclamées le SPD. En 1987, les sociaux-démocrates avaient encore fièrement présenté un document élaboré en commun avec le SED — à présent, plus personne ne voulait y avoir participé [1]. »

La conception qu'avaient les Verts de la politique allemande était également complètement à côté de la réalité : « La plupart d'entre eux avaient depuis longtemps élevé la division de l'Allemagne au rang de dogme. Cependant sur la question des droits de l'homme — cela non plus ne doit pas être caché —, les Verts étaient généralement plus courageux que le SPD. C'est pourquoi le pacifisme de ce dernier était particulièrement réceptif aux mélodies de la paix que jouaient les flûtes du SED. Il nous fallait bien parler avec les détenteurs du pouvoir lorsque nous voulions obtenir quelque chose en matière humanitaire.

1. En 1982, le SPD et le SED avaient constitué une commission sur les valeurs fondamentales. En 1987, à l'occasion de la visite de Honecker à Bonn, elle présenta une résolution intitulée « Principes de dialogue ».

Mais, contrairement au SPD, nous, à la CDU, n'avons jamais entretenu avec Berlin-Est de contacts au niveau des partis et nous n'avons non plus jamais cherché à avoir une communauté de pensée avec le SED. Et surtout, nous n'avons jamais renoncé ni à l'idée de l'unité de la nation, ni à l'objectif de la réunification. »

Toutefois, au comité directeur de la CDU, Kohl mit également en garde contre le risque qu'il y avait, « en faisant trop de bruit autour de la situation actuelle en Allemagne », de donner l'impression que l'intégration européenne était passée au second plan des préoccupations de la République fédérale. « Je demandai aux membres du comité directeur, lorsqu'ils rencontraient des personnalités influentes des pays amis, de combattre l'impression que celles-ci pouvaient avoir que l'Allemagne était en train de s'éloigner de l'Occident. L'idée d'une nation neutre, telle que la soutenait par exemple l'un des maîtres à penser du SPD en matière de politique étrangère, n'avait jamais été celle de la CDU. » Il avait été très important, selon Kohl, que la CDU s'en soit toujours tenue à une ligne claire. « Et ceci, d'autant plus que la méfiance à l'étranger à l'égard de la République fédérale augmentait de nouveau à la faveur des événements de l'automne 1989. Si nous voulions progresser dans la voie de l'unité, le soutien de nos partenaires du monde libre était bien sûr d'une importance capitale. Bien que nos ennemis soient devenus des amis, qui pouvait tenir rigueur à certains d'entre eux d'avoir encore des réserves ? » Il se trouvait qu'on commémorait alors, en Allemagne et dans de nombreux autres pays, le début de la Seconde Guerre mondiale qui avait eu lieu cinquante ans plus tôt exactement.

Pour donner un poids personnel à cette position pro-occidentale, le Chancelier téléphona pendant ces jours agités au président des États-Unis, Bush. Comme pour toutes les communications téléphoniques avec des chefs d'État ou de gouvernement étrangers, l'entretien avait été fixé et préparé par les cabinets. Le directeur compétent, Horst Teltschik, était d'abord convenu d'une heure précise avec un proche collaborateur du Président à la Maison-Blanche. Un interprète fut convoqué à l'heure dite, s'installa devant le bureau du Chancelier avec un appareil téléphonique connecté à celui de Kohl. À la Maison-Blanche — ainsi qu'on le fait au Kremlin, au Palais de l'Élysée, à Downing Street —, on procéda de la même façon. Les deux hommes politiques parlèrent dans leur langue et se firent traduire les réponses.

« Aux États-Unis et chez nos voisins européens, on disait actuellement beaucoup, déclarai-je à George Bush, que nous, Allemands, ne nous occupions plus à présent que d'*Ostpolitik* et de réunification ; que nos liens avec la Communauté européenne et l'OTAN, avec l'Ouest en général, n'étaient plus aussi forts. C'étaient des bêtises. Je ne cesserais de dire publiquement à l'adresse de la gauche de la République fédérale que les changements considérables survenus au sein du Pacte de Varsovie étaient dus notamment au fait que, dans les années passées, l'Occident avait fait cause commune. La position cohérente du gouvernement fédéral sur la question de l'accroissement du potentiel militaire y avait contribué et cela n'avait pas été facile à imposer politiquement. Son prédécesseur, Ronald Reagan, n'avait-il pas exigé lors de sa visite à Berlin en 1987 : " Monsieur Gorbatchev, démolissez ce Mur ! " Le Président me répondit qu'il était au courant de ces méchants articles sur un prétendu neutralisme allemand. Il ne croyait pas que ce fût la position de la République fédérale. Les États-Unis étaient pour une OTAN forte et une Communauté européenne forte. Ces forces avaient sans conteste encouragé les changements survenus en Europe de l'Est, reconnut George Bush en accord avec moi. »

Puis, Helmut Kohl en vint à la situation en RDA : « Je déclarai au président des États-Unis qu'il y avait une terrible agitation dans la population. Les choses deviendraient incontrôlables si on n'engageait pas de réformes. Il n'était pas de notre intérêt qu'autant d'Allemands que possible s'enfuient de RDA, car cela avait des conséquences catastrophiques pour celle-ci. Je souhaitais faire tout ce qui était raisonnable pour diminuer la pression dans cette chaudière ; cependant la situation pouvait devenir très compliquée. George Bush me déclara que les États-Unis réagissaient de manière mesurée à ce qui se passait en RDA. On l'avait attaqué au Congrès parce qu'il n'en faisait pas assez pour favoriser le changement. Mais c'était délibérément qu'il n'avançait pas trop vite afin de ne pas mettre en péril le processus de transformation dans l'ensemble de l'Europe de l'Est. En conclusion, il m'invita à une rencontre informelle à Camp David. Il voulait marquer ainsi l'importance qu'il attachait aux relations germano-américaines. »

Le 11 octobre, le Chancelier téléphona à Gorbatchev. Le secrétaire général du PCUS venait tout juste de rentrer des cérémonies de Berlin-Est et Kohl se rappelle qu'il lui donna l'impression d'être fatigué. « Je lui dis que, pour le gouvernement fédéral, la ligne directrice de la politique dont nous étions convenus lors de sa visite en Allemagne restait valable sans la moindre réserve. Gorbatchev répondit qu'il en prenait volontiers acte ; c'était " bien ", dit-il textuellement en allemand. Je l'assurai qu'en ce qui concernait l'évolution dramatique des événements dans l'autre partie de notre patrie, la République fédérale n'avait nullement intérêt au chaos en RDA. Nous espérions que le cours des choses n'échapperait pas à tout contrôle et que les sentiments ne déborderaient pas. Notre intérêt était bien davantage que la RDA se rallie à la politique soviétique de réformes et de transformations et que les gens restent là-bas. Gorbatchev répondit qu'il était très important pour lui d'entendre ces mots dans la bouche du chancelier d'Allemagne. Il espérait que ces paroles étaient en accord avec mon comportement.

« Pour dissiper ses doutes, je convins avec Gorbatchev qu'il nous fallait avoir des contacts plus étroits. Je le priai de me téléphoner dès qu'il le jugerait nécessaire. Pour lui, je serais toujours joignable. Je pensais que c'était une bonne chose que nous puissions nous parler encore plus souvent que nous ne l'avions fait jusque-là. Gorbatchev était d'accord avec moi, il parla d'un " téléphone rouge ", une liaison téléphonique sûre, qu'il nous fallait établir aussi vite que possible entre Moscou et Bonn. Pour conclure, il tint à m'exprimer sa confiance et à me quitter, textuellement, sur une " poignée de main ". »

Le même jour, après une réunion de crise du bureau politique, sous la pression des événements, Honecker et son parti parlèrent pour la première fois des « nécessaires rénovations ». Il était dit que le socialisme avait besoin de chacun, qu'il offrait une place et des perspectives à tout le monde. Il était l'avenir de la génération montante : c'est pourquoi l'État ne pouvait pas rester indifférent au fait que les gens qui y travaillaient et y vivaient renient la RDA. Ce communiqué, dans lequel la République fédérale était une nouvelle fois accusée de s'immiscer dans les affaires intérieures de la RDA au mépris des règles du droit international, annonçait qu'à la séance suivante du Comité central seraient faites des propositions « allant dans le sens de notre conception stratégique de la continuité et de la rénovation ».

Berlin-Est laissait entrevoir une prochaine libération de tous les manifestants qui avaient été arrêtés — entre-temps leur nombre avait atteint une centaine. Kohl remarque à ce sujet qu'il se rendit vite compte qu'il ne s'agissait que de formules creuses grâce auxquelles Honecker espérait gagner du temps. Cela expliquait notamment pourquoi il n'y avait toujours pas de dialogue avec les groupes d'opposition au régime. On pouvait lire dans l'organe central du SED que la RDA disposait d'« un système global de démocratie socialiste » qui permettait à chacun de participer aux débats de société et à leur résolution.

Comme, malgré tout, des centaines de gens continuaient à quitter chaque jour la RDA et que se poursuivaient, surtout dans le sud du pays, des manifestations impressionnantes pour la liberté, l'équipe de Honecker pataugeait de plus en plus. Cette situation détermina finalement le numéro deux du bureau politique du SED, Egon Krenz, à prendre l'initiative. Il craignait manifestement de laisser passer à jamais sa chance de devenir numéro un de l'État est-allemand. En coordination avec le chef de la Stasi, Erich Mielke, avec le président du Conseil des ministres, Willi Stoph, et le président SED de la région de Berlin, Günter Schabowski, le 18 octobre, il renversa le secrétaire général Honecker.

À la Chancellerie, indique Helmut Kohl, la nouvelle venue de Berlin-Est fut accueillie avec un certain soulagement : « Finalement l'insistance avec laquelle les gens réclamaient des réformes avait au moins eu un premier résultat en termes de personnes. Mais on ne pouvait pas en rester à ce simple changement. La question essentielle qui se posait à présent était de savoir si Krenz ouvrait en fait la voie aux réformes qui avaient tant tardé ou s'il entendait seulement défendre le monopole du pouvoir du SED. »

Dans son télégramme de félicitations au nouveau premier personnage de la RDA, le Chancelier exprima l'espoir des Allemands de République fédérale de voir enfin un processus de réformes démarrer aussi en RDA. Il écrivit : « Je vous adresse mes félicitations pour votre élection comme président du Conseil d'État de la RDA. Je souhaite que vous travailliez au bien des hommes, de même que j'espère en une consolidation significative du dialogue et de la coopération entre nos deux États en cette époque d'indispensable rénovation. »

À la Chancellerie, Kohl et ses collaborateurs éprouvaient une certaine tension en suivant la déclaration publique que fit Krenz le soir du 18 octobre. Le Chancelier se souvient : « D'une part, Krenz se référa à Gorbatchev et laissa entrevoir un abandon des restrictions mises aux déplacements vers les pays socialistes et une réglementation des voyages vers l'Ouest. De l'autre, il se refusa, comme ses prédécesseurs, à engager un dialogue sur un pied d'égalité avec les groupes d'opposition et insista plutôt sur les conquêtes socialistes d'une RDA autonome qui résoudrait ses problèmes sans ingérence étrangère. » Le négociateur de la RDA, le secrétaire d'État Alexander Schalck-Golodkowski, que Krenz avait envoyé le 24 octobre sonder Seiters et Schäuble, tint le même langage.

Alors que le Chancelier n'entendait juger la ligne politique de Krenz qu'à l'aune de ses actes concrets, le secrétaire général du SED trouva aussitôt un soutien important, tout particulièrement dans les rangs du SPD. Le maire de Berlin, Walter Momper, considéra « la troisième voie de la RDA entre le capitalisme et le communisme » comme le modèle de l'avenir par excellence, que ne devait pas mettre en péril « cet inutile débat sur la réunification qui conduisait à une impasse ». D'autres leaders sociaux-démocrates, comme par exemple Oskar Lafontaine ou le ministre-président du Schleswig-Holstein, Björn Engholm, tinrent le même genre de propos, tandis que le président du SPD, Hans-Jochen Vogel, se montrait plus réservé et qualifiait les libertés d'information, de pensée et de voyage de pierre de touche de la volonté réformatrice des nouveaux dirigeants du SED. Les chefs de la CDU s'étonnèrent de voir avec quelle précipitation le commissaire européen Martin Bangemann [1], lui aussi, et d'autres encore se rendaient à Berlin faire leur révérence à Egon Krenz. Helmut Kohl résume ainsi sa stratégie personnelle à ce moment-là : « De notre point de vue, il n'y avait aucune raison de donner à ce régime une garantie de durée, aucune raison de le stabiliser. Pour que nous lui apportions une aide économique, il fallait qu'il y ait d'abord d'autres réformes. »

Le 26 octobre au matin, le Chancelier téléphona pour la première fois à Krenz : « Rudi Seiters et Eduard Ackermann écoutaient notre conversation. Les lignes téléphoniques de RDA étaient en si mauvais état qu'une tierce personne put suivre le début de notre entretien pendant un moment. Krenz donnait l'impression de se forcer à paraître détendu : " Je me réjouis de vous entendre à une heure si matinale ", dit-il. Après l'avoir salué à mon tour, je déclarai que j'aimerais avoir avec lui des contacts téléphoniques réguliers, analogues à ceux que j'avais avec d'autres. Il était tout à fait naturel pour moi de décrocher mon téléphone pour appeler Gorbatchev ou l'inverse. Ce serait bien si nous pouvions agir de la même manière tous les deux.

« Krenz fut aussitôt d'accord : " C'est entendu, Monsieur le Chancelier. Si vous avez des problèmes, disons que vous décrochez votre téléphone ; si j'ai des problèmes, je décroche mon téléphone." Peu à peu nous en vînmes au fond des choses. J'indiquai à Krenz que le gouvernement fédéral n'avait pas intérêt à ce que le chaos s'installe en RDA. Il me répondit qu'il était souhaitable de pouvoir prouver aussi vite que possible par des résultats que les deux parties étaient déterminées à renforcer leurs relations. »

1. Martin Bangemann (FDP) avait été ministre de l'Économie dans le gouvernement de Kohl jusqu'à 1988, date à laquelle il fut nommé à la Commission européenne.

Le Chancelier dit, en se référant au discours de Krenz à la télévision de RDA, que lui aussi avait intérêt à ce que cela soit rapidement concrétisé. « Je n'avais pas besoin de lui dire, répliquai-je, que son entrée en fonctions avait suscité beaucoup d'espoirs. Je citai alors quelques points que je considérais comme particulièrement importants, par exemple une nouvelle réglementation de la liberté de voyager ou l'amnistie envisagée à l'égard des personnes condamnées pour avoir franchi illégalement la frontière ou pour avoir fui la République. J'indiquai comme autre point les poursuites engagées contre ceux qui avaient été arrêtés au cours des manifestations. »

La recherche d'une solution positive au problème de ceux qu'on appelait les réfugiés des ambassades figurait au nombre des points que la République fédérale tenait pour très importants. « Ces gens, expliquai-je à mon interlocuteur, ont besoin de leurs papiers, de déménager leurs affaires et de bien d'autres choses encore. On aurait certainement à l'égard de Krenz beaucoup de reconnaissance tant en RDA qu'en République fédérale s'il veillait à ce que les autorités administratives de RDA manifestent une certaine largeur d'esprit dans le règlement de toutes ces questions pratiques. Krenz répondit que, dans son allocution télévisée, il avait délibérément accepté un tournant. " Un tournant ne signifie pas pour autant un bouleversement ", dit-il en ajoutant — et j'étais, pensait-il, certainement d'accord avec lui — que la stabilité en Europe passait aussi par l'existence d'une RDA socialiste. Je n'étais pas d'accord et j'ajoutai pour ma part qu'on ne pouvait naturellement pas isoler la question allemande, qui avait au contraire une dimension européenne et s'inscrivait dans le contexte des relations Est-Ouest. C'est pourquoi je dirais aussi à Gorbatchev, à chaque occasion, qu'il fallait par exemple replacer les négociations sur le désarmement de Vienne dans cette perspective. Si nous progressions dans ce domaine, cela atténuerait les oppositions entre l'Est et l'Ouest. Cela profiterait notamment aux relations inter-allemandes.

« Je proposai immédiatement à Krenz une sorte de règlement intérieur qui fixerait la manière dont les deux parties pouvaient dorénavant traiter l'une avec l'autre. Je dis que, dans le cadre de nos relations, il y avait une série de questions sur lesquelles nous n'étions pas d'accord pour des raisons de fond et sur lesquelles nous ne serions jamais d'accord. Il y avait alors deux possibilités : la première était de discuter de ces sujets sans parvenir au moindre résultat. Ou alors — et c'était la solution qui avait ma préférence — nous prenions acte de nos divergences et nous nous efforcions, dans tous les domaines où une collaboration était possible, de mettre en œuvre une coopération qui aille dans le sens de l'intérêt et du bien-être des hommes. À cette fin, il était à présent très important que nous entretenions de manière suivie des contacts téléphoniques et que nous les renforcions. Cette fois encore, le secrétaire général du SED fut d'accord avec moi et rappela ses déclarations devant le comité central du SED où il avait dit : "Notre main est tendue." À quoi, je répliquai succinctement : "Oui, eh bien, Monsieur le Secrétaire général, faisons comme convenu." »

Le Chancelier se rappelle avoir téléphoné à Gorbatchev moins d'une heure plus tard pour tout autre chose : « Je lui racontai que je venais juste de parler à Krenz. "Qu'a-t-il dit ?" demanda Gorbatchev. Je lui dis : "Krenz veut faire des réformes, mais d'une manière propre à la RDA, qui ne soit pas celle de la Pologne, de la Hongrie ou de l'Union soviétique." Comme le secrétaire général ne faisait pas de commentaire, je sus qu'Egon Krenz n'était pas son homme. »

En RDA, de plus en plus de gens descendaient dans la rue pour réclamer la démocratie, des élections libres, la séparation de l'État et du parti, l'établissement d'un État de droit et la liberté de voyager. La venue de Gorbatchev à Berlin-Est avait donné une prodigieuse impulsion au mouvement de réformes. La pression exercée sur le secrétaire général du SED et les anciens cadres mis en place par Honecker, qui occupaient encore des positions clés, s'accroissait. Ainsi, le 2 novembre, l'ancien compagnon de route de Honecker, le président du FDGB[1], Harry Tisch, démissionna. S'en allèrent avec lui

1. Initiales de *Freier Deutscher Gewerkschaftsbund* (Confédération libre des syndicats allemands), organe syndical de la RDA placé sous la tutelle du SED.

Margot Honecker, la tristement célèbre ministre de l'Éducation nationale, et quelques chefs régionaux du SED et présidents de partis du Bloc, tels Heinrich Homann du NDPD[1] et Gerald Götting de la CDU-Est. Le 3 novembre, Krenz en tira d'importantes conséquences : il limogea Mielke, le ministre de la Sécurité d'État, Kurt Hager, chargé de l'idéologie, et le secrétaire pour la politique étrangère, Hermann Axen, ainsi que d'autres membres du bureau politique.

Mais tout cela ne servait pas à grand-chose. Les Allemands de RDA n'associaient pas le nom de Krenz aux réformes, ainsi que le montra clairement la grande manifestation du 4 novembre sur l'Alexander Platz à Berlin-Est, à laquelle participèrent plus de cinq cent mille personnes. Cette manifestation où, aux côtés d'artistes, de scientifiques et d'écrivains de RDA célèbres, autrefois proches du système, on vit également Markus Wolf, l'adjoint de Mielke — chassé en 1987 de ses fonctions de chef de l'espionnage extérieur — se lancer dans une apologie passionnée de la perestroïka de Gorbatchev, tourna au règlement de comptes avec les « huiles du SED », notamment avec Krenz. « C'était vraiment bien étonnant de voir comment ces gens qui avaient autrefois profité du régime passaient tout à coup de l'autre côté », remarque Kohl.

La situation en RDA devenait de plus en plus critique : « François Mitterrand, qui était à Bonn, me demanda ce qui — en dehors de la répression — pouvait encore arrêter le cours des choses en RDA. Je répondis au président de la République française qu'à cause des grands changements intervenus, il n'était plus aussi facile d'avoir recours à la répression. La situation de Krenz me paraissait critique ; s'il continuait à agir comme il l'avait fait jusque-là, il ne gagnerait pas la confiance des Allemands de RDA. Depuis la réouverture de la frontière avec la Tchécoslovaquie, en très peu de temps, cinq mille réfugiés environ étaient de nouveau arrivés à notre ambassade à Prague. Je supposais qu'à la séance du comité central du SED

---

1. Initiales de *National-Demokratische Partei Deutschlands* (Parti national-démocrate d'Allemagne).

le 6 novembre, on déciderait d'importants changements de personnes à la tête du parti et du gouvernement, mais, d'après moi, cela ne serait pas d'une grande utilité.

« François Mitterrand dit que, selon lui, des forces s'étaient mises en mouvement en sorte que personne ne pouvait prédire ce qui allait se passer. J'étais d'accord avec lui. Notre intérêt était d'éviter une escalade. Le président de la République française dit que, compte tenu de ce qui se passait en Europe centrale et orientale, il fallait accélérer l'intégration de l'Europe occidentale afin d'avoir les moyens d'attirer les autres. La poursuite de la construction de l'Europe nous rapprocherait du jour où la division du continent serait surmontée, où l'Allemagne pourrait être réunifiée. La perspective d'une telle évolution était difficile à admettre pour l'Union soviétique. En définitive, la civilisation occidentale allait l'emporter et conserver sa supériorité.

« Je lui dis combien j'étais d'accord et ajoutai que le renouveau à l'Est n'aurait pas été possible si nous avions succombé en Europe à l'"eurosclérose" du début des années quatre-vingt. Je lui rappelai les images récentes venues de Hongrie. Au moment de l'abolition de la République populaire et de la proclamation de la République à Budapest, des jeunes gens avaient brandi des banderoles sur lesquelles était écrit : "Aujourd'hui, la Hongrie est de retour en Europe." C'était là le véritable message de cette journée. Surmonter la division de l'Europe était la condition pour surmonter la division de l'Allemagne. »

Comme le Chancelier l'avait prédit au président de la République française, les événements échappèrent bientôt au contrôle du secrétaire général du SED, Krenz. Le 6 novembre, le gouvernement Stoph démissionna. Le 8 novembre, au début de la séance du comité central, ce fut le tour de l'ensemble du bureau politique — fait unique pour un parti communiste dans l'histoire de l'après-guerre. Au cours des nouvelles élections, Hans Modrow, le chef du SED de la région de Dresde, qui était un admirateur du secrétaire général soviétique, fut élu au comité. Il devait succéder à Stoph comme président du Conseil des ministres et donc comme chef du gouvernement.

Le Chancelier fait pensivement défiler à nouveau devant lui les images de ces jours d'automne : « Il faut bien garder à l'esprit que tout ceci s'est déroulé en l'espace de trois mois seulement. Pendant cette période, le SED avait constamment changé sa position, l'avait constamment corrigée. Il courait pourtant toujours derrière les événements. Parce qu'il n'était pas prêt à renoncer à son leadership, il perdait de plus en plus la confiance du peuple. Si, un ou deux ans plus tôt, Honecker avait pris les mêmes mesures que celles que Krenz adoptait à présent, cela aurait certainement eu un grand impact sur la population de la RDA. Mais, maintenant, il était trop tard. Les gens ne se laissaient plus abuser par des demi-mesures. Maintenant, ils risquaient tout, ils voulaient des élections libres — et donc pas seulement des aménagements du système, mais le changement du système lui-même. »

Sous la pression du flot incessant de départs de la RDA, le secrétaire général du SED ne parlait plus seulement de « réformes », mais de « réformes profondes ». Il était question d'instituer un tribunal constitutionnel, d'engager une réforme de l'administration, d'introduire un service civil, et surtout de mettre en place la nouvelle réglementation sur les voyages annoncée depuis déjà longtemps. Le 6 novembre, Berlin-Est publia son projet de réglementation. Si l'on n'exigeait plus de justification pour les voyages à l'Ouest, les voyageurs avaient toujours à solliciter un visa de sortie qui devait faire l'objet de vérifications formelles. En d'autres termes : la décision d'autoriser les voyages était toujours soumise à l'arbitraire de l'État.

« Nous n'étions pas les seuls à être déçus par ce document, se rappelle Kohl. Nos compatriotes voyaient dans ce projet de loi la preuve que Krenz n'avait pas l'intention de faire de véritables réformes. Comme entre-temps les restrictions apportées aux voyages en Tchécoslovaquie avaient été levées et que personne ne pouvait savoir ce qui allait arriver, le nombre de ceux qui quittaient leur patrie augmenta encore. » À présent, il arrivait en République fédérale un Allemand de l'Est toutes les vingt secondes. Au mois de novembre, pendant lequel il y eut de nouveau dans les ambassades allemandes de Prague et de Varsovie plus de mille personnes à espérer passer bientôt en

République fédérale, ils furent au total plus de cent trente-trois mille. Sur l'ensemble de l'année, cela représentait presque un dixième de la population totale de la RDA. L'effondrement du système social et économique se dessinait de plus en plus nettement.

Le régime ne pouvait plus faire autrement qu'affronter la situation économique catastrophique de la RDA. Ainsi qu'on le sait aujourd'hui par la lecture de ces documents, le groupe de travail mis en place par Krenz sous la direction du président de la commission d'État du Plan, Gerhard Schürer, annonça, dans un rapport resté strictement confidentiel, l'imminence de la faillite de l'État en RDA. Au nombre des causes citées figuraient la faible productivité du travail, qui était inférieure de 40 % à celle de l'Allemagne de l'Ouest, l'effondrement des taux d'investissement et surtout l'endettement exorbitant à l'égard de l'Ouest qui, de deux milliards de deutschemarks en 1970, avait atteint quarante-neuf milliards de deutschemarks en 1989. Rien que pour enrayer la progression de l'endettement en 1990, le rapport préconisait de réduire immédiatement le niveau de vie d'environ 25 à 30 %, ce qui n'empêcherait pas malgré tout la RDA de devenir « non enregistrable ».

Le 1er novembre, Krenz se rendit à Moscou pour une visite de prise de contacts. Il était soucieux de s'assurer la faveur de Gorbatchev et, par-dessus tout, son soutien. Gorbatchev rassura son visiteur sur la garantie de l'existence de la RDA, « l'enfant de l'Union soviétique », en lui indiquant que la question allemande n'était pas à l'ordre du jour de la politique internationale. En revanche, la demande d'aide économique que présenta Krenz, qui ne déguisa pas à son interlocuteur la situation désastreuse de la RDA, se heurta à un mur. Tout en affirmant que l'Union soviétique s'était toujours efforcée de remplir ses devoirs à l'égard de la RDA, Gorbatchev souligna la situation extrêmement difficile dans laquelle se trouvait son propre pays. Il acheva son exposé en indiquant qu'il ne voyait pas d'autre solution pour Krenz que de s'adresser à Bonn.

À la suite de quoi, Schalck-Golodkowski annonça qu'il se rendrait dans la capitale fédérale le 6 novembre — sur ordre du secrétaire général du SED — pour discuter avec Seiters et

Schäuble de la future coopération économique et technique. Il laissa surtout entendre qu'au sein de la direction du SED, il y avait un certain nombre de gens qui ne se faisaient aucune illusion sur leur véritable situation. À l'intérieur du parti, on se demandait déjà jusqu'où devaient aller les réorientations, si le moment n'était pas venu de faire des réformes substantielles et on s'interrogeait aussi sur le problème des élections libres. Il se pouvait donc qu'interviennent également d'importantes mesures sur les déplacements entre les deux Allemagne, de nature à rendre finalement le Mur inutile, à la condition cependant que le gouvernement fédéral soit prêt à mettre à la disposition de la RDA des milliards de nouveaux crédits. Si le Chancelier donnait un signal en ce sens lors du « rapport sur l'état de la nation » qu'il ferait le 8 novembre, cela inciterait certainement Berlin-Est à accélérer ses décisions.

« Quelques heures plus tard, indique Kohl, je me trouvais dans le bungalow du Chancelier avec Wolfgang Schäuble et Rudi Seiters. Ils me racontèrent comment s'était passé l'entretien avec Schalck et me rapportèrent l'état des réflexions de Berlin-Est sur l'ampleur des réformes et la nouvelle réglementation des voyages. Cet entretien — mais nous ne l'apprîmes que plus tard — devait en fait largement contribuer à l'ouverture du Mur, qui eut lieu le 9 novembre. Berlin-Est envisageait certainement que les événements se dérouleraient tout autrement. Je décidai de compléter le discours que j'avais déjà préparé pour le débat du 8 novembre au Bundestag par un bref message destiné à Krenz. Je rédigeai le passage suivant avec Wolfgang Schäuble et Rudi Seiters : "Je déclare aux nouveaux dirigeants du SED que je suis disposé à soutenir la voie du changement s'ils sont prêts à faire des réformes. Les aménagements cosmétiques ne suffiront pas. Nous n'entendons pas stabiliser une situation intolérable. Nous sommes prêts en revanche à apporter une aide importante si la RDA se décide fermement en faveur d'une réforme de fond de la situation politique." Les mots clés les plus importants étaient "importante", "fermement" et "de fond". Ils étaient là pour souligner le sérieux de notre offre, mais aussi pour faire comprendre aux dirigeants du SED que nous attendions d'eux des décisions irrévocables. »

Dans son discours devant le Bundestag le 8 novembre, le Chancelier passa en revue une fois encore les événements les plus récents. Comme la visite du Chancelier en Pologne, prévue depuis longtemps[1], devait avoir lieu le lendemain 9 novembre, et qu'il avait décidé de s'y rendre avec une importante délégation, il aborda également dans son discours les relations compliquées qu'entretenaient encore les deux pays.

« J'espérais, dit Kohl rétrospectivement, pouvoir poser les bases d'un avenir commun aux peuples allemand et polonais avec le Premier ministre Mazowiecki, qui était le premier chef de gouvernement polonais depuis de nombreuses années à avoir une légitimité démocratique. Mais je savais que ce serait l'un des voyages les plus difficiles de ma carrière. Dans l'un de ses premiers discours au Bundestag, Konrad Adenauer avait cité trois pays avec lesquels la République fédérale d'Allemagne devait développer des relations particulières, compte tenu de ce qu'elles avaient été dans le passé : la France, Israël et la Pologne. Nous avions réussi, dans nos rapports avec la France et Israël, à jeter des ponts qui s'étaient révélés solides. Nous n'y étions pas encore arrivés avec la Pologne. La division de l'Europe en une partie communiste et une partie libre avait rendu jusque-là pratiquement impossible toute véritable réconciliation. Car il était interdit aux gens de se rencontrer, de faire connaissance les uns avec les autres et de surmonter ainsi leur méfiance mutuelle. L'obligation de "fraternité" entre la RDA et la République populaire de Pologne n'avait pas diminué la méfiance, bien au contraire. »

Kohl se rappelle les tentatives de réconciliation avec la France au début des années cinquante. « Là encore, c'était une chose qui ne faisait absolument pas l'unanimité, mais donnait lieu à de très vives controverses. Pour Konrad Adenauer, l'intégration européenne était la condition essentielle pour que la République fédérale soit admise dans la communauté des peuples libres. Le pas le plus important dans cette direction fut

1. La visite devait avoir lieu en juillet 1989, mais elle avait été reportée à la demande du Chancelier.

le rapprochement avec la France. À l'époque pourtant, personne n'aurait cru que les rapports entre l'Allemagne et la France seraient un jour ce qu'ils sont aujourd'hui. Nous tous, qui étions jeunes alors, osions à peine en rêver.

« Lorsque, à cette époque, après mon bac, je me rendis pour la première fois au ministère français des Affaires étrangères, au quai d'Orsay, avec des représentants de la CDU du Palatinat chez le ministre des Affaires étrangères, Robert Schuman, nous fûmes traités comme des pestiférés par l'huissier. C'est aujourd'hui tout bonnement inimaginable. Mais il faut bien se rendre compte qu'il en allait exactement ainsi en Allemagne autrefois. Je viens moi-même d'une région dans laquelle on inculquait aux enfants dès l'école primaire la haine pour notre prétendu ennemi héréditaire, la France. On tombe aujourd'hui encore de temps en temps sur l'un ou l'autre de ces préjugés chez les vieilles gens, mais heureusement cela ne joue pratiquement plus aucun rôle.

« Lorsqu'on veut véritablement donner un nouveau départ à des relations bilatérales, il faut parler avec sincérité du poids du passé entre les peuples. Et l'histoire des relations entre les Polonais et les Allemands ne commence pas en 1939. Elle commence bien avant. C'est vrai que, pendant la Seconde Guerre mondiale, les Allemands ont commis des crimes terribles en Pologne. Les nazis voulaient éliminer l'élite du peuple polonais et l'ont déportée dans des camps de concentration. Mais il est également vrai qu'en expulsant des Allemands innocents, les Polonais ont commis quelque chose de terrible. On ne doit en aucun cas mettre ces actes en balance, mais il faut être prêt à affronter l'entière vérité et on ne doit pas en refouler une partie. »

Cinquante ans après le début de la Seconde Guerre mondiale, en ce mois de novembre 1989, le moment était venu, estime le Chancelier, de planter un « nouvel arbre » pour l'Europe et de parvenir à des rapports équilibrés et amicaux avec la Pologne. « J'espérais aboutir avec la Pologne à ce que nous avions réussi à construire avec la France et Israël. À cela nous avions nous, Allemands, un intérêt particulier. Si l'expérience polonaise avait échoué, c'eût été un revers important pour le mouvement des réformes en Europe centrale et orientale, ainsi qu'en RDA. Les vieux cadres communistes en Pologne, comme leurs incorrigibles camarades de RDA, espéraient cet échec. En aidant le gouvernement Mazowiecki, nous soutenions donc également indirectement ceux qui en RDA voulaient un changement de fond. »

Kohl avait l'impression que certains sociaux-démocrates ne tenaient pas spécialement à ce que son voyage en Pologne réussisse. « À l'époque, je ne pouvais pas m'expliquer autrement pourquoi ils ne cessaient de propager l'idée que je remettais en question la frontière occidentale de la Pologne. Le traité de Varsovie de 1970 restait en vigueur pour la République fédérale et il y était dit sans équivoque que nous n'avions aucune revendication territoriale à l'égard de la Pologne. Mais il était tout aussi indubitable que ni le gouvernement fédéral, ni le Chancelier n'avaient qualité pour reconnaître définitivement la frontière occidentale de la Pologne aussi longtemps que l'Allemagne dans son ensemble ne disposerait pas d'une souveraineté complète. »

Le Chancelier se rappelle que, quelques jours avant son départ pour Varsovie, il y eut encore un désaccord pénible avec la partie polonaise sur le projet de programme de sa visite. « Pendant l'été, l'évêque d'Oppeln[1], Alfons Nossol, m'avait rendu visite. Nous avions déjà correspondu par le passé car il m'était arrivé de l'aider dans son évêché, de même que les Allemands qui y vivaient. C'est un excellent directeur de conscience qui s'est également toujours occupé d'une manière exemplaire de nos compatriotes. Il est de Haute-Silésie, sa famille vient de cette région et il sait ce qu'est la coexistence quotidienne des Polonais et des Allemands. Il rejette le nationalisme, c'est pourquoi certains de ses collègues lui ont fait la vie dure. Mgr Nossol envisageait à présent de célébrer en allemand une messe de réconciliation à Annaberg — où, après la Première Guerre mondiale, les Allemands et les Polonais

1. Ville polonaise de Haute-Silésie.

avaient livré des combats sanglants [1] — et de m'y inviter. Je me rappelle que je lui demandai : “ Monseigneur, est-ce une chose qui risque de poser problème ? ” et qu'il me répondit par la négative. »

Malheureusement, cela ne se passa pas comme il l'avait espéré, poursuit le Chancelier : « Le camp communiste lança une campagne qui visait en réalité, évidemment, à mettre le gouvernement Mazowiecki en difficulté. Les partis de gauche, qui avaient trahi la nation polonaise au profit des Soviétiques, étaient justement ceux qui se présentaient à cette occasion comme les plus grands patriotes polonais. J'appelai le Premier ministre Mazowiecki et lui déclarai que le principal objectif de mon voyage était d'aider à la réconciliation avec les Polonais. J'avais toujours conçu ma présence à une messe à Annaberg comme une occasion pour les Allemands et les Polonais de chanter et de prier ensemble. Je trouvais absurde de ne pas pouvoir, alors que j'étais catholique, assister à une cérémonie de réconciliation germano-polonaise. Une telle cérémonie, où des chrétiens chanteraient ensemble des cantiques allemands et polonais, aurait pourtant eu valeur de signal, notamment pour la jeunesse.

« Le Premier ministre polonais se trouvait manifestement sous pression. Il savait, bien sûr, me dit-il, que mes motifs étaient au-dessus de tout soupçon. Mais les médias polonais avaient mis son gouvernement dans l'embarras. Annaberg était le symbole de l'insurrection de la Silésie. Il redoutait qu'une grande émotion ne se donne libre cours et qu'il y ait peut-être des manifestations et des contre-manifestations. Y viendraient certainement des Polonais qui avaient souffert pendant la dictature nazie et qui s'étaient battus contre les Allemands. Mais il viendrait aussi des Silésiens qui se proclamaient Allemands et qui voulaient saluer “ leur Chancelier ”. Je répétai à Mazowiecki que c'était justement dans un endroit aussi important que nos

---

1. En 1919, 1920 et 1921, la Haute-Silésie se souleva contre l'occupation allemande. Après le plébiscite de 1921, un nouveau partage de la Haute-Silésie eut lieu entre l'Allemagne et la Pologne.

relations pouvaient prendre un nouveau départ. Il devait être possible d'agir dans un esprit de réconciliation. Je lui rappelai mon allocution devant les associations d'expulsés dans laquelle j'avais dit que, si l'on ne devait pas oublier ce qui s'était passé, le moment était venu malgré tout de se donner la main. Tel était mon message. L'amitié germano-polonaise figurait parmi mes grands objectifs politiques. »

Deux jours plus tard, le Premier ministre polonais le rappela. Le Chancelier poursuit : « Manifestement, la pression exercée sur Mazowiecki était entre-temps devenue si forte qu'il ne voyait plus d'autre solution que de s'incliner. Même s'il était d'un autre avis, ainsi qu'il ne cessait de l'affirmer, il ne pouvait rien changer au fait qu'une majorité de l'opinion publique considérait qu'Annaberg n'était pas le bon endroit pour un geste de réconciliation. Ma visite à Annaberg aggraverait encore sa situation politique déjà passablement compliquée. On avait sans doute dû entre-temps exercer également des pressions sur l'évêque d'Oppeln, Mgr Nossol, car lui aussi me pria de renoncer au projet de messe à Annaberg. D'immenses foules viendraient à cette messe. On ne pouvait plus être sûr que la cérémonie se déroulerait dans la dignité. »

On se mit finalement d'accord sur une visite à Kreisau, la propriété du comte von Moltke, où s'étaient rassemblés autour de lui ceux qui partageaient ses idées afin de préparer la fin de la barbarie hitlérienne. « Cette idée me plut beaucoup, dit Kohl, même si je continuais à regretter notre désaccord sur Annaberg. La messe prévue à Kreisau devait également être célébrée par Mgr Nossol. Ce qui était surtout important pour moi, c'était que les Allemands de la région d'Oppeln soient eux aussi invités à Kreisau et assistent avec nous à l'office. Par ailleurs, le Premier ministre polonais me promit d'assister à cette messe. Nous convînmes qu'on chanterait des cantiques allemands et polonais, que les prières d'intercession seraient lues par un prêtre catholique et un pasteur protestant et qu'on échangerait le baiser de paix liturgique. »

CHAPITRE 6

LA CHUTE DU MUR

Le jeudi 9 novembre 1989 était un jour gris et frais. Lorsque, à midi, dans le parc de la Chancellerie, Helmut Kohl monta dans un hélicoptère de la police des frontières qui devait l'emmener dans la partie militaire de l'aéroport de Cologne-Bonn, il ne pensait pas que cette date allait entrer dans l'histoire de l'Allemagne. Ses pensées tournaient toutes autour de la visite difficile qui l'attendait en Pologne et dont les étapes seraient la capitale, Varsovie, puis Czestochowa, Auschwitz, Kreisau et Cracovie.

Après l'atterrissage à l'aéroport de Varsovie-Okecie de l'appareil de l'armée de l'air de la République fédérale qui transportait le Chancelier et sa délégation, le programme prévoyait des entretiens entre lui et le Premier ministre Mazowiecki, de même qu'entre les ministres des Affaires étrangères, Genscher et Krzystof Skubiszewski. Il fut surtout question du problème de la frontière, des droits de la minorité allemande et de l'indemnisation des anciens travailleurs forcés polonais. Kohl donna l'assurance à son interlocuteur que Bonn ne remettait pas en question la frontière occidentale de la Pologne. Sur le problème de l'indemnisation, il ne laissa aucun doute à Mazowiecki sur le fait que les demandes polonaises n'obtiendraient pas satisfaction. Si cela devait se produire, Bonn contreviendrait ainsi à l'accord de Londres de 1953 [1] sur les dettes et en

1. Par l'accord de Londres, signé le 27 février 1953, la RFA s'engageait à verser environ 15 milliards de deutschemarks en remboursement de la dette extérieure contractée par le Reich depuis la Première Guerre mondiale envers dix-huit États.

outre des douzaines d'États présenteraient à la République fédérale des réclamations qui ne pourraient être satisfaites dans leur totalité.

Le soir, le Premier ministre Mazowiecki avait organisé en l'honneur de son hôte un dîner officiel au palais du Conseil des ministres polonais, l'ancien palais du prince Radziwill. Juste avant le départ du cortège de la résidence des hôtes de Parkowka au centre de Varsovie, Kohl reçut un appel urgent de Bonn. Le secrétaire général de la Chancellerie, Seiters, voulait absolument lui parler avant le dîner. En fait, Seiters avait une nouvelle sensationnelle pour le Chancelier : à Berlin-Est, le président du SED de Berlin, Schabowski, avait annoncé de manière inattendue l'instauration d'une réglementation provisoire en attendant l'entrée en vigueur d'une nouvelle loi sur les voyages. Les autorisations de déplacements privés à l'Ouest devaient être accordées rapidement à ceux qui les demandaient et prenaient effet immédiatement. Il en allait de même pour les visas destinés à ceux qui voulaient quitter la RDA. En d'autres termes, n'importe qui pouvait désormais franchir le Mur.

Ce n'est que pendant le dîner officiel au palais du Conseil des ministres polonais, qu'on transmit au Chancelier davantage de détails sur ces événements dramatiques. Après les toasts — les serveurs étaient juste en train de desservir —, le chef du service de presse, « Johnny » Klein, interrompit l'entretien de Kohl avec Mazowiecki. Le Chancelier se souvient : « Johnny Klein vint à côté de moi et me résuma les derniers événements. Il me raconta qu'à la séance du Bundestag, dans une profession de foi spontanée en faveur de l'unité de la nation, on avait chanté l'hymne national. Je ne voulais toujours pas croire ce qu'on me disait et désirais en savoir plus. Peu après — il devait être à peu près 21 heures — j'appelai Eduard Ackermann à Bonn. Il avait déjà essayé de me joindre pendant le dîner et insisté auprès de mon directeur de cabinet, Walter Neuer, pour que je vienne tout de suite au téléphone. À présent, il était à l'appareil. “ Monsieur le Chancelier, en ce moment, le Mur est en train de tomber ”, s'écria-t-il avec enthousiasme dans le téléphone. Je dis : “ Ackermann, en êtes-vous sûr ? ” “ Oui ”, répondit-il et il me raconta que la preuve en était que les premières personnes arrivaient aux points de passage à Berlin. S'il était bien informé, quelques-uns avaient déjà traversé la frontière.

« J'étais stupéfait. Nous nous attendions tous qu'après le signal que j'avais donné le 8 novembre au Bundestag, des décisions soient prises en matière de liberté de déplacement, mais que cela vienne si vite et surtout avec de telles conséquences était à peine croyable. Je dis à Eduard Ackermann que j'avais encore à mon programme une rencontre avec les journalistes tard dans la soirée ; d'ici là, j'avais besoin de davantage d'informations. Je convins donc avec lui d'un nouvel appel téléphonique, en la présence cette fois de Rudi Seiters.

« Une petite heure plus tard, je parlai de nouveau à Eduard Ackermann. Il confirma ses précédentes informations. Entre-temps des centaines de Berlinois de l'Est avaient passé les postes-frontières. Plusieurs points de passage avaient été ouverts, on laissait passer les gens sur simple présentation de leur passeport. Pour finir, il répéta — son émotion était manifeste — " C'est vraiment la fin du Mur ". »

La plupart des gens n'avaient d'abord pas saisi toute l'importance de ce que le chef du SED de Berlin, Schabowski, avait annoncé pendant sa conférence de presse en début de soirée. Ce n'est qu'à la fin de la soirée qu'arrivèrent aux points de passage des milliers de gens et finalement des dizaines de milliers et davantage encore. Vers 22 heures, les portes furent finalement grandes ouvertes sous la pression des foules qui s'étaient rassemblées là et les gens affluèrent alors dans la partie occidentale de la ville. Il y eut là-bas des scènes indescriptibles qui confirmaient pleinement ce que pensait le Chancelier : « Malgré quarante ans de division, les Allemands sentaient qu'ils n'étaient toujours qu'un seul peuple. »

« À la même heure, raconte Kohl, je rencontrai à l'hôtel Marriot les journalistes qui m'avaient accompagné et qui me submergèrent de questions : " Comment jugez-vous les événements de Berlin ? " Ou : " À quand l'unité allemande ? " Je répondis qu'en fait, en ce moment, l'histoire du monde était en train de s'écrire. Je n'avais jamais douté que l'unité de l'Allemagne se réaliserait un jour. Pendant une longue période, il avait bien fallu supposer que seules les générations futures atteindraient cet objectif. Mais nous étions à présent entrés dans une période où les choses se développaient selon une dynamique inhabituelle : “La roue de l’Histoire tourne plus vite ! ”

« Je me retirai avec mes plus proches collaborateurs pour une brève délibération. Nous restâmes à l’hôtel Marriot. Nous trouvions en effet qu’il était trop risqué d’avoir une discussion confidentielle dans la maison des hôtes du gouvernement polonais. Malgré les changements intervenus en Pologne, nous ne pouvions pas exclure que des tables d’écoute soient branchées. À l’hôtel, je vis à la télévision les premières images de Berlin. Il fut aussitôt évident pour moi qu’il me fallait interrompre ma visite, quelle que fût son importance, car, en cette heure historique, la place du Chancelier ne pouvait être que dans la capitale allemande, c’est-à-dire au cœur des événements. Comme nous quittions l’hôtel, en réponse aux questions des journalistes qui nous assiégeaient, je confirmai que j’avais déjà brièvement discuté avec mes hôtes de la possibilité d’interrompre ma visite. »

Les hôtes polonais n’étaient pas vraiment contents. L’interruption de la visite mettait le protocole dans l’embarras. Mais par-dessus tout, ils étaient bien conscients ce soir-là que ce pouvait être le début d’un processus au terme duquel ils se retrouveraient face à une Allemagne réunifiée de quatre-vingts millions d’habitants. C’étaient là des sentiments mélangés que Kohl comprenait parfaitement. Il tenait malgré tout à interrompre sa visite en Pologne : « Ma décision provoqua une véritable crise. Le Premier ministre polonais voulait à tout prix empêcher que j’aille à Berlin. Ce serait un affront à l’égard du Président Jaruzelski si j’annulais la rencontre avec lui prévue pour le lendemain, dit Mazowiecki, qui téléphona ensuite au général en ma présence.

« Finalement, je pris moi-même l’appareil et expliquai mes raisons : je devais présider samedi à Bonn un Conseil des ministres qui aurait à prendre une série de décisions importantes. Personne ne savait combien de nos compatriotes de RDA décideraient de rester à l’Ouest. Mais ce n’était là qu’un aspect des choses : beaucoup de gens dans le monde avaient à présent les yeux fixés sur l'Allemagne et sur ce qu'allaient faire les Allemands. Il fallait surtout prendre garde à la dimension psychologique de la situation. Pour finir, je soulignai à nouveau qu'une brève interruption de ma visite en Pologne ne lui enlèverait rien de son importance. Ce qui se passait en RDA n'avait été possible que parce que la Pologne et la Hongrie avaient pris les devants. Le général se montra finalement d'accord pour reporter notre rencontre, mais il tenait à ce qu'elle donne lieu, comme prévu, à un véritable échange de vues et ne se réduise pas à une simple visite de politesse. »

Le retour du Chancelier et de sa délégation se fit à un rythme trépidant : le 10 novembre au matin, Ackermann annonça depuis Bonn qu'une manifestation de la CDU était prévue à Berlin en début de soirée à la Kaiser-Wilhelm-Gedächtniskirche[1] au cours de laquelle Kohl devrait prendre la parole. Peu après, Ackermann rappela : il venait juste d'être informé que le maire de Berlin, Momper[2], avait appelé à une manifestation dans l'après-midi devant l'hôtel de ville de Schöneberg[3] où on annonçait également un discours du Chancelier. Ackermann assura que Jürgen Wohlrabe, le président de l'Assemblée des députés de Berlin, garantissait que tout se passerait bien.

Helmut Kohl se rappelle : « “Aïe aïe aïe, Ackermann, espérons que tout ira bien !” Je donnai libre cours à mes doutes et le priai de convaincre la CDU de Berlin de dérouter au moins une partie de ses troupes de la Gedächtniskirche en direction de l'hôtel de ville de Schöneberg. Horst Teltschik supposait en

1. La *Gedächtniskirche* (l'église du souvenir) est pour les Berlinois un symbole important. Détruit par un bombardement aérien le 23 novembre 1943, le clocher de l'église ne fut pas reconstruit après la guerre et resta en ruine.

2. Momper appartenait au SPD.

3. Destiné à l'origine à être le siège de la municipalité de Schöneberg (un quartier de Berlin), cet hôtel de ville devint après la division de Berlin le siège du Sénat et de l'Assemblée des députés de Berlin. C'est là que Kennedy prononça son célèbre : « Je suis un Berlinois » en 1963.

outre que Momper avait fixé la manifestation de bonne heure pour que, malgré tous mes efforts, je ne puisse pas être à temps à Berlin. Quelle impression cela laisserait-il dans l'opinion publique ? » Le parallèle avec la négligence qu'avait commise Konrad Adenauer en ne se rendant pas immédiatement à Berlin dès le début de la construction du Mur, le 13 août 1961, tombait sous le sens.

« Parce que l'appareil de l'armée de l'air de la République fédérale ne pouvait ni survoler le territoire de la RDA, ni atterrir à Berlin, il nous fallut aller d'abord à Hambourg en passant par la Suède. Pendant l'heure et demie que dura le vol, je préparai mon discours. Lorsque nous atterrîmes finalement à Hambourg, il ne nous restait plus beaucoup de temps. L'ambassadeur des États-Unis à Bonn, Vernon Walters, eut l'amitié de mettre à notre disposition un appareil militaire américain. Ce n'est que grâce à cela que nous arrivâmes à temps à Berlin-Tempelhof vers 16 heures. Depuis l'aéroport, nous traversâmes la ville à toute allure, les gyrophares allumés, en direction de l'hôtel de ville de Schöneberg. Ce qui m'y attendait un peu plus tard devait encore dépasser mes plus sombres pressentiments.

« À mon arrivée, je me dépêchai de monter l'escalier avec mes compagnons. Je fus ensuite carrément poussé sur l'étroite tribune où se trouvaient déjà Hans-Dietrich Genscher, Willy Brandt, Hans-Jochen Vogel, Walter Momper et d'autres. Au-dessous, sur la place John-F. Kennedy, se déchaînait une populace de gauche qui m'accueillit avec un concert de sifflets assourdissant. Aucune trace des partisans de la CDU annoncés par Jürgen Wohlrabe et le président de la CDU du Land, Eberhard Diepgen. »

Pendant toute la manifestation ne cessèrent d'arriver en permanence des informations sur l'ouverture de nouveaux points de passage à la frontière, dont Momper et Genscher donnaient lecture à tour de rôle. Tous deux étaient chaque fois ovationnés. Peu avant que le Chancelier prenne la parole, Teltschik lui apporta un message de Gorbatchev. L'ambassadeur de Moscou à Bonn, Iouli Kvizinski, l'avait transmis par téléphone peu avant 18 heures. « Le secrétaire général soviétique y parlait de la situation à Berlin et me priait d'inciter les gens au calme. Les dirigeants de la RDA avaient pris la décision de permettre aux citoyens de RDA de se rendre librement en République fédérale et à Berlin-Ouest. Cette décision n'avait pas été facile à prendre pour la RDA. » Gorbatchev mettait en garde contre le danger qu'il y avait, dans cette situation, à attiser les émotions et les passions : nier l'existence de deux États allemands souverains revenait à déstabiliser la situation en RDA. Selon les informations de Gorbatchev, des manifestations étaient prévues à Berlin-Ouest comme à Berlin-Est. Il fallait tout mettre en œuvre pour éviter le chaos ; sinon, les conséquences en seraient imprévisibles.

« Gorbatchev voulait par ailleurs savoir, poursuit Kohl, si étaient exacts les rapports selon lesquels les choses avaient échappé à tout contrôle à Berlin. Était-il vrai qu'une foule révoltée était en train d'attaquer les installations de l'armée soviétique ? Compte tenu du peu de temps dont il disposait et de la gravité de la situation, il lui était indispensable de me parler personnellement. Je n'ai appris que plus tard qu'on avait délibérément donné de fausses informations à Gorbatchev : les adversaires des réformes au KGB et à la Stasi voulaient provoquer une intervention militaire des troupes soviétiques stationnées en RDA ; cela ne faisait aucun doute pour moi. J'étais coincé sur le balcon de l'hôtel de ville de Schöneberg et n'avais aucun moyen d'appeler Gorbatchev personnellement — d'autant que, si j'avais quitté la tribune, on aurait cru que je battais en retraite devant l'hostilité de la foule. Je fis transmettre à Gorbatchev qu'il avait ma parole que ces craintes n'étaient pas fondées. L'atmosphère était celle d'une réunion de famille et personne ne pensait à tenter une insurrection contre l'Union soviétique.

« Comme Mikhaïl Gorbatchev me le dit plus tard, il avait alors indiqué de manière catégorique aux dirigeants de Berlin-Est que, contrairement à ce qui s'était passé le 17 juin 1953, les blindés soviétiques n'interviendraient pas. Aujourd'hui encore, je suis très reconnaissant à Gorbatchev de n'avoir pas prêté attention aux provocateurs, mais d'avoir été ouvert aux arguments raisonnables. On ne lui saura jamais assez gré de ce que, devant choisir entre laisser les tanks à la caserne ou les faire mettre en marche, il ait opté pour la solution pacifique. »

Lorsque Kohl, qui était le dernier orateur à parler, prit finalement le micro à l'hôtel de ville de Schöneberg, il fut carrément conspué. Imperturbablement, il couvrit les sifflets et les huées : cette journée était un grand jour dans l'histoire de Berlin, mais aussi dans celle des Allemands. « Nous avons tous travaillé à cette journée. Nous l'avons appelée de nos vœux. Nous voyons les images de la porte de Brandebourg, les images de tous ces endroits d'où, à cette heure, les habitants de la RDA peuvent venir chez nous, tandis que les citoyens de cette ville et ceux de la République fédérale d'Allemagne peuvent aller dans l'autre partie de l'Allemagne — et cela sans contrôle, sans violence exercée par l'État, suivant leurs propres désirs. Sur cette place, à cette heure, nous devons aussi penser à tous ceux qui ont laissé leur vie sur le Mur. Nous devons le faire à présent que ce Mur est finalement tombé. »

Le Chancelier revint encore à la charge : « Nous nous trouvons maintenant devant l'épreuve de vérité. Au cours de ces journées, nous n'avons cessé de recevoir de nos compatriotes d'en face, de RDA, de Berlin, de Leipzig, de Dresde et de bien d'autres villes, un message de prudence — un message qui dit qu'en ce moment heureux, mais aussi difficile, de l'histoire de notre peuple, il est important de rester prudent et d'agir avec sagesse. Agir avec sagesse signifie ne pas suivre les mots d'ordre et les opinions extrémistes. Agir avec sagesse signifie à présent prendre l'exacte dimension de l'évolution internationale, européenne et allemande. »

Devant ces mots, la plupart de ceux qui, devant l'hôtel de ville de Schöneberg, comptaient couvrir la voix du Chancelier avec des sifflets à roulette et des chants antifascistes et le réduire ainsi au silence, ne purent rien entreprendre. Mais Kohl savait que la moitié du monde le regardait, aussi poursuivit-il son discours : « Celui qui, comme nous qui sommes venus directement de Varsovie, a pu voir ce que le processus de réformes a permis en Hongrie et en Pologne, celui-là sait qu'il s'agit à présent de trouver pas à pas, avec circonspection, le chemin vers un avenir commun. Car c'est bien de notre avenir commun qu'il s'agit et, surtout pour nos compatriotes de RDA, c'est de la liberté dans tous les domaines de leur vie qu'il s'agit. Les habitants de RDA ont droit à la liberté d'expression, à une véritable liberté de la presse, à la liberté syndicale, à la liberté de fonder des partis et, bien sûr, conformément à la Charte des Nations Unies et à la Déclaration des droits de l'homme, à des élections libres, égales et à bulletins secrets. Nos compatriotes sont en train de conquérir par eux-mêmes ces libertés et ils ont notre entier soutien. »

Comme il l'avait déjà fait lors du débat au Bundestag sur l'état de la nation, Kohl exhorta les responsables de la RDA : « Renoncez à présent à votre monopole du pouvoir ! Inscrivez-vous dans cet esprit de réforme qui, aujourd'hui, en Hongrie et en Pologne, garantit l'avenir de ces peuples ! Ouvrez la voie à la souveraineté du peuple par le peuple et pour le peuple ! »

Pour finir, le Chancelier s'adressa aux habitants de RDA : « Je veux donc dire à tous en RDA : Vous n'êtes pas seuls, nous sommes à vos côtés. Nous sommes et resterons une seule nation et nous formons un tout. Je fais appel en cette heure à tous nos compatriotes pour que nous ne fassions qu'un dans nos cœurs, que nous construisions ensemble un avenir solidaire, que nous nous serrions les coudes à présent et que nous accordions ensemble de l'aide à ceux qui en ont besoin. Il s'agit de l'Allemagne. Il s'agit de l'unité, du droit et de la liberté [1]. »

Aujourd'hui encore, Kohl éprouve de la colère en repensant aux scènes qui se déroulèrent devant l'hôtel de ville de Schöneberg : « À présent, avec la chute du Mur, un rêve venait de se réaliser. Et il fallut précisément qu'à ce moment, en ce jour où les Allemands commençaient à prendre eux-mêmes en mains leur destin, les images de cette foule déchaînée fassent le tour du monde. C'était consternant et honteux. Mais le pire de tout fut pour moi le fait que l'hymne allemand, que nous avions entonné tous ensemble sur la tribune, se perdit dans un gigantesque concert de sifflets. »

---

1. Ces trois derniers mots constituent le début de l'hymne national allemand actuel.

Mais la foule massée devant l'hôtel de ville de Schöneberg n'était pas le véritable Berlin, souligne Kohl. D'autres voix se firent aussi entendre. « Je repense très volontiers à un geste particulier. Quelques jours après le 10 novembre, un matin dans mon bureau à la Chancellerie, je trouvai sur ma table de travail un magnifique bouquet composé de cinquante roses rouges à longues tiges. Une carte l'accompagnait : " Amitiés de Berlin. Voyez-vous, c'est aussi ça Berlin. Madame Gedeke "[1]. » Bien d'autres citoyens, notamment de RDA, laissèrent parler leur cœur et écrivirent au Chancelier des lettres d'approbation.

Une fois qu'eut pris fin le spectacle devant l'hôtel de ville de Schöneberg, et que le Chancelier eut fait de cruels reproches à Diepgen et à Wohlrabe, il put voir, avant son retour à Bonn, ce qu'étaient les véritables sentiments de la majorité des Berlinois : « Sur la Breitscheid-Platz, devant la Kaiser-Wilhelm-Gedächtniskirche, plus de cent mille personnes nous attendaient. Beaucoup d'entre elles n'étaient arrivées que quelques heures plus tôt de la partie est de la ville après avoir traversé les points de passage ouverts. Ici, personne ne voulait faire du grabuge, il y régnait au contraire une joie sincère. Après cette manifestation à laquelle, de manière très significative, la télévision ne prêta aucune attention, nous nous rendîmes à Checkpoint Charlie, le légendaire point de passage. Il y avait là des foules incroyables qui affluaient de l'Est en sens inverse de nous. Beaucoup vinrent vers moi et me serrèrent les mains lorsque je franchis la ligne blanche de démarcation, tracée sur l'asphalte, qui ne séparait plus rien. Là où, après la construction du Mur, s'étaient fait face les tanks soviétiques et américains. »

Face à l'enthousiasme de cette foule, Kohl était stupéfait de constater « qu'une grande partie de la social-démocratie allemande était encore, même à cette heure, loin de penser à l'unité dont l'Allemagne s'était pourtant considérablement rapprochée — ainsi qu'on le sentait partout. On pouvait voir combien nos

1. La carte est rédigée en dialecte berlinois.

convictions nous séparaient, ne serait-ce qu'en entendant le maire de Berlin de l'époque, Walter Momper, déclarer dans son discours à l'hôtel de ville de Schöneberg qu'il s'agissait d'une "réunion et non d'une réunification", et parler du "peuple de RDA". C'était bien sûr également dirigé contre moi, car tout le monde savait que je n'avais jamais renoncé à l'objectif de l'unité allemande. »

Ces paroles de Momper devaient ultérieurement donner lieu à une nouvelle dispute entre Kohl et lui. Après que le Chancelier eut demandé en public si le maire de Berlin faisait encore la même lecture de la constitution que lui, celui-ci accusa Kohl de persister « dans des idées d'avant-hier » : « Kohl radote à propos de la réunification et de la question allemande. » Momper, pense Kohl aujourd'hui, savait alors qu'il avait beaucoup de gens du SPD derrière lui.

De l'avis du Chancelier, Willy Brandt constituait une exception parmi les sociaux-démocrates. Ce soir-là, devant l'hôtel de ville qu'il avait autrefois dirigé, il déclara : « Maintenant, va se ressouder ce qui ne fait qu'un tout. » « J'ai toujours pensé que Willy Brandt était un homme — et il ne faut pas le prendre comme un reproche — qui avait une autre conception de cette question importante. Il avait une vision fataliste, peut-être même pessimiste, du déroulement de l'Histoire. Il n'était pas contre l'unité, il n'avait pas par exemple érigé ce refus en doctrine, mais il avait sans doute perdu l'espoir de retrouver l'unité allemande. Il appartenait à une tout autre génération et son itinéraire fut très différent du mien, autant de points qui influent sur les opinions qu'on peut avoir. Mais je ne doute pas que Willy Brandt voulait l'unité allemande. Au fond de lui-même — contrairement à beaucoup d'autres —, il n'avait jamais définitivement renoncé à l'unité.

« À l'origine, il y avait beaucoup plus de différences entre nous sur le plan politique qu'entre Helmut Schmidt et moi. Mais, en tant qu'hommes, nous avions beaucoup plus de sympathie l'un pour l'autre. J'ai fait un discours pour les soixante-dix ans de Willy Brandt. Et lorsqu'il a commencé à aller très mal et qu'il ne laissait plus beaucoup de monde venir le voir, j'ai continué à lui rendre visite. Nous parlions alors de nombreuses choses y compris de la mort. Il voulait que ce soit moi qui organise la cérémonie de ses funérailles. La dernière fois que j'ai vu Willy Brandt, c'était juste avant sa mort dans sa maison d'Unkel[1]. Je me souviens encore de ce grand homme, gravement malade, assis dans son fauteuil près de la fenêtre. Nous avons bu ensemble une bouteille de vin et eu une discussion intense. Lorsque je lui ai dit au revoir, il tenait encore à la main le bouquet de fleurs d'automne que j'avais apporté. »

Ce même 10 novembre, le Chancelier et ses compagnons poursuivirent leur voyage vers Bonn. La soirée fut consacrée à une série d'entretiens téléphoniques. Les plus importants furent ceux qu'il eut avec les chefs d'État et de gouvernement des trois puissances occidentales, les États-Unis, la Grande-Bretagne et la France, qui, en tant que vainqueurs de la Seconde Guerre mondiale, avaient avec l'Union soviétique des droits et des responsabilités à l'égard de l'ensemble de l'Allemagne et de Berlin. Kohl s'attendait que ses interlocuteurs aient des réactions différentes devant l'ouverture du Mur. Il supposait que l'entretien avec le Premier ministre britannique, Margaret Thatcher, serait le plus difficile. C'est pourquoi il l'appela la première. À 22 heures, il était en ligne avec le 10 Downing Street : « J'essayai de donner à Margaret Thatcher une idée de l'atmosphère joyeuse qui régnait à Berlin. Elle avait elle-même déjà vu un certain nombre de choses à la télévision. Pendant l'ensemble de notre discussion, je sentis très clairement que la situation la mettait mal à l'aise. Elle suggéra une rencontre extraordinaire des chefs d'État et de gouvernement des douze pays de la Communauté européenne. Il lui semblait important de rester en contact étroit. »

Suivit, vers 22 heures 30, l'entretien du Chancelier avec le Président Bush. À Washington, il était alors 16 heures 30. Bush était lui aussi déjà au courant des événements de Berlin dont il se tenait constamment informé. « La chaleur de son amitié pour nous, Allemands, transparaissait. Je lui racontai la manifestation devant la Kaiser-Wilhelm-Gedächtniskirche. J'y avais

1. Petite ville dans les environs de Bonn.

expressément remercié les États-Unis pour leur action en faveur de la liberté de Berlin et déclaré, sous les applaudissements du public, que, sans l'engagement des États-Unis, ce jour n'aurait jamais eu lieu. George Bush nous souhaita beaucoup de succès avec la bénédiction de Dieu. »

Kohl ne réussit pas à joindre le Président Mitterrand en cette fin de soirée de vendredi. Lorsqu'il lui téléphona le lendemain matin, celui-ci remarqua que le Chancelier venait certainement de vivre des heures émouvantes. « Je lui répondis que, pour faire de la politique, il fallait être un dur à cuire, mais qu'en fait, il y avait des événements qu'on ne pouvait oublier de toute sa vie. Sur le Kurfürstendamm à Berlin, il y avait une atmosphère comparable à celle des Champs-Élysées un 14 juillet. Jusque-là tout s'était déroulé de manière sérieuse et pacifique. Mais la situation pouvait se détériorer si les revendications des gens — le droit à des partis et à des syndicats libres — n'étaient pas satisfaites. J'annonçai à Mitterrand que je comptais envoyer un émissaire à Krenz. Le Président me répondit qu'il souhaitait au peuple allemand de vivre un "grand moment de son histoire". Oui, c'était bien l'"heure du peuple". À présent, il y avait une chance que l'Europe bouge. À la fin de notre entretien, il m'assura expressément de son amitié. »

Lors de la réunion du samedi matin 11 novembre, où ils analysèrent la situation dans le bureau de Kohl, le Chancelier et son équipe accueillirent avec soulagement la première prise de position officielle du porte-parole du ministère des Affaires étrangères soviétique, Guennadi Guerassimov. Elle était d'un ton mesuré. La décision d'ouvrir ses frontières était un « acte souverain de la RDA », disait-elle. Les nouvelles dispositions sur les déplacements étaient « sages ». Elles n'impliquaient cependant pas que les frontières aient disparu, mais constituaient une partie des mesures destinées à stabiliser la situation.

La nouvelle de l'ouverture de la frontière à Berlin avait autant surpris le Kremlin, où l'on célébrait l'anniversaire de la révolution d'Octobre, que le gouvernement fédéral. Guerassimov l'avoua franchement en disant que Gorbatchev n'avait pas donné son feu vert à cet événement. Cette mesure émanait du président du Conseil d'État de la RDA, Krenz. Dépassé par les événements, celui-ci avait tenté un grand dégagement en ouvrant la frontière — dans l'espoir d'être l'homme du moment qui, grâce aux milliards de Bonn, consoliderait la situation de la RDA. Manifestement, ce qu'il avait ainsi mis en branle l'effrayait lui-même à présent.

C'est sans doute pourquoi il avait sollicité un entretien téléphonique avec le Chancelier, qui fut fixé au samedi matin à 8 heures 30. Il ne put d'abord avoir lieu à cause de problèmes techniques. Lorsque la communication fut finalement établie, une heure et demie plus tard, il fallut faire sortir le Chancelier du Conseil des ministres. Comme Kohl s'en souvient, Krenz indiqua d'abord avoir ouvert le Mur pour réaffirmer son intention de mener une politique de rénovation dans l'intérêt de la population. « En même temps, il dit qu'il convenait à présent de faire preuve partout d'objectivité, de mesure et de bonne volonté. La frontière était toujours là. Elle devait devenir plus facile à franchir. Krenz serait très content si le gouvernement fédéral calmait l'excitation de ceux qui voulaient tout démolir du jour au lendemain : "Je vous serais donc très reconnaissant si vous pouviez apaiser les esprits."

« J'écoutai tout cela et, après avoir félicité Krenz pour 'ouverture du Mur, je lui rappelai que, dans mon discours de Berlin, je n'avais cessé de souligner le danger de toute forme d'extrémisme. Nous nous trouvions à une période très importante où il fallait faire preuve de raison et non de nervosité, d'un réel sang-froid, pour prendre les bonnes décisions. »

Pour le Chancelier, cet entretien devait surtout permettre d'aboutir dès que possible à des accords concrets avec Berlin-Est dans l'intérêt des habitants de RDA. C'est pourquoi il indiqua à Krenz qu'il souhaitait beaucoup le rencontrer dans un avenir proche. Il proposa que Seiters se rende à Berlin-Est pour y préparer leur entretien. Toutefois, lui-même n'irait en aucun cas à Berlin-Est. Pour le SED, Berlin était la « capitale de la RDA », point depuis toujours récusé par la partie occidentale parce que toute la ville était placée sous le statut des Quatre Puissances.

Le Chancelier indiqua à Krenz qu'il souhaitait également faire la connaissance de Modrow, le futur Premier ministre, lors de sa visite prochaine. « Une fois encore, Krenz chercha à m'obliger à m'engager. Il supposait que j'étais en complet accord avec lui sur le fait que la réunification de l'Allemagne n'était pas d'actualité. Je ne pouvais naturellement pas être d'accord avec lui. Sur cette question, j'étais d'une tout autre opinion en raison de mes convictions profondes et du serment que j'avais prêté en entrant en fonction.

« L'entretien prit fin de manière cocasse. Le chef du SED me demanda comment on devait procéder pour le communiqué de presse sur notre échange téléphonique. Je répondis : "Dites tout simplement que nous avons eu un entretien très dense." Krenz répéta dans le style militaire : "un entretien très dense". Comme j'ajoutais qu'il pouvait également dire que nous allions poursuivre cet entretien, par téléphone si nécessaire, il répondit : "poursuivre, par téléphone". Il y eut encore plusieurs échanges de ce type jusqu'à ce que nous nous disions au revoir. »

Deux heures après son entretien avec Krenz, le Chancelier téléphona à Gorbatchev : « Ce fut un moment important. Je l'assurai une nouvelle fois qu'il n'était pas de l'intérêt du gouvernement fédéral que le chaos s'installe en RDA. Nous ne voulions pas non plus dépeupler la RDA. Un pareil exode entraînait de sérieux dégâts et de graves problèmes économiques. Il valait mieux que les gens restent chez eux, ce qu'ils feraient volontiers si la situation de la RDA changeait du tout au tout. Je ne savais pas dans quelle mesure Krenz voulait vraiment engager des réformes, mais tout en dépendait. Les dirigeants de la RDA feraient bien d'agir rapidement compte tenu des circonstances actuelles. »

Gorbatchev répondit que, selon lui, le programme des dirigeants actuels de la RDA ferait avancer les choses. En attendant, on réfléchissait sérieusement là-bas à la manière de démocratiser le pays et d'en rénover l'économie. Mais ce n'était pas facile et exigerait beaucoup de temps. Il avait conseillé à Krenz, si les dirigeants de RDA décidaient de s'attaquer aux réformes, de tenir compte de l'opinion publique du pays et d'engager un large dialogue avec toutes les forces sociales.

Bien entendu, poursuivit Gorbatchev, tout changement

entraînait une certaine instabilité. C'est pourquoi, lorsqu'il parlait de préserver la stabilité, il envisageait que Kohl et lui réfléchissent ensemble à toutes les mesures possibles et se mettent d'accord entre eux. Il pensait qu'était en train de s'accomplir un changement historique qui déboucherait sur un autre monde. Mais les deux parties ne devaient pas mettre en péril cette évolution par des décisions inconsidérées. L'accélération des événements pourrait conduire au chaos, ce qui serait très mauvais pour les relations germano-soviétiques.

Kohl se souvient d'avoir profité de l'occasion pour parler du fond des relations germano-soviétiques : « Gorbatchev me pria de jeter mon poids politique dans la balance pour stabiliser la situation. Je lui répondis que la réunion du Conseil des ministres venait justement de prendre fin. " Si vous y aviez assisté, vous auriez pu vous convaincre qu'en République fédérale, la politique allemande est faite avec mesure. J'ai bien conscience qu'au cours des quarante années qui se sont écoulées depuis la fondation de la République fédérale, il est rare qu'un Chancelier ait eu une responsabilité comparable à celle qui pèse aujourd'hui sur moi." Je tenais pour un hasard tout à fait providentiel qu'à ce moment précis les relations entre l'Union soviétique et la République fédérale soient aussi bonnes. En outre, les contacts personnels que nous avions établis entre nous me paraissaient particulièrement précieux. Selon moi, ces relations n'étaient plus seulement officielles, et avaient déjà pris un caractère personnel. J'étais cependant très conscient que ces relations personnelles ne changeaient rien à la nature des problèmes. Mais elles pouvaient du moins en faciliter la solution. Gorbatchev était d'accord avec moi. Je revins ensuite de nouveau à la situation de la RDA. Selon moi, la plus grande difficulté était d'ordre psychologique. La ligne de Honecker, qui avait consisté à empêcher jusqu'à la fin toute réforme, avait créé une situation extrêmement difficile à gérer pour les nouveaux dirigeants. La population avait perdu toute confiance dans le SED. Il fallait que Krenz agisse dans l'urgence, alors qu'on ne pouvait pas faire des réformes du jour au lendemain. J'eus l'impression que Mikhaïl Gorbatchev partageait mon point de vue. »

Les nombreux appels téléphoniques de ce samedi s'achevèrent sur une conversation amicale. Le Premier ministre espagnol, Felipe Gonzalez, félicita chaleureusement les Allemands. « Il me donna l'assurance que je pouvais compter sur son aide en toutes circonstances — et notamment s'il s'avérait nécessaire d'élaborer une position européenne commune. Je le remerciai et lui dis que j'appréciais ce geste d'amitié. Cela correspondait à l'image que je me faisais de l'Espagne et de mon ami Felipe. »

Avant que le Chancelier ne reparte pour la Pologne dans l'après-midi du 11 novembre pour y poursuivre sa visite, il tint une conférence de presse pour informer l'opinion publique des événements politiques survenus au cours des dernières heures. Il acheva sa conférence en esquissant une fois encore les contours de la politique allemande du gouvernement fédéral : « L'ordre de priorité des objectifs de notre politique est fixé par la Loi fondamentale. La condition nécessaire de la réunification dans la liberté est le libre exercice du droit à l'autodétermination. La liberté était, est et demeure au cœur de la question allemande. Cela signifie que nos compatriotes de RDA veulent et doivent décider eux-mêmes. Ils n'ont pas besoin de conseils, d'où qu'ils viennent. Quelle que soit la décision de nos compatriotes de RDA, nous la respecterons bien évidemment. »

La seconde partie de la visite de Kohl en Pologne ne se présentait pas mieux que la première. Les événements des heures précédentes avaient renforcé l'inquiétude déjà mentionnée qu'éprouvait la Pologne à l'idée de se retrouver face à la puissance d'une grande Allemagne. Le Chancelier s'en aperçut clairement lors de son entretien avec le chef de l'État : « Jaruzelski se montra inquiet à l'idée que ce qui se passait en RDA puisse couper l'herbe sous le pied aux Polonais. Je lui répondis que je comprenais ses craintes, mais que je ne les partageais pas. Je lui demandai du reste de comprendre que l'unité de leur pays tenait à cœur aux Allemands. Lui qui était un patriote polonais ne se résignerait jamais à une division de Varsovie. "Eh bien moi, je ne me résigne pas à la division de Berlin." Sauf erreur de ma part, l'époque du monopole du pouvoir du SED avait vécu. Si l'unité de l'Allemagne se faisait, elle n'aboutirait pas à un État-nation allemand dans le style du XIXe siècle. La question allemande ne pouvait être résolue que sous le couvert d'un toit européen, c'est-à-dire en accord avec nos voisins.

« L'unité allemande était même une chance pour la Pologne, poursuivis-je. Les relations entre l'Allemagne et la Pologne présentaient bien sûr de chaque côté d'immenses difficultés psychologiques. Mais j'avais bon espoir que nous réussirions à dissiper les anciennes réserves et les vieux spectres qui leur nuisaient. » Le chef d'État polonais répliqua que, dans la situation actuelle, la confiance était une question essentielle. Les Allemands avaient également intérêt à la stabilité de la Pologne. Pour la première fois depuis mille ans, la Pologne avait de bonnes relations avec l'Est et l'Ouest. Quant à Gorbatchev, il fallait que tout le monde l'aide à accomplir sa grande œuvre. Peut-être, suggère Kohl aujourd'hui, Jaruzelski avait-il songé à ce moment-là qu'à l'époque de Staline, avec laquelle Gorbatchev avait définitivement rompu, son père et lui avaient été internés dans un camp en Sibérie.

La visite du Chancelier atteignit un point critique lorsque le vol de Varsovie à Wroclaw fut annulé en raison du mauvais temps. De Wroclaw, on devait poursuivre jusqu'à Kreisau en Silésie, où devait avoir lieu l'office commun germano-polonais. La délégation allemande doutait que le brouillard soit la véritable raison de l'annulation du vol. Kohl se rappelle : « À présent, l'office prévu là-bas risquait d'être supprimé et ce, bien que des milliers de Silésiens soient en train de s'y rendre. Nous décidâmes d'aller de toute façon à Kreisau. Parce que je craignais que cela ne marche pas autrement, je négociai moi-même avec le chef du protocole polonais et fis en sorte qu'on mette un autobus à notre disposition. Il était 3 heures du matin lorsque nous partîmes enfin.

« Cette étape était pour moi l'un des points les plus importants du programme de ma visite. Kreisau est un remarquable symbole de l'autre Allemagne, de la meilleure Allemagne, y compris dans la plus sombre période de notre histoire. Des hommes et des femmes admirables de notre peuple se sont regroupés dans le cercle de Kreisau pour réfléchir à la manière de vaincre le national-socialisme et d'établir une paix équitable en Europe. Le Père jésuite Alfred Delp [1], qui fut exécuté après le 20 juillet et dont je connaissais vaguement la famille, appartenait à ce groupe ; y appartenait aussi mon ami Eugène Gerstenmaier [2], l'une des grandes figures de l'Union chrétienne-démocrate d'Allemagne. Des gens importants, issus de la vieille aristocratie prussienne, y étaient représentés, dont des officiers supérieurs. Il y avait aussi des hommes comme Hans Lukaschek. Lukaschek avait été autrefois haut-président de Silésie, et fut ensuite le Premier ministre en charge des expulsés dans le gouvernement d'Adenauer.

« Ce n'est certainement pas par hasard si, sur le petit nombre de survivants du cercle de Kreisau — la plupart furent exécutés par Hitler —, beaucoup d'entre eux sont allés à l'Union chrétienne-démocrate. Presque tous les cinquante-deux signataires de l'appel de Berlin [3] — avec à leur tête Andreas Hermes — avaient été persécutés par le régime nazi. Le texte fondateur de la CDU à Berlin — qui avec celui de Cologne [4] est l'un des deux textes fondateurs de mon parti — est donc fortement imprégné des idées du cercle de Kreisau. C'est pourquoi Kreisau n'est pas seulement pour moi un lieu important de l'histoire allemande, mais aussi l'un des berceaux des convictions des chrétiens-démocrates. Les membres du cercle de

1. Alfred Delp (1907-1945), jésuite et théologien allemand. Il participait depuis 1942 à un projet visant à l'instauration d'un système social chrétien en Allemagne. Arrêté en juillet 1944, il fut exécuté en février 1945.

2. Eugen Gerstenmaier (1906-1986), théologien et homme politique, membre de l'Église confessante, hostile à Hitler, et du cercle de Kreisau. Arrêté après l'attentat manqué du 20 juillet 1944, il fut condamné à sept ans de prison. Il fut président (CDU) du Bundestag de 1954 à 1969.

3. Appel lancé à Berlin en juin 1945, notamment par Andreas Hermes, qui avait été lié aux syndicats catholiques pendant la république de Weimar, pour rallier toutes les forces chrétiennes et démocrates dans une Union chrétienne-démocrate.

4. Sous l'influence d'Adenauer, les groupes chrétiens-démocrates rhénans se constituèrent en parti chrétien-démocrate à Cologne en juillet 1945.

Kreisau voulaient une Europe réconciliée qui se rappelle qu'elle était issue de la culture occidentale. La propriété du comte von Moltke — c'est ce que je souhaitais — devait devenir un lieu de rencontres germano-polonais, porté par l'esprit de réconciliation. En participant à un office religieux germano-polonais, le Premier ministre Mazowiecki et moi marquions notre intention qu'il en aille ainsi. »

Comme prévu, ce fut l'évêque d'Oppeln, Mgr Nossol, qui officia. Il souligna combien la visite du Chancelier avait été difficile à organiser bien que les deux peuples soient des voisins européens. Il fallait à présent que s'accomplisse « le miracle de la véritable réconciliation entre deux peuples si longtemps ennemis ». Mazowiecki parla d'un « sentiment de fraternité ». Avant la communion, Mazowiecki et Kohl échangèrent le baiser de paix liturgique. En s'embrassant, les deux hommes d'État voulaient montrer qu'une nouvelle époque s'ouvrait dans les rapports entre les Allemands et les Polonais.

Auschwitz, que Kohl visita le même jour, représente le chapitre le plus noir de l'histoire allemande. Cette visite était donc pour lui tout aussi importante : il fallait montrer au pays hôte et au reste du monde qu'à présent que le Mur était tombé et que les Allemands se rapprochaient les uns des autres, le Chancelier d'Allemagne reconnaissait sans réserve la responsabilité historique de son pays à l'égard des crimes des nationaux-socialistes. C'était la première fois que Kohl visitait ce lieu de l'horreur.

Le grand rabbin de Varsovie, Menachem Joskowicz, évoqua la mémoire des millions d'êtres humains qui furent assassinés dans ce camp de concentration. Le Chancelier déposa une gerbe de fleurs au « mur de la mort ». Dans le mémorial, il écrivit qu'on ne devait pas oublier la leçon d'Auschwitz. Les membres de nombreux peuples y avaient subi d'indicibles souffrances au nom des Allemands. « Nous promettons solennellement ici, à nouveau, de tout faire pour qu'il ne soit porté atteinte sur cette terre ni à la vie, ni à la dignité, ni aux droits d'aucun individu, quelle que soit sa confession, à quelque peuple qu'il appartienne et quelles que soient ses origines. » Se trouvait avec lui à Auschwitz Heinz Galinski, président du conseil central des juifs d'Allemagne, qui est lui-même un survivant de l'Holocauste et a perdu de nombreux parents dans ce camp d'extermination.

Somme toute, selon Kohl, sa visite en Pologne marqua également une étape importante dans la voie vers l'unité allemande : « Outre la signature de nombreux accords visant à améliorer la coopération entre les deux pays, les initiatives concrètes destinées à protéger la minorité allemande en Pologne et les accords portant sur une aide financière de plusieurs milliards, notre succès tenait avant tout à ce que nous avions réussi à apaiser les inquiétudes et les craintes de Varsovie concernant la frontière sur l'Oder-Neisse. Tout ceci fut concrétisé dans une déclaration commune germano-polonaise. »

Pendant ce temps en RDA la perestroïka semblait battre son plein. Tandis que Krenz avait bien du mal à s'imposer, les hommes de l'époque de Honecker étaient privés de leurs postes au parti et dans l'État. Les auto-accusations portées par les destitués étaient à présent monnaie courante en RDA. Il était même question d'engager des poursuites pénales contre Honecker, qui entre-temps avait été exclu du SED, ainsi que contre certains de ses compagnons. Le 13 novembre, Hans Modrow fut élu Premier ministre par la Chambre du peuple. Il forma son gouvernement dans la foulée. C'était un gouvernement de coalition, car il n'était pas seulement composé de membres du SED. « L'alliance politique créative » comprenait également des responsables des quatre partis du Bloc [1] qui avaient entretemps retourné leur veste, comme par exemple le nouveau président de la CDU-Est, Lothar de Maizière. Il n'y avait pas de représentants de l'opposition.

Dans sa déclaration gouvernementale, Modrow ne dépassa pas non plus le stade d'annonces assez vagues, qu'il s'agisse de la réforme constitutionnelle envisagée, de la loi électorale ou

1. Le « Bloc » comportait, outre le SED, quatre partis non communistes : la CDU-Est, le LDPD (Parti libéral-démocrate d'Allemagne), le NDPD (Parti national-démocrate d'Allemagne) et le DBD (Parti démocrate des paysans d'Allemagne).

encore de l'introduction d'un État de droit. Il prenait bien en compte l'état désastreux de l'économie de la RDA, mais ne voulait pas pour autant renoncer à l'économie planifiée qui entravait tout développement. Il proposa au gouvernement fédéral une « communauté contractuelle » entre les deux États souverains, « qui irait au-delà du Traité fondamental et des traités et accords conclus jusque-là entre les deux États ».

La déclaration gouvernementale de Modrow, dans laquelle il annonçait aussi une réforme du ministère de la Sécurité d'État, reposait sur l'illusion que son équipe bénéficiait d'un large consensus politique auprès des Allemands de RDA. Ainsi parlait-il par exemple — comme Momper — du « peuple de RDA » qui voulait un « bon socialisme ». C'est justement ce dont ne voulait plus la majorité des habitants de RDA, ce qui explique pourquoi il n'y eut pas de consolidation de la situation du pays après la chute du Mur, comme l'espéraient de nombreux cadres de l'appareil étatique de la RDA. Le 9 novembre avait au contraire démontré que désormais tout pouvait arriver.

Le ministre soviétique des Affaires étrangères, Chevardnadze, manifestement animé du désir d'apporter son soutien à Modrow, parla à propos de cette déclaration gouvernementale d'« audacieuses mesures de rénovation » prises par les dirigeants de la RDA dans l'intérêt du socialisme. Au même moment, devant des étudiants à Moscou, Gorbatchev dit que la question de l'unité allemande « ne se posait pas dans le cadre de la politique actuelle ». Il prit cependant soin de remarquer : « Personne ne sait comment évoluera l'histoire. Mais qui vivra verra. »

Le 18 novembre, jour où fut formé à Berlin-Est le gouvernement de Modrow, le Chancelier se rendit à Paris où Mitterrand avait invité les douze chefs d'État et de gouvernement de la Communauté européenne à un dîner au sommet. Le thème de leur rencontre était l'évolution actuelle en Europe et plus particulièrement en Allemagne. Margaret Thatcher exigea très fermement le maintien du statu quo : la question des frontières n'était pas d'actualité. Elles devaient rester ce qu'elles étaient, dit « la dame de fer », qui ne visait pas seulement la frontière occidentale de la Pologne, mais aussi la frontière inter-allemande.

Kohl se rappelle : « Je m'attendais naturellement à trouver une atmosphère réservée. Même si à Bonn, deux semaines plus tôt seulement, François Mitterrand s'était prononcé pour l'unité de la nation allemande au nom de la France — il ne disait jamais "je", mais toujours "la France" —, je ne me faisais aucune illusion sur l'opinion de la classe politique à Paris. Il ne pouvait pas échapper qu'à La Haye, à Rome et surtout à Londres, la méfiance à notre égard, nous les Allemands, était de retour. "À présent, les Allemands parlent à nouveau de l'unité de leur nation, à présent, ils ne s'intéressent plus à l'Europe", disait-on. En guise d'avertissement, on évoquait l'esprit de Rapallo [1] pour suggérer ainsi que l'Allemagne se tournait encore une fois en direction de la Russie. À ce propos on ressortait aussi le vieux cliché selon lequel le soleil se lève à l'est — ce qui est sans doute astronomiquement exact, mais politiquement faux. Les questions inquiètes se multipliaient : combien de temps faudrait-il pour que le chemin de la liberté dans la partie orientale de l'Allemagne débouche sur celui de la restauration de l'unité de l'Allemagne ? La vieille peur que les Allemands ne deviennent trop forts ressuscitait.

« Inlassablement, je ne cessais d'assurer que notre pays n'avait pas l'intention de faire cavalier seul. En ce moment, nous avions précisément besoin de resserrer étroitement nos liens avec nos alliés et de sentir la confiance de nos voisins à l'Ouest comme à l'Est. Il fallait d'abord, et je ne cessais de le répéter, que nos compatriotes de RDA puissent décider eux-mêmes librement du chemin qu'ils voulaient suivre à l'avenir. Quelle que soit leur décision, nous la respecterions. Mais cela impliquait aussi que personne, ni à l'Est ni à l'Ouest, ne puisse ignorer un vote de l'ensemble des Allemands en faveur de l'unité de leur pays. »

Kohl demanda à ses collègues européens de ne pas s'attacher seulement à ce qui se passait en RDA, mais de continuer aussi

1. Par le traité de Rapallo (avril 1922) signé entre l'Allemagne et la Russie, les deux parties renonçaient à toute réparation de guerre et renouaient des relations diplomatiques et économiques.

à soutenir de leur mieux les mouvements réformateurs en Pologne, en Hongrie, en Tchécoslovaquie, où ils venaient d'apparaître, ainsi que, plus particulièrement, la perestroïka en Union soviétique. Le temps pressait. L'hiver approchait. Les difficultés d'approvisionnement risquaient d'être dramatiques. Si les mouvements réformateurs venaient à échouer en Pologne et en Hongrie, les conséquences en seraient incalculables pour toute l'Europe. L'intention de Kohl était claire sans qu'il ait besoin de l'exprimer. Il souligna le fait qu'il y avait un lien indissoluble entre l'évolution en RDA et celle que connaissaient les autres pays d'Europe centrale et orientale. L'objectif de l'unité allemande avait pour lui autant d'importance que l'insertion de ce processus dans le contexte européen général.

À la session spéciale du Parlement européen à Strasbourg, le 22 novembre, Kohl souligna une nouvelle fois qu'il existait un lien entre la partition de l'Europe et la division de l'Allemagne et demanda à nouveau — afin de surmonter ces deux problèmes — qu'on soutienne du mieux possible le processus de réforme : « Il n'y a pas que Londres, Rome, La Haye, Dublin et Paris qui appartiennent à l'Europe. C'est aussi le cas de Varsovie et de Budapest, de Prague et de Sofia — et bien sûr également de Berlin, Leipzig et Dresde. » L'unité de l'Allemagne, qu'il considérait comme l'objectif de sa politique, ne pourrait être réalisée que « si l'unification de notre vieux continent progresse ». La politique allemande et la politique européenne étaient les deux faces d'une même médaille.

Il rappela du reste les images que la télévision avait montrées de la nuit du 9 au 10 novembre, « ces moments de joie humaine et d'allégresse, de fraternité et de solidarité active ». Et, poursuivit-il : « Les Allemands qui sont à présent réunis par l'esprit de liberté, loin de constituer jamais une menace pour l'unité de l'Europe, seront bien plus un enrichissement pour elle. » Devant ce message clair et réitéré, qu'on ne pouvait résoudre la question allemande que dans le contexte européen général, le Parlement européen adopta à l'unanimité moins deux voix une résolution qui réaffirmait le droit des Allemands de RDA à être « une partie d'une Allemagne réunifiée et d'une Europe unie ».

Kohl trouve étonnant que le président du groupe socialiste au Parlement européen ait davantage que d'autres contribué à la rédaction de cette résolution : « Ce fut aussi des chefs de gouvernement et de partis socialistes en Europe que nous reçûmes par la suite le plus de soutien sur la question allemande. Après la Seconde Guerre mondiale, ce furent surtout les chrétiens-démocrates des différents pays qui travaillèrent à l'unification de l'Europe, tandis qu'on se montrait généralement plus sceptique du côté socialiste. C'est aussi pourquoi j'attendais justement un soutien particulier des partis partenaires de la CDU au sein de la Communauté européenne — de ceux qui appartiennent en principe à la même famille politique que nous. Ce fut hélas souvent le contraire. Mais c'est généralement avec sa famille qu'on a le plus de problèmes. Je revois encore la manière sèche avec laquelle Valéry Giscard d'Estaing, l'ancien président de la République française, s'exprima devant moi à cette occasion au Parlement européen sur la question allemande. »

Pendant ce temps, les habitants de RDA vivaient sans complexe leur nouvelle liberté et ne s'inquiétaient pas des craintes de certains de leurs voisins européens. Des millions d'Allemands de RDA visitèrent la République fédérale. Inversement, des centaines de milliers d'Allemands de l'Ouest découvrirent dans la RDA un pays nouveau et inconnu d'eux. À cela s'ajoutaient les impressionnantes manifestations de masse. À la manifestation rituelle du lundi, il y eut le 20 novembre deux cent cinquante mille personnes dans les rues de Leipzig. À Halle, Chemnitz, Dresde, Cottbus et Berlin-Est, ils étaient des dizaines de milliers à exiger pacifiquement des réformes de fond. Outre le slogan : « Nous sommes le peuple ! », on entendait pour la première fois dans leurs rangs un appel à l'unité de la nation : « Nous sommes *un* peuple ! »

C'est dans cette atmosphère qu'eut lieu le 20 novembre la rencontre, convenue au téléphone par Kohl et Krenz, des dirigeants de la RDA avec Seiters, le secrétaire général de la Chancellerie. Au cours de l'entretien, qui eut lieu à Berlin-Est au siège du Conseil d'État et auquel Modrow participait également aux côtés de Krenz, les cadres du SED réaffirmèrent leur intention de poursuivre la politique de réformes. Pour casser la dynamique qui minait leur pouvoir, ils avaient déjà annoncé l'ouverture de trente-trois postes-frontières supplémentaires vers la République fédérale. Ils promirent en outre à Seiters, sous certaines conditions, d'installer un passage pour piétons à la porte de Brandebourg.

Seiters réaffirma expressément la position de Bonn en posant à nouveau comme condition préalable à l'importante aide économique envisagée l'irréversibilité de la politique de réformes prévue, qui devait comporter l'organisation d'élections libres, une réforme constitutionnelle et l'introduction de l'État de droit. « En l'occurrence, indique le Chancelier, nous tenions tout particulièrement à la suppression de la notion de crimes politiques. Il y avait toujours des paragraphes s'y rapportant dans le code pénal de la RDA ; il y avait toujours des gens détenus pour raisons politiques. C'est pourquoi je trouvais inconvenant que Krenz et Modrow nous aient demandé de supprimer le centre d'enregistrement de Salzgitter. Il fallait d'abord que le dernier prisonnier politique en RDA ait été libéré. »

Le secrétaire général de la Chancellerie transmit à Berlin-Est un document préparatoire envisageant la possibilité d'investissements directs, un système de protection des investissements et la suppression des obstacles aux relations économiques. Il proposa par ailleurs la création d'une commission économique mixte. Figuraient également à l'ordre du jour la mise en œuvre d'une coopération concrète en matière de protection de l'environnement et d'amélioration des communications téléphoniques. Seiters annonça que la République fédérale prendrait encore à sa charge jusqu'à la fin de l'année le pécule d'arrivée remis aux visiteurs venus de RDA, mais réfléchissait à une autre formule pour l'avenir. Il évoqua à ce sujet la possibilité d'un fonds en devises et exprima l'espoir que les visiteurs de la République fédérale soient dispensés de l'obligation de procéder à un échange minimal de devises [1].

On envisageait de fixer au mois de décembre la visite du Chancelier en RDA, sans toutefois que la date soit précisée. La

---

1. Depuis 1980, les visiteurs entrant en RDA devaient changer au moins 25 deutschemarks par jour.

principale raison en était que les entretiens préparatoires n'étaient pas encore assez avancés puisque était prévue une seconde rencontre avec Seiters à Berlin-Est. À cela s'ajoutait le fait qu'on avait bien du mal là-bas à accepter les conditions posées par le gouvernement fédéral. Ainsi par exemple, l'organe central du SED, *Neues Deutschland*, reprocha au Chancelier d'aspirer à la formation d'un État allemand unitaire : « donc la RDA ne recevra de l'aide que lorsqu'elle aura elle-même renoncé à être un État socialiste souverain sur le sol allemand ».

« Il est tout à fait exact qu'en fait je voulais l'unité de l'Allemagne, dit le Chancelier. Mais mon problème était d'abord purement pratique : en effet, on ne savait pas très bien qui je rencontrerais vraiment en RDA. Je savais par mon coup de fil à Mikhaïl Gorbatchev que Krenz n'était pas " son homme ". Németh, qui m'avait rendu visite à Ludwigshafen en novembre, était du même avis. Ceci fut ensuite confirmé notamment par Portugalov [1], le conseiller de Gorbatchev. Le 21 novembre, celui-ci donna à entendre sans détour que Krenz ne dépasserait pas le cap du congrès extraordinaire du SED prévu pour décembre. Une rencontre hâtive avec Krenz, comme elle était réclamée dans les rangs de l'opposition, mais aussi par le président du FDP de l'époque, le comte Otto Lambsdorff, aurait donc eu pour effet de soutenir le mauvais homme. Le " bon ", sur lequel misaient Moscou et donc les réformateurs, était manifestement Modrow. »

La décision de Helmut Kohl fut précipitée par l'annonce faite par le palais de l'Élysée que le président de la République française comptait se rendre en visite officielle en RDA du 20 au 22 décembre. On se résolut à la Chancellerie à le devancer pour éviter que la nouvelle direction du SED n'obtienne une reconnaissance internationale. La visite fut finalement fixée avec Berlin-Est au 19 décembre. Puisque, pour des raisons tenant au statut juridique de Berlin, une visite du Chancelier à Berlin-Est était exclue dès le départ, on s'entendit sur Dresde.

1. Nikolaï Portugalov travaillait au département des affaires internationales du Comité central du PCUS comme expert des questions allemandes.

CHAPITRE 7

DIX POINTS POUR L'ALLEMAGNE

Que ce soit à la Maison-Blanche, au 10 Downing Street, au palais de l'Élysée ou au Kremlin, avec la chute du Mur de Berlin, la question allemande devint du jour au lendemain le grand sujet de politique internationale. C'est pourquoi elle figurait à l'ordre du jour du sommet américano-soviétique prévu au large de l'île de Malte les 2 et 3 décembre, ainsi qu'à celui de l'OTAN qui devait avoir lieu le jour suivant à Bruxelles. Il fut également question de l'Allemagne lors de la visite de Mitterrand à Kiev, où celui-ci devait rencontrer Gorbatchev le 6 décembre. Le Chancelier considéra donc que le moment était venu de prendre l'initiative et de présenter un programme d'accession à l'unité de l'Allemagne.

Il y avait aussi à cela de bonnes raisons de politique intérieure. Personne ne pouvait dire avec certitude à cette époque comment allaient évoluer les relations inter-allemandes. Il était devenu indispensable de gérer politiquement le tremblement de terre politique qui avait ébranlé le pouvoir communiste en Europe centrale et orientale. Il fallait des concepts qui donnent une direction claire aux évolutions en cours. Mais surtout le gouvernement fédéral était de plus en plus confronté au fait que ses partenaires voulaient savoir « où menait le voyage ».

C'était une grande aide pour Kohl dans cette situation que de savoir que son ami George Bush soutenait sans réserve l'aspiration des Allemands à l'unité et à la liberté. Bush comprenait très bien que l'Occident décevrait les Allemands, voire les bouleverserait, s'il ne reprenait pas à son compte l'autodétermination que ceux-ci réclamaient à juste titre. Depuis la conclusion du Traité général en 1952, ses alliés occidentaux avaient toujours promis à la République fédérale de la soutenir lorsque le jour J serait venu [1]. Ce moment était à présent arrivé.

« Le 17 novembre, j'avais décrit à George Bush au téléphone la situation de la RDA, explique Kohl, et je lui avais fait part de mon intention de récapituler les idées du gouvernement fédéral en matière de politique allemande dans une sorte de catalogue. Je prévoyais que le gouvernement de la RDA échouerait si des réformes importantes n'étaient pas entreprises. Je l'avais également dit à Mikhaïl Gorbatchev, qui était très inquiet de la situation en RDA. Le président des États-Unis m'assura de nouveau que son pays soutenait l'aspiration des Allemands à l'autodétermination et à l'unité. Selon lui, ce processus pourrait aller plus vite qu'on ne le croyait.

« À ce propos, Bush aborda alors le sujet de sa prochaine rencontre avec Gorbatchev au large de l'île de Malte. Il dit qu'il attachait une très grande importance au fait d'entendre d'abord ma position afin d'être certain de saisir toutes les nuances de la question allemande. Il pensait qu'il y avait au sein de l'Alliance des divergences dans l'appréciation de la situation. S'il entendait se concerter avec tout le monde, il préférait cependant à une consultation générale des entretiens particuliers avec les Allemands, de manière à comprendre leur point de vue, qu'ils n'exprimeraient sans restriction qu'en l'absence des autres. Aussi proposa-t-il que nous nous rencontrions à Bruxelles le 3 décembre au soir, c'est-à-dire entre sa rencontre avec Gorbatchev devant l'île de Malte et le sommet de l'OTAN qui devait avoir lieu le lendemain. »

Le soir du jeudi 23 novembre, le projet de Kohl — définir une ligne directrice pour l'accession à l'unité — commença à prendre forme : « J'avais organisé une réunion dans le bunga-

1. Dans une clause du Traité général, les alliés occidentaux s'engageaient à œuvrer avec la République fédérale à la réalisation de leur « objectif commun » : une Allemagne réunifiée, libre et démocratique intégrée dans la Communauté européenne.

low. Le premier cercle de mes conseillers et moi-même discutâmes d'abord du sujet fixé à l'origine : la manière d'améliorer nos relations publiques. Nous ne devions pas laisser l'initiative à Modrow. Si son projet de communauté contractuelle avait bonne apparence, ce n'était jamais qu'une manœuvre de diversion destinée à réduire la pression en faveur de l'unité qui pesait sur la direction du SED.

« Nous discutâmes ensuite de la question de savoir si nous pouvions opposer à l'offensive de Modrow l'idée plus ambitieuse d'une confédération. Quelques jours plus tôt, les Soviétiques avaient laissé entendre que Moscou n'y serait pas opposé. Mais cela m'ennuyait que l'existence de deux États soit ainsi entérinée, car une confédération est formée par l'association d'États souverains et indépendants. Je préférais une fédération, c'est-à-dire l'unité de l'Allemagne au sein d'un État fédéral. » Le Chancelier constitua un groupe de travail sous la direction de Teltschik. En faisaient partie ses collaborateurs chargés des questions diplomatiques, Peter Hartmann, Uwe Kaestner et Joachim Bitterlich, mais aussi Claus-Jürgen Duisberg, de l'équipe chargée de la politique allemande, et son collaborateur Rüdiger Kass, ainsi que Norbert Prill et Michael Mertes du groupe de planification et de rédaction des discours.

Le groupe de travail analysa la situation inter-allemande et internationale ainsi que les idées émises par la partie orientale de l'Allemagne. Teltschik eut l'idée de reprendre les lignes directrices ainsi élaborées sous la forme percutante de « dix points ». Les trois étapes, allant de la « communauté contractuelle » à l'objectif, la « fédération », en passant par la « confédération », constituaient le noyau dur du programme. Prill proposa le concept de « structures confédératives » pour tenir compte des réserves du Chancelier devant les problèmes que posait le mot « confédération ». À partir des différentes contributions s'ébaucha un premier projet de « programme en dix points pour l'unité allemande », que le groupe de travail étudia de manière approfondie au cours de l'après-midi et de la soirée du vendredi ainsi que le samedi matin.

Michael Mertes et Martin Hanz, chargés de la rédaction des

discours à la Chancellerie, mirent au point le projet définitif, qui fut aussitôt apporté à Ludwigshafen au Chancelier par un chauffeur. Pendant le week-end, les 25 et 26 novembre, Kohl retravailla le texte à son bureau chez lui. Ce sont surtout les passages essentiels sur la confédération et la fédération qu'il reformula en grande partie. Sa femme ne se contenta pas de lui faire de précieuses suggestions, elle tapa aussi sur sa machine à écrire portable les passages qu'il avait réécrits. Le lundi suivant, le programme en dix points fut rédigé dans sa version définitive par les rédacteurs des discours selon les directives de Kohl.

Le *premier point* envisageait les mesures d'urgence que rendaient nécessaires les événements des dernières semaines, en particulier le mouvement d'exode et la dimension nouvelle que prenaient les déplacements privés. Le gouvernement fédéral se déclarait prêt à apporter une aide immédiate et concrète là où elle était nécessaire. Il était indiqué plus loin que le pécule, qui était versé une fois par an à tout visiteur venu de RDA, ne pouvait constituer une solution au problème du financement des voyages. Il fallait que la RDA se décide à pourvoir elle-même aux besoins en devises de ses ressortissants lors de leurs déplacements. Le gouvernement fédéral était toutefois disposé à contribuer à un fonds en devises pour une période transitoire, mais à condition que soit supprimée l'obligation de changer un minimum de devises pour voyager en RDA, que les conditions d'entrée dans ce pays soient considérablement allégées et que la RDA apporte elle-même une contribution substantielle à ce fonds. « Notre objectif est de rendre les déplacements dans les deux sens aussi libres que possible. »

Le *point 2* insistait sur le fait que le gouvernement fédéral entendait poursuivre la coopération entreprise avec la RDA dans tous les domaines qui profitaient directement aux personnes privées de part et d'autre. C'était tout particulièrement le cas de la coopération économique, scientifique et technologique, et culturelle.

Dans le *point 3*, le gouvernement fédéral proposait à nouveau d'étendre considérablement son aide et sa coopération si un changement radical du système politique et économique de la RDA était décidé et qu'il était mis en œuvre de manière irréversible. Pour le gouvernement fédéral, le mot « irréversible » signifiait que les dirigeants de la RDA s'entendent avec les groupes d'opposition sur une réforme constitutionnelle et sur une nouvelle loi électorale. Le gouvernement fédéral soutenait la revendication d'élections libres, égales et à bulletins secrets en RDA avec la participation de partis indépendants et non socialistes. Le monopole du SED sur le pouvoir devait disparaître. L'introduction de l'État de droit impliquait avant tout la suppression du droit pénal politique.

L'aide économique n'aurait d'efficacité que si des réformes de fond du système économique étaient engagées. « Nous ne voulons pas stabiliser une situation qui est devenue intenable. Il n'y aura d'essor économique que si la RDA s'ouvre aux investissements occidentaux, si elle met en place les conditions de l'économie de marché et permet une activité économique privée. » Il ne faisait aucun doute que les habitants de RDA voulaient un système économique qui leur apporte la liberté économique et, par là, l'aisance.

Le *point 4* s'inspirait de la proposition de Modrow de créer une communauté contractuelle entre les deux États allemands. Leur proximité et le caractère particulier des relations entre les deux États allemands exigeaient la mise en place d'un réseau d'accords de plus en plus étendus dans tous les domaines et à tous les niveaux. Cette coopération nécessiterait en outre de plus en plus d'institutions communes. Les commissions mixtes déjà existantes pourraient se voir confier de nouvelles tâches ; d'autres commissions pourraient être constituées, notamment dans les domaines de l'économie, des transports, de la protection de l'environnement, de la science et des techniques, de la santé et de la culture. Berlin serait bien entendu pleinement associé à cette coopération.

Le *point 5* était le point central et en même temps le plus sensible de l'ensemble du programme ainsi que l'expose le Chancelier : « Au cours des ans, nos amis et partenaires de l'étranger, mais aussi beaucoup d'Allemands avaient eu l'impression en écoutant les discours prononcés le jour de l'unité allemande, le 17 juin [1], ou les déclarations pour l'anniversaire de la construction du Mur, le 13 août [2], qu'il ne s'agissait que de blablabla qu'il ne fallait pas prendre au sérieux. Le moment était maintenant venu de parler de l'unité allemande de manière telle que plus personne ne puisse douter de notre détermination. J'étais tout à fait certain que nos compatriotes de RDA attendaient de telles paroles. »

Des structures confédératives entre un État démocratique et un État non démocratique étaient un non-sens, selon Kohl. Il ne faisait pas de doute pour lui qu'on ne pouvait prendre une telle mesure qu'avec un gouvernement de RDA démocratique et légitime. Il avait donc déclaré que ce ne serait qu'après des élections libres que le gouvernement fédéral pourrait envisager une commission gouvernementale commune, des commissions techniques communes et un comité parlementaire commun. La politique menée jusque-là à l'égard de la RDA s'était réduite essentiellement à de petits pas destinés à atténuer les conséquences humaines de la division et à entretenir et renforcer la conscience de l'unité de la nation. Lorsque Bonn aurait comme partenaire à Berlin-Est un gouvernement librement élu, des perspectives entièrement nouvelles s'ouvriraient. De nouvelles formes de coopération institutionnelle pourraient être instaurées et élargies progressivement. Il était conforme à la tradition allemande de s'agréger de cette manière. En Allemagne, la forme de l'État avait toujours été celle de la confédération ou de la fédération. « Personne ne sait aujourd'hui à quoi ressemblera finalement une Allemagne réunifiée. Mais je suis sûr que l'unité se fera si les Allemands la veulent », était-il indiqué en conclusion de ce point.

Le *point 6* concernait l'insertion des relations interallemandes dans l'ensemble du processus européen et dans les

1. En souvenir du 17 juin 1953 où l'Armée rouge réprima les révoltes ouvrières en RDA, le 17 juin était devenu la fête nationale de la République fédérale. Elle le resta jusqu'à ce qu'il fut décidé de la remplacer par le 3 octobre après l'unification allemande.

2. 13 août 1961.

relations Est-Ouest. La future architecture de l'Allemagne devait s'intégrer dans la future architecture de l'ensemble de l'Europe. L'Occident avait fait ici œuvre de précurseur avec son concept d'ordre de paix durable et juste. La déclaration germano-soviétique de juin 1989, pense Kohl rétrospectivement, qui n'avait pas été sur le moment jugée à sa juste valeur, se révélait à présent constituer un important appoint à cette argumentation : « Le respect inconditionnel de l'intégrité et de la souveraineté de chaque État ainsi que son droit à choisir librement son propre système politique et social y sont reconnus comme les éléments nécessaires à la construction d'une maison commune européenne. Nous pouvions donc à présent nous réclamer de Gorbatchev. »

Le *point 7* traitait de l'importance de la Communauté européenne pour l'avenir du continent et donc aussi pour l'Allemagne. Le Chancelier insistait sur la mission et la responsabilité de la Communauté européenne à l'égard de l'Europe dans son ensemble. « Cela n'allait pas de soi, dit Kohl en y repensant, car beaucoup d'Européens de l'Ouest s'étaient habitués à considérer la Communauté européenne et l'Europe comme une seule et même chose et à ne voir que l'aspect économique de l'intégration européenne. Ils avaient oublié que l'Europe ne s'arrêtait pas au rideau de fer, aujourd'hui tout fissuré. » Kohl plaidait avec beaucoup d'insistance pour que la Communauté européenne fasse également preuve d'ouverture d'esprit à l'égard de l'Est : « Ce n'est que dans cette perspective que les fondements de la Communauté européenne peuvent déboucher sur une véritable et large union européenne. Ce n'est que dans cette perspective que celle-ci maintiendra, défendra et développera l'identité de tous les Européens. Cette idée n'est pas seulement fondée sur la pluralité culturelle de l'Europe, mais aussi et avant tout sur les valeurs fondamentales que sont la liberté, la démocratie, les droits de l'homme et l'autodétermination. »

Le *point 8* indiquait que le processus de la CSCE était et restait la pièce maîtresse de l'architecture paneuropéenne et qu'il devait donc être activé énergiquement. Comme cette Conférence pour la sécurité et la coopération en Europe ne comprenait pas seulement tous les États européens — qu'ils appartiennent à l'OTAN ou au Pacte de Varsovie, qu'ils soient neutres ou non —, mais aussi les États-Unis et le Canada, et que son champ d'action s'étendait de « Vancouver à Vladivostok », elle était tout spécialement faite pour qu'y soient discutées les grandes questions Est-Ouest. C'est là qu'il convenait de réfléchir aux nouvelles formes institutionnelles de la coopération au sein de l'ensemble de l'Europe.

Seuls quelques observateurs remarquèrent que Kohl mettait entre parenthèses la question de l'appartenance à l'Alliance de l'Allemagne unifiée. À ce sujet, Kohl dit rétrospectivement : « Je savais bien sûr que nous aurions tôt ou tard à nous poser cette question et, pour moi, il était clair que nous ne devions en aucun cas nous retirer de l'OTAN en échange de la réunification. Mais il aurait été insensé à ce moment-là de monter cette question en épingle. Cela aurait peut-être incité le Kremlin à tout arrêter. Il était en revanche parfaitement indiqué d'aborder les questions politico-militaires que posait l'unité allemande dans le cadre de la CSCE ou sous l'angle du désarmement et de la maîtrise des armements. »

Le *point 9* indiquait très logiquement : « Il convient que le désarmement et la maîtrise des armements suivent le rythme de l'évolution politique et soient, si nécessaire, accélérés. Cela concerne notamment les négociations de Vienne sur la réduction des forces conventionnelles en Europe, l'accord sur les mesures de confiance [1] ainsi que l'interdiction totale des armes chimiques. Cela exige également que le potentiel nucléaire des grandes puissances soit réduit au minimum stratégique nécessaire. La prochaine rencontre entre le Président Bush et le Secrétaire général Gorbatchev offre une bonne occasion de donner un nouvel élan aux négociations en cours. Nous nous efforçons de soutenir ce processus y compris dans les entretiens bilatéraux avec les États du Pacte de Varsovie, notamment avec la RDA. »

1. Accord également négocié à Vienne.

Le *point 10* fixait l'objectif du programme de la manière suivante : « Cette vaste politique vise à obtenir un état de paix en Europe dans lequel le peuple allemand pourra recouvrer son unité en disposant librement de lui-même. La réunification, c'est-à-dire la restauration de l'unité étatique de l'Allemagne, reste l'objectif politique du gouvernement fédéral... Nous sommes conscients que dans le processus d'accession à l'unité allemande se poseront beaucoup de questions très compliquées auxquelles personne ne peut aujourd'hui apporter de réponse définitive. »

Kohl souligne l'importance de ce passage : « C'était délibérément que j'avais évité toute échéance dans le programme. Nous ne voulions ni nous lier les mains, ni provoquer inutilement les esprits déjà échauffés en de nombreux endroits. Pour ces raisons, un échéancier était totalement impossible. J'étais moi-même convaincu qu'on ne réaliserait l'unité allemande que dans trois, quatre ans — en tout cas pas avant l'achèvement du marché unique. Quoi qu'il en soit, le fait que nous nous soyons abstenus de fixer des échéances se révéla sans prix — comme la suite devait le montrer. »

Le Chancelier décida de présenter son programme en dix points dans le cadre du débat budgétaire au Bundestag, qui devait avoir lieu le 28 novembre. Jusque-là, la plus grande discrétion devait être observée. « Si j'avais soumis ces dix points à la coalition et plus encore à nos alliés, ils auraient fini complètement dénaturés. L'heure n'était pas aux réserves. Nous nous trouvions à un moment où le chancelier d'Allemagne était en droit de conserver entre ses mains l'initiative du processus menant à l'unité allemande. »

Le texte du discours fut remis en même temps aux gouvernements européens amis et aux Quatre Puissances qui avaient gagné la Seconde Guerre mondiale par l'intermédiaire des ambassades, le matin du débat au Bundestag — à une exception près : le président des États-Unis, auquel le Chancelier avait déjà préalablement annoncé son initiative, reçut les dix points avec une lettre d'accompagnement circonstanciée, quelques heures plus tôt à cause du décalage horaire, par télex chiffré relié à Washington, le « téléphone rouge ». Le Chancelier commençait ainsi sa lettre d'accompagnement : « Cher George, je vous remercie sincèrement de m'avoir proposé par téléphone de vous faire l'interprète des requêtes allemandes au cours de votre prochaine rencontre avec le Secrétaire général Gorbatchev à Malte. Je m'en félicite tout particulièrement. C'est une marque importante de l'amitié entre nos deux pays que vous nous donnez ainsi. »

Kohl priait Bush d'indiquer à nouveau à Gorbatchev, lors de leur rencontre au large de l'île de Malte, que la déstabilisation n'était pas provoquée par l'ingérence de l'Occident, comme continuaient à le prétendre certains propagandistes de l'Est. Elle avait au contraire pour origine l'explosion de conflits réprimés par la violence depuis plusieurs décennies et les obstacles mis aux réformes. La RDA et la République tchécoslovaque en étaient les derniers exemples et on ne pouvait que s'inquiéter du destin qui attendait la Roumanie. Ce seraient les États d'Europe centrale et orientale qui choisiraient eux-mêmes entre la stabilité et l'instabilité.

Kohl conseillait au président des États-Unis de rendre hommage à la politique menée jusque-là par Gorbatchev. Sa perestroïka avait entraîné, facilité ou accéléré les réformes dans d'autres États du Pacte de Varsovie. Il avait poussé les équipes dirigeantes peu disposées aux réformes à s'ouvrir et à tenir compte des souhaits de leurs populations ; et il avait admis des évolutions qui allaient parfois bien au-delà de celles qu'avait connues l'Union soviétique. Gorbatchev avait en pratique mis fin à la doctrine Brejnev, qui prétendait à l'existence d'un droit d'intervention à l'intérieur du Pacte de Varsovie, et entériné en revanche le droit de chaque État et de chaque peuple à choisir librement son système politique et social. À Malte, il serait important de mettre Gorbatchev face à ses propres promesses et notamment de souligner que l'interdiction d'ingérence s'appliquait à tout le monde, y compris à l'Union soviétique, notamment dans les pays où étaient stationnées ses propres troupes.

« Je décrivais Gorbatchev à George Bush comme un homme résolu à poursuivre sa politique, mais qui rencontrait des résistances intérieures et qui dépendait dans une très large mesure

5 janvier 1967. Avec Konrad Adenauer à une réception pour le quatre-vingt-onzième anniversaire de ce dernier à la Redoute à Bad-Godesberg.

30 janvier 1976. Avec sa femme Hannelore et ses fils Peter (à gauche) et Walter, en visite privée à Leipzig.

1er octobre 1982. Félicitations de son prédécesseur. À la suite d'une « motion de défiance constructive » votée au Bundestag, le gouvernement de Helmut Schmidt a présenté sa démission et Helmut Kohl a été élu chancelier.

12 juin 1987. Le président des États-Unis Ronald Reagan exige dans son allocution devant la porte de Brandebourg : « Monsieur Gorbatchev, ouvrez cette porte ! »

7 septembre 1987. Erich Honecker, secrétaire général du parti communiste de RDA, accueillli à Bonn. Au cours de son toast le soir, qui fut retransmis en direct à la télévision de RDA, le Chancelier se prononce en faveur de l'unité de la nation allemande.

30 mai 1989.
Sur le Rhin avec le président des États-Unis, George Bush. Au cours de sa visite d'État, Bush parle d'un rôle dirigeant commun des États-Unis et de la République fédérale d'Allemagne.

12 juin 1989.
Visite d'État du secrétaire général du PCUS, Mikhaïl Gorbatchev à Bonn. Juste après son arrivée, Gorbatchev, rencontre le président de la République fédérale, Richard von Weizsäcker, et le Chancelier Helmut Kohl, à la villa Hammerschmidt.

4 août 1989.
Vacances d'été avec sa femme Hannelore sur le Wolfgangsee.
Le Chancelier se tient informé quotidiennement des événements en RDA.

19 août 1989.
À Sopron, à la frontière austro-hongroise, durant une courte période, on retire les sentinelles et on ouvre une porte. 660 Allemands de RDA saisissent cette occasion. C'est la fuite en masse de l'Est vers l'Ouest la plus spectaculaire.

Août 1989. L'effondrement de la RDA commence avec le grand exode de RDA. Jeunes hommes et jeunes femmes avec des passeports ouest-allemands obtenus à l'ambassade allemande à Budapest.

11 septembre 1989. Au congrès de la CDU à Brême, Helmut Kohl est confirmé dans ses fonctions de président du parti et se sépare du secrétaire général Heiner Geissler.

2 octobre 1989. La milice tchécoslovaque boucle l'ambassade de République fédérale à Prague. Un policier arrache un réfugié de RDA de la clôture ; six mille Allemands de RDA se trouvent dans l'enceinte de l'ambassade.

6 octobre 1989. Comme ici, à Ahrweiler, des trains spéciaux arrivent de Prague avec des milliers de réfugiés de RDA dans les gares ouest-allemandes.

30 octobre 1989. Comme ici, à Leipzig sur la place Karl-Marx, des milliers de gens se rassemblent partout en RDA pour manifester en faveur des réformes.

8 novembre 1989. Avec le secrétaire général de la Chancellerie Rudolf Seiters (à gauche) et le secrétaire parlementaire Friedrich Bohl, durant le débat suivant sa déclaration gouvernementale sur l'état de la nation dans l'Allemagne divisée, au cours de laquelle il avait demandé aux nouveaux dirigeants de RDA d'entreprendre des réformes de grande ampleur.

9 novembre 1989. Après que Günter Schabowski, membre du bureau politique, a de manière inattendue donné connaissance d'une nouvelle réglementation des voyages, des milliers de personnes se font ouvrir immédiatement les points de passage et escaladent le Mur, comme ici à la porte de Brandebourg.

10 novembre 1989. Après la chute du Mur, Helmut Kohl interrompt sa visite d'État en Pologne et se rend à Berlin à une manifestation du Sénat de Berlin devant l'hôtel de ville de Schöneberg ; ici avec Willy Brandt, Walter Momper et Hans-Jochen Vogel.

12 novembre 1989. Avec le Premier ministre polonais, Tadeusz Mazowiecki, lors d'un office germano-polonais à Kreisau en Basse-Silésie.

Rencontre avec des Polonais et des Allemands de souche devant l'ancien château du comte von Moltke à Kreisau.

14 novembre 1989. Visite de l'ancien camp de concentration d'Auschwitz en compagnie de Heinz Galinski (à droite), à l'époque président du conseil central des Juifs d'Allemagne, et du grand rabbin de Varsovie, Menachem Joskowicz.

16 décembre 1989. Avec le Premier ministre hongrois, Miklós Németh à Budapest.

19 décembre 1989. Le Premier ministre de RDA, Hans Modrow, accueille le Chancelier ainsi que Rudolf Seiters et Norbert Blüm à l'aéroport de Dresde-Klotzsche.

Au centre de Dresde, une foule enthousiaste attend le Chancelier en criant : « Nous sommes un peuple ! » Helmut Kohl : « À présent j'étais tout à fait certain que l'unité approchait. »

19 décembre 1989. Devant les ruines de la Frauenkirche à Dresde, Helmut Kohl prononce devant des centaines de milliers de gens le « discours le plus difficile de ma vie ».

22 décembre 1989. Avec Rudolf Seiters, Hans Modrow, le maire de Berlin Walter Momper, et Hans-Dietrich Genscher lors de l'ouverture de la porte de Brandebourg.

20 février 1990. Campagne électorale à Erfurt : une foule immense acclame Helmut Kohl. La campagne électorale est un triomphe pour le Chancelier.

20 février 1990. Après son discours sur la place de la cathédrale d'Erfurt, des milliers de gens se rassemblent devant « Hohe Lilie » et crient : « Helmut Kohl à la fenêtre ! »

1er mars 1990. Rencontre à Bonn avec le président de la CDU-Est, Lothar de Maizière, Wilhelm Ebeling de la DSU et Wolfgang Schnur du « Renouveau démocratique ». Les trois partis avaient formé une alliance électorale, « l'Alliance pour l'Allemagne » à l'occasion des élections à la Chambre du peuple du 18 mars.

9 mars 1990. A Rostock, neuf jours avant les élections à la Chambre du peuple, environ 200 000 personnes sont venues voir Helmut Kohl.

du soutien extérieur. Selon nos experts, la situation économique de l'Union soviétique était aujourd'hui encore pire qu'au moment où il avait pris ses fonctions. Nos analyses montraient que malgré tout, dans l'immédiat, la position de Gorbatchev n'était pas menacée, qu'il était toujours reconnu comme le numéro un, y compris par ceux de ses collègues au sein de l'équipe dirigeante qui se montraient critiques à l'égard des objectifs ou du rythme de la perestroïka. Il ne fallait toutefois pas négliger le fait que sa popularité s'effondrait parce que sa politique ne donnait pas de résultats matériels.

« Je faisais part à George Bush de notre évaluation de la situation en RDA : ses dirigeants ne disposaient pas encore d'une position solide et la population ne se sentait toujours pas rassurée. Les manifestations de masse se poursuivaient malgré l'ouverture du Mur et de la frontière, malgré le changement de dirigeants et la perspective des réformes. Jamais les Allemands de l'Est n'avaient été aussi nombreux à chercher refuge en République fédérale. Le gouvernement fédéral mettrait en œuvre sa proposition d'apporter une aide financière à la RDA dans des proportions nouvelles en fonction de la volonté du gouvernement de Berlin-Est d'engager des réformes. » Kohl demandait à Bush de protester au cas où Gorbatchev considérerait la position de Bonn comme de l'ingérence. Il fallait que le secrétaire général soviétique sache qu'on ne pouvait pas exiger de l'Ouest qu'il consolide la position de dirigeants discrédités et stabilise une situation intenable. Il s'agissait au contraire d'apporter un soutien à de véritables réformes.

« Avant d'expliquer brièvement les dix points au président des États-Unis, je le remerciais également, au nom du peuple allemand, d'avoir adopté une position claire sur la question de la réunification. Puis, je résumais les arguments que Gorbatchev lui opposerait probablement à Malte. Il répéterait certainement que la division de l'Allemagne relevait des réalités de l'après-guerre qu'il fallait continuer à respecter. C'est pourquoi les réformes en RDA ne devaient en aucun cas aboutir à une modification des frontières actuelles et conduire à l'unité de l'Allemagne.

« Voici en substance ce que j'ajoutais : “Je vous demande très amicalement de n'accepter à Malte aucune échéance de nature à réduire la marge de négociations de notre politique allemande. Nous ne renonçons pas à notre objectif qui est d'œuvrer pour obtenir un état de paix en Europe, dans lequel le peuple allemand recouvrera son unité en disposant librement de lui-même. La liberté, les droits de l'homme et l'autodétermination sont les valeurs fondamentales sur lesquelles repose notre Alliance. Elles sont aussi au cœur de la question allemande. Personne n'a le droit d'en priver les Allemands de RDA." Je soulignais par ailleurs que le gouvernement fédéral n'avait nullement exploité unilatéralement la situation actuelle de la RDA pour atteindre tout seul l'objectif national des Allemands. Nous avions au contraire prouvé notre fidélité à l'Alliance, notamment dans les périodes difficiles. »

Une affaire aussi importante que celle du programme en dix points du Chancelier ne pouvait pas être très longtemps gardée secrète à Bonn. Pour prévenir les rumeurs, Kohl en révéla au préalable les grandes lignes au comité directeur de la CDU. Par ailleurs, le 27 novembre au soir, Seiters invita dans la salle à manger de la Chancellerie un petit groupe de journalistes triés sur le volet. On demanda à ces journalistes de garder le secret pendant les douze heures suivantes. C'était délibérément qu'on n'avait pas adressé la même demande aux représentants des agences de presse.

Pendant ce temps, on racontait à Bonn que Kohl comptait surprendre l'opinion publique allemande et internationale par un coup d'éclat durant son discours au Bundestag. Le mardi matin, le comte Lambsdorff demanda au Chancelier ce qu'il allait dire. Kohl le fit patienter en lui disant qu'il ne tarderait pas à l'entendre. Lorsque, vers 11 heures, le Chancelier monta à la tribune en séance plénière, il commença par décrire l'évolution récente des relations inter-allemandes et tira la conclusion des changements dramatiques que venait de connaître l'Europe : « Nous nous trouvons aujourd'hui — tout le monde peut s'en rendre compte — au début d'une nouvelle période de l'histoire européenne et allemande, d'une période qui conduira au-delà du statu quo, au-delà des structures politiques avec lesquelles l'Europe a vécu jusqu'ici. »

Kohl expliqua ensuite en quoi ses dix points correspondaient totalement aux objectifs de l'Alliance occidentale. « Nous nous rapprochons ainsi du but que s'était fixé l'Alliance atlantique dès décembre 1967[1]. Je cite : "Aucun règlement définitif et stable en Europe... n'est possible sans une solution de la question allemande, qui est au cœur des tensions actuelles en Europe. Tout règlement de ce genre devra faire disparaître les barrières artificielles entre l'Est et l'Ouest, dont la division de l'Allemagne constitue la manifestation la plus évidente et la plus cruelle." On ne peut pas planifier l'accession à l'unité allemande dans l'abstrait, un agenda à la main. On peut appliquer des modèles abstraits de manière peut-être polémique, mais ils ne servent pas à grand-chose. Mais nous pouvons préparer dès aujourd'hui chacune des étapes qui conduisent à cet objectif. »

Le Chancelier exposa alors les dix points. Il conclut : « Dans quelques semaines commencera la dernière décennie de ce siècle, un siècle qui a vu tant de misère, de sang et de souffrance. Il y a aujourd'hui beaucoup de signes qui nous font espérer que les années quatre-vingt-dix nous apporteront, en Europe et en Allemagne, davantage de paix et davantage de liberté. Notre contribution, la contribution allemande, sera également capitale. Nous devons tous relever ce défi que nous lance l'Histoire. »

Lorsque Kohl eut achevé son discours, les membres du groupe de la CDU/CSU se levèrent pour l'applaudir. Hans-Dietrich Genscher, qui n'avait pas été mis au courant par le Chancelier, fit lui aussi l'éloge des dix points. Il y eut même des applaudissements de la part d'une grande partie des députés du SPD. Karsten Voight offrit au Chancelier la collaboration des sociaux-démocrates à la mise en œuvre de ce programme — proposition un peu précipitée, ainsi qu'on put le voir peu après. Kohl qualifie de honteuses les réactions des Verts. La porte-parole de leur groupe, Jutta Oesterle-Schwerin, lui reprocha sa « politique de retour au Reich ». Il n'avait aucun

1. Il s'agit du rapport Harmel, adopté le 14 décembre 1967 par le Conseil atlantique et qui servit de base à la politique de sécurité de tous les membres de l'OTAN.

scrupule, il fallait bien qu'on le lui dise au Bundestag, à « agrandir le territoire allemand d'environ un tiers et à acquérir seize millions de nouveaux sujets ».

La réaction des médias le lendemain fut impressionnante : « Réunification : c'est commencé ! » titra la *Bild-Zeitung*. La *Frankfurter Allgemeine Zeitung* écrivit : « Le Chancelier Kohl a pris l'initiative en matière de politique allemande. Le Chancelier a saisi l'occasion qu'offrait le moment et ses exigences, il a utilisé l'une et a obéi aux autres. » La *Welt* pensait qu'avec le programme en dix points de Kohl, il y avait « enfin un moyen concret de parvenir à la réunion des deux parties de l'Allemagne ». La *Süddeutsche Zeitung* parlait d'une « certaine fascination ». La *Frankfurter Rundschau* arrivait à la conclusion qu'avec le programme de Kohl, il y avait de « premières réponses concrètes à la question de savoir si le renouveau historique de l'autre côté de l'Elbe pourrait déboucher sur un avenir commun ».

Le Chancelier fut étonné lorsque, le même jour, il rencontra le vice-premier ministre soviétique, Ivan Silaev : « En effet, il ne dit pas un mot de mon programme en dix points. Manifestement, il n'avait pas encore reçu de consignes de Moscou. Le fait que, malgré mon offensive, l'entretien — il s'agissait surtout de coopération dans le domaine économique — se déroulât dans une atmosphère de plus en plus amicale, me remonta le moral. »

Tout de suite après la visite de Silaev, le Chancelier téléphona au président des États-Unis pour régler avec lui les derniers détails avant le sommet de Malte. L'intérêt international pour cet événement était considérable : on attendait plusieurs milliers de journalistes. Kohl raconta d'abord à Bush son entretien avec le vice-premier ministre soviétique. La situation en Union soviétique avait empiré, les problèmes d'approvisionnement s'aggravaient de plus en plus. L'hiver était arrivé plus tôt que d'habitude. Il faisait déjà -27° à Moscou, ce qui était très froid même pour cette ville. Le pire problème pour cette population transie n'était pas le manque de charbon, mais l'incapacité des responsables à acheminer le combustible vers les consommateurs. Le Chancelier prévoyait qu'au plus tard en janvier/février 1990, l'Union soviétique serait tributaire de l'aide étrangère. Gorbatchev était de plus en plus critiqué au sein de son propre appareil. Si sa position n'était pas encore menacée, il fallait s'attendre que, pour conforter sa situation au pouvoir, il ne serre nettement la bride. Il fallait que l'Occident lui accorde de l'aide pour éviter que cela n'arrive.

Bush répondit qu'il était d'accord avec le Chancelier : on ne devait rien faire qui risque d'interrompre le processus de réformes. L'Union soviétique était un pays fier et sûr de lui. Il entendait en tenir compte. La situation économique était encore plus alarmante qu'autrefois. Il ne voulait pas humilier l'Union soviétique, mais essayer d'aider Gorbatchev en faisant preuve de tact et de beaucoup de prudence.

« Pour finir, George Bush aborda mon programme en dix points : il avait lu très attentivement les dix points et mes remarques sur l'évolution future de l'Allemagne. Il se trouvait sur la même longueur d'ondes que moi. Il avait eu la veille au soir une très longue réunion avec ses experts des questions européennes qui partageaient également ma façon de voir. Je le remerciai de son approbation et déclarai que chaque mot de sympathie à l'égard du peuple allemand, de notre droit à la libre disposition de nous-mêmes et de l'unité de notre nation était très important et serait écouté avec une grande attention. Je considérais comme une loi d'airain le fait que l'Allemagne ne devait pas faire cavalier seul : “ L'Histoire nous a distribué de bonnes cartes ; à présent je souhaite les jouer habilement.” J'avais du reste l'impression qu'il fallait remonter à l'époque Adenauer-Dulles pour trouver d'aussi bonnes relations germano-américaines. »

Dans ces jours agités, il était important pour Kohl de savoir qu'à l'intérieur comme à l'extérieur du pays, il pouvait compter sur les conseils avisés de ses proches amis. L'un d'entre eux était Alfred Herrhausen, président du conseil d'administration de la Deutsche Bank, l'un des dirigeants de l'économie allemande. Son assassinat, le 30 novembre, sur le trajet entre son appartement de Bad-Hombourg et le centre de Francfort, au cours d'un attentat perpétré par les terroristes de la RAF[1] fut donc, tant sur le plan humain que sur le plan politique, un coup très dur pour Helmut Kohl.

Cet événement terrible est resté profondément gravé dans la mémoire du Chancelier : « Mon hélicoptère venait juste de se poser sur les bords du Rhin à Düsseldorf et je montais en voiture lorsque Juliane Weber téléphona et me demanda d'appeler immédiatement le ministre de l'Intérieur. Wolfgang Schäuble m'apprit alors la nouvelle. Aux assises de l'organisation patronale, dans le palais des congrès de Düsseldorf, où l'on m'attendait et où je devais prononcer un discours, je dis que mon ami Alfred Herrhausen avait été victime le matin même d'un attentat. Je demandai qu'on veuille bien comprendre qu'il me fallait rentrer tout de suite à Bonn. Il y eut quelques minutes de silence à la mémoire de mon ami avant que je ne reparte. Le soir même, j'allai à Bad-Hombourg voir Traudl, la veuve de Herrhausen, et sa fille. Sur le chemin du retour, je me remémorai les noms et les visages de ceux qui avaient été assassinés par la RAF. Je connaissais la plupart d'entre eux et étais proche de certains d'entre eux. Alfred Herrhausen était un ami aussi proche que Hans-Martin Schleyer[2]. C'était un patriote loyal et j'avais compté sur la sagesse de ses conseils s'agissant du processus de réunification. Il voulait ce qu'il y a de mieux pour notre pays et s'y donnait à fond. Il y avait juste un an, Alfred Herrhausen avait dû subir une grave opération. J'avais vu avec quelle formidable autodiscipline, il s'était obligé à revenir aux affaires. On a du mal à comprendre cette façon de voir dans une société de loisirs. Beaucoup de gens considèrent malheureusement le fait d'accomplir son devoir comme une vertu démodée. Mais un État libéral a besoin d'élites performantes. Un pays sans élites et sans modèles n'a pas d'avenir.

« Je me suis alors demandé : qu'ont donc les Allemands de la

---

1. Initiales de *Rote Armee Fraktion* : Fraction Armée Rouge.

2. Hans-Martin Schleyer (1915-1977), président de l'organisation patronale allemande et de l'organisation fédérale de l'industrie allemande. Il fut assassiné par le groupe Baader-Meinhof.

République fédérale ? Nous n'avons jamais joui d'autant de liberté, de paix et d'aisance — et pourtant nous nous retrouvons constamment devant les cercueils d'hommes brutalement assassinés par les ennemis de la République. Comment se fait-il que d'abord tout un groupe, puis des individus soient sacrifiés à l'hostilité publique ? Qu'est-ce qui ne va pas dans cette société où les dirigeants politiques et économiques sont systématiquement pris pour cible — d'abord au sens figuré, puis au sens propre ? Comment en est-on arrivé à ce que beaucoup de gens ne reconnaissent plus des vertus telles que l'application et le sens civique, mais au contraire les dédaignent et les rejettent ? Il me fallait aussi m'interroger sur la morale politique des politiciens de RDA qui avaient donné asile aux terroristes et les avaient soutenus.

« Naturellement, nous discutions alors également de la question de savoir si l'attentat n'aurait pas pu être évité, si l'on en avait fait assez pour assurer la sécurité de Herrhausen et si on aurait pu en faire plus. Je suis moi-même d'avis qu'il n'y a pas de sécurité absolue. Si je réfléchissais jour et nuit à tout ce qui pourrait m'arriver, je ne ferais plus rien. Nous sommes tous dans la main de Dieu et j'attends " avec sérénité ce qui peut arriver ", pour reprendre les merveilleuses paroles de Dietrich Bonhoeffer [1]. »

Le 1er décembre, dernier jour du débat budgétaire, le programme en dix points fut mis aux voix. La coalition vota pour. Le SPD s'abstint.

La réaction de Berlin-Est au plan en dix points n'étonna pas particulièrement Bonn. Certain d'avoir derrière lui le leader de la perestroïka au Kremlin, Modrow fit savoir une fois de plus que la réunification n'était pas d'actualité : personne ni à l'Est ni à l'Ouest ne voulait sérieusement d'une modification de l'équilibre européen. Non seulement des déclarations comme celle du Chancelier négligeaient la réalité, mais elles pouvaient

---

1. Dietrich Bonhoeffer (1906-1945), théologien protestant. Il fit partie du mouvement de résistance à Hitler. Arrêté en mars 1943, il fut exécuté au camp de concentration de Sachsenhausen.

aussi provoquer de l'irritation. En effet, elles ne tenaient pas compte de la souveraineté et de l'indépendance des deux États allemands qui avaient été entérinées tant par le Traité fondamental que par l'Acte final d'Helsinki. Au reste, ce que voulait la majorité du « peuple de RDA » c'était qu'on rénove la RDA souveraine et socialiste.

Cela mis à part, on constata à Berlin-Est que les propositions de Kohl de coopération avec la RDA pouvaient utilement servir de point de départ à des négociations. Il en allait de même de ses réflexions sur la constitution de commissions mixtes, qui pouvaient contribuer à la formation de la communauté contractuelle proposée par Modrow. Fut également accueilli avec intérêt le fait que le Chancelier ait parlé de structures confédératives, même s'il avait toutefois évité « de préciser clairement qu'il ne pouvait s'agir que d'une confédération entre deux États souverains ».

Comme sur commande, le gouvernement Modrow reçut aussitôt le soutien des dirigeants des partis du Bloc. Mais le SPD et le « Nouveau Forum » réagirent eux aussi de cette manière. Des « créateurs, d'éminents hommes d'Église et d'autres personnalités » proches du gouvernement Modrow rendirent public un contre-projet — une sorte de réponse aux dix points. L'appel « Pour notre pays », rédigé entre autres par l'écrivain et futur député PDS au Bundestag, Stefan Heym[1], demandait de tout mettre en œuvre pour perfectionner la société socialiste afin d'éviter que « ne commence la liquidation de nos valeurs matérielles et morales et que, tôt ou tard, la République démocratique allemande ne soit accaparée par la République fédérale d'Allemagne ».

Cet appel trouva aussitôt son pendant ouest-allemand. Dans la déclaration « Ouvertement pour l'existence de deux États », des intellectuels tels que Robert Jungk, Dorothee Sölle,

1. Stefan Heym, écrivain allemand né en 1913. Il vécut aux États-Unis durant la période nazie et choisit, en 1952, de s'installer en RDA. Très critique à l'égard du régime, il ne put publier certains de ses ouvrages qu'en République fédérale. Exclu en 1979 de l'Union des écrivains de RDA, il y fut réintégré en novembre 1989.

Gerhard Zwerenz, Heinrich Albertz[1] et d'autres se déclaraient ardemment partisans d'une RDA réformée et socialiste. « Nous nous opposons de toutes nos forces à ce que ce mouvement (de réformes) soit téléguidé et exploité pour ressusciter un Reich allemand », était-il dit dans cet appel.

Les prises de position et réactions de Berlin-Est, de même que celles des amis politiques de Modrow à l'Ouest, se trouvaient alors à peu près sur la ligne de Moscou : une confédération, oui, l'unité, du moins dans un avenir prévisible, non. Entre-temps, la Chancellerie disposait enfin de la première réaction soviétique prise à un niveau élevé, laquelle semblait confirmer cette position. Elle émanait de Chevardnadze, le ministre des Affaires étrangères, qui se trouvait en visite à Rome avec Gorbatchev. Il mettait en garde contre « un revanchisme allemand » et déclarait que le gouvernement fédéral ne devait pas négliger les réalités. En relevaient l'appartenance à des alliances différentes, l'intangibilité des frontières et l'existence de deux États allemands. Une Allemagne unifiée remettrait en cause la stabilité actuelle de l'Europe.

Le ministre italien des Affaires étrangères, Gianni de Michelis, approuva aussitôt : d'une certaine manière, il partageait l'inquiétude de Chevardnadze. À la demande de l'ambassadeur d'Allemagne à Rome, tout fut cependant démenti. Le ministre italien n'avait nullement approuvé la remarque de Chevardnadze sur le revanchisme. De Michelis avait seulement exprimé une certaine inquiétude devant la montée de l'extrême droite en Europe, notamment celle des Republikaner en Allemagne, fut-il dit à Rome.

Mais il n'y eut pas qu'en Italie que les dix points firent l'effet d'un choc : ce fut aussi le cas dans tout le reste de l'Europe.

1. Robert Jungk, né en 1913, journaliste scientifique et futurologue, favorable à l'interdiction des armes nucléaires.

Dorothee Sölle, née en 1929, théologienne et professeur de littérature.

Gerhard Zwerenz, né en 1925, écrivain allemand qui, après des études de philosophie à Leipzig, vint s'installer en RFA en 1957.

Heinrich Albertz, né en 1915, théologien et homme politique, membre du SPD. Il fut maire de Berlin de 1966 à 1967.

Les médias agitaient à présent le spectre d'un prochain « IVe Reich », inventé par le *Times* de Londres. Dès la fin octobre 1989, on put lire dans ce journal que le déclin de l'Union soviétique et la menace de la réunification allemande « conduiront vraisemblablement à une hégémonie allemande qui s'étendra des îles d'Aran, de l'autre côté de la côte occidentale de l'Irlande, jusqu'à Vladivostok. Les Britanniques, les Français et les Européens ont raison d'éprouver un certain malaise devant de telles perspectives ». Seuls les dirigeants de l'Union soviétique pouvaient empêcher le « IVe Reich » « en envoyant des chars en Allemagne de l'Est ». Mais Moscou n'avait plus la force nécessaire pour prendre une telle mesure, déplorait le *Times*.

D'autres journaux publièrent aux aussi des articles tout aussi malveillants. Même des journaux sérieux reprochèrent véhémentement au gouvernement fédéral de ne pas s'être concerté avec ses voisins pour élaborer le programme en dix points. Kohl pense que « de telles critiques étaient tout à fait déplacées. Les dix points étaient conformes aux revendications que l'Ouest n'avait cessé de soutenir avec nous sur la question allemande. Ce plan ne comportait rien qui ne corresponde à la politique occidentale depuis des décennies ».

Genscher dut alors se rendre dans les différentes capitales pour y expliquer le programme d'accession à l'unité allemande et dissiper les peurs et les réserves. Il rencontra d'abord Margaret Thatcher, le Premier ministre britannique. « Elle était comme toujours, selon Kohl, extrêmement réservée à l'égard de notre politique allemande. Elle se rappelait qu'au sommet européen à Paris — d'après elle —, on avait entériné le statu quo. Elle avait cru qu'on s'était entendu sur des bases solides. À présent, elle constatait que tout était à nouveau en train de bouger. »

Genscher s'arrêta ensuite à Paris, où il eut des entretiens avec Roland Dumas. Le ministre allemand des Affaires étrangères rencontra également le président du Sénat, Alain Poher, et Mitterrand. Ainsi qu'il le rapporta à son retour, le président de la République française avait exprimé la crainte que l'Europe ne retombe dans sa configuration de 1913. Si la réunification allemande se réalisait dans une Europe qui n'avait en définitive pas progressé de manière significative, les partenaires européens, se retrouvant à l'avenir face à quatre-vingts millions d'Allemands, se mettraient probablement à la recherche d'un contrepoids.

Encore sous le coup des réticences de ses voisins européens, le Chancelier arriva le 3 décembre en début de soirée à l'aéroport Zaventem de Bruxelles à bord d'un appareil de l'armée de l'air allemande. De là, il se rendit au château de Styvenberg à Laeken, la résidence de l'ambassadeur américain, où il devait dîner avec le président des États-Unis, comme il avait été convenu par téléphone le 17 novembre.

Bush était à présent l'allié le plus important de Kohl pour l'accession à l'unité allemande. Les deux hommes n'étaient pas seulement liés par une estime politique réciproque, mais aussi par une profonde sympathie personnelle. Ils se connaissaient depuis de nombreuses années — depuis l'époque de la présidence de Ronald Reagan où Bush était vice-président des États-Unis. Le Chancelier le décrit ainsi : « George Bush est un homme à l'intelligence saine, très croyant, qui a toujours connu le succès, mais qui en même temps vit très simplement. Il est extraordinairement cultivé et sociable et, à son entrée en fonction à la Maison-Blanche, s'y connaissait davantage en politique étrangère que la plupart de ses prédécesseurs. À cela s'ajoute le fait que c'est un vétéran de la Seconde Guerre mondiale, bardé de décorations. Mais il n'en a jamais fait toute une affaire. Ce n'est que dans son bureau privé qu'il y avait un modèle de l'avion avec lequel il avait été abattu au-dessus du Pacifique. Il n'éprouvait aucune réserve à l'égard des Allemands. Il était capable d'une authentique amitié. En bref, George Bush était un sacré coup de chance pour nous, Allemands. Cela ne faisait pas de doute pour lui : un pays ne devait pas être divisé ! Il considérait cela purement et simplement comme un crime. »

Il était particulièrement important pour Kohl de recevoir ce 3 décembre des informations de première main sur le sommet soviéto-américain qui avait eu lieu sur un navire de guerre au large de l'île de Malte : « George Bush me raconta que les remarques de Gorbatchev sur la situation économique en

Union soviétique avaient été décourageantes. Il ne connaissait strictement rien à l'économie de marché. Ils avaient eu sur ce point une espèce de dialogue de sourds. Lorsqu'ils avaient discuté de la question allemande, Gorbatchev avait eu l'air assez tendu. Il avait dit que les Allemands allaient trop vite et que j'étais trop pressé. Bush s'était opposé au président de l'Union soviétique : mon programme en dix points prévoyait au fond trois étapes mais pas de calendrier. Il me connaissait et savait que j'étais prudent et que je ne brusquerais pas les choses. Au reste, Gorbatchev devait pour une fois considérer la situation du point de vue allemand et voir les sentiments qu'avaient suscités les événements en Allemagne.

« Je répondis à George Bush qu'il y avait déjà des semaines que j'avais attiré l'attention de Gorbatchev sur le fait que les dirigeants de la RDA ne maîtrisaient plus la situation. Nous n'avions pas intérêt à ce qu'elle échappe à tout contrôle. Mais personne n'avait prévu qu'elle évoluerait avec une telle rapidité. J'informai George Bush des récents événements survenus en RDA : le comité central et le bureau politique avaient démissionné, toute la vieille garde avait été exclue du parti. Le secrétaire d'État chargé du commerce extérieur, Schalck-Golodkowski qui, il y a encore quelques jours, se trouvait à Bonn pour des négociations, avait à présent quitté la RDA et était passé à Berlin-Ouest. La veille, du côté de Rostock, des gens s'étaient introduits dans l'enceinte d'une entreprise et y avaient trouvé des armes ; Schalck-Golodkowski était le directeur de cette entreprise. L'incroyable étendue de la corruption et des abus éclatait au grand jour. Hier, huit mille personnes s'étaient rassemblées devant le bâtiment du comité central et avaient réclamé Krenz. Lorsqu'il était apparu au balcon, il avait été conspué. À l'annonce de sa démission ce matin, les gens avaient éclaté de joie. Des chaînes humaines s'étaient formées à travers la RDA. J'étais convaincu que les communistes seraient balayés de RDA par des élections libres. En bref, les choses avaient complètement échappé à la direction du SED et ce n'était certainement pas dû à la politique de Bonn, mais plutôt à un problème interne.

« George Bush voyait les choses de la même manière.

Gorbatchev n'arrivait tout simplement pas à suivre le rythme accéléré auquel la situation évoluait. Il ne savait pas comment faire face à toutes les difficultés qu'il rencontrait à la fois chez lui et en Europe centrale et orientale. Il n'avait plus l'ensemble de la situation en main. Je répondis que je n'avais pas du tout l'intention de compliquer la situation de Gorbatchev, mais il me fallait aussi tenir compte de l'opinion publique dans mon propre pays. La question allemande n'avait jamais connu une telle dynamique ; il était donc indispensable et essentiel que le chancelier d'Allemagne indique la direction que devait à présent emprunter ce mouvement. C'était le sens des dix points. Il n'y avait qu'ainsi que je pourrais maintenir la ligne de mon pays. La majorité des gens en étaient très satisfaits. Si l'on comprenait notre état d'esprit, il n'y aurait pas de problème. Au reste, en présentant les dix points, j'avais expressément mentionné l'importance de l'Acte final de la CSCE. L'Acte final d'Helsinki autorisait des " changements de frontière consensuels ". Je n'entendais bien sûr pas tenir Gorbatchev à l'écart et j'envisageais donc de le rencontrer prochainement. George Bush approuva cette idée : il n'avait senti aucune hostilité chez Gorbatchev ; il trouvait cependant qu'une telle rencontre serait très utile car elle me donnerait la possibilité de corriger chez lui certaines fausses impressions. »

Bush demanda au Chancelier quel était l'état de l'opinion publique en République fédérale. Kohl lui répondit que le Bundestag soutenait fortement ses dix points. La CDU/CSU était clairement favorable à un ancrage à l'Ouest d'une Allemagne unifiée, alors que les Verts étaient tout aussi clairement pour un retrait de l'OTAN et la suppression de l'armée fédérale. Pour finir, Kohl souligna la chose suivante : s'il pouvait comprendre certaines des réserves et des inquiétudes des voisins européens de l'Allemagne, il devait aussi rappeler expressément que, durant des décennies, on avait proclamé que l'objectif commun de l'Ouest était de réaliser l'unité allemande dans la liberté. Il était rassurant de savoir que les États-Unis s'en tenaient à leur parole.

Le lendemain matin, au grand quartier général de l'OTAN, commença la réunion des chefs d'État et de gouvernement de l'Alliance atlantique. Après l'ouverture de la séance par le secrétaire général, Manfred Wörner, et l'examen des points habituels, le Chancelier prit la parole : « Monsieur le Président, mes chers collègues, permettez-moi tout d'abord d'exprimer au président des États-Unis d'Amérique, George Bush, nos remerciements et notre reconnaissance pour la possibilité qu'il nous offre de discuter dès aujourd'hui au sommet de l'Alliance de l'Atlantique Nord des résultats de sa rencontre avec le Secrétaire général Gorbatchev à Malte et de réaffirmer, en cette période de changements historiques en Europe, la ligne politique de notre Alliance. »

Dans le passage de son discours consacré à la politique allemande, Kohl indiqua de manière extrêmement claire que « ni aujourd'hui, ni demain », l'Allemagne ne ferait cavalier seul. « Nous voulons au contraire une évolution organique qui tienne compte des intérêts de toutes les parties prenantes, et naturellement également de ceux des Allemands, et garantisse une cohabitation pacifique en Europe. Pendant ces journées agitées, au cours desquelles le rideau de fer s'est fissuré, y compris dans notre pays, au cours desquelles le pire symbole de la Guerre froide, le Mur de Berlin, a été démoli par les hommes eux-mêmes, nous, Allemands, savons très bien que ce moment historique n'aurait pas été possible sans la ferme solidarité de notre Alliance et sans sa politique tournée vers l'avenir. Nous savons que ce n'est qu'avec le soutien de tous nos amis et alliés que nous pourrons réaliser notre objectif politique : un ordre de paix en Europe dans lequel tous les Européens, y compris les Allemands, se réuniront au sein d'une liberté commune. »

Le Chancelier est fermement convaincu que ce fut la présence du président des États-Unis au sommet de l'OTAN qui, du côté occidental, contribua très largement à frayer la voie vers l'unité allemande : « Il fit comprendre à nos partenaires de l'OTAN que les États-Unis soutenaient ma politique. Son calcul était le suivant : il se faisait le défenseur de la cause allemande et obtenait en contrepartie notre promesse ferme de nous battre pour que l'Allemagne unifiée appartienne elle aussi à l'OTAN. Ces deux points allaient tout à fait dans mon sens. Car sans le maintien de l'Allemagne dans l'Alliance, ce pilier de la sécurité européenne qu'était l'OTAN aurait été détruit. Les Américains se seraient retirés d'Europe, les deux puissances nucléaires, la Grande-Bretagne et la France, auraient dû resserrer leurs liens. Mais elles n'auraient pas été en mesure de donner une garantie de sécurité au reste de l'Europe. L'équilibre politico-militaire du continent aurait été considérablement retardé et cela aurait également mis fin à l'intégration européenne. »

Au sommet de l'OTAN, Bush cita les principes sur lesquels l'unité allemande devait reposer : le droit à l'autodétermination de tous les Allemands, le respect des engagements de l'Allemagne à l'égard de l'OTAN et de la Communauté européenne, compte tenu des droits et des responsabilités propres des Alliés, ainsi que l'intangibilité des frontières. Le secrétaire général de l'OTAN, Manfred Wörner, avait conclu sur ce sujet avec beaucoup d'habileté et déjà prononcé les derniers mots, lorsque tout à coup s'engagea de nouveau un « débat très vif », se rappelle Kohl : « Le Premier ministre italien, Giulio Andreotti, demanda de nouveau la parole. Il revint sur le problème du droit à l'autodétermination des habitants de RDA et demanda si on envisageait également de l'accorder par exemple aux pays Baltes. On ne pouvait pas isoler le droit à l'autodétermination du contexte de l'Acte final de la CSCE, qui constituait un système équilibré. La question était donc de savoir si à l'avenir l'ordre du jour politique en Europe serait dicté par les mouvements populaires et non par la patience diplomatique. Andreotti exhorta à faire preuve de circonspection afin que les événements n'échappent pas au contrôle des gouvernements. »

Selon le Chancelier, le Premier ministre britannique, Margaret Thatcher, manifesta aussitôt de la compréhension à l'égard de la proposition italienne visant à fixer des limites au droit à l'autodétermination. « Je m'y opposai énergiquement et rappelai une fois de plus que je n'avais pas prévu de calendrier dans mon programme en dix points. C'était surtout à l'étranger qu'on parlait du rythme de l'évolution des relations inter-allemandes sans bien prendre en compte la manière dont le problème se posait en Allemagne, y compris dans sa dimension émotionnelle. Nous étions des Européens et nous étions des

Atlantistes. Nous l'avions prouvé surabondemment en 1983, au moment du stationnement des missiles à moyenne portée en République fédérale. J'avais moi-même alors lié mon avenir politique à la question de l'Alliance. Sans nous, l'OTAN aurait connu une grave crise à cette époque. Notre fermeté avait eu notamment pour conséquence d'amener Gorbatchev à admettre qu'il allait perdre la course aux armements et que sa situation économique se détériorait. C'est pourquoi il avait entrepris la perestroïka avec les conséquences que l'on connaissait en Hongrie, en Pologne et en RDA. Sans nous, ce processus n'aurait pas eu lieu. C'était aussi grâce à notre contribution qu'on avait surmonté la prétendue eurosclérose.

« J'invitai mes collègues à dépasser les événements actuels et à tourner leurs regards vers le futur : lors de la rencontre de Malte, on avait envisagé que les Jeux olympiques de l'an 2004 aient lieu à Berlin. Qu'est-ce que cela donnerait sur le plan pratique ? Après des élections véritablement libres dans la partie orientale de la ville, on se trouverait face à une situation dans laquelle Berlin-Ouest et Berlin-Est auraient des structures politiques comparables. La frontière passant au milieu de la ville deviendrait donc de plus en plus absurde. Qui pouvait vraiment s'attendre que les Berlinois ne se considèrent pas comme les citoyens d'une seule et même ville ? Voulait-on par exemple empêcher les Berlinois de prendre conscience de leur cohésion ? Ce serait nier complètement les réalités de la vie. On ne pouvait pas détruire l'organisme vivant qu'était une ville et s'attendre que les gens acceptent cette situation, voire la trouvent bonne ! »

Genscher, qui, après ses visites à Londres et Paris, s'était rendu à Moscou, donna un compte rendu de son entretien avec le secrétaire général soviétique qui avait de quoi surprendre, compte tenu de ce que Bush avait dit au Chancelier du sommet de Malte. Gorbatchev considérait le programme en dix points du gouvernement fédéral comme un ultimatum adressé à la RDA. C'était une provocation et pas seulement pour l'Union soviétique. L'offensive du Chancelier était faite pour détruire tout ce qu'une politique commune avait réussi à bâtir. Si Bonn persistait à soutenir le contenu du programme en dix points, dès demain la politique soviétique changerait complètement.

Gorbatchev était manifestement encore complètement sous le coup de l'entretien qu'il avait eu avec Modrow juste avant de rencontrer le ministre des Affaires étrangères de la République fédérale. Le rapport du dirigeant du SED était rien moins que réjouissant. Comme le Chancelier l'avait déjà dit au Président Bush, la situation en RDA échappait de plus en plus au contrôle de la puissance de l'État. Au sein de l'appareil du parti, la lutte entre les réformateurs et les vieux staliniens touchait peu à peu à sa fin. Cependant la vague des départs se poursuivait toujours et des centaines de milliers de personnes manifestaient dans les villes de RDA en lançant de plus en plus souvent le slogan : « Allemagne, patrie unie. »

En Roumanie et en Tchécoslovaquie aussi, les vieux staliniens n'en avaient plus pour longtemps. En novembre, Prague avait connu d'immenses manifestations qui furent réprimées de manière sanglante à coups de matraque par la police et les services de la sûreté le 17 de ce même mois. Peu après, le chef de l'État, Gustav Husak, et toute la direction du parti communiste démissionnèrent. L'ancien ennemi public numéro un, Vaclav Havel, devenu président, fit son entrée au château de Prague. Le 23 décembre, son ministre des Affaires étrangères, Jiri Dienstbier, et Genscher coupèrent ensemble les fils barbelés à Waidhaus dans le Haut-Palatinat, rejetant ici aussi le rideau de fer dans le passé.

La Roumanie connut un véritable ouragan qui éclata au milieu du mois de décembre lorsque le pasteur Laszlo Tökés, l'un des adversaires du régime, fut arrêté à Timisoara. Le dictateur Ceausescu et son redoutable service secret, la Securitate, s'opposèrent par tous les moyens aux réformes que soutenait une partie de l'armée roumaine. Cela provoqua un état proche de la guerre civile, qui s'acheva par la chute et l'exécution de Ceausescu. Ion Iliescu, un homme de Gorbatchev, prit sa place à la fin de l'année.

Quelle que fût l'importance de ses décisions de politique extérieure, Gorbatchev ne devait pas pour autant négliger la situation de son propre pays. Le 9 décembre au plénum du comité central à Moscou, il réaffirma « de la manière la plus déterminée » qu'il n'était pas question de laisser tomber la

RDA. C'était l'allié stratégique de l'Union soviétique et un membre du Pacte de Varsovie. Il répéta qu'il fallait continuer à tenir compte des réalités issues de l'après-guerre, dont faisait partie l'existence de deux États allemands souverains. Y renoncer risquerait de déstabiliser l'Europe.

Les communiqués publiés par le Kremlin incitèrent le Chancelier à écrire à Gorbatchev pour lui expliquer le programme en dix points. « Je lui écrivis, dit Kohl, que je trouvais injustifiées les critiques de Moscou et que je souhaitais dissiper le malentendu actuel. À propos de sa remarque selon laquelle notre politique risquait de faire déraper la situation, j'appelai à nouveau expressément son attention sur le fait que c'était en raison de l'absence de réformes que les habitants de RDA avaient mis la question allemande à l'ordre du jour. Après l'ouverture du Mur de Berlin, dans le message qu'il m'avait adressé, il avait exprimé la crainte que puisse en résulter une " situation de chaos aux conséquences imprévisibles ". Le fait que cela ne se soit pas produit montrait la circonspection et le sens des responsabilités avec lesquels les habitants de RDA poursuivaient leur légitime protestation.

« Puis je lui rappelai notre conversation dans le jardin de la Chancellerie en juin 1989 et l'image du Rhin qui ne cesse de chercher son chemin vers la mer. Je m'en servis pour illustrer la situation actuelle de l'Allemagne. J'écrivis : " Quand on sait qu'après une tempête un fleuve peut gonfler et sortir de son lit, la sagesse nous commande de construire des barrages avec de solides troncs d'arbres, d'enlever tous les obstacles du lit du fleuve et de canaliser ses eaux impétueuses. Mais il y a une chose qu'on ne peut pas réussir à faire avec ces mesures : réduire le volume des eaux et en ralentir l'écoulement. Toute tentative en ce sens n'aboutirait qu'à faire céder les barrages."

« Je priai Gorbatchev de ne pas confondre la cause et l'effet et de ne pas accuser le gouvernement fédéral d'être en partie responsable des tensions que connaissait la RDA. Le déroulement des événements en RDA au cours des mois précédents prouvait justement que la principale cause de la déstabilisation avait été de refuser des réformes qui n'avaient que trop tardé. C'était lui-même qui, en octobre, avait dit à Berlin-Est : " Celui qui réagit trop tard sera puni par la vie.” Compte tenu de ce qui se passait à l'heure actuelle, il n'était pas conforme aux nécessités d'une politique responsable de courir derrière les événements. Il fallait au contraire créer les conditions de la stabilité. C'était justement ce que j'avais cherché à faire avec mon programme en dix points. »

Le Chancelier explicitait ensuite de nouveau quelques points de son programme et concluait ainsi : « Je serais heureux que nous puissions tous deux poursuivre prochainement notre échange de vues. Nous devrions à cette occasion discuter notamment du renforcement des relations économiques entre nos deux pays. Je vous propose donc de nous rencontrer au début de la nouvelle année de manière informelle au lieu qui vous conviendra. »

Le 8 décembre, le Chancelier s'envola pour Strasbourg. Pendant deux jours, le vendredi et le samedi, les chefs d'État et de gouvernement de la Communauté européenne devaient discuter de la nouvelle situation en Allemagne. « Depuis que je suis chancelier, dit Kohl, je n'ai jamais participé à un sommet européen aussi glacial que celui-là. J'avais bien sûr toujours eu conscience que, si les Allemands sont considérés comme capables et loyaux par la plupart des Européens, ils ne sont pas spécialement aimés. Cela tient à l'histoire de ce siècle et il est également certain que personne n'aime avoir pour voisin un pays de quatre-vingts millions d'habitants — ce que nous étions en passe de devenir. Par ailleurs, il faut bien reconnaître que notre succès économique ne réjouit pas tout le monde.

« Quoique sachant tout cela, je fus quand même étonné par l'interrogatoire digne d'un tribunal auquel je fus soumis à Strasbourg. On me demanda ce qui m'était passé par la tête lorsque j'avais présenté le programme en dix points, comment on pouvait en arriver à l'idée de tenir un tel discours. Le fait que nous fassions partie des plus chauds partisans de l'intégration européenne et que la communauté profitât également du montant de nos contributions à la caisse de la Communauté européenne, tout cela ne jouait alors aucun rôle.

« D'une certaine manière, je pouvais comprendre mes collègues. Au fil des ans, ils avaient dû avoir le sentiment que les Allemands eux-mêmes avaient renoncé à l'objectif de l'unité. C'est pourquoi cela dut être un choc pour eux de constater qu'en fait je parlais sérieusement et que mes nombreuses prises de position publiques en faveur de l'unité allemande étaient loin d'être un bavardage ne prêtant pas à conséquence. Je dois dire d'ailleurs que nos amis et partenaires étrangers n'avaient pas tous cru que, même aux yeux des Allemands, la question allemande avait été réglée par la division. Le président de l'Indonésie, Suharto, m'avait un jour demandé : "Est-ce que ce n'est pas par astuce que vous, les Allemands, vous ne parlez plus aujourd'hui que de deux États ?" Perplexe, je répliquai : "Que voulez-vous dire ?" Il répondit : "C'est pourtant tout à fait normal que les Allemands veuillent se réunir. Mais je suppose que c'est à cause de votre passé national-socialiste que vous parlez ainsi, afin que personne ne sache ce que sont vos véritables désirs." »

À l'intérieur de la Communauté européenne, poursuit Kohl, les différents pays avaient des positions très tranchées sur l'unité allemande. « C'est au 10 Downing Street que les réserves étaient les plus fortes. Contrairement à ce que disaient certaines rumeurs, j'éprouvais de la sympathie et du respect pour Margaret Thatcher. Mais, sur beaucoup de questions, nos opinions divergeaient complètement. Comme beaucoup d'Anglais de sa génération, elle nourrissait une profonde méfiance à l'égard des Allemands et je me suis toujours efforcé de me mettre à sa place. Elle n'arrivait tout simplement pas à comprendre que l'Allemagne, qui était sortie vaincue de deux guerres mondiales, apparaisse à la fin de ce siècle comme le grand vainqueur. Elle trouvait cela injuste parce que, dans son combat contre Hitler, la Grande-Bretagne avait risqué son existence et sacrifié son empire. Elle avait gagné la guerre et malgré tout beaucoup perdu.

« À sa place, j'en aurais toutefois tiré la conséquence qu'il fallait tout faire pour intégrer solidement l'Allemagne unifiée dans la Communauté européenne. Mais cette pensée lui était complètement étrangère. Il m'était arrivé un jour de discuter avec elle de Winston Churchill. J'en avais retiré l'impression que Margaret Thatcher vivait à l'époque de Churchill, dans l'idée du "balance of power" du XIXe siècle. Sa conception de l'Europe ne correspondait plus du tout à notre époque. Sur la question allemande, elle était d'avis que la période de l'après-guerre n'était pas encore finie. Elle continuait à croire que l'Europe était dirigée à Londres.

« Le souvenir de la Seconde Guerre mondiale expliquait aussi largement la position des Pays-Bas. Le Premier ministre, Ruud Lubbers, représentait un peuple qui avait particulièrement souffert de l'occupation allemande. Avant 1933, les Pays-Bas étaient pourtant très amicaux à l'égard des Allemands. Ils avaient par exemple donné asile à l'empereur Guillaume II après son abdication. La veille de l'entrée des troupes allemandes, Ribbentrop, le ministre des Affaires étrangères du Reich, avait donné l'assurance aux Pays-Bas que l'Allemagne n'avait pas l'intention de les envahir. Les Pays-Bas n'ont jamais oublié cet hypocrite mensonge. Il faut que les Allemands en soient bien conscients. »

Kohl n'eut pas de problème avec les représentants du Luxembourg et de la Belgique. En revanche, Andreotti, le Premier ministre italien, se montra méfiant et mit en garde contre un nouveau « pangermanisme ». « Il était au fond naturel que ce soit beaucoup plus facile pour ceux qui n'avaient pas eu à souffrir de l'occupation allemande. À mon avis, à cette époque, seuls Felipe Gonzalez, le Premier ministre espagnol, et Charles Haughey, le chef du gouvernement irlandais, étaient sans restrictions favorables à l'unité allemande. »

Même pour François Mitterrand, la question allemande ne fut au départ pas facile à admettre : « François et moi nous connaissions grâce à nos innombrables conversations. Nous nous sommes rendus ensemble dans de nombreuses régions de France et d'Allemagne. Nous avons souvent discuté des guerres entre l'Allemagne et la France et de l'histoire de la résistance allemande. Je n'oublie pas que nous nous sommes tenus par la main devant les champs de tombes de Verdun. Nous achevions alors ce qu'Adenauer et de Gaulle avaient entrepris en s'embrassant dans la cathédrale de Reims en 1962 : la réconciliation germano-française. François Mitterrand et moi sommes allés à Verdun parce que nous y avions beaucoup d'éléments de référence très personnels. Pendant la Première Guerre mondiale, mon père a participé au siège de Verdun et y a été blessé. Mitterrand a connu un sort identique au cours de la Seconde Guerre mondiale. Il a été prisonnier en Allemagne. Cette période a beaucoup influencé ses rapports avec les Allemands. Il m'a raconté plusieurs fois comment il avait été repris après avoir tenté de s'évader du camp de prisonniers. Surveillé par des chiens en laisse, affamé et à demi mort de soif, il était traîné par les rues. Tout à coup une vieille femme s'approcha de lui, lui donna du pain et de l'eau et dit en français : "Monsieur, s'il vous plaît, ne croyez pas que tous les Allemands soient méchants." »

Selon le Chancelier, le président de la République française n'avait pas au départ de stratégie claire sur la question allemande, mais était surtout sous l'influence de Roland Dumas, son ministre des Affaires étrangères. Contrairement aux Français « ordinaires », le ministère français des Affaires étrangères et la classe politique à Paris ne jugeaient pas souhaitable l'unité allemande. Kohl pense que deux cœurs battaient dans la poitrine de Mitterrand : « L'un pour la dimension révolutionnaire des manifestations en RDA ; l'autre pour la France, pour ce que seraient son rôle et sa position si l'Allemagne se réunifiait. »

À l'occasion du sommet européen des 8 et 9 décembre, Kohl rencontra le président de la République française le samedi matin de bonne heure pour un petit déjeuner à la préfecture de Strasbourg : « Mitterrand était rentré quelques jours plus tôt de Kiev où il avait eu des entretiens avec Mikhaïl Gorbatchev. Il me raconta que le plus étonnant était la sérénité de Gorbatchev. Lorsqu'on entendait dire par exemple que la Lituanie rejetait les dispositions de la Constitution soviétique, cela signifiait que l'Union soviétique n'était plus la même qu'autrefois. Mitterrand croyait que Gorbatchev l'avait prévu. Le Pacte de Varsovie était son dernier rempart ; il en avait besoin pour des raisons de prestige, afin de se protéger de l'intérieur. En fait, le Pacte de Varsovie n'était plus qu'une fiction qui ne servirait à rien en cas de guerre. La RDA constituait un point critique pour Gorbatchev. Une partie de l'armée soviétique y était stationnée, la RDA était la pierre angulaire du Pacte de Varsovie. Mitterrand ne savait pas comment Gorbatchev réagirait si les choses évoluaient très rapidement vers l'unité.

« Je répondis que l'Union soviétique était la dernière puissance coloniale, mais que le pays était complètement sinistré. Gorbatchev s'en était rendu compte et s'efforçait à présent d'adapter l'Union soviétique au futur. On ne devait rien entreprendre qui risque de l'en détourner. C'est pourquoi je me préoccupais également de ne rien faire sur la question allemande qui soit de nature à interrompre le processus de réformes engagé par Gorbatchev. Je croyais important d'utiliser toutes les occasions de renforcer la coopération avec Moscou pour dissiper la méfiance de l'Union soviétique à l'égard de l'Occident. Malheureusement, Gorbatchev n'avait pas suivi mes conseils à propos de la RDA. Il y a un an déjà, je lui avais dit que, si la RDA n'entreprenait pas rapidement des réformes, elle risquait une explosion. François Mitterrand était d'accord avec moi et ajouta qu'il lui semblait que, pour Gorbatchev, l'importance de la RDA tenait surtout à l'intérêt qu'elle représentait dans le domaine politico-militaire. »

Mitterrand parla ensuite de son futur voyage en RDA. Il s'agissait d'une invitation qui avait été faite par Honecker au moment de sa visite en France. Mitterrand l'avait alors acceptée et Krenz l'avait renouvelée il y a quelques semaines. Il n'avait aucune raison de se décommander — mais il ne savait pas à qui il aurait affaire en RDA. Kohl remarqua que l'actuel président du Conseil d'État, Gerlach, n'était pas quelqu'un de très respectable. C'était un ancien compagnon de combat de Honecker, qui avait eu la chance d'être destitué au bon moment. La population le méprisait.

Mitterrand fit alors remarquer que tout cela avait un côté surréaliste. Personne ne pouvait se douter que tout irait si vite tout à coup. Dans le fond, le moment était mal choisi pour sa visite. Cependant il ne voulait pas l'annuler, d'autant qu'on la préparait depuis déjà un an. Il lui était déjà arrivé à quatre reprises, depuis qu'il était président, de se rendre en visite officielle dans des pays dont le chef d'État avait été destitué la semaine suivante. Par ailleurs, il ne voulait pas qu'on croie qu'il désirait absolument se rendre en RDA avant le Chancelier.

La conversation revint à nouveau sur l'Union soviétique : « Pour conclure, Mitterrand m'informa que, la veille, l'Union soviétique avait réclamé la convocation des ambassadeurs des Quatre Puissances dans le bâtiment du conseil de contrôle allié. La France ne pouvait pas se dérober à cette demande soviétique. Jusque-là, les trois alliés occidentaux s'étaient contentés d'observer les événements, mais, pour l'Union soviétique, ses troupes stationnées en RDA étaient en jeu. Le président de la République française promit en tout cas de me tenir au courant. »

Malgré toutes les oppositions, la délégation allemande obtint que la déclaration commune de Strasbourg reprenne les termes de la lettre sur l'unité allemande annexée au traité de Moscou de 1970. « Nos partenaires d'Europe occidentale réaffirmèrent ainsi, dans cette période importante, qu'ils reconnaissaient le droit à l'autodétermination de tous les Allemands et, de ce fait également, leur droit à l'unité de leur pays », souligne Kohl. Le même passage fut repris peu après par le communiqué final de la réunion des ministres du Conseil de l'Atlantique Nord à Bruxelles. Le sommet de Strasbourg chargea la Commission européenne d'élaborer un document définissant la position des Douze à l'égard du processus d'unification, ce qui était aussi d'une grande importance pour la République fédérale. Ce document fut ensuite préparé sous la direction du président de la Commission, Jacques Delors, dont Kohl dit : « Au cours de ces semaines et des mois suivants, Jacques Delors montra une fois de plus qu'il était un ami fidèle des Allemands. C'est grâce à son intervention que par la suite les nouveaux Länder furent si vite incorporés à la Communauté européenne. Jacques Delors m'a aussi beaucoup aidé sur un plan personnel. »

La réunion qui eut lieu deux jours plus tard, le 11 décembre à Berlin, eut un caractère plutôt symbolique mais prouva également une fois encore que la question allemande n'était pas l'affaire des seuls Allemands. Ainsi que Mitterrand l'avait annoncé au Chancelier, Moscou avait, après accord de Paris, réactivé ses droits de vainqueur et invité les ambassadeurs des États-Unis, de France et de Grande-Bretagne à une rencontre des Quatre Puissances. En conséquence, ils devaient discuter des « mécanismes de contrôle créés par les anciens alliés de la coalition contre Hitler ».

En se réunissant pour la première fois depuis dix-huit ans, les Quatre Puissances — c'est leur nom — entendaient contribuer à stabiliser la situation dans et autour de Berlin et à faire évoluer de manière constructive les relations entre la RDA et la République fédérale d'Allemagne. Les représentants des puissances occidentales soumirent à l'ambassadeur soviétique la proposition concernant Berlin que l'ancien président des États-Unis, Ronald Reagan, avait faite en 1987. Cette action en faveur de la cause allemande, qui était audacieuse pour l'époque, prévoyait de faire de la capitale allemande un carrefour aérien et d'y organiser les Jeux olympiques. Puisqu'il s'agissait à cette époque de ressouder les deux parties séparées de la capitale allemande, renouveler aujourd'hui cette proposition lui donnait une importance symbolique.

Pendant que les quatre ambassadeurs étaient réunis dans le bâtiment du conseil de contrôle, Kohl se préparait à intervenir au congrès restreint de la CDU qu'il avait volontairement convoqué à Berlin, au cœur des événements. « Les sociaux-démocrates avaient eux aussi repoussé leur congrès, qui se tiendrait à Berlin la semaine avant Noël, se rappelle le Chancelier. Il nous fallait tenir compte du fait que le SPD essaierait, en y déployant autant de moyens que possible, de capter à son profit le thème de l'Allemagne. Il était en effet à présent évident pour tout le monde que ce serait le thème central des prochaines élections au Bundestag. La manière dont le SPD cherchait à dissimuler ses propres erreurs de jugement relevait dans une large mesure de l'effronterie et de l'hypocrisie. Dans le passé, les sociaux-démocrates avaient tout fait pour renforcer le pouvoir du SED et, à la fin de 1989, ils tenaient encore un double langage. Il y avait au SPD une claire répartition des tâches : Willy Brandt symbolisait l'unité, ce que les Allemands avaient en commun, Oskar Lafontaine faisait " le sale boulot ".

Il tenait le discours habituel, faisait appel à la jalousie à l'égard des réfugiés venus de RDA et faisait de la propagande contre l'unité de notre patrie. » Kohl supposait que le SPD — une fois le moment venu — comptait sur les terres qui lui étaient traditionnellement acquises, la Saxe et la Thuringe, pour gagner les élections libres en RDA.

À la CDU, le praesidium et le comité directeur n'avaient pas encore déterminé qui serait le partenaire du parti en RDA. C'est pourquoi on n'avait pas seulement invité les représentants de la CDU-Est au congrès restreint du parti, mais aussi et surtout les représentants des groupes d'opposition récemment constitués. « Je n'avais cessé de souligner le danger qu'il y avait à se décider de manière précipitée. La plupart de ces groupes se trouvaient encore dans une situation confuse, leurs dirigeants n'étaient pas des inconnus pour nous. Aucun de ceux qui prétendaient être des opposants ne l'était vraiment. Au sein des groupes d'opposition, il y avait très probablement des gens — notamment parmi les intellectuels — qui avaient été très liés au régime précédent et qui avaient pris leurs distances à temps. Ainsi beaucoup d'entre eux défendaient une politique sociale qui condamnait l'économie sociale de marché [1], jugée " purement capitaliste ". »

Une question particulièrement délicate se posait, celle de savoir comment la CDU devait dorénavant traiter la CDU-Est. Avant les changements, Kohl avait refusé d'avoir des contacts avec le parti du Bloc : « Je considérais à l'époque que les dirigeants de ce parti — les dirigeants, il faut le souligner — avaient trahi les principes des démocrates-chrétiens. Nombre de chefs de la CDU-Est avaient ainsi été des collaborateurs de la Stasi : des milliers de membres convaincus de la CDU-Est des premières années avaient eu à en souffrir. On ne pouvait pas s'asseoir à la même table que ces gens-là. Je me rappelle encore

1. Appellation traditionnelle de la politique économique allemande, telle qu'elle fut définie par Ludwig Erhard dans les Principes de Düsseldorf en juillet 1949. Elle s'opposait à la politique économique préconisée par le SPD, mais aussi au socialisme chrétien prôné par les dirigeants de la CDU de Berlin.

comment, alors qu'un jour je prenais place à l'ONU à New York, quelqu'un s'approcha de moi très affablement et me salua en allemand de la manière la plus amicale. Je ne connaissais pas ce monsieur et n'avais pas la moindre idée de son identité. Nous discutions depuis un bon moment lorsque l'un de mes collaborateurs me chuchota que c'était le président de la CDU-Est et même l'un des vice-présidents du Conseil d'État de la RDA. Je me tournai aussitôt vers d'autres délégués et échappai ainsi de justesse aux photographes qui flairaient déjà un cliché sensationnel. Ce fut mon unique rencontre avec un membre de la direction de la CDU-Est. J'avais en revanche de bons rapports avec la CDU en exil et avec son président, Johann-Baptist Gradl [1], qui avait été persécuté par le système répressif soviétique.

« Autant mon opinion sur les dirigeants du parti du Bloc est claire, autant je me refuse à porter un jugement global sur ses membres et ses permanents de base. De même ai-je toujours refusé de porter un jugement global sur le SPD dans la zone d'occupation soviétique qui, après la fin de la guerre, avait fusionné avec le KPD pour former le SED. Une très grande partie de la social-démocratie allemande s'y était alors opposée, à commencer — et ce fut sa grande contribution historique — par Kurt Schumacher [2], qui mériterait qu'on lui accorde davantage d'attention. Après la fin de la république de Weimar, après la terrible expérience des prisons et des camps de concentration nationaux-socialistes, beaucoup de petits cadres du SPD rêvaient alors de la restauration d'un parti ouvrier unitaire. Ils étaient de bonne foi et ne s'aperçurent que trop tard que cela menait à la seconde dictature allemande.

« Une partie importante des démocrates-chrétiens put, elle

1. Membre de la CDU de Berlin, comme Hermes et Kaiser, et passé à l'Ouest, Gradl fut ministre en 1965-1966 des Affaires inter-allemandes. Il présida également le mouvement panallemand qui eut jusqu'en 1990 le statut d'organisation officielle sous le nom de *Kuratorium Unteilbares Deutschland*.

2. Kurt Schumacher (1895-1952), membre du SPD. Il fit partie de la résistance contre Hitler et fut envoyé en camp de concentration. Il s'opposa à la réunion de son parti et du KPD (*Kommunistische Partei Deutschland*, Parti communiste allemand). En 1946, il devint président du SPD.

aussi, s'enfuir dans les zones d'occupation occidentales. Mais beaucoup restèrent et firent face à leurs responsabilités politiques, au prix des pires sacrifices, dans ce système de coercition. Rien que dans les années de la mise au pas, de 1948 à 1950, plus de six cents membres de la CDU furent arrêtés ; beaucoup d'entre eux furent déportés. Comme sous la terreur national-socialiste, un nombre important d'entre eux, qu'on ne connaît toujours pas avec exactitude, mourut — assassinés froidement par la Stasi, la nouvelle Gestapo, condamnés au cours de procès à grand spectacle et exécutés, envoyés aux travaux forcés et morts misérablement. »

D'autres firent leur trou en RDA : « Ils n'ont pas fui, ils sont restés. Ils ont adhéré au parti du Bloc, afin de ne pas devenir membres du SED. Pour beaucoup, la CDU-Est constituait, pour ainsi dire, un moindre mal. Mais une chose est sûre : ce parti est dans son ensemble coresponsable et complice de l'histoire de l'État est-allemand. Nous l'avons établi par la suite après l'unification des deux partis chrétiens-démocrates à l'aide de nombreux documents. Là-dessus il n'y a aucun doute. »

Bien que la similitude de leurs noms incitât à une coopération entre les deux partis, en décembre, Kohl doutait encore que la CDU-Est se soit suffisamment éloignée, en termes à la fois de personnes et d'idées, de l'esprit du « socialisme réel ». Ces doutes venaient surtout du fait que ce parti était entré dans le gouvernement de coalition de Modrow. Le comité directeur et le praesidium de la CDU en avaient pris acte avec regret et on avait décidé par consensus de s'abstenir dans un premier temps de contacts officiels de parti à parti. En revanche, des relations furent nouées avec les personnalités responsables des bouleversements survenus à l'intérieur du parti. La formule était la suivante : « Pas de contacts administratifs et donc, pas de reconnaissance, mais des discussions avec les gens du cru. »

Du point de vue occidental, en faisaient partie Martin Kirchner, un dignitaire ecclésiastique de Thuringe, Winfried Wolk, dessinateur de Rostock, et Dietmar Czok, membre du praesidium de la CDU-Est. On décida de les inviter à Berlin au congrès restreint. Furent aussi invités le pasteur Rainer Eppelmann et l'avocat Wolfgang Schnur du « Renouveau démocratique », avec lesquels le Chancelier s'était entretenu à Bonn peu de temps auparavant. À la Konrad-Adenauer-Haus, le siège du parti, on voyait depuis le début dans ce groupe un partenaire éventuel pour la CDU. Un représentant du « Nouveau Forum » était par ailleurs de la partie, conformément à la position de Kohl, qui était de ne pas se décider tout de suite. À eux tous, venus de la partie orientale de Berlin et de RDA, le Chancelier dit qu'ils n'étaient pas seuls : « Nous sommes un peuple ! Nous formons un tout ! »

Dans son discours, le Chancelier invita le parti d'opposition à faire enfin table rase, à revenir sur le document fondamental commun négocié avec le SED en 1987 et à se prononcer sans réserve en faveur de l'unité. Pour beaucoup de gens, ce document avait pour objet de renforcer de manière inconvenante le régime SED. Ce fut Willy Brandt qui, quelques jours plus tard, au congrès du SPD à Berlin, amena, par son intervention courageuse, ses « petits-fils »[1] à la ligne qu'il préconisait, celle d'une « fédération de Länder allemands ».

Dans son discours de Berlin, le secrétaire général de la CDU, Rühe, aborda la question de la frontière avec la Pologne. Il répéta de nouveau ce que Kohl avait déjà si souvent dit : la CDU soutenait la résolution du Bundestag réaffirmant le droit du peuple polonais à une frontière stable. En ne cessant de soulever la question de la frontière pour des raisons de politique intérieure, poursuivit-il, le SPD jetait le doute sur la crédibilité et le sérieux de la position allemande. L'avenir devait montrer à quel point Rühe avait raison.

Alors qu'il ne connaissait toujours pas la position soviétique — sa lettre à Gorbatchev n'avait pas encore reçu de réponse —, le Chancelier partit le 16 décembre en visite officielle en Hongrie. Cette visite avait en pratique été décidée quelques semaines plus tôt, lorsque Németh avait fait une visite éclair à Ludwigshafen. Du jour au lendemain, l'Union soviétique avait drastiquement réduit ses livraisons de pétrole à la Hongrie, dont

1. Appellation consacrée pour parler de l'actuelle génération des dirigeants du SPD.

celle-ci avait un besoin vital. Németh craignait que les difficultés économiques qui allaient en résulter n'aient des effets négatifs sur le processus de réformes dans son pays. Kohl avait alors promis à son visiteur une aide rapide et s'était également engagé à intervenir en ce sens auprès de la Communauté européenne.

Sa visite de trois jours à Budapest en ce mois de décembre avait valeur de geste de remerciement. « Le 10 septembre 1989, jour de l'ouverture de la frontière hongroise, restera, y compris pour les Allemands de RDA, comme une étape décisive dans l'histoire de nos deux États et de nos deux peuples. La Hongrie a alors fait tomber la première pierre du Mur », déclara Kohl à de nombreuses occasions, que ce soit au Parlement à Budapest, devant lequel il eut l'honneur de s'exprimer, ou devant les étudiants et les professeurs de l'université Loránd-Eötvös de Budapest où il fut fait docteur honoris causa.

Selon Kohl, il fallait soutenir le processus de réformes en Hongrie ne fût-ce que parce que son échec aurait eu d'importantes répercussions sur les autres pays de l'Est et notamment sur la RDA. Comme Németh avait toujours beaucoup de mal à imposer son plan d'économies drastiques, la Hongrie avait besoin d'une aide financière d'urgence. L'économie hongroise devait peu après recevoir un soutien de Bruxelles de plus d'un milliard d'écus, dont la République fédérale prit une grande partie à sa charge.

La visite de Kohl en Hongrie comportait également un programme culturel très chargé avec des visites qui ne se limitèrent pas à la seule capitale. « Je fus particulièrement impressionné par la visite de la cathédrale d'Esztergom, la plus grande église de Hongrie, qui possède un gigantesque tableau d'autel, un trésor et la croix du serment qui servit à toutes les cérémonies de couronnement des rois hongrois. La veille de notre départ, le couple Németh nous invita, ma femme et moi, ainsi que quelques-uns de mes plus proches collaborateurs, à un repas dans une csárda à l'extérieur de Budapest. Il y avait du goulasch. C'était tout ce qui restait du communisme-goulasch, dit en riant l'ambassadeur Horváth.

« Devant notre petit comité, Miklós Németh raconta qu'il venait d'un modeste village, où son père vivait encore aujourd'hui. Németh avait toujours sur lui une lettre de ce dernier, qu'il avait lue et relue. Lorsqu'il était devenu Premier ministre, son père lui avait écrit qu'il ne devait jamais oublier d'où il venait. Ces gens simples étaient le peuple et c'était ce peuple qu'il lui fallait servir. C'était une soirée au milieu d'amis, et d'amis qui continuaient à nous accompagner avec bienveillance sur le chemin qui menait à l'unité de notre patrie. Ainsi, la veille, Németh avait souligné devant les journalistes que Dieu n'avait pas écrit que les Allemands devaient vivre dans deux États. »

De retour à Bonn, le Chancelier trouva enfin la réponse du secrétaire général soviétique. Manifestement leurs lettres s'étaient croisées. C'est du moins ce que Kohl supposa, dans la mesure où Gorbatchev ne disait pas un mot de sa lettre du 14 décembre. Au lieu de cela, il reprenait la position de Moscou sur un ton extraordinairement dur. Comme il l'avait déjà fait avec Genscher, il accusait Kohl d'avoir, avec son programme en dix points, lancé un ultimatum « à un autre État souverain ». En plein accord avec la RDA, l'Union soviétique tenait une telle attaque pour inacceptable. Elle ne correspondait ni à l'esprit, ni à la lettre de l'Acte final d'Helsinki. Les processus en Europe se dérouleraient de manière plutôt compliquée, dans une atmosphère tendue. Gorbatchev écrivait textuellement : « Provoquer les événements de manière artificielle, jeter une matière politique explosive dans un feu encore ardent est extrêmement dangereux. » Cela aurait « des conséquences sérieuses ». Il convenait à présent de respecter l'indépendance de la RDA et de ne pas s'ingérer dans ses affaires intérieures.

En ce qui concernait la question essentielle, celle de l'unité de l'Allemagne, Gorbatchev se référait à ses récentes déclarations devant le comité central du PCUS où il s'était fermement prononcé pour le maintien de la RDA. Il ne se répéterait donc pas, écrivait-il. Pour le reste, il rappelait que, lors de sa récente visite à Moscou, Genscher avait assuré que, conscient des fautes historiques que les Allemands avaient commises dans le passé, le gouvernement de la République fédérale était décidé à participer à la construction d'une Europe meilleure sur la base d'un strict respect du principe d'intangibilité des frontières de l'après-guerre. Toutefois Gorbatchev attachait du prix à la poursuite et au développement de la coopération pacifique entre les deux États allemands et des relations bilatérales entre Moscou et Bonn. Il concluait ainsi : « Je vous prie, Monsieur le Chancelier, de prendre mon message au sérieux et de le considérer comme la poursuite de notre dialogue politique, qui est si important pour nos relations et pour le destin de l'Europe. »

Selon Kohl, le ton dominant de la lettre de Gorbatchev laissait supposer qu'il rencontrait diverses difficultés en Union soviétique, mais aussi qu'il était irrité de la situation dans la partie orientale de l'Allemagne, qui semblait avoir complètement échappé à Modrow et à ses camarades. En fait, au congrès du SED, qui avait commencé le 8 décembre au gymnase Dynamo à Berlin-Est, il s'en fallut de peu que le parti soit dissous. Après un débat épuisant, au cours duquel Modrow, Lothar Bisky, le nouveau chef du département de la culture au comité central, et d'autres ne cessèrent d'intervenir avec fougue en faveur de la cohésion et du maintien du parti, les délégués se décidèrent finalement contre la dissolution et votèrent pour l'élection immédiate d'une nouvelle direction. Lorsque cette gigantesque manifestation s'acheva, le SED, qui s'appelait désormais « parti du socialisme démocratique » (PDS), avait un nouveau président en la personne de Gregor Gysi, fils d'un ancien cadre de la nomenklatura, auquel Gorbatchev souhaita, ainsi qu'à tous ceux « auxquels sont chers les intérêts et le bien-être du peuple de la République démocratique allemande souveraine, de réussir dans le renouveau démocratique de la société ».

Ce fut une manifestation hallucinante, à laquelle la majorité des habitants de RDA resta indifférente. Pour des centaines de milliers de manifestants, le slogan dominant n'était plus « socialisme démocratique », mais bien « Allemagne, patrie unie ». Ils voulaient l'unité de l'Allemagne. « Manifestement, on commençait à en prendre conscience à Moscou », dit Helmut Kohl aujourd'hui en se rappelant que, la veille de sa rencontre avec Modrow à Dresde, Iouli Kvizinski, l'ambassadeur soviétique à Bonn, lui avait demandé de tout faire pour éviter une insurrection.

CHAPITRE 8

LA JOURNÉE À DRESDE

« Le 19 décembre 1989 constitua pour moi une expérience capitale dans le processus de l'unification allemande. Au matin, je m'envolai pour Dresde où je devais rencontrer Hans Modrow, le Premier ministre de RDA. Outre les ministres qui m'accompagnaient — Dorothee Wilms, Helmut Haussmann, Norbert Blüm, Rudi Seiters et Johnny Klein —, il y avait aussi mes collaborateurs Horst Teltschik, Walter Neuer, Juliane Weber, Eduard Ackermann et Wolfgang Bergsdorf. Au cours de ce vol assez bref, je ne pus m'empêcher de songer qu'on m'avait par le passé plusieurs fois interdit d'entrer en RDA. Un jour, j'étais bloqué depuis deux heures au point de passage de la gare de Friedrichstrasse pour entrer à Berlin-Est, lorsque apparut enfin un colonel élancé qui me déclara d'un ton très martial : " Monsieur Kohl, au nom du gouvernement de la République démocratique allemande, je dois vous informer que vous êtes indésirable et qu'en conséquence, vous n'êtes pas autorisé à entrer en RDA." »

Le Chancelier fut arraché à ses pensées par l'atterrissage sur la piste cahoteuse de Dresde-Klotzsche. Il se rappelle : « À peine nous étions-nous posés que je pris soudain conscience que ce régime touchait à sa fin. L'unité était proche ! Il y avait des milliers de gens dans tout l'aéroport, surtout dans le bâtiment, une foule de drapeaux noir, rouge et or flottaient dans l'air froid de décembre — et, au milieu d'eux, quelque chose que nous avions presque oublié : le drapeau blanc et vert du Land de Saxe. Lorsque l'appareil se fut arrêté, je me tins sur la marche la plus basse de la passerelle et vis Modrow qui m'attendait, l'air figé, à environ dix mètres de là. Je me tournai alors vers Rudi Seiters et lui dis : " L'affaire est bouclée ."

« Lorsque nous nous rendîmes en ville — en grande partie au pas — il y avait des dizaines de milliers de personnes sur les trottoirs, parmi eux des gens des entreprises qui n'étaient pas allés travailler et des classes d'écoliers au grand complet. Elles nous acclamaient. Sur les banderoles, je lisais : " Kohl, Chancelier des Allemands ", ou : " Le Land de Saxe [1] salue le Chancelier ". Modrow, qui était assis à côté de moi dans la voiture, donnait l'impression d'être très gêné. Je lui dis : " Ne faites pas attention à ça pour le moment. Ce qui est important pour l'heure, c'est que nous fassions du travail raisonnable. Il nous faut à présent répondre aux espoirs et aux attentes de tous ces gens." Modrow m'informa que des trains spéciaux, partis de toute la RDA, faisaient route vers Dresde. Devant l'hôtel Bellevue, nous fûmes carrément encerclés par une armée de gens. Je leur fis des signes. On ne cessait de scander " Helmut, Helmut ", " Allemagne, Allemagne ", ou " Nous sommes un peuple ", mais on entendait aussi crier que je devais parler aux gens.

« Jusque-là, je n'avais absolument pas songé à faire un discours. Mais après tout cela, il était clair qu'il me fallait parler aux gens. Mais où ? Le maire de l'époque, Wolfgang Berghofer, eut alors l'idée que je pourrais parler devant les ruines de la Frauenkirche [2]. Il nous prêta également le matériel nécessaire — des micros, une estrade provisoire. Nous-mêmes n'avions rien de tout cela. »

---

1. Depuis 1952, les cinq Länder de la RDA avaient été supprimés et remplacés par quatorze *Bezirke* (districts). Dans la constitution de 1968, tout fédéralisme avait disparu. Inscrire sur les banderoles le mot *Bundesland* (mot à mot : État fédéré) était donc implicitement parler d'unité allemande et revendiquer la restauration des Länder. Tel était aussi le sens du drapeau de Saxe qui flottait à l'aéroport.

2. Les ruines de la Frauenkirche sont considérées comme commémorant les destructions que subit Dresde lors des bombardements dans la nuit du 13 au 14 février 1945.

Tandis qu'avec l'aide énergique de quelques fonctionnaires de Dresde, le directeur de cabinet de Kohl, Walter Neuer, faisait les préparatifs nécessaires avant le discours du Chancelier, ce dernier s'entretenait en tête à tête avec le Premier ministre de RDA dans le salon « Ludwig Richter » de l'hôtel Bellevue. Modrow défendit les positions habituelles de la RDA, Kohl se référa à celle du gouvernement fédéral qui était bien connue. On s'accorda cependant pour dire que le processus de réformes était irréversible.

Les négociations se poursuivirent ensuite de manière élargie. Selon le Chancelier, « Modrow commença en se raccrochant à son texte de manière crispée. La situation l'inquiétait. La discussion sur la réunification prenait des dimensions excessives, elle menaçait de prendre un tour violent. À présent, le pays avait besoin de stabilité intérieure. Finalement, il exposa la situation économique de la RDA et demanda une " indemnité compensatoire " [1] d'un montant de quinze milliards de deutschemarks pour 1990-91 — somme que Schalck-Golodkowsi avait déjà réclamée au nom de Krenz.

« Dans ma réponse, j'indiquai que, sur de nombreux points de son exposé, j'avais des divergences de fond avec mon interlocuteur, mais que nous avions aussi des points en commun. La RDA pouvait approuver neuf de mes dix points. Il n'était pas encore question de discuter de l'objectif que constituait la fédération, bien que je fusse convaincu que l'évolution actuelle y conduisait. Sur l'aide financière, qu'il estimait assez largement à plusieurs milliards, je dis à Modrow que la RDA devait d'abord créer les conditions nécessaires. En conséquence, je refusai une " indemnité compensatoire ", d'autant plus que ce concept était tout à fait mal choisi. »

Dans le cadre de la « communauté contractuelle » envisagée — première étape dans l'esprit du Chancelier d'un processus conduisant, au-delà des structures confédératives, à une fédération, et donc à un État fédéral allemand unique —, Kohl

---

1. Le terme employé ici par Modrow correspond à celui utilisé pour le dédommagement des Allemands expulsés des territoires de l'Est devenus polonais ou soviétiques.

et Modrow convinrent de mettre en place une série de commissions destinées à améliorer la coopération dans de nombreux domaines. Afin d'encourager la coopération économique, un accord de coopération fut conclu et un accord de protection des investissements envisagé. En effet, sans capital privé, il ne pouvait y avoir de redressement économique en RDA.

Comme première mesure concrète en matière d'aide d'urgence, Kohl et Modrow décidèrent de créer un fonds commun en devises pour les déplacements d'un montant de deux milliards de deutschemarks. « La RDA promit de supprimer l'obligation de visa, de même que le change obligatoire [1] à l'entrée de la RDA et de libérer les prisonniers politiques avant Noël. À compter du 1er janvier 1990, un nouveau taux de change de trois marks de l'Est pour un deutschemark [2] serait appliqué aux citoyens de la République fédérale.

« Modrow nous indiqua qu'il avait discuté avec l'ambassadeur soviétique à Berlin-Est de la question de l'ouverture de la porte de Brandebourg. Il voulait créer un point de passage pour piétons et avait entrepris les préparatifs nécessaires. Modrow savait bien l'importance symbolique qu'aurait cette mesure : c'est pourquoi les deux parties devaient y être associées. Nous décidâmes en fin de compte de rouvrir la porte, fermée depuis près de trente ans, le 22 décembre en présence des deux maires de Berlin. Modrow dessina sur une feuille de papier la manière dont il voyait cette ouverture. »

Plus d'un millier de journalistes venus du monde entier participèrent à la conférence de presse qui suivit les consultations. Kohl se rappelle la manière dont se poursuivit la journée : « À la fin de l'après-midi, je me retirai dans ma chambre d'hôtel avec Eduard Ackermann, Horst Teltschik et Juliane Weber pour préparer mon discours devant les ruines de la Frauenkirche. Je connaissais l'hôtel grâce aux voyages privés que j'avais faits autrefois en Thuringe et en Saxe. De ma suite

1. Introduit en 1964.
2. Il était jusque-là de un deutschemark pour un mark de l'Est.

au quatrième étage, on avait une vue magnifique sur l'Elbe. Devant l'hôtel, il y avait encore des milliers de gens qui criaient en chœur : " Helmut Kohl à la fenêtre — Mais sans les spectres." Je me sentais très tendu. Je savais en effet que ce serait vraiment l'un des discours les plus difficiles de ma vie — si ce n'était le plus difficile. J'étais donc assis dans ma chambre d'hôtel et notais les mots clés de mon allocution. J'étais extrêmement concentré, car je savais que chaque mot compterait. Tout impair susceptible d'être interprété à Paris, à Londres, à Moscou peut-être, comme une dérive nationaliste, aurait considérablement nui à notre cause. Il fallait aussi que, quoi qu'il arrive, j'évite de déchaîner les émotions et d'échauffer encore les esprits des dix mille personnes qui m'écouteraient.

« Tout à coup, une question me vint à l'esprit : que ferions-nous si soudain la foule entonnait l'hymne national allemand et notamment la première strophe avec le vers " Deutschland, Deutschland, über alles " [1] ? À ce moment-là, le monde entier avait les yeux tournés vers Dresde et, dans cette situation, tout ce qui pouvait être interprété comme un débordement nationaliste aurait certainement gravement nui, voire ruiné la cause allemande. Cela ne devait en aucun cas se produire ! C'est alors que me vint l'idée de prendre contact avec le vicaire général de la Hofkirche, que j'avais rencontré quelques années auparavant après une messe à Dresde. Il se déclara aussitôt prêt à nous envoyer un maître de chapelle, un chantre. Celui-ci entonnerait le vieux cantique : " Maintenant, rendez tous grâce à Dieu " [2], si quelqu'un dans la foule se mettait à chanter la première strophe de l'hymne allemand. »

Ce n'est qu'après avoir jeté quelques notes au feutre noir sur une feuille de papier de format A4 et discuté à nouveau avec

1. Seule la troisième strophe : « *Einigkeit und Recht und Freiheit* » (Unité, droit et liberté) est chantée depuis qu'en 1952 la République fédérale a repris le *Deutschlandlied* comme hymne national. La première strophe, avec le fameux « Allemagne, Allemagne, par-dessus tout », avait été interdite par les Alliés en 1945.

2. Il s'agit en fait du chœur qui ouvre la 192e cantate de Bach, composée en 1730.

ses collaborateurs, que le Chancelier se fraya un chemin à travers la foule. « Mon service de sécurité avait du mal à m'ouvrir la route. Sur la place où la silhouette noire des ruines de l'église se découpait sur le ciel, se trouvaient cent mille personnes. Un océan ondulant de drapeaux noir, rouge et or m'entourait. Il régnait une atmosphère incroyable, chargée d'émotion, mais pas du tout fanatique. Devant la petite estrade bricolée à la hâte, je rencontrai le maître de chapelle qu'on avait convoqué — il s'agissait du chef du chœur d'enfants de Dresde, Konrad Wagner. Il avait vainement essayé pendant le bref délai qu'on lui avait laissé de monter un orchestre de cuivres. Il pensait à présent qu'il n'avait aucune chance de couvrir le bruit de la foule. Un cantique ne lui paraissait pas convenir à l'atmosphère, les gens ne voudraient certainement pas le reprendre. Conscient d'avoir tout essayé, je hochai la tête : " Je voulais juste savoir." En montant l'escalier qui menait à la tribune de bois, je sentis combien d'espoirs et d'attentes les gens plaçaient en moi. »

Après quelques paroles de remerciement, Kohl dit à ses « chers compatriotes » qu'il les saluait chaleureusement « au nom de leurs concitoyennes et concitoyens de la République fédérale d'Allemagne ». De grands cris d'allégresse suivirent ces mots. D'un geste, Kohl indiqua qu'il souhaitait poursuivre son discours. Un silence total se fit. Alors il continua : « La seconde chose que je voudrais dire, c'est ma reconnaissance et mon admiration pour cette révolution pacifique qui a lieu en RDA. C'est la première fois dans l'histoire de l'Allemagne que des hommes manifestent pour leur avenir de manière non violente, avec gravité et sérieux et d'une façon solidaire. Pour cela, je vous remercie tous très, très chaleureusement. »

Il y eut à nouveau des applaudissements frénétiques, puis le silence revint lorsque Kohl reprit la parole. Ils manifestaient pour la démocratie, pour la paix, pour la liberté et pour l'autodétermination de notre peuple, leur lança-t-il. Il dit ensuite : « Et, chers amis, l'autodétermination signifie également pour nous, en République fédérale, que nous respecterons votre décision. Nous ne voulons mettre personne sous tutelle et nous ne le ferons pas. Nous respecterons ce que vous déciderez pour l'avenir du pays... Nous ne laisserons pas tomber nos compatriotes de RDA. Et nous savons — permettez-moi de le dire même en ce moment d'enthousiasme qui me donne tant de joie — combien est difficile le chemin vers l'avenir. Mais je vous le dis : c'est ensemble que nous ouvrirons ce chemin vers l'avenir de l'Allemagne. »

Le Chancelier exposa ensuite aux cent mille manifestants les résultats de son entretien avec le Premier ministre de RDA. Il indiqua qu'il avait été décidé de conclure au printemps un accord sur la communauté contractuelle entre la République fédérale et la RDA. Il expliqua encore qu'on envisageait une étroite coopération dans tous les domaines : économie, transports, politique sociale, culture et environnement. « C'est surtout dans le domaine économique que nous voulons mettre en œuvre la coopération la plus étroite possible dans le but d'améliorer les conditions de vie, ici en RDA, aussi rapidement que possible. Nous voulons que les gens se sentent bien ici. Nous voulons qu'ils restent chez eux et y trouvent le bonheur. Ce qui est essentiel, c'est qu'à l'avenir, en Allemagne, les gens puissent aller les uns vers les autres, que la liberté de déplacement dans les deux sens soit garantie de manière durable. Nous voulons que les gens puissent se rencontrer en Allemagne, partout où ils le souhaitent. »

« J'eus l'impression, dit Kohl rétrospectivement, que la foule rassemblée devant les ruines de la Frauenkirche regardait déjà vers l'avenir, regardait en fait déjà une Allemagne unie. C'était cette perspective, qui leur paraissait déjà accessible, qui les enthousiasmait — et beaucoup moins les résultats de mes négociations que j'étais en train de leur exposer. Aussi de grands applaudissements éclatèrent-ils lorsque je dis que des élections libres devaient être bientôt organisées en RDA. L'enthousiasme fut en revanche indescriptible lorsque je montrai aux gens les perspectives qui s'ouvraient ainsi à eux.

« Vous aurez, lança le Chancelier à ses auditeurs, un gouvernement librement élu. Et alors le moment sera venu pour ce que j'ai appelé des structures confédératives — c'est-à-dire des commissions gouvernementales communes qui nous permettront de vivre en Allemagne en ayant autant de points communs que possible. Mais aussi, permettez-moi de le dire ici, dans cet endroit si riche en traditions, mon objectif demeure, lorsque l'Histoire le permettra, l'unité de notre nation. Et, chers amis, je sais que nous pouvons atteindre ce but et que son heure viendra si nous y travaillons ensemble, si nous agissons avec raison et retenue, en gardant le sens des réalités. »

Pour éviter les débordements d'enthousiasme, Kohl parla alors, comme il l'avait déjà fait le 10 novembre à Berlin, de manière extrêmement réaliste du long et difficile chemin qui conduisait à cet avenir commun : « Nous, Allemands, ne sommes pas seuls en Europe et dans le monde. Il suffit de regarder une carte de géographie pour voir que tous les bouleversements intervenus ici auront des répercussions sur tous nos voisins, ceux de l'Est comme ceux de l'Ouest. Il faut que nous soyons bien conscients que beaucoup sont inquiets de voir le chemin que nous suivons et que nombreux sont ceux qui en ont même peur. Et de la peur, il ne peut rien sortir de bon.

« En tant qu'Allemands, il nous faut dire à nos voisins : compte tenu de ce qu'a été l'histoire de ce siècle, nous comprenons vos diverses craintes. Nous les prendrons au sérieux. Pour nous, cela signifie que nous entendons défendre nos intérêts d'Allemands. Nous sommes pour le droit à l'autodétermination dont disposent tous les peuples de cette terre — y compris les Allemands. Mais, chers amis, ce droit à l'autodétermination n'a de sens pour les Allemands que si nous ne perdons pas non plus de vue le besoin de sécurité des autres peuples. Nous voulons vivre dans un monde où il y ait plus de paix et plus de liberté, où il y ait plus d'entente et moins de confrontation. Il faut que la maison Allemagne, notre maison, soit construite sous un toit européen. Tel doit être l'objectif de notre politique.

« Chers amis, dans quelques jours, le 1er janvier 1990, commenceront les années quatre-vingt-dix. Elles ouvriront la dernière décennie de ce siècle. Un siècle qui, en Europe, mais aussi chez nous, en Allemagne, aura vu beaucoup de détresse, beaucoup de misère, beaucoup de morts et beaucoup de souffrance. Un siècle aussi, au cours duquel les Allemands ont été responsables des pires choses. Ici, devant les ruines de la

Frauenkirche à Dresde, je viens de déposer une gerbe de fleurs devant le monument aux morts de Dresde, en souvenir de la douleur et des morts supportés par cette merveilleuse vieille ville allemande.

« J'avais alors — et cela, je le dis aux jeunes gens qui se trouvent ici, sur cette place — quinze ans, j'étais un écolier, un enfant. J'ai eu la chance de grandir de l'autre côté, chez moi, dans le Palatinat et j'appartiens à cette jeune génération qui a juré après la guerre — comme nous le faisons également ici — jamais plus la guerre, plus jamais de violence ! Et je voudrais, ici, devant vous, élargir ce serment en vous disant : à l'avenir, il faudra que ce soit toujours la paix qui sorte du sol allemand — tel est l'objectif de notre politique !

« Mais, chers amis, il n'y a pas de véritable paix sans liberté. C'est pour cela que vous vous battez, que vous manifestez pour la liberté en RDA, et c'est pour cela que nous vous soutenons, pour cela que notre solidarité vous est acquise... À présent, il importe que, dans le temps dont nous disposons, nous poursuivions ce chemin de manière pacifique, avec patience et retenue, en y associant nos voisins. Travaillons ensemble dans ce but, aidons-nous les uns les autres dans un esprit de solidarité. Je salue ici, depuis Dresde, tous nos compatriotes de RDA et de la République fédérale allemande. » Pour finir, Kohl lança à la foule : « Dieu bénisse notre patrie allemande ! »

Kohl était très ému et eut beaucoup de mal à achever son discours. Qu'allait-il arriver à présent ? « Malgré tout cet enthousiasme, remarque le Chancelier, le public resta raisonnable. Il avait compris que, pour retrouver la patrie commune à laquelle il aspirait, il fallait à présent faire preuve de retenue et de raison. Personne cependant ne semblait disposé à rentrer chez soi. Il se passa alors quelque chose qui donna le signal du départ. Une vieille dame monta vers moi sur le podium, m'embrassa, se mit à pleurer et me dit à voix basse : " Nous vous remercions tous ! " Les micros étaient encore branchés et tout le monde put entendre ce qu'elle m'avait dit. Alors la foule reflua. Épuisés et heureux, nous nous hâtâmes à travers des haies de gens, vers les voitures qui nous ramenèrent à l'hôtel Bellevue sur l'autre rive de l'Elbe. »

Il y eut ensuite une soirée avec d'éminents artistes est-allemands. Theo Adam, chanteur à l'opéra de Dresde, Wolfgang Mattheuer, peintre de Leipzig, le peintre Bernhard Heisig et d'autres avaient été invités à dîner dans la Kügelegen-Haus [1], qui avait conservé ses traditions. Les invités se divisèrent rapidement en deux groupes : le premier était composé des artistes plutôt établis, le second de ceux qui avaient été persécutés par le régime SED. L'ambiance devint vite houleuse, car les uns reprochaient aux autres de s'être compromis avec le régime.

Ce fut une longue journée pour le Chancelier et ses compagnons. « Bien après minuit, nous revînmes à pied à l'hôtel Bellevue, se rappelle Kohl. J'invitai notre petite équipe à prendre un verre dans ma chambre : cette fois il y avait aussi mon chauffeur, Ecki Seeber, qui avait amené ma voiture de fonction à Dresde. Nous tirâmes les premières conclusions des heures précédentes. Je dis à nouveau : "Je crois que nous allons faire l'unité. Ça va marcher. Je crois que plus rien ne nous en empêche, les gens la veulent. Ce régime est définitivement en fin de course." »

Trois jours plus tard, l'Allemagne vit l'ouverture de la porte de Brandebourg dans Berlin, l'ancienne capitale. « Il faisait froid et il pleuvait à verse, se souvient Kohl. Malgré cela, il y avait à nouveau des milliers de gens, lorsque, à quinze heures précises, je traversai la porte d'ouest en est avec Modrow et les deux maires, Walter Momper et Erhard Krack. Après que Modrow et moi nous fûmes serré la main pour de très nombreux photographes, nous libérâmes deux colombes blanches que de jeunes artistes de Berlin-Est nous avaient apportées.

« Beaucoup de souvenirs me revinrent alors. Dans les années précédentes, j'avais souvent regardé depuis le Reichstag — où j'avais un bureau — l'endroit où je me trouvais à présent. Après qu'Ulbricht eut fait construire le Mur en 1961, j'ai passé quelques jours du côté occidental de la porte de Brandebourg. Et je m'y trouvais de nouveau vingt-six ans plus tard — cette fois comme chancelier —, lorsque le président des États-Unis,

1. Restaurant de Dresde installé dans les locaux de l'ancienne mairie.

Ronald Reagan, adressa ces paroles mémorables au secrétaire général soviétique : " Monsieur Gorbatchev, ouvrez cette porte." Aujourd'hui, deux ans plus tard seulement, ce qui semblait impossible était devenu réalité. Comme si souvent, le visionnaire s'était révélé réaliste. »

Comme il l'avait déjà fait à Dresde, le Chancelier s'efforça d'étouffer les débordements possibles. Il rassura le reste du monde qui suivait les événements en prononçant sur cette place le discours suivant : « Nous voulons la paix, nous voulons la liberté et nous voulons contribuer à la paix en Europe et dans le monde. » Le Chancelier en appela à ses auditeurs : « Si nous faisons preuve à présent de patience et de retenue et que nous prenons les mesures qui s'imposent pour aller vers un avenir commun, nous aurons cet avenir. Cela dépend de nous. Cela dépend surtout de ces nombreux jeunes gens qui se trouvent aujourd'hui sur cette place, qui auront à nouveau un avenir, qui peuvent avoir confiance en leur propre avenir parce qu'ils pourront mener, ici, à Berlin, une vie heureuse. »

À Berlin non plus, l'enthousiasme ne connut pas de limites. Lorsque les premiers manifestants venus de Berlin-Est eurent grimpé sur le Mur, il n'y eut plus moyen d'arrêter le mouvement, y compris à l'Ouest. Les barrières posées par la police furent abattues. Tel un rouleau compresseur, de l'Est et de l'Ouest, les gens se mirent à se pousser les uns vers les autres — entre eux se trouvait l'estrade sur laquelle le Chancelier avait prononcé sa brève allocution, entouré par de nombreux invités d'honneur, dont l'ancien président de la République fédérale, Walter Scheel [1]. Ils risquaient d'être étouffés. « Grâce à l'aide énergique du service de sécurité, se rappelle Kohl, nous eûmes juste le temps de nous réfugier dans l'une des guérites de la garde à la porte de Brandebourg. L'officier de service des garde-frontières de RDA nous offrit du café chaud et me donna son insigne en souvenir. »

Les manifestations à Dresde et à Berlin, de même qu'à Magdebourg quelques jours plus tôt, lors de la venue de Willy

1. Walter Scheel fut président de la République fédérale de 1974 à 1979.

Brandt, montrèrent de manière impressionnante qu'après quarante ans de division, les Allemands avaient toujours un sentiment d'appartenance nationale. Les lettres venues de la partie orientale du pays, que Kohl reçut par milliers en décembre, en apportaient la confirmation. Le Chancelier raconte que l'une d'elles lui est tout particulièrement restée en mémoire. Il s'agit de celle d'un habitant de Dresde de vingt-huit ans, qui y avait joint un petit album de photos avec des instantanés de la visite du Chancelier dans cette ville. Le jeune homme avait écrit qu'il souhaitait offrir cet album de photos « à Monsieur le Chancelier en souvenir de sa journée à Dresde ». Il avait fait ces photos du point de vue d'un habitant de Dresde. Il n'était pas un professionnel, mais espérait malgré tout avoir capté un peu de l'atmosphère et de son formidable rayonnement. Le discours de Helmut Kohl à « nous les habitants de Dresde » avait été « tout bonnement fantastique ». Il voulait rester à Dresde et demandait au Chancelier de tout mettre en œuvre « pour que nous redevenions une nation au sein de la maison commune européenne ». « Je remerciai le jeune homme pour cet album de photos présenté avec amour, indique Helmut Kohl, et je lui écrivis que, comme il pouvait se l'imaginer, je n'étais pas en mesure le 19 décembre de regarder de près toutes les banderoles. C'est pourquoi son album de photos était également un document intéressant pour moi. Ce qui m'avait surtout impressionné, c'était une banderole sur laquelle était écrit : “La Saxe est notre pays, l'Allemagne notre patrie et l'Europe unie notre avenir.” »

À la fin de 1989, les médias donnaient de plus en plus l'impression qu'on s'acheminait vers l'unité. La visite d'État de Mitterrand en RDA passa presque inaperçue. Il déclara à Gerlach, le président du Conseil d'État d'alors : « Vous pouvez compter sur la solidarité de la France avec la République démocratique allemande » — une déclaration qui, cependant, ne put empêcher, l'année suivante, la disparition pure et simple de la RDA.

« Il était évident pour moi, dit le Chancelier, que les événements des jours passés nous avaient rapprochés du dénouement. Si en octobre, en novembre et même quelques semaines plus tôt, à la question de savoir quand aurait lieu l'unité allemande, j'aurais encore répondu : " Le marché unique se fera avant l'unité allemande ", je commençais à présent à douter de cette déclaration. Mais à la fin 1989, je ne pouvais pas m'imaginer qu'en octobre 1990 l'Allemagne serait déjà unifiée. »

Arrivèrent ensuite les journées tranquilles de Noël, que Helmut Kohl passa loin de toute agitation, chez lui à Ludwigshafen : « Je les ai passées comme chaque année au sein de ma famille. Mais même devant le sapin de Noël, presque tout tournait autour de questions politiques. J'étais épuisé. J'avais eu une année extrêmement harassante — avec des moments uniques, comme la chute du Mur de Berlin, mais aussi des événements épouvantables, comme l'assassinat de mon ami Alfred Herrhausen. Cette coupure me fit du bien. On ne pouvait pas savoir avec certitude ce que l'année nouvelle apporterait. Cependant je n'étais pas inquiet, j'étais vraiment convaincu que tout se passerait bien.

« Je réfléchissais aussi à la signification profonde de Noël. Cette fête apporte un message de joie et de paix à tous les hommes de bonne volonté. Car la paix n'est en définitive pas le résultat de conférences internationales et de négociations diplomatiques, elle commence d'abord dans le cœur des hommes. Dans mon message de Nouvel An, je voulais évoquer la libération des prisonniers politiques qui pouvaient à présent passer chez eux ces jours de fête. Quels étaient leurs sentiments à l'égard de leurs gardiens et de leurs tortionnaires ? Pourraient-ils un jour se réconcilier avec eux ? Ceux qui avaient commis des injustices auraient-ils la force de regarder la vérité en face et de demander pardon à leurs victimes ?

« Il ne s'agissait pas de questions théoriques. De leur réponse dépendait la paix intérieure des Allemands. Je songeais à la grande œuvre de réconciliation que les Allemands et les Français avaient accomplie dans les décennies précédentes. L'année qui venait déterminerait de manière décisive le destin tant de l'Allemagne que de l'Europe. Aussi soulignai-je dans mon allocution du Nouvel An : " Notre objectif politique demeure — selon la formule de Konrad Adenauer — une Allemagne libre et unie dans une Europe libre et unie." »

CHAPITRE 9

LA RDA DEVANT L'EFFONDREMENT

Des centaines de milliers de personnes se rassemblèrent la nuit de la Saint-Sylvestre à la porte de Brandebourg pour commencer l'année 1990 en ce lieu hautement symbolique. Tandis qu'un feu d'artifice, tel que le centre de Berlin n'en avait plus vu depuis longtemps, éclairait le ciel comme en plein jour, et que des gens détendus, venus des deux parties de Berlin, fêtaient le début d'une ère nouvelle, un groupe de jeunes gens escalada le monument et, sous les acclamations indescriptibles de la foule, découpa le marteau et la faucille, les emblèmes de l'État est-allemand, sur le drapeau noir, rouge et or qui flottait en haut.

« Les innombrables lettres que je recevais de toutes les parties du pays, remarque le Chancelier, me confirmaient dans mon impression que, dans le fond de leur cœur, les Allemands avaient manifestement déjà renoncé à l'existence de deux États et précédaient les réalités politiques. » En revanche, Moscou semblait vouloir continuer à garantir l'existence de la RDA en tant que second État allemand et allié stratégique de l'Union soviétique. Les déclarations de Gorbatchev devant le comité central du PCUS, de même que sa lettre au Chancelier, étaient parfaitement claires sur ce point. Mais ces événements remontaient à décembre et, en ce début de janvier, personne ne pouvait dire à quoi ressemblerait le monde quelques semaines plus tard.

« Je pris de nouveau conscience de l'accélération du temps, note Helmut Kohl, lorsque, l'après-midi du 3 janvier, je rencontrai le président de la République tchécoslovaque, Vaclav Havel, au palais du prince Carl à Munich. En automne, il s'était vu décerner le prix de la paix des libraires allemands. Maximilian Schell avait alors dû lire son discours parce que Havel n'avait pas pu venir. Il venait juste d'être libéré de prison et craignait de ne pouvoir rentrer à Prague. Si à Francfort quelqu'un m'avait dit qu'à peine quelques semaines plus tard, nous nous trouverions à l'aéroport de Munich afin d'y accueillir Havel pour une visite d'État, j'aurais pris cela pour une totale absurdité. En moins de trois mois, cet homme politique persécuté était devenu président de la République tchécoslovaque. Nous eûmes un bon entretien, à la fin duquel Vaclav Havel souhaita expressément aux Allemands de vivre bientôt dans un seul État. »

Kohl savait que la « question allemande » n'était pas seulement une affaire allemande, mais continuait à englober le problème de l'intégration de l'Allemagne dans les structures politiques européennes. Car l'Allemagne est située au milieu du continent et entourée de plus de voisins que tout autre pays d'Europe. De même, l'unité allemande avait une dimension intérieure et une dimension extérieure. Kohl n'était pas disposé à reconnaître aux autres pays le droit d'opposer leur veto à l'exercice par les Allemands du droit à l'autodétermination, mais il se rendait bien compte que, pour s'assurer un avenir agréable et pacifique, l'Allemagne ne pouvait faire son unité sans l'accord de ses voisins. À ce titre, la position de la France était d'une grande importance, ainsi que celle du « premier des Français », François Mitterrand, président de la République depuis 1981 et devenu, bien qu'il fût socialiste, un ami proche du Chancelier.

Kohl avait à cœur d'obtenir l'accord de François Mitterrand : « Toute ma vie, j'ai défendu l'amitié germano-française. Le grand précurseur de cette amitié, Robert Schuman, était interné à Neustadt, dans le Palatinat, pendant la guerre. Chez moi, après la guerre, on avait particulièrement bien compris le message de Schuman. Il disait qu'après trois siècles d'une histoire terrible, faite de confrontations, nous devions enfin surmonter la prétendue hostilité héréditaire qui séparait nos pays. Dans ma jeunesse, il fallait encore un laissez-passer pour aller de Ludwigshafen, en zone française, à Mannheim, en zone américaine, sur l'autre rive du Rhin. Aujourd'hui, les jeunes Allemands et les jeunes Français traversent le Rhin le plus naturellement du monde dans l'un ou l'autre sens. Pour la jeune génération allemande, il est aujourd'hui parfaitement normal d'aller passer un week-end avec des amis à Paris par exemple ou d'accueillir chez soi des amis français. »

Il fallut parcourir beaucoup d'étapes pour y parvenir, dit le Chancelier en songeant à ce canon de Coblence du XVIe siècle qui, tantôt allemand, tantôt français, changea une demi-douzaine de fois de propriétaire avant d'être remis à la République fédérale, malgré l'opposition des anciens combattants français. Helmut Kohl a installé un modèle réduit de ce canon dans son bureau à la Chancellerie comme symbole de la ténacité avec laquelle il faut bâtir l'amitié entre les pays et les peuples.

Depuis la visite du président de la République française en RDA en décembre 1989, les bonnes relations personnelles de Kohl et Mitterrand étaient mises à l'épreuve. Tandis que les journaux allemands, qui parlaient d'une crise violente entre les deux voisins, montaient l'opinion contre Mitterrand, les médias français accusaient le Chancelier de mener un double jeu politique. Il se déclarait fidèle à l'Union économique et monétaire européenne devant ses partenaires occidentaux, tout en envoyant ses ministres en RDA préparer la réunification, disait-on en supposant que l'unité allemande et l'intégration européenne étaient incompatibles.

Kohl n'eut aucun répit. Le jeudi 4 janvier, il se rendit à Latche au sud de Bordeaux, où Mitterrand possédait une maison de vacances au milieu des pins, non loin de la côte Atlantique. Optimiste, le Chancelier pensait que les malentendus et les irritations des semaines passées se dissiperaient. « Nous fîmes le trajet en avion entre la base américaine de Ramstein et Biarritz et poursuivîmes en hélicoptère jusqu'à Latche. En dehors de l'un de mes collaborateurs de la Chancellerie et de l'interprète, il n'y avait que le photographe Konrad Müller. Lorsqu'il nous accueillit à Latche, François Mitterrand me parut un peu gêné. Je ne l'avais encore jamais vu ainsi pendant une conversation personnelle. »

Après que Kohl eut salué Mme Mitterrand dans le bâtiment principal, les deux hommes gagnèrent l'ancienne bergerie rénovée dans laquelle, lorsqu'il séjournait à Latche, le président de la République française se reposait des journées épuisantes auxquelles ses fonctions le contraignaient à Paris. Sur le vieux plancher de bois, quelques fauteuils en cuir étaient placés autour de la cheminée. Ce qui attirait surtout l'attention, c'était le nombre gigantesque de livres alignés sur des étagères ou posés en pile sur les tables et les armoires. Comme toujours, son labrador Upsilon se trouvait auprès de Mitterrand.

Peu à peu la gêne du Président, qui avait frappé Kohl à son arrivée, disparut : « François Mitterrand remarqua qu'actuellement beaucoup de choses bougeaient et que c'était une bonne chose. La situation précédente était au fond insupportable ; mais elle assurait un ordre paisible. Je répondis que la nouvelle décennie serait selon moi une bonne décennie, y compris pour l'amitié germano-française et pour l'Europe. Nos deux pays avaient toujours pour tâche commune d'être le moteur du processus d'unification de l'Europe. Il fallait que, parallèlement, l'unité allemande s'insère dans ce processus. Comme la France était le partenaire naturel de la République fédérale, c'était donc aussi son intérêt. Si nous faisions face à notre responsabilité commune, les pays d'Europe centrale et orientale en profiteraient également.

« Nous discutâmes aussi de la frontière occidentale de la Pologne. Il était évident, soulignai-je, que nous respecterions l'intangibilité de cette frontière. Mitterrand m'objecta que je devrais le dire publiquement. Je poursuivis en remarquant qu'il fallait aider la Pologne à rejoindre l'Europe. Là encore, l'Allemagne et la France y avaient particulièrement vocation. Je lui proposai alors d'établir dans les prochaines semaines une sorte d'agenda des années quatre-vingt-dix, déterminant la manière dont nous nous attellerions ensemble à toutes les grandes questions concernant l'avenir de l'Europe.

« François Mitterrand dit qu'il voyait deux problèmes : l'un était le problème russe — c'est délibérément qu'il ne disait pas "soviétique". L'autre était le problème allemand. Entre les deux, il y avait un champ de tensions qui ne se résoudraient pas pour le moment. L'expérience Gorbatchev se poursuivrait encore un certain temps, dit-il en posant une question rhétorique : « Que se passera-t-il s'il échoue ? » Sa réponse était : « Ce ne sera pas un régime communiste, mais une dictature militaire brutale. » Le système communiste était atteint jusqu'à la moelle et ne s'en remettrait pas. Mais le sentiment national russo-impérial était très affecté par ce qui se passait en Europe de l'Est. S'il y avait une dictature militaire, la libéralisation serait probablement poursuivie, mais on empêcherait la désintégration de l'Empire par tous les moyens. Le sang coulerait, prophétisa-t-il.

« Pour Mitterrand, il ne faisait également pas de doute que les Russes ne céderaient pas sur la question allemande. C'était pour lui le grand problème. Rien de ce qui conduisait à l'unité allemande ne devait mettre Gorbatchev en difficulté, voire amener Moscou à tenir de nouveau des propos belliqueux. On n'en était pas loin parce que les choses allaient trop vite en Allemagne. Il fallait tout concevoir sur le long terme. Si l'on commençait par une communauté contractuelle, les Russes s'habitueraient au rapprochement des deux États allemands. Ce serait la meilleure formule, dit Mitterrand en me demandant de ne jamais oublier que le destin de Gorbatchev dépendait plus de Helmut Kohl que de ses adversaires à Moscou. La résolution de la question allemande ne devait pas provoquer une nouvelle tragédie russe. Je répliquai que j'irais vraisemblablement à Moscou dès février pour discuter avec Gorbatchev et lui dire que je ne voulais rien faire qui aggrave sa situation. »

Kohl évoqua alors l'état de la RDA. « Je lui indiquai que la situation était bien plus dramatique que ne le disaient les dirigeants de Berlin-Est. Environ deux mille personnes quittaient le pays chaque jour — dont des gens qui étaient indispensables à la RDA, par exemple des médecins et des infirmières. Il ne servait à rien de dire à ces gens qu'ils avaient l'obligation morale de rester chez eux pour y aider les autres. Après quarante ans de dictature socialiste et de vaines promesses, ils n'avaient plus envie d'attendre des temps meilleurs.

« Ce que je ne parvenais pas à comprendre, c'est qu'en dehors de l'Allemagne on ait des doutes sur ce que voulaient les Allemands. C'était pourtant tout à fait clair : " Les Allemands veulent se réunir." Il suffisait d'avoir été à la Frauenkirche de Dresde pour s'en rendre compte. Je ne pouvais que m'étonner de la réaction de la presse française et de la classe politique parisienne à mon programme en dix points. Ce programme s'imposait afin que les Allemands voient une lumière au bout du tunnel. Je comprenais la peur des autres, mais de la peur, il ne sortait rien de bon. Les Allemands voulaient la paix ; ils ne voulaient pas de conflit.

« François Mitterrand rétorqua tout d'abord qu'il était étrange que, lorsqu'il arrivait aux amis de l'Allemagne d'émettre prudemment des réserves, ils soient aussitôt considérés comme de mauvais amis, voire comme des traîtres. S'il lui arrivait de ne pas être d'accord avec moi, les grands éditorialistes de République fédérale réagissaient aussitôt de manière intolérante. J'objectai que, personnellement, ce qu'écrivaient les journaux m'était égal.

« Mitterrand prononça alors une phrase très sensée qui était à peu près celle-ci : " Les Allemands sont quatre-vingts millions. C'est une réalité. Et lorsque quatre-vingts millions de personnes veulent se rapprocher les unes des autres, on a intérêt à respecter leur volonté. Car si ces gens le veulent, cela se fera. Et la France a toujours fait bonne figure dans l'histoire lorsqu'elle en a respecté les réalités. La France respecte la volonté de quatre-vingts millions d'Allemands." Il ajouta et, là encore, il avait raison : " Mais la France demande à ses amis allemands que, de leur côté, ils prennent en considération ce que l'évolution de l'Allemagne signifie pour l'Europe et les changements qu'elle provoquera dans la Communauté européenne. C'est pourquoi nous devons faire ce chemin ensemble." Il répéta de nouveau que, si les deux parties de l'Allemagne élisaient des gouvernements qui voulaient l'unité allemande, il serait stupide et injuste de s'y opposer : " On ne peut pas aller contre le sens de l'Histoire." Toutefois, comme il n'était pas possible d'apporter à l'heure actuelle des corrections trop importantes à la carte de l'Europe, il demandait qu'on élabore une stratégie commune de manière que l'Europe sache où elle allait. Cela, il le disait bien sûr en tant que Français. En tant qu'Allemand, il serait lui aussi pour une réunification rapide. »

Dans la suite de l'entretien, Mitterrand aborda le problème des alliances. Une question le préoccupait, celle de savoir comment on réglerait le problème posé par le fait que les deux États allemands appartenaient à des alliances différentes. « Où se situera une Allemagne unifiée ? » demanda-t-il, tout en sachant parfaitement que la neutralité de l'Allemagne empêcherait la création d'une identité européenne en matière de sécurité et de défense, et donc tout progrès substantiel dans l'intégration politique de l'Europe. « Mais François Mitterrand, pense Kohl, craignait aussi quelque chose d'autre : une Allemagne réunifiée et neutre, qui aurait eu un bras pointé en direction de Moscou, reviendrait en quelque sorte à laisser avancer la zone d'influence soviétique jusqu'à la ville frontière de Strasbourg. Il ne le dit pas, mais je suis certain qu'il le pensait. On ne nous croyait pas capables, nous les Allemands, de beaucoup de ténacité. Nos partenaires d'Europe occidentale, qui nous considéraient finalement comme des gens auxquels on ne pouvait pas faire confiance, avaient encore en mémoire l'époque du débat sur l'accroissement du potentiel militaire et du mouvement de la paix au début des années quatre-vingt.

« Pour finir, je dis à François Mitterrand qu'il était très important que dans nos deux pays les gens aient le sentiment qu'on ne revenait pas sur l'amitié germano-française, l'étroite coopération entre Kohl et Mitterrand et la ligne européenne commune. Il fallait que les Allemands voient qu'ils avaient des amis. L'opinion publique devait savoir qu'au palais de l'Élysée, il y avait un homme qui éprouvait de la sympathie pour ce qui se passait en Allemagne. Il me répondit : " J'en prends note." »

Après l'entretien dans l'ancienne bergerie, eut lieu un repas auquel Mme Mitterrand participa. On y servit du foie gras, la spécialité de la région. « À table, nous discutâmes — comme si souvent en de telles occasions — de l'histoire de la civilisation de nos deux pays. C'était un sujet qui intéressait beaucoup François Mitterrand, qui connaissait également bien la littérature allemande. Nous avions été ensemble chez Ernst Jünger, qui est également connu en France. Nous avions eu une intéressante discussion avec cet écrivain qui avait visiblement impressionné François Mitterrand et qu'il évoqua à cette occasion.

« À ce déjeuner à Latche, nous discutâmes aussi du communisme allemand. Mitterrand me demanda ce que serait l'attitude des Allemands à son égard. À partir de là, nous en vînmes aussi à parler de Gregor Gysi, le président du PDS, qu'il avait rencontré lors de sa visite d'État en RDA. C'était un intellectuel cynique. J'approuvai et dis que la nomination de Gysi à la tête du PDS était une habile manœuvre du SED, notamment parce que son père avait été secrétaire d'État aux Cultes sous le régime Honecker. Cela avait certainement facilité l'accès de son fils à la hiérarchie ecclésiastique en RDA. »

L'après-midi, les deux chefs d'État firent une grande promenade sur la côte Atlantique qui ne se trouve qu'à quelques kilomètres de Latche. Ils étaient attendus sur la plage par des douzaines de journalistes qui spéculaient sur les relations germano-françaises. Ceux-ci eurent droit à une brève déclaration de presse au cours de laquelle le président de la République française constata que la tâche la plus importante était de renforcer la Communauté européenne. Il fallait qu'à long terme les États d'Europe centrale et orientale y soient associés. Les questions allemande et européenne devaient être résolues ensemble. Le Chancelier rendit hommage à l'amitié germano-française et parla d'un entretien intéressant et amical. Suivis par les journalistes et les photographes, ils se promenèrent sur la plage, avec, sur leur droite, les vagues déferlantes et écumeuses du golfe de Gascogne et le soleil caché par les nuages.

Quelques jours plus tard, Helmut Kohl profita de l'occasion qui lui était offerte de dissiper les malentendus devant l'opinion publique française. À une conférence organisée à Paris par trois instituts français renommés, il expliqua pourquoi l'unité allemande et l'intégration européenne n'étaient pas incompatibles.

À Paris et en de nombreuses autres occasions, le Chancelier mit en garde contre le risque que courait l'Europe de retomber dans des modèles de pensée et de comportement dépassés. « Le régime de la RDA et ses sympathisants à l'Ouest favorisaient une telle rechute de l'Europe en évoquant le renforcement de l'extrémisme de droite qui poussait à la réunification de l'Allemagne, dans le but de faire peur à nouveau à l'Europe et au monde. Les professions de foi pacifiques du peuple allemand en faveur de l'unité de sa nation étaient donc interprétées comme l'expression d'un nationalisme dangereux. Cependant les habitants de RDA n'étaient pas descendus dans la rue par chauvinisme, mais bien parce qu'ils voulaient vivre en paix et en liberté avec leurs compatriotes de la République fédérale. Ceux que j'avais vus à Dresde et ailleurs se comportaient tout à fait normalement. Nous, Allemands, avons une longue histoire commune qui ne date pas seulement de la fondation de l'empire par Bismarck. En même temps, nous sommes un pays profondément fédéraliste. J'en avais eu particulièrement conscience en voyant à Dresde l'ancien drapeau de la Saxe. Qui peut être hostile à ce que les gens expriment ainsi le fait qu'ils avaient désapprouvé la suppression du Land de Saxe par le SED ? »

C'étaient « moins les tentatives cousues de fil blanc de la propagande du SED/PDS pour faire passer l'amour de la patrie pour du nationalisme que la manière dont on se servait de telles formules en Allemagne de l'Ouest » qui irritaient le Chancelier. « Beaucoup de gens étaient si aveuglés par l'esprit du temps qu'ils prenaient le patriotisme pour une forme d'extrémisme politique. Ils entretenaient eux-mêmes chez beaucoup de nos voisins la peur d'un prétendu danger allemand. Ce faisant, ils étaient incapables de se rendre compte que leur comportement était anti-démocratique ; il allait à l'encontre de la volonté exprimée pacifiquement par des millions de nos compatriotes de RDA. »

Kohl savait qu'il est plus difficile à un Allemand de s'identifier au passé de son peuple que ça ne l'est pour un Français, un Italien ou un Danois : « Depuis que je suis devenu chancelier, j'ai pris plusieurs initiatives pour développer et consolider la conscience de l'Histoire ; c'est ainsi que se sont constituées la Maison de l'histoire de la République fédérale d'Allemagne à Bonn et le Musée historique des Allemands à Berlin. Ces institutions doivent transmettre la vérité historique, dont font partie les sommets et les abîmes de notre histoire, ses pages lumineuses et ses pages sombres. Nous n'avons pas le droit de ne choisir que ce qui nous arrange. Connaître son histoire permet aussi de comprendre ce que les autres apprécient en nous — et ce qui leur fait peur en nous. »

Kohl appartient à une génération qui était suffisamment âgée pour avoir vu de ses yeux les horreurs de la guerre et de la dictature, mais en même temps trop jeune pour en avoir été responsable. Il l'exprima en 1984 à Jérusalem, lors d'une discussion avec les députés de la Knesset, le Parlement israélien, en disant qu'il était reconnaissant de « la grâce d'une naissance tardive ». « Depuis, mes paroles n'ont cessé d'être — parfois de manière malveillante — mal interprétées. Combien de fois ai-je expliqué ce que j'avais alors voulu dire : la " grâce " ne signifie pas du tout qu'on ait le droit d'échapper à la responsabilité collective pour les injustices commises au nom des Allemands. C'est tout le contraire : elle implique qu'on a l'obligation — tâche attestée par sa survie — de tout mettre en œuvre pour qu'il n'y ait plus jamais d'injustice, de servitude et de discorde sur le sol allemand. Mais la " grâce " signifie aussi que ma génération n'a eu aucun mérite moral à échapper à la culpabilité. C'était au contraire un accident dû à sa date de naissance. Cela ne donne pas le droit de condamner globalement la génération qui a vécu en toute conscience le IIIe Reich et à qui cette " grâce " n'a pas été donnée. »

Kohl s'est précisément efforcé d'éveiller la sensibilité des jeunes gens qui ne sont nés qu'après la Seconde Guerre mondiale à l'égard des sentiments mélangés de leurs voisins européens : « Ils devaient comprendre que les personnes âgées en France, en Hollande ou en Pologne, pour ne citer que quelques pays, qui ont particulièrement souffert de l'occupation allemande pendant la Seconde Guerre mondiale, n'ont jamais oublié les injustices qu'elles avaient subies, même si elles étaient prêtes à tendre la main aux Allemands en signe de réconciliation. C'était tout particulièrement le cas des survivants de l'Holocauste. Au début de la nouvelle année, j'avais reçu d'Israël et d'une série d'organisations juives américaines

— telles B'nai B'rith International et l'American Jewish Committee, mais aussi le Centre Simon Wiesenthal à Los Angeles — des lettres et des prises de position qui, à côté de paroles de réconfort et d'encouragement, exprimaient une grande inquiétude devant une possible réunification. Il me paraissait important de répondre soigneusement à toutes ces questions. »

Le Premier ministre israélien, Itzhak Shamir, exprima même publiquement sa crainte qu'une Allemagne unie et forte ne profite de l'occasion pour répéter les crimes commis sur le peuple juif dans le passé. « J'écrivis alors à Shamir que je trouvais que ses déclarations étaient de nature à peser sur nos relations qui étaient pourtant bonnes et dépourvues de tensions. »

Kohl expliqua à ses interlocuteurs que la politique d'intégration européenne entreprise par Adenauer et que lui-même poursuivait était par essence anti-nationaliste. Elle reposait sur l'idée qu'il fallait, grâce à une communauté supranationale d'États, dépasser le système étatique européen du XIXe et du début du XXe qui avait été marqué par les rivalités, les querelles de frontières et les problèmes d'équilibre. C'était justement parce que les cicatrices de la Seconde Guerre mondiale étaient si longtemps restées visibles en Allemagne que les Allemands avaient renoncé une fois pour toutes à penser en termes de sphères de pouvoir et d'influence ou de nationalisme borné. « Je citai d'innombrables fois le premier chancelier de notre République fédérale qui, en septembre 1951, avait, au nom du gouvernement fédéral, qualifié de “premier devoir du peuple allemand”, celui de ressusciter et de développer “l'esprit de véritable humanité” dans nos rapports avec l'État d'Israël et la communauté juive. C'est par ces mots que Konrad Adenauer décrivit le consensus des forces démocratiques de la République fédérale qui a depuis déterminé la politique de tous les gouvernements fédéraux, quelle qu'ait été leur orientation politique. »

Kohl note avec une gratitude toute particulière qu'il y eut aussi beaucoup de personnalités juives à l'étranger pour exprimer vigoureusement leur confiance en l'Allemagne. C'était le cas de Lord George Weidenfeld, l'éditeur londonien originaire de Vienne. Celui-ci a évoqué l'importance de l'héritage moral d'hommes tels que Konrad Adenauer, Theodor Heuss [1], Willy Brandt et de bien d'autres représentants de la République fédérale lors de manifestations internationales, ainsi que dans de nombreuses publications. « La position de mon ami Ephraïm Kishon [2] m'a également beaucoup impressionné à l'époque », remarque le Chancelier. L'Allemagne, écrivait Kishon, était le seul frein qui, en Europe, empêchait que soient prises des sanctions contre Israël — contre « ma petite île environnée de haine qu'est Israël », ainsi qu'il le disait textuellement. Plus de dix millions de touristes allemands avaient visité la Terre Sainte et étaient rentrés chez eux pleins d'amitié pour Israël. L'opinion positive des Allemands à l'égard d'Israël était évidente. Kishon était convaincu que la future Allemagne unifiée serait un ami plus solide. Au nom de la partie proprement israëlienne de l'État d'Israël, il déclarait donc : « Nous sommes pour l'unité allemande ! »

Selon le Chancelier, Kishon avait compris ce qui était en jeu. En fait, la RDA avait soutenu les pires ennemis d'Israël. L'effondrement de l'État est-allemand signifiait donc plus de sécurité pour Israël et, partant, pour de nombreux survivants de l'Holocauste. Tirant prétexte de sa politique « anti-sioniste », des années durant, le SED avait contesté à l'État d'Israël le droit d'exister et même formé des terroristes de l'OLP. Il est également vrai que, pendant des années, en s'abritant derrière le masque de « l'antifascisme », la RDA avait cherché à nier toute responsabilité pour les crimes commis par les nazis et à se décharger sur la République fédérale d'Allemagne des conséquences en résultant, y compris leur réparation. Il apparut en outre par la suite que la Stasi avait soutenu les néo-nazis et leurs activités en République fédérale. Le Chancelier regrette

---

1. Theodor Heuss (1884-1963), universitaire et publiciste. Il eut une grande influence au moment de l'élaboration de la Loi fondamentale et de son Préambule et fut le premier président de la République fédérale (de 1949 à 1959).

2. Ephraïm Kishon, né en 1924 à Budapest, écrivain et journaliste israélien.

que beaucoup de gens — aux États-Unis également — ne s'en soient pas rendu compte et se soient même laissé abuser par la propagande hypocrite du SED.

La prise en compte des inquiétudes et des peurs des Polonais exigeait aussi une sensibilité toute particulière. Pendant sa visite en Pologne en novembre 1989, Kohl avait parlé des douleurs innombrables infligées à ce pays et à ses habitants par les Allemands au cours de la Seconde Guerre mondiale. Mais le Chancelier savait aussi que vivaient en Allemagne des millions d'hommes et de femmes qui avaient été expulsés des territoires situés à l'est de l'Oder et de la Neisse. Leurs blessures, elles non plus, n'étaient pas encore cicatrisées et il prenait leurs sentiments très au sérieux. Kohl croyait comme eux que cette expulsion avait été une grande injustice. C'était dans ce contexte, extrêmement compliqué et tendu, qu'il fallait clarifier la question de la frontière orientale de l'Allemagne unifiée.

Le Chancelier se trouvait de plus en plus sur la corde raide car les adversaires de sa politique allemande à l'intérieur et à l'extérieur du pays se servaient à présent quasi quotidiennement du thème de « la frontière occidentale de la Pologne » pour le mettre en difficulté. En relevaient notamment les tentatives pour le classer parmi les « revanchistes ». « Naturellement, se rappelle Kohl, je savais alors parfaitement que la condition essentielle pour que les Quatre Puissances et nos voisins approuvent l'unité allemande serait la reconnaissance internationale définitive de la ligne Oder-Neisse comme frontière occidentale de la Pologne. Dans les anciens territoires allemands de l'Est vivaient aujourd'hui la deuxième et la troisième génération de Polonais, qui considéraient désormais ces territoires comme leur nouvelle patrie. D'un autre côté, nous devions aux millions d'expulsés et de réfugiés allemands de ne pas prendre à la légère cette reconnaissance qui, selon la Loi fondamentale, ne pouvait être faite que par une Allemagne totalement souveraine. Nous devions au contraire dire clairement qu'il s'agissait là du prix — douloureux pour beaucoup de gens — à payer pour l'unité allemande. Cela n'avait vraiment rien à voir avec du " révisionnisme ", voire du " revanchisme ". Il était au reste de notre devoir de nous assurer qu'en contrepartie de la reconnaissance de la frontière, les droits de la minorité allemande, dont l'existence avait été niée durant des décennies par les dirigeants communistes et les cercles nationalistes en Pologne, seraient garantis de manière définitive, conformément au droit international. »

Pendant ce temps, le parti de gouvernement de la RDA, le SED/SPD, se présentait, ainsi qu'à l'apogée de l'ère Honecker, comme « résolument antifasciste ». C'était manifestement une tentative destinée à conserver à la languissante RDA un reste de raison d'État et à justifier ainsi son existence sur le plan national et international. Le fait que, peu avant la fin de l'année, des inconnus aient tracé des graffiti d'extrême droite sur le mémorial soviétique de Treptow [1], pourtant très surveillé tombait à point. En conséquence, le SED/SPD appela ses partisans à une « grande manifestation contre le néo-fascisme et l'anti-soviétisme ». Plus de deux cent mille personnes parcoururent les rues de Berlin-Est avec, en tête du cortège, Gerlach, le président du Conseil d'État, Fischer, le ministre des Affaires étrangères, Krack, le maire de Berlin-Est, ainsi que Viatcheslav Kotchemassov, l'ambassadeur soviétique en RDA. À Moscou, le porte-parole du ministère des Affaires étrangères, Guerassimov, déclara publiquement que c'étaient « les forces néo-nazies de Berlin-Ouest » qui étaient responsables de cet acte de vandalisme.

Les dirigeants de RDA prétendirent accélérer les rénovations démocratiques aussi résolument qu'ils s'étaient montrés antifascistes sous la direction de Modrow. De nombreux cadres, dont les noms étaient liés à l'ancienne époque, furent exclus de la Chambre du peuple, dont d'anciens membres du bureau politique : Werner Eberlein, Werner Jarowinski, Heinz Kessler, Gerhard Schürer, Günter Schabowski et Egon Krenz. Eux et le secrétaire général par intérim furent bientôt également chassés du parti. D'autres, tels l'ancien président de la Chambre du peuple, Horst Sindermann, ou l'ex-ministre de la Défense,

1. Arrondissement de Berlin-Est. Dans le parc de Treptow, se trouve le mémorial soviétique érigé entre 1947 et 1949.

Kessler, furent arrêtés. Mais il était bien évident qu'il ne s'agissait là que de manœuvres cousues de fil blanc qui ne visaient qu'à consolider le pouvoir amoindri d'un parti chancelant.

Comme le montrent leurs tentatives, Modrow et ses partisans voulaient donner à la Stasi un nouvel habillage démocratique, mais non renoncer totalement à son rôle de « bouclier et d'épée du parti ». La « Table ronde », constituée en décembre pour regrouper les forces réformistes, qui en avait pris conscience, appela le 8 janvier à la résistance contre la « politique de restauration et son appareil de sécurité ». Mais la « Table ronde » manqua elle aussi d'échouer dans cette lutte pour le contrôle de la Sécurité nationale, nom que portait désormais le ministère de la Stasi.

« En tentant de sauver la Stasi, Modrow se rendait à lui-même un bien mauvais service, résume Kohl. C'était précisément au moment où beaucoup de nos compatriotes de RDA étaient pour ainsi dire assis sur leurs malles, prêts à quitter le pays, qu'il envisageait de rendre vie à la Stasi, ce qui devait, bien sûr, entraîner des conséquences catastrophiques. Cela fit l'effet d'un coup de gel au printemps. Le climat changea de manière dramatique. De l'optimisme qui s'amorçait, on passa au pessimisme et à l'amertume. Je suis sûr que le climat en RDA ne se serait pas détérioré à ce point s'il n'y avait pas eu ces funestes tentatives. Cela n'entretenait pas seulement les doutes que nourrissait de toute façon la population de RDA à l'égard des intentions réformatrices de Modrow, mais aussi ses craintes que tout puisse recommencer comme avant. Je le lisais dans les nombreuses lettres que je recevais ou l'entendais de la bouche de visiteurs de RDA avec lesquels j'eus des discussions à la Chancellerie ou à ma maison d'Oggersheim », se rappelle le Chancelier. Pendant ces jours-là, il invita expressément les dirigeants de RDA à poursuivre, sans manœuvre de diversion et sans entraves, le processus de démocratisation dans le but d'organiser des élections libres.

Ce n'est qu'après « l'attaque contre la Normanenstrasse », le 15 janvier, qui fut la dernière grande manœuvre de désinformation de la Stasi, que Modrow réussit à contenir le débat sur la Stasi. On eut l'impression que ce service se trouvait à présent sous le contrôle des forces réformatrices. Mais en réalité, les manifestants, entrés par les portes qui avaient été ouvertes de l'intérieur, avaient été dirigés vers l'aile réservée à l'économie de l'immense ensemble de bâtiments où ils s'étaient bornés à retourner des papiers dénués d'importance. Kohl commençait manifestement à avoir des soupçons lorsqu'il déclara le lendemain, à la séance du groupe parlementaire de la CDU/CSU à Bonn, que personne ne savait comment avaient pu être prises les photos de l'occupation du siège de la Stasi. C'était dans le bâtiment en question que travaillaient les agents chargés de la provocation et de la désinformation. Cela donnait à réfléchir.

Autant Modrow, qui offrit alors à la « Table ronde » de prendre part aux responsabilités gouvernementales, avait, de son point de vue, « habilement » résolu l'encombrant problème de la Stasi, autant il se montra désemparé face aux énormes difficultés économiques de son pays dont la dette dépassait cinquante milliards de deutschemarks. À la séance de la Chambre du peuple du 11 janvier, il admit qu'en dehors de la recherche de la stabilité générale, la priorité essentielle devait aller à la réforme économique, à laquelle il comptait s'attaquer immédiatement. Modrow annonça par ailleurs qu'il présenterait à la fin janvier une analyse de la situation et, d'ici le début mars, un « projet de plan » pour 1990.

« Je ne doute pas que Modrow voulait faire des réformes, dit le Chancelier, qui ajoute toutefois : mais je doutais fortement que les mesures qu'il avait annoncées suffiraient. J'avais souhaité que, devant la Chambre du peuple, Modrow dise clairement ce que serait le régime économique de la RDA. Mais il était encore convaincu qu'il pourrait sauver le système avec les moyens dont il disposait : il pensait certainement non seulement aux milliards que pourrait apporter Bonn, mais aussi à un renforcement des relations économiques, peut-être également à l'ouverture de certaines entreprises de RDA aux capitaux occidentaux.

« Dans ces conditions, le gouvernement fédéral avait du mal à trouver un angle d'attaque satisfaisant pour organiser l'aide économique à la RDA. Et il fallait vite le trouver. Les gens ne resteraient chez eux que si on arrivait à les convaincre que la situation du pays s'améliorerait rapidement. » Selon Kohl, il fallait du temps, même dans le cas d'une aide économique très rapide, pour que la population de RDA en ressente les effets positifs. Il jugeait donc nécessaire de rencontrer de nouveau le Premier ministre de RDA le plus tôt possible pour discuter tout à fait concrètement des prochaines mesures de politique économique.

On envisagea de fixer cette rencontre au mois de février. Mais il se révéla rapidement que le gouvernement Modrow n'avait plus le temps de mettre en œuvre les mesures nécessaires. Le débat sur la Stasi, le retard mis à présenter un projet de loi électorale insatisfaisant, une loi-cadre sur l'économie insuffisante et surtout les révélations incessantes d'abus de pouvoir et de corruption avaient fait perdre toute confiance dans les autorités de l'État de RDA.

« À l'exception de l'organisation de la circulation dans les grandes villes, remarque le Chancelier, c'est à peine si quelque chose marchait encore dans l'administration. La municipalité de Berlin-Est avait demandé au Sénat de Berlin-Ouest de prendre en charge à sa place tous les services communaux de Berlin-Est, tels que les hôpitaux, les transports, la police, l'enlèvement des ordures et d'autres encore. Dans certaines régions de RDA, les maires et les cantons s'étaient même déclarés indépendants et passaient outre aux décisions de Berlin-Est. Le catholique Eichsfeld[1] en était un exemple particulièrement intéressant. Les responsables locaux n'y avaient pas seulement ouvert de leur propre chef des points de passage vers la République fédérale, mais avaient également décrété que les jours de fêtes religieuses seraient à nouveau jours fériés. Des officiers de l'armée nationale du peuple demandèrent à la Bundeswehr de les incorporer dans ses rangs. En un mot, la RDA n'était plus en état de prendre en charge les fonctions essentielles de l'État. Un week-end de cette époque, alors que je me promenais dans la forêt du Palatinat et que je réfléchissais à la semaine qui m'attendait, j'eus la certitude que l'accession à l'unité, telle que

1. Haut-plateau en Thuringe.

je l'avais esquissée dans les dix points, exigerait trop de temps. Je n'excluais plus que la première chose que déciderait en mai la Chambre du peuple nouvellement élue serait qu'il fallait faire l'unité allemande immédiatement. »

Sans doute par crainte d'essuyer une terrible défaite électorale en leur qualité de partenaires du parti au pouvoir, le SED/PDS, les partis du Bloc, qui avaient formé une coalition avec Modrow, retournèrent leur veste et adoptèrent alors une stratégie de confrontation en menaçant ouvertement de rompre avec leur partenaire. Malgré tout, un « gouvernement de responsabilité nationale » fut formé fin janvier, auquel participaient à présent les partis et les groupes de la « Table ronde ». En même temps, la date des élections à la Chambre du peuple fut avancée du 6 mai au 18 mars. Manœuvre tactique ? Toujours est-il qu'à ce moment-là — contrairement notamment au SPD —, la CDU ne disposait encore d'aucun partenaire politique en RDA.

Le 29 janvier devant la Chambre du peuple, dans une déclaration dramatique, qui ressemblait à un aveu d'impuissance, Modrow justifia l'avancement de la date des élections en invoquant la « situation catastrophique » du pays. Les tensions économiques et sociales s'étaient accrues et affectaient déjà la vie quotidienne de beaucoup de gens. Aucune mesure ni aucun appel n'avait pu empêcher l'hémorragie de la RDA. Cette hémorragie réduisait la productivité économique — pour ne rien dire de la tragédie sociale qui l'accompagnait, dit Modrow en faisant allusion à la vague de départs qui se poursuivaient sans désemparer. Il y eut à nouveau plus de cinquante-cinq mille réfugiés rien qu'en janvier. « Tout cela montrait, remarque Kohl, que le second État allemand, la RDA, était à coup sûr au bord de l'effondrement. La tentative de réformer la RDA, d'essayer une troisième voie entre le communisme et l'économie de marché était ainsi — probablement à la grande déception de nombreux esprits incorrigibles de l'Ouest — irrévocablement condamnée à l'échec. »

Erich Honecker, qui s'était battu avec passion pour le « véritable socialisme », parce qu'il y croyait, voyait avec une certaine joie mauvaise les difficultés de son successeur. Sa chute était

« le résultat d'une manœuvre de grande envergure », raconta-t-il à deux journalistes en ajoutant qu'il ne s'agissait pas de ces grands événements « qui surviennent du jour au lendemain, mais de transformations à long terme sur la scène européenne, voire sur la scène internationale ». À la fin janvier, l'hôpital de la Charité à Berlin-Est laissa sortir ce vieillard amer et gravement malade, qui fut mis en détention provisoire. Mais quelques heures plus tard, il était remis en liberté. Sa femme et lui allèrent dans une maison de retraite protestante près de Lobetal.

« Un médecin, qui faisait partie du Renouveau démocratique, indique Kohl, me raconta que la présence du couple Honecker dans cette maison de retraite, où il occupait deux petites pièces, avait suscité une immense fureur. Cela correspondait à une opinion largement répandue dans le pays. Les gens voulaient régler leurs comptes aux "huiles" qui les avaient frustrés des plus belles années de leur vie. En fait, le désir de vengeance de certains d'entre eux était assez préoccupant. Même si nous comprenions les sentiments des habitants de RDA, en tant que chrétiens-démocrates, nous devions conserver une position mesurée. C'était l'une des composantes d'une politique du centre, telle que je l'avais toujours comprise, une politique qui tenait compte des défis historiques et qui conduisait vers l'avenir. »

CHAPITRE 10

FEU VERT DE MOSCOU, MAIS...

Les informations qui arrivèrent le 30 janvier à la Chancellerie laissaient envisager un retournement spectaculaire de la politique allemande de l'Union soviétique. Après s'être entretenu avec Modrow, le Premier ministre de RDA, qui avait été convoqué à Moscou, Gorbatchev aurait dit qu'en principe, l'Union soviétique n'avait pas d'objection à l'unification des deux États allemands. L'agence de presse de Berlin-Est, ADN, cita les propos du secrétaire général soviétique indiquant que, selon lui, les Allemands de l'Est et de l'Ouest de même que les Quatre Puissances qui avaient gagné la Seconde Guerre mondiale s'accordaient sur le fait que le principe de l'unification des Allemands n'avait jamais été mis en doute par personne.

Les déclarations de Modrow devant la presse internationale à Moscou donnèrent une portée réellement sensationnelle aux propos de Gorbatchev. L'homme qui s'était battu pour le maintien d'une RDA réformée et qui, jusqu'à ses entretiens au Kremlin, n'avait pu se résoudre à prononcer de tels mots, parlait tout à coup d'une « patrie allemande unie ». Il dit : « Je considère qu'il est en fait à présent indispensable de s'intéresser résolument à la question d'une patrie allemande unie — ou à tout autre concept forgé plus récemment. »

Le lendemain, Modrow présenta à Berlin-Est un plan « pour l'Allemagne, patrie unie ». Il dit dès le début de son exposé que l'unification des deux États allemands était à l'ordre du jour. C'est dans le cadre du processus européen qu'il fallait trouver une solution au problème de la division de l'Allemagne. Modrow était d'accord avec Gorbatchev pour dire qu'on devait y parvenir en suivant les étapes qui allaient de la communauté contractuelle, en passant par des « contours confédératifs » et d'autres formules, jusqu'à une fédération, c'est-à-dire un système fédéral. L'Allemagne devait jusque-là être militairement neutre, ajouta Modrow, en soulignant que sa conception des choses avait reçu l'assentiment de Gorbatchev au moins dans ses grandes lignes.

Selon le Chancelier, cette évolution posait également des problèmes : « L'initiative de Modrow nous montrait que l'Union soviétique n'avait pas de réponse à la question de savoir comment éviter l'effondrement de la RDA. Ce que la partie orientale de l'Allemagne proposait différait de mon programme en dix points sur une question extrêmement importante, ainsi que le confirmèrent les précisions apportées par Modrow à son retour à Berlin-Est le 1er février : l'Allemagne réunifiée devrait être neutre. Si à ce moment-là Mikhaïl Gorbatchev avait offert une réunification rapide en échange d'un retrait de l'OTAN et de la neutralité, cette proposition aurait pu rencontrer une large approbation dans l'opinion publique des deux États allemands. La pression politique qui en serait résultée aurait pu avoir des conséquences funestes. J'étais profondément convaincu que pour nous, comme pour l'Europe tout entière, une neutralisation aurait été une faute grave dont les résultats auraient été aussi catastrophiques que ceux provoqués par l'isolement de l'Allemagne par le traité de Versailles. Une neutralisation de l'Allemagne aurait très rapidement entraîné l'érosion, puis la fin de l'OTAN et de la Communauté européenne. »

Le 1er février, le Chancelier fit une déclaration publique dans laquelle il parla de l'initiative de Modrow. Il y souligna qu'à présent Modrow retenait lui aussi « nettement l'objectif de l'unité de l'Allemagne sur le fondement de la libre autodétermination » et l'idée d'un « processus par étapes respectant les intérêts de tous les États européens ». Il évoqua ensuite son programme en dix points, dans lequel il avait indiqué une manière de réaliser l'unité allemande qui soit conforme aux souhaits et aux intérêts de la très grande majorité de l'ensemble des Allemands. Cependant Kohl ne voulait pas discuter des différentes étapes de l'accession à l'unité allemande avec Modrow, mais seulement avec le gouvernement de la RDA issu des élections libres à la Chambre du peuple après le 18 mars. Il rejeta catégoriquement l'idée d'une neutralité de l'Allemagne, qu'une partie du SPD et des Verts ne repoussaient pas. Il contesta la logique d'un processus d'unification de l'ensemble de l'Europe au sein duquel l'Allemagne réunifiée ne pourrait adopter de position spécifique.

Le 2 février, à la veille de sa rencontre avec Modrow à Davos, le Chancelier reçut une lettre de Gorbatchev dans laquelle celui-ci parlait des entretiens qu'il avait eus avec le Premier ministre de RDA à Moscou. Selon Kohl, Gorbatchev y évoquait « une série d'idées et de réflexions intéressantes sur le rapprochement des deux États allemands et sur la conception de nouvelles relations de coopération et de partenariat entre eux ». L'Union soviétique considérait que le moyen le plus réaliste et le plus pratique d'y parvenir était de créer une communauté contractuelle qui constituerait une étape sur la voie d'une confédération. Cela contribuerait à stabiliser la situation et à éviter qu'elle n'échappe à tout contrôle. Dans sa lettre, il ne mentionnait absolument pas la question capitale, celle de l'appartenance à l'Alliance. Gorbatchev achevait sa lettre par ces mots : « Comme vous, je ressens la nécessité de vous parler très rapidement, personnellement et en tête à tête. Je vous invite à venir à Moscou le 9 février 1990, si cela vous convient, pour une rencontre de travail qui sera non officielle et non protocolaire. »

D'autres membres de l'appareil du PCUS s'exprimèrent plus clairement sur la question de l'appartenance à l'Alliance de l'ensemble de l'Allemagne. Ainsi Kvizinski, l'ambassadeur de Moscou à Bonn, déclara-t-il catégoriquement au journal du parti communiste allemand *Unsere Zeit* qu'en aucun cas une Allemagne unifiée ne pourrait appartenir à l'OTAN. Iouri Gremitskikh, le porte-parole adjoint du ministère des Affaires étrangères de Moscou, ou encore Valentin Faline, le conseiller de Gorbatchev, s'exprimèrent dans le même sens.

Dans son discours au Forum de l'économie internationale, le 3 février, dans la ville suisse de Davos, auquel participaient plus de cinq cents éminents représentants de l'économie et de la politique, dont plusieurs chefs d'État et de gouvernement, le Chancelier déclara de nouveau tout à fait clairement qu'il refusait catégoriquement l'idée d'une neutralité de l'Allemagne.

Kohl fut très intéressé par ce que le Premier ministre de RDA déclara à une station de radio suisse. Dans cette interview, Modrow indiqua que sa proposition d'une Allemagne militairement neutre ne constituait qu'un moyen pour établir le dialogue et n'était en rien définitive. On pouvait en discuter tout autant que des projets qu'avaient d'autres hommes politiques pour l'Allemagne. Ce même week-end, le Chancelier rencontra le Premier ministre de RDA dans une suite d'un hôtel de Davos, le *Steinberger Belvedere*. « Nous discutâmes durant une petite heure, raconte Kohl. Modrow me dit qu'il s'était livré à ces réflexions sur l'avenir de l'Allemagne parce que les gens continuaient à quitter massivement le pays. Il ne les avait fait approuver ni par son gouvernement, ni par la Table ronde. Il avait pris personnellement cette initiative après ses entretiens avec Mikhaïl Gorbatchev.

« Bien que je n'aie pas du tout parlé de son initiative " pour l'Allemagne patrie unie ", j'eus alors le sentiment qu'en vérité Modrow n'avait pas encore fait une croix sur la RDA. Je crois qu'il cherchait à gagner du temps et espérait peut-être encore pouvoir consolider la situation. La démarche de Modrow me rappelait le mois de novembre précédent, lorsqu'il avait déjà essayé de prendre l'initiative en matière de politique allemande en proposant une communauté contractuelle. Après que j'eus dit à Modrow que nous n'avions pas à traiter ici et maintenant de l'unité et de l'appartenance de l'Allemagne à l'Alliance et que je me rendrais prochainement à Moscou pour en discuter avec Gorbatchev lui-même, il me peignit la situation de la RDA sous de très sombres couleurs. »

Modrow expliqua que les partis en place n'avaient pratiquement plus aucune influence en RDA ; il y avait une telle spontanéité à la base que tout leur échappait. L'administration s'effilochait ; aucun fonctionnaire n'était à l'abri des reproches.

L'approvisionnement était difficile, à quoi s'ajoutait l'insécurité juridique. Ainsi, lorsqu'ils voyaient les anciens grands propriétaires fonciers traverser le Mecklembourg et visiter leurs anciennes propriétés, les paysans lui demandaient si la réforme agraire subsistait. Les grèves et les manifestations aggravaient encore la situation. Il ne voulut pas du tout parler de la saignée que subissait son pays du fait du nombre gigantesque de réfugiés. Son souhait principal était d'arriver à maîtriser le rythme infernal auquel les choses évoluaient. Il fallait pour cela offrir aux gens une perspective en RDA. La formation d'un nouveau gouvernement et l'avancement de la date des élections au 18 mars n'étaient pas motivés par des considérations tactiques, mais visaient à l'apaisement politique.

C'était à présent au tour de la République fédérale de se trouver sur la sellette. « Où est donc votre aide ? » demanda Modrow en disant que les habitants de RDA ne croyaient plus guère que la République fédérale leur apporterait vraiment une assistance. Il réclama de nouveau à la République fédérale, comme il l'avait déjà fait quelques jours plus tôt devant Seiters, une aide économique d'un montant de quinze milliards de deutschemarks. Avec le soutien de la République fédérale, on pouvait passer mars et tenir jusqu'à début mai. Si tel n'était pas le cas, tout risquait de s'effondrer. Kohl écouta, mais ne laissa pas le moindre doute à son interlocuteur sur le fait qu'il n'était pas disposé à lui fournir cette somme. Il répondit à Modrow qu'il ne croyait absolument pas que, compte tenu de son état actuel, le système de la RDA puisse encore fonctionner, fût-ce avec l'injection de milliards venus de Bonn.

L'opposition, mais aussi le FDP, son partenaire au sein de la coalition, exercèrent une pression massive pour décider Kohl à approuver enfin cette aide de plusieurs milliards. Une grande partie de la presse se fit l'écho de l'idée que le Chancelier assistait sans rien faire à la désagrégation de la RDA. Un hebdomadaire de Hambourg lui reprocha même de « manquer totalement d'esprit de solidarité ». « Je ne me laissai pas troubler par cela, dit Kohl. Il aurait été totalement absurde de soutenir ce régime quelques semaines avant les premières élections démocratiques. Nous apportions bien sûr à nos compatriotes l'aide d'urgence indispensable. » Le Chancelier vise par là le fonds en devises pour les voyages, les crédits ERP[1], notamment pour les petites et moyennes entreprises, l'aide à la formation et les transferts de technologie ainsi que la protection de l'environnement et l'amélioration des voies de communication. Trois cents millions de deutschemarks furent mis en place pour la fourniture d'équipement médical. Cela représentait au total une somme de cinq milliards de deutschemarks.

En fait, on préparait déjà à la Chancellerie de nombreuses mesures de grande envergure ; on y mettait en place les jalons nécessaires à la réalisation de l'unité du pays. « Nous avions jusqu'ici, note le Chancelier, évité pour de bonnes raisons de forcer l'allure du processus d'unification. Mais entre-temps la situation était devenue si dramatique que nous ne pouvions pas faire preuve de mesure plus longtemps. Il nous fallait donner aux gens susceptibles de quitter rapidement la RDA un signal qui les convaincrait que la situation de leur pays s'améliorerait dans un futur proche. Pour simplifier : si nous voulions empêcher que les gens de Leipzig n'aillent vers le deutschemark, il fallait que le deutschemark aille à eux. Sur le plan politique et économique, cela signifiait que de notre côté nous étions prêts à donner aux événements exceptionnels, voire révolutionnaires, survenus en RDA une réponse exceptionnelle, voire révolutionnaire. J'étais bien conscient que l'introduction rapide du deutschemark en RDA comportait des risques économiques, mais je pensais qu'elle était techniquement faisable. Surtout elle s'imposait politiquement. Je n'ai sans doute pas besoin de souligner qu'il s'agissait moins d'introduire une monnaie dotée de pouvoir d'achat que de faire des réformes sociales et politiques, d'agir pour la liberté et les droits de l'homme. »

L'après-midi du 6 février, Kohl annonça au groupe parlementaire CDU/CSU au Bundestag : « Je crois qu'il nous faut maintenant nous adresser à la RDA et lui dire simplement que nous sommes prêts à engager immédiatement avec elle des

1. *European Recovery Program*, désignant l'aide du plan Marshall. Il s'agissait alors d'un fonds spécial destiné notamment à financer la reconstruction économique de l'Allemagne de l'Est.

négociations sur une union monétaire et économique. » C'était une phrase très facile à prononcer, remarque Kohl, mais en réalité, il ne s'agissait de rien moins que d'introduire en RDA l'économie sociale de marché de Ludwig Erhard.

Le lendemain, le Chancelier justifia en Conseil des ministres les mesures prévues en observant que les conséquences de ce qui était en train de se passer étaient imprévisibles et que les gens avaient perdu toute confiance dans les dirigeants du SED. Le gouvernement fédéral décida de constituer une commission gouvernementale « unité allemande », qui serait présidée par le Chancelier. Seiters, le secrétaire général de la Chancellerie, serait son adjoint. La commission se composerait de six groupes de travail qui traiteraient des problèmes de politique intérieure et extérieure susceptibles de se poser et seraient dirigés par les ministres techniques compétents. Le groupe de travail chargé de préparer l'union monétaire et économique fut d'abord au centre de l'intérêt.

« Ce ne fut pas seulement ce qui se passait en RDA qui détermina mon initiative, indique Kohl. Cela devait aussi avoir valeur de signal pour l'ancienne République fédérale. Les charges imposées par le nombre considérable de réfugiés étaient devenues très lourdes. Nous avions commencé à fermer les premières écoles dont les bâtiments scolaires et les gymnases occupés par des réfugiés étaient surchargés. Ceux qui avaient quitté la RDA pour venir chez nous avaient droit à des prestations sociales complètes et recevaient en outre le pécule d'arrivée. Cet argent ne revenait pas seulement à ceux qui restaient, mais aussi aux visiteurs, de sorte que plusieurs milliards de deutschemarks furent débloqués rien que pour eux. Ces prestations de solidarité destinées à nos compatriotes devinrent le thème d'une ignoble campagne, fondée sur la peur et la jalousie, visant à monter les citoyens de la République fédérale contre leurs compatriotes de RDA. »

Oskar Lafontaine, qui était candidat aux élections du Parlement du Land de Sarre, parla d'une mainmise sur le système de sécurité sociale de la République fédérale et proposa de ne plus accueillir que les réfugiés qui, avant de quitter la RDA, s'étaient assuré un logement et un travail sur le territoire fédéral. Comme ce politicien du SPD, de nombreux intellectuels de gauche mirent en garde dans des lettres ouvertes et des campagnes de signatures contre « les conséquences économiques d'un rattachement précipité de la RDA à la RFA », et contre le retour d'un « nationalisme de la Grande Allemagne ». Günter Grass plaida pour une « confédération et contre les vociférations pour l'unité » et une initiative venue de Brême et soutenue par les sociaux-démocrates réclama à grands cris que la République fédérale compense les 727 milliards de deutschemarks de réparations versés par la RDA à l'Union soviétique.

Le Chancelier, le ministre de l'Économie et les experts se trouvaient confrontés à une question essentielle : quel serait le taux d'échange entre le deutschemark et le mark de RDA ? Depuis le début, Kohl réfléchissait à la possibilité d'autoriser un échange de 1 deutschemark pour 1 mark de RDA de façon limitée. « La formule de 1 pour 1 aurait naturellement une immense portée politique et psychologique ; elle laisserait entendre aux habitants de RDA qu'il s'agissait de solidarité entre égaux et non du geste condescendant d'un individu riche envers son cousin pauvre. J'étais évidemment bien conscient qu'il s'agissait d'une offre très inhabituelle, dont on ne trouvait aucun exemple dans les manuels d'économie. Étant l'une des monnaies les plus stables du monde, le deutschemark était le fondement de notre prospérité. Aussi fallait-il s'y prendre prudemment. Malgré tout, je trouvais bonne cette démarche, qui allait dans le sens de la stabilité de la RDA. Ce que nous ne pouvions cependant pas supposer à l'époque était l'étendue du désastre économique en RDA. Sur ce point, nous avions été roulés par la propagande du SED qui faisait de la RDA la dixième plus grande nation industrielle du monde. Ce n'est que beaucoup plus tard que se révélerait l'échec total de l'économie planifiée. »

L'idée de mettre rapidement en place une union monétaire se heurta d'abord au scepticisme du président de la Bundesbank. Après avoir rencontré Horst Kaminsky, le chef de la banque d'émission de la RDA, Karl-Otto Pöhl déclara au début de février à Berlin-Est qu'une union monétaire serait prématurée. Elle ne pourrait se faire que par étapes et prendrait « sûrement un certain temps ». Ce serait en outre une « illusion » de croire que l'introduction immédiate du deutschemark en RDA résoudrait le moindre problème. Ces idées étaient « très fantaisistes ». Il fallait plutôt que la RDA se préoccupe de rendre son mark progressivement convertible.

Le Chancelier ne pouvait pas être d'accord avec lui : « En pure théorie, une telle méthode était sûrement préférable, mais, pour des raisons politiques, elle était inapplicable. Par ailleurs, une monnaie commune constituait un pas décisif sur la voie de l'unité allemande. L'union monétaire — j'en étais tout à fait conscient — reviendrait pour l'économie de la RDA à un saut dans l'eau froide. Mais nous devions prendre ce risque. »

Entre-temps, beaucoup de ceux qui émettaient des réserves prédirent un taux d'inflation à deux chiffres si l'on introduisait le deutschemark en RDA. Le Chancelier souligne que le président de la Bundesbank et ses collègues avaient accepté de relever ce défi, qui était pour eux aussi d'un genre nouveau, parce qu'ils comprenaient que cette question mettait en jeu l'avenir politique de toute l'Allemagne. « Nous avons alors pris toutes les mesures en contact très étroit avec Pöhl et la Bundesbank et en plein accord avec eux, car nous étions conscients qu'il fallait que la chose soit parfaitement au point », remarque Kohl. Pendant cette période, l'attitude de la plupart des grands économistes fut remarquable : « Ceux qui avaient reconnu que, politiquement, on ne pouvait faire l'économie de cette mesure, nous déclaraient : “ Même si nous ne sommes pas d'accord, vous n'avez pas d'autre solution que d'agir rapidement de cette manière ! ” »

L'effondrement de la RDA et les mesures prises par le gouvernement fédéral firent l'objet d'un court échange téléphonique le 5 février avec le président de la République française, au cours duquel Kohl déclara : « L'État et les structures étatiques sont en train de disparaître, l'autorité du gouvernement est proche de zéro, les instances locales font ce qui leur passe par la tête. » Modrow était allé à Moscou où Gorbatchev lui avait dit qu'il ne pouvait plus rien faire pour lui. Kohl lui-même avait reçu le vendredi précédent un message de Gorbatchev, dans lequel celui-ci lui décrivait la gravité de la situation de la RDA et lui demandait de contribuer à sa stabilisation. Aussi comptait-il se rendre dans les prochains jours en Union soviétique pour une brève visite afin de discuter de tout cela avec Gorbatchev.

« Je dis à Mitterrand que je ne savais pas quelles propositions Gorbatchev allait faire. Il fallait à présent que l'Occident fasse bloc. Il fallait que tout se fasse avec le consensus de l'Europe. C'était particulièrement important parce qu'il était clair qu'il y avait au sein de la gauche allemande une tendance à lorgner vers la neutralité. Telle n'était pas ma position et je dirais clairement à Mikhaïl Gorbatchev que je ne pouvais pas accepter que l'Allemagne soit neutre. Dès mon retour d'Union soviétique, je l'appellerais et lui raconterais ma conversation avec Gorbatchev. »

À la veille des conversations à Moscou qu'il appréhendait, le Chancelier décida de la suite de son action en coordination avec les dirigeants américains. À Washington, on considérait que l'unité allemande allait se faire. Pour ne pas abandonner à elle-même l'évolution en cours, mais au contraire poser les jalons qui conduiraient à ce que l'Allemagne tout entière soit membre de l'OTAN, le Département d'État avait imaginé un cadre politique au sein duquel pourraient avoir lieu les négociations multilatérales sur les aspects extérieurs de l'unité allemande. C'est ainsi que naquit l'idée des discussions deux-plus-quatre. On entendait par là des consultations entre les deux États allemands et les Quatre Puissances qui avaient gagné la Seconde Guerre mondiale. Après s'être entendu avec Bonn sur cette manière de procéder, James Baker, le ministre des Affaires étrangères américain, se rendit à Moscou où il rencontra Chevardnadze et Gorbatchev les 9 et 10 février afin de leur soumettre cette proposition avant la conférence des ministres des Affaires étrangères de la CSCE intitulée « Ciel ouvert »[1], qui devait avoir lieu à Ottawa du 12 au 14 février.

1. Cette négociation avait pour objet d'autoriser le survol des différents pays par avion ou satellite et d'obtenir ainsi des renseignements sur le pays survolé.

« J'avais toujours tenu à une telle formule, explique le Chancelier. Il y avait également eu des tentatives pour convoquer plutôt une conférence des Quatre Puissances. Mais ç'aurait été un arrangement complètement dépassé ; il était tout simplement impossible qu'après toutes ces décennies de paix, les Quatre Puissances qui avaient gagné la Seconde Guerre mondiale négocient derrière le dos des Allemands et que nous soyons toujours traités en mineurs. De même, nous avions peu intérêt à élargir la discussion à d'autres que les six participants : la République fédérale d'Allemagne, la RDA, les États-Unis, la Grande-Bretagne, la France et l'Union soviétique — par exemple aux autres États qui avaient été en guerre avec le IIIe Reich. À une conférence de paix complète auraient naturellement également été présents tous les États qui n'avaient déclaré la guerre au IIIe Reich qu'au début 1945, dans les derniers mois de la guerre. Ç'aurait été une conférence à cinquante, où certains participants malveillants auraient pu interrompre — si ce n'est bloquer — le processus d'unification par leurs exigences. Déçus, beaucoup de gens en République fédérale se seraient alors demandé si c'était ainsi qu'on nous récompensait de toute notre serviabilité et de tout notre engagement constructif dans le passé. »

Les échanges entre Bonn et Washington étaient intenses. « Le 9 février, raconte Kohl, la veille de mon départ pour la capitale soviétique, je reçus une lettre de George Bush par l'intermédiaire de l'ambassadeur des États-Unis à Bonn. Il y faisait référence à notre dernière rencontre le 3 décembre à Bruxelles, qu'il avait beaucoup appréciée. Il écrivait que la poursuite de notre échange de vues, qui était capital en cette période d'accélération du temps, lui donnait aussi beaucoup de joie. Il se réjouissait à l'idée de travailler encore en étroite collaboration avec moi dans l'avenir et de renforcer les liens solides qui existaient entre la République fédérale et les États-Unis.

« Dans une lettre séparée, de ton officiel, George Bush abordait aussi, de manière détaillée, la question des entretiens que j'allais avoir à Moscou. Comme je le lui avais justement prédit lors de notre dernier entretien téléphonique, la situation en RDA s'était dramatiquement aggravée ; le rythme de l'unification s'en trouvait accéléré. Selon George Bush, ces nouveaux développements ne changeaient rien à la position des États-Unis, qui souhaitaient que soit réalisée la profonde aspiration du peuple allemand à l'unité. Après la Seconde Guerre mondiale, le vœu le plus cher des Américains avait été de nous aider à créer une nouvelle Allemagne démocratique. Les droits dont disposaient les États-Unis en Allemagne et à Berlin en tant que puissance d'occupation avaient servi à protéger cette réalisation. Aujourd'hui, plus personne ne pouvait encore douter de la solidité et de la force de la démocratie en République fédérale d'Allemagne.

« George Bush me donnait l'assurance que les États-Unis ne feraient rien de nature à faire croire aux Allemands de l'Est et de l'Ouest que l'Amériquc ne respecterait pas leur désir d'unité. En aucun cas, les États-Unis ne laisseraient l'Union soviétique se servir du statut des Quatre Puissances pour créer une Allemagne conforme aux idées de Moscou.

« Selon Bush, le rôle que pourrait jouer une Allemagne unifiée dans l'Alliance occidentale était une affaire que le peuple allemand devait régler lui-même. Il était extrêmement satisfait que je l'aie assuré de mon opposition à une neutralisation et du maintien de l'Allemagne dans l'OTAN. Il proposait que, dans le cadre de l'appartenance à l'OTAN d'une Allemagne unifiée, le territoire de la RDA soit doté d'un statut militaire particulier. Il croyait qu'un accord de ce type ne ferait pas obstacle à la sécurité de l'Allemagne et de ses voisins — notamment dans la perspective d'un retrait important, et peut-être même total, des troupes soviétiques d'Europe centrale et orientale.

« Afin de soutenir ma position, il avait publiquement déclaré qu'il comptait que l'Allemagne resterait membre de l'OTAN. L'OTAN elle-même devrait modifier ses missions et renforcer son rôle politique. Il savait que nous étions d'accord avec l'idée que la présence de troupes américaines sur le territoire allemand et la dissuasion nucléaire permettaient d'assurer la stabilité en cette période de changement et d'incertitude. Rien de ce que Mikhaïl Gorbatchev me déclarerait à Moscou ne pourrait changer quoi que ce soit à notre partenariat étroit et durable. Par ailleurs, George Bush me donnait l'assurance que Baker, le ministre américain des Affaires étrangères, m'informerait avant ma rencontre avec Gorbatchev de l'issue de ses entretiens à Moscou. »

Devant ses collaborateurs, Kohl qualifia cette lettre de « témoignage d'amitié, y compris d'amitié personnelle, qui ne pourrait être plus forte. Je suis certain que lorsque, plus tard, cette lettre sera publiée, elle sera considérée comme une étape décisive dans l'amitié germano-américaine ».

Le 10 février au matin, le Boeing 707 de l'avion mis à sa disposition décolla en direction de Moscou avec la délégation allemande à son bord. Le Chancelier s'était intensément préparé à son entretien avec l'homme le plus puissant d'Union soviétique : « Il était surtout important pour moi de montrer clairement à Gorbatchev quelle était la situation en RDA. Il devait savoir que nous n'avions pas intérêt à une déstabilisation, mais que le désir d'unité existait bien en RDA. Au reste Gorbatchev savait aussi que, parmi les États du Pacte de Varsovie, les gouvernements tchécoslovaque, polonais, hongrois, roumain et même bulgare s'étaient prononcés pour l'unité allemande. Malgré tout, nous éprouvions des sentiments mélangés dans l'avion. Quels étaient les projets de Gorbatchev ? Nous offrirait-il d'accepter l'unité de l'Allemagne en échange de sa neutralité, nous mettant ainsi dans un très grand embarras ? Une chose me semblait certaine : notre rencontre ne serait pas aussi détendue qu'elle l'avait été en juin 1989 car les problèmes s'accumulaient au Kremlin. Aux yeux des Soviétiques, la RDA n'était que l'un d'entre eux, même s'il était particulièrement grave. Des bouleversements considérables avaient également lieu en Tchécoslovaquie et en Roumanie. Entre-temps, indépendamment des énormes difficultés économiques, l'État soviétique multi-ethnique était partout en effervescence. Ces événements contraignaient Mikhaïl Gorbatchev à négocier, mais qui aime négocier sous la contrainte ? »

Vers 14 heures, sous un soleil éclatant et dans un froid glacial, l'appareil de la Bundeswehr, avec à son bord Kohl, Genscher, Teltschik, Neuer et le reste de la délégation, se posa à l'aéroport de Moscou, Vnoukovo II. « Nous sentions bel et bien que la situation était tendue à Moscou. De loin nous aperçûmes, devant les limousines sombres et la garde d'honneur, Édouard Chevardnadze, le ministre soviétique des Affaires étrangères, qui était sorti pour nous accueillir. Cela me sembla bon signe ; Hans-Dietrich Genscher partageait mon sentiment. À notre descente d'avion, Chevardnadze nous accueillit plutôt froidement. Cependant, il m'accompagna ensuite, après que nous eûmes passé en revue la garde d'honneur, pendant le trajet parcouru à toute allure dans le couloir dit réservé au gouvernement, en direction des monts Lénine où se trouvait la maison d'hôtes du gouvernement soviétique où nous étions logés, mes collaborateurs et moi. »

À peine Kohl avait-il pris congé de Chevardnadze dans le complexe hermétiquement bouclé et géré par le KGB de la rue Kossyguine, que Teltschik lui remettait la lettre qu'il attendait du ministre américain des Affaires étrangères. À l'aéroport, Klaus Blech, l'ambassadeur de Bonn à Moscou, avait glissé à Teltschik ce document de trois pages signé par Baker. « Le fait que la visite de Jim Baker ait immédiatement précédé mon entretien à Moscou, remarque Kohl, était dans une très grande mesure bénéfique et caractéristique de notre étroite coopération avec les États-Unis. Baker m'informait que ses interlocuteurs soviétiques considéraient que l'unité de l'Allemagne était inévitable. Ils avaient exprimé l'inquiétude qu'en raison de l'évolution précipitée des choses, la situation n'échappe à tout contrôle. L'Union soviétique n'y assisterait pas sans rien faire. Selon Moscou, toutes les mesures ultérieures devraient être prises en tenant compte des intérêts de sécurité européens.

« Baker m'écrivait ensuite qu'il avait indiqué aux Soviétiques qu'il était convaincu que je serais très attentif aux intérêts de sécurité soviétiques, mais que personne, en dehors des Allemands eux-mêmes, ne pouvait décider du destin de leur pays. Comme, après les élections du 18 mars en RDA, le processus d'unification s'accélérerait certainement encore, il était nécessaire de mettre en place un mécanisme qui réglerait les aspects extérieurs de l'unité allemande. Il avait proposé à Gorbatchev des discussions à deux-plus-quatre et celui-ci avait jugé cette proposition envisageable.

« En ce qui concernait l'appartenance à l'Alliance de l'Allemagne unifiée, Baker avait indiqué aux Soviétiques qu'en accord avec l'administration américaine, le gouvernement fédéral refusait catégoriquement que l'Allemagne soit neutre. Un pays économiquement aussi important que l'Allemagne, au centre de l'Europe, ne pouvait pas être neutre. Pour trouver une solution, Jim Baker avait proposé au Secrétaire général que l'Allemagne unifiée, moins le territoire de la RDA, appartienne à l'OTAN. »

Ce même après-midi, peu avant 16 heures, les visiteurs allemands quittèrent les maisons d'hôtes. De nouveau, on emprunta à grande allure le « couloir du gouvernement », précédé par le véhicule de la sécurité d'État soviétique, on traversa le pont sur la Moskova en direction du Kremlin. Une fois arrivée, la délégation allemande gravit dans le palais principal un escalier qui paraissait interminable, couvert d'un tapis rouge, au bout duquel elle fut accueillie par un agent du protocole. Il fallut à nouveau monter et descendre des escaliers avant d'atteindre enfin le bureau du Président soviétique. Le Chancelier se rappelle que Gorbatchev l'accueillit avec froideur, mais il lui donna également l'impression d'être très préoccupé. Après la photo de presse, les négociations commencèrent. Pendant que Kohl, accompagné de Teltschik, s'entretenait avec Gorbatchev et son conseiller Anatoli Tcherniaïev [1], le ministre allemand des Affaires étrangères discutait dans une autre pièce avec son collègue Chevardnadze.

« Une fois que les portes se furent refermées derrière nous, raconte Kohl, je félicitai Gorbatchev pour sa nomination aux fonctions de président [2]. Il y avait eu en effet un débat animé à propos de sa nomination à cette nouvelle fonction, car tout le monde n'acceptait pas cette concentration du pouvoir. Néan-

1. Anatoli Sergueïevitch Tcherniaïev, cadre du PCUS, conseiller diplomatique de Mikhaïl Gorbatchev de 1986 à 1991.

2. Gorbatchev avait été élu président du Soviet suprême et chef de l'État le 25 mai 1989 à la première session du Congrès des députés du peuple. Il fut élu président de l'URSS le 14 mars 1990, après que le Congrès des députés du peuple eut amendé la Constitution pour créer la fonction présidentielle.

moins Gorbatchev avait été élu à une large majorité. Je lui dis qu'en République fédérale on éprouvait toujours pour lui beaucoup de sympathie. Moi-même je partageais cette sympathie. Les Allemands souhaitaient que le gouvernement fédéral soutienne les réformes en Union soviétique, comme il le faisait déjà en lui apportant une aide alimentaire. Mikhaïl Gorbatchev me remercia et déclara que, il y avait encore quelque temps, on avait l'impression d'être sur un nuage. Mais entre-temps tout avait changé.

« Je lui décrivis alors la situation de la RDA en détail, lui racontai mon entretien avec Modrow et ajoutai que ce qui se passait en ce moment nous rapprochait inexorablement de l'unité allemande : “J'ai beau le tourner et le retourner dans ma tête — la décision est imminente.” Je serais heureux que les choses n'évoluent pas à un rythme aussi trépidant, mais il était dicté par les événements sur lesquels je n'avais pas de prise. Si nous n'agissions pas maintenant, cela pourrait déboucher sur le chaos. Je pris alors Gorbatchev au mot et lui rappelai sa phrase d'octobre dernier lorsqu'il avait dit à Berlin : “Celui qui réagit trop tard est puni par la vie.”

« Je parlai aussi de la frontière occidentale de la Pologne à laquelle nous ne toucherions pas. Mon objectif était au contraire d'obtenir également l'accord d'une grande majorité des Allemands expulsés sur la question de la frontière de l'Oder-Neisse. Je pensais avoir de bonnes chances d'y parvenir. Gorbatchev pouvait croire ce que je lui disais de ma position personnelle sur cette affaire. Là-dessus, il me demanda s'il faudrait à nouveau ratifier les traités de Moscou et de Varsovie. Je répondis qu'il s'agissait de traités conclus avec la République fédérale à l'époque de la division et non avec l'Allemagne unie. Gorbatchev rit : n'avais-je donc pas peur qu'à la fin du processus d'unification, il n'y ait plus de République fédérale ? Et il ajouta : “Et alors le Chancelier enterrera la République fédérale.”

« Nous abordâmes alors la dimension internationale du processus d'unification. Je dis à Gorbatchev que j'étais disposé à agir dans le cadre d'une coopération raisonnable. Je souhaitais concevoir avec lui la prochaine décennie de manière que nous puissions tous deux prouver que nous avions retenu les leçons de l'Histoire. J'indiquai alors avec fermeté que la neutralisation de l'Allemagne unifiée n'était pas acceptable et constituerait par ailleurs une grande erreur historique. L'Histoire avait montré la faute qu'on avait commise en imposant après 1918 un statut spécial à l'Allemagne.

« Gorbatchev fut d'accord avec moi pour reconnaître que la question centrale était celle de l'appartenance à l'Alliance de la future Allemagne. Je repris de plus belle : pour l'Union soviétique, il s'agissait que soient assurés ses intérêts de sécurité ; l'Allemagne, elle, voulait sa souveraineté. Il était dans l'intérêt des Allemands de trouver un arrangement qui crée un climat de confiance à l'Est et à l'Ouest. À cela Gorbatchev réagit positivement. Il voulut ensuite savoir si la campagne électorale en RDA n'allait pas aggraver la division de la société. Je ne le croyais pas et ajoutai que les choses se seraient passées plus paisiblement si Honecker s'était décidé à faire des réformes. Gorbatchev dit avec une pointe de résignation qu'il n'avait cessé, mais en vain, de l'y inciter. Il me demanda mes impressions sur la campagne pour les élections à la Chambre du peuple. Je répondis que le SPD bénéficiait au départ d'une meilleure position que les autres partis, la Thuringe et la Saxe étant d'anciens fiefs des sociaux-démocrates. À présent, en sa qualité de président d'honneur du SPD, Willy Brandt parcourait la RDA, la main levée en signe de bénédiction, comme un vieil évêque ou un vieux métropolite. Gorbatchev m'interrompit en remarquant que, moi non plus, je ne restais pas les bras croisés. Il déplora alors que la République fédérale essaie par tous les moyens possibles d'avoir une influence sur ce qui se passait en RDA. C'est pourquoi les représentants de la RDA avaient demandé à la République fédérale de ne pas les tenir sous tutelle comme de petits enfants.

« Mikhaïl Gorbatchev devint alors cérémonieux et prononça ces paroles décisives : “Je crois qu'il n'y a pas de divergences de vues entre l'Union soviétique, la République fédérale et la RDA sur l'unité et sur le droit de leurs habitants à aspirer à l'unité et à décider eux-mêmes de l'évolution ultérieure des choses. Nous sommes d'accord vous et moi pour dire que c'est aux Allemands qu'il appartient de faire leur choix. Il faut que les Allemands de République fédérale et de RDA déterminent eux-mêmes le chemin qu'ils veulent suivre." Je répétai ce qu'il avait dit. La formule avait été mûrement réfléchie, manifestement il l'avait tout le temps eue en tête.

« Le Secrétaire général poursuivit en disant qu'il fallait que les Allemands de République fédérale et de RDA sachent également que l'unité devrait être accomplie en tenant compte des réalités. Parmi ces réalités se trouvait le fait qu'il y avait eu une guerre durant laquelle les habitants d'Union soviétique avaient eu davantage à souffrir que d'autres. Il s'agissait à présent de surmonter la confrontation et la division. Il croyait que les Allemands de l'Est et de l'Ouest avaient déjà prouvé qu'ils avaient tiré les leçons de l'Histoire. »

Il orienta à nouveau l'entretien, se rappelle Kohl, sur le point capital, la question de l'appartenance à l'Alliance. « Gorbatchev dit qu'il savait que pour moi une neutralité allemande n'était pas seulement inacceptable, mais qu'elle humilierait le peuple allemand. Les Allemands ne devaient pas avoir aujourd'hui le sentiment que, tout à coup, on ne prenait plus en considération la manière dont ils avaient autrefois contribué à la paix. Malgré tout, il voyait une Allemagne unifiée en dehors de l'Alliance, dotée de forces armées nationales suffisantes pour assurer la défense nationale. Il ne prenait pas au sérieux les réflexions selon lesquelles une partie de l'Allemagne appartiendrait à l'OTAN et l'autre au Pacte de Varsovie. »

Gorbatchev fit alors valoir que se poserait toujours la question de savoir ce que serait l'OTAN sans la République fédérale. Mais la question se posait aussi pour le Pacte de Varsovie, compte tenu de ce qu'était la RDA, dotée de fortes troupes. Kohl répliqua : « Je déclarai à Gorbatchev qu'il suffisait de jeter un regard sur une carte pour voir que la République fédérale et la RDA ne pesaient pas dans leur système d'alliance respectif de façon comparable. J'abordai alors la proposition de Jim Baker, selon laquelle l'Allemagne unifiée appartiendrait à l'OTAN sans le territoire de la RDA, mais cette formule n'enthousiasmait pas le Secrétaire général. Nous convînmes cependant — ainsi que l'avait proposé Jim Baker — que les représentants des deux États allemands et des Quatre Puissances devaient avoir des discussions communes afin de trouver une solution. Alors que je refusais de nouveau catégoriquement que se tienne une conférence des Quatre Puissances sur l'Allemagne, Mikhaïl Gorbatchev s'écria : " Rien ne doit se faire sans vous ! " Je poursuivis en remarquant que ce serait très bien que l'une des rencontres des deux-plus-quatre puisse avoir lieu en Allemagne. Pour plaisanter, il me demanda où cette rencontre en Allemagne pourrait bien se tenir : " Faudra-t-il que deux des pieds de la table de négociation soient sur le territoire de la République fédérale et les deux autres sur celui de la RDA ? "

« Il s'avérait qu'on ne pouvait pas attendre à ce moment-là de compréhension de la part des Soviétiques sur la question de l'appartenance à l'Alliance. Malgré tout, nous avions de quoi être satisfaits : nous avions l'accord de Gorbatchev sur la procédure deux-plus-quatre et surtout son feu vert pour le règlement des aspects intérieurs de l'unité allemande. Je me rappelais la manière brutale avec laquelle il avait réagi dans sa lettre de décembre. Il y avait un monde entre cette lettre et l'entretien actuel. Cela me donnait confiance — y compris sur la question de l'Alliance. Pour finir, j'évoquai Konrad Adenauer qui, il y a trente-cinq ans déjà, avait fait remarquer qu'on ne pourrait résoudre la question allemande que sous le couvert d'un toit européen. Comme je constatais qu'Adenauer avait eu raison, Gorbatchev réagit de manière stupéfiante, en remarquant qu'il valait toujours la peine de lire Adenauer. »

Il faisait déjà sombre dehors lorsqu'on se retrouva en comité élargi au Palais à facettes du Kremlin pour une discussion d'une demi-heure. Le Chancelier se rappelle : « Mikhaïl Gorbatchev accueillit la délégation allemande. Avant, dit-il pour plaisanter, de passer la parole aux ministres des Affaires étrangères pour voir si le Chancelier et lui ne s'étaient pas quelque peu éloignés de la réalité, il voulait résumer de nouveau le résultat de notre entretien en tête à tête. Il évoqua notre rencontre à Bonn, où l'on pressentait déjà les changements qui allaient survenir et souligna l'importance d'avoir des contacts étroits. Il indiqua ensuite en quelques mots ce dont nous avions parlé tous deux auparavant. L'épouvante à l'état pur se lisait sur les visages de Faline[1] et d'Alexandre Bondarenko[2], de sorte que je fus désormais complètement sûr qu'eux et d'autres membres du bureau politique n'avaient pas été mis au courant. Sans en tenir compte, Gorbatchev demanda aux deux ministres des Affaires étrangères si l'on pouvait mettre en œuvre une politique à partir de ce qui venait d'être dit.

« Édouard Chevardnadze, qui prit alors la parole, dit que les ministres des Affaires étrangères pensaient la même chose que les dirigeants. Il avait parlé de manière très approfondie avec Genscher des perspectives d'un sommet de la CSCE. Ils pensaient que ce sommet était prioritaire et devait être soigneusement préparé. Hans-Dietrich Genscher réaffirma que, du côté allemand, on ne voulait pas profiter des discussions sur l'avenir de l'Allemagne pour agir derrière le dos des Quatre Puissances. Gorbatchev rétorqua de manière acérée que, si jamais il en allait ainsi, on se mettrait à agir derrière le dos des Allemands. J'intervins et dis qu'au cours du XXe siècle, on avait plusieurs fois connu des combines de ce type et que chaque fois le résultat avait été mauvais pour tout le monde.

« Pour conclure, Mikhaïl Gorbatchev dit qu'il était d'accord avec moi pour " dynamiser " nos contacts. Je l'approuvai. Si les choses prenaient un tour très dramatique, nous nous reverrions rapidement, car il valait mieux se rencontrer trop souvent que pas assez souvent. Avec la déclaration commune de juin 1989, on avait fait un premier grand pas en avant qui, aujourd'hui, était suivi d'un second. »

On se retrouva peu après dans la salle Catherine du Kremlin où, en 1972, Willy Brandt et Léonid Brejnev avaient signé le Traité de Moscou. À la longue table avaient pris place à côté des deux principaux acteurs de Moscou le conseiller de politique étrangère Alexandre Iakovlev, l'ambassadeur

1. Valentin Mikhaïlovitch Faline : chef du département des Affaires étrangères au Comité central.

2. Alexandre Bondarenko : chef du département des affaires allemandes au ministère soviétique des Affaires étrangères (MID).

Kvizinski, un Faline à l'air sombre de même que Bondarenko et l'académicien Sergueï Kovalev qui, eux non plus, ne voulaient pas se dégeler. Mais avec l'esturgeon et le caviar, le borchtch à la crème, le saumon au four et la vodka, il ne fut bientôt plus question des frontières et de l'appartenance à l'Alliance. Selon Kohl, l'atmosphère était presque sereine, toute la tension s'était comme envolée, on plaisanta et on rit aussi. Ainsi Gorbatchev demanda qu'on lui raconte tout sur les dialectes allemands. « Hans-Dietrich Genscher déclara alors que le plus beau était le saxon, tandis que je vantais le dialecte de mon Palatinat. » Au moment de prendre congé, Genscher demanda au Secrétaire général s'il pouvait imaginer ce qu'il ressentait, lui, le réfugié de Halle. Gorbatchev prit alors la main du ministre des Affaires étrangères et la serra longuement entre les siennes.

Après le banquet au Kremlin, on regagna la maison d'hôtes au n° 3 de la rue Kossyguine où, avec Teltschik et Uwe Kaestner, le chef de service chargé des questions Est-Ouest à la Chancellerie, Kohl rédigea une déclaration pour la conférence de presse qu'il devait tenir. À 22 heures 04, heure de Moscou, le Chancelier prononça la déclaration suivante au centre de presse internationale, distant de quelques mètres seulement du ministère soviétique des Affaires étrangères : « Je n'ai ce soir qu'un seul message à transmettre à tous les Allemands. Le Secrétaire général Gorbatchev et moi sommes d'accord pour dire que le peuple allemand dispose seul du droit de décider s'il veut vivre dans un seul État. Le Secrétaire général Gorbatchev m'a promis de la manière la plus claire que l'Union soviétique respecterait la décision des Allemands de vivre dans un seul État et qu'il appartient aux Allemands de déterminer eux-mêmes quand et comment se fera l'unification. Nous sommes aussi tous deux d'accord pour considérer que la question allemande ne peut être résolue qu'en tenant compte des réalités ; c'est-à-dire qu'elle doit être replacée dans l'architecture de l'Europe prise dans sa totalité et dans le processus global des relations Est-Ouest. Nous devons prendre en considération les intérêts légitimes de nos voisins et de nos amis et partenaires en Europe et dans le monde.

« À présent, il ne dépend que de nous, Allemands de la République fédérale et de RDA, de suivre cette voie commune avec retenue, sens du possible et détermination. Le Secrétaire général Gorbatchev et moi avons abondamment discuté du fait que, dans le cadre de l'accession à l'unité allemande, la question de la sécurité en Europe présente une importance exceptionnelle. Nous entendons discuter de manière approfondie du problème posé par l'appartenance à des alliances différentes, en étroite coordination avec nos amis de Washington, Paris et Londres. Et je suis certain que nous parviendrons à une solution commune. Je remercie le Secrétaire général Gorbatchev d'avoir rendu possible ce résultat historique. Nous sommes convenus de garder un contact personnel très étroit pendant toute cette période. Mesdames et Messieurs, c'est un bon jour pour l'Allemagne et, je le pense, un bon jour pour beaucoup d'entre vous et pour moi personnellement. »

Les journalistes qui accompagnaient le Chancelier réagirent de manière plutôt modérée, comme s'ils n'étaient pas bien conscients de l'importance de sa déclaration. Ils posèrent beaucoup de questions et ne comprirent que petit à petit. D'excellente humeur, le Chancelier, qui parla d'une « percée » et d'un « jour d'importance historique », donna des explications pendant une bonne heure et répéta de nouveau tout ce à quoi il avait lui-même bien du mal à croire. « Aujourd'hui est vraiment un grand jour », dit-il pour conclure la conférence de presse et il serra ostensiblement la main de son ministre des Affaires étrangères, qu'il considérait depuis longtemps comme le « vice-chancelier ».

En sortant, Kohl raconta encore à quelques journalistes son premier entretien avec un secrétaire général soviétique, en 1983. « C'était Andropov, quelques mois avant sa mort. Nous nous trouvions dans son bureau. Andropov commença par se taire, tandis que Gromyko, son ministre des Affaires étrangères, menait la conversation avec son visage sévère de maître d'école. Puis le Secrétaire général l'interrompit et me dit : " Ceux qui réclament l'unité de l'Allemagne sont des fauteurs de guerre ! " Je lui répondis : " Monsieur le Secrétaire général, que diriez-vous si votre pays était divisé et que, comme à Berlin, au-dessous du Kremlin passait un mur, si votre mère vivait de l'autre côté et que quelqu'un vous traitait de fauteur de guerre simplement parce que vous avez envie de la retrouver ? " Andropov me regarda sans dire un mot. Aussitôt, Gromyko reprit : " La division de l'Allemagne résulte du jugement de l'Histoire. Qui y touche met la paix en jeu."

« Celui qui, comme moi, a eu l'occasion de parler également avec Tchernenko, le successeur d'Andropov, de la question de l'unité allemande, peut mesurer le chemin que nous avons parcouru. Ce qui avant-hier encore était traité comme le pire " revanchisme " était à présent une réalité politique admise par Moscou. Et nous devions le reconnaître avec gratitude. »

Il était déjà presque minuit, ce 10 février, lorsque le Chancelier partit avec ses plus proches collaborateurs et Genscher se promener sur l'Arbat, la zone piétonne au centre de Moscou, qui était pratiquement déserte. De là, ils se rendirent par un froid glacial sur la Place rouge, longeant le mausolée de Lénine et la cathédrale Saint-Basile. Kohl ne cessa d'être reconnu et abordé soit par des touristes allemands, soit par des Russes qui avaient servi comme soldats en Allemagne et parlaient quelques bribes d'allemand. La journée s'acheva avec du vin géorgien et de la bière de Pilsen dans la suite réservée au Chancelier dans la maison d'hôtes des monts Lénine. « Ce fut une conversation presque détendue, se rappelle Kohl. De toute façon, nous ne pouvions pas discuter de choses sérieuses dans ce bâtiment truffé de micros.

« Lorsque, finalement, mon excitation fut retombée, je passai à nouveau en revue les événements des heures précédentes. Je me demandai alors ce qui avait amené Mikhaïl Gorbatchev à ce revirement sur la question allemande. Je pense que le Secrétaire général avait fait un long apprentissage — un apprentissage qui avait commencé avec son transfert du Caucase à Moscou, au centre du pouvoir. Bien qu'il fût le protégé d'Andropov, le chef du KGB, il lui avait d'abord fallu, en tant que novice, trouver son chemin dans le labyrinthe byzantin de l'appareil du pouvoir à Moscou. Grâce notamment à ses voyages dans les États industriels occidentaux, il s'était rendu compte que l'Union soviétique ne pourrait pas gagner la compétition économicotechnologique. Le programme SDI[1] de Ronald Reagan était pour Gorbatchev l'incarnation de la supériorité de l'Occident, qu'on ne pourrait pas faire plier, ainsi que nous l'avions déjà prouvé avec l'affaire du stationnement des missiles à moyenne portée lors de l'augmentation du potentiel militaire.

« Dans ce contexte, je pense que le rôle de ses conseillers, en particulier celui d'Alexandre Iakovlev, a été très important. Alors qu'il était encore étudiant, Iakovlev, comme il me le raconta un jour, avait été à l'Ouest et y avait fait l'expérience de notre façon de penser, mais aussi de l'économie de marché. Plus tard, il fut des années durant ambassadeur au Canada, d'où Gorbatchev le rappela. Aux côtés de Gorbatchev, il y avait d'autres hommes qui, eux aussi, pensaient différemment et de manière plus souple. L'ensemble de l'appareil n'était plus aussi sclérosé qu'il avait pu l'être, par exemple, du temps de Brejnev. À présent, les choses s'étaient mises à évoluer de plus en plus vite et à échapper à tout contrôle, pas seulement en Allemagne, mais presque partout au sein du Pacte de Varsovie. Dans son propre pays, la perestroïka semblait sur le point d'échouer. Je crois que ce qui fut décisif, c'est qu'à partir d'un certain point, le concept gorbatchevien de réforme cessa de fonctionner en Union soviétique. Et le facteur économique y joua très certainement un rôle central. C'est ainsi que le pionnier de la perestroïka a été chassé par celle-ci. Il a été emporté par l'évolution des choses. »

Le Chancelier s'interrompt avant de poursuivre : « Non, à l'époque, Mikhaïl Gorbatchev ne voulait pas vraiment de l'unité. Mais il était assez réaliste pour savoir qu'on était parvenu au point où les choses ne pouvaient plus revenir en arrière. Permettre l'accession à l'unité allemande — mais pas encore la possibilité de choisir son alliance de manière souveraine — lui parut d'autant plus facile qu'il avait confiance en moi. Les bonnes relations que nous avions établies à Bonn en juin 1989 se révélèrent solides parce que j'avais eu depuis d'autres occasions de tenir mes promesses. Il savait que je suis

1. *Strategic Defense Initiative*, plus connu sous le nom de « guerre des étoiles ».

quelqu'un qui tient parole, sur qui on peut compter dans les situations difficiles. Quand il était à Bonn, il m'avait demandé si je l'aiderais au cas où se produiraient pendant l'hiver des difficultés d'approvisionnement à Moscou et à Leningrad, ce à quoi je lui avais répondu sans la moindre réserve par l'affirmative. En fait, l'approvisionnement des métropoles russes connut de graves problèmes vers le Nouvel An. Début janvier, Kvizinski me demanda si ma promesse tenait toujours. Je me mis aussitôt en contact avec le ministre de l'Agriculture, Ignaz Kiechle. Le 9 février — c'est-à-dire le jour de mon départ pour l'Union soviétique — fut signé un accord en ce sens. Aussitôt démarra une énorme campagne d'aide sans que nous en ayons fait toute une histoire. »

À partir des 220 millions de deutschemarks de subventions du budget fédéral, la République fédérale livra en Union soviétique dès la mi-février 52 000 tonnes de viande de bœuf en conserve, 50 000 tonnes de viande de porc, 20 000 tonnes de beurre, 15 000 tonnes de lait en poudre et 5 000 tonnes de fromage. À cela s'ajoutèrent une grande quantité de chaussures, de vêtements de femme et d'homme et d'autres biens de consommation.

Le matin du second jour de la visite, le conseiller de presse de l'ambassade d'Allemagne vint vers 7 heures à la maison d'hôtes pour informer la délégation allemande de la manière dont les médias rendaient compte des consultations. La *Pravda*, l'organe officiel du PCUS, annonçait en gros titres à la une que le Secrétaire général Gorbatchev et le chancelier d'Allemagne étaient d'accord pour que les Allemands réalisent l'unité de leur patrie en disposant librement d'eux-mêmes dans la mesure où ils le souhaitaient. D'enthousiasme, Kaestner et Teltschik arrachèrent presque au conseiller de presse ses documents. « Ce fut pour nous une grande surprise car mes précédentes visites à Moscou m'avaient habitué à ce que le contenu des entretiens et les accords conclus soient dissimulés, voire largement retouchés, dit Kohl. C'était pour moi un signe supplémentaire que toute l'affaire avait été orchestrée par Gorbatchev et ses fidèles par-dessus les têtes de mules qui peuplaient le Comité central à l'époque. »

Pendant le vol du retour vers l'Allemagne, on fit sauter les bouchons de champagne. De bonne heure le matin, avant leur départ, Kohl avait envoyé deux de ses collaborateurs dans les hôtels de Moscou dénicher trente bouteilles de champagne de Crimée. « Plus tard, j'ai lu dans un journal que nous nous trouvions à 11 000 mètres au-dessus de Riga lorsque, avec Hans-Dietrich Genscher, je suis allé trouver les journalistes qui voyageaient avec nous, afin de lever avec eux mon verre "à l'Allemagne". »

Les entretiens du Chancelier à Moscou trouvèrent en général un écho très positif dans les médias de la République fédérale. On parla d'une « journée historique au Kremlin » et d'un chancelier « qui a écrit l'Histoire ». Mais il se trouva d'autres voix, dont certaines issues de l'opposition à Bonn, qui considérèrent que le résultat de la visite ne constituait « pas un progrès qualitatif ».

Le 15 février devant le Bundestag, le Chancelier remercia de nouveau le secrétaire général soviétique qui, de même qu'il avait introduit de profonds changements dans son pays, avait orienté la politique étrangère soviétique dans une nouvelle direction. « À présent, cette Nouvelle Pensée modifie également la politique allemande de l'Union soviétique et permet d'apporter à la question allemande une solution constructive et d'avenir. Cette solution — j'en suis profondément convaincu — correspond aux intérêts bien compris de l'Union soviétique, y compris à ses intérêts de sécurité. La chance que nous avons de réaliser l'unité offre à l'Union soviétique l'occasion d'un partenariat à long terme avec un pays politiquement stable et économiquement performant au centre de l'Europe. Oui, ainsi que — et je le dis délibérément — l'occasion pour le peuple allemand et les peuples d'Union soviétique d'abandonner définitivement les ombres du passé et de se tendre la main. »

CHAPITRE 11

DES ALLIANCES POUR L'ALLEMAGNE

L'agitation régnait à la Konrad-Adenauer-Haus. On n'avait toujours pas trouvé de réponse à la question de savoir qui serait le futur partenaire de la CDU en RDA. Le comité directeur de la CDU y avait déjà réfléchi avant le congrès restreint qui avait eu lieu en décembre 1989 à Berlin. Kohl et les autres dirigeants du parti étaient encore réservés sur l'idée que la CDU-Est puisse être leur futur partenaire. Mais la décadence dramatique de la RDA et le fait que les élections à la Chambre du peuple aient été avancées au 18 mars imposaient à présent que soit rapidement prise une décision. À la réunion du praesidium de la CDU, qui avait eu lieu le 10 janvier au bungalow, Kohl avait considéré que son parti disposait encore d'environ quatre semaines pour se décider.

Après d'abondantes discussions au sein de la direction de la CDU, le Chancelier, encouragé par le ministre de l'Intérieur, Schaüble, se décida, contre l'avis de Rühe, le secrétaire général de la CDU, à discuter avec la CDU-Est. Dans la seconde moitié de janvier, il y eut une première rencontre, tenue secrète, entre Kohl et de Maizière, qui avait été élu président de la CDU-Est en novembre et était devenu vice-premier ministre dans le gouvernement de coalition de Modrow.

Bien qu'il portât un nom connu — son oncle Ulrich fut inspecteur général de l'armée fédérale —, de Maizière était un inconnu à l'Ouest. Il n'avait pas non plus joué le moindre rôle dans l'ancien parti du Bloc. En novembre 1989, tel le Phénix né de ses cendres, il s'était élevé à la fonction de président et avait d'abord juré, en harmonie avec le SPD/SED que dirigeait désormais son collègue l'avocat Gregor Gysi, d'établir un socialisme démocratique.

À son retour de Berlin, où il avait vu de Maizière, Kohl informa le praesidium de la CDU des rencontres qu'il avait faites à Berlin-Est et des impressions qu'il en avait retirées. À propos du rôle de De Maizière, il remarqua qu'il ne comprenait pas que celui-ci ne se retire pas du gouvernement Modrow. Il ne pouvait pourtant pas ignorer ce qu'étaient les sentiments de l'opinion publique. La CDU-Est ne pouvait pas se présenter en championne des réformes et de l'unité allemande aussi longtemps qu'elle siégerait au gouvernement avec le SED. La CDU-Est avait, hélas, également contribué à la décision sur la Stasi. Ce 15 janvier, quelques membres du praesidium, de même que le secrétaire général Rühe, défendirent l'idée qu'il fallait à nouveau inviter de Maizière à quitter le gouvernement.

Comme la CDU entretenait également des contacts avec le Renouveau démocratique et le Parti du Forum allemand, Kohl essaya de réunir ces groupes ainsi que la DSU[1] au sein d'une alliance électorale : « J'étais convaincu qu'il fallait tout faire pour éviter un éclatement du camp non socialiste. La DSU considérait de toute façon les deux partis de l'Union comme ses partenaires ; c'était au Renouveau démocratique que l'organisation était la plus avancée. À un moment donné, il avait été question de réunir ces groupes sous le nom de "Union démocratique d'Allemagne", sans que ceux-ci renoncent pour autant à leur autonomie. Mais on ne pouvait pas se contenter de s'appuyer sur ces forces pour mener la campagne électorale. Après tout, la CDU-Est portait le même nom que nous, ce que personne ne pouvait lui contester. Et il y avait aussi bien sûr beaucoup de braves gens à la CDU-Est qui, à l'Ouest, auraient très bien pu être à la CDU. Je pensais qu'il convenait donc de

1. Initiales de *Deutsche Soziale Union* (Union sociale allemande), dirigée par le pasteur Ebeling et l'avocat Diestel.

réunir ces deux forces, " l'Union démocratique d'Allemagne ", ainsi que nous appelions encore les nouveaux groupes, et la CDU-Est. Pour cela, il nous fallait inventer une idée générale, ce à quoi on travaillait jour et nuit à la Konrad-Adenauer-Haus. »

On chercha un nom à cette future alliance lors de la réunion du praesidium de la CDU le 29 janvier. Ce fut Kohl qui proposa finalement « Alliance pour l'Allemagne ». Sur les chances d'une telle alliance, il déclara avec un optimisme de commande que le peu de temps qui restait avant le 18 mars permettrait une bonne coopération. La CDU mènerait en RDA une campagne électorale globale. Elle poursuivrait ainsi deux objectifs : fonder une alliance et constituer un groupe parlementaire commun avec les membres de l'Alliance après les élections à la Chambre du peuple.

Une première rencontre du Chancelier, qu'accompagnait Seiters, avec les dirigeants du Renouveau démocratique, de la DSU, du Parti du Forum allemand et de la CDU-Est, eut lieu le 1er février à la maison d'hôtes du gouvernement fédéral, une ancienne villa de la fin du XIXe siècle à Berlin-Dahlem [1], qui était en outre la résidence berlinoise du Chancelier. « Je choisis cet endroit pour nos entretiens, explique Kohl, parce que j'espérais qu'ils pourraient ainsi se dérouler de manière discrète. Nous n'aurions eu aucune chance qu'il en aille ainsi à l'hôtel Kempinski ou n'importe où ailleurs. Cela aurait été comme à Bonn, où toute une colonne de journalistes attend devant la porte. Mais mes espoirs furent déçus. Lorsque j'y arrivai en début de soirée avec Rudi Seiters, Volker Rühe, Eduard Ackermann et Juliane Weber, il y avait déjà quelques douzaines de journalistes qui attendaient devant la porte verte. »

Schnur et Eppelmann représentaient le Renouveau démocratique, Ebeling et Diestel la DSU, de Maizière, qui avait pris ses distances avec Modrow, ainsi que le conseiller ecclésiastique Kirchner, représentaient la CDU-Est. Le Chancelier

1. Quartier résidentiel, universitaire et culturel de Berlin-Ouest.

a gardé un vif souvenir de cette rencontre : « Au bout de très peu de temps, éclata une violente altercation. Kirchner revendiquait le poste de Premier ministre pour Lothar de Maizière au cas où la CDU gagnerait les élections. Diestel s'éleva énergiquement contre cette exigence. Il ne voulait rien avoir à faire avec les " chaussettes rouges " — c'est à cette occasion que j'entendis pour la première fois cette expression —, il pesta contre la CDU-Est et l'accusa même de trahison. À son tour, Schnur déclara que le poste de Premier ministre lui revenait de droit. De Maizière et Kirchner s'y opposèrent. Personne n'avait confiance en l'autre, chacun croyait être le meilleur. Je n'ai cessé d'intervenir et d'essayer de calmer le jeu. »

Kohl réussit d'abord à réconcilier la CDU-Est et la DSU. Restait à obtenir l'accord du Renouveau démocratique sur une alliance électorale, car celui-ci manifestait des réserves à l'égard de l'ancien parti du Bloc. Pour aider à une décision conforme aux idées du Chancelier, Seiters et Blüm se précipitèrent à Halle, le 3 février, à la réunion du comité directeur principal du Renouveau démocratique. Ils y plaidèrent à nouveau ouvertement en faveur de la conclusion de l'alliance, à laquelle le comité principal donna finalement son feu vert. Deux jours plus tard — le Parti du Forum allemand avait entre-temps préféré ne pas participer — « l'Alliance pour l'Allemagne », regroupant le Renouveau démocratique, la DSU et la CDU-Est, put finalement être conclue.

Kohl se rappelle la fin de la rencontre à Berlin : « Il était déjà tard lorsque j'allai avec Schnur, Diestel, de Maizière et d'autres retrouver les journalistes qui s'étaient rassemblés en grand nombre devant la villa et annonçai la formation de " l'Alliance pour l'Allemagne ". Ebeling, le président de la DSU, informa les journalistes que les partis qui participaient avaient obtenu la garantie de conserver leur identité. Ils restaient politiquement indépendants et autonomes. Le but de ce regroupement était de permettre la formation d'un gouvernement de " l'Alliance ". Lorsque Ebeling eut prononcé ces mots, se souvient Kohl, il y eut des éclats de rire. Personne ne donnait aux trois partis réunis davantage que 9, 10 ou au mieux 11 % des voix aux élections à la Chambre du peuple. Tout le monde escomptait une grande victoire des sociaux-démocrates. Je conseillai alors à mon parti de ne pas se laisser impressionner par les pronostics électoraux. Je considérais comme parfaitement exclu qu'après quarante ans de dictature en RDA, on puisse faire une prévision sérieuse. »

« L'Alliance » considérait que l'accession à la réunification — le Chancelier avait obtenu que cela soit inscrit à son programme — devait se faire par l'adhésion des Länder de RDA, qui étaient encore à constituer, à la République fédérale en application de l'article 23 de la Loi fondamentale [1]. Après y avoir réfléchi, Kohl estimait qu'on pouvait réaliser l'unification de cette manière, compte tenu du précédent de la Sarre dans les années cinquante : après un référendum, la Sarre avait alors adhéré à la République fédérale en tant que nouveau Land. Kohl voyait dans l'article 23 de la Loi fondamentale la « voie royale » menant à l'unité de l'Allemagne : « J'étais convaincu que le système étatique de l'Allemagne unifiée devait reposer sur le fondement solide et éprouvé de la Loi fondamentale. La procédure de l'article 146 [2] aurait nécessité, quant à elle, d'abord la convocation d'une assemblée constituante, qui pouvait soit résulter de la participation des deux chambres, soit être issue d'élections générales. Une telle procédure comportait des risques importants car, sauf si elle modifiait la Loi fondamentale, ce qui ne pouvait être obtenu qu'à la majorité des deux tiers au Bundestag et au Bundesrat [3], une assemblée

1. « La présente Loi fondamentale s'applique immédiatement sur le territoire des Länder de Bade, Basse-Saxe, Bavière, Brême, Grand-Berlin, Hambourg, Hesse, Rhénanie du Nord-Westphalie, Rhénanie-Palatinat, Schleswig-Holstein, Wurtemberg-Bade et Wurtemberg-Hohenzollern. Elle entrera en vigueur dans d'autres parties de l'Allemagne après l'accession de celles-ci. »

2. « La présente Loi fondamentale cesse d'avoir effet le jour où entrera en vigueur la Constitution qui aura été adoptée par le peuple allemand libre de ses décisions. »

3. En vertu de l'article 79, 2e alinéa, de la Loi fondamentale.

constituante n'était pas tenue par une telle réduction de ses pouvoirs. Elle aurait pu décider à la majorité simple d'élaborer une constitution entièrement nouvelle, ce qui aurait laissé le champ libre à ceux qui voulaient une autre République. Une nouvelle constitution de ce type aurait eu à mes yeux un défaut capital : celui de comporter très certainement des aspects référendaires. Et je prétends que le fait d'avoir tenu compte, lors de la rédaction de la Loi fondamentale, de l'expérience de la République de Weimar, dont la capacité à gouverner avait été entamée par une série de référendums, fut l'une des grandes contributions du Conseil parlementaire[1].

« Au reste, nous aurions également eu du mal à maintenir la validité des traités. Si Oskar Lafontaine était favorable à l'article 146, c'est sans doute parce qu'il pensait que c'était le meilleur moyen de sortir de l'OTAN sans se retirer formellement de l'Alliance. Au bout du compte, il aurait pu y avoir une tout autre République, neutre. Pour beaucoup de gens de gauche — pas seulement la gauche parlementaire, mais également celle des doctrinaires — la discussion sur l'article 146 ressemblait presque à un don de Dieu : ils y voyaient l'occasion de modifier la politique de la République. La question "article 23 ou article 146" ne relevait donc pas d'un débat ordinaire, mais était une question de conscience : "Que penses-tu de l'État créé par la Loi fondamentale, de l'État le plus libéral et le plus humain de l'histoire allemande ?"[2].

« Si l'on envisageait de recourir à l'article 146, il fallait savoir qu'il entraînerait toute une série d'inconvénients pratiques pour le processus d'unification. J'étais d'une part convaincu que nous n'avions pas le temps de convoquer une assemblée constituante qui aurait certainement mis deux ans à élaborer une nouvelle constitution de l'Allemagne unie. D'autre part, je ne croyais pas que nous tous — à l'Ouest comme à l'Est — soyons encore en

1. Nom donné à l'assemblée constituante chargée de rédiger une constitution en 1949.

2. En allemand, la manière dont cette phrase est formulée renvoie à un passage célèbre du *Faust* de Goethe.

mesure de réaliser un pareil tour de force, compte tenu de l'immense tâche qui nous attendait par ailleurs. Je ne croyais pas non plus qu'on puisse retrouver dans l'Allemagne de 1990 l'inspiration qui avait animé les pères fondateurs de la Loi fondamentale. La réunion de ce groupe d'hommes et de femmes fut une chance extraordinaire dans notre histoire. Ils avaient une capacité à dialoguer entre eux — malgré leurs divergences politiques — qui, malheureusement, s'est perdue depuis. Une partie d'entre eux venait des camps de concentration et des prisons du IIIe Reich, une autre de l'émigration intérieure et extérieure. Ils avaient tous vu de leurs yeux ou vécu dans leur chair les horreurs de la guerre. »

L'adhésion en application de l'article 23 faisait encore l'objet de très violentes controverses en février 1990. Elle fut rejetée par la « Table ronde » qui présenta à la mi-février son propre projet de constitution, dont l'écrivain de la RDA, Christa Wolf, avait écrit le préambule. Elle reposait sur l'idée d'une « troisième voie », d'un socialisme démocratique et d'une RDA qui resterait autonome. Une grande partie de la social-démocratie s'opposait à l'adhésion sur la base de l'article 23. Même Genscher, le ministre des Affaires étrangères, se prononça tout d'abord pour un accord conclu entre deux gouvernements librement élus, et le président de la République fédérale, von Weiszäcker, se montra réservé sur l'idée que la formule de l'article 23 soit la seule envisageable.

Le programme d'urgence de « l'Alliance pour l'Allemagne », que Volker Rühe mit au point le 14 février à Berlin avec les secrétaires généraux des partis de « l'Alliance », comportait deux axes essentiels : la création du cadre politique nécessaire à l'instauration de l'économie sociale de marché en RDA, et des mesures de protection contre les conséquences sociales négatives qu'impliquait le difficile processus d'adaptation de la population de RDA. Étaient ainsi exigées l'introduction immédiate du deutschemark et d'une banque d'émission indépendante, mais aussi la protection de l'épargne sur la base d'un rapport de 1 à 1. Kohl comprenait ce souhait, mais il ne voulait pas encore s'engager sur les détails de la politique de changement.

Parmi les revendications du programme d'urgence figuraient aussi l'introduction de la propriété privée, la liberté absolue d'entreprendre, une baisse de la fiscalité destinée à encourager les travailleurs indépendants, de même que le démantèlement des entreprises d'État et leur transfert au secteur privé. Les obstacles que rencontraient les investisseurs de République fédérale ou de l'étranger devraient être supprimés ; la réglementation du marché unique européen devrait s'appliquer en RDA, notamment les mesures de protection de la propriété et de la concurrence. En matière de protection sociale, « l'Alliance » garantissait la défense des locataires et la protection contre les licenciements abusifs ainsi que des loyers sociaux. Étaient également réclamés l'instauration d'une assurance-chômage, un programme de qualification et de formation continue, la garantie de la cogestion par une loi constitutionnelle sur l'entreprise, l'autonomie des partenaires sociaux ainsi que la liberté et l'indépendance syndicales. Un système de sécurité sociale devait être établi en collaboration avec la République fédérale, afin de supprimer les disparités entre les deux États allemands. En relevaient l'assurance-maladie, qui devait faire l'objet d'une loi, ainsi qu'une protection spéciale des pensions de retraite.

Pour présenter ce programme de l'Union et de « l'Alliance » aux habitants d'Allemagne de l'Est, il était prévu que Kohl intervienne à six reprises durant la campagne électorale. Dès que cela fut annoncé, le président du SPD-Est, Ibrahim Böhme, parla d'une « intolérable ingérence » du Chancelier dans les affaires intérieures de la RDA. Le Chancelier trouva également surprenante la critique du PDS reprise pour l'essentiel par les représentants de la « Table ronde ».

Tout ceci apparut également clairement lorsque le Premier ministre de RDA, Modrow, se rendit le 13 février à la Chancellerie à Bonn avec une délégation de dix-sept ministres pour les consultations convenues. La délégation arriva à l'aéroport de Cologne-Bonn à bord d'un appareil gouvernemental de la RDA et fut transportée à Bonn en hélicoptère.

Tandis que le Chancelier discutait en tête à tête avec Modrow, Seiters négociait avec les ministres de Berlin-Est. Ceux-ci refusèrent à plusieurs reprises que des Allemands de l'Ouest participent aux élections à la Chambre du peuple. Le ministre Matthias Platzeck dit que les habitants de RDA redoutaient que les décisions soient prises par l'étranger, le ministre Sebastian Pflugbeil déclara qu'il s'agissait d'une immixtion dans les affaires intérieures de la RDA et le ministre des Finances, Walter Romberg, se préoccupa du problème d'identité des Allemands de l'Est.

Les ministres se prononcèrent de manière tout aussi unanime sur le rythme d'introduction de l'union monétaire. Le ministre Gerd Poppe soutint que 72 % des habitants de RDA ne souhaitaient pas qu'elle se déroule aussi vite et Platzeck déclara que l'introduction du deutschemark équivaudrait à une « capitulation sans conditions de la RDA ». Les représentants du gouvernement de la RDA réclamèrent à Bonn une aide inconditionnelle de plusieurs milliards. Mais Seiters la refusa.

L'entretien de Kohl avec le Premier ministre de RDA fut désagréable : « Modrow n'avait toujours pas renoncé à nous réclamer des milliards pour un montant à deux chiffres, bien que je lui aie déjà fait remarquer de la manière la plus claire à Davos que cet argent ne servirait à rien et serait englouti en vain. Je lui renouvelai, mais cette fois de manière officielle, notre proposition de créer une union monétaire et économique et proposai de constituer immédiatement sur ce sujet un groupe d'experts inter-allemands, ce qu'il accepta. »

Les discussions se poursuivirent de manière élargie ; y prirent part du côté ouest-allemand plusieurs ministres-présidents et ministres fédéraux, dont Johannes Rau, Max Streibl, Helmut Haussmann et Theo Waigel. « C'était une rencontre inhabituelle, résume Kohl, ne serait-ce que parce qu'il serait impensable en République fédérale qu'il y ait autant de ministres sans portefeuille qu'en comptait la délégation est-allemande. L'un d'entre eux, Rainer Eppelmann, me dit : “ Vous voyez là ce que nous pouvons nous offrir ! ” Ce à quoi je répondis : “ Monsieur Eppelmann, c'est vrai que vous abusez ”, ce qui provoqua un éclat de rire général »[1].

1. Le Chancelier fait ici un jeu de mots en jouant sur le double sens du verbe *leisten* : « offrir » et « abuser ».

Il fut ensuite question de l'adhésion sur la base de l'article 23, dont la partie est-allemande ne voulait pas, et à nouveau de la participation des partis ouest-allemands à la campagne pour l'élection à la Chambre du peuple. Le Chancelier essaya de dissiper les peurs, qu'elles fussent réelles ou n'aient été exprimées que par calcul. Waigel, le ministre des Finances, indiqua qu'on avait prévu pour le seul budget de 1990 trente milliards de deutschemarks de dépenses liées à la division de l'Allemagne. On avait également inscrit dans la loi de finances rectificative plus de cinq milliards de deutschemarks destinés à l'aide d'urgence. À propos de « l'indemnité compensatoire » inter-allemande que réclamait l'autre partie, Waigel rappela que, durant des décennies, Bonn avait supporté le coût des réparations ; le régime SED n'avait quant à lui rien fait pour Israël et les survivants de l'Holocauste.

Après les consultations, Kohl et Modrow donnèrent une conférence de presse. L'atmosphère en fut glaciale ; la délégation de Berlin-Est se sentait humiliée. Comme l'avait déjà fait Platzeck, son chef parla par la suite de la « reddition sans conditions de la RDA à la République fédérale », qui s'était dessinée à compter de ce 13 février.

Le Chancelier expliqua en quoi consisterait globalement l'aide humanitaire d'urgence du gouvernement fédéral et indiqua que Modrow avait accepté sa proposition de négocier aussi vite que possible une union monétaire et économique. « Cela signifiait, dit Kohl rétrospectivement, qu'au jour dit, qu'il fallait encore déterminer, le deutschemark deviendrait en RDA le seul moyen légal de paiement. Parallèlement, la RDA devait créer les conditions juridiques nécessaires à l'introduction de l'économie sociale de marché. Durant la conférence de presse, j'indiquai clairement, en une sorte de message destiné à l'autre côté, que nous apportions avec le deutschemark notre atout économique le plus fort. Nous faisions ainsi participer immédiatement et directement — et il s'agissait là sans aucun doute d'un acte de solidarité — nos compatriotes de l'Est à ce que nous avions réalisé au cours des décennies précédentes. Mais il y avait à cela une condition non négociable, qui était de mettre en œuvre sans délai des réformes économiques radicales allant dans le sens de l'économie sociale de marché. »

Pendant la conférence de presse, Kohl aborda également les aspects extérieurs de l'unité. Il indiqua qu'il venait d'en discuter avec Hans-Dietrich Genscher, qui se trouvait alors à la conférence des ministres des Affaires étrangères de la CSCE à Ottawa. Kohl considérait que les pourparlers des ministres des Affaires étrangères compétents allaient déboucher sur un résultat positif et que les discussions deux-plus-quatre pourraient débuter prochainement. « Avant l'accomplissement de l'unité de l'Allemagne, nous avons encore un long chemin devant nous. Mais nous ne le faisons pas dans l'incertitude car on peut déjà voir clairement la lumière au bout du tunnel. »

Avant même son voyage à Moscou, le Chancelier était convenu avec le président des États-Unis d'une rencontre, qui avait déjà été envisagée pour le mois de décembre précédent, dans sa propriété de Camp David les 24 et 25 février afin de discuter de la procédure deux-plus-quatre et des questions politico-militaires qui y étaient liées. Dans la soirée du 13 février, Kohl informa George Bush de la manière dont s'étaient déroulés ses entretiens avec Gorbatchev.

Au cours de la conversation se posa de nouveau la question de l'appartenance à l'Alliance. « Je dis à George Bush que j'avais l'impression qu'on parviendrait à trouver une solution, se rappelle Kohl. Il me répondit qu'on devait trouver une solution et que c'était pour cela que la rencontre de Camp David avait tant d'importance. Il avait pensé à moi, son ami, durant mes entretiens à Moscou et s'était représenté mon émotion. Il pouvait également s'imaginer la joie du peuple allemand à l'idée de la réunification. J'approuvai et dis qu'en fait Moscou avait été un grand moment, qui aurait été impensable sans nos amis américains. George Bush me remercia. Il se réjouissait de me revoir et continuerait à soutenir ma politique. Mais on ne devait pas renoncer à l'appartenance de l'Allemagne à l'OTAN. On pourrait toutefois décider où l'on pouvait se montrer souple et où l'on devait rester ferme.

À peine notre conversation était-elle terminée, que George Bush rappela. Il s'agissait de la formulation d'une déclaration sur les futures discussions deux-plus-quatre. Bush dit qu'il venait juste de recevoir une nouvelle version de ce document. Il ne voulait pas qu'il y ait de malentendu entre lui et moi. Il avait toujours dit qu'il soutenait le Chancelier Helmut Kohl et la République fédérale d'Allemagne. Il ne serait d'accord avec la nouvelle version que si je l'étais. Cet appel téléphonique, ce geste, me montrait une fois de plus quel bon ami nous avions, nous Allemands, en la personne de George Bush. »

Avant la rencontre de Camp David, le Chancelier se rendit à Paris en compagnie de Teltschik et de Neuer pour mettre complètement Mitterrand de son côté. Kohl dit qu'il était optimiste sur ce point : « J'avais l'impression que notre rencontre à Latche nous avait fait considérablement progresser, ce que pensait également mon ami Jacques Delors, auquel j'avais téléphoné à mon retour de Moscou. Il trouvait Mitterrand beaucoup plus ouvert et détendu que quelques semaines auparavant. » Ce 15 février à Paris, Jacques Attali se joignit à eux. Il était le conseiller du Président depuis de longues années et devait par la suite faire parler de lui en raison des indiscrétions qu'il commit sur le président de la République, indiscrétions que Kohl apprécie peu et qui se révélèrent ensuite pour partie peu fiables, voire complètement fausses.

Le Chancelier raconta d'abord ses entretiens avec Mikhaïl Gorbatchev : « Je dis à Mitterrand que j'avais eu le sentiment que l'Union soviétique avait, elle aussi, été rassurée de savoir que le processus d'unification de l'Allemagne serait intégré de manière très étroite dans l'évolution de l'Europe. Plus l'Allemagne transférait de droits à la Communauté européenne, moins on pouvait craindre l'apparition du spectre d'un IVe Reich. »

François Mitterrand fit alors une digression : actuellement, le Chancelier se trouvait à la tête d'une évolution historique fascinante. On ne pouvait pas attendre de lui, Mitterrand, qu'il parle en patriote allemand : il était un patriote français. Et en tant que tel, il n'était pas inquiet. L'Allemagne était tout simplement une réalité historique dont il fallait s'accommoder, qu'elle plaise ou non. Elle lui plaisait, car il serait injuste de priver les Allemands du droit de se réunifier. Il ne s'écarterait pas de cette position.

Mitterrand revint ensuite au cœur de ses réserves, c'est-à-dire à la manière de régler le problème de l'Alliance avec une Allemagne élargie. « Il parla, note le Chancelier, du retrait des forces soviétiques et se demanda si la population allemande ne s'interrogerait pas également sur le maintien des soldats français, américains et anglais sur le territoire allemand. Il ne comptait pas attendre que la population dise que la présence de ces soldats pesait elle aussi trop lourdement sur elle. Les Allemands ne tarderaient pas à dire qu'ils n'acceptaient plus de tutelle, qu'elle vienne de l'Ouest ou de l'Est. Ils voulaient être considérés comme une nation adulte. Quarante-cinq ans après la guerre, les relations entre les Quatre Puissances et l'Allemagne n'étaient plus celles qui existent entre vainqueurs et vaincus. Tout homme politique allemand qui dirait dans une Allemagne unifiée : “ Nous sommes un pays adulte et nous ne voulons plus de troupes étrangères ” aurait du succès. Que faisaient donc encore les troupes françaises en Allemagne ? Il entendait en tout cas agir avant qu'on en arrive là.

« Je fis remarquer à Mitterrand que sa position sur les troupes occidentales en République fédérale ne correspondait pas à l'opinion de la population allemande. Les Allemands ne réclameraient pas le retrait de ces troupes. Le président de la République française fut d'accord avec moi pour dire qu'il faudrait qu'une partie de ces forces continue à être stationnée en Allemagne, afin que restent assurés les intérêts de sécurité de l'Allemagne et de la France. Mais elle ne devrait pas être trop importante, sinon le réflexe du sentiment national allemand réapparaîtrait.

« Sur un plan strictement juridique, poursuivit Mitterrand, les Quatre Puissances avaient le droit d'intervenir sur toutes les questions concernant l'Allemagne dans sa totalité et Berlin. Mais il y avait une différence entre les droits résultant de la guerre et la réalité. Dans la réalité, les Quatre Puissances n'avaient aucun droit d'intervenir contre la réunification, mais elles le pouvaient dès lors qu'il s'agissait des conséquences de la réunification. Elles avaient également le droit d'intervenir lorsqu'il s'agissait des relations des Allemands avec leurs voisins. Il m'avait déjà déclaré naguère que les traités de 1918,

1919, 1929 et 1945[1] étaient injustes. Mais il fallait bien vivre avec. Il pouvait comprendre les sentiments des Allemands à l'égard de la frontière occidentale de la Pologne, mais, d'un point de vue politique, il fallait bien dire que la perte des territoires d'Allemagne orientale était irrévocable. Si on la mettait en doute, on remettrait bientôt également en cause le caractère définitif des autres frontières en Europe centrale et orientale. »

Les alliés occidentaux avaient commencé à avoir des doutes sur la position allemande, indique Kohl, à cause notamment de l'opposition qui insinuait que le Chancelier essayait de se dérober à une déclaration claire et sans équivoque sur la frontière occidentale de la Pologne, mais aussi à cause de remarques totalement superflues venues des rangs de la CDU/CSU. « Les Polonais n'étaient désormais plus les seuls à demander de manière pressante une reconnaissance définitive de la ligne Oder-Neisse avant l'unité. Ils avaient obtenu le soutien de tous les pays occidentaux, y compris des États-Unis. Cependant, dans cette affaire, la France s'était faite le principal défenseur de sa vieille alliée, la Pologne. »

Le président de la République française poursuivit en indiquant que la frontière de l'Oder-Neisse était un héritage direct de la guerre. Staline avait voulu repousser la Pologne vers l'ouest pour s'emparer de territoires polonais, mais aussi d'une partie de la Prusse orientale allemande. La Pologne avait reçu la région de l'Oder-Neisse en compensation de la perte de territoires à l'est. Cela avait été une bien mauvaise chose. À l'époque où Mitterrand étudiait l'histoire, la Silésie était pour lui une terre allemande. Pendant des siècles, la Prusse avait été à la charnière d'un grand empire. Mais aujourd'hui la situation était tout simplement différente. Il ne dit pas que la reconnaissance de la frontière sur l'Oder-Neisse était la condition préalable à la réunification, mais il le pensait. Il fit remarquer à ce sujet, dit Kohl, que l'acceptation définitive de cette frontière

1. Il s'agit de l'armistice du 11 novembre 1918, du traité de Versailles du 28 juin 1919, du plan Young (sur les réparations) du 7 juin 1929 et des accords de Potsdam du 2 août 1945, qui tous fixaient des conditions extrêmement dures pour l'Allemagne.

devait accompagner la réunification et non pas être un préalable.

« C'était une conversation très sérieuse, se rappelle Kohl. Mitterrand parlait calmement et avec insistance. J'écoutais très attentivement lorsqu'une fois de plus le président de la République française souligna les craintes que réveillait en France la réunification de l'Allemagne. Pour finir, après s'être interrompu un moment, Mitterrand dit qu'il ne voulait pas donner l'impression d'être un mauvais ami. En vertu du droit d'intervention des Quatre Puissances, il ne s'intéressait qu'aux conséquences internationales de l'unité, et non aux affaires intérieures. Il cita comme exemple la restauration du Land de Thuringe ; à titre personnel, il y était très favorable parce qu'il y avait été en captivité pendant la guerre. En plaisantant, il ajouta qu'il se sentirait désavoué s'il n'y avait pas de Land de Thuringe. Je répondis que la France et l'Allemagne devaient à l'avenir parcourir ensemble ce difficile chemin et que rien ne devait porter atteinte au trésor que constituait l'amitié qui avait grandi entre nos deux pays en plus de trente années. François Mitterrand approuva ; il voulait faire avec moi tout ce qui devait être fait : "Sinon, avec qui le ferais-je ? Peut-être sommes-nous déjà devenus une espèce de vieux couple ! " »

Le lendemain, la presse française parla d'une « brouille ». Il était dit dans *Le Figaro* que les deux hommes politiques étaient très éloignés de la « complicité » qui régnait entre de Gaulle et Adenauer ou de l'amitié qui liait encore Giscard d'Estaing et Schmidt : « Dommage ! Il y a longtemps qu'une bonne entente entre l'Allemagne et la France n'a été aussi nécessaire que maintenant. Mais ce n'est pas le cas. » Par ailleurs, les journaux français, par exemple *Le Quotidien de Paris* ou *Libération*, attaquaient Kohl en raison de sa position sur la question de la frontière. Il y eut aussi des voix malveillantes, comme dans *La Haute-Marne libérée*, qui, par attachement à des conceptions depuis longtemps révolues, écrivirent par exemple : « L'aigle a de nouveau pris son vol. Et rien sur le continent ne pourra le retenir... Mieux vaudrait prévenir dès maintenant les Français, qui d'ailleurs s'en doutaient, qu'il y a quelque chose de fallacieux et d'artificiel à parler de l'élémentaire alliance franco-allemande. » Même des journaux tels que le *Financial Times*, le *Washington Post* ou la *Weltwoche* de Zurich, émirent des critiques très dures : « Avec cette même maladresse brutale » avec laquelle « l'équipe de football d'Allemagne arrache la victoire », le Chancelier a tout renversé sur son passage « sans fioritures, sans scrupules et sans réfléchir ».

À cela aussi Kohl réagit alors de manière flegmatique : « Beaucoup de gens me considéraient comme un éléphant dans un magasin de porcelaine pour la seule raison que j'avais défendu les intérêts allemands de manière parfaitement calme. Ma stature physique me prédispose à des comparaisons de ce type. Il faut supporter ce genre de choses, cela ne me perturbe pas. C'était bien sûr un choc pour beaucoup de gens que l'unité de l'Allemagne soit à présent à portée de vue. Mais avant de s'agacer des critiques entendues à l'étranger, il fallait commencer par regarder ce qui se passait en Allemagne. Chez nous aussi, beaucoup de gens avaient pensé que la réunification était une question qui ne serait résolue qu'au siècle suivant, et encore. Beaucoup de ceux qui avaient toujours chanté " Unité, droit et liberté " et se laissaient alors de temps en temps envahir par un agréable sentiment national, pensaient à présent : dans la mesure du possible, il ne faut pas que cette unité change quoi que ce soit et il ne faut surtout pas que cela touche à mon porte-monnaie. Vis-à-vis des craintifs, je m'en tenais à ma vieille image : il en va de l'unité allemande comme du Rhin. Nous devons veiller à ce qu'il ne déborde pas, qu'il ne provoque aucun dégât et que beaucoup de gens éprouvent de la joie à voir ce fleuve couler tranquillement, majestueusement, mais aussi énergiquement. Le vieux père Rhin est un grand fleuve européen qui a vu beaucoup de choses et a un grand avenir devant lui — et il en va également ainsi des Allemands. »

Une bonne semaine après sa visite à Paris, le Chancelier partit pour Washington. Pendant le vol, qui dura presque huit heures, il ne se contenta pas d'étudier des dossiers, mais lut aussi l'autobiographie du président des États-Unis, dans laquelle celui-ci raconte notamment ses expériences de pilote de chasse au-dessus du Pacifique durant la Seconde Guerre mondiale.

À l'aéroport, Baker, le ministre des Affaires étrangères, accueillit la délégation allemande. Peu après, les hélicoptères de l'escadrille présidentielle qui les attendaient décollèrent en direction des monts Catoctin dans le Maryland, un endroit peu agréable, selon Kohl. On n'a pas lésiné sur les dépenses de sécurité pour protéger Camp David. Tout le terrain est d'abord entouré à l'extérieur d'une clôture de quatre à cinq mètres de hauteur, puis par une autre clôture intérieure. Entre les deux se trouve une bande de sécurité en friche, où il ne doit y avoir ni arbre, ni buisson. À intervalles réguliers se dressent des miradors, d'où des Marines armés jusqu'aux dents contrôlent le terrain. Selon le Chancelier, on ne se sentait pas très bien lorsqu'on s'approchait de cette clôture. En revanche, les bungalows en rondins cachés sous les chênes étaient très confortables et jolis.

À Camp David, le Chancelier fut accueilli par un sifflement strident — comme c'est la coutume dans la marine — lorsqu'il descendit de l'hélicoptère. La garde d'honneur rassemblée présenta les armes, une cloche de navire sonna quatre fois solennellement. Suivirent de chaleureuses retrouvailles entre le Chancelier, accompagné de sa femme, et George et Barbara Bush, dont le Chancelier dit qu'elle n'avait sans doute aucune ambition politique personnelle, comme par exemple Raïssa Gorbatchev, mais qu'elle exerçait par son humanité une merveilleuse influence sur son entourage. « C'est une femme et une mère exceptionnelle, qui sait merveilleusement créer une atmosphère. Elle est vraiment épatante et est très pince-sans-rire. Hannelore, ma femme, et Barbara Bush sont comme les deux doigts de la main. Elle a beaucoup de sympathie pour les Allemands », dit le Chancelier en évoquant le voyage qu'ils avaient fait ensemble en bateau sur le Rhin pendant la première visite du couple présidentiel en Allemagne en mai 1989.

Barbara et George Bush conduisirent personnellement le couple Kohl à son bungalow dans une voiture de golf électrique. Avant même qu'ils ne montent en voiture, l'un des reporters de la troupe de journalistes qui attendaient derrière une barrière, cria avec véhémence : « Mister Chancellor, what about Poland ? »[1]. Il s'agissait d'un journaliste connu dans tous les États-Unis. Kohl ignora son cri, mais était désormais averti que, même dans les médias des États-Unis, sa position sur la question de la frontière polonaise était mal interprétée. Peu après, les Kohl s'installèrent dans leur bungalow, le *Bird Lodge*.

Pendant que Hannelore Kohl et Barbara Bush bavardaient, le président des États-Unis et le chancelier d'Allemagne se retrouvèrent dans le bungalow des conférences. Genscher, le ministre des Affaires étrangères, n'était pas à Camp David. À Bonn, quelques jours plus tôt, les Américains avaient fait savoir que Baker, le ministre des Affaires étrangères, ne serait pas là non plus. Mais à la surprise des Allemands, celui-ci était pourtant présent. Du côté américain, le conseiller de sécurité, Brent Scowcroft, et l'ambassadeur William Blackwill participèrent également à la réunion. Tous s'étaient mis à l'aise, le Chancelier en veste de tricot, Baker chaussé de bottes de cow-boy texan.

« Au cours de notre conversation, raconte Kohl, il fut d'abord question de la situation en Union soviétique. Je dis que même si Mikhaïl Gorbatchev était renversé, son successeur devrait tôt ou tard mener une politique identique dans son principe à la sienne — l'évolution des choses l'y contraindrait tout simplement. Il n'y aurait pas de retour à Staline. Je parlai ensuite de l'appartenance de l'Allemagne à l'OTAN et du futur rôle des États-Unis en Europe. Après avoir décrit la situation actuelle de la RDA, je dis à nos amis américains que l'Allemagne unifiée resterait membre de l'OTAN. C'était certain ! Selon moi, l'appartenance de l'Allemagne à l'OTAN et la présence des forces américaines en Europe étaient les conditions préalables nécessaires pour assurer la sécurité du continent. De Berlin à la frontière soviétique, il y avait six cents kilomètres, il y en avait dix fois plus entre Berlin et les États-Unis.

« Sur ce point, George Bush souligna la détermination des

1. « Et la Pologne, Monsieur le Chancelier ? »

États-Unis à maintenir leur présence en Europe. Cependant, il était soumis à des pressions visant à réduire l'effectif des forces armées et à diminuer les dépenses en matière de défense. C'est pourquoi il était d'autant plus important que l'Allemagne unifiée reste dans l'OTAN. Il parla ensuite des craintes et des sensibilités de nos alliés. Il voulait donner très librement comme exemple de manque de tact le fait qu'on ait dit, quasiment sans prendre de gants, aux Italiens à la conférence d'Ottawa qu'il n'y avait pas de place pour eux à la table de négociation des deux-plus-quatre. Cela n'avait pas seulement blessé l'Italie, mais également d'autres pays européens. Il fallait se montrer particulièrement attentif à l'égard des petits partenaires de l'OTAN. Il ne fallait pas donner le sentiment que le président des États-Unis et le chancelier d'Allemagne se retrouvaient ici pour décider du sort de l'Europe.

« Je l'approuvai et dis que je voyais parfaitement les difficultés des autres États européens. On venait de battre à nouveau les cartes en Allemagne et beaucoup de gens avaient du mal psychologiquement à tenir le rythme de l'évolution. Nous parlâmes ensuite des différents alliés européens. Je dis qu'il était réjouissant de voir que les Italiens changeaient de position. Il y avait des problèmes bien compréhensibles dans les petits pays qui avaient particulièrement souffert de l'occupation allemande. La Grande-Bretagne était aussi un cas difficile. On ne pourrait sans doute pas changer la position du Premier ministre Thatcher. Elle vivait dans le passé.

« George Bush était d'accord avec moi. Les États-Unis ne craignaient aucun spectre du passé et ne croyaient pas davantage que les Allemands devaient expier éternellement pour le passé. Il fallait cependant réduire les craintes des autres. Je dis alors au Président qu'en Allemagne, beaucoup de gens se demandaient si le fait que, durant quarante ans, leur pays se soit fidèlement tenu aux côtés des démocraties occidentales en tant que partenaire de l'Alliance ne comptait pour rien. Il me coupa la parole et dit : "L'Allemagne a fait son devoir. C'est pourquoi les États-Unis aideront l'Allemagne. Oui, ils y sont même tenus."

« À Camp David, nous parlâmes naturellement — je pourrais

presque dire, inutilement — également de la question de la frontière occidentale de la Pologne. Je dis à George Bush qu'en définitive, il ne s'agissait pas de savoir " si ", mais bien de savoir " quand ". Seule une Allemagne ayant retrouvé toute sa souveraineté était habilitée à procéder à une reconnaissance définitive et c'était sans aucun doute ce qui se produirait. En vérité, le problème était d'ordre psychologique. Cela s'appliquait aux deux pays et marchait dans les deux sens. Par exemple, le maréchal de la Diète polonaise[1] s'était récemment trouvé à Bonn et avait réclamé des réparations. Il était impensable d'accepter une telle demande. Cela me placerait dans une situation catastrophique en termes de politique intérieure. »

Bush se montra très compréhensif, mais, en remarquant qu'aux États-Unis personne ne comprenait la position de Kohl, il insista pour que l'Allemagne adopte une position très claire sur la question de la frontière. « Si le gouvernement fédéral ne prenait pas position, le président des États-Unis redoutait que n'intervienne une résolution du Congrès, susceptible de compliquer de nouveau son engagement en faveur de la cause allemande.

« En conclusion, nous parlâmes de nos chances de succès aux discussions deux-plus-quatre. Jim Baker pensait que Gorbatchev et Chevardnadze finiraient par considérer la présence de troupes américaines comme un élément stabilisateur. Ils ne pouvaient sans doute pas soutenir activement l'appartenance de l'Allemagne à l'OTAN, mais au bout du compte, ils l'accepteraient totalement. Les oppositions exprimées actuellement par Moscou ressemblaient aux ouvertures par lesquelles débute un jeu.

« Je l'approuvai : les propos actuels des Soviétiques ressemblaient aux annonces du poker. La question de notre contribution financière finirait par occuper le devant de la scène. C'était par orgueil national que Moscou n'en parlait pas ouvertement. En vérité, les Soviétiques n'avaient aucun problème avec l'appartenance à l'OTAN de l'Allemagne unifiée, ils avaient seulement un prix. En plaisantant, George

1. Nom donné traditionnellement au président de la Diète.

Bush fit remarquer qu'il était vrai que j'avais de grandes poches. L'Union soviétique n'était pas en position d'imposer à l'Ouest que l'Allemagne reste ou non dans l'OTAN. On témoignerait du respect à l'Union soviétique et on l'aiderait à sauver la face. Je profitai de cette occasion pour remercier encore une fois George Bush de la lettre dans laquelle il m'avait assuré du soutien inconditionnel des États-Unis à la veille de mon départ pour Moscou. »

Après un dîner, qui se déroula dans une atmosphère familiale et auquel participèrent également avec Barbara Bush quelques membres de la famille du Président, cette journée que le décalage horaire avait allongée de six heures, s'acheva sur la projection du film *L'Île au Trésor*. Avant qu'on éteigne les lumières de la pièce, George Bush indiqua à ses invités allemands que ce n'était pas un exercice obligatoire et que chacun pouvait se retirer quand il le jugeait bon. Après quelques minutes, il n'y eut plus que George Bush, Brent Scowcroft et Uwe Kaestner, le collaborateur de Kohl, pour suivre les péripéties sur l'écran.

Le dimanche matin commença par un office religieux, auquel ils assistèrent tous ensemble dans la chapelle de la marine, avant la reprise des entretiens. Avant qu'on ne se réinstalle devant la cheminée, Bush emmena son visiteur dans un petit bureau et lui montra un extraordinaire trophée. Il s'agissait d'une caricature de Bush criblée d'impacts de balles. Les Marines s'en étaient emparés au moment de l'invasion de Panama et la lui avaient ensuite envoyée, raconta le Président avec fierté. Cette caricature était accrochée dans le bureau du dictateur Noriega qui tirait dessus régulièrement avec son revolver.

George Bush demanda au Chancelier à quelle échéance celui-ci voyait la réunification. « Je lui répondis qu'il n'était pas possible de faire des prévisions sérieuses. Il y avait encore trop de choses à faire. Je l'informai de la préparation des premières élections libres qui allaient avoir lieu prochainement en RDA, du désir des gens de là-bas de reconstituer des Länder, de nos efforts pour créer une union monétaire et économique interallemande et de toutes les autres questions difficiles qui se posaient. J'avais le sentiment qu'aujourd'hui beaucoup de gens en RDA faisaient dépendre leur décision de rester chez eux ou de passer à l'Ouest du résultat des élections à la Chambre du peuple. Par exemple, la semaine précédente lors d'une discussion entre des étudiants et des représentants de la CDU à l'université de Dresde, un étudiant avait déclaré qu'on pouvait dire ce qu'on voulait mais que, si le 18 mars les partisans de l'ancien régime l'emportaient, il ferait ses bagages et s'en irait. Il avait été vigoureusement applaudi.

« Jim Baker dit que les discussions deux-plus-quatre ne pourraient avoir lieu qu'après les élections en RDA. J'approuvai : si une telle discussion se tenait avant les élections à la Chambre du peuple, l'Union soviétique et la RDA, qui représentait exclusivement les intérêts soviétiques, siégeraient de l'autre côté de la table ; le ministre des Affaires étrangères de RDA était encore un communiste. »

Le ministre des Affaires étrangères des États-Unis proposa alors qu'on s'entende à l'Ouest de manière officieuse dans le cadre de consultations un-plus-trois avant d'entamer, après le 18 mars, les discussions deux-plus-quatre. Kohl était lui aussi favorable à cette manière de procéder. Comment l'Ouest pourrait-il entreprendre de difficiles négociations avec les Soviétiques en ayant des chances de réussir, si François Mitterrand, Margaret Thatcher, George Bush et lui ne poussaient pas tous dans le même sens ? Kohl trouvait particulièrement important qu'on tienne compte de Mikhaïl Gorbatchev et du prestige de l'Union soviétique. S'il en allait ainsi, il y avait de bonnes chances pour que Gorbatchev et le président des États-Unis — en quelque sorte de grande puissance à grande puissance — arrêtent les dernières décisions en juin, lors du prochain sommet américano-soviétique. Aux yeux de Moscou, Gorbatchev n'avait qu'un seul partenaire de son niveau, les États-Unis. Bush approuva en remarquant qu'en fait, il fallait donner à Gorbatchev la possibilité de sauver la face. Il voulait que le sommet avec Gorbatchev, notamment en matière de désarmement, soit un succès que le Secrétaire général puisse exploiter à l'intérieur de son pays.

Après cet entretien, le Chancelier et le Président se rendirent en voiture à la conférence de presse qui avait lieu à Greentop Lodge, une petite localité dans les environs immédiats de Camp David. À propos des relations germano-américaines, Kohl fit la déclaration suivante : « La future Allemagne unifiée aura elle aussi comme tâche prioritaire d'entretenir son amitié avec les États-Unis et de renforcer leurs relations. Nous nous réjouissons que notre coopération économique soit toujours plus étroite, qu'il y ait davantage d'échanges dans les domaines scientifique et culturel et des contacts fréquents entre les hommes, notamment au sein de la jeunesse. » Le Chancelier parla aussi de la question de la frontière occidentale de la Pologne, sujet qui intéressait le plus les journalistes restés à Camp David. Il répéta de nouveau que personne ne voulait que l'unité de l'Allemagne s'accompagne d'une modification des frontières existantes. Bush ajouta que Washington respectait les dispositions de l'Acte final de la CSCE et donc l'intangibilité des frontières existantes en Europe. « C'était bien entendu également la position de l'Allemagne. Cependant quelques-uns des journalistes présents ne purent pas s'empêcher d'imaginer un différend entre George Bush et moi, se rappelle Kohl.

« Après la conférence de presse, nous nous retrouvâmes tous ensemble pour le déjeuner où Jim Baker dit les grâces. Nous fîmes ensuite une longue promenade, au cours de laquelle nous discutâmes de notre vie, de nos familles, de nos enfants. Pour nous protéger du vent glacial de février qui balayait Camp David, la marine nous avait fourni des anoraks épais avec des capuches fourrées, de sorte que nous ressemblions aux membres d'un club — ce que d'une certaine manière nous étions. » Après des adieux chaleureux, l'hélicoptère présidentiel ramena la délégation allemande à Washington où l'attendait un vol de sept heures pour rentrer chez elle.

Sur les bords du Rhin, les fous du Carnaval soignaient leur gueule de bois du mercredi des Cendres, lorsque, le 28 février, Bush téléphona à Gorbatchev pour l'informer de ses discussions avec le Chancelier. L'organe central du PCUS avait pris les devants en lançant de violentes attaques. La *Pravda* écrivait que la présence dans l'OTAN d'une Allemagne unifiée, qui n'aurait pas changé de statut politico-militaire, était totalement inacceptable pour l'Union soviétique. On porterait atteinte aux intérêts de sécurité soviétiques même si les forces de l'OTAN n'étaient stationnées que sur l'actuel territoire de la République fédérale d'Allemagne. Voilà ce que pense le Chancelier : « Les inventeurs de ce subterfuge grossier ne cherchaient pas à trouver une solution acceptable, ils voulaient seulement détourner l'attention du danger que présentaient leurs propres projets qui auraient détruit l'équilibre militaire existant en Europe. »

Au cours de son entretien téléphonique avec Gorbatchev, Bush souligna nettement que Kohl et lui étaient d'avis qu'il fallait que l'Allemagne unifiée reste membre à part entière de l'OTAN, ainsi qu'ils l'avaient annoncé dans leur déclaration à la presse à l'issue des entretiens de Camp David. Gorbatchev répondit que cela lui posait un problème, mais qu'il allait y réfléchir. Bush informa également Mitterrand et défendit devant lui la cause allemande. « François Mitterrand me raconta sa conversation avec le président des États-Unis lorsque nous nous téléphonâmes dans la soirée du 5 mars. Je lui expliquai la manière de procéder dont nous étions convenus, George Bush et moi, et abordai ensuite la question de la frontière occidentale de la Pologne. »

Ce sujet se trouvait à présent au cœur des discussions internationales. Le débat s'était encore compliqué parce que Mazowiecki, le Premier ministre polonais, avait à la mi-février réclamé aux Quatre Puissances à la fois que la ligne Oder-Neisse soit reconnue de manière définitive comme frontière occidentale de la Pologne avant même la réunification et que la Pologne participe aux discussions deux-plus-quatre. Le 23 février, Kohl lui téléphona et essaya de dissiper ses inquiétudes sur la question de la frontière. « Au téléphone je lui dis : "Vous avez de graves problèmes de politique intérieure et moi aussi. Mais les relations d'amitié impliquent qu'on essaye de comprendre les autres et de s'aider mutuellement." Cependant c'était justement cela qui posait problème. »

Chevardnadze, le ministre soviétique des Affaires étrangères, et Dumas, son homologue français, se montrèrent très ouverts à l'égard de la requête polonaise. Chevardnadze parla devant l'ambassadeur de Varsovie à Moscou du « droit moral et juridique incontestable de la République polonaise à faire entendre sa voix et à prendre place dans le processus de négociation ». Pendant un discours qu'il faisait à Berlin, Dumas réclama expressément une reconnaissance immédiate de la frontière en se référant sur ce point à son ami, le ministre allemand des Affaires étrangères.

Au cours de son appel téléphonique du 5 mars, le Chancelier expliqua encore une fois sa position au président de la République française. « Il y avait deux points importants que je ne pouvais pas laisser passer. Je fis remarquer à François Mitterrand que la République fédérale et la Pologne avaient signé en novembre dernier un accord qui devait garantir les droits de la minorité allemande. Il fallait cependant que cette déclaration s'applique également à l'Allemagne tout entière. J'attendais donc une déclaration en ce sens de Varsovie. Par ailleurs, en 1953, la Pologne avait renoncé à demander des réparations à l'Allemagne. Cela aussi devrait être confirmé avant que soit finalement formalisée juridiquement la frontière sur l'Oder-Neisse. Je demandai à Mitterrand de le rappeler lors de son futur entretien avec les dirigeants polonais à Paris.

« On considéra souvent — et pas seulement dans l'opposition — que, par mon obstination sur cette question, je mettais en péril de manière irréfléchie l'amitié germano-française. Il y eut de sévères critiques de ma position jusque dans les rangs du FDP, notre partenaire au sein de la coalition. »

Si le débat de politique intérieure et la pression extérieure concernant la frontière occidentale de la Pologne restaient aux yeux du Chancelier le seul chapitre véritablement irritant de l'ensemble du processus de réunification, il se trouvait en revanche tout à fait dans son élément au sein de la campagne pour les élections à la Chambre du peuple. Sur ce point, Kohl avait toutes les raisons d'envisager l'avenir avec optimisme. La cérémonie ouvrant les six interventions prévues du Chancelier eut lieu à Erfurt le 20 février, jour où la Chambre du peuple vota enfin les indispensables modifications de la constitution, la loi électorale, le système électoral, ainsi que la loi sur les partis et les associations. Quinze mille affiches, qui furent apposées dans les districts d'Erfurt, Gera et Suhl, et cent mille tracts annonçaient la venue du Chancelier. Kohl se rappelle encore son vol du 20 février, en compagnie de son directeur de cabinet à la Konrad-Adenauer-Haus, Michael Roik, du directeur adjoint du cabinet du Chancelier, Stephan Eisel, ainsi que du chef de la campagne électorale de la CDU, Karl Schumacher, vers le poste-frontière de Herleshausen d'où ils rejoignirent Erfurt par l'autoroute.

« À ce moment-là, je ne pus m'empêcher de songer au premier voyage que j'avais fait au sud de la RDA et qui avait lui aussi commencé ici, à Herleshausen. J'étais alors — je crois que c'était en 1973 — ministre-président de Rhénanie-Palatinat et je venais juste d'être élu président de la CDU, lorsque je décidai de faire un voyage privé en RDA avec ma femme et deux ou trois compagnons. Jusque-là, je ne connaissais ces régions que par les descriptions de ma femme, qui avait passé son enfance à Leipzig avant de fuir à l'Ouest avec ses parents devant l'Armée rouge.

« Nous eûmes beaucoup de sujets de contrariété durant le voyage. Ainsi la Wartburg [1], l'une de nos premières étapes, fut-elle évacuée en quelques instants par la Stasi après notre arrivée. Des groupes entiers de touristes en furent chassés. Dans un baraquement de l'ancien camp de concentration de Buchenwald, près de Weimar, je me trouvais associé sur une gigantesque affiche à Franz-Josef Strauss et à Friedrich-Karl Flick [2] comme "fauteur de guerre". J'étais au milieu d'une classe à laquelle son institutrice expliquait qui étaient les "fauteurs de guerre d'aujourd'hui". Lorsque les enfants remar-

---

1. Château de Thuringe, célèbre parce que c'est dans ses murs que Luther traduisit le Nouveau Testament en allemand.

2. Friedrich-Karl Flick, né en 1927, est le fils de Friedrich Flick (1883-1972), fondateur du groupe industriel Flick qui, pendant la période nazie, fut un grand pourvoyeur d'armes et prit le contrôle de l'industrie du charbon et de l'acier des pays occupés. Il fut condamné à sept ans de prison à Nuremberg et, libéré trois ans plus tard, reprit la tête de son groupe. On peut penser que c'est par analogie que son fils était considéré comme « fauteur de guerre » en RDA. Ce même F.K. Flick, qui était l'homme le plus riche d'Allemagne, a eu récemment des démêlés avec le fisc qui l'ont amené à quitter l'Allemagne.

quèrent que l'une des personnes photographiées se trouvait en chair et en os parmi eux, ils furent chassés en toute hâte du baraquement. »

Dix-sept ans plus tard, il en alla tout autrement : « Au poste-frontière, des gens en uniforme et des officiels nous accueillirent avec chaleur. Cela contribua à accroître encore notre sentiment latent d'insécurité. En effet, nous n'avions pas la moindre idée de ce qui nous attendait pendant notre première tournée électorale. Je demandai aux membres de la police du peuple qui précédaient notre petit convoi de ne pas allumer leurs gyrophares et de respecter les limitations de vitesse. Ils s'y tinrent scrupuleusement.

« Alors que nous roulions sur l'autoroute en direction d'Erfurt, la première chose qui nous frappa et nous rappela Dresde, fut les nombreuses banderoles — sur les ponts, les rues et les maisons — destinées à m'accueillir. Nous apercevant que nous allions arriver en avance, nous décidâmes de faire une pause. Parfaitement ignorants des réalités de la RDA, nous cherchâmes vainement un café ou une auberge pour boire une tasse de café. Dans un petit village, nous découvrîmes finalement une cantine à l'écart de la rue principale. Lorsque la patronne vit qui entrait chez elle, elle pesta et se lamenta dans le plus pur dialecte thuringeois. Il semblait qu'elle ne se calmerait jamais. En la questionnant, nous apprîmes pourquoi — son mari et son fils étaient allés à Erfurt pour voir Helmut Kohl, qui se trouvait à présent dans sa cuisine. Mais nous eûmes quand même notre café.

« Avant de repartir, je demandai à l'accompagnateur chargé de ma sécurité de bien vouloir demander à ses " collègues de la Stasi " qui nous escortaient depuis la frontière combien de gens assisteraient à la manifestation à Erfurt. " Environ trois à quatre mille ", telle fut la réponse. Lorsque, une heure plus tard, nous approchâmes de la place de la cathédrale, nous avancions entre des haies humaines. Il y avait plus de cent cinquante mille personnes. À peine descendu de voiture, je dus arbitrer une querelle entre Diestel et Kirchner, qui se disputaient pour savoir qui parlerait le premier. »

Erfurt, qui ouvrit la campagne électorale du Chancelier en

faveur de « l'Alliance pour l'Allemagne », fut un immense succès. « Les gens étaient venus par dizaines de milliers et brandissaient des banderoles touchantes. Sur l'une était écrit : " Dieu protège notre Chancelier." Je passai une heure émouvante sur la place de la cathédrale, où saint Boniface, l'apôtre des Allemands, avait fondé l'évêché et où Martin Luther avait jadis fait ses études. La voie royale que suivaient les marchands allemands allait du Rhin à la Russie en passant par Erfurt. À Erfurt, je n'eus pas besoin d'expliquer longtemps que nous, Allemands, ne sommes qu'un peuple.

« Ce jour-là, il apparut pour la première fois que les chances de " l'Alliance pour l'Allemagne " étaient meilleures que ne le prédisaient les sceptiques », se rappelle Kohl qui, après la manifestation, discuta avec les présidents des partis de « l'Alliance », de Maizière, Schnur et le pasteur Ebeling de la suite de la campagne électorale dans l'auberge historique *Hohe Lilie* qui se trouve à un jet de pierre de la cathédrale. Au cours du petit nombre de semaines qui restaient avant le 18 mars, au total quatre-vingt-trois hommes politiques des partis de l'Union prirent trois cent quatre-vingt-dix-sept fois la parole ; en outre les comités régionaux de la CDU avaient prévu mille quatre cents manifestations.

Après la réunion, les trois présidents des partis de « l'Alliance » firent une déclaration qui indiquait que leur objectif commun était, le 18 mars, de supprimer en RDA le socialisme sous toutes ses formes : « Compte tenu de la dégradation dramatique de l'économie, de l'environnement et d'autres secteurs de la société provoquée par le socialisme en RDA, il n'existe qu'un moyen raisonnable susceptible de conduire à un assainissement politique et moral : l'instauration rapide de l'unité de l'Allemagne et l'introduction de l'économie sociale de marché... C'est à l'engagement décisif et couronné de succès du Chancelier Helmut Kohl, à sa force de conviction et à sa capacité à imposer ses idées qu'est dû le fait que tous les pays voisins de la République fédérale d'Allemagne et de la RDA, y compris les États-Unis et l'Union soviétique, soutiennent sans condition le désir des Allemands de retrouver leur unité. Helmut Kohl a largement ouvert la porte de l'unité.

Aujourd'hui les habitants de RDA n'ont pas d'ami plus déterminé que le Chancelier Kohl. »

Le Chancelier reçut de tous côtés des félicitations pour l'ouverture de la campagne électorale à Erfurt. « Elles venaient de toute l'Allemagne, mais pas seulement de là, raconte Kohl. Le coup de fil de Brian Mulroney, le Premier ministre canadien, un ami des Allemands, me fit particulièrement plaisir. Il me dit qu'il avait suivi la manifestation d'Erfurt à la télévision et qu'il avait été très impressionné. » Le Canadien félicita de nouveau le Chancelier du rôle clé qu'il jouait et de sa gestion politique. Il se réjouissait d'accueillir prochainement le couple Kohl lors de sa visite dans son pays.

En Saxe, à Chemnitz, il y eut plus de deux cent mille personnes pour voir l'homme qui, comme eux, voulait l'unité de l'Allemagne. Il en fut ainsi à Magdebourg le 6 mars ou à Rostock trois jours plus tard. Pour Helmut Kohl, ce déplacement représenta une énorme fatigue : le vol en fin d'après-midi de l'aéroport Cologne-Bonn jusqu'à Lübeck avec la compagnie de charter King Air où, en dehors de lui, s'entassèrent ses collaborateurs Andreas Fritzenkötter, le porte-parole de la CDU, son directeur de cabinet Michael Roik, son conseiller économique Johannes Ludewig, deux personnes chargées de sa sécurité et Hans-Ulrich Kempski de la *Süddeutsche Zeitung*, puis les deux heures et demie de trajet en auto pendant lesquelles il y eut un grand nombre de communications téléphoniques et finalement, peu avant Rostock, un dernier coup d'œil sur ses notes. Lorsque Kohl descendit de voiture, il eut le plus grand mal à traverser la ruelle barrée d'une corde, devant laquelle se pressait une foule enthousiaste, pour atteindre le pupitre placé sur le Bastion des Pêcheurs. Kempski raconte ainsi la scène : « Lorsque Kohl atteint enfin son but, sa main droite est égratignée et en sang. Kohl a l'air ému et heureux. »

Là où Kohl apparaissait, il propageait l'optimisme et il se sentait en forme lorsqu'il demanda par exemple à un policier de l'escorte, manifestement saxon, s'il était vrai que c'était en Saxe qu'il y avait les plus jolies filles et le meilleur café et le pria — après que celui-ci eut répondu par l'affirmative — de l'emmener dans un établissement où il y ait du café bien chaud[1]. Il était content que les gens lui fassent signe et ne cessa d'obliger Seeber, son chauffeur, à s'arrêter pour serrer des mains. Vêtu d'un gilet de tricot noir, qu'il avait enfilé à la place de sa veste, dans sa Mercedes 500 blindée, il parcourut mille kilomètres dans un monde encore peu connu, même de lui.

Pendant les longs trajets en voiture, Kohl parlait souvent de la campagne électorale de 1949, qui avait eu lieu alors qu'il était encore au lycée : « J'étais tout le temps parti pour coller des affiches ou alors je participais aux manifestations de la CDU, y compris en dehors du Palatinat. C'est à l'une de ces occasions — c'était au château de Heidelberg —, que j'ai rencontré pour la première fois Konrad Adenauer, qui remporta ensuite avec l'Union les élections au Bundestag et devint peu après le premier chancelier de la République fédérale d'Allemagne qui venait juste d'être fondée. »

Quarante ans plus tard, le cortège triomphal du Chancelier à travers la RDA, qui s'adressa alors personnellement à plus d'un million d'individus, amena le ministre soviétique des Affaires étrangères à envoyer une note très dure au gouvernement fédéral, dans laquelle il mettait en garde contre le recours à l'article 23 immédiatement après les élections à la Chambre du peuple et donc contre l'accomplissement de la réunification de l'Allemagne sans réelle prise en compte des intérêts de sécurité de l'Union soviétique. La *Pravda* compléta cette mesure par un commentaire. L'organe du PCUS remarqua que, manifestement, le Chancelier ne se sentait déjà plus lié par le Traité fondamental qui posait en principe la non-ingérence dans les affaires intérieures de chacun des deux États allemands. Lorsque Kohl appelait « à renverser les huiles communistes », il s'agissait d'un « appel à la révolte non déguisé », lisait-on dans ce journal.

La dernière ligne droite de la campagne électorale fut assombrie par une affaire concernant la Stasi qui devait être suivie de nombreuses autres. « J'étais rentré peu avant minuit avec Bernd

1. Kohl emploie un mot du dialecte saxon *Heessen* : très chaud.

Neumann et Michael Roik d'une intervention électorale et nous nous trouvions encore avec ma femme dans le bungalow. C'est alors que j'appris que Wolfgang Schnur, le président du Renouveau démocratique, aurait travaillé pour la Stasi depuis de nombreuses années. J'appelai aussitôt Volker Rühe, qui dormait déjà, et lui demandai de venir tout de suite nous rejoindre. Nous téléphonâmes ensuite à Eberhard Diepgen à Berlin et le tirâmes de son lit pour l'informer que Neumann arriverait à Tegel par le premier avion. Tous deux devraient alors prendre immédiatement contact avec Schnur pour l'interroger et éclaircir ainsi cette affaire. Ils se rendirent à l'hôpital pour voir Schnur, dont la santé n'avait pas résisté à cette épreuve morale. Il leur confirma pour l'essentiel ce que nous avions entendu dire de sa collaboration avec la Stasi.

« Le même jour avait commencé à Cottbus l'avant-dernière grande manifestation à laquelle je devais parler. L'orateur qui me précéda était le pasteur Oswald Wutzke. Je me rappelle très bien qu'il était en train de défendre Schnur avec fougue en le présentant comme la victime de calomnies, lorsque je vis de loin Diepgen et Neumann — qui tous deux venaient juste d'arriver de Berlin — fendre la foule. Bernd Neumann entendait ce que disait le pasteur et savait qu'il se trompait. Juste avant, d'autres membres de la CDU de Bonn étaient également intervenus en faveur du président du Renouveau démocratique, ce qui rendait difficile d'admettre publiquement les activités qu'avait eues Schnur à la Stasi. Il nous fallait bien sûr le faire aussi vite que possible pour limiter les dégâts autant que faire se pouvait dans la perspective des élections toutes proches. Peu avant ma dernière intervention électorale à Leipzig, j'informai la presse dans le hall des expositions de cette ville qu'à sa demande, Schnur avait été déchargé de ses responsabilités de président du Renouveau démocratique mais aussi de celles qu'il avait prises dans " l'Alliance pour l'Allemagne ". »

L'affaire Schnur entraîna un déferlement d'insultes de la part du SPD. Le président du SPD, Hans-Jochen Vogel, parla d'une « atteinte à la démocratie ». La tentative de Kohl de dissimuler l'affaire avait eu « un effet dévastateur sur la foi des habitants de RDA dans la démocratie ». Son homologue est-allemand,

Ibrahim Böhme, dont on découvrit quelques semaines plus tard qu'il était un collaborateur officieux de la Stasi, salua la démission de Schnur.

Mais la déception provoquée par Schnur et les problèmes qu'elle avait suscités ne persistèrent pas. Le conflit sur la frontière occidentale de la Pologne se ralluma une nouvelle fois à la veille des élections à la Chambre du peuple. Le Chancelier avait cru que cette affaire était réglée depuis que, après une réunion de plusieurs heures de la coalition, les groupes parlementaires de la CDU/CSU et du FDP s'étaient mis d'accord le 6 mars sur une motion qui était passée au Bundestag deux jours plus tard. Il y était dit qu'aussitôt que possible après les élections en RDA, les deux Parlements librement élus et les deux gouvernements feraient une déclaration analogue fondée sur la résolution adoptée par le Bundestag le 8 novembre 1989, dans laquelle ils garantiraient l'intangibilité de la frontière occidentale de la Pologne. Cette déclaration demanderait en outre que la Pologne renonce à toute réparation et que soient reconnus les droits de la minorité allemande en Pologne.

Au cours du débat agité qui eut lieu le 8 mars au Bundestag, le Chancelier déclara : « Je n'ai cessé d'affirmer la volonté politique du gouvernement que je dirige de régler définitivement cette question. Cela ne sert pas les intérêts de l'Allemagne d'en douter. Depuis 1982, date à laquelle ce gouvernement est entré en fonction, je n'ai jamais laissé planer le moindre doute sur le fait que nous nous en tiendrions à l'esprit et à la lettre du Traité de Varsovie dans son entier. »

À l'étranger, la déclaration de Kohl ne dissipa pas complètement les doutes suscités par le débat de politique intérieure en République fédérale à l'égard de sa position vis-à-vis de la frontière occidentale de la Pologne. Certes, Bush et Gorbatchev se montrèrent satisfaits. Ce dernier déclara qu'il y avait longtemps qu'on souhaitait entendre une telle déclaration. Même Margaret Thatcher parla d'une « mesure digne d'un homme d'État ». Mais à Paris, où le général Jaruzelski et Mazowiecki avaient justement des entretiens avec Mitterrand, on voyait manifestement les choses de manière différente. Jaruzelski déplora que la résolution du Bundestag n'indiquât pas clairement de quelle frontière il s'agissait. Il demanda par ailleurs que les discussions deux-plus-quatre puissent également avoir lieu à Varsovie.

La discussion s'envenima une dernière fois. Helmut Kohl remarque qu'il ne pourrait aujourd'hui que hausser les épaules : « Quelques heures avant mon départ pour Leipzig où, le 14 mars, devait avoir lieu la dernière manifestation de la campagne électorale, François Mitterrand me téléphona. Il me parla de deux points sur lesquels il était d'accord avec Mazowiecki et Jaruzelski. Bien que notre résolution du 8 mars au Bundestag ait clarifié la question de la frontière sur l'Oder-Neisse, François Mitterrand parla alors de la nécessité de cette reconnaissance et souhaita que les Allemands et les Polonais entament immédiatement des négociations avant même que l'unité soit réalisée. » Par ailleurs, Mitterrand exprima le vœu que Varsovie participe aux discussions deux-plus-quatre chaque fois qu'il serait question de la frontière occidentale de la Pologne.

« Il me sembla alors que la Petite Entente était ressuscitée, se rappelle Kohl, visant par là la politique commune menée par la France et la Pologne à l'époque de la République de Weimar. Lorsque le futur Premier ministre de la Pologne, Jan Bielecki, vint à Bonn, je lui demandai si Varsovie et Paris comptaient à nouveau jouer ce jeu. Il me raconta alors que Mazowiecki lui avait dit qu'il fallait que Paris et Varsovie jouent au ping-pong par-dessus le filet allemand. L'ancien jeu ! Je le regardai en riant et lui dis : "Vous pouvez, bien sûr, agir ainsi. Du reste, nous pouvons tous commettre à nouveau les mêmes bêtises qu'autrefois."

« Ce 14 mars, mécontent, j'expliquai à Mitterrand le contenu de la motion et veillai à mettre un certain nombre de choses au point. J'avais l'impression, lui dis-je, que tout ce que j'avais fait pour la réconciliation avec la Pologne — et en dehors de Willy Brandt, aucun Chancelier n'en avait probablement fait autant que moi — était négligé en Pologne pour des raisons de politique intérieure. Mais la République fédérale avait, elle aussi, des problèmes de politique intérieure. Je me trouvai pour le moment dans une curieuse situation. En préconisant le recours à l'article 146, le SPD essayait de créer une situation qui faciliterait un retrait de l'OTAN. Au fond, la situation ressemblait beaucoup à celle de 1983, lorsque s'était posée la question du stationnement des fusées Pershing en République fédérale. Les mêmes personnes que celles qui s'étaient alors prononcées contre ce stationnement cherchaient à présent à imposer une politique de neutralité à l'Allemagne unifiée. À cela s'ajoutait le fait qu'en Allemagne de l'Ouest, le grand nombre de réfugiés suscitait des préjugés et des peurs de type populiste. En RDA, les gens craignaient qu'il ne faille attendre trop longtemps une amélioration de la situation. En France, personne ne prenait cela en considération : sans doute y vivait-on sur une autre planète. Mais sur la planète où je vivais, étaient arrivés cent quarante mille réfugiés depuis le 1er janvier ! Si "l'Alliance" perdait les élections à la Chambre du peuple, ce chiffre augmenterait encore.

« Je dis à François Mitterrand que je trouvais curieux qu'on n'attache aucune importance aux déclarations du Parlement et du gouvernement et qu'on doute de ma parole. J'étais consterné de la manière dont on traitait ce sujet. On avait le sentiment que rien n'était clair sur la question de la frontière. Mais c'était faux. Les choses étaient engagées de telle manière que la position de la CDU s'en trouvait affaiblie. La Pologne ne faisait aucun geste positif. Malgré cela, je voulais nous réconcilier avec ce peuple, dis-je en citant en exemple la réconciliation entre les Allemands et les Français.

« Mais on ne devait pas seulement prendre garde aux sentiments des Polonais, il fallait également faire attention à ceux des Allemands. La dignité d'un pays avait de l'importance ; et c'était vrai de tous les pays. C'est pourquoi nous ne pouvions évidemment pas accepter que la question de la frontière soit exclusivement traitée à Varsovie. J'avais l'impression qu'on faisait attention aux sentiments de tous les peuples, sauf à ceux des Allemands. Je poursuivis avec irritation en disant que j'étais consterné par toutes les méchancetés que je subissais, me référant en cela à la dernière édition du magazine français spécialisé dans les révélations, *Le Canard enchaîné*. Il y était rapporté que l'un de mes plus proches collaborateurs avait dit à Londres que les relations germano-françaises se portaient mal actuellement parce qu'il y avait trop de juifs dans l'entourage de Mitterrand. Aucun de mes collaborateurs n'avait été à Londres. Cela avait été inventé de toutes pièces et faisait partie d'une campagne dirigée à tous les niveaux contre moi et mon parti. Pour compenser mes paroles désagréables, j'évoquai à nouveau l'amitié germano-française et manifestai ma volonté d'établir également avec la Pologne une telle relation d'amitié. Nous vivions à une époque tout à fait passionnante, mais qui n'était pas facile et où l'on faisait des expériences amères.

« François Mitterrand me remercia aussitôt à plusieurs reprises d'avoir introduit une dimension humaine dans la discussion. Il ne doutait pas que rien ne changerait dans l'amitié germano-française. C'était la question de la frontière qui avait empoisonné toute la situation. Mais après tout je venais d'en parler, dit-il en s'efforçant de calmer le jeu. Il m'annonça qu'il allait publier un communiqué de presse dans lequel il indiquerait clairement que les relations entre l'Allemagne et la France, entre les deux gouvernements et entre lui et moi étaient bonnes. »

Comment le Chancelier s'explique-t-il aujourd'hui, avec le recul, l'irritation de cette époque ? « Lorsque je regarde en arrière, je pense que François Mitterrand avait tout simplement mal apprécié la situation réelle. Notre communication téléphonique fut comme un orage purificateur auquel — pour reprendre l'image de Mitterrand — un vieux couple doit pouvoir résister. C'est ce qui se passa. Cela ne changea rien à notre amitié. De plus nous avions par le passé énormément partagé les problèmes personnels de l'autre. Et il en fut encore ainsi après. Je n'oublierai certainement pas que, par exemple, il m'avait téléphoné lorsque, en 1991, l'un de mes fils avait eu un grave accident en Italie. Je me trouvais dans le service de réanimation lorsqu'on me téléphona : il était à l'appareil. Ce n'était pas de la pose, François Mitterrand était comme cela. »

Même si la question de la frontière polonaise causa encore beaucoup d'irritation et d'énervement, ce sujet retrouva peu à peu la place qui lui revenait. « Aujourd'hui, après coup, dit le

Chancelier, le débat de l'époque a quelque chose d'hallucinant. À l'étranger, on doutait de manière parfaitement infondée de la crédibilité du gouvernement fédéral pour la seule raison qu'on s'était servi d'une difficile question de politique étrangère à des fins de politique intérieure. »

Selon Kohl, Oskar Lafontaine, qui souhaitait à la même époque avoir à Paris avec le gouvernement français des « entretiens pour limiter les dégâts », menait un « combat d'arrière-garde ». Il déclara devant les journalistes que Kohl « avait provoqué de nombreux dommages » en France et ailleurs. Il avait donc jugé nécessaire d'expliquer à Paris la position de la social-démocratie allemande afin de rétablir la confiance. Il avait également l'intention de se rendre dès que possible en Pologne pour y avoir le même genre de discussions.

Quelques heures seulement après sa communication téléphonique avec François Mitterrand, Helmut Kohl se rendit à Leipzig pour la dernière manifestation de sa campagne électorale en RDA. Il y avait trois cent mille personnes sur l'ancienne Augustusplatz, là où, quelques mois plus tôt, les citoyens courageux de cette vieille ville de foires et de commerce manifestaient contre le régime de Honecker. Comme toujours, il traversa des haies humaines serrées tandis que retentissait une musique militaire et serra d'innombrables mains. Puis il alla à la tribune, enleva sa montre, sortit de sa poche un bout de papier sur lequel il avait écrit au feutre et commença son discours. Mais les gens n'entendaient rien. Des saboteurs avaient coupé le fil principal du haut-parleur.

Le Chancelier devint nerveux. Pendant ce temps, les gens sur l'Augustusplatz avaient entonné le *Deutschlandlied.* Le fil fut rapidement réparé. Kohl recommença son discours et ne cessa d'être interrompu par des applaudissements frénétiques. Il parla quarante minutes : « Nous voulons que les gens soient heureux ici, en Saxe, et partout en RDA, que personne ne quitte sa patrie faute d'avoir confiance dans l'avenir. Il faut que tout le monde le sache : ensemble nous avons un bel avenir. Tel est le message que je voudrais vous apporter ce soir : nous sommes fiers de notre patrie. Vous, de votre ville de Leipzig, du Land de Saxe qui, je l'espère, renaîtra bientôt, de notre patrie allemande

4 janvier 1990. Avec François Mitterrand lors d'une promenade sur la côte atlantique au cours d'une visite privée dans la propriété du président de la République française.

11 février 1990. Durant le vol de retour de Moscou, Helmut Kohl fête avec les journalistes le succès de ses rencontres au Kremlin.

10 février 1990. Rencontre au Kremlin avec Mikhaïl Gorbatchev, qui accepte alors le principe de l'unification de l'Allemagne.

Avec Hans-Dietrich Genscher au centre de presse de Moscou, où Helmut Kohl annonce les résultats de son entretien avec Gorbatchev.

24 février 1990. Avec le Président George Bush et le ministre des Affaires étrangères James Baker à Camp David.

25 février 1990. Conférence de presse commune de Bush et Kohl, où tous deux soulignent que l'Allemagne unifiée doit être également membre à part entière de l'OTAN.

30 mars 1990. Conférence de presse avec Margaret Thatcher après des consultations germano-britanniques à Londres.

25 avril 1990. Avec François Mitterrand au Palais de l'Élysée.

À son bureau à la Chancellerie.

Avril 1990. Comme chaque jour, analyse de la situation avec Rudolf Seiters dans le bureau du Chancelier.

5 mai 1990. Première rencontre des ministres des Affaires étrangères des deux-plus-quatre à Bonn : James Baker (États-Unis), Édouard Chevardnadze (URSS), Hans-Dietrich Genscher (RFA), Roland Dumas (France), Markus Meckel (RDA) et Douglas Hurd (G-B) dans le jardin de la Chancellerie.

18 mai 1990. Au palais Schaumburg après la signature du traité d'État sur l'union monétaire, économique et sociale avec le Premier ministre de RDA, Lothar de Maizière, le ministre des Finances de RDA Walter Romberg, et Theo Waigel, ministre des Finances de RFA.

9 juillet 1990. Au sommet économique mondial à Houston avec son directeur de cabinet, Walter Neuer (à gauche), James Baker et Horst Teltschik, son conseiller diplomatique.

10 juillet 1990. Avec François Mitterrand et George Bush, lors du déjeuner au cours du sommet économique mondial à Houston.

11 juillet 1990. Conversation avec les journalistes pendant le vol de retour de Houston. Au cours de ce vol Kohl apprit que Gorbatchev l'invitait à se rendre avec lui dans sa patrie caucasienne.

16 juillet 1990. Conférence de presse finale avec Mikhaïl Gorbatchev à Chelesnovodsk, au cours de laquelle furent rendus publics les résultats historiques de leurs discussions.

15 juillet 1990. Des femmes en habits caucasiens accueillent Helmut Kohl, Mikhaïl Gorbatchev et Raïssa Gorbatchev à Archys dans le Caucase.

Promenade dans la vallée du Selemtchouk dans le Caucase, la patrie de Gorbatchev.

31 août 1990. Signature à Berlin-Est du traité d'adhésion de la RDA à la République fédérale le 3 octobre 1990 par le ministre de l'Intérieur Wolfgang Schäuble (à gauche) et le secrétaire d'État Günther Krause en présence de Lothar de Maizière.

12 septembre 1990. Signature à Moscou par les six ministres des Affaires étrangères du « traité portant règlement définitif concernant l'Allemagne ». De gauche à droite : Roland Dumas, Édouard Chevardnadze, James Baker, Mikhaïl Gorbatchev, Hans-Dietrich Genscher, Lothar de Maizière et Douglas Hurd.

21 septembre 1990. Avec l'ancien chancelier, Willy Brandt, lors de l'enregistrement d'un entretien télévisé sur la réunification de l'Allemagne dans le bureau de Konrad Adenauer au palais Schaumburg.

2 octobre 1990. Au congrès d'unification de la CDU.

3 octobre 1990. À minuit, devant le Reichstag à Berlin, le drapeau fédéral noir, rouge et or est hissé. L'Allemagne est réunifiée.

Sur le perron du Reichstag, avec Willy Brandt, Hans-Dietrich Genscher, Hannelore Kohl, Richard von Weizsäcker et Lothar de Maizière.

3 octobre 1990. Helmut et Hannelore Kohl saluent devant le Reichstag les centaines de milliers d'Allemands qui célèbrent l'unité allemande.

et de notre avenir européen commun. Tel sera le chemin que nous voulons parcourir ensemble... Aidons-nous mutuellement et aidez-moi également sur ce chemin. Dieu bénisse notre patrie ! »

Aujourd'hui encore, Kohl est très ému en repensant à cette journée : « Ce fut non seulement une expérience inoubliable, mais aussi un moment qui ne reviendra plus jamais. À la seule mention de l'Allemagne, on poussait des cris de joie et on applaudissait. L'hymne national allemand chanté par des centaines de milliers de gens, dans ce crépuscule, au centre de Leipzig — pour moi ce ne fut pas un moment ordinaire. Et ici, comme partout ailleurs, il était parfaitement clair que les gens ne voulaient plus attendre l'unité. »

Pour Kohl, la campagne électorale s'acheva sur la manifestation de Leipzig. À présent, c'était au tour des électeurs de s'exprimer. Au cours des semaines passées, le Chancelier s'était engagé dans la limite de ses possibilités. Son intuition n'était pas seule à lui dire que « l'Alliance » avait de bonnes chances : « Wolfgang Mischnick[1], un expert très particulier, qui avait beaucoup de famille en RDA, m'informa, lorsqu'il rentra à Bonn de Dresde quelques jours avant le 18 mars, qu'il avait l'impression que "l'Alliance" était passée en tête. Même les sondages s'étaient mis entre-temps à lui donner des chances croissantes. »

Kohl était parfois accablé par le sentiment que ce que les habitants de RDA attendaient de lui allait bien au-delà de ce que pouvait faire un chancelier. Il se sentait tenu par leur confiance : « Mais cette pensée n'était pas seulement un fardeau, elle me donnait aussi constamment la force de prendre les décisions nécessaires. »

Contrairement à ce à quoi il s'attendait au départ, c'était dans les fiefs SPD de l'époque de Weimar, en Thuringe et en Saxe, que Kohl avait trouvé une adhésion particulièrement importante à ses idées. Inversement, plus on s'approchait de la

---

1. Wolfgang Mischnick, né à Dresde en 1921. Il était alors le président du groupe FDP au Bundestag.

date des élections, moins les Allemands de RDA approuvaient le SPD. Les interventions de nombreux représentants du SPD y avaient aussi certainement contribué. Ainsi, au congrès de son parti à Leipzig à la fin février, Lafontaine s'était opposé à une unification rapide des deux États allemands et avait mis en garde contre une introduction trop rapide du deutschemark. « Les habitants de RDA n'avaient manifestement pas oublié ses perpétuelles déclarations en faveur de l'existence de deux États et ils doutaient qu'il eût vraiment la volonté politique de prendre en charge leurs requêtes », pense le Chancelier.

Le 15 mars à Bonn, Kohl téléphona à Bush pour l'informer du déroulement de la campagne électorale : « Lorsque je lui racontai que, au cours de mes interventions durant la campagne électorale, j'avais eu du succès lorsque j'exigeais que l'Allemagne unifiée soit membre de l'OTAN, il me demanda : "Vous ai-je bien compris ? Cette idée est-elle également séduisante en RDA ?" Je lui expliquai le discours que j'avais tenu aux habitants de RDA. C'était essentiellement à nos compatriotes de RDA que revenait le mérite de l'évolution actuelle ; en même temps, c'était à nos amis de l'Alliance occidentale, et avant tout aux Américains, que nous devions le fait que je puisse leur parler en qualité de Chancelier. À cet endroit de mes discours, il y avait toujours d'énormes applaudissements, de même que lorsque, en conclusion, je soulignais qu'il fallait que l'Allemagne unifiée soit membre de la Communauté européenne et de l'OTAN. George Bush m'assura que nous étions sur la même longueur d'ondes. Je répliquai : "Si tous nos amis nous soutenaient autant que le président des États-Unis, j'aurais moins de problèmes." Il me souhaita également bonne chance pour les élections à la Chambre du peuple qui avaient lieu le dimanche suivant. »

La veille des élections, le Chancelier fit une déclaration publique pour faire ressortir l'importance de cet événement : « L'unification des deux États d'Allemagne au sein d'un État fédéral, libéral, démocratique et social est le défi du moment. L'élection de la Chambre du peuple de RDA sera une élection décisive pour toute l'Allemagne. Chaque électeur de RDA est appelé à utiliser son droit de vote et à contribuer ainsi à l'édification d'un avenir meilleur dans sa patrie, d'une Allemagne libre et unie au sein d'une Europe libre et unie. »

Seuls les représentants de l'ancienne génération auraient pu pleinement mesurer la signification historique des élections à la Chambre du peuple du 18 mars. « Il fallait avoir environ quatre-vingts ans, remarque Kohl, pour avoir des souvenirs personnels des dernières élections libres sur le territoire de RDA. Les dernières élections véritablement libres au Reichstag eurent lieu à l'automne 1932. Depuis, entre l'Elbe et l'Oder, avait régné de manière ininterrompue un régime non démocratique — d'abord la dictature brune, puis la rouge. Je me suis souvent demandé ce qui pouvait bien se passer dans la tête de ces vieilles gens qui, pour la première fois depuis cinquante-huit ans, pouvaient participer à un scrutin libre, égal et secret. Qui a ne serait-ce qu'un peu de sens de l'Histoire, comprendra aussitôt l'importance historique de ce moment. »

CHAPITRE 12

LA VICTOIRE DE L'AUTODÉTERMINATION

Le 18 mars 1990, peu après 18 heures, les bureaux de vote en RDA avaient fermé depuis quelques minutes. Les chiffres prévisionnels des résultats aux élections à la Chambre du peuple s'affichaient sur les téléviseurs. C'était un événement sensationnel : « L'Alliance pour l'Allemagne » arrivait très largement en tête. Avec 47,4 % — dont 40,5 % pour la seule CDU —, l'alliance électorale avait battu haut la main le SPD. Contrairement à leurs espoirs, les sociaux-démocrates n'avaient pu réunir que 21,7 % des voix, suivis par le PDS, qui avait succédé au SED, avec 16,3 %.

Kohl suivit à la télévision les premiers résultats dans son bureau de la Chancellerie, entouré de ses plus proches collaborateurs. Les semaines précédentes, qui avaient passé comme un éclair, avaient été laborieuses et agitées, parfois à la limite du supportable. En l'espace de six semaines seulement, on avait constitué une alliance entre des partenaires qui étaient brouillés les uns avec les autres et, grâce à un sprint épuisant, on avait gagné les élections.

« Au cours de la soirée électorale, je constatai une fois encore que peu de journalistes se réjouissaient de la victoire de l'Union. J'ai rarement vu autant de visages renfrognés que ce soir-là. Je me rendis compte de l'ampleur de la déception surtout au SPD et chez les Verts, lors de la séance traditionnelle dans le studio de ZDF à Bonn, où Theo Waigel, Hans-Jochen Vogel, le comte Otto Lambsdorff, Ralf Fuecks, le porte-parole du comité directeur des Verts, et moi, devions débattre du résultat des élections. Pendant le maquillage, je m'assis à côté de Hans-Jochen Vogel auquel je n'avais jusque-là jamais vu une mine pareille. Les Verts ne se gênèrent pas pour parler d'une "politique du rouleau compresseur" et pour reprocher aux Allemands de RDA de s'être vendus en échange du deutschemark. »

Le Chancelier trouva impudentes les remarques de Fuecks. Elles révélaient une dose d'arrogance dont on ne pouvait que s'étonner : « Ceux qui étaient assis sur le canapé douillet de la société de consommation de la République fédérale et essayaient de donner mauvaise conscience aux autres, n'avaient pas le droit de reprocher aux électeurs de RDA d'aspirer tout bonnement, après quarante années passées du mauvais côté de l'histoire allemande, à rejoindre la République fédérale du bon côté de l'histoire sans pour autant renoncer à leur identité. »

Peu après son intervention à la télévision, le Chancelier fit une déclaration sur les résultats des élections dans laquelle il remerciait les habitants de RDA. Il y était dit : « Ce premier scrutin véritablement libre, secret et direct en RDA est un événement historique... C'est sans doute la révolution la plus pacifique de l'histoire des Allemands qui a permis ces élections libres... Je trouve qu'il serait bien, en ce moment — qui est un moment de bonheur —, de marquer en tant qu'Allemands avant tout de la gratitude. Cette gratitude va aux hommes et aux femmes de RDA qui, durant ces mois, ont manifesté dans les rues et sur les places pour la liberté, pour les droits civiques, pour des élections libres et qui les ont obtenus. Et à tous les responsables dans le monde qui ont facilité ces événements. » Avant de parler du succès de « l'Alliance », Kohl demanda à ses compatriotes sur le point de quitter leur pays de rester chez eux : « Aidez-nous, dans vos villes, vos villages, vos communes, dans vos entreprises et vos administrations, à reconstruire ce merveilleux pays. »

Lors de la réunion du praesidium de la CDU, le 19 mars, Helmut Kohl expliqua quels seraient les prochains « devoirs » du gouvernement fédéral. Il souligna que les résultats électoraux témoignaient du désir qu'éprouvait la population de voir réaliser rapidement l'unité de l'Allemagne. Il parla ensuite de l'afflux de réfugiés et de la procédure d'admission [1]. C'est pour cette raison que Wolfgang Schäuble [2] participait également à cette réunion. Il défendit l'idée qu'on ne supprimerait la coûteuse procédure d'admission que lorsqu'auraient disparu les causes de cet exode. Cette position se heurta à la forte opposition des ministres-présidents : après les premières élections libres, il n'y avait plus aucune raison de maintenir la pratique à laquelle on avait eu jusque-là recours.

« Nous décidâmes finalement de remettre le problème des réfugiés à la réunion de la coalition du lendemain, se rappelle Kohl. Nous nous y entendîmes avec le FDP sur un programme d'accession à l'unité allemande. Comme nous espérions que le chiffre des réfugiés allait désormais diminuer, ce qui se produisit effectivement les jours suivants, la procédure d'admission devait être supprimée le 1er juillet 1990. Nous envisagions de mettre en œuvre le même jour l'union monétaire et économique en RDA. J'avais une raison importante de choisir cette date : les vacances d'été commençaient le 1er juillet en RDA. Je voulais que les citoyens de RDA détiennent des deutschemarks lorsqu'ils iraient pour la première fois en vacances en Forêt Noire ou à Rimini. Il fallait donc faire progresser immédiatement les négociations. Parallèlement, il nous fallait nous occuper ensemble de l'union sociale que l'on souhaitait également instaurer. »

Le 21 mars, de Maizière, le président de la CDU-Est, qui avait obtenu plus de 40 % des voix revenues à « l'Alliance », se rendit à Bonn en compagnie d'Ebeling et d'Eppelmann. Kohl félicita de son succès de Maizière, qui ne s'était pas manifesté depuis le dimanche des élections. « Après avoir discuté de nouveau des fantastiques résultats électoraux, dit le Chancelier, nous parlâmes avec Theo Waigel de ce que nous allions faire maintenant. Je trouvais important à présent d'établir très rapi-

1. Cette procédure d'admission était appliquée aux réfugiés qui rejoignaient la République fédérale. Son coût, élevé, était assuré à la fois par la fédération et les Länder, d'où la discussion rapportée ci-dessous.

2. Il était alors ministre de l'Intérieur.

dement des relations institutionnelles solides afin d'avoir une maîtrise commune des grandes tâches qui nous attendaient. Nous discutâmes alors des formes que prendrait notre future coopération.

« Le résultat des élections à la Chambre du peuple renforçait également notre position en politique étrangère. À présent, la population de RDA avait elle-même confirmé aux yeux du monde entier le bien-fondé de la méthode que j'appliquais pour accéder à l'unité allemande. Par ailleurs notre désir, partagé par les alliés occidentaux — à commencer par les États-Unis —, que l'Allemagne unifiée reste membre de l'OTAN, avait été entériné. C'est ce que je dis à George Bush lorsqu'il m'appela le 20 mars en début d'après-midi pour me féliciter du résultat des élections. Je profitai de l'occasion pour le remercier de nous avoir soutenus énergiquement.

« Puis, George Bush parla de la prochaine visite du Premier ministre polonais, Mazowiecki, à Washington. Il dit qu'il voulait se concerter très précisément avec moi pour être sûr que nous étions toujours sur la même longueur d'ondes. Il se pouvait que les Polonais insistent pour jouer un plus grand rôle dans les discussions deux-plus-quatre. Dans ce cas, il indiquerait qu'il considérait ces négociations comme un forum sur les droits et les responsabilités des Quatre Puissances. Si Mazowiecki posait la question, il dirait clairement que les États-Unis n'étaient pas favorables à ce qu'on envisage de choisir Varsovie comme lieu de négociations. Il proposerait aux Polonais des entretiens largement ouverts, mais non un élargissement des discussions deux-plus-quatre. Les Américains ne saperaient pas la position allemande. En tout cas, nous n'avions pas à craindre de mauvaise surprise de sa part. Tel était l'esprit de notre coopération !

« Pendant ce coup de fil, j'annonçai à George Bush que les déclarations concordantes du Bundestag et de la Chambre du peuple sur la frontière occidentale de la Pologne pourraient être faites prochainement. Les deux gouvernements adresseraient alors des lettres à Mazowiecki lui transmettant la résolution des Parlements. Mazowiecki pourrait être en possession de ces lettres d'ici le début juin. J'étais en outre disposé à m'entendre officieusement avec Mazowiecki sur le contenu de ces lettres. George Bush pensait que plus vite ce serait fait, mieux ce serait. Il semblait en effet que l'Union soviétique essayât de susciter de l'agitation. Selon Kohl, le président des États-Unis visait par là des hommes qui prenaient de l'influence dans l'entourage de Gorbatchev et qui auraient tenté l'impossible pour faire obstacle à l'unité de l'Allemagne. »

La Lituanie était à l'origine de nouveaux problèmes. Le 12 mars, le Parlement nouvellement élu à Vilnius avait voté à l'unanimité le rétablissement formel de l'indépendance de ce pays, annexé cinquante ans plus tôt par Staline avec l'accord de Hitler. Gorbatchev, qui avait de graves problèmes de politique intérieure, se trouvait ainsi placé dans une situation difficile. Car il savait que, s'il envoyait des troupes, sa réputation internationale serait ruinée, mais que, s'il n'en envoyait pas et que la Lituanie fasse sécession, il ne pourrait sans doute pas résister à la pression des partisans d'une ligne dure. Le secrétaire général soviétique devait donc louvoyer — il lança un ultimatum, mais le laissa expirer — et réduisit ainsi sa marge de négociations sur la question allemande. Bonn devait à présent également tenir compte du « facteur lituanien » si elle ne voulait pas courir le risque que la position soviétique sur la question allemande se durcisse.

Lorsque, l'après-midi du 22 mars, le Chancelier rencontra durant une heure l'ambassadeur soviétique, Kvizinski, à la Chancellerie, il pria le diplomate de transmettre directement à Mikhaïl Gorbatchev le contenu de leur entretien. « Iouli Kvizinski, raconte Kohl, parla des conséquences qu'entraînerait une confrontation entre Moscou et Vilnius et sollicita, dans l'intérêt de l'Allemagne, que l'Occident fasse preuve de retenue. Il me donna l'assurance que l'Union soviétique n'était pas opposée à l'autodétermination des Lituaniens ; mais ce processus devait, comme l'accession à l'unité de l'Allemagne, se faire de manière méthodique.

« Après quelques minutes, nous en étions de nouveau à la question centrale : l'appartenance de l'Allemagne unifiée à l'Alliance. L'ambassadeur expliqua que, pour des raisons de politique intérieure, l'Union soviétique ne pouvait pas accepter que l'Allemagne demeure membre de l'OTAN. Je protestai et dis que ce serait pourtant l'intérêt de l'Union soviétique, car une Allemagne neutre constituerait une plus grande charge. Il me demanda alors si je pouvais m'imaginer une Allemagne unifiée qui soit en même temps membre de l'OTAN et du Pacte de Varsovie. Je ne pouvais naturellement pas accepter une telle idée.

« Je proposai alors que l'ensemble de l'Allemagne, qui appartiendrait à l'OTAN, signe un traité avec l'Union soviétique et accepte que les troupes soviétiques continuent à stationner sur le territoire de l'actuelle RDA pendant environ cinq ans. Kvizinski ne répondit pas sur ce point mais demanda en revanche si, selon moi, la démilitarisation ne concernerait que le seul territoire de la RDA ou si elle pourrait inclure une partie de la République fédérale. Il songeait à une bande d'une largeur de cent cinquante kilomètres. Mais je ne pouvais pas davantage l'accepter car, à l'endroit où elle était la plus étroite, la République fédérale ne dépassait guère cette largeur. Finalement, l'ambassadeur déclara que le mieux serait que l'Union soviétique retire ses troupes d'Allemagne lorsque les trois puissances occidentales en feraient autant. Mais, là encore, il s'agissait d'une proposition que je ne pouvais accepter.

« Vers la fin de notre entretien, nous abordâmes les aspects économiques de l'unité allemande. Kvizinski demanda que la République fédérale reprenne à sa charge les obligations fixées par les très nombreux traités conclus entre Moscou et Berlin-Est et joigne une déclaration en ce sens aux documents des discussions deux-plus-quatre. Je rétorquai que je ne pouvais pas acheter les yeux fermés, que d'ailleurs la République fédérale n'était pas une poule aux œufs d'or, mais j'ajoutai en même temps que Mikhaïl Gorbatchev pouvait compter sur la bonne volonté du gouvernement fédéral. »

Le 29 mars, le Chancelier se rendit à Cambridge. La conférence de Königswinter, cercle où d'éminents représentants des deux pays venaient échanger des idées, s'y réunissait dans le vénérable collège Sainte-Catherine à l'occasion de son quarantième anniversaire. Le collège était l'un de ces bâtiments anglais construits en style néo-gothique que le Chancelier affectionne tout particulièrement à cause de leur atmosphère chargée d'histoire.

Les tensions existant entre le Chancelier et Margaret Thatcher étaient naturellement bien connues des organisateurs. À l'aéroport, Kohl s'était déjà débrouillé pour ne pas partir au collège Sainte-Catherine dans la même voiture que le Premier ministre britannique. Après qu'on se fut installé dans la salle à manger toute en longueur, le responsable des toasts annonça d'un coup de gong le toast du Chancelier. Kohl leva son verre et but à la santé de la reine Élisabeth II. Ensuite, Margaret Thatcher se leva et, de son côté, porta un toast au chef de l'État allemand, le président de la République fédérale. Lorsque, pendant le repas, le Premier ministre britannique fit remarquer en souriant que le Chancelier posait sa serviette blanche en travers de sa taille, celui-ci répondit que c'était un drapeau blanc, symbole de sa capitulation devant la dame de fer.

« Dans son allocution, raconte Kohl, Margaret Thatcher me salua avec une amabilité sur laquelle Dieu sait que je ne comptais pas alors. En effet les rapports avec elle ressemblaient à une douche écossaise. Elle pouvait être merveilleusement amicale lorsqu'on était par exemple invité dans sa propriété. Elle attachait toujours beaucoup d'importance au fait de servir elle-même le thé. Mais ensuite, d'une seconde à l'autre, elle redevenait tout à coup totalement Premier ministre et prenait ses distances. Si alors l'atmosphère se refroidissait considérablement, elle saisissait à nouveau la théière et reversait du thé. Il m'a fallu du temps pour comprendre qu'elle considérait comme une faiblesse d'être disposé au compromis. Nous nous sommes plus d'une fois affreusement disputés. Cela se passait en règle générale de la manière suivante : elle parlait à une vitesse incroyable et me laissait à peine placer un mot. Et si je me mettais quand même à parler, elle me coupait tout le temps la parole : “ Ne m'interrompez pas ! Vous n'arrêtez pas de parler ! ” Margaret Thatcher, femme très douée, décidée et respectable, qui a toujours défendu ses idées avec détermination, se battait toujours loyalement et ne se montrait jamais rancunière, ce en quoi je l'estimais beaucoup.

« Je me rappelle encore qu'à la fin des années quatre-vingt, lors d'un sommet de l'OTAN sur les armes nucléaires à courte portée, qui devaient surtout être installées en Allemagne, nous eûmes une importante controverse et Margaret Thatcher ne cessa de parler de « lâcheté » sans citer de nom. Tout le monde savait que c'était moi qui étais visé car j'étais opposé à l'installation de ces missiles. Je redonnai les raisons de mon opposition — en effet en cas de crise, ces fusées seraient braquées sur Rostock, Leipzig et sur d'autres villes de l'est de l'Allemagne. Voilà ce que je dis en tant que Chancelier, mais ensuite, je m'exprimai en tant que Helmut Kohl, personne privée : " Si je regarde autour de moi, je vois que je suis le seul à être père de deux officiers de réserve. Je n'ai donc de leçons à recevoir de personne." Cela impressionna manifestement Margaret Thatcher, mais ne l'incita pas pour autant à changer d'avis.

« À Cambridge, Margaret Thatcher se montra sous son meilleur jour. Elle rendit hommage à mon engagement en faveur du maintien de l'Allemagne unifiée dans l'OTAN et elle se comporta comme si elle avait toujours été pour l'unité. Aussi dis-je dans mon discours que je savourais pleinement le charme de cet instant où elle m'avait accueilli si amicalement. J'évoquai ensuite un déplacement, que je n'avais pas oublié et que j'avais fait avec elle dans un blindé lors d'une visite aux troupes du camp de Munster. " Je ne m'attendais pas, racontai-je à la tablée, à devoir monter là-dedans. Lorsque j'y eus pas trop mal réussi, je regardai craintivement autour de moi, mais Margaret était ' in full power ' [1]. Si maintenant, elle dit que c'est elle qui a tiré la première, je ne peux que le reconnaître : c'est exactement ce que j'attendais, Mesdames et Messieurs. Même si j'avais tiré le premier, j'aurais déclaré que c'était un secret d'État. Il est exact que Margaret a tiré la première et, bien sûr, elle a fait mouche. Je le dis très sérieusement. Si nous, Allemands, faisons preuve de retenue au cours de la seconde moitié de ce siècle, c'est que Konrad Adenauer a appris à ses disciples à se conduire ainsi. Tous ceux qui parlent aujourd'hui à la légère du spectre du ' IVe Reich ' devraient y réfléchir." »

1. Au mieux de sa forme.

Tard dans la soirée, une Bentley emmena le Chancelier à Londres où il eut le lendemain un échange de vues en tête à tête avec Margaret Thatcher au 10 Downing Street. Avant qu'ils ne s'installent tous deux au premier étage dans la pièce à la cheminée, Helmut Kohl s'attarda quelques minutes — ainsi qu'il le faisait souvent lors de ses visites à Downing Street — devant les portraits des anciens Premiers ministres britanniques et parla avec son hôtesse de l'un ou l'autre d'entre eux. Quelques jours plus tôt, Margaret Thatcher avait attaqué le Chancelier dans une interview au *Spiegel* sur son style politique et sur sa position à l'égard de la question de la frontière polonaise. « À présent, elle était comme transformée », se rappelle Kohl.

Tout d'abord, il réaffirma une nouvelle fois avec fermeté sa position sur la question de l'Alliance : « Je lui dis que je ne croyais pas que cela poserait un réél problème que dans les discussions deux-plus-quatre les Américains, les Français et les Britanniques et les représentants des deux États allemands soient d'accord. L'attitude du ministre soviétique des Affaires étrangères avant la dernière rencontre du Pacte de Varsovie était significative. Lors d'un entretien avec Chevardnadze, le ministre tchécoslovaque des Affaires étrangères, Jiri Dienstbier, lui avait déclaré que la République tchécoslovaque était favorable à ce que l'Allemagne tout entière soit membre de l'OTAN. Chevardnadze avait alors prié son collègue de le dire clairement à la conférence. Lorsque Dienstbier l'eut fait, Chevardnadze le remercia de cette prise de position. Même les conseillers de Gorbatchev laissaient entendre en privé qu'il fallait discuter ouvertement de la question de l'appartenance à l'OTAN. En vérité, il s'agissait pour l'Union soviétique de trouver une solution aux questions financières liées au stationnement de ses troupes. Margaret Thatcher était d'accord avec moi sur tous ces points et ajouta qu'il était important d'aider Gorbatchev à résoudre ses problèmes économiques. »

Le 13 avril, le président des États-Unis rencontra Margaret Thatcher aux Bermudes et, quelques jours plus tard, Mitterrand à Key Largo en Floride afin de le rallier lui aussi aux futures modalités de règlement de la question allemande, ainsi que cela avait été convenu à Camp David entre Bush et Kohl. Au cours des conférences de presse, ils réaffirmèrent d'une seule voix que l'Allemagne réunifiée devrait disposer de sa souveraineté complète et rester membre à part entière de l'OTAN.

« Globalement, remarque le Chancelier, aux alentours de Pâques, la situation générale ne se présentait pas mal. J'étais surtout reconnaissant à l'égard de mon ami George Bush. Au sein de la communauté internationale, personne n'avait défendu nos positions, nos souhaits et nos légitimes demandes de manière aussi convaincante. C'était notamment au mérite personnel de George Bush que nous devions le fait que les trois puissances occidentales trouvent naturel le fait qu'une Allemagne réunifiée veuille accéder à une souveraineté complète.

« C'était vraiment un hasard providentiel de disposer en cette période difficile d'un tel partenaire. En politique, il faut aussi avoir de la chance, ou, pour l'appeler autrement, de la grâce. Naturellement, nous sommes tous enclins à attribuer en priorité les succès à notre propre mérite. C'est bien normal, mais nous devrions également rester capables de reconnaître les mérites des autres et de leur rendre hommage. Il y a un remède merveilleux contre l'outrecuidance que nous a enseigné le pape Jean XXIII. Lorsqu'il se regardait dans un miroir, il avait l'habitude de se rappeler à l'ordre : " Giovanni, ne te prends pas autant au sérieux ! " Celui qui ne se croit pas la mesure de toute chose, est également capable d'éprouver de la reconnaissance pour tout le bien qu'on lui fait. »

Lors de son soixantième anniversaire, le Chancelier parla de ces sujets très personnels, de la foi et de la politique. À cette occasion, le parti et le groupe parlementaire donnèrent une grande réception le 3 avril dans la salle Beethoven à Bonn. Il s'était imaginé ses soixante ans d'une tout autre manière. Helmut Kohl dit qu'il avait encore pas mal de travail devant lui, visant ainsi l'accomplissement de l'unité allemande, mais aussi l'approfondissement de l'intégration européenne qui était et restait sa grande affaire. Comme un anniversaire est toujours l'occasion de retours en arrière, il évoqua ses jeunes années, sa maison familiale et ceux qui l'avaient marqué, par exemple

Johannes Finck, Jakob Kaiser et Konrad Adenauer. Celui-ci lui avait dit un jour que qui entrait si tôt en politique devait prendre garde à ne pas devenir cynique.

« À l'époque, je me suis parfois demandé, dit Helmut Kohl rétrospectivement, pourquoi je faisais tous ces efforts. Ma principale motivation était que, dans la situation dramatique dans laquelle se trouvaient l'Allemagne et l'Europe, je devais faire mon devoir. Il y a aussi de la joie et du bonheur à accomplir son devoir. Cela dépend aussi du sens que l'on donne à la vie. Dans une telle situation un chrétien avait-il le droit de se tenir à l'écart s'il avait une chance de bâtir quelque chose et lorsque tant de gens — nos compatriotes de RDA justement — lui témoignaient tant de confiance ?

« Peu après mon anniversaire, raconte le Chancelier, je partis comme chaque année à Hofgastein pour deux semaines de cure d'amaigrissement. Pour moi, être à la diète signifie davantage que perdre du poids. C'est également bon pour l'esprit. Mais cette fois, je n'eus guère l'occasion de prendre du recul par rapport à l'agitation des affaires politiques, car il me fallut téléphoner plusieurs fois par jour à Bonn et encore plus souvent à Berlin-Est. »

La Chambre du peuple s'y réunit le 5 avril dans le palais de la République pour sa séance d'ouverture, au cours de laquelle Sabine Bergmann-Pohl (CDU) fut élue président du Parlement. Elle devenait par là même également chef d'État de la RDA et chargea de Maizière de former le gouvernement. Celui-ci aspirait à une grande coalition et était expressément soutenu en cela par Kohl. De prime abord, les négociations avec le SPD se présentaient mal, car Lafontaine avait été choisi en République fédérale comme challenger de Kohl pour les élections législatives. Contrairement à Brandt, Lafontaine pensait, selon Kohl, qu'à la veille des élections au Bundestag, il était plus rentable d'accentuer ses différences que de rechercher un consensus.

L'affaire de la Stasi concernant Ibrahim Böhme, le président du SPD-Est, vint encore compliquer les choses. D'après les comptes rendus des journaux, il aurait travaillé durant de nombreuses années pour le service de sécurité de RDA sous différents pseudonymes. Ne supportant plus la pression imposée par cette « campagne de calomnies », selon son expression, il se retira fin mars dans un endroit inconnu. Il conseilla à son parti de suspendre momentanément toutes les discussions visant à former une coalition. Ces jours-là, les questions concernant la Stasi suscitaient vraiment une grande nervosité à Berlin-Est. Elle était provoquée par des rumeurs selon lesquelles seraient impliquées de nombreuses personnalités issues du monde de la politique ou de la bonne société.

La question de la Stasi était l'un des vestiges de la dictature du SED qui posait le plus de problèmes au Chancelier : « J'ai discuté de ce sujet avec Felipe Gonzalez. Il avait eu l'expérience de l'héritage du franquisme. Il me dit que les Espagnols avaient un rapport très personnel avec leur passé. Il n'y avait certes pas eu de rideau de fer. La ligne de démarcation passait à l'intérieur des familles. Pendant la guerre civile, les frères avaient fait feu les uns sur les autres, les pères sur leurs enfants et vice versa. Leur seule possibilité était de tirer un trait définitif, faute de quoi l'Espagne n'aurait pas eu d'avenir.

« J'ai eu l'occasion de voir ce que sont les rapports de l'Espagne à son passé ; c'était à Tolède, me semble-t-il. J'étais assis dans un bar avec Felipe Gonzalez où nous buvions un café. Passa alors un homme un peu raide, d'un certain âge, il enleva son chapeau devant le Premier ministre et, en retour, ce dernier le salua amicalement. Quand il se fut éloigné, je demandai de qui il s'agissait. Felipe Gonzalez me répondit : " C'était le maire. Il m'a jadis fait mettre en prison." Là-dessus je demandai : "Vous avez donc encore des contacts ?" Felipe Gonzalez me dit qu'ils se rencontraient de temps en temps — par exemple lorsque Felipe Gonzalez donnait une réception ici. Nous poursuivîmes notre discussion sur l'époque de la guerre d'Espagne. Je demandai si Serrano Suñer, le ministre des Affaires étrangères de Franco, vivait encore. C'était le cas et il avait à présent dans les quatre-vingt-dix ans. Je fus assez surpris lorsque Felipe Gonzalez ajouta qu'il connaissait bien Suñer et qu'il le voyait régulièrement aux réceptions officielles. Il trouvait cela tout à fait normal et ne comprenait pas mon étonnement.

« Il y avait un abîme entre la réaction des Espagnols et celle des Allemands face à de telles questions. Mais il faut dire également que la méthode des Espagnols n'est pas si aisément transposable à la situation allemande. En ce qui concerne la Stasi, je pense qu'on doit traduire en justice ceux qui se sont rendus coupables au sens où l'entend le droit pénal. Mais nous ne devons pas aujourd'hui manifester notre supériorité morale à ceux qui ne se sont pas comportés en héros dans une situation qui paraissait inextricable. Il faut toujours garder à l'esprit ce que signifie de vivre quarante ans sous un régime communiste. L'exemple de Schnur est tout à fait significatif : la Stasi le contraignit à collaborer avec elle alors qu'il était adolescent. Quel adolescent n'a pas un jour commis une bêtise, par exemple à l'école, où un système astucieux peut l'attraper et le faire chanter des années durant. Son destin le conduit alors presque inévitablement au fond des abîmes de l'être humain.

« Pour simplifier, nous avons affaire ici à la tension classique entre la justice et la miséricorde. Toutes deux sont de grandes vertus, toutes deux donnent un visage humain à une société. Les victimes veulent la justice, les coupables demandent miséricorde. Il n'y a pas de solution simple et globale. En ce qui concerne la RDA, il nous faut par exemple prendre en considération le fait que la dictature communiste a duré plus de quarante ans et que personne ne s'attendait vraiment à ce qu'elle disparaisse si vite, surtout pas ceux qui aujourd'hui montent sur leurs grands chevaux dès que la morale est en cause.

« Nous ne devons pas non plus répéter l'erreur qu'on a pu observer chez nous après la fin de la Seconde Guerre mondiale, lorsque certains groupes ou partis se sont arrogé le droit de déterminer qui avait été nazi et qui ne l'avait pas été. On pardonnait ainsi tous ses péchés à celui qui avait appartenu au NSDAP, mais était ensuite passé au SED. Mais malheur au camarade du Parti qui adhérait aux partis de l'Union. Il était aussitôt condamné à la damnation éternelle. Et il est en définitive particulièrement inquiétant de penser à la manière dont le SED a fait d'honnêtes " antifascistes " d'anciens nazis.

« Aujourd'hui les habitants des Länder occidentaux sont particulièrement tentés de porter un jugement global sur leurs compatriotes des nouveaux Länder, sans savoir le moins du monde ce qu'étaient autrefois leurs conditions de vie. Celui qui, comme moi, a eu la chance de vivre après la guerre au bord du Rhin, et non à Leipzig ou à Dresde, et donc de grandir dans la liberté, doit faire très attention à ne pas regarder de haut ceux qui n'ont pas eu cette chance. J'ignore ce que je serais devenu si en 1950 j'avais été à Leipzig d'où est originaire ma femme. Serais-je passé à l'Ouest ? Serais-je resté et me serais-je habitué ? Ou aurais-je atterri à la tristement célèbre prison de Bautzen à cause de mon opposition au régime ? Je ne peux pas répondre à ces questions. Si nous sommes honnêtes, nous devons reconnaître qu'aucun de nous n'a de réponses à de telles questions.

« Contrairement aux habitants de RDA, dans l'ancienne République fédérale nous avons pu vivre des années durant du bon côté de l'histoire de l'Allemagne. Ce n'était pas dû à notre mérite, nous avions seulement de la chance. Ce dont nous avons besoin à présent, c'est de l'esprit de réconciliation intérieure. Mais nous ne pouvons pas presser les victimes de pardonner à ceux qui leur ont fait du tort. Il faut qu'elles le fassent de leur propre chef. Cela leur sera plus facile si leurs anciens tortionnaires reconnaissent leur propre faute et demandent pardon. Cela non plus ne peut, bien sûr, être obtenu par la force. Mais en aucun cas nous ne devons tolérer que — comme cela se produit malheureusement déjà en de nombreux endroits — les victimes soient elles-mêmes traitées de perturbateurs, tandis que les coupables revendiquent le droit d'oublier les injustices qu'ils ont commises. Celui qui ne s'est pas soumis à la dictature et qui a, par exemple, passé les plus belles années de sa vie enfermé à Bautzen, a droit à notre attention particulière !

« Malheureusement, à l'époque agitée des bouleversements et de la réunification en 1989-90, nous avons manqué de l'énergie et du temps nécessaires pour réfléchir de manière raisonnable à toutes ces questions et pour trouver la réglementation qui convenait. Il n'y avait en outre pas d'autorité moralement incontestable susceptible de prendre l'initiative de manière crédible. Je ne veux pas aborder ici dans le détail le problème des rapports que nombre d'hommes d'Église entretenaient avec l'État à l'époque de la RDA ; on a appris ces dernières années beaucoup de détails déprimants. À présent, je mets avant tout mon espoir dans Roman Herzog, le président de la République fédérale, qui a une bonne intuition de toutes ces questions et qui jouit d'un grand respect dans la population — y compris auprès des habitants des nouveaux Länder. »

Bien que le débat sur la Stasi, qui n'a plus cessé depuis, ait commencé au printemps 1990, personne n'eut en fait assez d'énergie et de temps à consacrer à ce sujet extrêmement sensible et important. Début avril, le SPD-Est se résolut à former un gouvernement avec « l'Alliance » et les libéraux. Le groupe parlementaire du SPD, dirigé par Richard Schröder, professeur de théologie à Berlin-Est, avait refusé de suivre le conseil de Böhme, qui se démit de toutes ses fonctions au sein du parti. Le 13 avril, de Maizière prêta serment en sa qualité de Premier ministre d'un gouvernement pluripartite.

« Je n'étais pas mécontent, dit le Chancelier, car en quatre semaines, on avait réussi à mettre sur pied un gouvernement constitué de manière démocratique. Et ces quatre semaines n'avaient même pas été quatre semaines de travail puisque, à cause de l'affaire concernant son président, le SPD s'était trouvé dans l'incapacité d'agir durant plusieurs jours. L'attribution des ministères ne me concernait pour ainsi dire pas. Il était toutefois établi dès avant les élections que, si " l'Alliance " l'emportait, Lothar de Maizière deviendrait chef du gouvernement. Après la grande manifestation de Leipzig, le 14 mars, de Maizière me dit qu'il devait faire quelque chose pour le pasteur Ebeling. Nous discutâmes alors du ministère qu'on pourrait lui confier. » Kohl fut surpris que de Maizière donne le ministère de l'Intérieur à Diestel, qui n'avait pas manqué une seule occasion au cours des semaines précédentes de se quereller avec lui.

Teltschik se rendit à Berlin-Est pour aider de Maizière à rédiger sa déclaration de politique générale. Lorsque, le 12 avril, le Premier ministre de RDA se présenta devant la Chambre du peuple, il se montra sûr de lui, alors qu'il donnait d'habitude l'impression de manquer d'assurance : « Nous avons dit oui à l'unité. Nous aurons notre mot à dire sur les modalités de l'unification. Il faudra que les conditions de base soient aussi satisfaisantes, raisonnables et prometteuses que nécessaire. » De Maizière, qui se prononça en faveur du recours à l'article 23 pour la mise en œuvre de l'unification, annonça qu'il voulait rétablir les Länder supprimés en 1952. Les bases de l'union monétaire, économique et sociale devaient être posées au cours des huit semaines suivantes afin qu'on ait le temps de mettre en œuvre cette mesure avant les vacances d'été. Il annonça en même temps que son gouvernement insisterait pour que le taux d'échange soit de 1 pour 1 s'agissant des salaires, des retraites et de l'épargne. Il promit enfin que le Mur serait définitivement démoli : « Dans les prochains mois, ce stigmate inhumain sera détruit. »

Dans la partie de sa déclaration consacrée à la politique étrangère, de Maizière réaffirma que l'avenir de l'Allemagne unifiée résidait dans une Europe non divisée et pacifique. Il demanda à l'Union soviétique de ne pas considérer l'aspiration de l'Allemagne à l'unité comme une menace. Il remercia tout particulièrement Gorbatchev pour son rôle « dans le processus historique de notre libération ». Il assura Moscou de sa coopération amicale, de sa loyauté au Pacte de Varsovie, de son respect des intérêts de sécurité soviétiques et de sa stricte observation des obligations résultant des accords de commerce. De Maizière ne parla pas de l'appartenance à l'OTAN de l'Allemagne unifiée, que l'accord de coalition envisageait comme une solution transitoire, en attendant la création d'un système de sécurité concernant l'Europe tout entière. « Même si tout ce que disait Lothar de Maizière dans sa déclaration de politique générale ne nous plaisait pas, il était alors important pour moi que le fil conducteur de son discours ait été l'instauration de l'unité de l'Allemagne en application de l'article 23 de la Loi fondamentale — et ce non pas pour un jour indéterminé, mais aussitôt que possible », dit aujourd'hui le Chancelier.

Le 24 avril, Kohl rencontra de Maizière pour la première fois depuis que celui-ci était le Premier ministre fraîchement émoulu d'un gouvernement dont le but était de se supprimer lui-même et l'État qu'il servait. « Nous nous rencontrions alors, indique le Chancelier, pour parler de l'instauration, à compter du 1er juillet, de l'union monétaire, économique et sociale. La veille, après des semaines de dur labeur en commissions, nous nous étions mis d'accord au sein de la coalition sur le cours d'échange. Les salaires et les traitements devaient être échangés au taux de 1 pour 1. Ce cours devait également s'appliquer à l'épargne jusqu'à concurrence de 4 000 marks de l'Est. Nous envisagions d'échanger au taux de 2 contre 1 tout le reste de l'argent et des crédits existants, y compris les dettes des entreprises. Nous étions par ailleurs convenus d'adapter peu à peu le système de retraites de la RDA à celui de la République fédérale. La Bundesbank y avait totalement souscrit. De Maizière demanda la suppression complète des dettes intérieures des entreprises privées et coopératives. Par ailleurs, il voulait que l'épargne et toute autre forme d'argent soit échangée au taux de 1 pour 1 sans que soit fixé de plafond. Il me fallut repousser cette demande qui aurait de loin excédé nos capacités économiques. »

Le lendemain de la rencontre entre Kohl et de Maizière, commencèrent les négociations sur l'union monétaire, économique et sociale. Du côté allemand, la délégation était conduite par Hans Tietmeyer, membre du directoire de la Bundesbank, et également représentant personnel du Chancelier pour cette question. À ses côtés se trouvaient le secrétaire général de la Chancellerie, Rudolf Seiters, ainsi que le secrétaire d'État aux Finances, Peter Klemm, et le secrétaire d'État à la Justice, Klaus Kinkel. La délégation est-allemande était dirigée par Günther Krause, secrétaire d'État parlementaire placé auprès du Premier ministre de la RDA.

Le Chancelier pressa sa délégation d'établir les orientations fondamentales de l'union monétaire, économique et sociale avant le début de mai : « Compte tenu de l'inquiétude de la population, je trouvais essentiel de clarifier les choses le plus vite possible. Par ailleurs, il m'importait vis-à-vis de l'étranger et de la conférence deux-plus-quatre, fixée au 5 mai, de prouver que les Allemands étaient disposés à progresser énergiquement en direction de l'unité. »

Entre-temps, le conflit lituanien risquait réellement d'empêcher que soient réunies les conditions internationales nécessaires au processus d'unification. À la mi-avril, le Kremlin avait instauré un embargo économique contre ce pays Balte. Le 21 avril, les ministres des Affaires étrangères de la Communauté européenne appelèrent à la levée du blocus. Le lendemain, le Conseil national de sécurité se réunit à Washington. Bien que celui-ci ait conseillé à Bush de faire preuve de modération, ce dernier décida que, si la crise se prolongeait, les États-Unis ne mettraient pas en vigueur le traité sur les relations commerciales américano-soviétiques qui avait déjà été ratifié.

« Je craignais alors que l'aggravation de la crise lituanienne, qui entre-temps avait pris une dimension internationale, n'ait des effets négatifs sur notre affaire allemande », se rappelle le Chancelier. Le 19 avril, le gouvernement soviétique avait remis une note mettant fermement en garde contre les initiatives prises par l'Allemagne de son propre chef et se référant à un traité d'État [1] qui existait déjà entre la République fédérale et la RDA et qui aurait prétendument déjà réglé la question de la réunification allemande. « Je décidai, dit Kohl, de mettre désormais tout en œuvre pour accélérer le processus d'unification. J'avais le sentiment que, pour les Soviétiques, ce n'était pas tant la question de l'appartenance à l'OTAN de l'Allemagne unifiée qui était essentielle, que la conclusion d'un accord satisfaisant régissant les relations économiques sur la base des traités conclus entre eux et la RDA. »

Kohl pensa qu'il avait une chance de réussir s'il consacrait désormais une attention particulière à cette demande soviétique. De Maizière et lui décidèrent qu'il fallait commencer par réunir l'ensemble des documents concernant les traités bilatéraux conclus entre Moscou et Berlin-Est, ce qui se révéla assez compliqué. Par ailleurs, Kohl réfléchissait à une coopération

1. Il s'agit probablement du traité fondamental entre la République fédérale et la RDA sur les relations entre les deux États du 21 décembre 1972.

économique de l'Allemagne unifiée avec l'Union soviétique sur le long terme. Il voyait cette Allemagne, fermement ancrée à l'Ouest, devenir une sorte de « pont vers l'Est ».

L'après-midi du 23 avril, Kohl convoqua à la Chancellerie Kvizinski, l'ambassadeur de Moscou, afin qu'il transmette ses idées à Gorbatchev. « Tout d'abord, je dissipai de nouveau les inquiétudes soviétiques de voir l'Allemagne faire cavalier seul et lui dis que je pensais que le moment était maintenant venu de faire le point ensemble des obligations économiques de la RDA à l'égard de l'Union soviétique. Je voulais par ailleurs discuter avec lui de la question de savoir si on ne pourrait pas dès maintenant commencer à préparer un traité entre l'Allemagne tout entière et l'Union soviétique, susceptible d'élever les relations entre les deux pays à un niveau encore jamais atteint. En juin 1989, j'avais déjà parlé avec Gorbatchev dans le jardin de la Chancellerie d'un tel traité — d'un " Grand Traité ", ainsi que nous l'avions appelé.

« Kvizinski déclara qu'il rêvait depuis le début de créer entre la République fédérale et l'Union soviétique quelque chose dans l'esprit de Bismarck[1]. Ce à quoi j'objectai qu'à l'heure actuelle on regardait trop vers le passé au lieu de se tourner vers l'avenir. Plus l'Allemagne serait solidement intégrée à l'Ouest — et par là j'entendais notre maintien dans l'OTAN —, mieux nous pourrions coopérer avec l'Union soviétique. Il était parfaitement évident que les domaines de l'économie, de la technologie, de la recherche et de la culture prenaient de plus en plus d'importance. Nous pouvions, nous Allemands, y apporter une contribution importante.

« Nous abordâmes la question des discussions deux-plus-quatre. Kvizinski proposa de dissocier les aspects intérieurs et extérieurs de la réunification. Il entendait par là qu'il fallait d'abord accomplir l'unité et ensuite seulement régler des questions telles que, par exemple, celle de l'Alliance. Une telle proposition était totalement inacceptable. L'Allemagne réunifiée aurait ainsi été privée de sa souveraineté complète durant une

1. Allusion probable aux efforts de Bismarck, pas toujours fructueux, pour établir un lien fort entre Berlin et Saint-Pétersbourg.

période indéterminée. Tout aussi inacceptable était l'hypothèse de Kvizinski que les troupes soviétiques puissent continuer à stationner sur le territoire de la RDA aussi longtemps que celles des alliés occidentaux le feraient sur le territoire de la République fédérale. Il évoqua ensuite une réduction de l'armée fédérale, mais nous n'en discutâmes pas plus avant. Pour finir, l'ambassadeur déclara que le fait que les chefs de gouvernement des États européens abordaient le problème lituanien de manière pondérée n'avait pas échappé à Moscou. L'Union soviétique savait apprécier cette position. »

La crise lituanienne fut également au menu des cinquante-cinquièmes consultations germano-françaises pour lesquelles le Chancelier se rendit à Paris le 25 avril. Helmut Kohl était d'excellente humeur et plaisanta avec les reporters lorsqu'il descendit de voiture dans la cour du palais de l'Élysée et se dépêcha de gravir les marches. « Je trouvai un François Mitterrand qui soutenait pleinement la cause de l'Allemagne et qui eut des mots très chaleureux à mon égard, se rappelle Kohl. Lors de notre *tour d'horizon*[1] du paysage politique, nous tombâmes d'accord d'une manière que nous n'avions encore jamais connue. Sur la Lituanie, nous convînmes d'inviter par une lettre commune le Président Landsbergis à engager des négociations avec Mikhaïl Gorbatchev. Nous envisagions parallèlement d'informer également le secrétaire général soviétique de notre démarche. Nous considérions tous deux que les événements de Lituanie pouvaient constituer un danger mortel pour Gorbatchev s'ils déclenchaient une réaction en chaîne et que, par exemple, ils s'étendaient à l'Ukraine. Nous étions convaincus que cela conduirait inévitablement à une prise de pouvoir par les militaires à Moscou.

« Je réussis par ailleurs à dissiper l'inquiétude du président de la République française à propos de la présence de troupes françaises dans l'Allemagne unifiée. Il n'y avait pas d'opposition à l'égard des troupes françaises. Elles faisaient au contraire partie de la vie municipale dans les villes de garni-

---

1. En français dans le texte.

son. François Mitterrand objecta encore une fois que la France ne voulait en aucun cas être une puissance occupante. Je répliquai que personne en Allemagne ne la considérait comme telle. Au contraire : la ville de Zweibrücken, dont les troupes américaines venaient juste de se retirer, avait aussitôt demandé si des troupes françaises ne pourraient pas venir les remplacer.

« Nous considérions tous deux que l'unité allemande et l'intégration européenne étaient les deux faces d'une même médaille. Comme la situation évoluait incroyablement vite en Allemagne, nous avions lancé peu de temps auparavant une initiative commune pour faire avancer parallèlement l'union de l'Europe. » Il était dit dans ce message adressé au président du Conseil européen, le Premier ministre irlandais Charles Haughey, qu'il était temps de transformer l'ensemble des rapports existant entre les États membres en une Union européenne et de la doter des moyens d'action nécessaires. « Nous voulions approfondir ensuite cette affaire quelques semaines après le sommet extraordinaire de Dublin, lors du sommet ordinaire qui se tiendrait également là-bas en juin, précise Kohl. Notre objectif était que soit ouverte en décembre, en même temps que la conférence gouvernementale sur l'union économique et monétaire européenne, une seconde conférence gouvernementale portant sur l'union politique. »

Le Premier ministre irlandais réagit de manière particulièrement positive à l'initiative germano-française. Il salua le fait que le résultat des élections à la Chambre du peuple ait donné de l'élan au processus de réunification. Il ne s'attendait pas que l'accord sur une direction commune pose des problèmes. Sa lettre disait textuellement : « Nous avons tous bon espoir que l'unification allemande apporte une contribution essentielle au développement ultérieur d'une entité européenne. »

Kohl s'envola de bonne heure le samedi matin 28 avril de la base américaine de Ramstein dans le Palatinat pour la réunion extraordinaire du Conseil européen à Dublin. Dans le vieux château de Dublin, les chefs d'État et de gouvernement de la Communauté européenne se déclarèrent favorables sans réserve au processus de réunification allemande. Le président de la

Commission européenne, Jacques Delors, présenta par ailleurs le document sur « la Communauté et l'unification allemande », qui lui avait été commandé lors du sommet de Strasbourg. Il s'agissait d'un plan en trois phases, allant jusqu'à l'intégration définitive du territoire de la RDA dans la Communauté européenne.

Le plan commençait par l'introduction de l'union monétaire le 1er juillet 1990. Les conditions économiques en RDA devaient être rendues progressivement compatibles avec celles que connaissait la Communauté. Il était dit dans le document final, qui fut également commenté par Delors, que les participants au sommet « escomptaient que l'unification » serait « un facteur positif dans le développement de l'Europe en général et de la Communauté en particulier ». Par ailleurs, la Communauté européenne partait de l'idée que la RDA adhérerait à la République fédérale en application de l'article 23 de la Loi fondamentale, ce qui permettrait d'intégrer aisément la RDA dans la Communauté européenne, sans qu'il soit besoin de modifier les traités relatifs à la CEE. Par ailleurs, la Communauté européenne donnait accès à la RDA à des crédits et à des aides financières. Cependant le gouvernement fédéral renonça expressément à l'aide d'urgence proposée par le président de la Commission, qui aurait dû être octroyée en dehors des règles habituelles.

Dans sa contribution au débat, Kohl signala que les Allemands souhaitaient ardemment que tout le monde en Europe comprenne qu'ils étaient très heureux du parallélisme entre l'unité allemande et l'intégration européenne. En tant que Chancelier, il attachait une importance particulière à ce que les gouvernements de la Communauté européenne reçoivent une information détaillée sur les négociations entre le gouvernement fédéral et le gouvernement de RDA et que la Commission l'assiste de ses conseils.

« Depuis mon entrée en fonction, remarque Kohl, je n'ai assisté à aucun sommet de la Communauté européenne au cours duquel mes collègues aient véritablement pris, sans la moindre réserve — nuancée bien sûr de cordialité —, une position aussi claire sur la question de l'unité allemande. Le fait que, sous la direction de mon ami Jacques Delors, la Commission ait soutenu tout à fait clairement la position allemande portait aujourd'hui ses fruits. Tout aussi fructueux était le fait que certains de nos partenaires aient depuis des mois suivi cette direction et que d'autres s'y soient ralliés. Nous trouvâmes à Dublin un soutien considérable à propos duquel je voudrais souligner à nouveau le rôle de notre hôte Charles Haughey et celui de Felipe Gonzalez, qui était tout de même vice-président de l'Internationale socialiste. »

Les observateurs politiques considérèrent que le succès de Dublin avait tenu pour beaucoup aux relations personnelles du chancelier d'Allemagne avec les chefs d'État et de gouvernement qui y avaient participé. « C'est évidemment une erreur de croire, remarque à ce sujet le Chancelier, que les amitiés personnelles peuvent faire disparaître les problèmes politiques. C'est qu'en politique internationale, il y va des intérêts de son propre pays. Mais ce qui est également vrai, c'est que, quand on a des affinités, quand on se comprend bien d'emblée, quand on a fait du chemin ensemble et que des relations amicales se sont développées, tout est beaucoup plus simple. Alors, on peut dire : " Écoute, en aucun cas, je ne ferai ça, je ne pourrai pas le faire admettre aux gens de chez moi." En règle générale, ce qui est bon dans les relations privées, l'est aussi en politique. Par ailleurs, quand je vois que quelqu'un a des difficultés, je lui téléphone pour lui dire : " Ne baisse pas les bras, je croise les doigts." Lorsque nous étions enfants, notre mère nous a appris la chose suivante : " Quand tout va bien pour les autres, tu ne dois pas aller chez eux, car alors tout le monde ferait la même chose. Mais tu dois le faire s'ils ont des problèmes."

« Ce qui est essentiel pour la solidité des relations dans les domaines privé ou politique, c'est la confiance dans la loyauté de son partenaire. Le fait que nous, Allemands, ayons réussi au cours des décennies passées et encore aujourd'hui, durant les événements dramatiques des semaines et des mois précédents, à dissiper la méfiance dont nous étions l'objet, se révélait à présent comme notre capital le plus précieux. Le contraste ne pouvait pas être plus grand entre le sommet de Strasbourg pendant l'hiver 1989 et celui de Dublin au printemps 1990. La Communauté européenne et l'Alliance de l'Atlantique Nord nous soutenaient de manière solidaire et il existait également entre le gouvernement fédéral que je dirigeais et le gouvernement démocratique élu à Berlin-Est un accord sur les objectifs qu'il nous restait encore à atteindre. Ce qui, outre d'innombrables questions et problèmes, auxquels nous travaillions avec notre partenaire est-allemand, faisait encore obstacle à la réalisation de notre rêve allemand était cependant toujours la position de Moscou sur la question de l'appartenance à l'Alliance. »

CHAPITRE 13

ENTRE LA QUESTION DE L'ALLIANCE ET LE TRAITÉ D'ÉTAT

Le vendredi 4 mai, deux limousines américaines sombres franchirent le portail de la Chancellerie gardé par des fonctionnaires de la police des frontières. Elles passèrent devant les grandes sculptures d'Henry Moore qui brillaient dans le soleil de printemps et s'arrêtèrent quelques mètres plus loin devant le bâtiment de la Chancellerie. James Baker, le ministre américain des Affaires étrangères, et Vernon A. Walters, l'ambassadeur des États-Unis à Bonn, descendirent des voitures. Au cours des mois précédents, Walters avait usé de toute son influence à Washington pour faire progresser l'unité allemande. Par la suite, Kohl ne cessa de lui rendre hommage en le qualifiant de « grand ami des Allemands ». D'un pas rapide, les visiteurs disparurent derrière les portes de verre.

Baker arrivait de Bruxelles où les ministres des Affaires étrangères des États de l'OTAN avaient tenu la veille une réunion extraordinaire et avaient pris des décisions importantes pour l'Allemagne. Ils étaient convenus d'adapter la stratégie et les forces armées à la nouvelle situation de l'Europe. On avait par ailleurs officiellement approuvé l'abandon par le président des États-Unis de l'installation en Allemagne d'une nouvelle génération de missiles à courte portée équipés d'armes nucléaires.

Selon Helmut Kohl, Jim Baker a été un brillant ministre des Affaires étrangères : « Il menait avec brio les négociations. Son intelligence rapide et son esprit l'y aidaient beaucoup. Il vient d'une excellente famille texane. C'est un avocat extraordinaire et il avait l'étoffe pour devenir lui-même président. Il y a sans doute beaucoup de choses que George Bush n'aurait pas obtenues s'il ne l'avait pas eu à ses côtés. Lui aussi éprouvait une sympathie dépourvue de réserves à l'égard des Allemands. Aujourd'hui encore, il me rend visite de temps en temps et nous échangeons des souvenirs communs ou bien nous discutons de la politique internationale actuelle. »

L'entretien à la Chancellerie avait pour objet de définir ensemble la manière dont on allait procéder. Il fut aussi question de l'aggravation du conflit entre la Lituanie, qui faisait à l'époque encore partie de l'Union soviétique, et le pouvoir central à Moscou. « Jim Baker m'indiqua, se rappelle Kohl, que la situation pouvait rapidement atteindre un point où les États-Unis devraient soutenir par des mesures concrètes les tentatives des Lituaniens pour obtenir leur indépendance. La pression exercée par le Congrès s'accroissait depuis que le Sénat s'était prononcé pour un gel des avantages commerciaux consentis à Moscou tant que l'embargo soviétique à l'égard de la Lituanie ne serait pas levé et que des négociations ne seraient pas engagées entre Vilnius et Moscou. Le gouvernement des États-Unis avait clairement informé Gorbatchev et Chevardnadze de ces conséquences et de celles qui pourraient s'y ajouter. Je répondis à Jim Baker que je n'avais pas besoin de lui dire où allaient mes sympathies. Nous, Allemands, avions une responsabilité particulière et nous souhaitions que les pays Baltes recouvrent leur indépendance. »

Dans sa déclaration gouvernementale à l'occasion du cinquantième anniversaire du début de la Seconde Guerre mondiale, le 1er septembre 1989, le Chancelier avait déjà clairement indiqué que le gouvernement fédéral ne reconnaissait pas l'annexion des pays Baltes par l'Union soviétique. Elle avait été décidée dans un protocole secret annexé au pacte de 1939 conclu entre Hitler et Staline. Dans sa déclaration gouvernementale, Kohl avait qualifié ce pacte de « produit d'un jeu cynique entre deux dictatures ». « L'une d'entre elles, remarque Kohl aujourd'hui, avait été engloutie une fois pour toutes dans les flammes de l'enfer qu'elle avait elle-même allumé. En 1990, l'Union soviétique se trouvait au début d'un processus douloureux consistant à s'appliquer à elle-même de manière critique la théorie de la “Nouvelle pensée”[1]. »

Kohl fit valoir à Jim Baker qu'il ne fallait pas « que le conflit lituanien devienne une pierre d'achoppement pour Mikhaïl Gorbatchev et sa politique de réformes. La Lituanie n'était pas son seul problème. Si, demain, le Secrétaire général cédait aux Lituaniens, après-demain d'autres républiques soviétiques réclameraient également leur indépendance. Puis ne tarderait pas à venir l'heure de ceux qui disaient que Gorbatchev était en train de perdre l'Empire. Mais personne ne pouvait avoir intérêt à ce qu'un régime militaire arrive au pouvoir en Union soviétique, car cela aurait notamment pour conséquence de mettre brutalement fin à toute politique de réformes en Europe centrale et orientale ».

Pour ne pas mettre en danger la politique de réformes de Gorbatchev, Kohl plaida pour une série de petits pas. Il fallait dire aux Lituaniens qu'avec leur politique du tout ou rien, ils risquaient de manquer leur chance de devenir indépendants. Il était convaincu qu'en faisant preuve de bon sens, de patience et d'habileté psychologique, ils pouvaient atteindre leur but au cours des cinq prochaines années. Baker partageait cette manière de voir ; les autres partenaires de l'OTAN étaient, eux aussi, totalement conscients du problème et trouvaient primordial que l'Union soviétique continue à avancer sur la voie des réformes.

Ce 4 mai, Kohl et Baker parlèrent également de façon très détaillée de la manière dont l'Occident pouvait soutenir Gorbatchev sur le plan économique. Selon Kohl, le principal problème venait de ce que Gorbatchev n'arrivait pas à se décider à prendre les mesures essentielles pour passer à l'économie de marché ; or ses timides réformes ne faisaient pas avancer les choses. Jim Baker ajouta que la situation de Gorbatchev était paradoxale : d'un côté, maintenant qu'il était président, il avait plus de pouvoirs que jamais, de l'autre, il ne

1. Expression lancée par Gorbatchev et ses conseillers, désignant le renouvellement de la politique étrangère soviétique.

pouvait pas prendre de mesures énergiques allant dans la bonne direction à cause de l'aggravation des difficultés intérieures. Ainsi avait-il déclaré devant la population active de Sverdlovsk qu'il n'y aurait pas en Union soviétique de réformes comme celles qui avaient été, par exemple, mises en œuvre en Pologne.

« Dans la perspective des prochaines discussions deux-plus-quatre, poursuit Kohl, Jim Baker me demanda ce que je pensais de la position du gouvernement de Maizière, et notamment de celle de Meckel, le ministre des Affaires étrangères, sur l'appartenance à l'OTAN de l'Allemagne unifiée. Je l'informai alors des nombreux problèmes qui agitaient la coalition de Berlin-Est. Dans ce contexte, si le gouvernement de Maizière ne se trouvait pas au premier rang des partisans de cette idée, il n'en finirait pas moins par soutenir la position de Bonn. Comme cela avait déjà été le cas à Camp David, nous étions d'accord pour expliquer la position de l'Union soviétique par le fait que le Kremlin tentait un coup de poker, sans doute dans l'espoir d'en retirer de nombreux avantages. Étaient probablement en cause pour lui les relations économiques avec l'Allemagne unifiée ; mais l'évolution future de l'OTAN et de sa stratégie constituait également une question essentielle pour les Soviétiques. »

À peine Baker et Walters avaient-ils quitté la Chancellerie que le ministre soviétique des Affaires étrangères, Chevardnadze, accompagné de l'ambassadeur Kvizinski, venait s'entretenir avec le Chancelier. Kohl savait que Chevardnadze avait des rapports particulièrement bons et confiants avec Gorbatchev et qu'il pouvait donc lui parler franchement. Là encore, il fut d'abord question de la Lituanie : « Nous discutâmes très ouvertement. Je lui exposai notre point de vue : tout faire pour éviter une escalade. Nous n'étions pas des trublions ; aussi avions-nous écrit, François Mitterrand et moi, une lettre commune au Président Landsbergis lui demandant de surseoir pour le moment à l'exécution de la déclaration d'indépendance de la Lituanie et d'engager des négociations avec Moscou. Si Chevardnadze avait le sentiment que je pouvais, de manière très discrète, faire quelque chose d'utile, il devait me le dire.

Chevardnadze répliqua qu'il ne doutait pas que nous souhaitions autant aider le peuple lituanien que le peuple soviétique. »

Selon Kohl, le ministre soviétique des Affaires étrangères justifia ensuite la fermeté de la position de Moscou. Il fallait s'en tenir à la constitution. L'Union soviétique était un État multinational de quinze Républiques. C'est pourquoi Moscou ne pouvait pas prendre la question lituanienne à la légère, surtout dans la situation actuelle. On ne pouvait tolérer que se désintègre l'Union des Républiques soviétiques, à la construction de laquelle on avait travaillé durant des décennies. Toutefois les dirigeants soviétiques ne recourraient pas à la violence : ils étaient toujours prêts au dialogue. « Édouard Chevardnadze aborda alors les immenses problèmes que rencontrait la perestroïka. Beaucoup de gens se félicitaient des réformes, mais beaucoup pensaient également qu'elles détruisaient le socialisme et trahissaient les intérêts de la classe ouvrière. Cela compliquait considérablement la situation de Gorbatchev. On pouvait dire sans exagérer que si la perestroïka ne réussissait pas, il y aurait alors soit l'anarchie, soit une nouvelle dictature. Lorsque Chevardnadze prononça ces mots, se rappelle Kohl, j'eus alors conscience qu'il ne s'agissait pas d'une exagération théâtrale, mais bien de la triste réalité. Un changement dramatique de politique — voire un coup d'État — à Moscou marquerait la fin de notre espoir de réaliser l'unité allemande, ou du moins repousserait à un avenir lointain une réunification pacifique. Nous avancions sur un terrain glissant et c'était tout particulièrement le cas des dirigeants soviétiques de l'époque. »

Puis, Kohl renouvela l'offre d'instaurer une coopération de grande envergure avec l'Union soviétique, offre qu'il avait déjà faite à l'ambassadeur Kvizinski. Chevardnadze confirma que, du côté soviétique, on était très intéressé par l'idée d'asseoir sur de nouvelles bases les relations avec une Allemagne unifiée, y compris les relations économiques. La confrontation avait coûté très cher aux deux peuples. On ne pouvait pas parler sérieusement de résoudre les problèmes européens et généraux tant qu'on n'était pas également parvenu à une compréhension durable entre la Russie et l'Allemagne. C'était également pour cela que les dirigeants de Moscou approuvaient l'évolution conduisant à l'unité allemande ; mais à Moscou les choses bougeaient plus lentement, parce qu'il y avait encore beaucoup de gens qui faisaient valoir à Gorbatchev qu'« abandonner la RDA » était contraire aux intérêts stratégiques de l'Union soviétique.

Sans la moindre ambiguïté, Chevardnadze déclara clairement que le Kremlin n'accepterait pas que l'Allemagne unifiée soit membre de l'OTAN. Il espérait n'avoir pas provoqué de déception en prenant clairement cette position. « Mais ce qui m'intéressa, indique Kohl, fut l'une de ses remarques suivantes qui semblait relativiser le "niet" soviétique. Il n'excluait pas, ajouta-t-il, qu'on cherche et trouve un compromis. Cela me renforça dans ma conviction que nous avions encore une bonne chance d'imposer notre point de vue sur cette question essentielle ; notre fermeté serait finalement payante et les pessimistes auraient eu tort une fois de plus ! » Pour finir, Kohl et Chevardnadze convinrent d'envisager une rencontre entre le Chancelier et Gorbatchev au cours de l'été. Chevardnadze annonça que, selon toute probabilité, cette rencontre aurait lieu ailleurs qu'à Moscou.

Le lendemain en fin de matinée commença la première réunion deux-plus-quatre des ministres des Affaires étrangères dans la salle dite internationale du ministère des Affaires étrangères de Bonn. « Notre objectif, indique le Chancelier, était de conclure aussi vite que possible les discussions deux-plus-quatre sur les aspects extérieurs de l'unité allemande, afin que personne n'ait la tentation de traiter ce sujet dans le cadre de la CSCE. Compte tenu du nombre d'États membres de la CSCE, un débat sur la politique allemande y aurait très probablement été interminable. Il fallait l'éviter. Je proposai que la CSCE se contente de prendre note du résultat des discussions deux-plus-quatre et l'entérine. »

Le 5 mai, Genscher, le ministre des Affaires étrangères, accueillit les délégations participant aux discussions deux-plus-quatre et évoqua à cette occasion la Seconde Guerre mondiale qui avait pris fin en Europe il y avait, à quelques jours près, tout juste quarante-cinq ans. Il souligna que l'unification des deux États allemands correspondait à la volonté des Allemands, affirma que ceux-ci n'avaient aucune revendication territoriale et expliqua que l'unité allemande devait être comprise comme une contribution à une nouvelle Europe. Il déclara en conclusion que l'unification de l'Allemagne ne se bornerait pas à modifier les structures européennes, mais affecterait également les intérêts bilatéraux de nombre des partenaires de la République fédérale et de la RDA. « Nous voulons faire l'unité de l'Allemagne, dit Genscher, mais non au détriment d'autres États. Nous sommes convaincus que, loin de réduire les opportunités de coopération intensive et mutuellement avantageuse, une Allemagne unie les augmentera substantiellement. »

Alors que les ministres des Affaires étrangères des États-Unis, de Grande-Bretagne et de France soutenaient sans restriction la position du gouvernement fédéral, la partie soviétique cessa de l'approuver dès que fut posée la question de l'appartenance à l'Alliance. Chevardnadze répéta la position de Moscou : la population de son pays et le Soviet suprême s'opposaient catégoriquement à ce que l'Allemagne unifiée soit membre de l'OTAN. Il mit en garde contre ce qu'aurait de fallacieux le jugement consistant à penser que l'Union soviétique ne parlait pas sérieusement ou bluffait. L'OTAN restait pour son pays ce qu'elle avait toujours été : une alliance militaire ennemie dont la stratégie incluait la première frappe nucléaire.

« Lorsque Hans-Dietrich Genscher me téléphona pendant une interruption de la conférence, raconte Kohl, il me parla d'une question extrêmement explosive : au cours des discussions, Chevardnadze avait proposé de découpler dans le temps les aspects intérieurs et extérieurs de l'unité allemande. En pratique, cela aurait signifié que l'unité allemande serait rapidement réalisable, et ce par l'adhésion de la RDA à la République fédérale. À première vue, cela semblait une solution transitoire élégante, mais elle présentait un inconvénient majeur : l'Allemagne unie aurait été soumise pour une période indéterminée à de considérables restrictions de sa souveraineté. Par-dessus tout, nous serions restés privés pour une période indéterminée — et il était également clair que c'était l'arrière-pensée de la partie soviétique ! — du droit de choisir librement à quelle alliance nous appartiendrions. Au sein de la gauche allemande il y avait justement une forte tradition de neutralisme national et Moscou voulait sans doute gagner du temps afin d'obtenir enfin, avec l'aide de ce courant, la neutralisation de la République fédérale. Il n'y avait pas à réfléchir : la proposition de Chevardnadze était inacceptable pour le gouvernement fédéral. » En conséquence, Kohl donna comme instruction de ne pas céder d'un millimètre sur cette question, car les aspects intérieurs et extérieurs de l'unité allemande formaient un tout.

La première rencontre des deux-plus-quatre prit fin dans la soirée du 5 mai 1990. Les résultats étaient maigres, à l'exception de la reconnaissance du droit des Allemands à vivre dans un seul État. On convint cependant de se retrouver en juin à Berlin pour discuter des questions politico-militaires. En juillet à Paris, il serait question de la frontière de l'Oder-Neisse et le ministre polonais des Affaires étrangères serait associé à la réunion. On envisageait une rencontre ultérieure à Moscou pour le mois de décembre.

À l'occasion de la première réunion des discussions deux-plus-quatre, le Chancelier déclara à la presse le 6 mai qu'il n'y avait plus aucun obstacle à la mise en œuvre du droit à l'autodétermination de l'ensemble des Allemands. L'objectif de sa politique demeurait de lier la sécurité de la future Allemagne unifiée à celle de ses partenaires au sein d'une Alliance occidentale en cours de transformation. Il s'agissait en même temps — et là Kohl en revenait au neuvième point de son programme en dix points — de s'attaquer rapidement à la création en Europe de structures de sécurité prolongeant l'Alliance : « Nous avons besoin d'une base sûre pour la coopération politico-militaire dans toute l'Europe, qui renforce la confiance des peuples en leur avenir commun et permette de surmonter peu à peu le concept de blocs. »

Le 8 mai, la *Frankfurter Allgemeine Zeitung* titra : « Genscher se félicite que Moscou soit prête à dissocier les aspects intérieurs et extérieurs de l'unification. » Ce compte rendu provoqua de l'embarras. Le ministre des Affaires étrangères démentit et le Chancelier réaffirma qu'il s'opposait fermement à cette réflexion. Sinon la presse se montra déçue par la première réunion des deux-plus-quatre. On se demandait si ces discussions n'allaient pas tomber à l'eau puisque aucun résultat tangible n'en était sorti.

En repensant à ce mois de mai 1990, Kohl remarque : « Mon optimisme venait simplement de ce que nous étions dans une bonne position sur la question de l'appartenance à l'OTAN. À l'exception de l'Union soviétique, il n'y avait alors pratiquement plus personne qui n'approuvât pas l'idée que l'Allemagne dans sa totalité soit membre de l'OTAN. À la conférence des ministres des Affaires étrangères du Pacte de Varsovie, la Tchécoslovaquie, la Pologne, la Hongrie et d'autres encore s'étaient prononcées en ce sens. L'un ou l'autre de nos voisins aura bien sûr pensé qu'il ne s'agissait pas seulement de la sécurité de l'Allemagne, mais aussi de sa sécurité face à l'Allemagne. Mais en définitive leurs raisons m'importaient peu dès lors qu'elles avaient pour effet de nous permettre de rester dans l'OTAN. »

Dans les deux parties de l'Allemagne, mais surtout à l'Ouest, l'euphorie de la réunification, qui avait eu cours pendant l'hiver, était entre-temps sensiblement retombée. Le chemin qui menait à l'unité était plus abrupt et plus pierreux que la plupart des gens se le figuraient. La déception maintes fois réitérée devant les résultats du premier round des discussions deux-plus-quatre était également l'expression de ce désenchantement. Pourtant les habitants de RDA comptaient sur la prochaine adhésion à la République fédérale ; à leurs yeux, Kohl était toujours le seul garant de cette politique. La propagande que faisait le SED sous le sigle « PDS » en invoquant la « colonisation de la RDA par l'Ouest » n'avait aucun impact, de même que celle du SPD-Est selon lequel la République fédérale en faisait trop peu pour les gens de l'Est. Le résultat des élections municipales, qui eurent lieu en RDA le 6 mai, le manifesta clairement : comme aux élections à la Chambre du peuple, la CDU devenait le parti le plus puissant.

Le soir du 24 avril, Eduard Ackermann informa le Chancelier qu'au cours d'une manifestation organisée dans le cadre de la campagne électorale[1], Oskar Lafontaine, ministre-président de Sarre et candidat du SPD à la Chancellerie, avait été poignardé. « Cet attentat perpétré contre Oskar Lafontaine me bouleversa profondément, raconte Kohl. Bien que nous soyons des adversaires politiques, j'ai toujours éprouvé de l'estime pour l'engagement passionné avec lequel il sert ses convictions et j'ai un respect tout particulier pour la manière dont il a surmonté les conséquences physiques mais aussi psychiques de cet attentat. » Pour tout le monde cet acte était un rappel des règles qui s'imposent au sein d'une société civilisée, même dans le cas d'un débat aussi passionné que celui sur l'unification de l'Allemagne.

Le 13 mai constitua un échec amer pour la CDU et son président : en Basse-Saxe, l'Union subit une défaite douloureuse, après environ quinze ans de gouvernement du ministre-président Ernst Albrecht. À ce sujet, le Chancelier remarque : « En politique, il faut apprendre à faire face à de tels revers. À l'époque, c'était tout autre chose qui m'inquiétait : manifestement la stratégie du SPD au cours de la campagne électorale, consistant à attiser la peur des Allemands de l'Ouest face aux conséquences économiques de l'unité, avait eu du succès. En parcourant le pays de long en large, les politiciens du SPD déclaraient qu'on n'avait pas le droit de trop exiger des citoyens de la République fédérale au cours de la réalisation de l'unité allemande. Je trouvais particulièrement honteux que dans la situation actuelle, pour en retirer des avantages à court terme en matière de tactique électorale, l'opposition se refuse à un consensus démocratique raisonnable — que préconisait du reste Willy Brandt — sur la question fondamentale de la nation. » Dans le même ordre d'idées, Kohl critiquait également les leaders syndicaux qui, pour nombre d'entre eux, avaient supprimé le mot « solidarité » de leur vocabulaire. De

1. Il s'agissait cette fois des élections qui eurent lieu le 13 mai dans les Länder de Rhénanie, de Nord-Westphalie et de Basse-Saxe.

même attendit-il vainement un mot d'encouragement de certains dignitaires des Églises.

« J'avais le sentiment qu'au regard de l'unité, la situation n'était pas devenue plus facile, mais au contraire plus compliquée. Si nous travaillions à introduire le deutschemark en RDA et pouvions espérer que les deux parties de notre patrie seraient bientôt liées par une monnaie commune, cela ne signifiait pas pour autant que nos cœurs battaient déjà à l'unisson. L'idée que nous disposions d'autant de temps que nous le souhaitions pour réaliser la réunification pouvait aussi se révéler une dangereuse illusion en matière de politique intérieure. Pour utiliser une métaphore, le train de l'unité allemande traversait alors lentement la gare de l'histoire allemande. C'était maintenant que nous devions y monter car il ne repasserait sans doute plus avant longtemps. J'étais fermement résolu à ne pas changer de ligne sur la question allemande tant sur le plan intérieur qu'extérieur. Cette ligne était juste, même si sur tel ou tel point nous n'avions pas un vent favorable, mais un vent contraire. Il nous fallait donc supporter les fluctuations de l'opinion et nous atteler courageusement et avec ténacité aux problèmes qui nous attendaient. »

La création d'une union monétaire, économique et sociale allemande se trouvait toujours au centre de l'action énergique que menait le gouvernement fédéral en matière de politique intérieure. Dès le début de mai, les deux délégations avaient négocié un compromis sur la question centrale du taux d'échange, selon lequel les enfants, jusqu'à quatorze ans révolus, pourraient échanger 2 000 marks de l'Est en deutschemarks au taux de 1 pour 1, les personnes de quinze à cinquante-neuf ans 4 000 marks de l'Est et celles au-dessus de soixante ans 6 000 marks de l'Est. Les sommes supérieures à ces plafonds devraient être échangées au taux de 2 pour 1. On appliquerait un taux de 3 pour 1 aux avoirs des personnes vivant en dehors de la RDA et dont les biens avaient été constitués après le 31 décembre 1989.

À la suite de quoi en RDA, le SED/PDS, le SPD et les syndicats s'employèrent à monter l'opinion publique contre « la liquidation économique de la RDA au profit de la RFA », au moyen de grèves d'avertissement et de rassemblements de protestation, auxquels participèrent des milliers de personnes inquiètes pour leur sécurité sociale. Le 10 mai, le Premier ministre de Maizière déclara devant la Chambre du peuple que la RDA faisait face à l'une des plus graves crises économiques que le pays ait jamais connues. Le SPD, son partenaire au sein de la coalition, faisait pression sur lui en menaçant de quitter la coalition gouvernementale qu'il avait constituée avec « l'Alliance pour l'Allemagne ».

Telle était la situation lorsque, le 14 mai, le Chancelier rencontra de Maizière. Ce fut un entretien extrêmement difficile qui porta sur des questions encore non résolues, mais nullement négligeables. Ainsi, alors que le gouvernement de RDA s'était complètement engagé en faveur de la liberté du commerce, il prévoyait — pour, selon lui, empêcher la spéculation — de n'accorder pour une période transitoire de dix ans aux personnes non domiciliées en RDA à une date donnée, qu'un droit emphytéotique avec option, aux prix qui seraient alors pratiqués sur le marché. « Cela aurait étouffé dans l'œuf toute velléité d'investissements. Il me fallait donc détourner de Maizière de cette idée », indique Kohl, qui réussit à faire changer d'avis son interlocuteur.

Les deux hommes se mirent vite d'accord sur un taux de conversion des retraites de 1 pour 1 et sur l'adaptation du système des retraites de RDA à celui de la République fédérale. Le Chancelier se rappelle qu'il était particulièrement soucieux de faire preuve de solidarité à l'égard de la génération qui avait supporté le poids de la guerre et plus de quarante années de régime SED. La protection financière des retraites dans les nouveaux Länder fut améliorée bien plus rapidement que n'y aurait incité une stricte observation des conditions économiques. Alors qu'à l'Est la retraite moyenne atteignait au maximum 600 marks de l'Est à la mi-1990, elle s'élève à 1 400 deutschemarks depuis le 1er janvier 1994.

Des divergences de vues fondamentales se manifestèrent sur la question de savoir si l'on devait restituer les biens immobiliers qui avaient fait l'objet d'expropriations ou verser des dédommagements. Pour les expropriations ordonnées par les autorités d'occupation soviétiques entre 1945 et 1949, le Kremlin opposa clairement une fin de non-recevoir. Le 28 avril, Moscou mit en garde dans un mémorandum contre « toute remise en cause de la légalité des mesures et ordonnances prises par les Quatre Puissances en matière de dénazification, de démilitarisation et de démocratisation, que ce soit de manière commune ou de manière séparée, dans leur ancienne zone d'occupation. La légalité de ces décisions, notamment celles qui portaient sur des questions de propriété et de biens fonciers, n'était pas soumise à un nouvel examen ou à une révision par les tribunaux allemands ou tout autre organe étatique allemand », était-il écrit dans le mémorandum. Les Soviétiques avaient posé cette contrainte comme condition à l'unité allemande, ainsi que le confirma ensuite la Cour constitutionnelle. Dans un premier temps, Bonn et Berlin-Est ne parvinrent pas à un accord sur les expropriations intervenues après 1949, de sorte que ce sujet ne fut pas abordé dans le traité sur l'union monétaire, économique et sociale.

Ce même 14 mai, les deux ministres des Finances, Theo Waigel et Walter Romberg, discutèrent à Berlin-Est de la marge de manœuvre de la RDA en matière de politique budgétaire et de la contribution financière que Bonn devrait apporter pour reconstruire la partie orientale de l'Allemagne. Il était pratiquement impossible de prendre une décision dans la mesure où la RDA ne disposait pas de données fiables. Ce n'est que le 17 mai, alors que les négociations entre les deux ministres se poursuivaient à Bonn, qu'on réussit à chiffrer approximativement le déficit budgétaire de la RDA pour 1990. Pour y faire face, le gouvernement fédéral accorda à la RDA un prêt de 10 milliards de deutschemarks. L'argent devait provenir du « fonds pour l'unité allemande », dont la création avait été approuvée la veille par le Chancelier et les ministres-présidents.

Le 17 mai, en début de matinée, alors qu'à Bonn et à Berlin-Est, on mettait fébrilement la dernière main au traité sur l'union monétaire, économique et sociale en y travaillant même durant la nuit, le Chancelier se rendit de l'hôtel du Watergate à Washington à la Maison-Blanche. Il fut accueilli au portail principal par le Président Bush qui le conduisit ensuite au bureau ovale. Au cours de l'entretien qui suivit, Kohl expliqua qu'il pensait arracher à Gorbatchev son accord à un maintien de l'Allemagne dans l'OTAN en échange d'un important soutien économique. « Cette question était compliquée et devait faire l'objet d'une coordination avec nos principaux alliés, car Washington envisageait de prendre des sanctions économiques contre Moscou à cause de la crise lituanienne », se rappelle Kohl.

Teltschik s'était rendu à Moscou avec les présidents du conseil d'administration de la Deutsche Bank et de la Dresdner Bank, Hilmar Kopper et Wolfgang Röller, pour concrétiser la proposition qui avait déjà été faite à l'ambassadeur Kvizinski d'une aide économique importante à l'Union soviétique. Bonn pensa d'abord à un crédit bancaire d'un montant de cinq milliards de deutschemarks dont elle se porterait garante. Les banquiers avaient discuté de manière approfondie de l'état de la politique financière de l'Union soviétique et des réformes économiques, ainsi que de son besoin en crédits, avec Gorbatchev, Nikolaï Ryjkov, le Premier ministre, Chevardnadze, le ministre des Affaires étrangères, et Iouri Moskovski, le chef de la banque économique extérieure. D'après Kohl, ce qu'en rapportèrent Kopper et Röller était loin d'être rassurant.

À Washington, Kohl expliqua à son ami George Bush, comme il l'avait déjà dit quelques jours plus tôt à Baker, le ministre des Affaires étrangères, que Gorbatchev avait d'énormes problèmes et que toute sa politique de réformes serait menacée s'il n'était pas rapidement en mesure de faire état de succès. L'ensemble du monde occidental avait un intérêt commun à la poursuite de cette politique de réformes. « George Bush était d'accord avec moi, mais il ajouta que, compte tenu des événements de Lituanie, il lui était difficile d'accorder un soutien économique à Moscou. Je répliquai qu'en Allemagne aussi on éprouvait beaucoup de sympathie pour la Lituanie. Mais nous devions éviter que la politique occidentale à l'égard de Moscou ne soit déterminée que par cette seule question.

« George Bush réaffirma qu'il ne fallait pas que la perestroïka échoue ; il l'avait dit également au Premier ministre lituanien, Kazimiera Prunskiene. Il devait cependant tenir compte aussi de ce que le Sénat et le Congrès ne voyaient pas exactement les choses de cette manière. Malgré le risque de faire échouer la politique de réformes menée en Union soviétique, certains parlementaires allaient jusqu'à exiger de lui qu'en rétorsion des mesures de boycott instaurées par les Soviétiques, il reporte le sommet avec Gorbatchev prévu à Washington fin mai-début juin et qu'il prenne des sanctions contre Moscou. »

Dans la suite de son entretien avec le président des États-Unis, le Chancelier déclara qu'il fallait absolument que le sommet américano-soviétique débouche également sur un succès pour Gorbatchev. Au contraire de ce qui se passait à l'époque de Staline, de Khrouchtchev et de Brejnev, les dirigeants actuels de l'Union soviétique devaient compter avec l'opinion publique, y compris à l'intérieur de leur pays. C'était justement à cause des problèmes auxquels il avait à faire face que Gorbatchev ne devait pas passer pour un perdant aux yeux de ses compatriotes et à ceux de l'opinion internationale. Il fallait au contraire qu'il puisse se présenter avec toute l'assurance du représentant d'une grande puissance. Kohl employa ce type d'arguments pour faire pression sur Bush parce qu'il était convaincu que la dimension psychologique jouait un rôle important dans les relations avec Gorbatchev. Le président des États-Unis promit de traiter Gorbatchev avec le respect nécessaire — respect qu'il n'avait pas seulement mérité en tant qu'individu, mais qui lui revenait en tant que chef dc l'Union soviétique.

« Vers la fin de notre entretien dans le bureau ovale, raconte le Chancelier, nous discutâmes des troupes américaines en Europe. George Bush s'inquiétait que le retrait des troupes soviétiques puisse être lié à la question du retrait des forces américaines. Je lui répondis qu'il ne devait pas se laisser impressionner par ce genre d'idées qu'on agitait aussi en République fédérale. Lorsque, compte tenu de l'histoire de ce siècle, on percevait ne serait-ce qu'intuitivement ce qu'étaient les intérêts fondamentaux de l'Allemagne et de l'Europe, on savait bien qu'un retrait des troupes américaines constituerait une faute lourde de conséquences. »

Il était 11 heures 45 lorsque le chancelier d'Allemagne et le président des États-Unis passèrent du bureau ovale à la salle du cabinet de la Maison-Blanche où eut lieu la discussion en délégation. George Bush souhaita la bienvenue aux Allemands, auxquels s'était joint le ministre des Affaires étrangères de la République fédérale. Il souligna qu'il était particulièrement important pour lui d'entendre les analyses allemandes avant le sommet américano-soviétique.

Puis le Chancelier prit la parole. Il dit que le Président était une « bonne aubaine pour l'Europe et les Allemands ». C'était un point essentiel et d'un grand secours dans la période transitoire actuelle qui abondait en événements dramatiques lourds de risques et offrant également un certain nombre de chances. Au cours du XXe siècle, il y avait eu à la Maison-Blanche trop de présidents qui avaient moins bien compris l'Europe et l'Allemagne que l'actuel président. Les Allemands entendaient s'engager dans la voie qui s'étendait devant eux en liaison et en accord étroit avec les États-Unis.

Au cours de la discussion en délégation, on discuta de nouveau de l'essentiel. On devait susciter l'intérêt des Soviétiques pour le maintien de la totalité de l'Allemagne dans l'OTAN en modifiant la stratégie de l'Alliance ; on achèverait de discuter cette question début juillet à Londres. Les Allemands et les Américains avaient le sentiment que le gouvernement soviétique s'employait à convaincre son peuple qu'il ne fallait pas diaboliser l'OTAN. C'était dans cette perspective que devaient être replacées notamment la visite du ministre soviétique des Affaires étrangères à l'OTAN à Bruxelles de même que l'invitation à Moscou de Manfred Wörner, le secrétaire général de l'OTAN.

« Il était important pour moi, souligne Kohl, de réclamer de nouveau aux Américains une accélération du rythme des discussions sur les aspects extérieurs de l'unité allemande. C'était bien sûr la conséquence de ma décision de fond de ne permettre à aucun prix le découplage des aspects intérieurs et extérieurs de la réunification. J'exprimai donc le vœu pressant que George Bush veuille bien faire comprendre à Gorbatchev que c'était aussi l'intérêt des États-Unis que le processus deux-plus-quatre ne se prolonge pas inutilement. Pour justifier ma requête, je comparai ma situation à celle d'un paysan qui, par précaution, souhaiterait rentrer sa récolte de foin parce qu'il se pourrait qu'il y ait de l'orage. »

Après que Genscher eut rendu compte du premier round des discussions deux-plus-quatre qui avait eu lieu à Bonn et eut répondu aux questions concernant les rencontres ultérieures, la visite des Allemands s'acheva sur un repas à la Maison-Blanche. Au cours de la conférence de presse qui suivit, Bush souligna que les États-Unis et la République fédérale étaient totalement d'accord sur les moyens et les objectifs de l'unité allemande. Aussitôt après, la délégation allemande se rendit à l'aéroport de Washington, car le matin du 18 mai devait avoir lieu à Bonn, qui se trouvait à six mille kilomètres de là, la signature du traité créant une union monétaire, économique et sociale.

Après une courte nuit en avion, le matin suivant, Kohl se hâta d'aller de la Chancellerie au palais Schaumburg[1]. La cérémonie de signature du protocole devait avoir lieu dans ce bâtiment, où avaient travaillé les prédécesseurs de Kohl, d'Adenauer à Schmidt. Les délégations qui avaient élaboré le traité, des notables aux ministres et au Premier ministre de RDA, de Maizière, avaient déjà pris place dans l'ancienne salle du Conseil des ministres, à la table sur laquelle se trouvaient les deux exemplaires du traité reliés en cuir.

« Aujourd'hui encore, souligne Kohl, on a du mal à imaginer combien on a travaillé d'arrache-pied à ce document. On n'avait encore jamais vu une chose pareille : un traité par lequel un pays s'engageait à changer, pratiquement en une nuit, radicalement de système économique — à passer de l'économie administrée par l'État à l'économie sociale de marché. Au cours des jours et des semaines précédents, beaucoup de ceux qui avaient participé à son élaboration avaient parfois travaillé jusqu'à la limite de leurs forces. Pour moi, cette tâche qui a consisté à préparer l'union monétaire, économique et sociale inter-allemande constitue la plus grande contribution à l'his-

1. Ancienne Chancellerie et résidence du Chancelier.

toire de l'économie allemande contemporaine. Je suis particulièrement reconnaissant à Theo Waigel qui, par son constant engagement personnel, y compris sur cette question essentielle, a rendu un immense service à l'unité de notre patrie. En tant que chef de la délégation ouest-allemande, Hans Tietmayer a également contribué de manière décisive à la réussite de ce traité. Tous deux ont dû venir à bout d'une énorme tâche. Ils pouvaient pour cela s'appuyer sur les conseils et la collaboration des éminents spécialistes des ministères et de la Chancellerie, parmi lesquels je voudrais citer ici Johannes Ludewig au nom de tous les autres. »

Le volumineux traité s'ouvrait sur un préambule dans lequel les deux parties évoquaient la révolution pacifique qui avait eu lieu en RDA à l'automne 1989. Elles manifestaient leur désir commun de parachever bientôt dans la liberté l'unité de l'Allemagne au sein d'un ordre de paix européen. L'économie sociale de marché devait également être introduite en RDA, dans le but d'améliorer de manière continue les conditions de vie et de travail de la population allemande. Par ailleurs, les deux parties souhaitaient « en créant une union monétaire, économique et sociale, faire un premier pas significatif vers la restauration de l'unité de l'État en vertu de l'article 23 de la Loi fondamentale, ceci pour contribuer à l'unification européenne et en tenant compte de ce que les aspects extérieurs de la restauration de l'unité de l'État font l'objet de discussions avec les gouvernements de la République française, de l'Union des Républiques socialistes soviétiques, du Royaume-Uni de Grande-Bretagne et d'Irlande du Nord et des États-Unis d'Amérique .»

« Ce fut un moment émouvant, raconte Kohl, que celui où Theo Waigel et le ministre des Finances social-démocrate de RDA, Walter Romberg, apposèrent leurs signatures au bas du document. Pour les Allemands, l'accession à l'unité devenait ainsi une réalité palpable dans des domaines importants de leur vie quotidienne. Une monnaie commune n'est pas seulement un moyen de paiement commun, mais aussi un symbole politique remarquable ; la stabilité du deutschemark représentait et représente toujours la stabilité de la démocratie libérale instituée par notre Loi fondamentale. Le fait qu'après la Première Guerre mondiale l'hyperinflation ait largement contribué à la déstabilisation de la République de Weimar a constitué une expérience traumatisante pour tous les Allemands. Dans ce contexte, la signature du traité d'État avait encore une autre signification : les destins des Allemands de République fédérale et de RDA étaient ainsi indissolublement liés. »

Le Chancelier poursuit : « Nous ne nous étions vraiment pas assigné une tâche facile en décidant de passer de l'économie socialiste à l'économie sociale de marché. À bien des égards, nous nous aventurions en terre inconnue et il nous fallait chercher des solutions à une foule de problèmes qui ne s'étaient encore jamais posés. »

Les 115 milliards de deutschemarks que l'on considérait à cette époque comme nécessaires et suffisants pour faire face jusqu'en 1994 à la restauration de l'unité de l'État, devaient être réunis grâce à l'effort commun de l'État, des Länder et des communes. 20 milliards devaient provenir de l'économie réalisée sur ce que l'on appelait les coûts dus à la division de l'Allemagne, les 95 milliards restants seraient financés par un emprunt assuré pour une moitié par l'État et pour l'autre par les Länder et les communes.

« Aujourd'hui, remarque le Chancelier en commentant la situation de l'époque, ces chiffres peuvent nous paraître plutôt négligeables. En fait, entre 1990 et la fin 1996, ce sont au total 720 milliards de deutschemarks financés par le seul budget fédéral, qui ont été déversés dans les nouveaux Länder. Même si j'avais connu ces chiffres au printemps 1990, je n'aurais pas agi autrement sur tous les points essentiels. Car le prix politique — mais aussi en définitive le prix économique — d'un retard dans la réalisation de l'unité allemande pèserait aujourd'hui certainement beaucoup plus lourdement sur nous que les charges financières que nous avons assumées en nous engageant dans une réunification rapide. Je pense surtout sur ce point à l'effet déstabilisateur qu'avait l'exode des réfugiés sur les deux parties de l'Allemagne. Car qui croit sérieusement qu'il aurait alors encore été possible de fermer de nouveau la frontière inter-allemande — pour ne rien dire du fait que cela aurait été profondément immoral et aurait été fait en violation de la constitution, des principes d'humanité et de la solidarité nationale ?

« Après coup, on s'en rend naturellement mieux compte. C'est pourquoi il est bon de se rappeler de temps à autre à combien étaient par exemple alors évalués les biens " nationalisés " de la RDA. En supposant que la RDA était au dixième rang des pays industrialisés dans le monde, on arrivait au chiffre de 1 200 milliards de deutschemarks. Ainsi par exemple, au moment des négociations du traité sur l'union monétaire, économique et sociale, nous avions cru pouvoir financer les dettes de la RDA par la vente des anciennes entreprises publiques par l'intermédiaire de la Treuhand[1].

« Même le premier président de la Treuhandanstalt, qui fut ensuite assassiné, Detlev-Carsten Rohwedder[2], poursuit Kohl, chiffrait encore, lorsqu'il prit ses fonctions en 1990, la valeur brute des biens industriels de la RDA à un montant de 600 milliards de deutschemarks. Mais en fait, la Treuhandanstalt acheva son travail en 1994 avec un déficit d'environ 250 milliards de deutschemarks. Le fait que la Treuhand, fondée à l'époque du gouvernement Modrow, ait d'abord joué le rôle d'un libre-service pour les camarades méritants n'explique que très partiellement cette situation. Elle ne vient pas non plus de ce que Rohwedder ou Birgit Breuel[3], qui lui succéda, n'auraient pas assez bien travaillé. Cela tient bien davantage à ce qu'on avait très mal apprécié la productivité de l'économie de la RDA. Si les entreprises publiques avaient une

1. La Treuhand ou Treuhandanstalt était l'institut officiel chargé de la privatisation des entreprises et du patrimoine foncier de la RDA. Elle contrôlait à l'origine plus de huit mille entreprises d'État.

2. Rohwedder, membre du SPD, avait été secrétaire d'État au ministère de l'Économie. Président de Hoesch, il avait été nommé à la tête de la Treuhand en juin 1990. Il fut assassiné à son domicile de Düsseldorf au début du mois d'avril 1991 par des terroristes se réclamant de la Fraction Armée Rouge.

3. Birgit Breuel, membre de la CDU, avait occupé différents postes ministériels à Hambourg, avant de devenir président de la Treuhand en avril 1991.

position de leader sur le plan qualitatif au sein de la sphère d'influence communiste, sur le marché international leurs produits furent d'abord surtout difficiles à vendre. Cela aurait été beaucoup plus facile si les marchés est-européens et soviétiques étaient restés ce qu'ils étaient. Ce ne fut malheureusement pas le cas. Par-dessus tout, la disparition de l'Union soviétique provoqua un effondrement dramatique.

« Après coup, je me suis souvent demandé comment nous avions pu commettre une telle erreur dans l'appréciation de la productivité économique de la RDA. À mon avis, cela vient tout simplement de ce que nous n'en savions pas assez. Même les recherches menées sur la RDA ne nous avaient pas rendus plus intelligents. Ce que nous savions n'était en fin de compte que les mensonges de la propagande, qui étaient très habilement propagés par les spécialistes de la désinformation de la Stasi et du SED. Tout compte fait, le régime de la RDA a certainement réussi l'une des plus grandes mystifications de tous les temps.

« On m'a par la suite souvent reproché d'avoir jeté de la poudre aux yeux des habitants des nouveaux Länder en leur faisant miroiter des "paysages florissants". C'est pourquoi beaucoup de ceux qui m'ont critiqué pour cette raison furent stupéfaits lorsque, au début de 1994, j'annonçai qu'au cours de la campagne électorale, j'interviendrais partout où j'avais parlé en 1990. Pendant les meetings de la campagne électorale de 1994, j'ai dit : c'est vrai, pour ce qui est des paysages florissants, j'ai commis une erreur de date. Mais sur l'essentiel, je ne me suis pas trompé : si l'on traverse les nouveaux Länder en ouvrant grands les yeux et que l'on compare leur apparence actuelle à celle de 1990, on ne peut pas nier que nous avons déjà bien avancé dans la reconstruction de l'Est. »

Le traité sur l'union monétaire, économique et sociale se heurta aux critiques de l'opposition, que ce soit à la Chambre du peuple ou au Bundestag. Le SPD se trouvait dans une situation délicate car il appartenait au gouvernement de coalition à Berlin-Est alors qu'il était dans l'opposition à Bonn. Tandis que son président parlait à Berlin-Est d'un « compromis utile », dans les cercles du SPD de Bonn on le trouvait « déséquilibré ». Comme le SPD détenait la majorité au Bundesrat qui devait ratifier le traité, le SPD subordonna son accord à l'introduction de modifications dans le traité. Ainsi devait-on intégrer dans le traité d'État des mesures destinées à adoucir les effets du changement de structures économiques en RDA. On devait accorder davantage d'importance à la protection de l'environnement. Les biens du SED devaient « servir à la collectivité ». Il fut par ailleurs demandé que le Chancelier recueille le consensus des forces politiques déterminantes à Bonn, et donc aussi celui du SPD qui se trouvait dans l'opposition.

« Je n'avais alors pas le moindre doute, dit Kohl, que le traité d'État serait ratifié au Bundesrat et au Bundestag. Même le SPD savait que ne pas le faire entraînerait un exode massif des Allemands de RDA. Les sociaux-démocrates voulaient seulement introduire quelques modifications pour pouvoir dire ensuite que leurs propositions avaient considérablement amélioré le traité. Si quelque chose avait mal tourné, ils auraient toujours eu la ressource de me faire porter le chapeau. Tout ceci n'était qu'une manœuvre dans la perspective des élections. »

À la fin mai, les pensées de Kohl tournaient toutes autour du sommet américano-soviétique de Washington, où Gorbatchev devait se rendre le dernier jour du mois. Le Chancelier était inquiet. Y avait contribué une lettre de Mitterrand que ce dernier avait écrite à Kohl après son retour de Moscou où il avait rencontré Gorbatchev. « Le président de la République française m'y informait que l'essentiel de son entretien avec le secrétaire général avait porté sur l'Allemagne. Selon François Mitterrand, Mikhaïl Gorbatchev était fermement résolu à ne pas permettre que l'Allemagne unifiée soit membre de l'OTAN. François Mitterrand m'écrivait qu'il avait même donné à entendre que, s'il était mis *devant le fait accompli*[1], il serait contraint de reconsidérer sa politique à l'égard de l'Ouest, notamment en matière de désarmement. »

1. En français dans le texte.

À la veille du sommet américano-soviétique, Kohl téléphona donc au président des États-Unis. « George Bush me dit qu'il se trouvait en pleins préparatifs du sommet. Je commençai par le remercier une fois encore pour son engagement en notre faveur et attirai son attention sur l'importance dans les circonstances actuelles de faire comprendre à Mikhaïl Gorbatchev que les États-Unis et la République fédérale marcheraient ensemble, quelle que soit la manière dont les choses évolueraient. Et ce notamment sur la question de l'appartenance de la future Allemagne réunifiée à l'OTAN, qui devait se faire sans la moindre restriction. George Bush devait le dire de la manière la plus claire au Secrétaire général. Je parlai ensuite de l'importance que revêtait l'aide économique allemande pour l'Union soviétique et fis de nouveau remarquer au Président que Gorbatchev avait absolument besoin de notre soutien. Il était dans une situation critique. Mais Gorbatchev devait savoir que nous n'entendions pas exploiter ses faiblesses. »

Bush remercia le Chancelier et répondit que les États-Unis et la République fédérale se tiendraient côte à côte quoi qu'il arrive. Il n'attendait pas du prochain sommet de percée sur la question de l'Alliance. Il exposerait bien entendu son opinion sur les discussions deux-plus-quatre et ferait comprendre à Gorbatchev que les États-Unis tenaient à ce que les Quatre Puissances soient relevées de leurs droits au moment de l'accomplissement de l'unité allemande, qui ne devait pas aboutir à la moindre restriction de souveraineté de l'Allemagne. George Bush conclut l'entretien téléphonique en remarquant que, lorsqu'il quitterait Washington, Gorbatchev aurait le sentiment que cela avait été un bon sommet.

Le lendemain, la rencontre au sommet commença dans la capitale américaine. Le président des États-Unis, qui se fit le défenseur des intérêts allemands, donna une série d'assurances à son interlocuteur. Parmi elles figuraient la révision de la stratégie de l'OTAN, l'acceptation de négociations sur les missiles nucléaires à courte portée, la réduction des effectifs de l'armée fédérale allemande, le non-stationnement des forces de l'OTAN sur le territoire de la RDA, de même que la renonciation définitive aux anciens territoires d'Allemagne orientale et le maintien temporaire des troupes de Moscou en Allemagne de l'Est. Bush transmit également à Gorbatchev la proposition du gouvernement fédéral, selon laquelle les Allemands étaient prêts à soutenir fortement l'économie soviétique. En contrepartie, il exigea du Secrétaire général qu'il accepte que l'Allemagne unie soit membre de l'OTAN. Mais Gorbatchev continuait à s'y refuser, bien qu'au cours de la conférence de presse qui suivit, il se soit borné à dire que cela ne signifiait pas que tous ces efforts demeureraient vains.

Peu après, le président des États-Unis informa le Chancelier de la manière dont s'était déroulé le sommet. « George Bush m'annonça des choses réjouissantes. Il dit que Gorbatchev avait pleinement souscrit à son opinion, qu'en vertu de l'Acte final de la CSCE, le choix de l'alliance à laquelle appartiendrait un pays relevait de la seule décision de ce pays. Si le Secrétaire général avait à nouveau catégoriquement refusé que l'Allemagne dans sa totalité appartienne à l'OTAN, sa concession sur la CSCE rendait cependant espoir et devait être prise au mot. »

Mais l'importance de cette rencontre, poursuit le Chancelier, venait surtout de ce que les relations entre les deux présidents continuaient à se développer de manière extrêmement satisfaisante. Malgré toutes leurs oppositions, il y avait presque entre eux une sorte de rapport de confiance. Il était particulièrement important pour la République fédérale que le président des États-Unis ait défendu les intérêts de l'Allemagne davantage que ne l'avait jamais fait aucun président américain. « Cela s'expliquait par le fait que George Bush avait confiance en nous et pariait pleinement sur l'idée que, dans l'avenir, l'Allemagne resterait son partenaire le plus important en Europe. »

Au cours de ces journées se renforça la conviction de Kohl qu'il y avait essentiellement deux angles d'attaque pour infléchir la ferme position de Gorbatchev sur la question de l'Alliance. Il lui semblait, d'une part, qu'un soutien économique revêtait une grande importance pour l'Union soviétique. Il savait, d'autre part, combien le Kremlin attachait de prix aux besoins de sécurité de l'Union soviétique. Cela voulait dire que, Kohl en était convaincu, Gorbatchev se montrerait plus conciliant si l'on réussissait à consolider la perestroïka au moyen d'une aide économique de grande envergure, apportée en commun par les pays occidentaux, et si l'OTAN prenait parallèlement des initiatives concrètes tenant compte des besoins de sécurité de Moscou.

Lorsque, le 5 juin, le Chancelier partit aux États-Unis pour un voyage de quatre jours, il avait donc à nouveau prévu dans son agenda une rencontre avec George Bush précisément pour discuter de ce sujet. Mais il fit d'abord étape à New York. Il parla de l'unité allemande et du processus d'intégration européenne devant l'American Council on Germany.

Au cours de son voyage aux États-Unis, le Chancelier parcourut quinze mille kilomètres en avion. Cinq repas officiels furent donnés en son honneur. Il prononça trois discours et donna deux conférences de presse. Le clou de son voyage fut le crochet qu'il fit par Cambridge à côté de Boston, où il fut fait docteur honoris causa en droit par l'université de Harvard. C'était déjà son dixième doctorat honoris causa, mais il appréciait tout particulièrement cet honneur car il connaissait la valeur de l'université de cette petite ville universitaire du Massachusetts.

« On nous témoigna, à moi et à la cause allemande, raconte Kohl, une incroyable sympathie. Lors de la cérémonie, celui qui faisait le discours d'éloge rappela les célèbres paroles de Kennedy qui, cinquante ans plus tôt, avait obtenu son diplôme à Harvard : "J.-F. Kennedy a prononcé cette phrase inoubliable : Je suis un Berlinois. Je vous le dis à présent, Monsieur le Chancelier, en notre nom à tous : nous sommes tous des Allemands ! " Par ce geste, affirme Kohl, nos amis américains avaient manifesté que leur tenait aussi à cœur l'unité de l'Allemagne dans la liberté et la conquête du droit à l'autodétermination de tous les Allemands.

« Les États-Unis nous accueillirent vraiment, nous Allemands, avec une grande cordialité, poursuit Kohl. Il était à la mode chez beaucoup de gens de se rappeler leurs ancêtres allemands et de s'en réclamer. Je n'ai jamais compris l'arrogance de nombreux Européens qui, avec beaucoup de suffisance, regardent les Américains de haut. Je me sens vraiment bien parmi les

Américains ; ils vous accueillent avec franchise et cordialité. Ce qui me plaît particulièrement chez eux, c'est leur sens du symbole et du geste. C'est à peine croyable, mais avec une simple carte postale, j'ai fait un jour très plaisir au président des États-Unis Ronald Reagan. Cette carte postale avait une histoire : c'était en 1982, quelques mois avant que je devienne Chancelier. À l'époque, je visitais Leipzig. Le " must " était de faire un tour dans le célèbre établissement *Auerbach Keller*. Lorsque nous y arrivâmes, nous fûmes excessivement déçus : en dehors d'un garçon, qui ne nous servait pas, il n'y avait qu'environ une douzaine de jeunes hommes assis autour d'une table.

« Je bourrai ma pipe et l'allumai. Alors, l'un de ces jeunes gens vint à notre table et me demanda : " Quelle sorte de briquet est-ce donc ? " Je répondis : " Un briquet pour pipe." Je lui demandai s'il lui plaisait. Comme il répondait affirmativement, je le lui offris. Le jeune homme me rendit alors la pareille en nous invitant à sa table. Nous y discutâmes de manière très animée de tous les sujets possibles, sauf de politique. Il était tard lorsque nous quittâmes l'établissement. Il s'était révélé qu'il s'agissait d'étudiants qui venaient juste d'achever leur période d'instruction dans l'armée nationale populaire. Lorsque nous prîmes congé, deux des lieutenants dirent à ma femme : " Nous souhaitons que votre mari devienne bientôt Chancelier."

« Je venais juste d'être élu lorsque l'une de mes secrétaires trouva dans le courrier une carte postale représentant l'*Auerbach Keller*. On pouvait y lire : " Cordiales félicitations pour votre élection à la Chancellerie ! " Suivaient douze signatures illisibles formant un cercle et : " Vos connaissances de l'*Auerbach Keller*." C'était la carte postale que j'ai par la suite offerte à Ronald Reagan. Cette histoire l'avait beaucoup ému lorsque je la lui avais racontée. Il n'avait jamais hésité sur la question allemande et avait de plus particulièrement compté sur la jeunesse de RDA. »

Le 8 juin, en fin d'après-midi, le Chancelier se trouvait de nouveau dans le bureau ovale à la Maison-Blanche. Il fut à nouveau question de la manière dont on pouvait amener les Soviétiques à infléchir leur position sur la question de l'Alliance. Le même jour, à Turnberry en Écosse, les ministres des Affaires étrangères de l'OTAN adoptèrent un message destiné au Pacte de Varsovie. Les États membres de l'Alliance occidentale y manifestaient leur détermination à créer un « nouvel ordre de paix en Europe » et « à tendre la main à l'Union soviétique et à tous les autres pays européens en signe d'amitié et de coopération ».

Le Chancelier proposa au président des États-Unis d'élaborer pour le sommet de l'OTAN à Londres un message qui irait encore plus loin et expliquerait aux Soviétiques que l'OTAN évoluait. Bush trouva que c'était une bonne idée. Mais il accueillit avec réserve la suggestion de Kohl d'envisager éventuellement un pacte de non-agression entre l'OTAN et le Pacte de Varsovie. Baker, le ministre des Affaires étrangères, qui se joignit ensuite à l'entretien, ajouta qu'à Turnberry on s'était mis d'accord pour ne rien faire qui soit de nature à consolider le Pacte de Varsovie déjà en train de s'écrouler. Il faisait ainsi allusion à la délicate question d'un retrait de la Hongrie de l'alliance militaire de l'Est.

Le Chancelier suggéra alors de conclure des pactes de non-agression avec chacun des États membres du Pacte de Varsovie. L'idée de Kohl était que le président des États-Unis soumette cette proposition à l'Union soviétique et à ses alliés lors du sommet de l'OTAN à Londres. Bush lui donna l'assurance qu'il allait y réfléchir. À cette occasion, le président des États-Unis raconta que Gorbatchev lui avait demandé si l'Union soviétique ne pourrait pas adhérer à l'OTAN. Bush lui avait alors demandé en plaisantant s'il pouvait imaginer le maréchal Akhromeïev [1] servant sous les ordres du général Galvin [2].

Ce 8 juin à Washington, il fut aussi question du niveau des forces armées de l'Allemagne unie. À cette époque, la Bundeswehr comptait 480 000 hommes et l'armée nationale populaire

1. Le maréchal Sergueï Akhromeïev avait été chef de l'état-major général jusqu'en 1988 et était devenu le conseiller militaire de Gorbatchev. Il se suicida après l'échec du putsch de 1991.

2. John Galvin était alors le chef du SACEUR, commandement suprême des forces alliées en Europe.

170 000 hommes. Les Soviétiques envisageaient que l'effectif des troupes de l'Allemagne unifiée soit compris entre 200 000 et 250 000 hommes. Cela n'était pas acceptable pour la partie occidentale. Kohl et Bush décidèrent que l'OTAN devait s'occuper de cette question. Le président des États-Unis souhaitait que ce problème y soit traité en comité très restreint.

« À ce sujet, raconte Kohl, George Bush me demanda combien de temps les troupes soviétiques resteraient encore stationnées dans l'Allemagne unifiée avant leur retrait. Je lui répondis que je tablais sur deux à trois années. Il fallait voir par ailleurs que le maintien de forces armées soviétiques en RDA conduirait à des problèmes considérables. Ces soldats allaient assister au changement de monnaie et à l'offre de marchandises qui l'accompagnerait. Ils se demanderaient alors certainement pourquoi dans le système soi-disant le plus progressiste de tous les systèmes sociaux, c'est-à-dire le socialisme, il y avait de constantes pénuries. Ce ne serait pas bon pour le moral et la discipline de l'armée soviétique. Moscou avait donc intérêt à ne pas maintenir trop longtemps des troupes en Allemagne. » Le président des États-Unis demanda alors s'il était vrai que les Soviétiques invoquaient également le problème de l'hébergement de leurs forces en cas de rapatriement en Union soviétique. Kohl répondit par l'affirmative sans se douter également, ne serait-ce que vaguement, à quel point les négociations sur cette question seraient nerveusement éprouvantes.

« Il était bien sûr également important pour moi, poursuit le Chancelier, au cours de mon entretien à la Maison-Blanche, de gagner George Bush à l'idée d'une participation aux mesures de soutien économique à la perestroïka de Gorbatchev. J'expliquai que les Soviétiques pensaient à une action occidentale portant sur un montant de vingt à vingt-cinq milliards de deutschemarks. Il s'agirait de crédits dont les gouvernements occidentaux respectifs devraient se porter garants. Bush remarqua alors que Gorbatchev ne lui avait pas cité de tels chiffres. Ce n'était que le dernier jour du sommet qu'en s'en allant, celui-ci avait déclaré qu'il avait besoin d'une aide économique et qu'il espérait que les États-Unis participeraient aux mesures d'aide qui seraient prises en ce sens. »

George Bush se tourna ensuite vers Baker et lui demanda si Gorbatchev avait donné des détails sur l'aide occidentale qu'il souhaitait. Le ministre américain des Affaires étrangères répondit que ceux-ci lui avaient déjà été indiqués lors de sa dernière visite à Moscou. Mais il avait alors été question d'un volume total compris entre vingt-cinq et trente milliards de dollars. « Lorsque j'interrompis Jim Baker, raconte Kohl, pour indiquer qu'il devait s'agir de deutschemarks, je me rendais évidemment compte depuis longtemps que les Américains étaient assez peu disposés à dégager des fonds pour l'Union soviétique. George Bush dit qu'à cause notamment de la Lituanie, il se heurterait à un mur au Congrès s'il y faisait une telle proposition. Jim Baker ajouta que la législation américaine ne permettait pas aux Soviétiques d'avoir recours au marché financier américain. Cela tenait, entre autres, au problème des anciennes dettes russes.

« Autant j'échouai à gagner George Bush à l'idée d'une aide financière à l'Union soviétique, autant je parvins manifestement à le convaincre que le sommet de l'OTAN à Londres devait faire passer l'idée que l'Alliance continuerait à se transformer », résume Kohl. À peine celui-ci était-il de retour sur les bords du Rhin qu'il reçut une lettre du président des États-Unis. Celui-ci lui écrivait qu'il avait pris très à cœur ses conseils. En cette époque de changements rapides, la certitude que Kohl et lui s'accordaient sur la dimension historique de ce qui allait se passer lui donnait une grande assurance.

Le président des États-Unis se manifesta de nouveau à peu de jours de là. Il était entre-temps parvenu à la conclusion que le prochain sommet de l'OTAN serait le plus important de toute l'histoire de l'Alliance de l'Atlantique Nord. Les dirigeants des États d'Europe orientale n'avaient toujours pas pris conscience de l'évolution du rôle de l'OTAN dans la sécurité européenne. Il fallait donc que ce sommet fasse passer clairement l'idée — et surtout auprès de Gorbatchev — que l'OTAN était en train de se transformer. Il était donc important que ce sommet débouche sur une déclaration courte, non bureaucratique et formulée de telle manière qu'elle ne soit pas comprise seulement par les spécialistes. Le président des

États-Unis souhaitait également que cette déclaration fasse état d'une modification de la stratégie de l'OTAN. Il souscrivait aux idées de Kohl d'un traité de non-agression et proposait sur ce point un document qui suggérerait que l'OTAN et chacun des États du Pacte de Varsovie fassent des déclarations en ce sens. Il proposait par ailleurs que les États du Pacte de Varsovie ouvrent des missions à l'OTAN et que Mikhaïl Gorbatchev soit invité à prononcer un discours devant le Conseil de l'Atlantique Nord.

Peu après le retour de Kohl de Washington, Vladislav Terechov, le nouvel ambassadeur soviétique à Bonn, lui transmit une lettre du secrétaire général soviétique lors de sa visite de prise de contact à la Chancellerie. Gorbatchev y remerciait le gouvernement fédéral d'accepter de se porter garant d'un crédit financier non lié d'un montant de cinq milliards de deutschemarks. Gorbatchev considérait que d'autres crédits à long terme seraient nécessaires pour mener à bien les réformes. Il proposait pour cela la création d'un consortium et demandait au Chancelier de l'aider à le mettre en œuvre. Il justifiait sa demande en soulignant qu'il n'était pas seulement important pour son pays, mais aussi pour le monde entier, que l'Union soviétique progresse de manière sûre dans la voie de la perestroïka. La lettre optimiste du secrétaire général soviétique disait textuellement : « À présent sont posés les jalons qui nous permettront de passer dans le prochain siècle en parfaite coordination. »

Mais le plus important pour la cause allemande était le fait que Gorbatchev indiquait qu'il était certain que les aspects extérieurs de l'unité allemande, et donc la question de l'appartenance à l'Alliance, seraient réglés à la conférence de la CSCE à l'automne. Cela permettrait de prendre les mesures pratiques pour créer un organe pan-allemand, poursuivait-il. Il terminait en parlant de la nouvelle dimension de la coopération germano-soviétique, dont Kohl et lui avaient parlé dès juin 1989 à Bonn, et à laquelle il fallait réfléchir sérieusement à présent. Tel était leur devoir à tous deux.

Le Chancelier répondit au secrétaire général soviétique moins de vingt-quatre heures plus tard. Dans sa lettre, Kohl le remerciait de lui avoir confirmé que, dans le cadre des discussions en cours, l'Union soviétique s'engageait à régler complètement les aspects extérieurs de l'unité allemande avant la rencontre au sommet de la CSCE. Il comprenait que cela signifiait que la question de l'appartenance à l'Alliance de la future Allemagne unie serait elle aussi résolue de manière constructive. Il annonçait ensuite à Gorbatchev que le crédit de cinq milliards convenu pourrait être mis en place à bref délai. Il lui donnait par ailleurs l'assurance qu'il aborderait la question du soutien politique et financier ultérieur aux réformes en Union soviétique et celle qui en découlait, des crédits à long terme supplémentaires, lors des prochaines rencontres au sommet de la Communauté européenne et des sept pays industrialisés occidentaux. Il discuterait personnellement des détails avec lui ensuite, lors de leur rencontre dans la seconde moitié de juillet.

Dès le 15 juin, l'ambassadeur Terechov se présentait à nouveau à la Chancellerie pour remettre la réponse de Gorbatchev. « Cette fois le ton était tout simplement chaleureux, raconte Kohl. Mikhaïl Gorbatchev écrivait qu'il constatait avec satisfaction que les questions dont nous discutions seraient résolues de manière opérationnelle et dans le sens souhaité grâce à une compréhension mutuelle. Gorbatchev proposait que les discussions sur les accords concrets de crédit commencent " dans un délai de deux jours ". On devait se mettre d'accord sur les détails en passant par l'intermédiaire de l'ambassadeur soviétique à Bonn. »

Gorbatchev parlait ensuite des rencontres des ministres des Affaires étrangères des deux pays, auxquelles Moscou attachait une importance particulière. Genscher venait juste de rencontrer de nouveau Chevardnadze à Brest-Litovsk pour discuter de la question complexe des aspects extérieurs de l'unité allemande. Les deux ministres des Affaires étrangères avaient choisi cet endroit parce que le frère de Chevardnadze y avait été tué au début de l'attaque de l'Union soviétique par l'Allemagne. Il n'avait pas échappé à cette occasion qu'en 1939 à Brest-Litovsk, des unités de la Wehrmacht et de l'Armée rouge avaient célébré par une parade militaire commune la défaite de la Pologne , Varsovie réagit avec indignation.

Gorbatchev avait écrit qu'ils discuteraient de la question capitale de l'appartenance à l'Alliance de manière ouverte et constructive, lors de leur rencontre qui devait avoir lieu en Union soviétique. Dans cette perspective, les résultats du sommet de l'OTAN à Londres auraient eux aussi une grande importance. Le Secrétaire général songeait déjà à la coopération de l'Allemagne réunifiée avec son pays, en soulignant que leurs futures nouvelles relations constitueraient le point le plus important de leur rencontre. À bien des égards, le climat politique en Europe dépendrait pour plusieurs décennies des décisions qu'ils allaient prendre.

Compte tenu de la position ouverte de Gorbatchev, on fut d'autant plus surpris à la Chancellerie de l'intervention de Chevardnadze au second round des discussions deux-plus-quatre qui eut lieu le 22 juin à Berlin-Est, après que les six ministres des Affaires étrangères eurent assisté au démantèlement du poste de contrôle à Checkpoint Charlie. En effet, Chevardnadze présenta un projet qui remettait sur le tapis la proposition, qu'on croyait depuis longtemps écartée, d'une double appartenance de l'Allemagne unifiée au Pacte de Varsovie et à l'OTAN. S'y ajoutaient la réduction des effectifs des forces armées allemandes à un niveau compris entre 200 000 et 250 000 hommes, de même que le maintien des droits des Alliés en Allemagne pour une période transitoire de cinq ans. Berlin devait conserver jusque-là quatre secteurs. Meckel, le ministre des Affaires étrangères de la RDA, qui, un an plus tôt, était pasteur de l'Église évangélique au Mecklembourg, se rangea du côté de son homologue soviétique et approuva sa proposition. Il se justifia ainsi : l'Union soviétique craignait de perdre la Seconde Guerre mondiale après coup.

Le ministre des Affaires étrangères de RDA, qui, à Copenhague, avait réclamé une « zone tampon » entre les deux alliances militaires en visant ainsi l'Allemagne, venait juste de faire parler de lui à propos d'un document dans lequel il contrait les efforts du gouvernement fédéral sur la question de l'Alliance. Il avait même inquiété le président des États-Unis : Bush parla des propositions de Meckel au Premier ministre de RDA lorsque, le 13 juin, celui-ci fut reçu à la Maison-Blanche pour un échange de vues. De Maizière répondit de manière évasive en parlant de façon très générale du rôle de passerelle que devait jouer l'Allemagne unifiée. Il indiqua que, juste après son retour du sommet du Pacte de Varsovie, il avait pris clairement conscience de l'inquiétude suscitée chez « ses frères et sœurs de l'Est » par le champ d'action des troupes de l'OTAN — propos remarquables qui traduisaient davantage les craintes des anciens cadres politiques communistes que celles de la population. Pour la plupart des habitants des pays d'Europe centrale et orientale, les soldats de l'Alliance occidentale symbolisaient en effet la démocratie et la liberté.

L'intervention de Chevardnadze aux discussions deux-plus-quatre à Berlin se heurta à la résistance acharnée de Baker, qui fut soutenu par Hurd, Dumas et Genscher. Mais Chevardnadze concéda ensuite que l'Union soviétique se déclarait définitivement prête à conclure les discussions deux-plus-quatre avant la conférence de la CSCE le 7 novembre. Sa proposition de surseoir pour cinq ans à la souveraineté de l'Allemagne se trouva ainsi écartée. Au cours de la conférence de presse qui suivit, le ministre soviétique des Affaires étrangères admit que son attaque n'était pas « l'ultime vérité » et qu'il fallait continuer à chercher des solutions de compromis.

Tandis que les ministres des Affaires étrangères étaient réunis à Berlin-Est, le Chancelier descendait le Rhin avec le président de la République française vers Assmanshausen [1] où ils devaient dîner ensemble à l'hôtel Krone. Les deux hommes discutèrent du processus d'intégration européenne, qu'ils entendaient faire avancer au prochain sommet de la Communauté européenne à Dublin. Il fut également question d'un autre sujet. « Bien entendu, j'essayai également, se rappelle Kohl, de convaincre François Mitterrand de nous aider à soutenir le mouvement réformateur en Union soviétique et en Europe de l'Est. Il était d'accord avec moi pour reconnaître qu'il était indispensable de mettre sur pied un programme d'aide à l'Union soviétique d'ici l'automne, sans quoi il serait trop tard. François Mitterrand me

1. Sur les bords du Rhin, entre Mayence et Coblence.

dit qu'il s'était livré de son côté aux mêmes réflexions et qu'il s'agissait manifestement de transmission de pensée.

« Nous savions tous deux qu'il serait très difficile de gagner à cette cause les États-Unis et le Japon. François Mitterrand m'indiqua qu'il avait reçu une lettre de George Bush dans laquelle ce dernier adoptait une position très restrictive à l'égard de l'aide financière à l'Union soviétique. Mais il n'y avait pas d'autre moyen si nous voulions éviter que la politique de réformes de Mikhaïl Gorbatchev échoue.

« Nous parlâmes aussi du prochain sommet de l'OTAN à Londres et de l'idée qu'il fallait envoyer de là-bas un signal clair en direction de Moscou. Sur ce point aussi, François Mitterrand était d'accord avec moi. Il se réjouit lorsque je l'informai que, la veille, le Bundestag et la Chambre du peuple avaient adopté à une forte majorité la résolution commune sur la frontière occidentale de la Pologne. »

Dans ce document, le Bundestag reconnaissait sa responsabilité devant l'histoire allemande et européenne. Il citait les crimes qui avaient été commis contre le peuple polonais par les Allemands au nom des Allemands, mais soulignait également qu'une grande injustice avait été faite aux millions d'Allemands qui avaient été expulsés de leur terre natale. Il exprimait ensuite le vœu que l'Allemagne unifiée et la République de Pologne poursuivent résolument leur politique d'entente et de réconciliation ; on accordait sur ce point une importance particulière à l'engagement de la jeune génération. Pour finir, il affirmait sa volonté de voir définitivement fixé par un traité de droit international le tracé de la frontière entre l'Allemagne unie et la Pologne.

À Assmannshausen, le président de la République française dit au Chancelier que, le matin, dans l'avion qui l'emmenait en Allemagne, il avait lu son discours de la veille, le 21 juin. C'était un discours très convaincant. « Devant le groupe parlementaire de l'Union, raconte Kohl, j'avais de nouveau appelé de manière pressante à voter la résolution sur la Pologne. Personne n'était prêt sur la scène internationale à donner son accord à l'unité de notre patrie si nous n'adoptions pas d'abord cette résolution. J'en avais moi-même souvent fait l'expérience au cours des mois précédents. J'étais tout à fait certain, dis-je aux députés, que ce que je proposais était la bonne méthode. Il n'y avait pas d'alternative. Celui qui disait ne pas pouvoir soutenir la résolution, devait également reconnaître honnêtement qu'il était prêt à accepter que l'unité ne se fasse pas.

« Je n'avais pas dit tout cela d'un cœur léger. Je pensais à ces nombreuses personnes dans notre pays qui seraient profondément touchées et affectées par la résolution du Bundestag qui devait être votée le 21 juin. Ces gens étaient et sont encore très attachés à la terre de leurs ancêtres. Ils ne pouvaient ressentir que de la tristesse devant la reconnaissance inéluctable de la ligne Oder-Neisse comme frontière occidentale de la Pologne, et on devait respecter leurs sentiments.

« Du côté polonais, depuis longtemps des pionniers de la réconciliation avaient rendu de grands services à l'amélioration de la compréhension entre nos deux peuples et entrepris dans ce but d'engager des discussions également avec les Allemands expulsés de leurs terres. Je ne mentionnerai ici que Stanislaw Stomma et Wladyslaw Bartoszewski [1]. Il y avait également des forces actives au sein de l'épiscopat polonais — ainsi dès 1965 les évêques catholiques de Pologne avaient adressé une lettre de réconciliation émouvante à leurs homologues allemands. Mais malheureusement, il y avait toujours en Pologne un prince de l'Église ou un autre pour se comporter de manière plutôt nationaliste.

« Pour moi, il était particulièrement important que les membres de la minorité allemande en Pologne puissent s'exprimer dans la langue de leurs parents pendant les offices religieux. Le maintien des traditions culturelles et linguistiques par les minorités n'était pas et n'est toujours pas une question qui

1. Stanislaw Stomma, intellectuel catholique. Il fut député sous le régime communiste et est l'une des grandes figures morales de l'intelligentsia polonaise. Wladyslaw Bartoszewski, né en 1922, publiciste et historien. Il prit part au soulèvement du ghetto de Varsovie en 1944. Plusieurs fois arrêté sous le régime communiste, il dirigea l'Institut des études judéo-polonaises à Oxford et fut ministre des Affaires étrangères de Pologne.

ne regarde que l'État ; les Églises sont précisément concernées dans le cadre de leur action pastorale.

« Je suis heureux et reconnaissant de ce que, au cours des années passées, on ait pu, du côté polonais comme du côté allemand, réduire nombre de réserves, de peurs et de ressentiments. Nos partenaires apprécient notre bonne volonté et notre loyauté et nous ne passons plus auprès de nos voisins pour le " colosse " allemand qui menace de tout écraser. François Mitterrand fut l'un des premiers en Europe à avoir compris que, si l'unité de l'Allemagne se réalisait sous les auspices de l'Europe, elle se révélerait une bonne chose notamment pour l'unification européenne et, partant, pour la paix sur notre continent. »

À Assmannshausen, le Chancelier informa également le président de la République française du vote par le Bundestag du traité d'État sur l'union monétaire, économique et sociale, qui était passé au Parlement à une forte majorité. Peu avant qu'il ne parte retrouver Mitterrand ce 22 juin, le traité avait également été approuvé par le Bundesrat. Seuls deux Länder — la Sarre et la Basse-Saxe [1] — avaient refusé de l'approuver.

Après le dîner, les deux hommes remontèrent sur le bateau et poursuivirent en direction de Saint-Goarshausen. « J'avais préparé une surprise pour le président de la République française, se rappelle Kohl. Comme nous passions devant Kaub, je lui remis une vieille gravure que Merian [2] avait faite de ce village rhénan. Il fut visiblement ravi du cadeau, mais me regarda ensuite de manière quelque peu interrogative. Il savait naturellement que, dans la nuit du Nouvel An 1814, Blücher avait traversé ici le fleuve avec son armée pour libérer également les territoires sur la rive gauche du Rhin de la domina-

1. La Sarre était et est toujours dirigée par Oskar Lafontaine et, depuis le mois de mai, la Basse-Saxe l'était par Gerhard Schröder. Ces deux hommes sont actuellement au sein du SPD les rivaux possibles du Chancelier Kohl aux élections de 1998.

2. Matthäus Merian l'Ancien (1593-1650), graveur d'origine suisse qui a réalisé de très nombreuses vues de villes pour son Theatrum europaeum.

tion de Napoléon qui revenait battu de la campagne de Russie. »

Le Chancelier attache de l'importance au fait que les cadeaux qu'il fait aux chefs d'État et de gouvernement amis aient toujours un rapport particulier, politique ou personnel, avec celui auquel il les destine : « Je peux ainsi exprimer par un geste mon estime et ma sympathie. Mais je peux en même temps faire également comprendre ce à quoi j'attache personnellement de l'importance. Ainsi au cours des années passées ai-je envoyé à différents collègues un livre illustré sur les hommes et les femmes de la résistance allemande. François Mitterrand était justement très sensible à de telles attentions. »

CHAPITRE 14

DE SOMMET EN SOMMET

Le début de l'été de cette année 1990 fut trépidant. Pour ce qui était de « faire le tour du monde en avion », le Chancelier pouvait sans problème faire concurrence à son ministre des Affaires étrangères. Il suffisait de jeter un coup d'œil à l'agenda de Kohl : le 25 juin, il était au sommet européen à Dublin, les 5 et 6 juillet à celui de l'OTAN à Londres, trois jours plus tard au sommet économique international à Houston. Le 12 juillet, il était de retour à Bonn afin de se rendre ensuite le 14 juillet en Union soviétique pour y avoir des entretiens avec Gorbatchev.

Malgré tout, il était soutenu par une petite équipe efficace de conseillers de politique étrangère placés sous la direction du conseiller diplomatique du Chancelier, Horst Teltschik. « À l'époque où j'étais ministre-président de Rhénanie-Palatinat, se rappelle le Chancelier, Horst Teltschik était déjà l'un de mes plus proches collaborateurs. Il était passionné par la politique étrangère et de sécurité, par la politique européenne et par la politique allemande. Au cours de ces années 1989-1990, il a accompli discrètement, avec un fort sens des responsabilités et une grande habileté de négociateur, toute une série de missions délicates et importantes en mon nom. » Kohl souligne également le rôle important que joua l'adjoint de Teltschik, Peter Hartmann, et rend hommage à la collaboration de Joachim Bitterlich [1], qui

1. Joachim Bitterlich est à présent, et depuis plusieurs années, le conseiller diplomatique du Chancelier Kohl.

était à cette époque chargé des affaires européennes, et à celle d'Uwe Kaestner.

On se trouvait à la veille de trois semaines au cours desquelles il faudrait par-dessus tout franchir le dernier et le plus difficile obstacle de politique étrangère qui se trouvait sur le chemin de l'unité : le refus de Moscou que l'Allemagne unifiée soit membre de l'OTAN. Pour y réussir, il fallait adresser deux messages à Gorbatchev et aux réformateurs du Kremlin. Le premier était que l'Occident se déclare prêt à soutenir économiquement la perestroïka dans le cadre d'une action concertée. Le second était que l'OTAN donne une nouvelle définition de son rôle et tienne compte ainsi des réserves des Soviétiques dans le domaine politico-militaire.

« Lorsque, le 25 juin, je partis de la base aérienne de Ramstein au Palatinat pour le Conseil européen de Dublin, raconte Kohl, je savais que j'avais un proche allié en la personne de François Mitterrand. Ensemble, nous réussîmes à faire du soutien à l'Union soviétique et aux autres pays d'Europe centrale et orientale le sujet principal du sommet. Nous tombâmes vite d'accord sur l'idée que la Communauté européenne avait un rôle particulier à jouer dans cette partie de l'Europe. Le Conseil décida d'apporter un soutien concret aux efforts qui y étaient menés — notamment en Union soviétique — pour mettre en œuvre une politique économique orientée vers l'économie de marché. » Avec l'aide de la Banque mondiale et de la Banque pour la reconstruction et le développement, la Commission devait ainsi mener les réflexions nécessaires, engager des consultations avec le gouvernement soviétique et élaborer dans les délais les plus brefs des propositions d'aide financière.

Lorsque, au matin du second jour du sommet européen, le Chancelier prit son petit déjeuner avec le président de la République française, tous deux furent d'accord pour reconnaître que jusqu'ici tout avait bien marché. Cependant François Mitterrand trouvait « un peu faible » le texte concernant l'Union soviétique. Kohl répondit que cela n'enlevait rien à leur détermination à faire quelque chose et qu'il n'avait pas l'intention d'en discuter longtemps.

Outre les mesures de soutien financier au mouvement réformateur en Europe centrale et orientale qu'il décida, le sommet de Dublin fit également progresser le processus d'intégration européenne. « C'est très exactement alors que fut donné le coup d'envoi de l'évolution qui conduisit au traité de Maastricht et ainsi à la création de l'Union européenne, indique Kohl. Jusque-là, nous nous étions surtout concentrés sur la question de l'Union économique et monétaire européenne ; s'y ajoutait à présent la décision de convoquer une conférence gouvernementale sur l'Union politique. Cela correspondait à l'initiative que François Mitterrand et moi avions prise ensemble au printemps. À présent, l'Union européenne disposait d'un objectif politique clair pour son travail des deux prochaines années. Pour nous, Allemands, cela présentait l'avantage que plus aucun de nos voisins européens ne pourrait douter que nous voulions sérieusement insérer l'Allemagne unie dans l'Europe unie. »

Le Premier ministre de RDA, de Maizière, était également présent à Dublin. Le Chancelier et lui informèrent le Conseil de ce qui allait se passer en Allemagne où, le 1er juillet 1990, l'union monétaire, économique et sociale entrerait en vigueur. On était alors en pleins préparatifs. Une quantité incroyable de billets de deutschemarks avait été apportée dans la cave du bâtiment du Comité central de Berlin-Est, l'ancien siège de la Reichsbank, pour y être distribués dans l'ensemble de la RDA. À Berlin, le samedi 30 juin à 0 heure, on était déjà prêt : les premiers deutschemarks furent distribués dans la filiale de la Deutsche Bank sur l'Alexanderplatz. Devant la banque se pressaient des milliers de gens. Les fusées d'un feu d'artifice s'élevèrent dans le ciel, des bouchons de champagne sautèrent, des concerts de klaxon éclatèrent dans les rues. Partout en RDA, on donna des fêtes du deutschemark. En même temps, les barrières se levèrent tout le long de la frontière inter-allemande, et les douaniers cessèrent leurs contrôles.

Dans une allocution télévisée, le Chancelier déclara : « Les Allemands de République fédérale et de RDA sont à présent de nouveau indissolublement liés les uns aux autres. Ils le sont tout d'abord par une monnaie commune, par un système commun, celui de l'économie sociale de marché. Ils le seront bientôt également de nouveau au sein d'un État libre et uni. » Kohl dit aux habitants de RDA : « Nous allons réussir ! » Il évoqua l'époque, il y a plus de quarante ans, où, dans une situation incomparablement plus difficile, la République fédérale avait été construite sur les ruines des villes et des villages et une démocratie stable instaurée. « Aujourd'hui, je vous le demande à tous : Mettons-nous tous ensemble au travail sans hésitation. Il s'agit de notre avenir commun — dans une Allemagne unie et une Europe unie. »

Au début de l'union monétaire, économique et sociale, en l'espace d'un an, cent milliards de deutschemarks furent déversés dans la partie orientale de l'Allemagne, soit le quart du budget de l'État. Pour donner une idée de la dimension extraordinaire de cet effort, dit Kohl rétrospectivement, il faut la comparer à l'aide du Plan Marshall apportée par les États-Unis à la zone occidentale de l'Allemagne et aux secteurs occidentaux de Berlin après la Seconde Guerre mondiale. Distribués sur plusieurs années, environ huit cents deutschemarks, calculés en prix constants, furent à l'époque mis à la disposition de chaque citoyen. Pour la seule période allant jusqu'au 1er juillet 1991, chaque citoyen de la partie orientale a reçu plus de sept fois plus — soit 6 100 deutschemarks. Il faut bien réaliser ceci pour se faire une idée de l'importance de l'aide à la reconstruction.

Le 5 juillet au matin, Kohl arriva au sommet de l'OTAN dans la capitale britannique. Les chefs d'État et de gouvernement de l'Alliance occidentale et leurs ministres des Affaires étrangères se réunirent pour une première rencontre informelle dans le State Drawing Room de Lancaster House. Ils passèrent ensemble dans la Long Gallery, la véritable salle de conférence. Le Premier ministre britannique, Margaret Thatcher, y accueillit les délégations. Wörner, le secrétaire général de l'OTAN, ouvrit ce sommet extraordinaire, dont le Président Bush avait dit qu'il serait le plus important de toute l'histoire de l'Alliance de l'Atlantique Nord.

Au même moment, à Moscou, au Congrès du PCUS, qui avait commencé le 2 juillet, adversaires et partisans des réformes se livraient à des joutes oratoires acharnées. « Nous supposions, dit le Chancelier, que Mikhaïl Gorbatchev voulait forcer le Congrès, et donc le PCUS, à prendre la décision soit de s'engager activement dans les réformes nécessaires, soit de renoncer à toute prétention à jouer un rôle dirigeant dans la société. Nous savions que la majorité du parti au pouvoir était hostile aux réformes, que le projet de Gorbatchev constituait un tour de force risqué et que l'issue de notre sommet ne resterait pas sans effet sur le Congrès de Moscou. »

Le président de la République française fut le premier à prendre la parole à Lancaster House. Il souligna combien il était important que le sommet ait lieu en ce moment et demanda que l'Alliance s'adapte aux transformations intervenues en Europe. Son caractère défensif devait être souligné, sans négliger pour autant la crédibilité dont elle disposait en tant qu'Alliance militaire du fait de la dissuasion nucléaire. Après Mitterrand, qui voulait qu'on convienne que les nouvelles missions de l'OTAN seraient de garantir la sécurité et d'encourager à une coopération avec les États d'Europe centrale et orientale, ce fut George Bush qui parla. Il voyait quatre innovations à apporter à l'Alliance pour l'avenir : comme missions politiques, coopérer avec l'Est et travailler à une nouvelle Europe dans le cadre de la CSCE et, comme missions militaires, modifier les structures des forces armées conventionnelles et développer une nouvelle stratégie, en particulier en matière d'armement nucléaire. Le président des États-Unis parla ensuite de l'Allemagne, dont l'avenir serait influencé par ce sommet. Il fallait faire comprendre à Moscou que les Soviétiques avaient également intérêt à ce que l'Allemagne unifiée appartienne à l'OTAN.

Le Chancelier prit alors la parole et esquissa les principes de sa politique. Il indiqua que l'Allemagne réunifiée serait au sein de l'Alliance atlantique le facteur de stabilité à toute épreuve dont l'Europe avait besoin en son centre. Le Chancelier poursuivit : « Je me réjouis que nos voisins immédiats de l'Est partagent cette vue. Il en restera d'autres à convaincre que l'appartenance à l'OTAN de l'Allemagne unie, que nous souhaitons tous, représente pour eux aussi un gain de stabilité et une nouvelle chance de partenariat. En témoigne le fait qu'ici à Londres, nous ayons expliqué comment l'Alliance défensive de l'Atlantique Nord des années quatre-vingt-dix conçoit son rôle et sa politique en se tournant vers l'avenir... On mesure la valeur du rôle politique que joue depuis toujours notre Alliance à ce qu'elle tend la main en signe d'amitié et d'offre de coopération à ses adversaires d'hier qui renoncent à la confrontation et le manifestent concrètement. »

Après avoir réaffirmé une fois encore la volonté des Européens de soutenir économiquement le mouvement réformateur, Kohl indiqua qu'à son avis, la question du niveau des forces armées de l'Allemagne unifiée devait être discutée dans les négociations sur le désarmement à Vienne. « Dans les jours qui avaient précédé le sommet de Londres, dit Kohl rétrospectivement, nous avions discuté avec passion de ce sujet. La question se posait ainsi : Que peut-on exiger des Soviétiques ? Hans-Dietrich Genscher croyait qu'il serait irréaliste de réclamer un effectif supérieur à 350 000 hommes. Je pensais que si nous entamions les négociations avec 350 000 hommes, nous les achèverions sur un effectif de 280 000 hommes. C'est pourquoi, je proposai de commencer avec 400 000 hommes. Mais nous ne donnâmes pas suite alors à cette affaire car cette question n'était pas à l'ordre du jour à Londres. »

Après un dîner officiel le soir du premier jour du sommet, donné à Buckingham Palace par la reine Élisabeth II, les chefs d'État et de gouvernement discutèrent le lendemain matin les termes de la déclaration commune. Le document préparatoire avait déjà circulé plusieurs fois entre Bonn et Washington par télex chiffré. « La déclaration de Londres — l'Alliance de l'Atlantique Nord en mutation » —, qui rencontra un accord impressionnant, fut finalement approuvée.

Dans ce document, que le Chancelier qualifie d'« étape décisive dans l'histoire de l'Alliance », l'OTAN se déclarait prête à sceller solennellement avec les États du Pacte de Varsovie la volonté des deux parties de ne plus considérer l'autre comme son adversaire. Conformément à la Charte des Nations Unies et à l'Acte final de la CSCE, l'Alliance réaffirmait qu'elle s'engageait à renoncer à l'emploi de la force dans l'ensemble de l'Europe. Il serait demandé aux autres États membres de la

CSCE de se rallier à l'engagement de non-agression pris par les États de l'OTAN. On offrirait aux États du Pacte de Varsovie d'ouvrir des missions auprès de l'Alliance de l'Atlantique Nord. La déclaration reprenait l'annonce des Allemands qu'ils feraient une déclaration ferme, dans le cadre des négociations sur le désarmement à Vienne, sur le niveau des forces armées de l'Allemagne unifiée.

Après que le sommet extraordinaire de l'OTAN eut pris fin le 6 juillet sur le discours de clôture du secrétaire général Wörner, le Chancelier, très satisfait, s'envola en début d'après-midi de l'aéroport Londres-Northolt pour celui de Cologne-Bonn. Nombre de choses qui figuraient dans la déclaration de Londres étaient dues à son initiative. « Je savais, dit Kohl, que cette déclaration conforterait la situation de Mikhaïl Gorbatchev au Congrès du PCUS et améliorerait ainsi considérablement ma position lors des entretiens que je devais avoir à Moscou au milieu du mois. Mais auparavant, il restait encore à convaincre également les nations industrialisées non européennes au sommet économique international de Houston qu'il fallait aider Mikhaïl Gorbatchev ainsi que les autres dirigeants du mouvement réformateur en Europe centrale et orientale, afin qu'ils puissent poursuivre leur chemin en direction de la démocratie. »

Mais avant que le Chancelier n'entame son quatrième voyage de l'année aux États-Unis, il s'envola le 8 juillet pour Rome. « Celui qui travaille dur doit aussi faire la fête — c'est une devise de chez moi, au Palatinat, à laquelle je me suis toujours conformé. » L'équipe nationale allemande était arrivée en finale à la Coupe du Monde de football et le Chancelier voulait y assister. Sur les tribunes du stade olympique de Rome se trouvaient avec lui le président de la République fédérale, von Weizsäcker, et dix ministres. Kohl, qui avait été autrefois demi-centre en B. Jugend [1], arriva au stade une bonne heure avant le coup d'envoi. « En fait, je suis un passionné de football et je savais que nos adversaires en finale, les Argentins, seraient un gros morceau », commente-t-il. Lorsque, à la seconde mi-

1. C'est-à-dire l'équipe de 14 à 16 ans.

temps, Andreas Brehme transforma un penalty en 1 à 0 pour l'équipe allemande, le Chancelier ne tint plus sur son siège. Debout, il attendit fébrilement le coup de sifflet final avec quarante mille supporters venus d'Allemagne. « On m'a appris par la suite, dit Kohl, combien les fans de football de RDA s'étaient réjouis eux aussi. Ce n'était pas la République fédérale qui avait remporté le titre, mais toute l'Allemagne. »

Tard le même soir, le Chancelier quitta la ville éternelle pour l'aéroport de Cologne-Bonn où, à une heure du matin, il monta dans le Boeing de la Bundeswehr qui l'attendait et qui le transporta avec Genscher, Waigel et Haussmann à Houston au Texas. Après onze heures et demie de vol, ils atterrirent à cinq heures du matin, heure locale. Avant que le sommet économique international ne commence à Lovett Hall sur le domaine de l'université de Rice, les Allemands eurent une réunion dans la matinée à l'hôtel Houstonian avec le président des États-Unis et sa délégation.

À la veille du sommet économique international, Bush avait reçu une lettre de Gorbatchev dans laquelle celui-ci faisait observer que la division de l'Europe appartenait de plus en plus au passé et que l'opposition entre les superpuissances se transformait peu à peu en un partenariat. Le moment était venu d'inscrire à l'ordre du jour le dépassement de la division économique du monde, poursuivait-il, avant de rappeler que la perestroïka se trouvait actuellement dans une phase difficile. Gorbatchev se montrait concret à la fin de sa lettre : il était à la recherche de soutiens extérieurs, économiques et financiers, pour compléter les transformations intérieures.

« À Londres, en marge du sommet extraordinaire de l'OTAN, raconte le Chancelier, je m'étais entendu avec Mitterrand sur la nécessité d'agir ensemble à Houston, comme nous l'avions déjà fait à Dublin. Notre idée était que le sommet devait tout préparer, de sorte qu'à partir de décembre, une aide concrète puisse être apportée à l'Union soviétique. Nous pensions tous deux qu'avant les élections parlementaires aux États-Unis, qui auraient lieu en novembre, le Président Bush ne pourrait rien entreprendre en raison de l'opposition du Congrès à tout soutien à l'Union soviétique.

« Le problème des Kouriles constituait un obstacle capital à une politique d'aide du Japon à l'URSS », se rappelle le Chancelier. Peu avant la fin de la Seconde Guerre mondiale, après qu'il eut déclaré la guerre au Japon, qui était déjà vaincu, Staline avait fait occuper l'archipel par l'Armée rouge et ne l'avait jamais restitué. Depuis lors, la question des îles pesait sur les relations nippo-soviétiques. « Malgré cela, François Mitterrand et moi trouvions important, dit Kohl, de convaincre les Japonais de la nécessité de soutenir le mouvement réformateur.

« Notre premier entretien du matin à Houston dura une petite heure, poursuit le Chancelier. George Bush constata que la position allemande sur l'aide occidentale à l'Union soviétique divergeait de celle des Américains. Mais l'Allemagne devait se prononcer seule sur cette question, dit-il en indiquant qu'il comprenait notre position. Il ajouta un argument supplémentaire pour s'opposer à une aide économique américaine : l'Union soviétique soutenait à coups de milliards le régime communiste de Castro à Cuba.

« Je répondis que j'étais cependant convaincu qu'on pourrait trouver une formule raisonnable. Il n'était pas nécessaire de se décider tout de suite. Le prochain cap décisif se situait en décembre. D'ici là, on pouvait examiner les idées de réformes de Gorbatchev. Entre-temps, on devrait aider l'Union soviétique en lui fournissant des produits alimentaires. Pour conclure, je remarquai qu'il serait injuste d'oublier des pays tels que la Pologne, la Tchécoslovaquie et la Hongrie qui plaçaient de grands espoirs dans les États qui participaient au sommet. »

L'après-midi, le sommet économique mondial fut ouvert solennellement sur le domaine de l'université de Rice. Après l'inévitable photo, on prit place à la table de conférence : Kohl flanqué du président de la Commission européenne, Delors, et de Mitterrand et, à côté d'eux, Andreotti. De l'autre côté de la longue table ovale, le Canadien Mulroney, Bush, le Premier ministre anglais, Margaret Thatcher, et le Premier ministre japonais, Toshiki Kaifu. Il était inutile que le Chancelier essaie de les gagner à la cause allemande. Ils la soutenaient tous, y compris la « Dame de fer » qui s'était accommodée de l'évolution des choses. Au programme des trois jours du sommet figuraient le protectionnisme au sein du commerce international et la difficile question de l'octroi de prêts à la Chine, ainsi que la pollution de l'atmosphère terrestre par le dioxyde de carbone, la protection de la forêt tropicale — et, bien sûr, la requête particulière de Kohl et Mitterrand que Delors, le président de la Commission européenne, avait expressément faite sienne.

« Notre requête prit une dimension particulière, dit le Chancelier, dans la mesure où le 10 juillet, c'est-à-dire le deuxième jour de la conférence de Houston, Mikhaïl Gorbatchev fut confirmé à une grande majorité dans ses fonctions de secrétaire général par le Congrès du PCUS. Cela ne changeait bien sûr rien au fait qu'il avait besoin du soutien occidental, mais George Bush et la délégation américaine ne voulurent pas en entendre parler. Ils comptaient informer les Soviétiques qu'ils soutenaient la politique de réformes, mais pas financièrement. Ce serait jeter de l'argent par les fenêtres tant qu'on ne voyait pas clairement se dessiner l'évolution de l'Union soviétique, avancèrent-ils. Ils exigèrent par ailleurs que le Kremlin réduise ses dépenses en matière de défense et cesse de soutenir les États hostiles à la démocratie.

« François Mitterrand repoussa énergiquement les idées de Bush. Il se référa à la position unanime des États de la Communauté européenne sur cette question. Il s'agissait surtout à présent d'allumer le moteur de la réforme et moins de poser des exigences. Mitterrand considérait donc que, sur cette affaire, le projet américain de déclaration finale du sommet était dangereux. Je l'approuvai et dis qu'il y avait à présent une chance que les choses s'améliorent en Union soviétique. Si Gorbatchev échouait, tout cela coûterait encore beaucoup plus cher. À mon avis, ce serait donc une grave faute de répondre négativement au secrétaire général soviétique qui s'était adressé aux sept grandes nations industrialisées du monde pour trouver de l'aide.

« Bush se laissa convaincre par Mitterrand et Kohl et se montra plus conciliant. Dans la déclaration finale, les " Sept " s'engageaient à soutenir le mouvement réformateur en Union soviétique et en Europe centrale et orientale. S'agissant de l'aide financière, on constatait que certains États étaient déjà en mesure d'accorder des crédits. Il fut en outre décidé que le Fonds monétaire international, la Banque mondiale et la Banque européenne pour la reconstruction et le développement élaboreraient, en étroite coordination avec la Commission européenne, un bilan de la situation économique en Union soviétique de manière à pouvoir l'aider efficacement. Ce bilan devait être prêt d'ici la fin de l'année.

« Tout compte fait, résume le Chancelier, après les déclarations de Dublin et de Londres, celle de Houston constituait le troisième signal positif envoyé à l'Union soviétique, de sorte que je comptais avoir une chance réelle d'arracher à Mikhaïl Gorbatchev, qui sortait renforcé du Congrès du PCUS, son consentement à l'appartenance complète de l'Allemagne unifiée à l'OTAN. Lorsque, pendant le vol de retour vers l'Allemagne, j'appris que, au cours de ma visite en Union soviétique, nous nous rendrions chez Mikhaïl Gorbatchev, dans le Caucase, je fus encore plus confiant.

« Ce sommet économique international fut empreint d'une harmonie telle que je n'en avais encore jamais vu, se souvient Kohl. Une relation très personnelle s'était établie entre les participants. Depuis Houston, cette espèce d'atmosphère décontractée est devenue la règle entre les participants au sommet économique international. Je me rappelle un épisode qui symbolise bien ce nouveau style. La femme de Jim Baker m'avait raconté que sa belle-mère, très âgée, vivait toujours à quelques rues seulement du lieu de la conférence. J'eus l'idée d'écrire une lettre à la vieille dame, au bas de laquelle les sept chefs d'État et de gouvernement mirent leur nom. J'y faisais de nombreux compliments de son fils. Comme je l'appris par la suite, cela lui avait fait très plaisir et elle avait même accroché la lettre au mur après l'avoir fait encadrer.

« Je trouve que ces choses apparemment banales sont importantes parce qu'elles nous aident à " garder les pieds sur terre ". Sur les hauteurs bien aérées d'un sommet, on est trop éloigné de la vie normale. J'ai déjà vu au cours de ces rencontres des collègues qui se raccrochaient de manière crispée à leurs papiers et n'étaient pas en mesure de réagir à une discussion en demandant spontanément la parole. Il peut alors s'avérer très utile de déclencher par une plaisanterie un rire libérateur chez ses partenaires. Par exemple, j'ai toujours bien aimé me moquer de Felipe Gonzalez en remarquant que je ne parvenais pas à comprendre qu'un homme aussi intelligent que lui puisse être socialiste.

« Au cours des dernières années, l'habitude nouvelle — autrefois cela ne se pratiquait que de manière exceptionnelle — de nous appeler très vite les uns les autres par nos prénoms et de nous tutoyer a également largement contribué à cette décontraction. J'ai moi-même introduit la nouvelle coutume qui consiste pour les participants aux sommets internationaux à se déplacer de plus en plus souvent tous ensemble en autobus. Tout a commencé parce qu'un jour, j'en ai eu assez de devoir être constamment seul dans une limousine blindée. C'est inconfortable et en outre cela vous isole complètement du monde extérieur. En autobus, en revanche, on peut se mettre à l'aise et on voit mieux la ville et le pays. Au début, ce fut un spectacle difficilement supportable pour nos agents du protocole que de voir le chancelier d'Allemagne monter dans un autobus tandis que les autres chefs d'État et de gouvernement se déplaçaient en cortège de limousines noires. Mais maintenant la plupart de mes collègues ont également reconnu qu'il y a plus de charme à prendre l'autobus.

« Garder les pieds sur terre consiste également à ne pas se laisser imposer son agenda par l'appareil administratif, mais, dans la mesure du possible, à rester maître de son temps. Cela donne la liberté, au milieu de l'agitation politique quotidienne, de conserver un peu de marge pour cultiver ses relations personnelles. En fait également partie selon moi l'attachement à sa terre natale et à ses origines. " Heimat " [1] est vraiment un joli mot allemand qui, à ma connaissance, n'a pas d'équivalent exact dans d'autres langues. Mes bonnes relations avec Mikhaïl Gorbatchev sont justement marquées par le fait qu'il s'intéresse beaucoup à la signification de ce genre de choses. »

1. Effectivement, « *Heimat* » est un mot spécifiquement allemand, qu'on a choisi ici de rendre par l'idée de terre natale, mais qui peut être aussi le lieu où l'on se sent chez soi.

CHAPITRE 15

LE TOURNANT DU CAUCASE

Sur le vaste perron de la maison d'hôtes du ministère soviétique des Affaires étrangères, la villa Morozov, bâtiment néogothique, qui se trouve à Moscou au numéro 17 de la rue Alexis Tolstoï, ce matin du 15 juillet 1990, Gorbatchev, d'excellente humeur, accueillit le chancelier d'Allemagne par ces mots : « La terre est ronde, et tous deux, nous ne cessons d'en faire le tour. » Kohl répondit : « Je n'en ai plus besoin. » Le président soviétique voulut ensuite savoir si Kohl, qui venait juste de rentrer des États-Unis, souffrait encore du décalage horaire. Le Chancelier répondit par la négative et complimenta le Secrétaire général pour sa bonne mine qui lui donnait l'air de revenir de vacances. Celui-ci fit signe que non en remarquant qu'à cause du Congrès, il n'avait presque pas dormi. « Mais vous avez remporté un formidable succès », répliqua Kohl en riant. Il ajouta : « Je me réjouis de nos discussions et j'espère qu'elles seront, elles aussi, couronnées de succès. »

Le Chancelier était arrivé la veille à l'aéroport gouvernemental de Vnoukovo II par le Boeing de l'armée de l'air de la République fédérale qui, cette fois-ci, était suivi d'un second en raison de l'important afflux de journalistes. En chemin, il avait donné des explications aux journalistes, s'était à nouveau mis d'accord avec les ministres Genscher, Waigel et Klein, avait revu avec eux les questions les plus importantes et avait noté une chose ou une autre avec son feutre noir.

Il faisait nuit depuis longtemps dans la capitale soviétique lorsque les appareils s'étaient posés. Alors qu'ils se rendaient, comme d'habitude à toute allure, vers les maisons d'hôtes situées sur les monts Lénine, Kohl, qui avait été accueilli par Chevardnadze, le ministre des Affaires étrangères, fit arrêter le cortège de voitures pour regarder Moscou de nuit : le Kremlin brillamment éclairé, les silhouettes des tours construites sous Staline. Les passants le reconnurent vite et s'approchèrent de lui et, aidé par son interprète, il échangea alors quelques mots avec eux. Selon le Chancelier, cette manière d'agir participe, elle aussi, de l'entente entre les peuples et de l'amitié.

Après qu'à la villa Morozov, on en eut fini avec les crépitements des flashes des photographes et que les équipes de cameramen eurent éteint leurs projecteurs halogènes, Kohl et Gorbatchev se retirèrent au salon. Outre les deux interprètes, il y avait à leurs côtés Horst Teltschik et Anatoli Tcherniaïev, avec lequel Gorbatchev avait fait ses études à l'université Lomonossov de Moscou dans les années cinquante. « J'ouvris l'entretien, dit Kohl, en faisant remarquer que cette rencontre nous offrait des chances particulières. Nous avions à présent le devoir de les utiliser. Avant de passer le relais à la génération suivante, il nous fallait encore, en cette fin de siècle, mettre de l'ordre dans un certain nombre de choses. Je citai Bismarck qui avait dit un jour : " On ne peut pas réussir quelque chose par soi-même, on ne peut qu'attendre jusqu'à ce qu'on entende résonner le pas de Dieu dans les événements ; puis saisir le pan de son manteau — c'est tout." Ces paroles convenaient tout à fait à notre époque.

« Mikhaïl Gorbatchev était d'accord avec moi. Il croyait comme moi que notre génération disposait d'une occasion unique. J'évoquai alors notre conversation dans le parc de la Chancellerie à Bonn et manifestai mon désir de la reprendre. Je le félicitai ensuite de sa réélection comme secrétaire général. Elle avait été accueillie avec une grande satisfaction à l'Ouest. J'avais bien vu comme lui que cela n'avait pas été facile. Gorbatchev m'approuva vivement et me raconta alors le conflit violent qui avait eu lieu au sein du PCUS et qui s'était achevé sur la chute de Ligatchev, son adversaire. Les opposants à la réforme avaient essayé de modifier le cap et de jeter du sable dans le mécanisme de la perestroïka. On en était alors arrivé à un affrontement ouvert. Mikhaïl Gorbatchev parla encore longuement de sa « chevauchée du tigre » et aborda ensuite la démission de Boris Eltsine du parti. Il la regrettait, car il croyait qu'Eltsine avait agi de manière irréfléchie. Cependant Gorbatchev voulait garder contact avec lui et ils étaient même convenus d'une rencontre.

« À propos des réformes, Gorbatchev me dit qu'il voulait agir rapidement et faire passer d'ici la fin de l'année les modifications législatives nécessaires aux réformes économiques. De ses explications, je déduisis qu'il voulait renforcer l'appareil de l'État et réduire le poids du parti. Il débordait tout simplement d'entrain et se montrait fermement décidé à poursuivre sa politique — politique à laquelle il ne voyait pas d'alternative. Il m'apparut parfaitement conscient qu'il pouvait échouer lorsqu'il dit avec une certaine ironie que, de toute façon, il avait brûlé ses vaisseaux. »

Le Chancelier informa alors le Secrétaire général des trois sommets des précédentes semaines. Il ressortait de toutes ces conférences que tout le monde était convaincu qu'on devait soutenir le processus de réformes en Union soviétique. La veille, Wörner, le secrétaire général de l'OTAN, l'avait informé des transformations intervenues au sein de l'Alliance occidentale. Au cours des deux derniers mois, répondit Gorbatchev, beaucoup de choses avaient en fait changé. La déclaration de Londres de l'OTAN était un pas dans la bonne direction, même si elle portait encore le poids du passé. Les déclarations sur la coopération et le fait qu'on ne considérait plus l'Union soviétique comme un adversaire constituaient un progrès politique très important et la preuve de transformations fondamentales.

Gorbatchev poursuivit en disant qu'il savait bien le rôle que le Chancelier avait joué dans cette affaire et qu'il l'appréciait. En Union soviétique, on suivait tout cela avec attention. Le Chancelier avait sûrement remarqué qu'on préparait petit à petit la population à l'idée d'une amitié germano-soviétique. Les militaires ne l'acceptaient qu'avec beaucoup de répugnance. On allait jusqu'à se révolter et à dire que les fruits de la grande victoire de la guerre patriotique seraient vendus contre des deutschemarks. Mais Gorbatchev avait bon espoir de les amener eux aussi dans la bonne voie.

« J'en vins alors rapidement au fait, en disant que nous avions beaucoup de travail devant nous, se rappelle le Chancelier. Il s'agissait de parvenir à un accord sur l'avenir des troupes soviétiques en Allemagne, sur l'appartenance à l'OTAN de l'Allemagne unifiée, ainsi que sur l'effectif des forces armées de l'ensemble de l'Allemagne. C'étaient là les trois obstacles dont il nous fallait venir à bout, sans négliger pour autant les discussions deux-plus-quatre. À cela s'ajoutait la question de la future coopération bilatérale sur laquelle nous échangeâmes de premières idées mises par écrit. Tout d'abord Mikhaïl Gorbatchev ne réagit pas, mais cita Héraclite qui a dit que tout n'est que flux. Il voulait me faire comprendre ainsi qu'en quelques mois et même en quelques jours, la situation avait changé de manière dramatique. Le moment était à présent venu de prendre les décisions nécessaires.

« Mikhaïl Gorbatchev aborda alors la question essentielle, celle de l'appartenance de l'Allemagne à l'OTAN. À ma surprise, il dit : " Cette affaire est pourtant claire." Cependant sa position sur la zone d'action de l'Alliance atlantique dans la future Allemagne et sur la présence des troupes soviétiques sur le territoire de la RDA était ambiguë. Je demandai si l'Allemagne obtiendrait ou non sa pleine souveraineté au moment de la réunification. Gorbatchev répondit par l'affirmative avec un bref " cela va de soi ". Il avait ainsi admis pour la première fois que l'Allemagne devait obtenir sa pleine souveraineté sans passer par une période transitoire, ce qui constituait un progrès capital pour notre cause. Je spécifiai alors de nouveau que l'Allemagne souveraine devait appartenir dans sa totalité à l'OTAN. En espérant obtenir une réponse très nette, j'ajoutai : " Là-dessus, nous sommes bien d'accord." Mais je ne l'obtins pas. Gorbatchev répondit que, si l'Allemagne unifiée pouvait être *de jure* membre de l'OTAN, le territoire de l'ancienne RDA ne pourrait être *de facto* incorporé dans sa zone d'action, puisqu'il s'y trouvait des troupes soviétiques. Toutefois la souveraineté de l'Allemagne unie n'en serait nullement affectée. À l'issue de la période transitoire, on pourrait engager des négociations sur le retrait des troupes soviétiques.

« Je voyais maintenant plus clairement comment Gorbatchev se représentait les choses : l'Allemagne devait formellement appartenir dans sa totalité à l'OTAN, mais cela ne concernerait en fait que le seul territoire de l'ancienne République fédérale. Cela pourrait changer ultérieurement, lorsque nous aurions réussi à négocier le retrait des forces armées soviétiques. Contrairement à ce que soutenait Gorbatchev, nous n'aurions donc pas été souverains. Avec la perspective d'une négociation sur le retrait de ses troupes, Moscou aurait conservé un levier qui lui permettrait de faire encore pression sur la question de l'Alliance. Cela, je ne pouvais naturellement pas l'accepter. En définitive, nos points de vue semblaient donc inconciliables. Gorbatchev sentit sans doute mon scepticisme. Il ajouta de manière apaisante : "Nous avons commencé nos entretiens ici, à Moscou, et nous les poursuivrons dans les montagnes du Caucase. Dans l'air des montagnes, on voit beaucoup plus clair."

« Nous nous étions déjà levés lorsque, pour être tout à fait sûr, je lui demandai si ce voyage au Caucase avait vraiment un sens. Je dis que je n'irais que si nos entretiens s'achevaient sur la pleine souveraineté de l'Allemagne unifiée et son appartenance inconditionnelle à l'OTAN. Sinon, mieux vaudrait que je rentre chez moi. À cette remarque, Mikhaïl Gorbatchev ne répondit ni oui ni non. Il dit seulement : "Nous devons y aller." À ce moment, je sus que nous allions réussir. »

Les deux hommes d'État avaient dépassé de plus de quarante minutes leur programme, lorsque la porte du salon s'ouvrit et qu'ils en sortirent pour passer dans la salle à manger. Pour pouvoir tenir le programme, il fallait que les entretiens en délégation se déroulent pendant le déjeuner. Du côté allemand prirent place Genscher, Waigel, Klein, l'ambassadeur Blech, Teltschik, Kastrup, Haller et Neuer ainsi que Weiss, l'interprète. Du côté soviétique, Chevardnadze, le ministre des Finances, Pavlov, le vice-premier ministre, Stepan Sitarian, le vice-ministre des Affaires étrangères et l'ancien ambassadeur à Bonn, Kvizinski, ainsi que Terechov, son successeur, et enfin l'omniprésent Kourpakov, l'interprète du Secrétaire général. Gorbatchev accueillit à nouveau les délégations. On s'était pour ainsi dire échauffé lors du premier entretien de la matinée. Il existait maintenant de très bonnes perspectives d'accord, répéta-t-il, car dans le merveilleux air du Caucase les cerveaux fonctionnaient mieux.

Au nom de son pays, Gorbatchev exprima ses remerciements pour la garantie donnée par la République fédérale au crédit de cinq milliards, qu'on avait entre-temps mis sur pied, et fit un compte rendu détaillé du déroulement du Congrès du PCUS. Le Chancelier le remercia de l'accueil amical que sa délégation et lui avaient reçu en Union soviétique et de leur entretien constructif. « Je parlai ensuite, raconte Kohl, du sommet économique mondial et de la lettre que Mikhaïl Gorbatchev avait écrite aux Sept. Je l'informai que ceux-ci, de même que la Communauté européenne, comptaient lui donner une réponse d'ici la fin de l'année et qu'à Houston, George Bush avait dit textuellement : “Nous voulons que Mikhaïl Gorbatchev réussisse ! ”

« C'était assez remarquable quand on songeait à ce qu'était la situation il y a trois ou quatre ans, ajoutai-je avant d'annoncer que, par ailleurs, les Allemands apporteraient leur aide et ce dès les prochains mois en envoyant des économistes et en mettant en œuvre d'autres formes d'aide concrète. Gorbatchev me remercia et dit qu'il faudrait encore approfondir la discussion. C'était tout particulièrement le cas des questions liées à l'unification allemande. On avait déjà commencé à discuter ce point et il était certain qu'on résoudrait les problèmes et qu'on rendrait ainsi service aux deux pays, mais aussi à l'ensemble de l'Europe. »

Au déjeuner, l'ambiance fut détendue. Le Secrétaire général leva son verre de vodka à la santé du Chancelier : c'était la seule boisson en Union soviétique à être vraiment saine. À travers la table, Klein s'exclama alors : « Et vous l'avez interdite ! », ce à quoi Gorbatchev riposta : « Je n'ai pas interdit la vodka, seulement le fait de boire ! » Ryjkov, le Premier ministre, demanda : « Et si les Allemands installaient des brasseries chez nous ? » En riant, Gorbatchev ajouta : « Cela irait bien à la perestroïka ! »

Peu de temps après — à la surprise générale des journalistes — les deux hommes d'État affrontèrent la presse. Gorbatchev les informa qu'au cours des discussions on avait déjà abordé de très grandes questions ; comme ils disposaient de bonnes « méninges », il avait bon espoir qu'ils parviennent à résoudre tous les « casse-tête ». Mais il était encore trop tôt pour dresser un bilan. Par ailleurs, au cours du déjeuner, on avait parlé de deux accords concrets. À la question d'un correspondant qui voulait en connaître le contenu, Kohl répondit laconiquement : « la bière ». Le Président soviétique ajouta : « En effet, au moins deux brasseries doivent être construites chez nous », et Waigel ne put s'empêcher de remarquer qu'il faudrait qu'au moins l'une d'entre elles soit bavaroise.

À une heure et demie, le Chancelier monta avec Gorbatchev dans la Zil de celui-ci. Cette voiture, qui pesait sept tonnes et avait une puissance de quatre cents chevaux, les emmena à l'aéroport gouvernemental de Vnoukovo II. À l'avant, sur le siège du passager, un visage bien connu : celui du chef des gardes du corps, le général-major Vladimir Medvedev, qui assurait déjà la sécurité de Brejnev, et qu'on appelait à Moscou la « deuxième ombre de Mikhaïl Gorbatchev ». « Si je me rappelle bien, dit le Chancelier, c'est pendant ce trajet que j'ai abordé la question du niveau des forces de l'Allemagne unifiée. Mikhaïl Gorbatchev répondit que cette question avait déjà été négociée entre nos ministres des Affaires étrangères. Il cita un ordre de grandeur inférieur à 300 000 hommes. Je lui dis alors que ce n'était pas l'avis du gouvernement fédéral. Cette position était justifiée par le fait qu'en Allemagne, nous avions toujours besoin d'une armée de conscrits et que pour cela il était nécessaire d'avoir une armée de 370 000 hommes. Il écouta tout cela et ne répondit pas. J'en conclus qu'il ne rejetait pas a priori ma proposition. »

À l'heure dite, la Zil s'arrêta à l'aéroport devant l'appareil présidentiel, un Iliouchine 62, qui décolla peu après pour le Caucase natal du Secrétaire général. À l'exception des interprètes, Kohl était seul avec Gorbatchev dans le luxueux salon présidentiel aménagé à l'arrière de l'appareil. Tandis qu'on leur servait de petits plats, typiquement russes, ils eurent une discussion totalement privée, comme celle qui avait eu lieu une bonne année plus tôt dans le jardin de la Chancellerie. Gorbatchev parla du passé, de son enfance dans le sud de l'Empire soviétique, du Parti qui, au cours de sa longue histoire, avait exigé tant de sacrifices humains.

« Il me raconta le destin de l'ancien chef de Privolnoïe, son village natal, qui, juste après la révolution, avait fondé une coopérative agricole. Après la collectivisation décidée par Staline, ce communiste convaincu devint président du kolkhoze. Grâce à son talent d'organisateur, il assura à l'ensemble du village des conditions de vie supportables, et ce y compris pendant l'occupation allemande. Il avait agi non en collaborateur, mais dans le but de faire quelque chose pour les gens de chez lui. Il fut pour cette raison arrêté et déporté après que l'Armée rouge eut reconquis ce territoire. C'est ainsi que cela se passait alors en Union soviétique. »

Gorbatchev parla aussi de l'époque où il était cadre du Parti à Stavropol. Il parla de ses études à Moscou à l'université Lomonossov et des années qu'il y avait passées avec sa femme. Vers la fin de ce voyage de 1 600 kilomètres, Raïssa Gorbatchev rejoignit les deux hommes au salon.

Après avoir survolé durant deux heures l'interminable Russie, l'Iliouchine se posa sur la piste d'atterrissage de Stavropol. « À l'aéroport, raconte le Chancelier, nous fûmes accueillis par les cadres locaux. Quelques centaines de personnes s'étaient rassemblées, applaudirent et nous remirent des bouquets de fleurs. De l'aéroport, nous nous rendîmes au monument aux morts, un énorme monolithe dans lequel étaient ciselés les visages de trois soldats de l'Armée rouge. Des anciens combattants s'approchèrent de Mikhaïl Gorbatchev et de moi et nous exhortèrent à établir définitivement la paix entre nos peuples. Gorbatchev se tourna vers moi et dit : " C'est exactement ce dont nous avons parlé à Bonn."

« Puis il me montra le bâtiment du soviet de la région de Stavropol où il avait travaillé pendant huit ans comme secrétaire du Parti. Son ancien bureau avait été préparé pour notre visite. Sur la table de travail se trouvaient un organigramme de la région de Stavropol et un nécessaire à écrire disposé de manière très méticuleuse. Les journalistes de la télévision demandèrent à Gorbatchev de s'asseoir à son ancien bureau le temps d'une rapide prise de vues. Il le fit et dit : " C'est ici que tout a commencé." »

Après l'escale à Stavropol, le Chancelier, le Secrétaire général et les deux ministres des Affaires étrangères montèrent dans des hélicoptères qui mirent aussitôt leurs réacteurs en marche et décollèrent. Les cadres du Parti, qui agitaient les mains, disparurent dans un immense nuage de poussière. En formation de vol, on prit la direction du Caucase. Quelques minutes plus tard, les hélicoptères transportant la délégation allemande quittèrent la formation et se posèrent sur un champ de chaume qui allait d'un point de l'horizon à l'autre. Il appartenait à un kolkhoze qui portait le nom du général révolutionnaire Tchapaïev. Plusieurs moissonneuses-batteuses travaillaient à la récolte.

« Après être descendus de l'appareil, se rappelle Kohl, nous fûmes accueillis par de jeunes paysannes. Elles nous offrirent du pain et du sel en signe d'hospitalité. » Selon la vieille tradition paysanne de sa terre caucasienne, Gorbatchev embrassa le pain, y répandit du sel, le rompit et le distribua. Le Chancelier fit trois signes de croix sur la miche : " C'est comme ça que faisait ma mère autrefois lorsque j'étais enfant." J'expliquai à Gorbatchev la signification de ce geste symbolique. »

Un peu plus tard, les deux hommes grimpèrent sur l'une des moissonneuses-batteuses, firent un tour dessus et s'entretinrent des problèmes de l'agriculture soviétique. Gorbatchev parla de ses vains efforts pour augmenter le rendement de l'agriculture. Aujourd'hui encore, une grande partie de la récolte de céréales était perdue à cause de déficiences lors du stockage ou du transport. Mais tout ceci allait changer, dit Gorbatchev, qui avait un interlocuteur compétent en la personne du Chancelier. « Lorsque j'étais enfant, dit Kohl, je rêvais de devenir paysan. » La vaste campagne, la fertile terre sombre, l'odeur des céréales fauchées, les hommes proches de la nature lui avaient fait une profonde impression.

Le vol se poursuivit vers le Caucase. Par le hublot du Mi 8 défilaient les premières chaînes de montagnes. Entre les nuages, les sommets couverts de neige des hautes montagnes étaient visibles par moments. Lorsque les hélicoptères se posèrent dans le petit village d'Archys, situé dans la vallée du Selemtchouk et entouré d'épaisses forêts, les Allemands furent accueillis aussi cordialement qu'ils l'avaient été à Stavropol.

Le couple présidentiel et le Chancelier se rendirent ensemble dans une clairière cachée entre les arbres où se trouvait la datcha des Gorbatchev. À côté de l'ancienne résidence officielle du garde général des Eaux et Forêts, on entendait la rivière Selemtchouk couler comme un torrent. C'était une grande maison composée de trois parties construites en pierre ocre avec un toit de tuiles rouges. Un vaste perron conduisait à l'entrée. La datcha disposait de plusieurs chambres et d'une salle de conférence. À l'intérieur, elle était meublée du strict nécessaire. Le mobilier était en pin clair ou en mélèze. Le seul luxe : une machine à nettoyer les chaussures.

« À peine étais-je dans ma chambre, raconte le Chancelier, que Gorbatchev me fit demander si nous voulions faire une promenade. J'enfilai mon gilet de laine noir. Peu après, je marchais avec Mikhaïl Gorbatchev — qui avait passé un pull-over — le long du Selemtchouk. Les membres de notre délégation et les journalistes nous suivaient. Après quelques mètres, Gorbatchev s'arrêta, descendit le talus qui bordait la rivière et me tendit la main pour m'inviter à le suivre. Nous nous tînmes près de l'eau impétueuse et nous parlâmes de la perfidie de la rivière. J'avais rarement vu Mikhaïl Gorbatchev aussi détendu. Nous fîmes une pause sur un ensemble de sièges taillés dans des troncs d'arbre. Hans-Dietrich Genscher se joignit à nous. À ce moment, aucun d'entre nous n'avait envie de parler de "grande politique". Nous bavardâmes donc de tout et de rien. »

Le dîner se déroula de manière amicale : « Gorbatchev parla de sa famille, de sa grand-mère qui avait toujours eu une icône dans sa chambre, de son grand-père qui avait misé de bonne heure sur le communisme et vénérait Lénine et Staline parce qu'il attendait d'eux une amélioration de ses misérables conditions de vie. Lorsque Gorbatchev raconta cela, dit Kohl, je ne pus m'empêcher de penser combien les choses peuvent se ressembler. Cela rappelait en bien des points l'Allemagne de la fin des années vingt. Une partie de la population avait parié sur Hitler parce qu'elle croyait qu'il la sortirait de la misère qui s'était abattue sur des millions d'Allemands avec la crise économique mondiale. La plupart d'entre eux ne se doutaient pas de ce qui allait suivre et, lorsqu'ils le comprirent, il était trop tard. »

Les hôtes et leurs invités discutèrent également de sujets moins sérieux, tels que la Coupe du Monde de football à Rome. Gorbatchev, qui félicita les Allemands pour avoir gagné le titre, écouta avec intérêt le récit que lui fit le Chancelier du déroulement de la finale et posa une ou deux questions auxquelles le Chancelier répondit avec compétence. Lorsque les serveurs débarrassèrent, l'ambiance était presque exubérante. Gorbatchev raconta que sa fille Irina était allée à Balkhtchisaraï avec les jeunes pionniers et y avait visité le palais du khan des Tatars, qui possédait de vastes appartements réservés au harem. Celui-ci l'avait tellement impressionnée qu'à son retour, elle avait demandé à son père pourquoi il n'avait qu'une seule femme. Il lui avait répondu : « Quand on est marié à une philosophe, une seule suffit. »

Il était 22 heures lorsque Kohl et Gorbatchev se retrouvèrent pour un bref tête-à-tête afin de préparer les discussions du lendemain matin. « J'abordai encore une fois avec le Secrétaire général le problème central, raconte le Chancelier, et dis que je n'accepterais aucune restriction s'agissant de l'appartenance à l'OTAN de l'Allemagne unifiée. Il se tut de nouveau. À la suite de cela, je m'entretins brièvement avec Hans-Dietrich Genscher, Theo Waigel et Johnny Klein pour harmoniser nos positions et leur rendis compte de l'entretien confidentiel que j'avais eu à Moscou avec Gorbatchev dans la matinée. Il était déjà plus de minuit lorsque je passai sur le balcon de la datcha. Il y avait un merveilleux ciel couvert d'étoiles et, devant moi, la silhouette sombre du Caucase. Beaucoup d'idées me traversèrent la tête. Mais je me demandais surtout ce qu'apporterait le jour suivant. Tant de choses étaient en jeu pour nous Allemands, mais j'avais un bon pressentiment. »

Les entretiens décisifs étaient fixés à 10 heures le matin dans la salle de conférence de l'ancienne maison du garde général des Eaux et Forêts. Les membres des deux délégations prirent place à une longue table en mélèze. Pour commencer, Gorbatchev plaisanta sur le volumineux classeur de Genscher. « Avez-vous vraiment rédigé tout cela aujourd'hui ? » Le ministre des

Affaires étrangères répondit du tac au tac : « Et encore, ce n'en est qu'une petite partie. » Chevardnadze se tourna alors vers son chef : « Comme ça vous voyez que les ministres des Affaires étrangères travaillent vraiment. » Puis Kohl ouvrit les discussions où, fut-il dit plus tard, son ministre des Affaires étrangères et lui se complétèrent mieux que jamais.

Le Chancelier revint à l'entretien en tête à tête de la veille. « Je proposai, raconte-t-il, qu'on commence d'abord par travailler au grand traité bilatéral par lequel nous entendions repenser de fond en comble les relations entre nos deux pays. Je préconisai de se fixer comme objectif d'avoir achevé son élaboration dans un an. Gorbatchev approuva et me demanda si en fait j'entendais ouvrir avec ce traité des perspectives à long terme aux relations germano-soviétiques. Je répondis positivement et réaffirmai que je voulais établir des relations d'une qualité totalement nouvelle.

« J'en vins alors au problème central. L'objectif principal était que l'Allemagne unifiée dispose de sa pleine souveraineté sans aucune restriction. Hans-Dietrich Genscher ajouta que les discussions deux-plus-quatre devaient se conclure sur un document qui entérine la pleine souveraineté de l'Allemagne et ne laisse aucune question en suspens. Gorbatchev répondit qu'il fallait auparavant que certaines conditions soient remplies. C'était le cas du règlement des questions liées à la présence des troupes soviétiques en Allemagne. Elles devaient faire l'objet d'un traité séparé. Je proposai alors que ce traité, qui devait aussi régler la question du délai dans lequel se retireraient les troupes soviétiques, soit conclu d'ici la fin des discussions deux-plus-quatre. À mon grand soulagement, Mikhaïl Gorbatchev ne s'y opposa pas.

« Hans-Dietrich Genscher remarqua alors qu'il fallait que soit inscrit dans le document final des deux-plus-quatre que l'Allemagne avait le droit de se joindre à l'alliance de son choix, qui serait évidemment l'OTAN. Gorbatchev approuva, mais demanda que l'OTAN ne soit pas expressément mentionnée dans le document final. Il serait alors plus facile pour lui de faire passer en Union soviétique l'idée que l'Allemagne unifiée avait le droit de choisir son alliance. Il avait besoin d'arguments pour expliquer la situation à la population soviétique. »

À ce moment-là, la question de la zone d'action de l'Alliance atlantique dans l'Allemagne unifiée n'était pas encore définitivement éclaircie. Chevardnadze précisa alors les idées du Kremlin. Il expliqua que, même après le retrait des troupes soviétiques d'Allemagne de l'Est, les structures de l'OTAN n'auraient pas le droit de s'étendre à ce territoire. Ce point devait être réglé par une disposition dans un traité bilatéral sur le retrait des troupes. Gorbatchev expliqua que cette disposition s'appliquerait surtout aux armes nucléaires de l'OTAN. Toutefois l'armée fédérale de l'ensemble de l'Allemagne — pour autant que les unités concernées n'étaient pas placées sous le commandement de l'OTAN — pourrait être stationnée sur ce territoire.

« Hans-Dietrich Genscher fit à juste titre remarquer à Gorbatchev que cette restriction n'était pas compatible avec la pleine souveraineté de l'Allemagne réunifiée. Gorbatchev le contesta. La discussion se poursuivit encore un certain temps, jusqu'à ce que, peu à peu, Gorbatchev cède à notre insistance acharnée. Il répondit d'abord par l'affirmative à la question de savoir si les articles 5 et 6 du Traité de l'OTAN [1] seraient également applicables à l'Est de l'Allemagne. Finalement, il accepta qu'après le retrait des forces armées soviétiques, les troupes allemandes placées sous le commandement de l'OTAN puissent également être stationnées sur le territoire de la RDA. Nous étions ainsi parvenus au but sur cette question décisive. Nous avions arraché à Mikhaïl Gorbatchev l'appartenance totale et inconditionnelle de l'Allemagne unie à l'OTAN [2].

« Nous parvînmes également à imposer nos idées sur la question du délai dans lequel se déroulerait le retrait des forces

1. L'*article 5* prévoit qu'en cas d'attaque armée contre l'un des États signataires du traité, les autres États parties au traité se considéreront également comme attaqués et seront en droit d'utiliser la force armée dans l'exercice de la légitime défense.

L'*article 6* définit ce qu'il convient d'entendre par attaque armée.

2. Toutefois aucune arme nucléaire ne pourrait être stationnée sur le territoire de la RDA.

soviétiques. Gorbatchev avait d'abord déclaré que le retrait aurait lieu dans cinq à sept ans. Mais nous nous mîmes d'accord sur un délai de trois à quatre ans. À ce moment-là, je ne pus pas m'empêcher de songer que les premiers soldats de l'Armée rouge avaient passé la frontière du Reich allemand en novembre 1944. À présent, à la fin 1994, exactement un demi-siècle plus tard, les derniers soldats soviétiques quitteraient l'Allemagne. Nous promîmes à nos interlocuteurs que nous contribuerions par tous les moyens à la construction de logements pour les troupes soviétiques rentrant chez elles et que par ailleurs, dans le cadre d'un traité transitoire, nous compenserions les conséquences de l'introduction du deutschemark en RDA pour les troupes qui s'y trouvaient stationnées. »

À la surprise de certains participants à la réunion, Kohl et Gorbatchev se mirent également rapidement d'accord sur un plafond d'effectif des forces de l'Allemagne unifiée de 370 000 hommes. En l'occurrence, il y eut manifestement un malentendu car Gorbatchev était d'abord parti d'un plafond de 350 000 hommes. Le Chancelier le refusa catégoriquement : « Je déclarai à Gorbatchev que la réduction des forces que nous proposions constituait déjà la plus forte mesure de désarmement qu'ait jamais accomplie un État moderne. Le Secrétaire général garda le silence un moment, puis répondit : " Eh bien, 370 000." Nous donnâmes l'assurance à nos hôtes que nous ferions une déclaration en ce sens aux négociations sur le désarmement de Vienne.

« À la fin de notre réunion de plus de trois heures, Mikhaïl Gorbatchev demanda comment il convenait de présenter à la presse les résultats de nos entretiens. Il fallait surtout éviter de donner le sentiment que nous avions pris des décisions derrière le dos des autres États participant aux discussions deux-plus-quatre, poursuivit-il en pensant que la première question qu'on poserait au Chancelier serait la suivante : " Mikhaïl Gorbatchev a-t-il accepté l'adhésion de l'Allemagne à l'OTAN ? " Ce qui signifierait : " Le secrétaire général soviétique s'est laissé acheter l'appartenance à l'OTAN de l'ensemble de l'Allemagne." Je comptais formuler ce point simplement en disant que l'Allemagne obtenait sa pleine souveraineté et, en tant que pays unifié, choisirait librement l'alliance à laquelle elle appartiendrait. »

Moins de deux heures plus tard, Kohl et Gorbatchev se trouvaient dans la Zil et, suivis par une douzaine de Lada, traversaient la vallée du Selemtchouk en direction de Chelesnovodsk. Ils laissaient derrière eux l'idyllique Archys où les deux hommes d'État avaient écrit l'histoire du monde. Le convoi atteignit bientôt la station thermale située sur des collines verdoyantes. Les véhicules s'arrêtèrent devant un sanatorium. Entourées d'une centaine de badauds, les délégations se rendirent dans le bâtiment où devait avoir lieu la conférence de presse internationale.

Celle-ci fut ouverte par Gorbatchev. Il dit qu'on avait cherché de manière intensive des solutions pour l'Europe et le monde et annonça, avant de passer la parole à Kohl, qu'il fallait que les journalistes présents s'attendent à des nouvelles intéressantes. Le Chancelier dit que les jours précédents avaient constitué un nouveau tournant dans les relations germano-soviétiques. Cela tenait à la densité des entretiens qui avaient eu lieu à Moscou, dans l'avion et sur la terre natale du Président. « J'ai compris cette invitation dans sa terre natale comme un geste tout particulier... Nos entretiens ont été marqués par la plus grande franchise, une compréhension mutuelle ainsi que par la sympathie personnelle. Y a également contribué la cordialité des gens que nous avons rencontrés, que ce soient les habitants de Stavropol ou les paysans travaillant sur un champ de céréales auxquels nous avons rendu visite lors d'une escale en hélicoptère. Mais c'est dans ses résultats que résident la particularité et l'importance de notre rencontre », souligna Kohl qui, après avoir expliqué le grand traité que souhaitaient conclure les deux pays, énuméra huit points essentiels :

« *Premièrement* : L'unification de l'Allemagne concerne la République fédérale d'Allemagne, la RDA et Berlin tout entier.

« *Deuxièmement* : Lors de l'instauration de l'unité allemande, il sera mis fin aux droits et aux responsabilités des Quatre Puissances. L'Allemagne unie acquerra ainsi, lors de son unification, sa souveraineté entière et sans limite.

« *Troisièmement* : L'Allemagne unie peut, dans l'exercice de sa souveraineté pleine et entière, décider librement et par elle-même de son appartenance à l'alliance de son choix. Ceci correspond à l'Acte final de la CSCE. J'ai déclaré que l'opinion du gouvernement de la République fédérale était que l'Allemagne unie soit membre de l'Alliance atlantique. Et je suis certain que c'est également celle du gouvernement de RDA.

« *Quatrièmement* : L'Allemagne unie conclura un accord bilatéral avec l'Union soviétique sur le retrait des troupes de RDA, qui devra être achevé dans un délai de trois à quatre ans. Parallèlement sera conclu avec l'Union soviétique un accord transitoire portant sur les effets de l'introduction du deutschemark en RDA pendant cette période de trois à quatre ans.

« *Cinquièmement* : Aussi longtemps que des troupes soviétiques demeureront stationnées sur le territoire de l'ancienne RDA, les structures de l'OTAN ne seront pas étendues à cette partie de l'Allemagne. Les articles 5 et 6 du traité de l'OTAN s'appliqueront dès l'unification à l'ensemble de l'Allemagne.

« *Sixièmement* : Des unités non intégrées de la Bundeswehr, c'est-à-dire des unités de la défense territoriale, pourront aussitôt après l'unification de l'Allemagne être stationnées sur le territoire de l'actuelle RDA et à Berlin. Pour la durée de la présence des troupes soviétiques sur le territoire de l'ancienne RDA, les troupes des trois Puissances occidentales devront, selon nous, être maintenues à Berlin après l'unification. Le gouvernement fédéral en fera la demande aux trois Puissances et leur proposera un accord sur ce point.

« *Septièmement* : Le gouvernement fédéral se déclare prêt à s'engager, dans le cadre des négociations qui ont lieu à Vienne, à réduire les forces de l'Allemagne unie, dans un délai de trois à quatre ans, à un niveau de 370 000 hommes. Cette réduction commencera avec la mise en vigueur du premier accord de Vienne.

« *Huitièmement* : l'Allemagne unie renoncera à la fabrication, à la possession et à la disposition d'armes ABC [1] et restera partie au traité de non-prolifération. »

Tandis que le Chancelier exposait ses huit points, l'excitation

1. Armes atomiques, biologiques et chimiques.

grandissait dans les rangs des journalistes : était-il effectivement vrai que plus rien ne faisait obstacle à l'unité de l'Allemagne ? Les comptes rendus envoyés depuis Chelesnovodsk dans le monde entier, par les quelques lignes téléphoniques dont ils disposaient, étaient euphoriques.

Après plus d'une heure, Gorbatchev mit fin à la conférence de presse par ces mots : « Le Chancelier m'a invité chez lui en Allemagne. Je vais accepter cette invitation. » Les deux chefs d'État quittèrent ensuite le bâtiment par une porte latérale, s'avancèrent vers les caméras installées par ARD et ZDF et se rendirent à l'aéroport de Mineralnyie Vody. Le couple Gorbatchev et Chevardnadze accompagnèrent les Allemands jusqu'à la passerelle d'embarquement. On se dit au revoir tandis que, derrière une barrière, un groupe composé pour l'essentiel de jeunes gens agitait de petits drapeaux en papier, allemands et soviétiques. Kohl monta l'escalier, se retourna une fois encore et fit un signe de la main avant de disparaître par la porte du Boeing 707 de l'armée de l'air fédérale.

L'appareil du Chancelier survolait déjà la mer Noire lorsque Kohl alla voir à l'arrière du jet les journalistes qui l'accompagnaient. Il attendit les stewards qui servirent du champagne. Ils levèrent leur verre et burent au succès des négociations dont — souligna Kohl — personne n'aurait osé rêver il y a encore six mois. « Ce résultat était notamment le fruit d'un grand effort commun, résume le Chancelier. Hans-Dietrich Genscher y avait pris une grande part et je lui en suis très reconnaissant. Depuis le changement de gouvernement en 1982, nous avions fait du bon travail ensemble au sein de la coalition du centre qui, en matière de politique intérieure et extérieure, avait posé les fondements de ce qui se trouvait à présent tout proche : la réunification de l'Allemagne, qui se ferait sous le signe de notre appartenance à la communauté des valeurs occidentales. Bien sûr, il y avait eu constamment des tensions entre Genscher et moi, comme il est tout naturel qu'il y en ait dans une coalition de partenaires qui ont une envergure personnelle. Mais je savais aussi que, dans les moments décisifs, je pouvais toujours être sûr que lui et moi poussions dans le même sens sur la question de l'unité allemande.

« C'était et c'est encore le cas de Theo Waigel. Au cours de ces semaines, il ne fut pas seulement pris par l'union monétaire, économique et sociale inter-allemande, mais, pour ne citer qu'un seul exemple, il dut également s'occuper constamment de la question extrêmement compliquée de trouver un arrangement financier pour assurer le retour dans leur patrie des troupes soviétiques stationnées en RDA. Il a défendu les intérêts de notre pays avec un grand talent de négociateur — ce en quoi il fut particulièrement aidé par son charme bavarois.

« C'est justement en cela que réside notre succès en tant que coalition de la CDU, CSU et FDP. Si dans les années postérieures à 1982 nous n'avions pas renforcé ensemble la puissance de l'essor économique et consolidé le budget, nous n'aurions certainement pas disposé en 1990 de la productivité dont nous avions absolument besoin pour faire face au défi économique et financier que constituait l'unité. Mais malgré tout, ajoute le Chancelier, il ne faut pas oublier que la chance avait aussi un rôle à jouer. Et j'ai eu de la chance. »

CHAPITRE 16

DES MARCHANDAGES JUSQU'À LA FIN

Après le retour de Kohl d'Union soviétique, des centaines de télégrammes de félicitations arrivèrent à la Chancellerie. Le président des États-Unis félicita le Chancelier pour « le remarquable rôle dirigeant » qu'il avait joué et déclara qu'il était fier de la performance de son ami Helmut Kohl. Les chefs d'État européens ne lui cédèrent en rien. Même le Premier ministre britannique tint à transmettre ses félicitations au Chancelier. Le fait que Gorbatchev ait accepté que l'ensemble de l'Allemagne soit membre de l'OTAN, écrivait-elle, constituait un pas considérable en avant.

Désormais, presque personne ne semblait plus s'intéresser au troisième round de discussions deux-plus-quatre, qui eut lieu à Paris et auquel participa cette fois le ministre polonais des Affaires étrangères, Skubiszewski. Les ministres des Affaires étrangères considérèrent que toutes les questions essentielles avaient été clarifiées et reprirent dans leur déclaration les résultats obtenus dans le Caucase. Par ailleurs, ils se mirent d'accord pour achever les discussions deux-plus-quatre le 12 septembre à Moscou. Sur la question de la frontière occidentale de la Pologne, qui ne se posait plus depuis longtemps, Genscher essaya de lever les erreurs d'appréciation et les craintes de la partie polonaise.

Un reste d'inquiétude à l'égard des intentions allemandes vis-à-vis de la frontière sur l'Oder-Neisse troublait encore les relations germano-polonaises même après la résolution commune du Bundestag et de la Chambre du peuple. Kohl se rappelle que le Premier ministre Mazowiecki considérait que cette résolution n'allait pas assez loin, bien que ce texte indiquât clairement que la future Allemagne souveraine reconnaîtrait de manière définitive la ligne Oder-Neisse comme frontière occidentale de la Pologne. De surcroît, les Polonais avaient obtenu la garantie que leur requête soit pleinement soutenue par tous les autres pays européens et — ce qui était le plus important — par les Quatre Puissances, et donc par les États-Unis, la France, la Grande-Bretagne et l'Union soviétique.

« À l'époque, je concentrais déjà mes réflexions, souligne le Chancelier, sur l'avenir des relations germano-polonaises au sein d'une Europe réunie. Je pensais que l'Allemagne unifiée devait conclure avec la République de Pologne un traité de bon voisinage et d'amitié qui régirait l'ensemble des relations germano-polonaises. Tadeusz Mazowiecki tenait en revanche à ce que le traité sur la frontière soit d'abord conclu, de manière séparée, après la réunification. Je fus déçu par cette réaction empreinte de méfiance, mais la respectai.

« Avant mon départ pour l'Union soviétique, j'avais écrit à Mazowiecki qu'il pouvait considérer que le gouvernement de l'Allemagne unie serait disposé, dans un délai de trois mois après la réunion du Parlement pan-allemand, à transmettre au gouvernement polonais un projet de traité fondé sur la résolution commune de juin. J'annonçai par ailleurs que, lors des discussions à Paris dans le cadre du processus deux-plus-quatre, nous déposerions une déclaration d'intention en ce sens. Hans-Dietrich Genscher et son homologue polonais, Skubiszewski, étaient alors parvenus à s'entendre à Paris sur cette manière de procéder. Mais elle ne semblait toujours pas satisfaire Mazowiecki. Le ton de sa réponse était certes conciliant, mais en fait, il tenait à ce que le traité sur la frontière soit conclu avant l'élection du Parlement pan-allemand. C'est du reste ce qui se passa en novembre.

« J'ai regretté qu'à cause de la frontière polonaise, toutes les autres questions importantes dans le cadre des relations germano-polonaises, et surtout les grandes questions portant sur l'avenir, aient été initialement reléguées à l'arrière-plan.

Nous aspirions à conclure un traité général avec la Pologne autant qu'avec l'Union soviétique. Il aurait notamment été hautement symbolique, compte tenu du passé, que le traité général germano-polonais ait pu être conclu avant le traité germano-soviétique correspondant. J'ai vainement attiré l'attention de Mazowiecki sur ce point. D'un autre côté, il est évident aujourd'hui que, depuis la réunification, le partenariat entre les Allemands et les Polonais s'est développé d'une manière positive dont je n'aurais pas osé rêver à l'époque. »

Comme les aspects de politique extérieure de l'unité allemande pourraient sans doute être clarifiés d'ici septembre, ainsi qu'on en était convenu à la conférence deux-plus-quatre à Paris, il était à présent important pour le Chancelier de s'attaquer rapidement au règlement des aspects intérieurs encore non résolus. Une question extrêmement importante était celle de savoir quand auraient lieu les premières élections pan-allemandes. Puisque la dixième législature prenait fin début 1991, les élections au Bundestag devaient avoir lieu dans un délai compris entre la mi-novembre 1990 et la mi-janvier 1991. Si la RDA n'adhérait que plus tard à la République fédérale, il faudrait dissoudre le Bundestag nouvellement élu pour le remplacer par un Parlement élu par tous les Allemands, ce qui soulèverait notamment des problèmes de droit constitutionnel. Dès l'année précédente, on s'était entendu à Bonn sur le 2 décembre 1990 comme date des élections. Pour Kohl, cette date devint le point de repère du calendrier de l'accession à l'unité.

« Je souhaitais que cette date soit celle des premières élections pan-allemandes, déclare le Chancelier, parce que je m'inquiétais de plus en plus du climat de politique intérieure. On entendait de plus en plus de gens émettre des réserves et des rabat-joie attiser les peurs des gens dans les deux parties de l'Allemagne. À cela s'ajoutaient les campagnes continues de l'opposition. Selon moi, aux élections pan-allemandes au Bundestag, le peuple allemand devait se prononcer sur la réunification. Une véritable montagne de travail nous attendait, dont il nous fallait venir à bout. C'était le cas, après le traité sur l'union monétaire, économique et sociale, du second traité d'État qui devait régler contractuellement les autres questions juridiques compliquées qui découlaient de l'application à la RDA des dispositions de la Loi fondamentale. Il n'était certes pas absolument nécessaire de conclure un second traité d'État, car toutes ces questions auraient également pu être réglées après l'adhésion par une multitude de lois transitoires. Mais cela aurait pris beaucoup de temps et encore davantage accru l'insécurité dans les rapports entre les gens dans la partie orientale de notre patrie. Selon moi, il n'y avait donc pas d'autre alternative que de conclure un second traité d'État. »

Dès la fin juin, la commission gouvernementale « unité allemande » était parvenue à un accord sur le fait que la transition juridique liée à l'adhésion de la RDA devait faire l'objet d'un traité d'État et que le ministre fédéral de l'Intérieur avait compétence pour le négocier. À ce moment-là, Wolfgang Schäuble sortit de ses tiroirs un projet, qu'il appela « éléments de discussion », et le fit parvenir immédiatement aux onze Länder et aux groupes parlementaires du Bundestag. Il souhaitait recueillir un large consensus avant de s'engager dans des négociations avec le gouvernement de RDA. Celles-ci commencèrent le 6 juillet dans le bâtiment où travaillait de Maizière à Berlin-Est. Tandis que Schäuble conduisait la délégation de la partie occidentale, le Premier ministre dirigeait lui-même celle de la partie orientale. L'interlocuteur du ministre de l'Intérieur était surtout Günther Krause, le directeur de cabinet de De Maizière, qui avait déjà conduit la délégation est-allemande aux négociations du traité sur l'union monétaire, économique et sociale. À ses côtés se trouvait le président de la CDU de Saxe, Klaus Reichenbach.

Dans son discours d'ouverture, de Maizière expliqua comment son gouvernement concevait ce second traité d'État, qu'il souhaitait appeler le « traité d'unification ». Il aspirait à un traité conclu entre deux partenaires égaux, dont l'un allait disparaître. C'est pourquoi il convenait de protéger les intérêts des habitants de cet État partenaire. La question des biens et des propriétés laissée en suspens lors du premier traité d'État, dont les valeurs de référence avaient été fixées dans une déclaration commune des deux gouvernements allemands, devait être entérinée juridiquement de manière incontestable, avec obligation formelle pour le futur législateur commun d'appliquer ces valeurs. Schäuble se déclara d'accord pour retenir la formule de « traité d'unification » et souligna qu'au moment des prochaines négociations du traité, on s'occuperait des questions concernant les deux Parlements allemands. Il en appela ensuite à l'esprit de coopération, compte tenu de l'objectif commun qui était l'unité allemande.

De Maizière défendit l'idée d'organiser dans un premier temps, de manière séparée dans les deux parties de l'Allemagne, des élections à un Bundestag commun et de n'étendre qu'ensuite le champ d'application de la Loi fondamentale à la RDA. Le Premier ministre de RDA, qui ne partageait pas les idées de Kohl sur la date limite à laquelle la réunification devait être accomplie, justifia sa proposition par l'existence de problèmes d'organisation. Il invoqua par ailleurs la clause des 5 % de la loi électorale de l'Allemagne de l'Ouest [1] qui, appliquée à la situation de la RDA où il y avait un grand nombre de petits partis, signifiait qu'environ 30 % des électeurs est-allemands ne seraient pas représentés au Bundestag pan-allemand. Schäuble répliqua qu'il trouvait l'ordre inverse — d'abord une déclaration d'adhésion de la Chambre du peuple et ensuite des élections communes — préférable, parce que plus rapide.

Manifestement animé par la volonté qu'il soit clair pour tout le monde que l'unité allemande constituait une rupture avec la continuité de la République fédérale, de Maizière proposa, lors du premier round de négociations du traité de l'unification, d'appeler l'Allemagne unifiée « République fédérale allemande » ou « Fédération des Länder allemands » et de compléter en outre « Unité, droit et liberté », composé par Hoffmann von Fallersleben [2] par les termes de l'hymne natio-

1. Cette règle exclut de la répartition proportionnelle des sièges, lors des élections au Bundestag, les partis qui ont obtenu moins de 5 % des voix.

2. Le texte du *Deutschlandlied*, chanté sur une mélodie de Joseph Haydn de 1797, a été écrit en 1841 par Hoffmann von Fallersleben (1798-1874), professeur de littérature à Breslau qui, en raison de ses positions nationales-libérales, fut privé de son emploi et expulsé du pays. Il fut réhabilité en 1848.

nal de RDA écrit par Johannes R. Becher[1] « Ressuscitée des ruines ».

Le Chancelier fut indigné en apprenant cela, mais ne donna pas libre cours à sa colère car il savait que les négociations du traité d'unification seraient extrêmement difficiles. « Je m'en remettais sur ce point complètement à mon vieil ami Schäuble, se rappelle-t-il. Il était le plus compétent pour cette tâche. Il lui fut particulièrement utile d'avoir entre-temps noué de bonnes relations avec le Premier ministre de RDA. Il s'entendait également extrêmement bien avec Günther Krause. Si cela ne résolut pas les nombreux problèmes, comme je l'espérais alors, cela les simplifia peut-être un peu. »

Tandis que les deux délégations travaillaient au traité d'unification, le gouvernement de Maizière renonça à l'idée d'organiser des élections séparées au futur Parlement pan-allemand. Les résultats du voyage du Chancelier dans le Caucase renforcèrent notamment la pression sur de Maizière. Il craignait à présent que les choses ne lui échappent. Dès le 17 juin, le groupe parlementaire de la DSU à la Chambre du peuple avait adopté une motion réclamant l'adhésion immédiate de la RDA à la République fédérale. De Maizière réussit, non sans difficultés, à la renvoyer en commission et à gagner ainsi du temps. Le 22 juillet à la Chambre du peuple, une motion demandant à la République fédérale d'élaborer une loi électorale obtint la majorité.

Cette proposition, dont Bonn se saisit immédiatement, obligea à faire des acrobaties, car les esprits étaient divisés sur la clause des 5 % inscrite dans la loi électorale ouest-allemande. Tandis que le FDP, qui s'en tire toujours particulièrement bien, même si à la veille des élections, il prétend qu'il

1. Johannes Robert Becher (1891-1958), écrivain allemand, membre du parti communiste allemand depuis 1919, avait émigré à Moscou où il composa en 1942 le poème qui devait devenir l'hymne national de la RDA en 1949. Mais comme il mentionnait à cinq reprises « l'Allemagne », dans les années 70, on prit l'habitude de ne plus le chanter, mais de se borner à en jouer la mélodie due à Hans Eisler. Il ne fut repris, paroles et musique, qu'à partir du 5 janvier 1990, ce qui explique sans doute l'importance que lui accordait de Maizière.

risque d'échouer à cause de la clause des 5 %, et le SPD se battaient en faveur de cette clause, la CDU et les Verts se prononçaient pour sa suppression, compte tenu de la relative faiblesse de leurs partenaires à l'Est. Ils trouvèrent sur ce point le soutien du PDS, le successeur du SED, qui, de son côté, redoutait de buter sur cet obstacle lors des élections pan-allemandes.

On s'entendit finalement sur un arrangement qui, tout en entérinant la clause des 5 %, autorisait pour cette première élection les combinaisons de listes entre partis et groupes politiques. Cette solution fut rejetée par le Tribunal constitutionnel fédéral qui, fin septembre, fit droit à une requête des Verts, des Republikaner et des listes de gauche/PDS. En raison de « l'absence d'égalité des chances », les juges décidèrent que la clause des 5 % devait être appliquée de manière distincte dans les deux parties de l'Allemagne. Ainsi il suffisait, lors de ces premières élections pan-allemandes, d'obtenir plus de 5 % des voix sur le territoire de la RDA, pour être représenté au Parlement de l'Allemagne unifiée.

Bonn et Berlin-Est étaient finalement d'accord sur le fait que les premières élections communes auraient lieu le 2 décembre, lorsque, à la fin de la semaine qui suivit son retour du Caucase, le Chancelier partit en vacances à Saint-Gilgen après des mois épuisants. Comme chaque année, il chercha à se détendre en se promenant dans la montagne ou en faisant du bateau sur le Wolfgangsee. Mais, comme l'année précédente, rien ne se passa comme il fallait, car de nouveaux problèmes nécessitaient sans cesse son intervention.

Le Chancelier se souvient particulièrement bien du 2 août : « Je rentrais de randonnée, lorsque Walter Neuer m'informa que Lothar de Maizière voulait me parler immédiatement. Je répliquai que ça ne posait pas de problème : nous pouvions nous téléphoner. Mais il ne l'entendait pas ainsi. Le Premier ministre de RDA voulait me parler personnellement et était déjà parti avec Günther Krause pour me rejoindre. Après avoir atterri dans l'après-midi avec leur gigantesque appareil sur le petit aéroport de Salzbourg, ils arrivèrent une heure plus tard à Saint-Gilgen De Maizière n'y alla pas par quatre chemins. Il m'expliqua avec beaucoup d'insistance que son gouvernement n'était plus en mesure de maîtriser la situation en RDA jusqu'au 2 décembre. Malgré les milliards apportés par Bonn, il s'attendait à un prochain effondrement économique de son pays. Tout allait s'enfoncer dans le chaos. Il avançait à présent comme solution d'annoncer dans les prochaines semaines à la Chambre du peuple que la RDA adhérerait à la République fédérale dès le 14 octobre Ce jour-là devaient avoir lieu également les élections aux Landtag des cinq nouveaux Länder, qui seraient créés d'ici là. Il proposait donc d'organiser parallèlement les premières élections pan-allemandes.

« J'étais d'accord avec Lothar de Maizière s'agissant de la déclaration d'adhésion de la Chambre du peuple. J'étais également très ouvert à l'égard de sa proposition tendant à avancer les élections communes au 14 octobre. La Loi fondamentale offrait deux possibilités pour raccourcir la durée de la législature, qui cependant posaient toutes deux des problèmes juridiques extrêmement compliqués. Je considérais qu'il nous fallait d'abord discuter de manière plus précise de cette question au sein de nos groupes parlementaires et de nos coalitions, mais aussi entre nos gouvernements. Il convenait notamment d'en parler au président de la République fédérale.

« Nous restâmes ensemble jusque tard dans la nuit à Saint-Gilgen. Je me rappelle que Günther Krause se mit au piano et joua de magnifiques mélodies, que nous chantâmes ensemble après quelques verres de vin. En somme, la soirée s'acheva dans une ambiance merveilleuse. Le lendemain, le réveil fut douloureux : le 3 août, Lothar de Maizière convoqua tout à coup la presse et, de son propre chef, sans en avoir d'abord parlé avec son partenaire au sein de la coalition ou avec son groupe parlementaire, annonça que l'adhésion, les élections aux Landtag et les premières élections pan-allemandes auraient lieu le 14 octobre. Je fus stupéfait lorsque, le même jour, Wolfgang Schäuble m'appela à Saint-Gilgen et m'informa de ce qu'avait fait de Maizière. Aujourd'hui encore, je ne comprends pas pourquoi il a pris cette initiative personnelle, car il aurait dû savoir que, par son entêtement, il réduisait à néant les chances d'avoir des élections pan-allemandes le 14 octobre. »

Les sociaux-démocrates subodorèrent alors un coup monté par Kohl et de Maizière « qui seraient au bout du rouleau ». Ils parlèrent d'un complot. Selon le Chancelier, « avancer la date des élections contrariait les sociaux-démocrates. Leur calcul était clair : plus longtemps durerait le processus d'unification, plus grandes seraient les difficultés et plus augmenteraient ainsi automatiquement les chances de Lafontaine de réussir. » Les constitutionnalistes étaient tous d'accord : on ne pouvait avancer les élections au Bundestag qu'en modifiant la Loi fondamentale. Pour cela, il fallait l'accord du SPD sur lequel on ne pouvait désormais plus compter.

L'offensive de De Maizière compromettait également les négociations du traité d'unification, car dans la délégation d'Allemagne de l'Ouest figuraient aussi des représentants des Länder et, depuis la fin du gouvernement Albrecht en Basse-Saxe, ceux-ci étaient en majorité sociaux-démocrates. Les choses étaient encore aggravées par le fait que la ratification du traité d'unification exigerait également des modifications de la Loi fondamentale qui impliquaient, là encore, une majorité des deux tiers au Bundestag et au Bundesrat, c'est-à-dire également l'approbation du SPD.

Après le premier round de négociations, personne ne croyait plus qu'on parviendrait rapidement à un accord. Les divergences de vues entre les deux délégations, de même qu'à l'intérieur de chaque délégation, étaient trop importantes. Les discussions étaient marquées par l'existence d'un trop grand nombre d'intérêts particuliers et de considérations tactiques, compte tenu notamment des élections de décembre. Parmi les points les plus controversés se trouvait le problème de la capitale, l'harmonisation juridique, le futur état des finances et surtout la question de la propriété, mais aussi l'accès aux documents de la Stasi et la pénalisation de l'avortement. Malgré tout, il convenait d'y apporter rapidement des réponses.

S'agissant de la future capitale de l'Allemagne unifiée, la délégation de RDA exigea que ce soit Berlin, faute de quoi il n'y aurait pas de traité d'unification. « Cette idée me plaisait beaucoup, mais je pensais que cette question ne devait pas aggraver des négociations de toute façon difficiles, dit Kohl en poursuivant : un grand nombre de députés du Bundestag étaient hostiles à l'idée que Berlin soit le siège du Parlement et du gouvernement. Une solution consistait à laisser le Parlement pan-allemand prendre la décision. Grâce à l'habileté avec laquelle il menait les négociations, Wolfgang Schäuble réussit, lors des discussions, à faire figurer cette formule dans le traité d'unification.

« J'avais prévu d'indiquer à nouveau clairement au Bundestag, à un moment donné, ma position sur Berlin. Pendant des décennies, nous nous étions référés sans restrictions à Berlin comme capitale allemande. Cela avait une importance considérable, car la partie libre de la ville, entourée par le Mur et des barbelés, avait besoin d'une perspective pour survivre dans les conditions de la division — et cette perspective ne pouvait être que de redevenir un jour la capitale d'une Allemagne réunifiée dans la paix et la liberté. Telle avait été, bien sûr, également la position de Kurt Schumacher, d'Ernst Reuter et de Willy Brandt »[1].

Au cours du second round de négociations, le 1er août, les deux délégations se mirent d'accord sur une formule de compromis qui prévoyait que Berlin serait la future capitale de l'Allemagne unie, mais qui renvoyait au lendemain de la réunification la réponse à la question de savoir si elle serait également le siège du Parlement et du gouvernement.

De manière surprenante, on parvint également à un accord sur la difficile question de l'application du système juridique ouest-allemand. La délégation de RDA avait d'abord demandé une harmonisation progressive du droit, soutenue en cela par Schäuble qui craignait que les tribunaux est-allemands ne soient débordés. On se mit pourtant d'accord sur l'idée que le droit de la République fédérale serait, à quelques exceptions près, introduit en RDA en une seule fois.

Le troisième round des négociations du traité de l'unification, qui commença à Bonn au ministère des Transports le 20 août — premier jour de travail de Kohl après ses

1. Tous trois étaient au SPD. Ernst Reuter et Willy Brandt ont en outre été maires de Berlin.

vacances —, fut assombri par les événements survenus à Berlin-Est. Le traité électoral exigé par le gouvernement de Maizière n'avait pas obtenu la majorité des deux tiers à la Chambre du peuple. Par ailleurs une violente dispute ébranla la coalition gouvernementale. Le Premier ministre de Maizière avait renvoyé le ministre des Finances social-démocrate, Romberg, ainsi que le ministre de l'Agriculture, Peter Pollack, sans étiquette mais qui avait été proposé par le SPD. Deux autres ministres donnèrent alors leur démission pour marquer leur désaccord. Peu après, le groupe SPD à la Chambre du peuple décida de se retirer du gouvernement de coalition de De Maizière, qui occupa alors également le poste de ministre des Affaires étrangères de RDA laissé vacant par le départ de Meckel.

À la suite du retrait du SPD-Est du gouvernement, les négociations du traité d'unification devinrent encore plus difficiles. Son président, Wolfgang Thierse, menaça tout à fait ouvertement de faire échouer le traité si les idées de son parti n'étaient pas convenablement prises en compte. Le SPD exigea sous forme d'ultimatum le renforcement de l'autonomie financière des Länder et des communes, la reconnaissance définitive de la collectivisation forcée en RDA ainsi qu'une nouvelle constitution pan-allemande et non la simple reprise de la Loi fondamentale.

Schäuble réussit cependant à imposer largement sa ligne de négociation. Les modifications de la Loi fondamentale devraient se limiter au minimum exigé par le processus d'unification et ne concerner donc que le préambule et les articles 23, 51 (qui fixe la répartition des voix au Bundesrat) [1] et 146. Le nouvel article 146 devait disposer à l'avenir que c'était au peuple allemand qu'il appartenait de décider une nouvelle constitution. « Le SPD avait imposé ce point. Nous pouvions l'accepter car nous étions sûrs qu'une révision complète de la

1. L'article 51 (2) précise : « Chaque Land dispose d'au moins trois voix, les Länder qui comptent plus de deux millions d'habitants en ont quatre, ceux qui comptent plus de six millions d'habitants en ont cinq. »

Loi fondamentale n'obtiendrait jamais la majorité », dit le Chancelier.

Compte tenu de l'intervention soviétique en avril de cette année, Schäuble savait qu'il ne disposait d'aucune marge de manœuvre sur la question des expropriations réalisées pendant l'occupation soviétique et dont le SPD et le gouvernement de Berlin-Est avaient demandé l'officialisation. Il en allait tout autrement pour les terres expropriées sous le régime SED. Bonn voulait imposer le principe de la restitution avant indemnisation.

Les délégations négociaient encore les points litigieux du traité d'unification au ministère des Transports à Bonn, lorsque, dans la nuit du 22 au 23 août, la Chambre du peuple décida, à la majorité requise des deux tiers, d'adhérer le 3 octobre à la République fédérale, après avoir également adopté le traité électoral après un second tour de scrutin. La résolution se fondait sur l'idée que la négociation du traité d'unification et les discussions deux-plus-quatre seraient achevées d'ici cette date. Par ailleurs — on pouvait le supposer — il convenait d'engager la constitution des Länder pour que les élections aux Parlements des Länder puissent avoir lieu le 14 octobre.

Le Chancelier était enthousiaste. Il avait discuté à plusieurs reprises avec de Maizière de la date à retenir pour la réalisation de l'unité. Selon lui, le 3 octobre pouvait également devenir le nouveau jour de la fête nationale. « On avait d'abord envisagé pour cela le jour de l'ouverture du Mur de Berlin, le 9 novembre », se rappelle Kohl. Mais il avait repoussé cette date parce qu'il souhaitait que le futur jour de la fête nationale soit un jour de joie. Si le 9 novembre 1918, le social-démocrate Philipp Scheidemann [1] avait proclamé la première République allemande, par un malheureux enchaînement des

1. Philipp Scheidemann (1865-1935), membre du SPD. Il proclama la république le 9 novembre 1918 contre la volonté d'Ebert pour empêcher la constitution d'une république communiste. Il fut le premier Premier ministre de la république de Weimar et démissionna pour protester contre le traité de Versailles. Il dut émigrer en 1933.

événements historiques, Hitler avait le même jour — cinq ans plus tard — organisé son putsch contre le gouvernement bavarois, puis à dessein fait mettre en scène, le 9 novembre 1938, la Nuit de cristal par Goebbels, son ministre de la Propagande.

« Je songeais à un jour de fête nationale qui tomberait début octobre, dit Kohl, parce qu'à cette époque le temps est encore beau et qu'on peut faire la fête en plein air. Cela m'avait toujours beaucoup plu que, chez nos voisins français, le 14 juillet, leur fête nationale, ne soit pas seulement l'occasion de faire des discours grandiloquents, mais soit célébré joyeusement dans tout le pays. Que l'unité de l'Allemagne se fasse dans la paix et la liberté, constituait vraiment une bonne raison de se réjouir de manière insouciante. L'échéance de la conférence des ministres des Affaires étrangères de la CSCE qui devait commencer le 1er octobre à New York contribuait à ces réflexions. Cela valait la peine d'attendre cette date pour offrir la possibilité à la CSCE de donner sa bénédiction aux résultats des discussions deux-plus-quatre qui se seraient achevées entretemps. »

Moins de vingt-quatre heures plus tard, Kohl se trouvait devant le groupe de la CDU à la Chambre du peuple. Encore sous le coup de la résolution d'adhésion, il remercia les membres du groupe. Il parla des difficultés économiques qui avaient incité de Maizière à se rallier à une unification rapide. « Bien sûr, dit Kohl rétrospectivement, à cause du passage de l'économie administrée à l'économie sociale de marché, les Allemands de la moitié orientale de notre patrie avaient connu des expériences amères. Depuis le 1er juillet, le comportement de nombreux spéculateurs et aventuriers avait confirmé ces habitants, qui n'avaient pas besoin de cela pour s'inquiéter, dans leurs pires préjugés sur le " capitalisme ". » La conduite de ces Allemands de l'Ouest apportait de l'eau au moulin des propagandistes venus des rangs du SPD qui, de toute manière, avaient déjà parlé d'« Anschluss », d'« asservissement », voire de « prise de possession » de la RDA par la République fédérale. Selon Kohl, cela donnait pour ainsi dire l'impression que ce n'étaient pas les communistes, mais bien le gouvernement fédéral qui était responsable de la faillite économique et écologique du régime SED.

Devant le groupe de la CDU à la Chambre du peuple, le Chancelier dressa des perspectives d'avenir et demanda aux députés de tenir bon dans les derniers mètres qui les séparaient encore du grand objectif. Ce vendredi 24 août, il avait toutes les raisons d'être optimiste car les deux délégations, qui travaillaient depuis des semaines à présent à la conclusion du traité d'unification, avaient achevé la rédaction du projet de traité et étaient en grande partie d'accord. Lorsque s'acheva la troisième séance de négociations, il demeurait cependant quelques points litigieux, notamment la question de la répartition des recettes fiscales. Il restait par ailleurs à clarifier la manière dont on réglerait dans l'Allemagne unifiée la question de l'avortement, légalement pratiqué en RDA mais passible de sanctions selon le droit ouest-allemand, et celle de l'accès aux documents de la Stasi.

C'est dans ce contexte que le président du SPD, Vogel, et ses trois vice-présidents, Herta Däubler-Gmelin, Johannes Rau et Oskar Lafontaine, envoyèrent une lettre au Chancelier pour exiger que les points qui n'avaient toujours pas été réglés fassent « immédiatement l'objet d'un entretien au sommet ». Kohl s'entendit avec les dirigeants du SPD sur une rencontre le 26 août à la Chancellerie, car il avait besoin de leurs voix au Bundestag et au Bundesrat. En dehors de Kohl, participaient à la rencontre avec la direction du SPD dans la petite salle du Conseil des ministres, Waigel, le ministre des Finances, Seiters, le secrétaire général de la Chancellerie, Dregger, le président du groupe parlementaire de la CDU/CSU, Bötsch, le chef du groupe parlementaire CSU ainsi que, pour le FDP, le comte Lambsdorff, Genscher et Mischnick.

« Je crois que, compte tenu de l'opinion publique, il s'agissait pour les sociaux-démocrates, à l'occasion du traité d'unification, comme cela avait déjà été le cas pour le traité d'union monétaire, économique et sociale, de prendre date dans la perspective des élections du 2 décembre. Ils exigèrent alors de moi, accompagnés en cela bruyamment par les médias, que l'on indemnise les personnes qui avaient été expropriées par le

SED. On ne parviendrait pas à la paix sociale par la politique de restitution avant indemnisation qu'envisageait le gouvernement fédéral.

« J'essayai alors de me mettre à la place de ceux qui avaient acquis il y a dix ou quinze ans à Leipzig, Magdebourg ou Dresde une maison qui, au fil des ans, était désormais devenue leur " chez soi ". Ce serait naturellement cruel qu'après une période transitoire de plusieurs années, il leur faille déménager. Mais il fallait aussi penser à tous ceux qui s'étaient vu enlever leur maison familiale par l'arbitraire du SED. Pour le coup, ils devaient avoir trouvé cela très cruel ! Ils n'avaient pas seulement le droit moral de récupérer leur bien, mais ils avaient aussi pour eux la Loi fondamentale qui garantissait la propriété. Après avoir consciencieusement pesé tous les éléments, nous avions donc décidé de procéder à la restitution avant indemnisation.

« À la Chancellerie, nous discutâmes également de la dotation financière des Länder qu'on allait reconstituer. Le SPD défendit sur ce point une position contradictoire. D'un côté, il réclamait plus d'argent pour les nouveaux Länder. De l'autre, les sociaux-démocrates n'étaient pas en mesure de nous garantir l'accord des gouvernements des Länder qu'eux-mêmes dirigeaient. Ils croyaient manifestement réussir par cette méthode à obtenir les sympathies de l'Est comme de l'Ouest. »

Le problème de l'existence de droits différents en matière d'avortement dans les deux parties de l'Allemagne constituait un autre point de divergence. En RDA, la loi sur l'interruption volontaire de grossesse réduisait jusqu'au troisième mois l'avortement à un simple petit tour chez le médecin. « Je trouvais alors, dit le Chancelier, que c'était une mauvaise solution de décider à la va-vite d'une application uniforme du paragraphe 218 [1] sur une question aussi chargée d'émotion. Et il nous fallait justement le faire dans le peu de temps qui nous restait. Nous n'aurions de toute façon pas été d'accord avec les sociaux-

1. Il s'agit de l'article 218 du Code pénal de la Républlique fédérale qui, sauf exception, interdisait l'avortement.

démocrates. Mais même au sein de la CDU-Est, les avis différaient fortement de ceux que soutenait la majorité de la CDU à l'Ouest. Ainsi Lothar de Maizière — qui était pourtant membre du synode de l'Église de Berlin-Brandebourg — avait, à ma surprise, indiqué tout à fait clairement dès le début de la négociation du traité d'unification qu'il le ferait capoter si nous voulions imposer à l'ensemble de l'Allemagne les conditions légales de l'IVG qui avaient cours en République fédérale. Il ne restait donc plus qu'à retirer cette question des points à négocier et à accepter qu'il y ait une situation juridique différente à l'Est et à l'Ouest pour une période transitoire de deux ans. »

Le traité d'unification reprit sous une forme modifiée l'arrangement sur la question des terres retenu dans la déclaration commune du 15 juin. S'il prévoyait la « restitution avant indemnisation », il permettait toutefois de procéder en sens inverse lorsque, par exemple, un terrain était employé comme investissement et assurait ainsi des emplois.

Le compromis auquel on était parvenu en matière de financement de l'unité et de péréquation financière entre les Länder prévoyait que, si on appliquait les dispositions financières de la constitution aux Länder nouvellement créés, ils demeuraient cependant exclus de la péréquation financière entre les Länder jusqu'en 1994. Par ailleurs, en 1991, les nouveaux Länder ne percevraient que 55 % de la part moyenne de l'impôt sur le chiffre d'affaires par habitant, qui devrait toutefois s'élever à 100 % d'ici 1995. Cette discrimination se justifiait par le fait que l'aide à la reconstruction, d'un montant de 115 milliards de deutschemarks, provenait du « Fonds de l'unité allemande », dont 47,5 milliards devaient être financés par les anciens Länder.

Alors que les délégations s'étaient déjà entendues pour que les dossiers de la Stasi soient confiés aux archives fédérales, à la dernière minute la Chambre du peuple créa une situation nouvelle en adoptant une « loi sur la protection et l'utilisation des données individuelles de l'ancien ministère pour la Sécurité d'État/administration de la sécurité nationale ». Les victimes de l'appareil d'espionnage et de terrorisme devaient ainsi pouvoir accéder librement à leurs dossiers.

« Comme il s'agissait en l'occurrence de la volonté de la Chambre du peuple librement élue sur une affaire propre à la RDA, dit le Chancelier, nous ne pouvions bien sûr pas passer outre à l'Ouest. Seuls ceux qui avaient vécu sous cet instrument de pouvoir du SED et en avaient souffert pouvaient décider ce qu'il fallait faire de cet héritage. Ils avaient le droit de connaître la stricte vérité. Rétrospectivement, je trouve que c'était une bonne décision même si j'en ai douté par moments. Je craignais que toute la boue qui allait remonter à la surface n'empoisonne l'atmosphère en Allemagne. Cela ne s'est pas produit parce que les victimes ont compris qu'elles devaient faire preuve de responsabilité dans le maniement de ce sinistre héritage.

« Pour satisfaire à la requête de la Chambre du peuple, son délégué aux affaires de la Stasi, le pasteur de Rostock Joachim Gauck, et le secrétaire d'État au ministère fédéral de l'Intérieur, Hans Neusel, élaborèrent un avis dans lequel les deux parties recommandaient au législateur pan-allemand de tenir compte des principes figurant dans la loi de la Chambre du peuple. Selon cet avis, on devait pouvoir disposer de ces dossiers soit pour indemniser et réhabiliter les victimes, soit pour poursuivre les infractions liées à l'activité de la Stasi, soit pour les faire examiner par des parlementaires et des agents du service public.

« Le 31 août 1990 — moins de huit semaines après le début des négociations — tout était prêt : Schäuble et Krause signèrent le traité dans le palais du Kronprinz à Berlin-Est. En neuf chapitres et quarante-six articles, en environ mille pages, il réglait l'ensemble des questions que posait l'adhésion de la RDA à la République fédérale.

« Compte tenu du grand nombre d'intérêts contradictoires en présence, c'était vraiment une réalisation unique en son genre, dit Kohl, que Wolfgang Schäuble, Günther Krause et tous leurs collaborateurs avaient accomplie dans ce bref délai. Wolfgang Schäuble surtout, est venu à bout, au cours de ces semaines et de ces mois, d'une énorme quantité de travail. Notamment parce qu'il a été plusieurs années secrétaire général de la Chancellerie, il était l'un des meilleurs experts des problèmes inter-allemands. Il a accompli son devoir avec un total engagement personnel.

« Après le traité sur l'union monétaire, économique et sociale, le traité électoral, la résolution de la Chambre du peuple sur l'adhésion et la détermination du calendrier, les aspects intérieurs de l'unité allemande se trouvaient ainsi réglés, à l'exception de la ratification du traité d'unification par la Chambre du peuple et le Bundestag qui n'avait pas encore eu lieu. Je ne doutais pas que les deux Parlements donneraient leur approbation, ce qui se produisit effectivement. »

Le document par lequel les discussions deux-plus-quatre devaient se conclure, et qui constituait l'un des fondements juridiques de l'accession de l'Allemagne à son unité, manquait encore. Pour la Chancellerie, la signature du traité fondamental, par lequel l'Allemagne allait recouvrer sa pleine souveraineté le 3 octobre et qui devait avoir lieu le 12 septembre à Moscou, n'était plus qu'une formalité. Mais il en alla tout autrement : Chevardnadze écrivit à Genscher que le document des deux-plus-quatre pourrait être signé comme prévu le 12 septembre à Moscou. Cependant il mentionnait également que les Soviétiques éprouvaient des inquiétudes. Le commandement des forces armées estimait que le retrait des troupes soviétiques ne pourrait pas s'effectuer dans un délai de trois à quatre ans comme cela avait été convenu entre Kohl et Gorbatchev. Il était à présent question d'un délai d'au moins cinq à sept ans. Après un entretien entre Teltschik et Kvizinski, qui eut lieu le 28 août, il devint clair que Gorbatchev voulait modifier ce qui avait été convenu.

« À ce moment-là, explique le Chancelier, nous négociions quatre traités avec les Soviétiques. Les nouvelles relations de bon voisinage et la coopération économique et technologique faisaient l'objet de deux traités distincts. Les deux autres traités concernaient les conditions du maintien temporaire et du retrait des troupes soviétiques, ainsi que des mesures transitoires. Par le traité dit " traité de transition ", nous entendions nous engager à financer un vaste programme de construction d'appartements destinés aux soldats soviétiques rentrant d'Allemagne et à mettre pour cela huit milliards de deutschemarks à la disposition de l'URSS. Le Kremlin nous laissait entendre à présent que ce n'était pas assez et chiffrait ses besoins à plus de dix-huit milliards de deutschemarks.

« À l'époque, les États-Unis eux aussi nous demandaient de l'argent, ce qui ne simplifiait pas les choses. L'invasion du Koweït par l'Irak avait entraîné des dépenses considérables pour les États-Unis. Ils devaient transporter leurs troupes et soutenir les États privés de pétrole brut. Les États-Unis attendaient également une contribution financière de notre part parce que les intérêts de l'ensemble de l'Occident étaient en jeu. Compte tenu des sommes gigantesques nécessaires à la reconstruction des nouveaux Länder, nous devions resserrer notre budget. C'est pourquoi je n'étais pas enclin à accepter les nouvelles exigences de Moscou. »

Le 7 septembre au matin, Kohl téléphona à Gorbatchev. C'était la première fois que les deux hommes se parlaient depuis leurs négociations dans le Caucase. Le Secrétaire général avait l'air abattu, se rappelle Kohl : « Mikhaïl Gorbatchev commença en disant que la vie n'était pas simple. Il espérait qu'il aurait encore l'occasion de se promener en toute sérénité avec moi dans les montagnes. Puis il aborda sa véritable requête : tout n'allait pas parfaitement bien dans les négociations sur le coût du maintien des forces soviétiques en Allemagne.

« Je répliquai que nous étions convenus d'une aide généreuse destinée à la construction d'appartements pour les troupes rentrant en Union soviétique. Or voilà que tout à coup la partie soviétique réclamait encore de l'argent pour le stationnement des soldats jusqu'à leur retrait et, qui plus est, pour leur transport au moment du retrait. Le Secrétaire général me répondit qu'il espérait qu'on pourrait maintenir les décisions historiques qui avaient été prises et qu'on ne les compromettrait pas pour des détails. On ne s'était pas non plus montré mesquin du côté soviétique. C'était un appel du pied ! »

Kohl fit alors valoir à Gorbatchev que la République fédérale ne manquait pas de bonne volonté et renouvela l'offre de huit milliards de deutschemarks. « Gorbatchev me déclara que ce chiffre conduisait à une impasse. Selon les calculs soviétiques, on parvenait à un montant de onze milliards rien que pour la construction d'appartements et des infrastructures qui allaient avec. Mon interlocuteur se fit alors très direct : l'offre de la partie allemande sapait tout ce que nous avions réalisé ensemble jusque-là. Les demandes soviétiques n'étaient pas de la mendicité. Il lui fallait bien en parler ouvertement avec moi. Il fallait éviter que des obstacles fassent voler en éclats ce qui avait été construit.

« Finalement, Gorbatchev lia une nouvelle fois “ la question lourde de conséquences ”, selon ses propres termes, “ du stationnement et du retrait des troupes soviétiques ” aux paiements qu'il nous réclamait. Il me demanda quelles instructions il devait donner à Chevardnadze, son ministre des Affaires étrangères, dans la perspective du dernier round des discussions deux-plus-quatre qui devait se tenir prochainement. Gorbatchev dit textuellement : “ Je trouve la situation très alarmante. J'ai l'impression d'être tombé dans un piège.” Je protestai véhémentement et lui dis qu'on ne pouvait pas se parler ainsi. J'essayai alors de gagner du temps et demandai à Gorbatchev de réfléchir à nouveau à tout cela ; nous devions nous retéléphoner dans trois jours. »

Le 10 septembre, à l'heure du déjeuner, Kohl et Gorbatchev poursuivirent leur discussion. Kohl avait employé le délai dont il disposait pour se concerter avec Waigel et Haussmann. Entretemps, les Soviétiques avaient procédé à un nouveau chiffrage de leurs exigences qui étaient passées de seize à dix-huit milliards de deutschemarks et nous ne savions que trop bien que Gorbatchev était le maître du jeu. Il avait le pouvoir de faire capoter la dernière séance des discussions deux-plus-quatre et de nous créer ainsi d'énormes problèmes, à quelques mètres seulement de notre but, car il y avait encore 400 000 soldats soviétiques sur le sol allemand. Après qu'il m'eut salué amicalement, comme si la fâcheuse communication téléphonique du 7 septembre n'avait jamais eu lieu, je fis à Gorbatchev une contre-proposition de onze à douze milliards de deutschemarks. Il répondit qu'il ne voulait pas marchander, mais qu'il espérait que nous réunirions la somme demandée car c'était l'unification de l'Allemagne qui était en jeu.

« C'était un langage on ne peut plus clair. Je me vis donc obligé de proposer à l'Union soviétique un crédit sans intérêt de trois milliards en plus de notre offre. Gorbatchev dit alors que le problème pourrait être résolu de cette manière et souligna que nous avions réussi à maîtriser également cette étape particulièrement difficile. À la fin de la communication, il ajouta — et il semblait alors comme transformé — qu'il me serrait la main. »

L'espoir de Kohl que le « traité portant règlement définitif concernant l'Allemagne » — tel était le nom du document sur lequel devaient s'achever le 12 septembre à Moscou les discussions deux-plus-quatre — soit à présent conclu, se révéla prématuré. De manière totalement inattendue, le 11 septembre à Moscou, le ministre britannique des Affaires étrangères, Douglas Hurd, déclara en présence de quelques-uns de ses homologues qu'il ne signerait pas le document. Il justifiait ainsi sa position : on ignorait combien de temps Gorbatchev se maintiendrait au pouvoir ; des manœuvres de l'OTAN devaient pouvoir avoir lieu sur le territoire actuel de la RDA après le retrait des troupes soviétiques ; le gouvernement de Sa Majesté ne pouvait pas transiger sur ce point. Bien après minuit, Genscher tira Baker de son sommeil. Une réunion de crise eut lieu dans sa résidence pendant la nuit. Le ministre américain des Affaires étrangères promit son aide. Le lendemain matin, Genscher rallia également Dumas à ses idées. Tous deux firent pression sur Hurd, en sorte qu'après s'être au préalable entretenu avec Londres, le Britannique céda [1].

Peu après, Chevardnadze, Baker, Dumas, Hurd, Genscher et de Maizière apposaient en présence de Gorbatchev leurs signatures au bas du traité par lequel l'Allemagne recouvrerait sa pleine souveraineté le 3 octobre. Le document comportait dix articles. Le plus important était l'article 7. Il était ainsi rédigé :

1. Il y eut en effet une déclaration allemande, annexée au traité, prévoyant la possibilité d'exercices après le retrait des troupes soviétiques, mais dans des conditions extrêmement limitées, qui ne remettaient pas en cause les dispositions du traité.

« La République française, le Royaume-Uni de Grande-Bretagne et d'Irlande du Nord, l'Union des Républiques socialistes soviétiques et les États-Unis d'Amérique mettent fin par le présent traité à leurs droits relatifs à Berlin et à l'Allemagne dans son ensemble. En conséquence, il est mis fin aux accords, décisions et pratiques quadripartites correspondants qui s'y rattachent et toutes les institutions des Quatre Puissances y afférentes sont dissoutes. L'Allemagne unie jouira en conséquence de la pleine souveraineté sur ses affaires intérieures et extérieures. »

Le lendemain, Genscher et Chevardnadze signèrent à Moscou le traité entre la République fédérale et l'Union soviétique sur les relations de bon voisinage, le partenariat et la coopération. Les trois autres traités avec l'Union soviétique étaient prêts à être signés et le furent peu après. « Avec le document final des discussions deux-plus-quatre et les traités bilatéraux, nous avions conclu tous les accords nécessaires à la réalisation de l'unité allemande. Par ailleurs — une bonne année après ma conversation avec Gorbatchev dans le jardin de la Chancellerie à Bonn — nous avions donné à nos relations avec l'Union soviétique des bases nouvelles tournées vers l'avenir », résume le Chancelier.

À tous ceux qui lui reprochèrent alors et lui reprochent encore d'avoir avancé trop vite dans la voie de l'unité de l'Allemagne, Kohl répond : « Tant que tout n'était pas conclu, je pouvais craindre, au cours de ces semaines et de ces mois, que les adversaires des réformes ne contraignent Gorbatchev à modifier la ligne de sa politique allemande. Même après le Congrès du PCUS, dont Mikhaïl Gorbatchev était sorti renforcé en juillet, sa position n'était pas assez sûre, compte tenu du nombre de problèmes auxquels il était confronté et dont on le tenait pour responsable en sa qualité de premier personnage de l'Union soviétique. L'un de ses très grands problèmes tenait au fait que la situation économique ne cessait de se détériorer. À cela s'ajoutait le problème des nationalités. Le conflit avec la Lituanie, qui avait proclamé son indépendance, ce que Moscou ne voulait pas accepter, continuait alors à couver. Même si nous avions réussi à empêcher que la situation ne s'aggrave, le conflit pouvait à tout moment connaître une escalade, ce qui se produisit du reste en janvier 1991.

« L'énorme pression qui pesait sur Gorbatchev explique selon moi les désagréables entretiens téléphoniques des 7 et 10 septembre, ainsi qu'une lettre que l'ambassadeur Terechov me transmit le 26 septembre à la Chancellerie. Gorbatchev m'y écrivait sur un ton extraordinairement dur que les poursuites pénales engagées contre les dirigeants du SED, les espions de la Stasi et toutes les autres personnes qui avaient combattu aux côtés de Moscou pour la cause du communisme devaient cesser. Selon lui, ces poursuites visaient, " dans un esprit d'anticommunisme primaire ", à contraindre l'ancien adversaire à " boire le calice jusqu'à la lie ". Il suffisait d'avoir un coupable sous la main et on finissait bien par trouver un paragraphe applicable à son cas. En outre on pouvait faire dire ce qu'on voulait aux archives. La propagation ouverte ou diffuse de l'anticommunisme était incompatible avec les principes de bon voisinage. Gorbatchev parlait de " guerre froide " sur le " front intérieur allemand " et même de " chasse aux sorcières ".

« Par son ton et son style, cette lettre constituait un document étonnant. Nous n'excluions pas à l'époque que les adversaires des réformes au KGB ou les " vieux camarades " du PCUS l'aient inspirée. Mais beaucoup disaient que Gorbatchev l'avait lui-même rédigée. Quoi qu'il en soit, c'était une ingérence inacceptable dans les affaires intérieures de la République fédérale d'Allemagne. Gorbatchev se référait à notre entretien d'Archys et parlait du trait que nous voulions tirer sur le passé : toutefois il n'avait à aucun moment été question de mettre la réalité historique purement et simplement sous le boisseau.

« Nous avions toujours été d'accord sur l'idée que nous devions tirer les leçons de l'Histoire pour ne pas répéter les fautes passées. C'est pour cette raison, il me l'avait dit à plusieurs reprises, qu'il voulait rendre publics sans ménagements les crimes commis à l'époque de Staline. C'était exactement ce que devait faire l'Allemagne unifiée à l'égard des exactions commises par le SED. Il ne pouvait être question d'une « chasse aux sorcières », car on ne demandait de comptes que pour les actes délictueux qui n'étaient pas encore prescrits.

« Le conflit du Koweït, dont je m'entretins de manière détaillée avec Jim Baker et Vernon Walters à Ludwigshafen le 15 septembre, montra combien nous avions eu raison de vouloir réaliser rapidement l'unité de notre patrie. Ce conflit aurait certainement eu des effets négatifs sur le processus de réunification si nous n'avions pas été à ce moment-là déjà aussi avancés sur la voie de l'unité. »

Le Chancelier parla également de la situation dans le Golfe avec Mitterrand, qu'il rencontra le 17 septembre en fin d'après-midi à la Résidence à Munich pour des consultations germano-françaises. Le président de la République française était de meilleure humeur et manifestement soucieux de faire oublier son irritation des premiers mois de l'année. Kohl était lui aussi détendu, bien qu'il fût de nouveau en campagne électorale sur le territoire de ce qui était encore la RDA. Il devait intervenir à douze reprises d'ici les élections, qui auraient lieu le 14 octobre dans les cinq nouveaux Länder. Il le savait à présent avec certitude : rien ne pourrait empêcher qu'à ce moment-là l'Allemagne soit réunifiée depuis déjà onze jours.

Les discussions avec le président de la République française portèrent également sur la question de l'intégration européenne et celle du maintien des troupes françaises en Allemagne. On parla une fois de plus de la situation en Union soviétique qui était préoccupante. Le Chancelier raconta sa dernière communication téléphonique avec le président des États-Unis, dont l'attention était entièrement mobilisée par le Proche-Orient. Bush avait dit que les États-Unis étaient précisément en train de modifier leur position sur l'aide financière à l'Union soviétique. À la lumière de la crise du Golfe, ils avaient reconnu qu'il pouvait être utile d'être soutenu par l'Union soviétique sur la base d'une position constructive. Mais Bush ne pourrait prendre de décision en ce sens qu'après les élections au Congrès en novembre.

Le soir, Mitterrand et Kohl assistèrent au théâtre Cuvilliés à une représentation des *Noces de Figaro*, à laquelle les avait conviés le gouvernement bavarois. Lors du dîner officiel dans l'Antiquarium de la Résidence, le président de la République rendit hommage aux relations germano-françaises dans une allocution improvisée. « Avec l'éloquence qui lui était propre, il parla de la prochaine unité. Les Français avaient le sentiment d'avoir accompagné leurs amis et voisins allemands sur le chemin qui y menait. François Mitterrand évoqua notre vision d'une Europe unie et souligna que nos deux pays devaient continuer à être le moteur du processus d'unification. Beaucoup des idées qu'il exposa se retrouvèrent ensuite dans notre déclaration commune. »

CHAPITRE 17

UNITÉ, DROIT ET LIBERTÉ

Les gens affluaient de toutes parts sur la place de la République devant le bâtiment du Reichstag à Berlin. Ils étaient déjà plus de cent mille, bien qu'il fallût attendre des heures avant qu'à minuit, soit hissé au mât dressé spécialement pour cela le grand drapeau noir, rouge et or de soixante mètres carrés. Tous voulaient participer à cette cérémonie, tous voulaient exprimer leur attachement à l'Allemagne unie. Tous voulaient pouvoir raconter à leurs enfants et à leurs petits-enfants, d'après leur propre expérience, ce qui s'était passé dans la nuit du 2 au 3 octobre 1990, lorsque celle-ci serait entrée dans les livres d'histoire.

Pour quelle raison avait-on décidé que la cérémonie aurait lieu devant le Reichstag ? « C'est d'une fenêtre du portail ouest, dit Kohl, qu'en novembre 1918, le social-démocrate Scheidemann avait proclamé la première République allemande. Les flammes qui s'échappèrent de la coupole du bâtiment en février 1933 symbolisèrent la fin de celle-ci. À l'issue de la Seconde Guerre mondiale, les Soviétiques hissèrent le drapeau rouge sur ses ruines, marquant ainsi le début de la division de l'Allemagne et de l'Europe. Quel endroit eût été plus approprié pour célébrer quarante-cinq ans plus tard le fait qu'on avait triomphé de cette division et qu'on entrait dans une ère nouvelle, dont on pouvait espérer qu'elle serait plus pacifique ? »

À l'avant, les gens se pressaient déjà derrière une barrière à quarante bons mètres du portail central du Reichstag. À l'arrière, où il y avait encore de la place, de jeunes femmes portant des rubans noir, rouge et or dans les cheveux, dansaient sur de la musique folklorique, que d'immenses haut-parleurs diffusaient sur la place. L'image des chanteurs, qui entonnaient au même moment sur le légendaire Brocken [1] dans le Harz : « Aucun pays n'est plus beau à cette époque » ou « Les pensées sont libres » [2] apparaissait sur de gigantesques écrans vidéo. Lorsque le présentateur dit qu'on en avait fini une fois pour toutes avec le fantôme de ceux qui avaient sondé ces pensées depuis le Brocken à l'aide de puissantes installations techniques, les premiers cris de joie éclatèrent.

Pendant ce temps, le Chancelier et sa femme, des compagnons de la Chancellerie et du parti, des ministres et des représentants de l'opposition s'étaient rassemblés au Schauspielhaus voisin, sur la place de l'Académie. C'est là qu'eut lieu la toute dernière cérémonie officielle de la RDA, à laquelle ils avaient été conviés par le Premier ministre de Maizière. Kurt Masur dirigea l'orchestre du Gewandhaus de Leipzig. On joua la *Neuvième Symphonie* de Beethoven. Lorsque le chœur entonna l'*Hymne à la joie* de Schiller, lorsque le « Joie des plus belles étincelles divines » résonna dans le bâtiment classique, beaucoup ne purent retenir leurs larmes.

Kohl se trouvait encore sous le coup du congrès d'unification de la CDU, qui n'avait pris fin que quelques heures plus tôt à Hambourg. Le matin du 1er octobre, il avait d'abord ouvert le 38e congrès du parti au Centre des congrès et accueilli en invités les délégués des cinq nouveaux Länder et de Berlin-Est. Après l'élection du praesidium de séance et l'adoption des rapports obligatoires, on délibéra des motions de modification des statuts de la CDU d'Allemagne, indispensables à la réalisation du congrès d'unification, et on les mit aux voix. Par une

1. Le Brocken est la plus haute montagne du massif du Harz. Selon la légende, il servait de décor à la nuit de Walpurgis. Plus prosaïquement, les autorités de la RDA y avaient installé des dispositifs d'écoute.

2. La première des deux chansons est un vieux chant populaire de Westphalie orientale. La seconde est plus politique et date de 1800 : les trois premiers couplets sont révolutionnaires alors que les deux derniers sont surtout romantiques.

majorité écrasante, les délégués ouvrirent la voie à la CDU d'Allemagne unie. Après une bonne heure, le président conclut le 38e congrès fédéral et convoqua pour l'après-midi le premier congrès de la CDU d'Allemagne réunifiée.

Le point inscrit à l'ordre du jour après le discours d'ouverture saisit le Chancelier aux tripes, raconte-t-il en songeant aux déclarations d'adhésion des fédérations de la CDU dans les nouveaux Länder. Le président du praesidium de séance appela d'abord la fédération du Land de Brandebourg. Karl-Heinz Kretschmer alla au micro, annonça solennellement l'adhésion de sa fédération et en appela au parti fédéral : « Aidez-nous à faire disparaître l'héritage du socialisme ! » Après d'interminables applaudissements, Kohl félicita le représentant de la fédération du Brandebourg. Rühe, le secrétaire général de la CDU, lui souhaita la bienvenue. L'une après l'autre, les fédérations de Mecklembourg-Poméranie, de Saxe-Anhalt, de Saxe et de Thuringe annoncèrent leur adhésion. La dernière à aller à la tribune fut Elke Hoffmann, la déléguée de Berlin-Est, et elle y déclara que la fédération de Berlin-Est appartenait déjà à la CDU. Dès le 8 septembre, les onze fédérations d'arrondissement de la partie Est avaient fusionné en une fédération de Land avec les douze fédérations d'arrondissement de Berlin-Ouest. Les délégués, qui étaient près d'un millier, se levèrent alors et entonnèrent l'hymne national allemand.

Après les discours de Kohl et de De Maizière, qui parla de la CDU-Est comme de « la seule alternative au SED », et après un long débat alimenté par de nombreuses contributions très personnelles, le président du parti fut confirmé dans ses fonctions par 943 voix sur 957 valides. On fêta Kohl par une ovation debout et en scandant « Helmut, Helmut ». Peu après, de Maizière fut élu vice-président. Le congrès d'unification s'acheva le 2 octobre à l'heure du déjeuner. « J'étais fier, dit Kohl, qu'en tant que premier parti démocratique, la CDU constituât à présent une formation pan-allemande. Cela mettait également en relief la légitimité de l'Union à assurer la direction politique de l'Allemagne unifiée. »

Peu après, à l'aéroport Hambourg-Fuhlsbüttel, il montait

dans un appareil de l'armée de l'air avec quelques ministres et ses plus proches collaborateurs. « Aujourd'hui, on ne peut déjà plus comprendre. Ce moment aussi était très particulier. C'était en effet la première fois depuis quarante-cinq ans qu'un avion militaire allemand volait directement de la République fédérale à Berlin. Nous avions une autorisation spéciale des Alliés, dont les droits n'expiraient que le 3 octobre à minuit. »

En début de soirée, le Chancelier fit une allocution sur les deux chaînes publiques de télévision sur l'imminence de l'unité allemande. Il dit que, dans quelques heures, un rêve deviendrait réalité et que c'était le moment le plus heureux de sa vie. Une fois encore, il évoqua les quarante années de la division de l'Allemagne, les familles déchirées et les victimes du Mur. Une fois encore, il remercia ses partenaires occidentaux, « en tout premier lieu le Président George Bush, mais aussi nos amis de France et de Grande-Bretagne ». Il remercia les mouvements réformateurs en Europe centrale, orientale et sud-orientale et souligna tout particulièrement le rôle joué par la Hongrie. Pour finir, il rendit hommage à Mikhaïl Gorbatchev. Il dit ensuite : « Ce sont tout spécialement les Allemands qui, par la force de leur amour de la liberté ont triomphé du régime SED, qu'il faut remercier que ce jour survienne dès maintenant. Leur pacifisme et leur prudence demeurent exemplaires. »

Dans son allocution télévisée, Kohl évoqua l'esprit de bon voisinage et d'amitié avec les peuples d'Europe. Mais il parla également de solidarité et de bon voisinage à l'intérieur du pays et exprima sa conviction que les problèmes économiques pourraient être résolus « sûrement pas en une nuit, mais dans un avenir prévisible ». Il dit pour conclure : « En quarante ans, la dictature SED a également causé de profondes blessures dans le cœur des gens. L'État de droit a pour tâche d'établir la justice et la paix intérieure. Nous nous trouvons tous devant une difficile épreuve de vérité. Les graves injustices qui ont été commises doivent être expiées, mais nous avons également besoin de la force nécessaire à la réconciliation intérieure. Je le demande à tous les Allemands : montrons-nous dignes de la liberté commune ! Le 3 octobre sera un jour de joie, de gratitude et d'espoir. La jeune génération allemande a à présent — ce qui n'a été le cas de presque aucune autre génération avant elle — toutes les chances de passer toute sa vie dans la paix et la liberté... L'Allemagne est notre patrie, l'Europe unie est notre avenir. Dieu bénisse notre patrie allemande ! »

Au Schauspielhaus, sur la place de l'Académie, qui s'appellerait bientôt à nouveau Gendarmenmarkt, les dernières notes de l'*Hymne à la joie* venaient juste de s'éteindre. De Maizière monta à la tribune. Il parla d'un « adieu sans larmes » et rappela qu'après avoir distingué, comme c'était nécessaire, entre la culpabilité et l'innocence, il faudrait parvenir à la réconciliation et à la pacification de la société. Dans un peu plus d'une heure, l'État dont il était encore le Premier ministre n'existerait plus. « Lothar de Maizière, se rappelle Kohl, était manifestement ému en prononçant son discours. En parlant d'un " adieu sans larmes ", il indiquait qu'il ne regrettait pas la RDA. Restait cependant l'adieu et Lothar de Maizière sentait — comme beaucoup de gens de sa génération — que ce moment marquait un tournant important. J'en pris conscience lorsque nous nous trouvâmes ensuite dans le Reichstag, que dehors les gens poussaient des hurlements de joie et que je lui proposai de venir avec moi à la fenêtre. Il fit seulement non de la tête. »

Sur la place de la République, où la *Neuvième Symphonie* de Beethoven était retransmise en direct, il y avait à présent cinq cent mille personnes pour attendre le grand moment. Un groupe d'instruments à vent jouait des musiques de fête composées par Brahms, Mendelssohn-Bartholdy et d'autres. Puis le Berliner Konzertchor, qui s'était rassemblé devant le portail ouest du bâtiment de Wallot[1], chanta. Peu à peu les invités d'honneur s'installaient dans la tribune. « Je m'étais rendu pour quelques minutes avec ma femme et quelques-uns de nos compagnons dans mon bureau, dit Kohl. J'y répondis aux questions d'une journaliste étrangère. Lorsque nous nous

1. Paul Wallot (1841-1912), architecte qui conçut le bâtiment du Reichstag, construit entre 1884 et 1894.

dirigeâmes vers le portail ouest, nous faillîmes ne plus pouvoir y arriver. Il y avait en effet une cohue inimaginable. » Finalement, quelques agents du service de sécurité réussirent à ouvrir la voie au Chancelier et à sa femme. Lorsque Helmut Kohl arriva sur l'estrade, des applaudissements enthousiastes éclatèrent. Les cris « Helmut, Helmut » interrompirent le chœur, d'innombrables drapeaux noir, rouge et or flottaient au-dessus des centaines de milliers de personnes.

Peu avant minuit, quatorze jeunes filles et jeunes garçons de Berlin descendirent les escaliers du Reichstag en portant l'immense drapeau. La foule enthousiaste franchit les barrières et avança en direction de l'estrade. La cérémonie s'interrompit. Pendant un moment, la situation faillit échapper à tout contrôle. Puis tout rentra dans l'ordre. Les jeunes porteurs du drapeau se remirent en marche en direction du mât, tandis que, depuis la mairie de Schöneberg, sonnait la cloche de la liberté, qui avait été offerte par des citoyens américains en témoignage de leur amitié pour les habitants de la partie libre de Berlin. Il fallut encore quelques minutes pour que soit hissé le drapeau de l'Allemagne démocratique, portant les couleurs de la fête de Hambach. Sous les acclamations de la foule, le drapeau s'éleva parmi les nombreux petits drapeaux. Le président de la République fédérale, von Weizsäcker, alla au micro et promit solennellement au nom de tous les Allemands : « Nous voulons parachever l'unité de l'Allemagne dans la libre autodétermination. Nous avons conscience que nous sommes responsables de nos obligations devant Dieu et les hommes. Nous voulons servir la liberté dans le monde au sein d'une Europe unie. »

Les instruments à vent et le chœur entonnèrent le Chant des Allemands. Cent mille personnes chantèrent ensemble « Unité, droit et liberté », tandis que le vent d'ouest de l'automne faisait gonfler le gigantesque drapeau en haut du mât. Le Chancelier et sa femme se trouvaient entre, d'un côté, Brandt, qui ne cachait pas son émotion, et Genscher et, de l'autre, von Weizsäcker et de Maizière. « Il y a des moments dans la vie d'un homme, dit Helmut Kohl rétrospectivement, où son passé défile à toute vitesse devant son regard intérieur. C'est ce qui m'arriva à ce moment-là. Je vis Ludwigshafen bombardée, mes amis du cercle de rencontres de Johannes Finck. Empli de gratitude, je vis les nombreux mentors, compagnons et camarades avec lesquels je m'étais battu dans les décennies précédentes pour l'unité et la liberté. Défilèrent à nouveau les décisions difficiles que j'avais dû prendre au cours de toutes ces années.

« Et je "vécus" encore une fois les étapes sur le chemin de l'unité de notre patrie — mes entretiens au château de Gymnich avec les dirigeants hongrois, la nouvelle de la chute du Mur de Berlin, qui me trouva à Varsovie, l'accueil magnifique que l'on me réserva à Dresde, mes rencontres avec George Bush, Mikhaïl Gorbatchev et François Mitterrand.

« À ce moment, devant le Reichstag à Berlin, il me vint à l'esprit que tout aurait également pu se passer autrement. À l'automne 1989, notre progression sur le chemin de l'unité ressemblait au début de la traversée d'une tourbière : nous avions de l'eau jusqu'aux genoux, le brouillard nous empêchait de voir et nous savions seulement que quelque part se trouvait un sentier solide. Nous ignorions où il passait exactement. Nous avancions à tâtons, un pas après l'autre, et nous sommes arrivés sains et saufs de l'autre côté. Sans l'aide de Dieu, nous n'aurions sans doute pas réussi, dit le Chancelier pensivement en ajoutant : malgré tout, j'avais également conscience que nous n'avions réalisé qu'une partie de la vision qui nous avait guidés après la guerre. Il nous restait et il nous reste encore à accomplir l'autre partie : l'unification de l'Europe. »

LISTE DES PRINCIPAUX COLLABORATEURS DU CHANCELIER

(L'organisation de la Chancellerie fédérale ne correspond pas exactement à ce dont nous avons l'habitude, par exemple à Matignon. Ainsi, certains des conseillers peuvent être membres du gouvernement et l'organisation intérieure ressemble souvent davantage à celle de nos administrations qu'à celle de nos cabinets ministériels. On s'est efforcé ici de tenir compte de ces différences, tout en veillant à ne pas gêner la compréhension du lecteur.)

À LA CHANCELLERIE

– Rudolf SEITERS : secrétaire général de la Chancellerie, membre du gouvernement.
– Hans KLEIN (dit « Johnny ») : chef du service de presse et porte-parole du gouvernement, membre du gouvernement.
assisté par :
• Wolfgang BERGSDORF : chef du département de politique intérieure du service de presse.
– Horst TELTSCHIK : conseiller diplomatique.
assisté par :
• Peter HARTMANN : conseiller diplomatique adjoint.
• Uwe KAESTNER : conseiller pour les questions Est-Ouest.
• Joachim BITTERLICH : conseiller pour les affaires européennes.

- Eduard ACKERMANN : chef des relations publiques et de la planification politique. Porte-parole personnel du Chancelier.

assisté par :
  - Michael MERTES et Martin HANZ.
- Johannes LUDEWIG : conseiller économique.
- Walter NEUER : directeur de cabinet.
- Stephan EISEL : directeur adjoint de cabinet.
- Claus-Jürgen DUISBERG : chef du bureau de politique allemande.

assisté par :
  - Rüdiger KASS.
- Juliane WEBER : chef de cabinet du Chancelier.

À LA CDU

- Volker RÜHE : secrétaire général de la CDU.
- Michael ROIK : directeur de cabinet.
- Andreas FRITZENKÖTTER : porte-parole de la CDU.
- Karl SCHUMACHER : directeur de campagne.

AU GOUVERNEMENT

- Hans-Dietrich GENSCHER (FDP) : ministre des Affaires étrangères.
- Theo WAIGEL (CSU) : ministre des Finances depuis avril 1989.
- Wolfgang SCHÄUBLE (CDU) : ministre de l'Intérieur.
- Helmut HAUSSMANN (FDP) : ministre du Travail et des questions sociales.
- Ignaz KIECHLE (CSU) : ministre de l'Agriculture.
- Dorothee WILMS (CDU) : ministre des Affaires interallemandes.

INDEX

CRÉDIT PHOTOS

Klemens Beidlich, Bonn 9 ; J.H. Darchinger, Bonn 27, 54 ; dpa, Frankfurt/Main 23 (Kumm), 26 (Wieseler), 30, 35 ; Michael Ebner, Bonn 8 ; Illustrierte BUNTE/W. Rabanus, München 38, 39 ; von Manstein Werbeagentur, Solingen 33 ; Bundesbildstelle, Bonn 1, 7, 15, 17, 18, 19, 21, 24 (Liebe), 28, 31, 32, 34, 36 (Reineker), 37 (Schambeck), 41, 42, 43 (Schaack), 44 (Schaack), 46, 47, 50, 51, 52 ; Ullstein Bilderdienst, Berlin 2, 3, 4 (Simon), 5 (Jüschke), 6, 10, 11, 12, 13 (Werek), 14, 16 (Peters), 20 (Tola), 22, 25, 29, 40, 45, 48 (Engler), 49, 53 (Schneider).

TABLE

TABLE

Achevé d'imprimer sur presse CAMERON
dans les ateliers de ***Bussière Camedan Imprimeries***
à Saint-Amand-Montrond (Cher)
en septembre 1997

N° d'édition : 299. N° d'impression : 4/840.
Dépôt légal : septembre 1997.

Imprimé en France